YARA MEDINA

EL
RUMOR
de las
FOLÍAS

El rumor de las folías.

© Copyright 2014. Yara Medina.

Diseño: Imagina_Design

Sexta edición, de marzo de 2015

Colabora:
Dirección General de Cooperación y Patrimonio Cultural del Gobierno de Canarias

Encuéntranos: www.ventanaalpasado.com

ISBN: 978-84-942448-6-5
Depósito Legal: SE 2005-2014

A Luisa López,

la historia que no fue, pero pudo ser

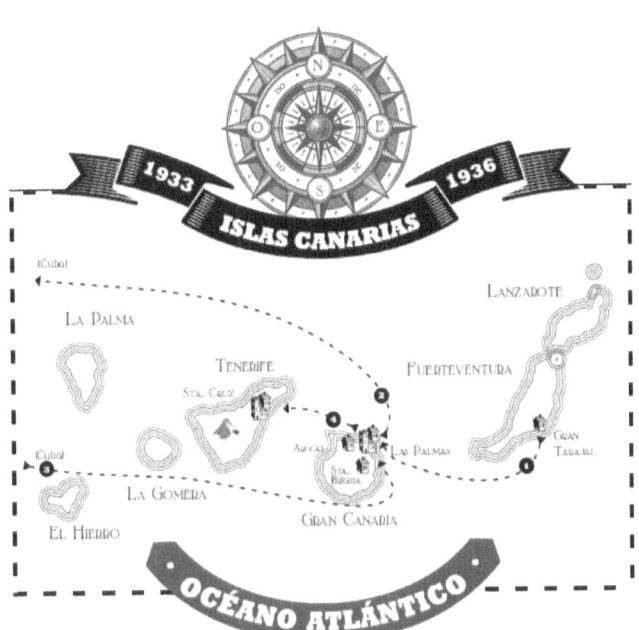

EL ADIÓS DE LUISA

Isla de Gran Canaria, mayo 1998

Catalina colgó el teléfono con el corazón encogido. Su mirada azul vagó por las vistas del barranco Guiniguada, que se extendía a través de los ventanales de la gran casa. Su abuela había decidido que era hora de marchar y ella necesitaba estar a su lado.

Catalina había nacido en Inglaterra, siendo la segunda hija de Celeste Westerling. Sus abuelos canarios habían decidido abandonar Inglaterra, años antes de su nacimiento, con el fin de pasar el resto de sus días en la solitaria isla de Fuerteventura. Desde pequeña esperaba con ansia las vacaciones, pues le encantaba pasar varias semanas con sus abuelos en Canarias. Su abuelo Tomás se jactaba de decir que su nieta Catalina era más canaria que el gofio, además de la viva imagen de su abuela Luisa. Quizá, por esa semejanza, tanto abuela como nieta conectaban de manera especial.

Ella era la única de la familia que se sentaba en el patio, cubierto por una parra, a tomar limonada junto a su abuela. Esta, mientras la enseñaba a coser, le relataba historias de su juventud, de su vida en Cuba y de las decisiones que había tenido que tomar a lo largo de su vida. Pero lo que más le gustaba a Catalina era escuchar la historia de su romance con el abuelo Tomás. Adoraba el momento en el que a su abuela se le nublaba la vista por el recuerdo, transportándose a los años treinta. Al terminar, sonreía diciéndole:

—Cuando me vaya de este mundo, te dejaré el arcón de madera con mi historia dentro.

—Abuela, ¿y por qué no me lo regalas ya? —preguntaba ansiosa.

—Porque todavía tienes que aprender a valorar y cuidar las cosas.

Su amor por las islas Canarias le fue legado por sus abuelos, por eso Catalina, cuando sus padres y hermanos buscaban destinos para pasar las vacaciones, siempre pedía viajar a Gran Tarajal. Allí aprendió a montar a caballo, a pasear por las playas desiertas y a respirar la tranquilidad majorera. Con la mayoría de edad, le dijo a su madre que quería irse a estudiar a Canarias, generando un sinfín de protestas por parte de su familia: «Pudiendo estudiar en Inglaterra...», «nunca será la misma formación en un lado y en otro» o «no eches a perder los mejores años de tu vida» fueron las frases más escuchadas que Catalina recordaba. Pero nada impidió, con ayuda de su abuela, que se instalara en la hacienda Verde Rama, que pertenecía a la familia. Allí, en Gran Canaria, comenzó sus estudios en medicina. En ocasiones, bromeaba con su abuela diciendo que tantos años aprendiendo a coser le sirvieron para las suturas.

En la gran casa habitaban la tía abuela María y la prima Eugenia junto a su marido e hijos. Catalina fue recibida con los brazos abiertos en Verde Rama. El carácter enérgico de la prima de su madre la hizo sentirse en casa en cuestión de días. Era una mujer de baja estatura; el pelo cano resaltaba su aire bohemio y sus arrugas hablaban de más de medio siglo. En los años de universidad que había vivido allí, continuó descubriendo los acontecimientos más duros vividos por la familia. Escuchaba con gran atención las historias sobre su bisabuela doña Eugenia, las aventuras de la tía María con el movimiento obrero, y el legado cedido a su hija Eugenia.

Es hora de volver a Gran Tarajal, se dijo la joven. Al salir del salón del norte, se topó con la enfermera que llevaba en silla de ruedas a su tía abuela María. En medio del patio, desde donde se erigía la casa con una balconada en la parte superior cerrada con vidrieras, Catalina se arrodilló para darle la noticia. Observó cómo la última superviviente de una generación de valientes se daba cuenta de que ya pocos quedaban como ella.

Al anochecer, la prima Eugenia y ella aterrizaron en el aeropuerto de Puerto del Rosario. Catalina había avisado a su madre y quedaron en encontrarse en Fuerteventura. Su madre y su hermano Antonio, que vivían en Londres, tomarían el primer vuelo a Canarias.

Una vez en Fuerteventura, Catalina y Eugenia alquilaron un coche y tomaron rumbo al sur de la isla; en menos de una hora llegaron a Gran Tarajal. La prima Eugenia fue la primera en bajar. Catalina, al ir a aparcar el coche, tardó varios minutos más en llegar a la puerta de la casa, situada en la misma avenida de la playa.

Con una mochila sobre el hombro, vestida con pantalones vaqueros acampanados, sandalias, una camiseta de tirantes y una torera de cuero, se acercó lentamente a la casa del balcón que tanto amaba. Su melena corta y rubia la recogía en lo alto de la cabeza formando una coleta. Sentados en un muro bajo, que separaba la arena de la playa de las baldosas de la avenida, reconoció a familiares y amigos.

Tras saludar brevemente, se volvió hacia la vivienda. Antes de entrar, sus ojos detectaron una sombra cerca de la puerta. La escasa luz anaranjada de una farola le permitió ver a un joven apoyado en la pared, a varios metros de ella. La imagen de aquel chico le llamó la atención. Llevaba pantalón oscuro, camisa blanca, chaleco a juego y el cachorro[1] típico canario como sombrero. Catalina pensó que se debía de estar celebrando una romería cerca para que aquel muchacho vistiera así. El joven, con una pierna doblada apoyándose en la pared, se liaba un cigarrillo de tabaco. Al levantar la cabeza y mirarla directamente a los ojos, Catalina apreció su atractivo. El joven sonrió y le hizo cierto ademán con la barbilla a modo de saludo:

—Katherine —el joven pronunció en perfecto inglés.

—Me llamo Catalina —recalcó con enfado, harta de tener que insistir en que la llamaran por su nombre en castellano.

Para su sorpresa, el joven levantó la cabeza, soltó una carcajada y volvió a centrarse en su cigarrillo. Catalina recordó que su abuelo Tomás solía llamarla de vez en cuando por su nombre en inglés solo para ver cómo se

---

1 Sombrero típico canario de color negro o marrón.

9

enroñaba[2]. Y era cierto, Catalina se enfadaba muchísimo cuando no la llamaban por su nombre. Antes de poder responderle airadamente, el joven volvió a hablar:

—Abuela Luisa lleva un tiempo esperándote. Anda, sube a verla para que pueda descansar.

Aquella indicación hizo que Catalina reaccionara recordando por qué estaba allí. Al traspasar la puerta se dijo que averiguaría quién era aquel joven impertinente. Sus pasos veloces bordearon el patio interior típico de las casas canarias, subieron la escalera y entraron en la alcoba de su abuela. En la estancia se encontraban su tía Marilú, Eugenia y su tío Cristóbal. Catalina se acercó murmurando un saludo hasta la cama donde yacía su abuela:

—Abuela Luisa… —la llamó.

La anciana ocupaba el centro de la cama con dosel. Su figura pequeña, menguada por el paso del tiempo, apenas formaba un pequeño bulto en la colcha. El silbido de su asma crónica le indicó que seguía viva pero débil. Tras escuchar su nombre, la anciana abrió los ojos para mostrar un azul intenso. Ella había heredado de su abuela aquellos mismos ojos.

—Mi niña, Catalina… —consiguió pronunciar—. ¡Qué bueno que estés aquí!

—Abuela, ponte buena, anda… —le pidió con la voz estrangulada.

—Mmm... —El sonido que emitió se asemejó más a un lamento que a la risa—. Tu abuelo vino a buscarme.

—¿Qué dices, abuela? —Catalina supo que la abuela Luisa deliraba.

—Sí, lo vi hace un momento. —Continuó tomando aire y con aparente lucidez—: Por ahí andará esperándome...

---

2 Enfadarse o enojarse ostensiblemente.

—Vale, está bien —claudicó a la alucinación—. Pues dile que no te vas, que te quedas un tiempito más —insistió Catalina haciendo brotar el llanto a su tía, que meneaba la cabeza de un lado al otro, observando lo inevitable.

—No, mi cielo. —Haciendo una mueca continuó—: Ya tengo ganas de irme.

—¡Abuela, no me hagas esto! —suplicó Catalina sintiendo cómo sus ojos se inundaban de lágrimas.

—Catalina, acuérdate de mi arcón —consiguió pronunciar abuela Luisa—. Es todo tuyo, ya le dije a Marilú que te lo guardara.

—¡Ay, abuela! —Catalina se lamentó apartando la mirada de los ojos de su abuela para posarlos en la mesilla de noche.

Tumbada cerca de su abuela, apoyó la barbilla en su propia mano. Tras cerrar con fuerza los ojos, intentando alejar aquella pesada desazón, se topó con un portarretratos metálico que enmarcaba una foto en sepia. La había visto un millón de veces, pero nunca como en aquel momento. Parpadeó para distinguir a tres jóvenes. Sentada, se encontraba una chica parecida a ella. Era su abuela Luisa, con un vestido blanco de flores y una trenza larga reposándole sobre un hombro. A su espalda, dos chicos, uno era el tío Ramón, fallecido hacía años; y el otro, su abuelo. Volvió a parpadear. Necesitó llevarse las manos a los ojos para frotarlos, pues no creía lo que estaba viendo. Tomando por los hombros al tío Ramón se encontraba su abuelo Tomás. ¡Idéntico al joven que le había tomado el pelo en la entrada! De pronto, volvió a mirar a su abuela, que sonreía con ojos brillantes. Un escalofrío recorrió su cuerpo.

—Sí, mi niña, por fin estaremos los tres juntos —murmuró abuela Luisa intuyendo el hilo de sus pensamientos—. No llores, Catalina, que nos dedicaremos a hacer perrerías por allá arriba, como hacíamos antes.

—Te quiero… —Catalina tomó la mano de su abuela entre las suyas sin poder decir nada más.

—Y yo, a todos ustedes —dijo con un hilo de voz—. ¡Acuérdate de tus abuelos cuando veas una siempreviva! —le recordó.

La anciana desvió la mirada hacia el infinito, sonriendo en paz.

—Aquí estás, Tomás. ¡Llévame contigo!

Catalina sintió cómo la piel de la nuca se le erizaba al seguir la dirección de la mirada de su abuela. No había nadie, salvo los vivos. Mirándose unos a otros sintieron la presencia del fallecido Tomás. Catalina no volvió a ver al joven, aunque lo deseó con todas sus fuerzas, pues sabía que era su abuelo. El único signo que todos percibieron fue el intenso olor a tabaco, tan cercano como si en aquel mismo momento alguien estuviera fumando en la estancia. Catalina buscó en las manos de los allí presentes el cigarro encendido, sin llegar a hallarlo.

Su abuela había dicho la verdad, habían venido a por ella.

Luisa, Luisita, doña Luisa, la abuela Luisa y la niña celeste tardó varias horas en partir; pero lo hizo en paz.

LA REBELIÓN DE LUISA LÓPEZ

Isla de Fuerteventura, enero 1933

L a playa solitaria de Jandía se llenó del sonido de la voz de Sita, que gritaba exasperada desde la orilla.

—¡Luisaaa! ¡Luisitaaa!

Sita, voluptuosa y de baja estatura, esperaba de pie en la orilla a que Luisa López saliera del agua. Las excentricidades de aquella joven la horrorizaban, aunque al mismo tiempo le atraía la vida desenfadada y alegre que Luisa llevaba. Sita trabajaba al servicio de la familia López como costurera. Desde pequeña aprendió el oficio a través de su madre, quien cosía para la señora Dolores, madre de Luisa. Con el tiempo, a Luisa le despertó curiosidad la costura y muchas tardes Sita la enseñaba a coser. Otras tantas, se dedicaba a perseguirla en sus correrías. Como aquella tarde.

Los pequeños ojos oscuros de Sita seguían desesperados los movimientos de su señora. Con la mano como visera, continuaba lanzando gritos al mar.

A Luisa, sumergirse en aquellas aguas cristalinas le hacía sentir que se despojaba de malas vibraciones y a su vez la cargaban de sensaciones puras. En aquella época del año, el océano en el que se bañaba traía corrientes muy frías. Aunque Fuerteventura se caracterizaba por ser una isla árida de temperaturas cálidas, sus aguas siempre estaban listas para refrescar a quien gustara de ellas. Como era el caso de Luisa, que gozaba hundiendo su cuerpo y dando grandes brazadas para luego volverse cara al sol y languidecer mientras era mecida por las olas en la superficie.

—¡Luisaaa! —continuaban los gritos—. ¡Déjese de estar margullando[3],

---

3 Bucear, nadar debajo del agua.

que la pierdo de vista! Ya solo me falta llegar ante su padre *pa* decirle que la cabra de su hija se ahogó.

Lanzando una retahíla a la lejana mancha que se balanceaba en el azul turquesa del mar, Sita iba y venía con el ritmo de las olas. Hacia delante, mientras estas retrocedían; hacia atrás, cuando avanzaban tierra adentro.

Sita no entendía la afición de su señora a meterse en el mar. No solo consideraba que los mares escondían bichos infernales, sino que el agua estaba extremadamente fría como para disfrutar siquiera de la aventura.

—Luisa, por favor. Salga ya, que su padre la va a echar en falta —ya para sí murmuraba—. Ay, Dios mío, ¡líbrame de esta!

Con el traje de la joven en la mano, se volvió hacia donde esperaban el caballo y el burro. Con él, se sacudía la arena mojada que llevaba pegada a las pantorrillas. Con gran frustración y enfado, acompañaba sus movimientos con súplicas al Señor y maldiciones a su señora.

Como quien del cielo descendiera, Luisa posó los pies sobre el fondo marino. Sumergió la cabeza mirando al cielo para que el mar peinara su larga cabellera y salió a paso lento de las aguas atlánticas. Tan solo se había dejado la combinación que, totalmente mojada, hacía de segunda piel. Mientras se escurría la larga melena sobre un hombro, buscó a Sita por la gran planicie de arena rubia. Sonrió al encontrarla sentada sobre la arena rezongando en voz baja.

—¡No te enroñes, Sita! Con la de años que llevas acompañándome a la playa, y aún eres incapaz de mojarte un poco. ¡Mira que eres majorera[4]!

—¡No, señora! —contestó como un resorte—. El agua para los pescados, y a mí no se me pierde nada allí dentro. ¡Ni a usted tampoco! A ver, ¿qué se cree?, nadando por ahí *pa* dentro sin pensar en lo que le pueda pasar. ¡Pero mírese! —Continuó haciendo señas hacia la joven que cogía una manta de la grupa del caballo y la colocaba sobre la arena—. Desnudita

---

4 Persona nacida en la isla de Fuerteventura.

como Dios la trajo al mundo. ¡No se cuide de que nadie la vea, que se armará una muy gorda!

—Vamos a ver, ¿cuántos somos en esta isla? —Sentada con las manos apoyadas sobre la manta se secaba al sol—. Unos cientos, no mucho más. La isla es lo suficientemente grande como para quedarme una semana aquí sentada y no ver a un alma. Además, tú lo que eres es una miedosa; si apenas me alejo de la orilla, ¡el agua no me pasa de la cintura! Lo que pasa es que, como te he explicado otras veces, la superficie de arena se introduce en línea recta hacia el interior del mar, tarda en comenzar el descenso al fondo, por eso me ves muy lejos; pero el agua me sigue llegando a la cintura. El día que tengas valor, podrás pasear tranquilamente por la orilla sin miedo a ahogarte.

La mirada escéptica de Sita la convenció de que por mucho que siguiera hablando, no conseguiría que metiera ni un solo ñoño[5] dentro del agua. Ya había conseguido demasiado arrastrándola hasta allí. Normalmente las escapadas las hacía sola, pero aquella vez necesitaba que Sita la acompañara para no levantar sospechas.

Era sábado, y en casa de su padre se organizaban reuniones con algunas personas del pueblo. Lo que se solían llamar «enyesques». Se comía queso de cabra, pan y pellas de gofio, todo acompañado de vino de la vecina isla de Lanzarote. Por norma general, los enyesques siempre comenzaban a media mañana como aperitivo, pero todo el que entraba en casa de don Matías López sabía que no saldría hasta bien entrada la tarde. Por supuesto, la encargada de orquestar el almuerzo que se desarrollaba a lo largo del día era doña Dolores, madre de Luisa, siempre atenta para que no faltara comida, símbolo ante otros que demostraba que en su casa y en su familia no se pasaba hambre. La suya era una de las familias más importantes de la isla y había que demostrarlo siempre. Este ostentoso despliegue de viandas requería tener un número considerable de sirvientas.

Aquellas reuniones solían gustarle a Luisa. Se tocaban el timple y otros

_____

5 Dedo, dedo del pie.

15

instrumentos, mientras se reía y cantaba a medida que el alcohol entibiaba el ambiente. Pero aquel día en especial, le habían presentado a Germán Fumero. El caballero venía de Tenerife y su interés en ella se hizo patente al poco de ser presentados. En otras circunstancias, aquello le habría hecho gracia, pues estaba acostumbrada a ser cortejada por los muchachos de la isla. Siempre coqueta y confiada, dejaba que la halagaran, pues era consciente de que nadie osaría sobrepasarse con la hija de don Matías.

Ser hija del propietario de más de media isla, capitalista mayoritario de la construcción del Puerto de Gran Tarajal y alcalde del municipio, había conseguido que los hombres la miraran con respeto, aunque muchos caían rendidos ante su belleza. Riqueza y belleza eran una combinación que a su padre le traía de cabeza, por lo que a cada pájaro que se le ocurriera agitar sus alas cerca de su preciosa hija, era un pájaro desplumado por su furioso padre. Hasta el momento, pues aquella tarde los intentos del caballero forastero por captar su atención no fueron frenados por su padre.

Germán podría considerarse apuesto. De pelo castaño, peinado hacia atrás, de forma que se podían distinguir las entradas en la frente; detalle que indicaba una incipiente caída de pelo y que ayudaba a adivinar que rondaba la treintena. Las arrugas también corroboraban esta teoría. Observó que el moreno de su tez y las arrugas que se acentuaban al sonreír le daban una chispa juvenil que gustaba a cualquier mujer. Su mentón era ancho y bien afeitado, tal y como indicaban las normas. Vestía con traje de chaqueta, el cual no disimulaba una pequeña curva a la altura de la barriga; aunque muy leve, se podía adivinar que en un futuro se convertiría en una barriga prominente. No era muy alto, pero andaba con seguridad y gallardía. Tras unos momentos de reflexión, Luisa tuvo que aceptar que no podía considerarlo feo, sino todo lo contrario. Un hombre seductor, pues no solo eran sus rasgos, sino la virilidad que emanaba de él lo que conseguía que fuera atractivo.

Pero a Luisa había algo que le aterrorizaba: los años. Él pasaba la treintena y ella cumpliría los dieciséis en unos meses. Le costaba creer que su padre pudiera conceder a ese señor el lujo de cortejarla cuando le doblaba la edad. En cuanto se dio cuenta de lo que ocurría, aprovechó la ocasión para

16

arrastrar a Sita fuera de la casa. Ensilló su caballo, un burro para Sita, y huyó de la casa donde se asfixiaba.

Y allí se encontraba, tomando fuerzas a través de los rayos solares para plantarle cara a su padre y negarse a cualquier tipo de amistad con aquel hombre. Su padre, hasta el momento, se había comportado de un modo estricto y distante como cualquier padre de la época, pero en más de una ocasión pudo comprobar que tocando las teclas clave podía ablandar la férrea personalidad de su progenitor.

—Anda, Luisita —nuevamente comenzó a utilizar el sufijo «ita» que usaba cuando no reprendía a su señora—, vístase y volvamos al pueblo, que su madre la va a extrañar. ¡Y olvídese de ese chicharrero!, seguro que su padre con los carajillos que ya tenía encima no se dio cuenta de las palabras que el joven le echó.

Pasándose el vestido de algodón estampado por la cabeza, gimió de angustia. En cuanto se colocó los calzones de muchacho que llevaba para montar a horcajadas, siguió reflexionando en voz alta:

—¡Ay! ¿Pero no te das cuenta de que mi padre cuando hay hombres cerca es la mismísima sombra mía? Y cuando el arritranco6 ese me dijo no sé qué cosa de mis ojos, miré a mi padre esperando una reprimenda, ¿y tú sabes lo que hizo? ¿Tú sabes? ¡Se volvió y ni me volvió a mirar a la cara! ¡Y yo sé que lo escuchó igual de clarito que yo!

—¡Ay, muchacha, tú siempre quejándote! Bien que te quejabas antes cuando tu padre no dejaba acercarse a Juanito El Cabrero. Y ahora que te deja *pa* que te defiendas sola, mira los *jocicos* que me pones.

—¡Sita, no me jeringues! ¿No te das cuenta de que a mi padre lo tiene engoado7?

---

6 Arritranco o arretranco: trasto viejo e inútil que estorba. También persona despreciable.

7 Engoar o engodar: tratar de ganar las simpatías de alguien mediante

17

La conversación no avanzó tanto como sus bestias lo hacían sobre la llanura. Enseguida coronaron lo alto del barranco, tomando el camino hacia Gran Tarajal. Desde aquella altura notaron cómo el viento se volvía más fuerte, haciéndoles cerrar los ojos cuando las ráfagas de aire se volvían más violentas.

—¡Ñoss! —exclamó Sita sobre el burro—. ¡Fuerte ventolera más grande!

Fuerteventura: isla de fuertes vientos, pensó Luisa. No quiso replicarle que a ellos les debía el nombre la isla. Y tampoco iba a continuar comentando la lamentable situación en la que se encontraba, pues de aquella joven regordeta no iba a conseguir nada.

En una isla como aquella, tan despoblada, era sabido que los forasteros eran bien mirados por padres deseosos de casar a sus hijas. Luisa, con el consentimiento de su padre, había podido recibir cierta formación extra además de saber leer y escribir. Y recordaba haber leído algo sobre sociología y la conducta de un grupo aislado ante la llegada de un individuo forastero. Se decía que la necesidad de las especies de reproducir vástagos sanos hacía que inconscientemente las personas aisladas miraran positivamente la llegada de un nuevo miembro que les permitiera ampliar los lazos de sangre y evitar los males que podían surgir de la endogamia. Y eso mismo le estaba sucediendo, se sentía como una yegua a la que había que cruzar.

Ya en Gran Tarajal, mientras volvían por el camino de tierra que conducía desde los establos a la gran casa, pudieron escuchar las voces y acordes que flotaban en el aire.

La casa había sido construida a la orilla del mar. La playa de Gran Tarajal no se podía considerar una gran playa, no se tardaba mucho en recorrerla de punta a punta. En una de ellas se encontraba el muelle donde todos los días descargaban mercancías. Fue su padre quien desde su llegada de Cuba propulsó el muelle de Gran Tarajal con la carga y descarga de barcos de

---

promesas o lisonjas, engatusar.

cabotaje, activando la economía no solo a través del mar, sino con el cultivo del tomate que dibujaba el paisaje majorero. A lo largo de la costa se podía observar la finca de don Matías López, llamada El Charco, que ocupaba gran parte del valle. El valle o el barranco de Gran Tarajal, donde desembocaban varios barrancos de Tuineje.

Desde su montura pudo recorrer la distancia hasta la gran casa disfrutando de un paisaje lleno de frondosos palmerales y tarajales que ocultaban la vista al pueblo. Tras pasar por los huecos que formaban las gavias donde se cultivaba el tomate, vislumbraron la gran casa. Al comienzo del valle se encontraba la vivienda familiar, que se caracterizaba por un balcón de madera tallada en la parte superior de la fachada. Como toda casa canaria de estilo colonial, se levantaba sobre una planta cuadrada con un gran patio en su interior. La entrada principal, flanqueada por dos grandes puertas de madera, conducía al interior del patio. El edificio estaba compuesto de dos plantas. La segunda tenía una barandilla de madera donde colgaban helechos de grandes ramas que refrescaban las tardes de calima.

Desde el momento en el que Luisa traspuso la arcada del patio, sus ojos no dejaron de buscar hasta que pudo comprobar que Germán Fumero, culpable de su inquietud, ya no se encontraba allí. Su compañera Sita se deslizó a un lado, dirección a la cocina, para servir de ayuda en el caso de que la necesitaran. Luisa, al contrario, cruzó el patio pasando cerca del grupo de caballeros que hablaban acaloradamente de política y economía.

Se encontraban en plena República, donde las fluctuaciones políticas y sociales no habían llegado aún a un equilibrio. En aquel punto de la conversación, los hombres allí congregados protestaban por la situación de las islas Canarias con respecto al resto del país.

—Tenemos representantes políticos canarios allá en la Península que no hacen nada por nosotros. Todavía estamos esperando a que nos ayuden con nuestros frutos. Si tenemos problemas con Inglaterra o Francia, que sea España la que consuma nuestros plátanos y tomates.

—No, señor. Lo que debería hacerse es que nos tengan en cuenta como

19

parte de España y no como una colonia. ¡Ya está bien de que en las negociaciones internacionales Canarias no esté dentro! ¡Que nos defiendan como españoles que somos!

—O si no, que nos dejen tranquilos y nos den la independencia. ¡Que se vayan ellos *pa* la puñeta, que ya nos apañaremos nosotros solitos!

—¡Hombre, por Dios!

—¡Qué barbaridad!

—Ya vino a hablar el anarquista de Corralejo.

Conversaciones como aquellas eran captadas momentáneamente por Luisa, aunque nunca prestaba la suficiente atención. «Cosas de hombres», le decía su madre ante la curiosidad de la joven. Y así era su vida: consentida, sin preocupaciones y con libertad para curiosear el mundo desde la sombra protectora de su familia. Aquella isla podía considerarse su patio de recreo: podía correr, jugar, saltar; sabiendo que si se daba la vuelta, encontraría alguna cara amiga con la que podía contar.

En cuanto llegó a la mesa donde las mujeres conversaban relajadamente, observó el ademán de su madre que le invitaba a sentarse en un asiento libre a su derecha. Una vez allí, Dolores la recorrió con la mirada, alzando ligeramente las cejas y abriendo las aletas de la nariz cuando se encontraba con algún detalle desaprobatorio. Sus tobillos tenían restos de arena, el vestido estaba arrugado y húmedo en algunas partes, y la trenza le caía a su espalda enmarañada. Acostumbrada a aquel escrutinio, Luisa la desafió con la mirada y se encogió de hombros. No era ni la primera ni la última vez que su madre la reprendía. Aquello le hacía gracia y sonrió dulcemente, jugando con las facciones angelicales que la naturaleza le había dado.

Acercándose un vaso de limonada a los labios, prestó atención al resto de señoras allí congregadas. Todas iban bien ataviadas, siguiendo la moda de comienzos de los años treinta: faldas o trajes largos que llegaban a la altura de las pantorrillas, mangas cortas y chaquetas o chaquetillas de punto. La mayoría vestía con colores sobrios salvo la mujer del médico, a la que le

20

gustaba lucir estampados de vivos colores. Haciendo un recorrido, todas las allí congregadas formaban parte de la pequeña élite majorera: la mujer del médico, del capitán o general militar, del farmacéutico, del maestro de escuela o de terratenientes. Fue la mujer del médico, doña Eulalia, la que se dirigió a ella:

—Al tal Fumero se le vio interesado en ti, Luisa.

—Pues yo no lo noté —intentó desviar la conversación.

—Esta chica es muy ingenua, Dolores. —La mujer del farmacéutico era delgada, de pelo corto rizado enrollado en la nuca, y en sus ojos negros se adivinaba una curiosidad desmedida por la vida ajena—. A tu edad yo ya estaba casada y esperando a mi primer hijo.

—Bueno, si se encuentra un buen partido a esa edad, sin duda no hay que pensárselo —comentó doña Dolores sonriendo a las señoras, aunque Luisa encontró una sutil insinuación hacia ella.

—Por supuesto, aunque también se da el caso de que una mujer tenga que esperar a que el hombre tenga medios para poder casarse. En mi caso esperé hasta los veintidós para que Pepe ascendiera en el ejército y mi padre nos diera permiso.

—En algún momento también se debería contar con la opinión de la mujer —interrumpió Luisa sin poder reprimirse—, quien quizá no tenga intención de casarse con alguien veinte años mayor que ella.

Las mujeres allí sentadas se miraron atónitas ante aquella sugerencia. Una mujer no tenía mucha elección en cuanto a su matrimonio se refería. En general, se vivía por y para encontrar un esposo y crear una familia lo antes posible. A la isla llegaban en forma de noticias la lucha femenina por la igualdad, la libertad y el recién estrenado sufragio femenino. En cambio, en Fuerteventura, aislada aún más que las mismísimas islas capitalinas, aquellas ideas distaban mucho de la realidad en la que se vivía. La religión católica dirigía la vida de sus habitantes. Los líderes de opinión que trabajaban desde el púlpito eran capaces de inducir a poner en sagrada duda la libertad de la mujer. El divorcio, que iba a aprobarse ese año en el parlamento, las dejaba indefensas, recalcando que el matrimonio era lo único que daba seguridad y paz espiritual. Y ni que hablar de que las mujeres dieran su opinión en las urnas; muchas de ellas dejaban esos menesteres a sus maridos y padres.

Y allí se encontraba Luisa, impotente ante aquel muro sólido, sin voz ni voto, sumisa ante la sociedad y el rumbo que esta llevaba. Sabía que no podía seguir argumentando su postura, pues no conseguiría nada, con lo cual optó por callar y dejar que su madre volviera a tomar las riendas de la conversación. Luisa, caprichosa y mimada, no iba a permitir que gobernaran su vida por mucho que la presión social de aquella prácticamente deshabitada isla llegara casi a asfixiarla.

Luisa se consideraba profundamente religiosa. Su madre, una mujer devota, había educado a su hija en la fe cristiana más estricta. Salvo que en la intimidad, Luisa creía hablar con Dios y discutía algunas puntualizaciones sobre si el sermón del sacerdote había sido acertado o no. Su Dios era misericordioso y los sacerdotes malinterpretaban su palabra. Aquellas ideas jamás las expresaba en voz alta para no alterar la paz mental de su madre y, por supuesto, por no añadir más motivos a su padre para considerarla impertinente. Aunque aquello también podía discutirlo: no se creía impertinente, solo que sentía que las cosas en la vida estaban llenas de matices y obedecer por pura obediencia dejaba a las personas sin vida propia.

En alguna ocasión, durante la cena, la cual se desarrollaba en familia y era uno de los pocos momentos en los que veía a su padre, Luisa había expuesto su punto de vista. No para defender a la humanidad, sino para defender sus propios derechos ante su padre. Y era en aquellas ocasiones cuando su padre la amonestaba severamente diciéndole que para ser tan joven y pertenecer a la clase burguesa, tenía, lamentablemente, la labia de un comunista y la sinrazón de un sindicalista. Obviamente, ante la falta de conocimientos políticos, Luisa callaba sintiendo la vergüenza de sentirse socialista.

Por aquella época las asociaciones proletarias se concentraban en el muelle de Gran Tarajal, al ser el centro neurálgico del comercio y la actividad económica en la zona sur de la isla. Aunque de manera casual, Luisa había escuchado argumentos en cuanto a la defensa del trabajador, pero nunca prestó demasiada atención, salvo cuando aquellos argumentos podían ser utilizados para defender sus propias causas.

¿Pero cómo explicarle que cuando decía que las mujeres debían ir a la universidad como cualquier hombre, quería decir que ella quería ir a Madrid y estudiar en la universidad? ¿Que cuando reclamaba el derecho de todo el mundo a tener un salario digno y poder manejar su dinero a su antojo, quería decir que su padre debía asignarle una paga y dejar que ella decidiera libremente en qué gastarlo? ¿Que cuando defendía que una mujer era capaz de ocupar cualquier oficio, por muy de hombres que pareciera, se refería a que debían dejarla centrarse en el manejo y cuidado de caballos y ganado y no insistirle en que se metiera en la cocina con Fefita a aprender a cocinar, cosa que le aburría soberanamente y, como bien repetía: «ella estaba hecha para comer, no para hacer de comer»?

Fefita, una mujer de muy mal genio, la miraba ceñuda con sus cejas llenas de pelos como antenas de largos y meneaba la cabeza de lado a lado resoplando. Fefita era muy buena cocinera, pero muy poco habladora. Su madre confiaba plenamente en ella para el manejo de la despensa y la elección de las comidas. Luisa, cuando no la veía, se quedaba mirándola observando las facciones y conductas de la mujer. Incluso llegó a preguntarse si sabía hablar, pero nunca lo averiguó. Le inspiraba un aire aborigen, casi ancestral, como sacada de varios siglos atrás.

Al caer la noche, los invitados fueron despidiéndose poco a poco. Unos más tambaleantes que otros, iban saliendo a la avenida. Allí conseguían despejar la embriaguez para conseguir llegar a sus casas. Su padre posó su mirada, rojiza por la bebida, sobre ella y le dijo que le esperara en el salón. Ella, obediente, traspuso la puerta de doble hoja situada en la zona este del patio y esperó.

Luisa estaba nerviosa. Sabía que no había hecho nada malo y estaba completamente segura de que no era conocedor de la escapada a Jandía de aquella tarde. En lo más profundo de su ser sabía que iba a enfrentarse a su primera conversación como adulta con su padre. En marzo cumpliría los dieciséis años y, de pronto, tuvo miedo de ser mayor.

Don Matías no la hizo esperar mucho más. Entró en la sala. Antes de que cerrara la puerta, vio a su madre de pie en el corredor apoyada en una columna con las manos unidas sobre su abdomen y, a su parecer, lanzando una plegaria. Se sentía como un cordero a punto de ser degollado. Su padre tomó asiento sobre el sofá que quedaba frente a ella y apoyó un brazo sobre el tapete de encaje que cubría los bordes del mismo.

—Hija, he estado hablando con el señor Fumero. Parece un buen hombre, es propietario de bastantes tierras en Tenerife, en Vilaflor más concretamente. Según me ha comentado, se dedica al cultivo de la vid. No es un producto muy al alza, pero da para vivir siempre y cuando sepa vender bien su vino y la cosecha haya sido buena.

Luisa tomó aliento, asustada; su pulso se fue acelerando y su piel se tornó más rosada por el aumento del flujo sanguíneo. No podía negar lo que había advertido durante la tarde. No podía sorprenderle lo que estaba a punto de oír. Pero fue incapaz de controlar su asombro. Su padre continuó hablando de las cualidades económicas y políticas del muchacho hasta que por fin centró su mirada en ella, la observó y suspiró.

¡Su hija! Su única hija lo miraba con ojos como platos brillantes de pánico. Luisa era rubia, de pelo rubio como el trigo y largo y lacio como espigas. Aunque la moda dictara llevarlo corto, ella, para no variar, hacía lo contrario. Tenía una melena larga que a menudo trenzaba y echaba a la espalda como en aquel momento. Se parecía a su madre, aunque su pelo era más oscuro que el de su hija; él sospechaba que aquella palidez en sus cabellos se debía a los continuos baños en el mar, que de sobra sabía que se daba. Por el contrario, el sol no había dorado del todo su piel. Aunque bronceada, se podía admirar una piel blanca y tersa que la juventud aportaba. ¡Su juventud! Volvió a suspirar y tuvo que apartar la mirada de los ojos suplicantes de su pequeña. ¡Sus ojos! Aquellos dos lagos azules traían de cabeza a todo privilegiado que estos decidieran mirar. De un azul tan intenso que parecían dos trozos de cielo estival. Para concluir su angelical rostro, a sus facciones le acompañaban una nariz pequeña y labios caribeños.

Y había llegado la hora de dejarla en manos de otro hombre. Había considerado a varios pretendientes, pero Germán Fumero le parecía el más idóneo. Provenía de Tenerife, una de las islas capitalinas, y su hija iba a tener lo que merecía: una buena posición social. Aunque ella no lo entendiera en esos momentos, estaba convencido de que en el futuro se lo iba a agradecer. ¡Vamos que si estaba convencido!

Don Matías López había realizado grandes esfuerzos por su familia desde muy joven. Rondando los dieciocho años, don Matías decidió ganarse el «don». Huérfano de padre, su madre y sus hermanas pequeñas dependían del trabajo que realizaba como jornalero. Su madre participaba haciendo quesos, pero sumando los dos sueldos no llegaba para malvivir. Como única propiedad tenían un camello que decidió vender por un billete a Cuba y un trabajo apalabrado en una hacienda. Fue una decisión dura para su madre dejar partir a un hijo sin saber si volvería algún día a verlo.

Un dos de diciembre, su madre rezaba mientras se abrazaba a su primogénito sin decidirse a dejarlo marchar. Este consiguió deshacerse del abrazo cuando el llanto se convirtió en desmayo. Se embarcó con la firme decisión de prosperar para darles a sus allegados una vida digna. Prometiéndoles eso a sus hermanas menores, partió.

Caminando por aquellas tierras áridas, llegó al puerto de Gran Tarajal, donde se embarcó. Aún le quedaba pasar duros momentos hasta llegar a su destino final. Al comienzo de la travesía, ya en el mar, cuando giraron en la punta de Jandía, las fuertes corrientes hicieron que el barco cabeceara partiendo una vela. En aquel momento, observó como los pasajeros se unían para rezar; mientras otros, con el vaivén de las olas, intentaban izar otra vela. Fue en aquel momento cuando tomó conciencia de que su vida podía correr peligro. Entre el caos que se produjo destacó un hombre, don Esteban Domínguez, que se hizo con la situación y con sangre fría estabilizó el barco. La suerte quiso que fuera ese mismo hombre el que le habían recomendado para realizar su viaje a Cuba.

Una vez en la ensenada de Gando, en Gran Canaria, a salvo y dando gracias a Dios, tomó el camino rumbo a Las Palmas. Y caminando, tanto él como el resto de tripulantes llegaron al parque San Telmo, y allí, en el templo, pasaron la noche. Gracias a la ayuda de don Esteban, el catorce de diciembre partió hacia Cuba en un bergantín goleta llamado Joven Gabriel. Por suerte, aquella travesía, aunque más larga, resultó ser más tranquila que la anterior, y tocó tierra veintiséis días después. Matías fue el primero en pisar puerto; sus ansias se hicieron evidentes al llegar a la casa de Galván, donde debía entregar una carta de recomendación. Allí pasó la noche para partir al día siguiente, en tren, a Viñales. Recordaba aquella familia con cariño, fueron las primeras personas que conoció en la isla y nunca olvidaría el trato que le prodigaron.

Una vez en Paso Real de San Diego, los nervios casi acabaron con él. Había llegado el día de encontrarse con su patrón y su nueva vida. Siempre relataba la impresión que le causó aquella isla caribeña, sobre todo la gente de rasgos africanos que la habitaba. También recordaba el paisaje, tan distinto al de su tierra natal. La finca Caoba, por aquel entonces una de las más importantes plantaciones, acogió a Matías en un caluroso día. Sus vastos terrenos de plátanos y cafetales, y sus recintos llenos de vacas, terneros y caballos dieron fuerzas y entusiasmo al asombrado joven. Pero aún quedaba un día para conocer su destino final y, hasta entonces, fue la sombra de un mulato llamado Severo. A lo largo de aquel día su mente volaba a Fuerteventura y su preocupación iba en aumento al pensar que su familia podía estar necesitada de alimentos. La desazón no pudo con él y, cuando por fin se presentó ante don Calisto, propietario de aquella finca, su voluntad ya se había convertido en hierro. A partir de ese momento, no se iba a conformar con menos. Aquella actitud valiente gustó a don Calisto y en unos años se convirtió en su capataz.

Aquellos días los pasaba a caballo bajo el sol cubano, recorriendo las tierras de su señor y cuidando cada detalle. Así pasaron los años, trabajando, curtiéndose y, como expresión muy extendida en aquella época, «reuniendo dinero». Cada céntimo que ganaba lo mandaba a su madre; para él, un techo y comida eran suficiente. Se había fijado un objetivo y con voluntad férrea lo llevaba a cabo: su familia no pasaría hambre mientras él viviera, aunque tan solo tuviera una muda de ropa y no tuviera más lujos que un buen cuchillo.

Hasta que conoció a Dolores. La joven Dolores era hija de isleños. Paradójicamente, en la isla de Cuba llamaban «isleños» a los nacidos en Canarias. Sus padres, décadas atrás, habían tomado el mismo camino que Matías. Pero ellos desde El Hierro, la isla más occidental. Dolores trabajaba en la finca Caoba como lechera, se encargaba de ordeñar y hacer quesos junto a su madre. Todos los domingos, tras ir a misa, algunos trabajadores isleños se reunían en casa de Serafín. Allí, en la finca contigua, todos hacían un poco de vida social. Matías no solía acudir a aquellas reuniones, prefería centrarse en las tareas del campo mientras los demás descansaban. Pero una tarde lo convencieron y esa fue la tarde en que su vida cambió.

Sentada junto a otras jóvenes, Dolores reía cual adolescente por las palabras que algún atrevido osaba lanzarles. Cuando Dolores alzó la vista hacia los caballeros que entraban al patio a través de la arcada de enredaderas, su corazón dio un vuelco. Allí se encontraba el capataz a quien ella observaba de lejos y a quien nunca llamó la atención. Aquel hombre le gustaba: trabajador, caballeroso y, por lo que hablaban, no se le conocía mujer. Tenía el pelo corto y barba bien afeitada, sus ojos rasgados tenían reflejos dorados. Su piel bronceada por el sol, un torso y brazos musculosos aportaban un aura masculina atrayente. Pero aquel día, algo cambió, pues la niña se había convertido en muchacha y los ojos de Matías la vieron por primera vez.

La joven se ruborizó al momento, pero sin apartar la mirada. Un vestido de flores realzaba su belleza. Su piel blanca y sus ojos claros llamaron la atención del hombre. El cabello de la joven era lacio y lo tenía recogido en un moño. Algunos mechones le caían rozando las mejillas rosadas y ella, con un ligero ademán, los recogía tras la oreja. Matías, llevado por un impulso, se acercó al grupo de muchachas sin apartar la vista de la joven. Algunos codazos y risas contenidas eran lo único que se captaba en el ambiente.

—¿Sería tan amable de decirme quién es su padre? —dijo.

27

El corazón de Dolores se aceleró y con una dulce voz le contestó. Aunque fuera una pregunta formal, la joven intuía, en aquella simple frase, un sinfín de posibilidades. Hablar con su padre iba mucho más allá de una simple mirada o un cruce de palabras. Declaraba su intención de formalizar un acercamiento. Consistía en un cortejo donde las palabras transcurrían por una vía, y los gestos y miradas, por otra. Y así fue como Dolores y Matías comenzaron a «hablar» ante la atenta mirada de su madre. Todas las tardes, Matías encontraba un hueco para acudir a la casa de Dolores y pasar unos minutos con ella. Y fue así como tomó conciencia de la necesidad de reunir dinero para darle un futuro a su prometida.

No fue fácil, ambos tuvieron que esperar un año y medio para que Matías encontrara un lugar para vivir y dejar el establo que había sido su techo hasta el momento. El joven de apenas veinte años que solo pensaba en trabajar se había convertido en un hombre de treinta y cinco años que deseaba un hogar y una familia. A su madre y sus hermanas las seguiría manteniendo, se dijo; y haciendo cálculos, supo que podía establecerse como un hombre decente en Cuba.

En los primeros años de matrimonio se hicieron evidentes los problemas que tenían para concebir. Dolores se consideraba una mujer felizmente casada, pero la última bendición que le pedía al Señor era poder tener un hijo. Y cuando llegó por fin ese momento, ocurrió algo que volvió a cambiar sus vidas para siempre. El patrón, don Calisto, falleció y en su herencia dejaba una porción de sus tierras y algo de dinero a su capataz: Matías López. ¡Por fin a Matías le llegaba la oportunidad de ganarse el «don», como tanto había soñado! Cuba: tierra de oportunidades.

Su decisión fue clara: venderlo todo y volver a Fuerteventura. A Dolores, que ya sabía que estaba embarazada, no le gustó la idea de dejar a su familia para viajar al otro lado del mundo; y haciéndoselo saber, decidieron esperar a que el niño naciera para emprender el viaje.

El diez de marzo de 1918 nació, en Paso Real de San Diego, Luisa López Santana. Y un año después, pisaron tierras canarias para asentarse como nuevos ricos en la isla de Fuerteventura. De la mano de Matías, el desarrollo comercial en la isla se activó; porque el trabajo siempre fue su fe, y la tierra que le vio nacer, su ilusión. Centró sus esfuerzos en mejorar en la medida de lo posible su isla natal. Su madre lloró cuando le vio llegar, del mismo modo que lloró cuando le vio partir. Hacía ya tiempo que se encontraba enferma y, como decían sus hermanas, esperó a ver de vuelta a su hijo para marchase en paz. Tras su muerte, sus hermanas se instalaron con ellos en la casa que construyó en Gran Tarajal.

Y en eso se había convertido Matías, en un hombre cuyas decisiones habían sido acertadas y la fortuna siempre había estado de su lado. Protector férreo de la familia, todo debía estar en conocimiento del patrón. Por tanto, a sus cincuenta y tres años, una vez hecha la elección del futuro marido de su hija, esta debía obedecer, porque él así lo quería.

—Pues como te acabo de decir, he dado mi consentimiento a Germán Fumero para comenzar el cortejo.

—Padre, no puede —contestó Luisa con un hilo de voz—. ¡Es muy mayor!

—¡Al diablo con la edad! Es mi última palabra y es todo lo que te tenía que decir. Anda, ve a tu cuarto a dormir, que ya es tarde.

—¡No! ¡No pienso casarme con el chicharrero ese! —El temblor de su barbilla delató el miedo que la recorría por dentro.

—¡He dicho que es mi última palabra! —contestó el padre con voz iracunda—. Eres muy joven para comprenderlo.

—¡Sí, esa es la razón!, ¡soy muy joven! ¿No te das cuenta de que ese hombre…?

—¡Luisa, no me levantes la voz! Esto no es una condena, es lo mejor que puedo hacer por ti. ¡Y basta ya de responderme, muchacha insolente! —interrumpió a la joven en un nuevo arranque de argumentos—. ¡Vete ahora mismo a tu cuarto! ¡Estoy harto de tu impertinencia!

Luisa no podía creer que sus temores se estuvieran haciendo realidad. Tenía unas ganas enormes de echarse a llorar y suplicar a su padre, pero su orgullo se encontraba por delante. Así pues, se irguió en el asiento, levantó la barbilla y le dirigió a su padre una mirada llena de rencor. Al salir como una tromba de la sala, se topó con su madre. A ella tampoco le dirigió una palabra, la culpaba al igual que a su padre de mirar por la posición social y no por el bien de su hija. Por esto, giró la cabeza en el momento en el que Dolores quiso tomar a su hija entre sus brazos y huyó despavorida en la dirección contraria a la que le había ordenado.

Cuando por fin se descalzó y corrió hacia el agua, sintió que respiraba. La fría brisa del mar recorrió su cuerpo haciendo que se abrazara cogiéndose los codos. La noche comenzó a dibujar estrellas en el firmamento y la luz de la luna hacía de lucero. Luisa se encontraba en una situación sumamente difícil. Su respiración se hizo cada vez más acelerada pensando en tener que contraer matrimonio con un auténtico desconocido cuyas miradas lascivas le causaban arcadas. Enseguida rompió a llorar, presa de la angustia. Se sentó en la arena y dejó que el arrullo del mar la consolara.

Pasado un tiempo, las ondas del aire le acercaron sonidos de voces. Luisa pensó que serían los jóvenes que cargaban en el muelle, pero pronto cayó en la cuenta de que era tarde para esas tareas, por lo que se asustó y decidió volver a la casa. A medida que se acercaba, distinguió a un grupo de hombres que caminaban en su dirección. La risa de uno de ellos hizo que se le congelara la sangre; había distinguido la voz del hombre que más aborrecía en aquellos momentos: Fumero.

Intentó apurar el paso y llegar a la casa antes de que se dieran cuenta de su presencia en la playa, pero fue en vano.

—Pero miren, muchachos —dijo Germán—, ¡una de las chicas de la casa!

A la luz de la luna y con unas copas encima, el joven tinerfeño la confundía con una de las chicas del servicio.

—Venga, chiquillos, no me retrasen, que me andan llamando —contestó la joven sin querer presentarse—. Aparten, que tengo que entrar.

—Pero espera un poco, que yo tengo tecla con don Matías y te aseguro que no te pondrán problemas.

—¿Desde cuándo tanta confianza con el señor? Porque, que yo sepa, no lo he visto mucho por estos lares. —La presunción de aquel hombre la hizo ponerse a la defensiva: ¿quién se creía que era?

—Pues desde que me dio permiso para cortejar a su hija. —Un poco tambaleante por la bebida, alzó un dedo y arrastrando las palabras continuó—: Así que sé buena y vente con nosotros de parranda, que en un futuro yo seré tu patrón.

Aquellas palabras encantaron a sus camaradas, quienes comenzaron a lazar vítores y frases soeces en cuanto a la posibilidad de ser dueño de las jóvenes que trabajarían para él. El enfado de Luisa fue en aumento. En su vida había escuchado semejantes barbaridades, que en vez de avergonzarla y hacerla huir despavorida, hicieron que plantara cara y contestara.

—Mira, miserable sinvergüenza, en esta casa no tienes nada que rascar. — Se adelantó unos pasos para hacerse oír sobre las risotadas y burlas de los demás—. Porque sé de buena tinta que la hija de don Matías te aborrece y antes se iría derechita al agua para ahogarse, que casarse con un bastardo embustero como tú.

—Pero miren ustedes, ¡si nos salió brava la joven *freganchina*! — Agarrándola del brazo y acercándose a ella le siseó—: De mis miserias no sabe nadie y mucho menos López, y por la Virgen de la Candelaria te aseguro que yo seré pronto señor de este reino, me casaré con esa niña caprichosa le guste a ella o no, y a ti te tendré para calentarme la cama.

Horrorizada, se soltó de un manotazo y corrió al interior de la casa presa del pánico. ¡Era un monstruo! Aquel hombre era un depravado y su padre iba a casarla con él. Por sus palabras podía sospechar que todo lo que contaba de sí mismo era mentira. Todo. Ya en su habitación, comenzó a pensar en cómo actuar para hacerle ver a su padre quién era en realidad aquel hombre. Se lo contaría primero a su tía Benedicta, la hermana menor de su padre, a quien siempre acudía cuando estaba en apuros; quizás ella podía interceder en aquel asunto.

A la mañana siguiente se despertó con el cuerpo engarrotado por la fatiga, pues las pesadillas no la habían dejado descansar. Se aseó con el agua que le trajo la muchacha del servicio. Tomando la jarra de agua, llenó el cuenco, y con un paño empapado fue refrescando su cuerpo. Notó la garganta algo seca y miró a través del visillo de la ventana. El cielo no era azul, sino arenoso; la tierra del Sáhara había llegado de nuevo. Aquel día prometía ser caluroso.

Una hora después, vestida con un traje de dos piezas, una falda verde pastel por debajo de la rodilla, una blusa blanca de encaje y una chaquetilla de punto, se presentó en el patio donde esperaba su padre. La melena rubia, recogida en una trenza enrollada en la nuca, y los pendientes de perlas que le habían regalado en su último cumpleaños completaban su imagen de joven burguesa. Su padre, al ver la mirada fulminante que le dirigió su hija al bajar la escalera, enrojeció de enfado. ¡Vaya hija morrúa[8] que tengo!, pensó.

La tensión del momento fue distraída por el parloteo de su madre y su otra tía. Eva era la hermana de su padre, que al no contraer matrimonio, seguía viviendo con ellos. Era la menos agraciada de las dos y su carácter aprensivo la hacía poco atractiva para los hombres. Tímida y muy religiosa, vivía a la sombra de su protector hermano. Su actitud hacía creer que quería seguir de ese modo el resto de su vida.

Antes de reunirse en el patio interior, escucharon el sonido del motor del vehículo que les esperaba fuera. Era el Hispano Suiza T56 que su padre se había comprado años atrás. Con su carrocería marrón y sus asientos de cuero, tenía la opción de poder ir con el techo descapotable. Las tres mujeres subieron en los asientos traseros y cada una se fue colocando un pequeño sombrero. Don Matías ocupó el asiento delantero junto al conductor contratado, quien les condujo al pueblo de Tuineje.

Una vez salieron de la finca El Chorro, pasaron por el esqueleto de la iglesia que don Matías estaba financiando. Hasta el momento de su finalización, debían acudir a la iglesia de Tuineje a escuchar misa. Como

---

8 Tozuda.

siempre, la alta burguesía tenía los asientos delanteros del templo reservados y en cuanto llegaron ocuparon dichas filas. El calor se hizo palpable al poco tiempo; aunque las piedras de la iglesia conservaran el frío, el calor que emanaba de las personas terminó por calentar el ambiente. En el momento de darse la paz, Luisa aprovechó para acercarse a saludar a Benedicta. Esta se encontraba situada varias filas atrás, pues ya no formaba parte, estrictamente hablando, de la familia.

—¡Hola, mi niña! —la saludó su tía—. Cada día estás más guapa. ¡Ven aquí y dame un beso!

—¡Hola, Tití! —Apelativo que tomó para nombrar a su tía—. Al final no viniste a casa ayer. Tengo que hablar contigo a solas, es muy urgente.

—Bueno, tranquila, ¿qué andas, otra vez metida en líos? —Con las mejillas sonrojadas por el calor, Benedicta regañó con la mirada a su sobrina, aunque sin ser muy severa—. Hoy sí iré al Sancocho[9] que tiene preparado tu madre. Cuando salgamos de aquí te vienes con Serafín y conmigo en la carreta y me cuentas.

En ese momento, Dolores le hizo señas para que volviera a su sitio. Luisa, como un saltaperico, recorrió la distancia que la separaba de sus padres. Al levantar la vista y posar sus ojos en el Cristo crucificado, comenzó a rezar en silencio; suspiró poniendo sus esperanzas en su tía Benedicta.

Benedicta, siendo la menor de sus hermanos, siempre había vivido bajo la estricta atención de su hermana Eva. De carácter afable, nunca veía maldad en las personas, al contrario que su hermana, quien era temerosa del Señor. Era una mujer que conseguía ver el potencial de las personas cuando estas no lo sentían así. Siempre comprensiva, animaba a quien le preguntaba, diciéndole que los sueños se cumplen si uno cree en ellos. Por todo esto, sus hermanos mayores la tenían por una persona inocente que vivía en un mundo de buenas intenciones. Sabía escuchar y pronto descubrió su

---

9 El sancocho o cazuela es un plato típico a base de pescado salado, papas arrugadas, batata y mojo.

vocación por las hierbas medicinales. Todo el pueblo acudía en su ayuda, a veces para buscar un remedio; otras, para desahogar sus penas. La única vez que Benedicta se enfrentó a alguien, fue cuando su hermano don Matías se negó a que se casara con Serafín, el panadero. Alegando su baja posición social, le negó en rotundo su consentimiento. Fue en aquel momento cuando Benedicta se fue de la gran casa para vivir junto con el hombre que había elegido y vivir como ella había soñado: libre.

Desde entonces, su hermano no le dirigía la palabra, aunque por persuasión de Dolores le admitía la entrada en su casa. Gracias a eso, Luisa había podido mantener el contacto con su tía, a la que acudía cada vez que no encontraba aliados en la casa de El Charco. Pero Benedicta nunca creyó que se involucraría en una situación tan complicada cuando Luisa subió a su carromato y se adentraron en el camino.

Sentados los tres en la parte delantera, Luisa comenzó a explicarle lo sucedido. Con desesperación, le relató lo acontecido la noche anterior. Benedicta estaba horrorizada, pero también sabía que cuando a su hermano se le metía algo en la cabeza, poco se podía hacer. Su sobrina estaba condenada. Intentando dar esperanzas a Luisa, le dijo que ella se encargaría de hablar con su madre e impedir aquel matrimonio de conveniencia.

Una vez en la casa grande, se acomodaron alrededor de la mesa que habían preparado los sirvientes en el centro del patio de la casa. A lo largo de la mesa se distribuían varias fuentes con papas y pescado sancochado, bandejas con pella de gofio y papas arrugadas con mojo rojo. Para refrescar el ambiente, varias jarras de limonada para las mujeres y vino para los hombres. Serafín, un hombre tranquilo y noble, se había sentado tímidamente cerca de don Matías. Este debía desviar la atención del mismo para que Benedicta pudiera hablar tranquilamente con doña Dolores. Por tanto, siguiendo las instrucciones de su mujer y su sobrina, comenzó a hablar de la situación económica en la isla, tema que traía de cabeza a don Matías.

Ante la señal que ambas mujeres habían preparado, Benedicta jugó sus cartas.

34

—Dolores, me han llegado rumores en el pueblo de un tal Fumero.

—Ah, pues sí —dijo contrita la aludida—. Es un joven que ha hecho amistad con Matías, ¡pero miren si son rápidas las lenguas que ya hablan del compromiso!

—Pues de eso mismo quería hablarte —continuó Benedicta—. Me sorprende que mi hermano acepte la presencia de ese muchacho en sus tierras. En el pueblo bien que hablan de su mala fama. Dicen que le gustan la parranda y las mujeres y que se va jactando de haber conquistado la fortuna de don Matías.

—¡Déjate de tonterías, Benedicta! —la sermoneó su hermana Eva—. ¡No tienes ni idea de lo que hablas! Sabes que Matías tiene buen ojo con las personas, ¿acaso crees que va a dejar a su hija en manos de un sinvergüenza?

—Eso mismo estoy diciendo —contestó—. Para mí no es la primera vez que se equivoca; con Serafín lo hizo. —Acto seguido se dirigió a Dolores, quien tras su respuesta se había quedado meditabunda—: Dolores, ese hombre no se merece a Luisa, y lo sabes. Tiene engoado a Matías y debes hacérselo ver.

Dolores mantuvo la mirada sobre Benedicta unos instantes y en sus ojos claros pudo observar la lucha interna que se desarrollaba. Cuando su marido tomaba una decisión, poco se podía hacer. A ella rara vez la escuchaba. Aunque en alguna ocasión consiguió doblegar su carácter, sabía que esa vez era imposible. Por otro lado, consideraba un buen partido para su hija a aquel muchacho de ojos verdes. No le parecía una idea muy descabellada la unión de su hija con el tinerfeño. Sabía del genio de su hija y la tozudez, heredada de su padre, cuando se le metía algo en la cabeza. Esperaba que lo que Benedicta decía no fuera cierto. De cualquier modo, bien le gustaba a la gente hablar de ellos.

—Lo siento —negó con la cabeza apretando los labios—, pero no puedo creer en habladurías de la gente, les encanta inventarse cuentos sobre mi familia. En cambio, confío en Matías y en su buen tino para encontrar a un buen hombre para Luisa.

Luisa, que hasta el momento se había mantenido callada, tuvo que salir en su propia defensa llamando la atención de todos los presentes:

—¡¡Pues se equivoca!! —explotó—. ¡Ese hombre es un cerdo y no pienso casarme con él!

—¡¿Pero qué demonios pasa aquí?! —bramó don Matías.

—¡Calla, Luisa, por Dios! —le susurró su tía.

Furiosa y descorazonada, murmuró un «nada» y se fue como un suspiro hacia su cuarto en la planta alta. La impotencia y la carrera, sumado al polvo en suspensión que traía consigo el siroco, hicieron que los bronquios de Luisa se inflamaran dejándola sin respiración. ¡Y ahora el asma!, se quejó Luisa al llegar al refugio de su alcoba. La respiración se le hacía cada vez más costosa, sentía que se asfixiaba, y la cólera que la invadía no ayudaba a relajarse. Unos golpes en su puerta hicieron que levantara la vista del suelo de madera. Entró su madre.

—Mamá —susurró por la falta de aire—, no puedo casarme con él.

—¡Ay, mi niña! ¿Qué estás, otra vez con el asma? —Enseguida le subió la blusa como hacían cada vez que le daba una crisis. Con manos expertas, la desnudó dejándola con la camisola interior y la tumbó sobre la cama mientras decía—: Cariño mío, tienes que tranquilizarte, que no le hace bien a tus pulmones. Anda, respira hondo, poco a poco. Eso es. No llores, Luisita... Vamos, que ahora mismo bajo a por el eucalipto y el vapor.

Luisa se dejó hacer. El aire no conseguía entrar en sus pulmones. Inspiraba con gran esfuerzo y apenas pasaba oxígeno. Espiraba, y un pitido sibilante salía de su tórax. Aquel segundo esfuerzo le costaba mucho más, no tenía fuerzas para expulsar el aire nocivo de su interior. Aquellas crisis eran esporádicas. Nunca avisaban de cuándo y cómo iban a aparecer, aunque un día de calima era un día propicio para este mal. Intentó relajarse mirando a su alrededor. Palpó con una mano la colcha color blanco que cubría su cama y la acarició con un ritmo lento. Observó la mesilla de noche con su lámpara de aceite y un reloj dorado con dos campanitas en la parte superior. Siguió el rítmico tictac para centrarse en el reloj y no en el sonido de su respiración asmática, pues era un sonido que le daba pavor. Siguió deslizando su mirada por la alcoba. Tic-tac. Frente a la cama se encontraba la cómoda con seis hileras de cajones, madera maciza y color caoba. Tic-tac. Continuó su viaje por la habitación, recordando respirar pausadamente aunque su cuerpo le pidiera inspirar bocanadas de aire a pleno pulmón.

Tal vez, la falta de oxígeno, unida a la sensación de tener la muerte próxima, hizo que su mente comenzara a divagar. Comparó la sensación que le invadía con la misma que sentiría casada con un extraño mujeriego como Fumero. La trataban como a una niña y era probable que lo fuera hasta el día anterior. Sin embargo, la habían hecho crecer de golpe. Sentía que el oxígeno le faltaba. Puede que hoy no sea el día de mi muerte, pensó. Ante cada crisis, el miedo a morir se hacía más fuerte. Acababan de mostrarle un futuro miserable y un presente donde sus padres no eran capaces de ver lo que ella realmente necesitaba.

Si moría joven, quería morir viviendo plenamente. No era un capricho, era la necesidad de buscar una vida, de elegir por sí misma, de equivocarse, de caer y volver a levantarse. Pero la confusión volvió a sumirla de nuevo en el pesar. Creyó por un momento que era una forma de pagar la vida de riquezas emocionales y materiales que había tenido, pues bien sabía de las penurias que desolaban a la mayoría de la población. Rezó, cogió la medalla de la Virgen del Rosario que tenía en el pecho, y la besó. No. No podía permitir que guiaran sus pasos como si de una marioneta se tratara. Si la trataban como a una adulta, ella respondería como tal. ¡Virgen del Rosario, dame fuerzas para hacer lo que estoy pensando!, rezó.

Su madre llegó con el ungüento de eucalipto y una taza de café. Benedicta la seguía con un caldero con agua hirviendo cubierto por una tapa bajo un paño. Comenzaron a frotarle el ungüento por la espalda y el pecho. Una vez sentada, colocaron el caldero en la mesa de noche, donde se inclinó a inhalar los vapores de aloe vera y eucalipto picado. Poco a poco, sus bronquios comenzaron a abrirse y sus ideas también. En aquel corto espacio de tiempo había tomado la firme decisión de huir. Su tía y su madre la miraban con angustia, fingiendo que no pasaba nada grave, aunque el sonido áspero de sus pulmones les recordaba que apenas podía respirar. Tras los dos pasos anteriores contra el asma, llegó el último: una taza de café solo. Aquel conjunto de medidas consiguieron que el intervalo entre inspiración y espiración fuera mayor.

Su madre, una vez comprobó que todo había pasado, se disculpó y bajó al patio. En cambio, Benedicta se quedó con ella sentada a su lado.

—¡Ay, mi niña! ¡Ay, mi niña! —suspiró mirándola con ternura—. Un día me vas a matar del susto.

—Cada vez que me pasa, siento que es la última vez —susurró Luisa por el esfuerzo—, pero esta ha sido distinta.

—¿De qué me hablas, criatura?

—He tomado una decisión, Tití, y necesito que me ayudes.

Su sobrina la observaba con determinación, algo que nunca había detectado. Luisa, siempre alocada, nerviosa y llena de vida, la miraba con serenidad. Algo estaba cambiando en ella.

—Dime, Luisita, ¿en qué quieres que te ayude?

—¡Ayúdame a escapar!

—¡Pero tú no sabes de lo que estás hablando! —contestó sorprendida—. Esto de que no cojas resuello te deja la cabeza más para allá que para acá.

—No, Tití. Si no me ayudas, lo haré yo sola. —Tragando con dificultad y tomando aire, continuó—: Me voy de aquí, tú también lo hiciste una vez. Sabes que no hay solución: o hago lo que mi padre quiere, o me voy.

—Pero no te precipites, Luisa. —Su tía se pasó una mano por la cara y suspiró—: La vida es muy dura allá afuera ¿y a dónde te irías? Yo te aceptaré gustosa en mi casa, pero sabes que tu padre te arrastraría por la fuerza si fuera necesario.

—No lo he pensado aún —respondió confusa—, pero lejos de esta isla, donde mi padre no pueda atraparme. Tití, ¿tú me ayudarías?

Era una situación terrible, aquella niña estaba decidida a huir de las garras del autoritarismo de su padre. Si la ayudaba, correría el peligro de que la ira de Matías cayera sobre ella y su marido; pero si no lo hacía, Luisa podía tener serias dificultades para sobrevivir en el mundo.

—Está bien, te ayudaré —contestó al fin, presa de la preocupación—. Pero… ¡por Dios bendito que debes pensarlo muy bien antes! Debes pensar en qué puedes trabajar, dónde, y buscar un lugar para vivir. Necesitarás dinero para poder comenzar. ¡Ay, Dios mío! ¡Esto es una locura, Luisa! No sabes lo que haces.

—Gracias —sonrió, y Benedicta pudo ver de nuevo la chispa vivaz en sus ojos.

Estaba perdida. No sabía si estaba haciendo lo correcto al animar a su sobrina, pero bien sabía ella de la tiranía de don Matías. ¿Cómo decirle que no, cuando ella misma lo hizo? Se comprometería a ayudarla y a guiarla lo mejor que pudiera.

Esa misma noche, Luisa comenzó a trazar su plan. El café que había tomado para abrir los bronquios había hecho que se le despejara la mente y pasara la noche en vela pensando en su partida. En la oscuridad de su habitación tuvo ocasión de percibir cierto pánico a lo desconocido, pero siempre volvía a sus posibilidades en Fuerteventura y su convencimiento se reafirmaba. Había decidido que se comportaría de manera sumisa, siguiendo las órdenes de su padre. Aceptaría los encuentros con Germán y se comportaría en función de lo que se esperaba de ella.

Con el transcurso de los días, el ambiente tenso de su casa se fue relajando poco a poco. Su padre la miraba con aprobación. Aquella condescendencia que le hervía la sangre solo le infundía valor. Algunos días acudía a casa de Benedicta a concretar los preparativos. Una de aquellas tardes, sentadas bajo la parra situada en la parte delantera de su casa, Luisa suspiró feliz al ver como comenzaba a ser dueña de su vida.

Viajaría a Cuba. El plan comenzó cuando Luisa encontró la carta de su tío por parte de madre. En ella encontró la dirección de Cuba en el remitente. Enseguida le escribió desde la dirección de Benedicta para pedirle que la ayudara a encontrar trabajo y un lugar donde vivir. Tan solo hubo un inconveniente, fácilmente subsanado: no dijo que era la hija de Dolores, sino una sobrina de Benedicta. Mientras esperaban la respuesta, Luisa iría recaudando dinero de donde pudiera. El suficiente para pagarse el billete de barco desde Fuerteventura a Gran Canaria y de Gran Canaria a Cuba. Entre la dos, habían llegado a la conclusión de que Luisa, con los conocimientos en costura que poseía, podría trabajar para alguna familia acomodada como la suya. Irónicamente, pensó en su amiga Sita y en el oficio que de ella aprendió. Finalmente, lo que comenzó como un juego, terminaría como su medio de vida. Con la ilusión de llegar a ser una buena costurera, practicaba día y noche. A todos lados que iba, llevaba consigo un trozo de tela, aguja e hilos e iba remendando. En aquella ocasión, sentada junto a su tía, practicaba la técnica del ganchillo.

—Tendré que prepararme de noche —con la cabeza gacha pensaba en voz alta—. El barco de Transmediterránea sale a medianoche de Gran Canaria, con lo que estará por la mañana aquí. Tengo que buscar un lugar donde dejar la maleta, y ese día buscarme alguna tarea como excusa para que no comiencen a buscarme hasta la tarde.

—Recuerda que debes mantenerme informada de dónde estás en cada momento —apuntó su tía—. Aunque el correo sea lento, siempre llega, y así me tienes más tranquila. ¡Ah!, y hablando de paz, tu tío y yo hemos reunido un poco de dinero con lo que nos da la panadería, y hemos decidido que mejor lo tengas tú.

—¡No, no! Benedicta, no voy a aceptar tu dinero —contestó enfadada—. Esta es una decisión mía. Ya me has ayudado lo suficiente, no podría aceptar ese dinero que tanto te ha costado reunir.

—¡Déjate de tonterías, muchacha! —Con un gesto de la mano le quitó importancia y entró en la casa en busca de sus ahorros. Una vez de vuelta, continuó sin prestar atención a las protestas de Luisa—: Ten, coge este dinero, no sabes los problemas con los que te encontrarás. Por mucho que andes buscando monedas por tu casa, no te llegará para pagarte tu estancia en Las Palmas los días que tengas que esperar al siguiente barco.

—Benedicta, por favor, que no puedo cogerlo —contraatacó Luisa.

—¡No, no, no! Se acabó la discusión, Luisa —alzó la voz para hacerse oír—. Este dinero lo reuníamos para nuestros hijos. Pero después de varios años, no hemos concebido y tú eres para nosotros lo más próximo a una hija. Así que, cógelo. Como no lo hagas, te retiro mi apoyo y aviso a tu padre de tus planes.

Ante la amenaza, Luisa tuvo que aceptar el dinero, cogió la pequeña caja de latón que le ofrecía su tía, y le dio un gran abrazo. Ambas se echaron a llorar, pues fueron conscientes del futuro incierto al que se enfrentaban.

Y por fin llegó la carta, funcionando como disparo de salida en una carrera. En ese mes de espera, Luisa tuvo que aguantar las atenciones de Germán y disimular. Más de una vez le había fulminado con la mirada por algún comentario fuera de lugar al que acostumbraba el hombre. Incluso, en una ocasión, le ofreció una bofetada por atreverse a tocarle la rodilla. Centrada en la costura como todas las tardes, no notó la mirada preocupada de su madre, quien en le preguntó si todo iba bien. Como nunca había sido buena embustera, intentó tranquilizarla cambiando el tema de conversación. En cuanto a la búsqueda de fondos, cada vez que su padre se vaciaba los bolsillos de calderilla sobre la cómoda de su dormitorio, ella, con sigilo, las cogía quedándose con unas cuantas pesetas. Con este método llegó a reunir, junto con lo que le había dado su tía, una suma algo superior al sueldo de un jornalero: unas ciento cuarenta pesetas.

Su tío fue breve en su contestación, la esperaban en Paso Real de San Diego y harían lo posible por acogerla y buscarle un oficio. Información suficiente para ponerse en marcha. Con el corazón desbocado, entró en su casa. Era lunes y recordó que el barco salía los miércoles y viernes desde Las Palmas. Su tía se encargaría de comprarle los pasajes de barco; ella tan solo tendría que hacer la maleta y esconderla cerca del muelle donde embarcaría. Fue a la alcoba de sus padres, donde encontró una maleta de cuero rectangular sobre el ropero. La bajó intentando no hacer mucho ruido, sigilosamente; recorrió el pasillo de la planta alta hacia su dormitorio. Abrió el cajón de la cómoda y encontró la lista que había escrito con lo que debía llevarse. Y dio gracias a tal ocurrencia, porque en aquellos momentos, se encontraba en tal estado de nerviosismo, que no era capaz de pensar con claridad.

Dos mudas de ropa interior; dos trajes de diario; uno estampado de flores azules sobre fondo blanco, y un segundo, color berenjena, con cuello y el borde de las mangas color crema. Zapatos sin tacón, y ya llevaría los de tacón puestos. Añadió el traje desgastado y los pantalones de muchacho que usaba para montar a caballo, pues esperaba tener la ocasión de volver a montar. Dos chaquetillas de punto, la bolsa de medicinas que su tía le había preparado, un cepillo con mango metálico y una cajita de latón donde metió los utensilios de costura, pues quería causar buena impresión llevando sus propias herramientas de trabajo. Y por último, otra cajita de latón con el dinero.

¡Clac, clac! La maleta de cuero marrón de sus padres fue sellada cerrando ambos broches a cada lado. Su compañera de viaje ya estaba lista. Solo debía esperar un día más.

LA CÓMPLICE

Aquel día transcurrió lentamente hasta que llegó la hora. La tarde dio paso a la noche, dejando una luz tenue en el horizonte. Luisa escuchó el sonido del mar. Antes de la hora de cenar, cuando su madre se encontraba en el comedor preparando la mesa y la mayor parte de los sirvientes ya se habían ido a sus casas, salió. Inspiró hondo. Con cuidado, se cercioró de que nadie la viera y, sin demostrar su ansiedad, recorrió el camino al muelle con la maleta a cuestas. Comprobó que no le resultaba del todo pesada, y comenzó a buscar un escondite entre las cajas del muelle y los almacenes. De pronto, algo la asustó.

—Chsss, chsss.

Era Sita, la joven la había estado siguiendo. Se puso pálida.

—¿Qué hace usted aquí? —preguntó con las manos en jarras. Llevaba un vestido ligero e iba descalza, como la mayor parte de las veces, pues los zapatos quedaban relegados al domingo.

—¿Y a ti qué te importa? Déjame tranquila y no me estés jeringando —contestó altanera para alejar a la muchacha.

—Pues yo la dejaré tranquila si me dice lo que está haciendo con esa maleta —volvió a interrogar tozuda.

—Sita, mejor vete. —No podía seguir disimulando—. Es mejor que no sepas nada.

—¿Señorita, se está escapando? —pronunció la frase con incredulidad.

—Sí, me voy mañana —claudicó Luisa—. Lo tengo todo preparado y estoy decidida a irme de este lugar. Así que, por favor, te ruego que no digas nada, al menos hasta mañana por la tarde.

—Ya notaba yo que usted andaba medio rara —pensó en voz alta la joven robusta—. Tan calladita, y aceptando la atenciones de ese muchacho. Ya sabía yo que usted no había cambiado así de pronto. ¡¡Pero usted está loca!! Irse así, como si nada. A su madre la matará de un disgusto, y su padre... ¡Dios nos libre de su padre cuando se entere! —Tras unos segundos meneando la cabeza y dejando muerta de miedo a Luisa por si la delataba, continuó diciendo—: Pero la entiendo, Luisita, ese no es un buen hombre para usted y su padre no va a entrar en razón.

Luisa sonrió. Iba a echar mucho de menos a su amiga y ahora confidente.

—Y si se va mañana, ¿qué hace a estas horas aquí? Fuerte niña desinquieta, como se quede aquí, van a notar que no está —le dijo como si le faltara algún hervor, mientras apoyaba el peso en una pierna con un brazo en jarra.

—No, mujer, tengo que esconder la maleta para cuando salga mañana y que nadie se dé cuenta de a dónde voy —explicó con urgencia.

—Bueno, pues deje que la ayude. —Levantó la mano y señaló los palés de madera—. ¿Ve todo eso? Mañana no estarán aquí. A primera hora de la mañana esto desaparece y habrá otros palés nuevos. Y entre medio, su maleta se perderá. Así que déjemela que yo me la llevo a mi casa, y se la doy mañana.

—Por favor, Sita, no me traiciones. —La miró con ojos suplicantes.

—Traiga para acá eso, mira que desconfiar de mí... —le dijo con enfado—. Mañana aquí estaré, y usted, como una cabra loca, se irá en ese endemoniado barco y veremos qué es lo que pasa.

Tras darle un fuerte abrazo, corrió de nuevo hacia la casa. Comenzaba el principio de su nueva vida.

Rumbo al destino

Sentada sobre unas cajas de madera, dirigía la mirada a la lejanía. Observaba aquellas zonas que tan bien conocía, desde una perspectiva distinta. Ahora, sobre la cubierta de la goleta, fue observando cómo las montañas arenosas salpicadas de julagas[10] daban paso a las arenas blancas de las playas de Jandía, donde tantas veces se había bañado. Reconocía los caminos que utilizaba, las casas por las que pasaba, pero todo era tan distinto…, diminuto, lejano, hasta irreal. Mientras aquel paisaje de maqueta transcurría ante sus ojos, ella subía y bajaba sobre la superficie del mar; movimiento que hizo que su estómago diera un vuelco.

Antes de subir a bordo, agarraba la maleta como si de un bote salvavidas se tratase. Comenzando a notar cómo sus nervios se condensaban, empezó a salivar. Náuseas de pavor recorrían su cuerpo, pero antes de arrepentirse, se hizo hueco entre la gente y subió de las primeras. La cubierta del barco de velas fue llenándose de pasajeros, hasta llegar al extremo en el que muchos colgaban sus piernas fuera de la nave y se sujetaban de la barandilla. El viaje duraría aproximadamente unas diez horas, y Luisa dio gracias por haber encontrado aquel hueco sobre cajas, cerca del borde.

Las náuseas, causadas por los nervios, dieron paso a náuseas causadas por el mar. Pasando Morro Jable, Luisa comprendió que se mareaba en barco. No había contado con eso. Inspiró hondo para calmar su estómago. Sentada bien recta, con sus manos agarrando las asas de la maleta situada entre sus piernas, intentó buscar en el horizonte un punto que no se moviera con el vaivén.

Luisa destacaba por su vestimenta entre los pasajeros. Salvo por algunos caballeros bien vestidos que había escuchado que provenían de Gran

---

10 Aulagas.

Canaria, el resto de pasajeros apenas llevaban equipajes consigo. Niños y mujeres se apiñaban en el suelo, soportando aquel infernal trayecto que las llevaría en busca de maridos que habían emigrado, o simplemente eran madres que buscaban un futuro para sus hijos. Se embarcaban solas en las corrientes del destino. Personas que, empujadas por la situación económica, marchaban en busca de una vida menos sacrificada y cargada de esperanzas.

Desde hacía unos años, la crisis en Estados Unidos de 1929 había arrastrado a la economía española, haciéndose aún más notable en las islas Canarias al nunca haber conseguido tener una exportación fuerte y depender de productos de primera necesidad traídos de fuera. Los productos como el plátano y el tomate se destinaban al mercado inglés hasta que, unos años antes, el Reino Unido y las colonias británicas, en la Conferencia de Ottawa, acordaron la compra de los plátanos de las Indias Occidentales, dejando nuevamente anulado el papel que desempeñaban las islas en el mundo. El siguiente comprador era Francia, que aceptaba los productos canarios a cambio de una alta fiscalidad. Todo ello repercutía en las grandes diferencias sociales en las que se vivían. El aumento del paro, y una postura intransigente de los dueños de las tierras, empujaban a los canarios a emigrar. Aunque poco a poco, a través de partidos políticos se iban consiguiendo derechos, la realidad de los trabajadores canarios era muy distinta. Mientras en Madrid se peleaba por defender las islas Canarias, Luisa comprobaba que la política llevaba un camino paralelo a la realidad social.

Enseguida notó las miradas que las personas allí congregadas le lanzaban. Ella, vestida con una falda color caramelo y su chaquetilla a juego, destacaba sobre los demás. El pequeño sombrero redondo del mismo tono que su falda cubría ligeramente su rostro, aportándole mayor misterio a la dama que viajaba sola. Los hombres la miraban de soslayo con admiración y matices de lujuria. Las mujeres susurraban entre ellas mientras lanzaban miradas envidiosas. Con la trenza rubia enrollada en la nuca, muchos la confundieron con una extranjera, ya que en las últimas décadas, sobre todo los ingleses, elegían las islas para hacer turismo. Luisa captó la conversación de una de ellas. Una joven aseguró que aquella muchacha

46

era la hija de don Matías López. Por un momento, se asustó. Enseguida se repuso, pues por muy rápido que volaran las noticias, ella llevaría suficiente ventaja cuando su padre se enterara de su huida. Se reconfortó pensando que en el momento en que eso ocurriera, ya estaría en el barco rumbo a Cuba. Y justo en ese instante, su cuerpo no pudo más. El barco pasó la punta más al sur de Fuerteventura, dejando atrás la protección de la costa, y las corrientes del atlántico movieron con violencia la goleta.

Vomitó mientras se agarraba con fuerza a la barandilla. Las tensiones acumuladas de tantos días de ansiedad brotaban cada vez que el barco descendía entre las olas. El resto del trayecto, Luisa viajó en un estado de semiinconsciencia; de vez en cuando despertaba para intentar expulsar lo que ya no tenía y volver a sucumbir a la somnolencia.

Poco antes del atardecer, atracaron en el muelle de La Luz de Las Palmas. Como en todo puerto, los almacenes recibían a los viajeros. En algunos, se observaban carteles de plataneras y tomateros, un negocio incipiente. Andando, exhausta, acompañada del resto de personas, llegó a la parada del tranvía que unía la zona del puerto con los barrios de Triana y Vegueta. La incertidumbre le despejó la mente y comenzó a observar todo lo que la rodeaba. Le llamó la atención la cantidad de personas que se veían por las calles. Cuando pasó por Ciudad Jardín, le impresionaron las elegantes residencias que pudo ver a lo lejos. Ya en Triana, el trayecto llegó a su fin y se puso en marcha en busca del hotel Madrid, en la plaza Cairasco. Este hotel era famoso por su cafetería, donde acudía la alta burguesía isleña.

La capital de provincia le parecía de ensueño. Cuando inició el camino que le habían indicado, se entretuvo ante los escaparates de las tiendas de Triana. En aquella zona de la isla habitaba la burguesía canaria. La calle terminaba en el puente de Palo, que unía el barrio de Triana con Vegueta, donde tiempo atrás residieron la nobleza y el clero. Las viviendas situadas a pie de playa se engalanaban en la parte interna con vistas a la calle principal. Antes de la construcción del muelle de La Luz, los barcos llegaban a esa misma zona, mezclándose con el ir y venir de las distintas clases sociales. Mientras continuaba dirección a Vegueta, Luisa observó la arquitectura de las casas, cuyo estilo se repetía en cada una de ellas.

Las casas eran de planta alta, de alzados regulares, y la atención recaía en las líneas horizontales predominantes. Luisa pudo contemplar los zócalos, las cornisas ornamentadas y los distintos pretiles con balaustrada que coronaban las fachadas. Finalmente, tras subir la calle Malteses, encontró el edificio del Gabinete Literario, un fantástico ejemplo de elegancia.

Una vez entró en el hotel, subió a su habitación, donde la soledad la inundó. Se asomó a la ventana y miró a las personas sentadas en la terraza. Eran refinados, seguros de sí mismos, y ella se sentía inmadura e inexperta. Al volverse, se topó consigo misma: una joven de aire ausente. El espejo de la cómoda de la habitación reflejaba su imagen. Algunos mechones rubios se hallaban pegados a la frente por el sudor que le produjo el trayecto andando. Un moño casi deshecho, la palidez en su piel y los ojos enrojecidos delataban cansancio. En su rostro se marcaban las sombras de un viaje en barco nefasto y muchas noches de sueños intranquilos.

De pronto, observó su reflejo desde una dimensión lejana, desde donde sus ojos derramaban lágrimas. Quería volver a su casa, a su sencilla casa. Incluso después de haber visto las viviendas de la zona, la suya le parecía bruta y tosca, pero al menos tenía la calidez del hogar que la vio crecer. Eso era solo el principio de su nueva vida, se dijo. Y estaba muerta de miedo. ¿Qué había hecho?

Los sonidos de la calle se fueron apagando junto a la luz del atardecer, y su estómago rugió de hambre. Aquel era un buen síntoma, pensó Luisa. Se obligó a levantarse, asearse y vestirse, para ir en busca de comida. Los camareros fueron muy amables con ella, enseguida la acompañaron a una de las mesas situadas en el exterior y, mientras esperaba la comanda, se relajó observando a la gente pasar. Frente al hotel, los edificios rodeaban una iglesia cuyas puertas se encontraban abiertas. Luisa identificó a una de las familias que la acompañaron en el barco. La madre, con un niño no mayor de cinco años, y dos más que no llegaban a los diez, conducía a los pequeños al interior del templo. Al parecer, esperaban su turno para comprobar si había sitio para ellos.

Aquella imagen hizo que Luisa se sintiera realmente mal. Ella había estado llorando durante media hora por sentirse sola y desamparada, cuando tenía dinero suficiente para dormir en uno de los mejores hoteles de la ciudad e iba a cenar como una más de aquellas elegantes señoras. Sintió vergüenza de sí misma y se obligó a tomar las fuerzas necesarias para comportarse como una mujer y no como una niña.

La risa de dos jóvenes le hizo volver la mirada. Observó el contraste que le ofrecía la elegancia de las personas del Gabinete Literario ante la desolación de las personas que esperaban a las puertas de la iglesia. Era un reparto desigual, comprobó con pesar la joven. Bajando los peldaños del edificio, dos jóvenes se despedían de un grupo de personas. El primero se adelantó mientras esperaba al más rezagado, que se quedó mirándola. Lentamente, colocó sus manos en los bolsillos del pantalón, llevando las partes bajas de la chaqueta hacia atrás. Se balanceó con los pies sin quitarle la mirada especuladora de encima. Luisa, inmediatamente, se ruborizó y comenzó a comer del plato como si no se hubiera percatado de la presencia del hombre. Irguió la espalda y actuó como lo haría cualquier mujer de mundo.

Las risas de ambos hombres volvieron a ponerla en alerta, pues la conversación que mantenían se acercaba a ella a paso lento.

—Señorita —dijo una profunda voz masculina—. ¿Podría decirme qué hace una joven como usted sola en esta terraza?

Luisa alzó los ojos y comprobó que era el mismo caballero que había visto a lo lejos. Era alto, de anchas espaldas y rica vestimenta. Sus ojos oscuros tenían tal poder sobre ella, que era capaz de producirle una sensación intensa. Pero como Luisa nunca se había dejado amedrentar por nadie, contestó a aquel hombre tan atrevido:

—Sí, podría contestarle, caballero —dijo con voz altanera—, pero me temo que no lo voy a hacer. Así que puede seguir su camino, que ya le acompaña su curiosidad.

—Disculpe a mi hermano, señorita —intervino el segundo, más joven que el primero, pero con los mismos ojos negros—. No ha querido ofenderla. Es su manera de expresar que le ha llamado mucho la atención su presencia.

—Si hubiera querido decirle eso, lo hubiera hecho, Ramón —dijo el primero, que ante la contestación de la joven había cambiado su jovialidad por socarronería—. Pues bien, ya que no va usted a saciar mi curiosidad, tendré que irme haciendo volar mi imaginación. Tranquila, crearé una buena historia sobre usted.

—Buenas noches, caballeros —contestó la joven bailoteando el tenedor sobre la comida, apartando la vista y zanjando la conversación.

—Claro que, usted también se quedará sin poder responderme a la siguiente pregunta que tenía en mente.

Luisa alzó la ceja e hizo un mohín. Aquel hombre de mirada pícara no la dejaría en paz.

—Bueno, si insiste —contestó el joven, como si ella le hubiera respondido; y haciendo caso omiso del ceño de la muchacha, preguntó—: ¿Por casualidad, no será usted rica?

—Buenas noches, señorita —contestó Ramón conteniendo la risa—. Mi hermano no pretendía ser grosero.

Riendo ante la ocurrencia de su hermano mayor, lo arrastró antes de que cometiera otra tontería como aquella. Su hermano solía gastar bromas a menudo, y aquella había sido la primera vez que lo hacía ante una desconocida.

—Buenas noches —respondió Tomás, dejándose llevar por su hermano y llevándose una mano al sombrero.

—De verdad, Tomás, ¿tú crees que son formas de hablar a una muchacha?

Tomás rio por lo bajo, se ajustó el cachorro negro que llevaba sobre la cabeza, y se encogió de hombros murmurando algo que Luisa no llegó a oír. La intromisión de aquel joven, hizo, como bien había dicho, que su imaginación volara. ¿Quién sería? ¿Por qué se había dirigido a ella? Claro que, ella no podía saber la estampa que ofrecía.

50

Una mujer joven, mirada azulada, belleza rubia, y desprendiendo la necesidad de protección en cada gesto. Con un sencillo traje berenjena, de cuello y mangas color crema, sin sombrero, con un moño hecho con la trenza en la nuca; esa fue la imagen con la que se encontró Tomás. Se sintió atraído por aquel ángel en cuanto su mirada se posó en ella. Y mientras sus pasos se acercaban a la joven belleza, algo hizo que se parara en seco y dijera lo primero que se le vino a la mente. ¿Por qué estaba allí? ¿Esperaba a alguien? Algo en su interior se removió al tiempo que la imagen de Luisa se instalaba en su memoria. Vivían tiempos difíciles y no se podía permitir pensar en mujeres. Su atención volvió a centrarse en su hermano, quien hablaba a su lado a la vez que sus pasos se alejaban de la plaza.

Al día siguiente, Luisa amaneció con fuerzas renovadas. Su juventud y sus ganas de vivir hicieron crecer la curiosidad por ver mundo. Se vistió con el vestido blanco de flores azules, se trenzó la melena rubia dejando que bamboleara a su espalda, calzó sus zapatos de tacón con hebilla, y se preparó para dar el último paseo antes de embarcar y no tener más que unos metros para estirar los pies. Con calma, se colocó la chaquetilla de punto sobre los hombros, pues el día estaba fresco. Sus pasos la encaminaron hacia el puente de Palo, que unía los dos barrios. A lo largo del mismo, habían construido cuatro quioscos en cada esquina y varios establecimientos en medio, como el bohemio bar Polo. Por el gran barranco apenas pasaba agua, pero dividía a la perfección los dos barrios y el cambio fue notable. Cuando Luisa llegó a la plaza Santa Ana, apreció la herencia arquitectónica de los antiguos colonos y las posteriores reformas de la aristocracia de la isla. La comparación, entre lo que ella había conocido y lo que estaba viendo, dejaba en mal lugar a su tierra majorera. Comenzaba a entender las quejas de los habitantes de las islas periféricas cuando hablaban de sentirse más aislados de lo que estaban.

Ansió compartir su visión con alguien. Pensó en su tía Benedicta, en su madre, en su amiga Sita. Se sacudió el pesar que comenzaba a enturbiar su día y decidió escribir a su tía antes de marchar a Cuba. Al atardecer, se pondría en camino rumbo a lo desconocido. Aunque un pequeño escalofrío la recorrió, siguió con su incursión por el barrio de Vegueta, admirando las distintas iglesias y conventos que se encontraban en la zona.

El día transcurrió con lentitud. A cada minuto que pasaba, los nervios aumentaban. Hasta que finalmente, llegó la hora de partir. Recogió sus cosas y tomó el tranvía de vuelta al puerto. Echó un vistazo al mar, el cual parecía estar tranquilo, y admiró la larga llanura arenosa que recorría la costa de la ciudad. Hacia el final, se ordenaban los distintos barcos trasatlánticos de navieras tanto españolas como extranjeras. Al bajarse, intentó centrarse más en el paisaje portuario que en los nervios que le atenazaban de angustia el corazón. Identificó a la compañía Trasmediterránea; y unos metros más adelante encontró el barco llamado Rodney Star, de la compañía Blue Star, encargado de llevarla a La Habana. El puerto de La Luz era uno de los puntos de conflicto en el pleito insular, pues habían desviado las líneas extranjeras de Tenerife hacia este y era frecuente ver atracados en el puerto a los barcos mercantes de la Yeoward, Fred Olsen y Blue Star, con salida semanal, tanto a Europa como a Sudamérica.

Cuando tan solo le quedaban unos metros para subir la escalerilla del barco, un claxon comenzó a sonar aceleradamente. Sin poder evitarlo, se dio la vuelta para averiguar quién armaba tanto jaleo. En el interior de un vehículo identificó a los dos jóvenes del día anterior. El más atrevido era quien tocaba el claxon de forma desaforada. ¡Por Dios bendito!, pensó Luisa, ¿qué hacían aquellos dos allí? Ambos jóvenes se asomaron por las ventanillas y comenzaron a lanzar saludos hacia ella.

—¡Eh! ¡Eh!

—¡Señorita!

Las personas que se encaminaban hacia el barco, al igual que Luisa, observaban la escena con diversión; salvo algunos señores, de edad más avanzada, que meneaban la cabeza de un lado a otro con desaprobación. Una mano salió del asiento trasero del vehículo y le dio un manotazo a cada uno de los jóvenes. Fue entonces cuando se escuchó una voz femenina echarles un sermón. Ramón, el más joven de los dos, bajó del vehículo y corrió en dirección a Luisa. El otro, que había tardado más, echaba miradas furiosas a su hermano, que corría, mientras ayudaba a bajar a la señora del interior del vehículo.

—Me alegra volver a verla —la saludó con entusiasmo.

Ante la mirada atónita de Luisa, que miraba alrededor presa de la vergüenza, continuó:

—A mi hermano y a mí nos ha sorprendido verla —continuó—. Permítame que le lleve su maleta. No, no, si no es molestia —dijo al escuchar las protestas de Luisa.

—¿Ustedes también viajan a Cuba?, ¿en este mismo barco? —preguntó Luisa sorprendida.

—Así es —rio ante la expresión de Luisa—. Señorita, aún no sé cuál es su nombre.

—Me llamo Luisa —contestó mientras subían juntos la escalerilla—. Es usted muy amable por ayudarme.

—Yo soy Ramón —dijo sonriendo abiertamente antes de pararse ante el hombre que revisaba los billetes—. ¡Anda, carajo, que mis billetes los tiene mi hermano! Bueno, Luisa, aquí le dejo su maleta. Ya nos volveremos a ver, porque de todas formas, viajando en el mismo barco, ¡quién diría que no!

—El barco es lo suficientemente grande para perderse —repuso Luisa, que no salía de su asombro.

—Pero nosotros la encontraríamos, Luisa, estas coincidencias hay que aprovecharlas.

Ante el descaro del joven, Luisa no pudo hacer otra cosa más que sonreír y despedirse educadamente de él. Había subido a un barco de vapor cuyo casco de acero, pintado de negro, lo convertía en una mole tenebrosa surcando los mares. La altura le impresionó, pero aún más los largos pasillos que lo recorrían de un lado a otro. Siguiendo las instrucciones, llegó a su camarote. Su tía había hecho un gran esfuerzo económico, pues había observado cómo las clases menos pudientes se dirigían a las plantas inferiores, donde debían compartir camarote. En cambio, Luisa tenía uno para ella sola. Aunque bastante modesto, era más que suficiente para ella. Una pequeña litera ocupaba la mayor parte del recinto; una sillita de madera y un mueble con palangana, jofaina y bacinilla estaban colocados en un rincón. Empotrado en la pared, vio dos puertas que ocultaban tres estantes. Fue deshaciendo la maleta hasta que el movimiento del barco le alertó del comienzo del viaje.

Salió del camarote en busca de la cubierta, pero el mareo comenzó antes de encontrarla. Tuvo que volver rápidamente, pues notó que necesitaba vomitar. Aquello comenzaba mal, muy mal, se dijo. Deseó estar entre los brazos de su madre, abandonada a sus cuidados. ¿Cómo iba a hacer para cuidar de sí misma? Siempre había tenido a alguien a quien acudir cuando se encontraba mal. En el espejo del mueble con la jofaina, observó como un color verdoso inundaba su cara. Con decisión, preparó su camarote para las horas de fatiga y vómitos. La palangana la colocó en el suelo, cerca de la parte superior de la cama. Le siguió una toalla sobre la almohada, para no mancharla, y se empapó el pelo con el agua que había en la jarra. Se desvistió, quedándose solo con la combinación. Tras el ritual, se tumbó, rezando para que el malestar pasara en unas horas.

No sabía cuántas horas habían pasado, pero ya había amanecido y seguía igual. Por suerte, una camarera del barco que pasaba para llevarse la bacinilla y reponer el agua, la encontró en aquel lamentable estado. Aturdida, Luisa observó como la joven le refrescaba la cabeza, vaciaba la palangana y le traía agua y pan duro. Con un balbuceo, dio las gracias y aseguró que se encontraba bien. No volvió a despertar hasta la noche. Pasados unos minutos, recordó las indicaciones de la muchacha para llegar a cubierta. Recorrer el pasillo de la derecha, hasta la segunda escalera; subir dos plantas y de nuevo caminar a lo largo del corredor buscando la puerta de salida.

La noche debía de estar avanzada, pues no se cruzó con nadie mientras, tambaleante, conseguía poner un pie tras otro hasta llegar a la planta de cubierta. Débil como se encontraba, tuvo que empujar varias veces la puerta que conducía al exterior. Cuando por fin lo consiguió, la fuerza del viento la lanzó contra la pared. Luisa dio gracias por haberse acordado de ponerse una manta sobre el camisón. Se cubrió la cabeza con ella y, una vez se estabilizó sobre la cubierta, comenzó a pasear. Respiró el aire puro, se tambaleó un poco, pero gracias al frío, su estómago controló un nuevo impulso. Miró a lo lejos y vio negrura. El miedo la desbordó. A tan solo unos pasos de la puerta, cayó apoyándose contra la pared. Se fue deslizando como una sopladera[11] cuando se queda sin aire. Lloró. No le gustaba la experiencia, no creía justa su situación. ¿Por qué su padre la empujó a eso?, se dijo. ¿Por qué tuvo que aparecer Germán en su vida? Le aterraba la vida que le esperaba. ¿Y si no encontraba trabajo? Apenas llevaba unos meses cosiendo con la máquina. ¿Podría comprarse una máquina de coser?, se preguntó. No tenía dinero para eso.

Se dio cuenta de que en una situación dramática como la que estaba viviendo, sus pensamientos llegaban a ser absurdos. ¿Por qué se preocupaba por la máquina de coser que no tenía —se enfadó consigo misma—, si aún le quedaba conocer a sus tíos, y el posible trabajo que le encontrarían? Es más, nadie se ganaba la vida simplemente sabiendo coser; estaba convencida de que habría multitud de mujeres costureras, cocineras y hasta jornaleras que por un mísero sueldo hacían de todo. Y ella solo sabía coser. Continuó llorando hasta que reposó la frente en el suelo lleno de salitre. La falta de comida, el cansancio y la fatiga terminaron por conducirla de nuevo a un tormentoso sueño.

En primer lugar, le llegó la imagen. Una luz ambarina flotaba ante sus ojos haciendo que no pudiera abrirlos del todo por sus pestañas empapadas en lágrimas y sal. Posteriormente, llegó a su enturbiada mente el sonido. Una voz. ¿Conocida?

—¡Señorita! ¡Joven! —continuó diciendo aquella voz—. Ah, veo que ya está despierta. ¡Menudo lugar para pasar la noche!

Poco a poco, Luisa se incorporó con la ayuda del caballero. Cuando por fin

---

11 Globo.

consiguió enfocar, observó las facciones del hombre. Aquellos ojos tan penetrantes y la sonrisa sardónica le devolvieron la razón. ¡Era el hermano mayor! ¿Cómo se llamaba? El majadero que la importunó en la cena, se dijo.

—¿Usted otra vez? —contestó con voz pesarosa.

—El mismo. Me llamo Tomás, aún no nos hemos presentado.

En la mano llevaba un encendedor con el que alumbraba. La arrebujó en la manta, le lanzó una mirada pícara al ver que solo llevaba el camisón y, con total naturalidad, como si de dos viejos conocidos se tratase, se sentó a su lado. De una caja plana de latón sacó un purillo y se lo encendió. Con el clic de la tapa del encendedor al cerrarse, volvieron a sumirse en la oscuridad. Mientras los ojos de Luisa se acomodaban a la penumbra, pensó para sí que aquello no estaba nada bien. Estar sentada en el suelo, en camisón y con un hombre a su lado no debía de ser lo más adecuado. Su madre pondría el grito en el cielo, se dijo. Sonrió al pensarlo. La fatiga y la poca fuerza actuaron como narcótico y se dejó llevar.

—¿Tomás? ¡Pero, qué puñetas! —De pronto una idea descabellada le vino a la cabeza—: Por casualidad no le habrá enviado mi padre, ¿no?

—¿Su padre? —contestó extrañado, intentando adivinar si la joven estaba gastándole una broma ante aquella ocurrencia—. ¿Por qué iba a hacerlo? ¿Y quién es su padre?

—Oh, nadie —contestó más tranquila—. Es que en cuanto pongo un pie fuera, aparece usted o su hermano.

—Pues lo mismo podría decir yo de usted —continuó—. Luisa, ¿no es así? Ramón me dijo su nombre. —Ante el asentimiento de la joven continuó—: Pero estoy contigo en eso de que es una coincidencia que nos hayamos visto antes de embarcar. —Y escapándosele una risilla grave, dijo—: Cuando vimos que era usted la que iba derechita al Rodney Star, montamos un alboroto que por poco no nos dejan subir.

—Pues yo no sé por qué montaron tanto jolgorio —repuso molesta—. ¡Menuda vergüenza pasé! ¡Dos cabras locas están hechos!

—¡Ay, Luisa!, perdona que te tutee, pero con personas jóvenes me suena raro. —Soltó una entrecortada carcajada mientras exhalaba el humo recordando la escena del puerto—. La verdad es que no tenemos perdón. Es solo que me despiertas mucha curiosidad. Verte sola, pequeña y asustada hace que me pregunte un montón de cosas.

—Como si soy rica, ¿no? —contrapuso Luisa recordando el día anterior.

—Efectivamente. —El tono de la joven le volvió a arrancar una carcajada—. Pero la razón de esa pregunta es mejor que no la sepas. —Ante el movimiento de cabeza inquisitivo de Luisa, añadió—: Aún.

—Pues hasta que no me lo diga, no le contesto —repuso Luisa cruzando los brazos bajo la manta.

—Muy bien —aceptó Tomás—, pero me podrías decir qué edad tienes.

—Tengo quince, pero en unas semanas cumpliré dieciséis.

—Eres jovencita.

—¿Y tú? ¿Cuántos tienes?

—Veintidós.

—Y tú ya estás mayorcito, sí.

Tomás rio ante la contestación y pudo comprobar que un sonido similar a la carcajada había salido de los labios de la joven. La confianza con la que se trataban había surgido de manera espontánea. En la oscuridad, una sonrisa se formó en los labios de Tomás.

—Mi hermano se preguntaba dónde te habías metido todo el día.

—Su hermano es un majadero —contestó Luisa confiada—, y usted también, así que deje de reírse. ¡Que no sé si en Gran Canaria tienen esa costumbre, pero en mi isla está muy feo andar persiguiendo jovencitas!

—Ah, ¿y de qué isla vienes?

—De Fuerteventura.

—¡Majorera! Con razón tienes esa forma de hablar. Pero tienes razón, está muy feo. Podemos ser amigos y así, ni estás tan sola, ni pareceremos dos animalitos persiguiéndote por todo el barco.

—Pues no me estén persiguiendo, que me encochinan[12] y entonces ni amigos ni nada, que yo todavía no les conozco de nada para ser amiga; y no se crean que soy tan totorota[13] como para no darme cuenta de lo que buscan. Porque estaré sola, pero no soy una fresca, además estoy casada —concluyó con aquella mentira, que tras unos segundos le pareció buena idea para relacionarse con la gente del barco.

—¡Yass! ¡No me jeringues, Luisa! —se lamentó el joven—. Y yo que quería casarme contigo. Bueno —dijo haciendo una mueca—, nos lo íbamos a echar a cara o cruz mi hermano y yo.

Luisa captó la broma al momento y, tras varios días, rio con ganas.

—¡Ay, qué tolete[14]! —exclamó justo en el momento en el que el estómago le dio un vuelco.

Saltó lo más rápido que pudo hacia la barandilla y se alongó para vomitar. Tomás la agarró del hombro con un brazo e, igual que hacía su madre, le cogió de la frente. Luisa agradeció profundamente aquel gesto.

—Así que esto es lo que has estado haciendo todo el día en el camarote —dijo a la vez que le pasaba por detrás de la oreja los mechones que le había soltado el viento. Quiso hacerla sonreír diciendo—: ¡Ya decía yo que olía usted un poco mal!

---

12 Enfadarse extremadamente.

13 Atontada, abobada.

14 Tonto, simple.

Y lo consiguió. En poco minutos, supo que aquel hombre decía barbaridades, pero nunca con maldad. Tenía un humor muy atrevido, pensó Luisa. Tomás le propuso pasear y ella aceptó, pues no quería volver a su camarote y lidiar con la soledad. Al notar su debilidad, Tomás la agarró por los hombros. Luisa achacó su consentimiento a las náuseas, aunque en lo más profundo de su ser dejó que la abrazara de aquella forma porque le reconfortó el contacto tan íntimo. Se dijo que estaba oscuro, nadie les vería a aquellas horas y, por supuesto, sus pies apenas la sostenían. Aquello estaba mal, muy mal, pero era dueña de sí misma, se volvió a convencer. Y suspirando, comprobó cómo, poco a poco, las náuseas iban cediendo.

A la mañana siguiente, nada más abrir los ojos, sus labios formaron una sonrisa. Con mejor humor que los días anteriores, cogió la jofaina para verter agua. Se fue aseando. Echando de menos una bañera de agua caliente, peinó su larga melena, la trenzó y la soltó a su espalda. Se puso el vestido blanco de flores y salió en busca del desayuno. La joven camarera había pasado por su camarote para preguntar qué tal se sentía. Subió a la planta superior que daba a cubierta y tras recorrer el largo pasillo supo que estaba cerca del comedor, pues escuchó el ruido de cubiertos y el murmullo de personas. Traspuso la puerta y recorrió con la mirada el gran salón hasta que encontró una mesita libre. Con extremada timidez, no quiso enfrentarse a las miradas de las personas que tomaban el desayuno. Una vez pidió un café con leche, pan y mantequilla a un camarero que se le había acercado, dejó que su mirada recorriera de nuevo el salón comedor.

La mayoría habían formado pequeños grupos. Muchos matrimonios jóvenes viajaban en aquel barco, probablemente con las mismas perspectivas que ella. Al no haber futuro en las islas, las familias de clase media con contactos partían hacia un lugar con más salidas, tanto profesionales como económicas. Otro tipo de pasajeros eran hombres y mujeres de clase alta que viajaban por algún motivo económico. Al ser una travesía tan larga, muchas mujeres acompañaban a sus esposos. Incluso llegaban a acompañarles los hijos mayores, que debían aprender el negocio familiar que en un futuro heredarían. Estas familias se podían calificar de nuevos ricos, cuyos ropajes eran extremadamente ostentosos y sus formas absolutamente bruscas. Con bigotes y pelo corto abrillantado, distinguió a los que habían nacido en familias de alta alcurnia. Tanto unos como otros debían de estar relacionados con la agricultura. La agricultura siempre había sido un negocio próspero en las islas, sobre todo para unos pocos. El viaje a Cuba conseguiría entablar relaciones tanto para la importación de tabaco de las casi desahuciadas tabacaleras canarias como para la exportación del plátano y el tomate.

Cuando llegó su desayuno, sintió cómo su columna vertebral era recorrida por un escalofrío. Buscó dónde estaba el foco que causaba tensión a su organismo y al otro lado del salón se topó con la mirada intensa de una mujer mayor. Vestía de riguroso negro, tenía el pelo veteado de gris recortado en la nuca, dejando las ondulaciones de un pelo rizado enmarcar su rostro. La señora se apoyaba en un bastón. Estaba rodeada de otras mujeres, quienes por su actitud, reverenciaban a aquella mujer. Incómoda, se concentró en las vistas que ofrecía una magnífica imagen del mar.

Tras tomar el desayuno, decidió pasear por la cubierta, que tenía varias alturas. La inferior estaba destinada para tercera clase. Allí la gente se amontonaba, mirando el extenso mar con ojos esperanzados y rostros famélicos. Cuando pensó en qué tipo de travesía estarían pasando, se estremeció y dio gracias por haber nacido donde nació y tener la posibilidad de pagarse un viaje confortable. Su estómago toleró la comida, dejándola continuar con su recorrido por el barco. La zona de cubiertas tenía dos plantas, en cuanto encontró la escalerilla, subió a la última. Allí, observó el inmenso océano. Se puso de cara al sol para dejar que calentara su cuerpo y buscó un asiento que estuviera a cubierto del viento. Se situó del lado de babor y dejó vagar su imaginación, pensando en lo que le depararía el futuro y en su nueva vida. Escuchó voces que se acercaban por el piso inferior, las reconoció y se asomó apoyándose en la barandilla. Justo en el momento en el que ella apareció sobre ellos, Tomás alzó la mirada. Con un purillo entre los dientes, le sonrió y le dio los buenos días. Ramón hizo lo mismo, para luego subir corriendo las escalerillas.

—Por fin te vemos, Luisa —dijo Ramón.

—¿Te encuentras mejor? —se preocupó Tomás, inspeccionándola con la mirada.

Ante aquel escrutinio y su sincera preocupación, Luisa se sonrojó. Tomás quedó apoyado en la baranda desde donde les había saludado. Ella volvió a su asiento en el banco de madera en compañía, esta vez, de Ramón, el más joven de los dos. Tan solo le pasaba un par de años y su juventud se reflejaba en su rostro. Aunque atractivo, aún era aniñado. Ramón era de pelo rizado, nariz aguileña y profundos ojos negros. Ambos eran altos, aunque Tomás tenía más anchas las espaldas. Iban sin chaqueta, con el chaleco desabrochado y las mangas de la camisa arremangadas. Todos disfrutaron de una conversación superflua, sin mostrar preocupación ante una posible falta de decoro al estar Luisa sin compañía femenina. Una risilla tonta contagiaba a la joven cuando Ramón, el más jovial, decía algún comentario ingenioso.

Según le habían contado, eran hijos de un inglés casado con la hija menor de un terrateniente del sur de Gran Canaria. Se apellidaban Westerling, aunque por su aspecto, de anglosajón tan solo tenían el apellido. Su padre había fallecido hacía varios años. Tenían una casa en Las Palmas donde pasaban el invierno, y otra en Santa Brígida para los días de verano. Pero de lo que más orgulloso se sentía Tomás era de una de las propiedades que heredó: una finca de plátanos llamada la Hacienda del Inglés, en Arucas.

—¿Y por qué viajan a Cuba? Por lo que dicen, no necesitan emigrar para vivir —comentó Luisa. Los hermanos se dirigieron una mirada significativa.

—Mi hermano se va a casar —desveló Ramón—. Las sequías han hecho mucho daño a los cultivos y hemos sufrido algunas pérdidas por el problema de la exportación, con lo cual, necesitamos ingresos para poder mantener el patrimonio. Y nuestra madre, a través de un primo que reside en Cuba, concertó el matrimonio con la que sería nuestra prima segunda. ¡Nuestra *rica* prima segunda! —recalcó.

Aquello hizo que algo en el interior de Luisa se molestara. Hasta aquel momento, no se había dado cuenta de lo fascinada que estaba con Tomás. Su mirada la hacía estremecerse, lo consideraba sumamente atractivo. Un joven que tuvo que ponerse al frente de la gestión de las propiedades que le había dejado su padre, sin perder la jovialidad propia de su edad, le parecía una buena cualidad. En aquel momento, la volvía a mirar como si quisiera adentrarse en su interior y a veces estaba convencida de que lo conseguía. Supo que estaba comprobando su reacción ante la noticia.

—¿Y tu futura esposa de qué parte de Cuba es? —improvisó la pregunta, al verse obligada a hablar.

—De Cabaiguán. ¿Y su esposo? —la interrogó con una sonrisa en la mirada. Aquello la tomó un poco desprevenida.

—De Paso Real de San Diego —Era lo que conocía por su padre. Tragó saliva.

—¿Y hace mucho que está casada? —fue el turno de Ramón.

—No, nos casamos por poderes hace unos meses —inventó Luisa—. Ahora me dirijo a empezar una nueva vida allá.

Ambos hermanos notaron la incomodidad de la joven al hablar, creyendo que un matrimonio de conveniencia con su edad generaría mucha incertidumbre y miedos. Aun así, quedaban muchas preguntas en el aire.

—Bueno —intervino Tomás—, ¿y en estos quince días que tenemos por delante, qué cosas te gustaría hacer?

—Mmm —meditó Luisa, colocándose un dedo en el mentón y entrecerrando los ojos—. Además de darme un baño, que será poco probable que lo consiga, no se me ocurre nada.

—Podemos empezar jugando a la baraja —continuó diciendo—. ¿A qué sabes jugar?

—A casi todo —contestó ella—, pero yo no ando poniendo perras para jugar.

Los hermanos se sonrieron y bromearon con ella sobre su falta de audacia ante el juego. La tacharon de mala jugadora, al no querer arriesgar un duro. Ella intentó defenderse, consiguiendo que aceptaran jugar con granos. Como la idea de no jugar con dinero era suya, la retaron a tener que buscar el grano, pues ninguno de ellos tenía.

Los tres emprendieron la marcha, con ella a la cabeza, en busca de las cocinas. Se toparon con varios grupos de personas que los miraban con curiosidad. En una de las escaleras, Luisa preguntó a una camarera de habitación que se había cruzado, dónde podría encontrar las cocinas. Ante la mirada escéptica de la trabajadora, Tomás, con su peculiar humor, dijo muy serio:

—Es que a la muchacha le gusta el juego, ¿comprende? Y se puso de majadera con jugar a la baraja, y claro, nosotros para no desperrarla[15], pues pensamos que era mejor jugar con millo.

Ramón reía, mientras Luisa contestaba:

—No haga caso al sorullo[16] este —respondió intentando mostrarse seria.

La camarera, meneando la cabeza, pensando que ya eran mayorcitos los tres para andar con juegos, les indicó el camino. Cuando se alejaron, Luisa le lanzó varios manotazos. Y de esta forma, continuaron su marcha por todo el barco. Llegaron a la cocina y con las mismas miradas desaprobatorias, les despidieron con un puñado de millo menos en la despensa. De camino a la cubierta, pasaron por la planta que llevaba a la tercera clase. En uno de los pasillos encontraron a una mujer con un niño en brazos que no dejaba de llorar. El llanto les alertó, pero al prestar más atención, vieron que la mujer también lo hacía. Luisa no pudo resistirse y le preguntó:

—Señora, ¿qué le pasa?

---

15 Dejar sin perras (pesetas). Dejar sin dinero.
16 Bruto, torpe.

—Ay, mi niña —siguió llorando mientras arrullaba al niño entre sus brazos—, que no me para de llorar.

—¿Está malito? —preguntó Luisa mientras Tomás le cogía el bebé, sucio y maloliente, de los brazos de la mujer e intentaba calmarlo.

—Lo que tiene es hambre. —La señora la miró de arriba abajo intentando ver a través de las lágrimas—. ¡Por favor, señorita, ayúdeme! Ya no sé qué hacer, tengo a tres más abajo con mi marido, aquello es un infierno, yo ya no sé qué hacer para quitar el hambre a mis niños.

Luisa no lo pensó dos veces. Decidida, volvió a la cocina secundada por Tomás, quien le había pasado el bebé a Ramón, que se quedó acompañando a la señora.

—Eso está muy mal, Tomás —dijo rota de la angustia—. ¿Cómo pueden embarcar a gente y apenas darles de comer?

—Porque la vida está llena de injusticia, Luisa.

Al llegar a la cocina, Tomás le puso una mano sobre el hombro y la apartó para que le dejara negociar. El cocinero puso los ojos en blanco cuando los vio volver, y le subió el color por el enfado cuando le solicitó leche y bizcochos. Tomás le guiñó un ojo al cocinero y dijo:

—Venga, caballero, no sea morrúo. Que la muchacha y yo queremos encerrarnos durante un buen rato. Y calculo yo, que no nos dará tiempo de llegar a comer.

El rubor inundó el rostro de Luisa como de si de una explosión se tratase. Dirigió la mirada al suelo y calló al pensar que era justo parecer una mujer fácil para dar de comer a aquella familia. Cuando se encontraron de nuevo en el camino de vuelta, ella lo fulminó con la mirada y Tomás, encogiéndose de hombros, le sonrió picándole el ojo[17]. Aquel joven la sorprendía por momentos, su mirada negra la dejaba sin palabras. Al ver

---

17 Guiñar el ojo.

la desolación de la mujer, Luisa no pensó en lo que ellos pudieran pensar de ella, no podía permitir que el bebé llorara de hambre. Su carácter imprudente se manifestó al lanzarse pasillo abajo en busca de la cocina. Con lo que nunca contó fue con el apoyo de los hermanos, algo que hizo que su afinidad por ellos aumentara. Más concretamente, sintió cómo Tomás y ella se compenetraban sin necesitar palabras.

La mujer la llamó ángel, le dio las gracias y la bendijo cuando le entregaron el pan bizcochado y la jarrita de leche. Cuando continuaron el ascenso a cubierta, el ánimo de los tres había menguado. Era desolador observar la desesperación en las personas. Cuando los de arriba tiraban comida, los de abajo no alcanzaban ni a coger las sobras.

Poco después, llegó la hora de comer. A los tres se les había quitado el apetito, pero acudieron al comedor. Cuando traspusieron la puerta, Ramón la invitó a sentarse con ellos. Serpentearon entre las mesas hasta llegar a una ocupada por un matrimonio y la señora que la miró intensamente en el desayuno. Luisa se sintió fuera de lugar. Dirigió una mirada fugaz hacia su vestido y, con un leve movimiento de mano, alisó sus faldas.

—Madre, esta es Luisa —la presentó—. Va camino de Cuba a encontrarse con su marido.

—Buenas tardes —contestó contrita la madre.

Tomás continuó presentando al matrimonio: Juan Hernández y su mujer, Francisca. Una vez hecha las presentaciones pertinentes, se sentaron a la mesa. Luisa, frente a Ramón, y al lado de Francisca. El almuerzo transcurrió con formalidad hasta que comenzaron las preguntas de rigor. Doña Eugenia, la madre de los jóvenes, puso a prueba su capacidad de improvisación cuando comenzó un sutil interrogatorio que Luisa contestó sumisa.

—¿Cómo es que viaja sola? —preguntó.

—Mi padre está enfermo y mi madre cuida de él —contestó—. Soy hija única y no tenía a nadie que me acompañara.

—La recogerán en La Habana, entiendo.

—No, una vez esté allí, tendré que avisar de mi llegada.

—Da la sensación de que no le gusta hablar de su matrimonio —la hostigó la dama.

—No hay nada en mi situación actual que merezca ser contado —concluyó Luisa.

Doña Eugenia inspiró por la nariz con desconfianza ante la lacerada respuesta de la joven. Luisa no quería que preguntaran por su marido ficticio una vez se hubieran bajado del barco. De nuevo, Tomás notó incomodidad en la joven cuando se le preguntaba por su marido, por lo que intentó desviar el tema de conversación. Hablaron de la situación económica, de los años que llevaban de la República, y los cambios que se habían ido sucediendo. La conversación iba orquestada por los hombres, y Luisa pudo escuchar distintas opiniones, desde la más derechista del señor Hernández, pasando por la liberal de Ramón; hasta la más moderada, con tintes socialistas, por parte de Tomás.

Antes de terminar el almuerzo, se les acercó una pareja de recién casados con los que habían hecho amistad el día anterior. Tomás aprovechó para invitarles a una partida de cartas, y aceptaron. Cuando encontraron una zona techada en la cubierta, buscaron una mesa y sillas, preparando, en cuestión de minutos, un buen lugar para pasar el tiempo. El joven, llamado Juan José, la miró escéptico cuando le dijeron que Luisa era una jugadora más. La joven sufrió aquel latigazo machista, sintiéndose extremadamente atrevida por sentarse a jugar a las cartas con personas del sexo opuesto. Su mujer, Esperanza, quedó relegada a un segundo plano, cruzándose de brazos y observándoles desde la distancia de su tumbona. Al quererla incluir en la timba, se negó, volviendo a dejar en mal lugar a Luisa. Claro que, de nuevo, Tomás la animó guiñándole un ojo y diciendo por lo bajo:

—Luisa, Luisa, ¡estás hecha una feminista revolucionaria! La diputada Victoria Kent estaría orgullosa de ti.

Luisa recordó que aquella diputada, junto con Federica Montseny, había

66

luchado en el parlamento español por el sufragio femenino, despertando desconfianza entre la sociedad más conservadora. Compararse con un grupo de mujeres que rompían las normas sociales y políticas a favor del papel de la mujer la contagió de un sentimiento rebelde que hizo que desafiara con la mirada al hombre que la miraba despectivamente. Se sentó y pidió que le pasaran la baraja.

El buen humor, la brisa del mar y el juego llenaron las horas de la tarde. Luisa fue la primera en despedirse. Tomás, solícito, la acompañó al borde de la escalera y le susurró:

—Celeste.

—¿Cómo dices?

—Tus ojos son azul flojo, sí, como celestes —dijo apoyándose en la barandilla y haciéndose adelante. Mientras, ella, unos escalones más abajo, le miraba extrañada—: Como el cielo en la cumbre cuando llega la primavera.

—Deja de mortificarme, Tomás —le regañó sonriente mientras se despedía con un ademán.

Una vez en su cuarto, buscó papel y lápiz que había comprado en Las Palmas antes de zarpar y comenzó a escribir a su tía Benedicta. Probablemente, si todo aquello le hubiera sucedido en Fuerteventura, no habría elegido a su tía para confesarse. Seguramente, se habría guardado el secreto disfrutándolo a solas. Pero todo cambia cuando una decide marchar y cambiar de vida. Y cuando la verdadera soledad te acompaña, es cuando un trozo de papel se vuelve tu confidente y deseas, al escribir, que la persona que leerá tu secreto comparta tus sentimientos. Comprobó cómo una carta hacía que la soledad se disolviera, al menos momentáneamente.

Comenzó su aseo empapando la toalla de hilo que colgaba del mueble. Recorriendo su cuerpo, refrescando su piel y soñando con unos profundos ojos negros. ¡Celeste!, le había dicho. Aquel cumplido le había henchido el corazón, creyó que sus pies volaban y se sintió más bella que nunca. Y solo él, con unas palabras y una mirada, lo había conseguido. Tomás poseía un gran magnetismo. En muchas ocasiones, se sorprendía recreándose en la forma de sus anchos hombros, imaginándose agarrada a ellos. Pensaba en la atracción que despertaba en ella al verle sentado con cierta dejadez mientras se liaba un cigarro. Cuando levantaba la cabeza y la buscaba con la mirada, su respiración se ralentizaba ahogándola en una ilusión contenida hasta que sus ojos se encontraban.

Suspiró cepillándose la rubia melena.

Esta vez, ante la poca variedad de vestidos que poseía, decidió innovar en su peinado recogiéndolo en un moño alto, dejando su nuca al aire. Quería estar atractiva para él. Sonrió con picardía mientras imaginaba cómo él la recorrería con la mirada. Se puso el vestido berenjena con el que la conoció y salió dispuesta a pasar una entretenida velada.

Ante la puerta de entrada al comedor había unos bancos empotrados a la pared que daba a la cubierta exterior. Allí encontró a los Westerling, aseados y vestidos, esta vez con chaquetas. Le sorprendió que fuera la misma doña Eugenia quien la invitara a cenar con ellos. Aquella mujer, de fiero carácter, no demostraba nunca su verdadera opinión sobre las personas. En cambio, sí pudo observar que disfrutaba enormemente manipulando a los demás como si de marionetas se tratase. Ella disponía de todo el mundo a su antojo. En los momentos en los que ella no creía que manejara la situación, Luisa creyó que se desataría un vendaval con su mal genio.

Cenaron junto a un mayor número de personas que en el almuerzo. Esta vez, Luisa se divirtió, pues se habían sentado más próximos a ella el matrimonio de la tarde, Ramón y Tomás. Juntos, bromearon sobre la partida a la ronda robada que habían jugado y comenzaron a explicarle en qué consistía el envite[18]. De pronto, a través de los ventanales abiertos, llegó la melodía de un timple que alguien tocaba en la tercera clase. El ritmo melancólico de las notas de la folía llenó el ambiente. Todos en aquel barco dejaban atrás la tierra amada. Una tierra traicionera, que te enamora con su paisaje, su historia y su clima; y a su vez, observa impasible como

---

18 Juego de cartas típico canario.

sus gentes deben marchar, con lágrimas en los ojos, soñando con volver algún día para morir en ella.

Al finalizar la velada, Luisa se despidió de todos hasta el día siguiente. Sabía que podían clasificarla de mujerzuela si aceptaba la inocente invitación de los hermanos a quedarse un rato más.

Pasaban las horas y no conciliaba el sueño. De pronto, tenía calor; cuando se destapaba, volvía a sentir frío. Primero la vuelta a un lado, después al otro. Necesito salir al exterior, se dijo. Y así lo hizo. Esta vez, tuvo el buen tino para vestirse y no salir en camisón. Cogió la chaquetilla de punto y salió.

El frío de la noche le fue despejando la mente poco a poco. La inquietud no la dejaba tranquila. Su carácter caprichoso deseaba tenerlo todo. Y ahora que había conocido a un hombre, deseaba amar y ser amada. Aquel barco le parecía una burbuja que paraba el tiempo para reflexionar y tomar la suficiente fuerza, para enfrentarse a los duros días que le quedaban por delante. Le brindaba una oportunidad para decidir qué hacer, qué expectativas tener o cómo afrontarlas. Si ya debía vivir con el anhelo de la familia y una vida acomodada, ahora debía añorar el amor. Si por un momento se paraba a pensarlo, no podía decir que estuviera enamorada, pero sí admitió que una ilusión bailoteaba en su estómago desde que conoció a Tomás. Lo que realmente la tenía en vilo era el descubrimiento de querer que una persona la amase. No solo quería una vida cómoda, propia y libre, sino que quería compartirla con alguien. Y siendo consciente de que aquello que estaba viviendo era una ilusión, en su mente se introducía la negativa idea de no ser digna de ser amada. Poco a poco, la desazón cubrió como un velo sus pensamientos.

Se dirigió a la zona donde había pasado el día jugando a las cartas, apartó una tumbona y se sentó en ella. La luz azulada de la luna resplandecía en el mar, iluminando la noche. El vaivén de la nave que antes le daba fatigas, ahora la acunaba. Intentó dejar de pensar, solo escuchar los sonidos del barco surcando el mar, el crujir de la madera al ser balanceada, el motor que impulsaba el barco y el sonido del mar al ser navegado.

Unos pasos parsimoniosos se fueron acercando. Luisa se molestó ante la interrupción. Finalmente, una figura negra apareció por su izquierda.

—Disculpe, no quería interrumpir —dijo una voz profunda.

—Tomás, soy yo —se identificó en la penumbra.

—Ah, Luisa —en su voz se reflejó una sonrisa—. ¿Estás otra vez mareada?

—No, no. Solo que no puedo dormir.

—Pues ya somos dos entonces.

Buscó otra tumbona más apartada y la acercó a la suya. Luisa sintió su pulso acelerarse. Estar a solas con él la llenaba de nerviosismo. Recordó que no era la primera vez, pero el estado lamentable en el que se encontraba la anterior noche hizo que apenas se diera cuenta de lo que sucedía. Aquella noche era distinto, todo su ser estaba expectante.

—¿Qué te inquieta, Luisa?

—Lo que vendrá —suspiró abrazándose por el frío.

Tomás se quitó la chaqueta al notar el temblor de la joven. Cuando la cubrió con ella, se demoró unos segundos frotándole los hombros. Con la cercanía, Luisa pudo oler su aroma, sentir su calor. Si inclinaba un poco la cabeza, podía posar su frente en la de él. Sabía que la estaba mirando como siempre lo hacía: intensamente. Aquel momento terminó con la misma rapidez con la que había llegado. Él volvió a tumbarse.

—Nos enfrentamos a lo desconocido —comentó—. Cuando mi padre murió, tuve que ponerme al frente de todo, y aunque me habían preparado, no pude evitar sentir miedo. Ahora siento que no he sabido cuidar lo que me confiaron y debo pagar por ello. Pero aun así, no me gusta la idea de casarme con una desconocida.

—No es culpa tuya, el mundo anda un poco patas arriba. Nos ha tocado vivir una época difícil. La Gran Guerra y la crisis dejaron a las Canarias a merced del mundo. —Quiso quitarle importancia, pues notó un profundo pesar en las palabras del joven—. ¿No podrías pedir financiación sin sacrificarte? Parece que hemos avanzado en muchas cosas, salvo en la libertad para elegir con quién vivir.

—Ajá —asintió Tomás—. Su padre y mi madre ya lo han acordado. Si mi madre no hubiera intervenido, es probable que ya nos hubiéramos arruinado. Nuestro problema no solo viene de fuera, sino de disputas con la propiedad vecina. Tengo muchas familias a mi cargo. En fin, una suma de factores que se solucionarán con mi matrimonio. Y tengo que dar gracias a que allá en Cuba aprecien tanto a los canarios, que casarse y venir a vivir a Canarias sea todo un logro personal. ¡Quién lo diría, vivir en las islas, símbolo de prosperidad!

—¡Qué raro! —se extrañó Luisa—. ¿Has pensado en la posibilidad de que a ella no le gustes y decida anular el compromiso?

—¿Lo has pensado tú? —preguntó ofendido—. ¿Que cuando me vea me rechace?

Luisa rio ante su susceptibilidad.

—Bueno, puede existir esa posibilidad. Te verías liberado.

—Sí, bueno —aceptó a regañadientes—, pero ella obedecerá las órdenes de su padre, como hiciste tú. Porque puedo suponer, por cómo te comportas, que no te dejaron elección.

¿Qué estaba allí, por no obedecer a su padre? Aquello casi hizo reír a Luisa. Olvidó su mentira por un momento y estuvo a punto de desvelar su secreto. Quería decirle que no, que ella había decidido rechazar al hombre que su padre eligió, que estaba muerta de miedo porque no sabía si había obrado bien o mal, y que esa confusión la ahogaba. Tomás, ante su silencio, volvió su rostro hacia ella para vislumbrar la reacción de la joven en la oscuridad. Luisa se vio obligada a contestar. Sin querer mentir, pero sin decir la verdad.

—Según cómo se mire —contestó misteriosa—. Mi padre me ha llevado a la situación en la que estoy. En ese aspecto, no he tenido elección.

—Algún día me gustaría que me contaras tu verdadera historia —comentó pensativo, colocando su antebrazo bajo la nuca, acomodándose mejor—. Porque creo que hay mucho más de lo que cuentas. Pero me alegra que hayas subido a este barco. Me alegra haberte conocido.

Tomó la mano de Luisa bajo la chaqueta, notando cómo ella lo recibía con insegura ternura. Una mano frágil, suave y pequeña. Una mano que estaba sola y asustada. Tomás no sabía por qué, pero aquella mujer hacía que algo en su interior se revolviera. ¿Por qué no se habían conocido antes de que sus destinos se vieran ya comprometidos? Tomás se sorprendió a sí mismo pensando que un matrimonio con Luisa no le despertaría tanta incertidumbre como el suyo. Pero ella pertenecía ya a otro, y sin quererlo esa idea le enfureció. Con pesar, tuvo que admitir que Luisa se había colado en su corazón. Aprovecharía los días en el barco para disfrutar de su presencia, la observaría para que cada detalle se le quedara grabado para siempre.

Quedaron en silencio. Sus bocas enmudecieron para que el resto de los sentidos llevaran una conversación que no se podía expresar con palabras. Caminaron de la mano hasta el camarote. Allí, él le tomó un mechón de pelo, lo acarició y lo besó ante la hipnotizada Luisa, que anhelaba recibir otro igual en los labios. Su corazón se aceleró al verle partir, a la vez que su estómago se encogió al sentir burbujas de sensaciones que la dejaban con una sonrisa en los labios.

SUSPENDIDOS EN EL OCÉANO

L os días se sucedieron siguiendo el mismo patrón. En el desayuno sus miradas cómplices se comunicaban al margen del resto. Estuvieron de acuerdo en recoger todo lo que podían de comida en el desayuno, envolverlo en una servilleta, y llevárselo a la familia que habían conocido. Pan bizcochado, membrillo, queso tierno y fruta. El resto del día se sucedía entre juegos, paseos y largas charlas con los demás pasajeros para, una vez llegada la noche, reencontrarse en la oscuridad. En aquellas horas donde nadie les veía disfrutaban de la presencia del otro. De manera inocente se cogían las manos, con timidez las primeras veces, con la sensación de que pertenecían la una a la otra el resto. Las caricias se escapaban al descuido; de manera fugaz, él le recogía un mechón para pasarlo por detrás de la oreja. Otras veces ella delineaba el mentón de Tomás sintiendo la piel áspera por el afeitado. La vez que fueron más osados ocurrió cuando un bandazo del viento hizo tambalear a Luisa, él la sostuvo contra la barandilla y la protegió entre sus brazos. Ella sintió que se derretía en el calor de Tomás. Encajando su frente en el hueco del cuello de él, Luisa creyó morir de placer. Su olor, su respiración, su calor maravillaban a la joven. Ambos sentían que la respiración se les entrecortaba cuando entraban en contacto.

Las noches en altamar eran mágicas.

Luisa era consciente de que aquello duraría lo que el barco en llegar. Él se casaría y ella comenzaría de cero en Cuba con la ayuda de su familia. Él se casaría, se volvió a repetir. Aquella idea la desgarraba cada día que pasaba, pero no podían hacer nada más que vivir aquel espacio de tiempo como si no hubiera mañana. Para Luisa aquella historia era una experiencia nueva. Jamás había estado a solas con un muchacho. ¡Como una cabra!, se decía. Estás como una cabra. Sobre todo cuando soñaba con sus besos, como había visto en alguna ocasión a la gente en el puerto al despedirse. Quería que la tomara y la besara con pasión, pero sabía que para Tomás era una mujer casada. Lo que hacían no estaba bien. Por ello, habían mantenido los besos a raya, para que sus conciencias les dejaran repetir la siguiente vez.

Una mañana que se encontraba en el camarote escribiendo a Benedicta, alguien tocó a la puerta. Ramón, como siempre sonriente, le dijo que Tomás le había preparado una sorpresa. El día estaba caluroso y la proximidad al Caribe se hacía cada vez más evidente. Sin pensarlo dos veces, fue tras Ramón, quien con mirada traviesa le dijo:

—Tienes engoado a mi hermano, Luisita. A ver dónde va a acabar todo esto.

Sonriendo feliz, Luisa hizo un gesto con la mano para quitarle importancia e intentó sonsacarle información sobre qué le tenían preparado. Una vez en el exterior, Ramón le tapó los ojos con un pañuelo. Luisa, nerviosa, reía al no saber dónde pisar. Ramón, con su gracia natural, le indicaba el camino, de manera que terminaba estampándose contra los salvavidas. Luisa intentaba regañarle, pero su risa no conseguía disuadir a Ramón. Tras varios minutos llegaron a la escalera que llevaba al piso superior. Ramón la cogía de la mano y vigilaba que Luisa no se quitara la venda de los ojos.

—Hasta tu risa tiene color. —Escuchó la voz de Tomás que la esperaba en lo alto—. Tu risa recuerda al color celeste.

Ella sonrió al reconocerle.

—¡Mira a este, que ya no dice azul flojo! Celeste, dice —rio Ramón—. Cuando te pones fino, hermano, no hay quien te aguante.

Tomás, una vez hubieron llegado a su altura, le dio un manotazo a su hermano por haberse reído de su sincero halago hacia la joven. Luisa, ajena a las miradas jocosas que Ramón lanzaba a su hermano, se dejó llevar por Tomás. Tras dar unos pasos, se puso tras ella y con lentitud le fue quitando la venda.

—Esto es algo que echabas de menos —dijo—. Y como no puedo permitir que te falte algo en este viaje, he aquí lo que te hemos apañado.

Luisa abrió los ojos. Se encontraban en un hueco en ángulo recto que formaba la estructura de acero bajo una de las chimeneas del vapor. Allí habían colgado una manta que cubría el espacio donde Ramón, como si de un mago se tratase, descubrió un gran barreño lleno de agua. ¡Un baño! ¡Le habían preparado un baño! Una silla a un lado soportaba una bandeja con una toalla de hilo, una pieza de jabón y un caldero pequeño. Gritó de alegría.

—¡Esto es una maravilla! —exclamó Luisa—. ¡Un baño! ¡Qué rico! Muchas gracias, mis niños.

Los ojos de Luisa se empañaron de lágrimas. Habían pasado muchos días sin poder bañarse y los días tan calurosos habían hecho que añorara una buena tina de agua para hundirse en ella. Le explicaron que ellos harían de guardianes mientras ella se bañaba tras la manta. No se lo pensó dos veces, echó un vistazo a ambos lados, y traspasó la barrera.

Se quitó el vestido blanco tan rápido como un suspiro. Desnuda, se agachó en el agua del barreño. Podía sentarse en él con las piernas dobladas. Cogió el cacharro y llenándolo de agua lo derramó con gozo sobre su cabeza. Suspiró extasiada. Disfrutó de la sensación de frescor en su piel, extendió el jabón de olor a rosas por su cuerpo y enjabonó su pelo. Tras largos minutos de baño decidió que ya era suficiente. Mientras se secaba se le ocurrió una idea al mismo tiempo que una sonrisa traviesa se formaba en sus labios. Una vez vestida, tomó el caldero y lo llenó de agua. Con sigilo, se puso de pie sobre la silla, pudiendo ver sobre la liña que sujetaba la manta, a sus guardianes.

Los dos muchachos agarraban con una mano el borde de la manta contra la pared mientras miraban al frente pendientes del paso de cualquier persona. La cabeza de la joven apareció sobre ellos sin que estos se dieran cuenta. Luisa, mordiéndose los labios para evitar reír antes de tiempo, calculó el agua del caldero. De un tirón, vertió la mitad sobre cada cabeza mientras gritaba:

—¡¡Agüita fresquita para todos!!

—¡Me cago…! —dijo uno al notar el líquido.

—¡Yass…! —exclamó el otro, utilizando aquella expresión típica canaria.

Durante unos segundos no creyeron lo que acababa de suceder. La muy velillo[19] les acababa de enchumbar. Soltaron rápidamente la manta para encontrarse con una Luisa desternillada de risa con el objeto del delito aún en las manos. Ramón agarró el caldero y comenzó a recoger agua para devolverle la jugada justo cuando Tomás tomaba a Luisa a hombros para bajarla de la silla. Al haberse movido, Tomás quedó enfrentado a su hermano, quien lanzó el agua en aquel mismo instante. El líquido iba dirigido a la rubia risueña, pero fue Tomás quien se vio nuevamente mojado y a Luisa aquello le pareció aún más gracioso.

—No seas tolete, hay que chingarla a ella —espetó a Ramón.

Aprovechando la confusión entre hermanos, Luisa se zafó del brazo de Tomás. Se colocó tras el barreño para salpicarles de nuevo, desternillándose de risa. Los tres hundieron las manos y hasta que el agua no se acabó, no dejaron de reír y mojarse unos a otros. Con lágrimas en los ojos, se detuvieron para continuar la guerra corriendo por la cubierta. Tanto pasajeros como tripulación los miraban atónitos.

Aquellos días Luisa los recordaría con nostalgia. Fueron días maravillosos, sin preocupaciones, donde las ganas de vivir el momento superaban a la incertidumbre.

Y el tiempo, arrolladoramente constante, trajo consigo el fin del viaje. El día anterior a la llegada, el ánimo en ellos se había hecho más pesaroso. Se organizó una cena especial la víspera del día de arribo. Luisa estaba triste, era consciente de que sus caminos se separaban, que probablemente ya no se volverían a ver. Al final de ese viaje sentía que su vida quedaría vacía. Había probado de un jugo embriagador, el sorbo de un romance que

---

19 Persona alocada o de poco asiento.

le dejaría mal sabor de boca y con unas ganas inmensas de saciarse.

Nunca olvidaría aquella noche.

En la cena se podía apreciar cierto júbilo por la llegada a Cuba. La mayoría de los pasajeros estaban deseosos de bajar del barco. Salvo ellos. Incluso a Ramón se le podía ver tristón. En alguna ocasión a lo largo de la cena lo había comentado:

—Ay, Luisita, ¿cómo voy a hacer, si ya te tengo como una prima o hermana?

—No me hables de nada de eso, Ramón —le contestó—, que en un momento me añurgo[20].

La cena se prolongó cuando algunos pasajeros aparecieron con un timple y una bandurria. Enseguida comenzaron a cantar. La isa fue la primera en aparecer, pues era uno de los cantos más alegres y comunes en las parrandas canarias. La isa derivaba de la jota peninsular; consistía en un intenso ritmo ternario, un canto rápido y alegre. Muchos, acostumbrados a bailarla, acompañaban la canción llevando el ritmo con los pies, pues el salón era muy estrecho para bailar. Las isas se alternaban con las folías, que también eran canciones típicas canarias.

Los camareros comenzaron a servir en vasos pequeños ron miel, hecho en las islas, ahora tan lejanas. Ramón le alcanzó uno a Luisa. Esta lo miró indecisa, pero la algarabía, los sentimientos a flor de piel y aquella reunión que le recordó a su casa de Gran Tarajal, hicieron que se decidiera a tomar un poco de alcohol. Enseguida notó el fuego del ron bajar por su esófago. Al otro lado de la mesa, se encontró con la mirada socarrona de Tomás. A medida que avanzaba la noche, las miradas se hacían más intensas; la necesidad de estar a solas aumentó hasta que por fin algunos pasajeros decidieron finalizar la velada. Luisa aprovechó ese momento para despedirse de los demás.

---

20 Tener un nudo en la garganta. Estar a punto de llorar.

Esperó en su cuarto, inquieta, a que pasara el tiempo suficiente para que Tomás se escabullera del salón con disimulo. Se encontrarían en el lugar de siempre. Cuando salió del camarote sigilosamente, rezó para no encontrarse con nadie. Antes de llegar a la puerta de salida al exterior, escuchó voces que se dirigían hacia donde se encontraban. Corrió y, sin hacer mucho ruido al cerrar, se protegió en la oscuridad de la noche. Allí observó como Juan José, Esperanza y Ramón doblaban la esquina del corredor. Por poquito me descubren, se dijo Luisa.

En la terraza superior la esperaba Tomás. Sobre una mesita baja, entre las tumbonas, había colocado un vaso con una vela en su interior para protegerla del viento. A los lados, dos vasitos llenos del líquido ambarino del ron miel. Se levantó al verla, le tendió la mano a modo de invitación, y para Luisa el tiempo se detuvo.

—He traído una vela porque quiero verte en todo momento —dijo con voz cargada de emoción—. Es nuestra última noche juntos y pienso retenerla en mi memoria el resto de mi vida.

Ella tomó asiento frente a él. Se tomaron las manos y se miraron a los ojos. Podían ver el dolor que aquella situación les estaba generando. Todo había llegado a su fin. Al fin que tanto habían temido, en el que nunca quisieron pensar. Al tomar un nuevo vasito de ron, sus emociones se desencadenaron y Luisa, como jamás imaginó, tomó el rostro de Tomás entre sus manos.

—Bésame, Tomás —pidió en un angustioso susurro.

Quería llorar amargamente, agarrarse a sus hombros y desafiar al mundo a que le arrebatara lo que sentía que era suyo por derecho. Tomás agarró sus labios entre los suyos sin poder aguantar lo que llevaba deseando hacer desde el principio: besarla, tenerla en sus brazos. Poco a poco, saboreando los tiernos labios de la joven, consiguió que los abriera para rozar su lengua con la de ella. Enseguida comprobó la satisfacción que le produjo aquella caricia a Luisa, la cual hizo que su deseo aumentara. Profundizó el beso, aquel dulce beso lleno de desesperación y de dolor. Inclinándose, poco a poco se tumbaron los dos en la misma hamaca.

Aquel espacio estrecho era lo que necesitaban. Un pequeño lugar para poder encontrarse el uno con el otro más allá de los ojos, de las palabras y del contacto. Dejaron que sus almas se amaran, en el lenguaje de las caricias, de los suspiros y el deseo. El joven deslizó su mano por el muslo de Luisa llegando a sus glúteos.

Tomás se había sentido torturado todos aquellos días viendo contonear las caderas de la joven, quien seguía el patrón de la mayoría de mujeres canarias: delgada, de cintura estrecha, poco pecho y generosas caderas cubiertas de redondeados glúteos. El día que le preparó el baño, comprobó su debilidad por ella. Su corazón le golpeó fuertemente el pecho al ver cómo el vestido mojado acentuaba su cuerpo.

Había sacado fuerza de donde no creía tenerla para no despojarla de sus ropas y hacerla suya todas las noches. Pertenecía a otro hombre. Luisa debía guardar respeto por su esposo, se recordaba. A su desconocido y odiado esposo. Muchas noches, la imagen de ver a Luisa con otro le atormentaba, por ello se conformaba con tenerla a su lado, oliendo y sintiendo su presencia los días que el destino les había prestado. Hasta aquella noche. El dolor de la separación hizo mandar al diablo todo, dejando la razón a un lado y tomando lo que ambos querían.

Desabotonó la parte superior del vestido. Sus cuerpos danzaban sobre el otro. Sus sexos se rozaban haciéndoles jadear, siendo conscientes de la excitación del otro. Tomás hizo a un lado la camisola de seda para tomar su pecho entre sus manos. Se lo introdujo en la boca llevando a Luisa a la locura. Volvió a desandar el camino de besos hasta la oreja de Luisa, cuando notó la humedad de las lágrimas en su rostro. Dios santo, se dijo, soy un animal. Y comenzó a acariciar la cara de Luisa con ternura. Creyó que las lágrimas de la joven eran de dolor, que había sido muy brusco. En cambio, Luisa había llegado al clímax con tal velocidad e intensidad, que la emoción la embargó. Cuando por fin volvió a la realidad, se extrañó de las palabras que le susurraba Tomás:

—Lo siento, Luisa —decía—. Soy un tarugo, una mala bestia. No quería hacerte daño.

—¿Daño? —se extrañó—. Ha sido la cosa más linda que he sentido nunca.

—Pero si estabas llorando.

—¡Ay, qué boba soy! —Comenzó a secarse las lágrimas—. Es de la emoción, Tomás.

Tomás sonrió aliviado. El roce de sus cuerpos, junto a las caricias y besos, lograron un orgasmo en Luisa. Cierto era que a él poco le faltaba para llegar. Habían sido muchas noches reprimiendo sus impulsos, pensó Tomás. La pasión que sentían el uno por el otro no parecía que tuviera fin, pero en aquel instante creyó oportuno frenar aquella locura. Cayó en la cuenta de que podía dejarla embarazada arruinando su vida de casada. Pero dejar de tocarla le era imposible, por lo que continuaron besándose y acariciándose largo tiempo después.

—No sé qué voy a hacer sin ti —le confesó Tomás.

—Pues te casarás —le contestó con desazón—, y poco a poco olvidarás esta pequeña aventura que hemos vivido.

—Eso jamás, Luisa —negó rotundo—. No te olvidaré.

—Tomás, hay veces que no entiendo a Dios —dijo pestañeando para aclarar las lágrimas—. Nos pone duras pruebas, nos deja ver una pequeña porción de lo que nunca tendremos y siempre desearemos.

—Yo cada día creo menos en él —sentenció Tomás.

—¡Jesús, Tomás! No digas esas cosas —exclamó Luisa, temerosa del Señor.

—Eres muy joven para darte cuenta de cómo es la vida. Esto que nos está pasando es uno de los motivos por los que me pregunto a qué clase de juego cree Dios que está jugando.

—Eso no lo podemos saber —contestó—. Él tiene sus razones.

—Tú podrías haber sido mi salvación, la mía y la de mi familia. Si te hubiera conocido antes de que te casaras, quizá no hubiera necesitado casarme con otra.

—No digas machangadas[21], Tomás —replicó culpable por mentir y ser cobarde al no decir la verdad—. Te hubieras casado igual. Aunque provenga de buena familia, mi padre no tiene la influencia de tu futuro suegro. Además, el amor que sientes por tus tierras y tus gentes no te hubiera dejado abandonarlos para estar conmigo. Quizás esa sea la razón por la que Dios nos ha dejado disfrutar estos días, que de otro modo nunca lo hubiéramos vivido.

—Si tuvieras razón… —dijo pensativo—, entonces es probable que le estuviera agradecido.

Luisa no quería continuar hablando. Se acomodaron de tal forma, que ella quedó recostada sobre él. Con la cabeza apoyada en su hombro y su brazo rodeándola con fuerza, observaron sus manos unidas.

A lo lejos, en el horizonte, la luz del nuevo día comenzó a despuntar iniciando el día en el que se tendría que enfrentar a lo desconocido con un pesar mayor que el de haber abandonado a su familia: la losa que la acompañaría para siempre, la de su primer amor.

Aquel amanecer, en medio del mar Caribe, el cielo cubano fue testigo de la transformación de Luisa. Había crecido en cuestión de horas; su mirada inocente se volvió recelosa; su actitud inquieta se convirtió en pesar; el brillo de sus ojos se recubrió de cautela, pues en tan solo unos meses su corazón había experimentado todo tipo de sentimientos: angustia por el devenir, temor por una mala elección, nostalgia por todo aquello que conocía, ilusión por los días vividos en el barco y decepción por una historia de amor que no podía ser.

---

21 Tonterías. Hecho de poca entidad propio de niños.

CUBA:
TIERRA DE OPORTUNIDADES

¿Cómo podía meterse en aquellos berenjenales?, se

preguntaba Luisa sentada en el tren. La mentira se había complicado de tal manera, que estaba en medio de un buen lío. Mientras veía pasar ante sus ojos el paisaje cubano, no paraba de darle vueltas a cómo salir de aquella situación. Si hubiera llegado a planearlo, no le habría salido tan bien continuar ligada unos días más a Tomás y su familia. Ahí estaba la prueba de que el Señor la había escuchado cuando pidió estar más tiempo con Tomás. Claro que, no lo había imaginado exactamente así.

Cuando ya se encontraba lista para salir del barco, esperó lo que creyó el tiempo suficiente para que los pasajeros, junto con Tomás y Ramón, hubieran salido. No quería verles partir, quedándose con la sensación de abandono que ya de por sí sentía. Para su sorpresa, los encontró al pie de la escalinata. Por lo que supo después, esperándola. Ramón sonreía abiertamente. Tomás fumaba un cigarrillo siguiendo sus movimientos con la mirada, como si de un depredador se tratara. Ambos ataviados con ropas claras para tolerar el calor de Cuba, se apoyaban en un vehículo. Volvieron a cubrirse con sombreros, teniéndolos a buen recaudo, pues a lo largo de la travesía el viento de cubierta los hubiera echado a volar. Doña Eugenia asomó su cabeza por la puerta abierta del vehículo, sorprendiendo nuevamente a Luisa cuando llegó a su altura.

—Bien, señora, ¿dónde debe esperar a su esposo?

—Debo escribirle cuanto antes —contestó tensa—. Y me recogerá en una posada que me recomendó, a unas calles del Malecón.

—¡Es de lo más lamentable que haya tenido que viajar sola! —La miró con el ceño fruncido—. ¡E intolerable que deba esperarlo en una posada cualquiera! ¿De dónde dijo que viene?

—De Paso Real de San Diego, señora.

—Eso queda bien al oeste, en Viñales —comentó sopesando la situación—. Pues deberá venir a buscarla al este, a Cabaiguán. No permitiremos que se quede sola en este país. En cuanto lleguemos, le escribirá y le enviará la carta desde allí. Será un trayecto largo el que deberá recorrer, pero bastante ha recorrido usted por él.

Como orden de un general, no le dio oportunidad de rebatir. En cuestión de minutos, el sonriente Ramón tomó su maleta, le guiñó un ojo y le susurró:

—Ya me lo agradecerás en otro momento.

Luisa acababa de descubrir que la severa doña Eugenia aceptaba sugerencias de su hijo menor. Claro que a Ramón, con su encanto especial, nada se le resistía. Y allí se encontraba, subida en un tren, camino a Cabaiguán. A Tomás no le había dirigido la palabra y apenas le miraba, sabía que sus sentimientos por él la delatarían. Una vez en el vagón, la mismísima doña Eugenia se sentó a su lado dejando a Tomás y a Ramón ocupando los asientos de enfrente. Llegarían al anochecer, con lo cual se alisó la falda color caramelo, unió ambas manos sobre el regazo, y se preparó para escuchar lo que tenía que decir doña Eugenia.

—Bueno, Luisa, ¿qué edad tiene? Se la ve muy jovencita.

—Cumpliré dieciséis en unos días —respondió.

—¿Le gusta la idea de vivir en Cuba?

—Pues no me desagrada volver al lugar donde nací —contestó sopesando esa idea—. Aquí mi padre hizo fortuna, por lo que a mi familia estas tierras le traen suerte.

—Había percibido que era de buena cuna —continuó dirigiéndole una mirada oscura—. Sus manos la delatan. No ha trabajado con ellas en su vida.

Las preguntas se sucedieron hasta que Luisa contó brevemente la historia de su padre y los prósperos proyectos que había puesto en marcha en Fuerteventura. Una vez saciada su curiosidad, doña Eugenia comenzó a relatar sucesos de su propia historia.

Nació en Telde, hija menor de un terrateniente y mayorista. Su vida estaba encauzada a seguir creando lazos entre las familias más influyentes de la isla. Su padre, un hombre ambicioso, quería casarla con uno de los hijos de la familia Del Castillo, quienes poseían títulos nobiliarios. Pero fue a través de una prima, en la época en la que veraneaba en El Monte, en el municipio de Santa Brígida, cuando conoció al que ella denominó «el hombre de su vida». El padre de Tomás y Ramón, Stephen Westerling. Antes de conocerse, Westerling vivía en Londres trabajando para la empresa de importación de su padre; cansado de aquel trabajo, le propuso vivir en las islas, donde se encargaría del embarque y transporte de los frutos desde el mismo origen. Y así fue como Stephen, no solo se enamoró de Gran Canaria, sino también de Eugenia.

El padre de Eugenia se negó en rotundo a dar el consentimiento para que su hija se fuera con un frutero, como lo llamaba él. Finalmente, el fuerte carácter de esta logró doblegar al padre y se casó con quien ella quiso. Con el tiempo, el inglés se hizo con unas tierras en Arucas, donde prosperó de tal forma, que pudo darle una vida llena de lujos. Fueron felices hasta que unos años atrás, un derrame cerebral se llevó la vida de Stephen. De aquel duro golpe aún no se había repuesto. Concluyó diciendo que hasta el fin de sus días llevaría luto por su marido.

El resto del trayecto transcurrió tranquilo. Cuando doña Eugenia dormía, Luisa y Tomás, sentados uno frente al otro, se miraban con complicidad. Él le sonreía con la mirada, casi divertido, aunque la sombra de la boda pendía sobre ellos. Habían robado unos días más, pero sin noches de complicidad y silenciosa ternura.

Cuba le pareció inmensa. Todo en ella era grandioso. La Habana, con su bahía repleta de barcos mercantes, y sus calles con lujosos edificios, le recordaban el estilo colonial que observó en Las Palmas. La gente; aquello sí que dejó estupefacta a Luisa. Personas de todo tipo, razas y religiones iban y venían de un lado a otro con atuendos llamativos. Acostumbrada a la solitaria isla de Fuerteventura, la ciudad le pareció un hormiguero de gente. Todo cambió a un paisaje selvático a medida que se adentraban en el corazón de la isla. El calor húmedo le hacía soñar con aire fresco y, sin poder evitarlo, se abanicaba queriendo refrescar su piel. En más de una ocasión se encontró buscando el mar en el horizonte, sin hallar la línea azul del océano. Aquella isla era, con diferencia, más grande que la suya, se dijo Luisa.

Llegaron a Cabaiguán al atardecer. Un coche enviado por Enrique Galiano les recogió en la estación. El chófer, un joven cubano, quedó prendado de Luisa. Esta se había bajado insegura del tren, sus ojos abiertos miraban cada detalle, y como si de un ángel inocente caído del cielo se tratara, sonrió al joven Pedro. Luisa llevaba la falda de viaje color caramelo y la camisa de encaje color crema. Su sombrero, a juego con la falda, le daba un toque sofisticado. Ante la cara de alelado y las miradas insistentes del chófer, Tomás sintió celos. Con el ceño fruncido, carraspeó para llamar la atención del joven y le hizo señas con la cabeza para que les indicaran el camino.

Cabaiguán se situaba en el centro de la isla, en la provincia de Sancti Spíritus; su ayuntamiento tan solo tenía poco más de una década. Aquel pueblo estaba habitado por «isleños», canarios que se habían asentado llamados por la prosperidad de las plantaciones de tabaco principalmente, planta que habían comenzado a explotar mercantilmente siglo atrás.A medida que el coche esquivaba los baches del camino, pudieron observar plantaciones de arroz, frijoles, plátanos, yuca y malanga; frutos que Luisa jamás había escuchado nombrar hasta que Tomás los mencionó. Eran para autoconsumo, siguió explicando el joven. A medida que fueron recorriendo las calles, pudieron darse cuenta de que era un pueblo reciente, sus calles bien separadas formaban cuadrículas gracias a una planificada organización.

Las casas de las afueras del pueblo eran de madera, con los tejados a dos aguas hechos con hojas de palma y rodeadas de vastos campos silvestres. Según la solvencia de cada familia, se observaba más cuidado, tanto en el jardín como en sus viviendas. En un momento dado, Tomás señaló las casas que creía que debían ser de canarios; la mayoría, en opinión de Luisa. Aquellas casas se caracterizaban por tener grandes rejas, con la típica rastra y pipa de agua en la puerta. Por las calles, una vez pasado el casco urbano, observaron grupos de jornaleros volver del trabajo. Estos, según explicaba Tomás, se dividían en cosecheros, escogedores y torcedores. Todos ellos vestían con ropas claras, resaltando aún más su piel tostada por el sol.

Tras cubrir una considerable distancia de plantaciones de tabaco y selva, llegaron a la finca La Haza. Pasado el portón de entrada había una planicie plantada de altos árboles. Continuaron por el camino de tierra, que finalmente les situó ante la entrada de una gran casa. Consistía en una estructura rectangular, con varias hileras de ventanas diferenciando tres pisos de altura. En la parte inferior, en el porche sin baranda, de altos techos, con las ventanas y las puertas de entrada cubiertas de rejas de hierro forjado, esperaban una decena de personas.

Quien dio un paso al frente fue el mismísimo don Enrique. Un hombre de tez morena, bigote canoso, anchas espaldas y gran altura. Cubría su cabeza con un sombrero de ala ancha blanco, del mismo color que vestía. Les saludó efusivamente denotando una fuerte personalidad. Luisa fue presentada como una amiga de la familia que se reuniría con sus familiares cubanos en unos días. Por el rabillo del ojo, Luisa observó a dos jóvenes muchachas que se susurraban al oído conteniendo una risilla. Analizaban a Tomás, e intuyó que alguna de aquellas dos jóvenes era Rita Galiano, la prometida. Los celos se hicieron patentes en el interior de Luisa.

Y no se equivocó al ver adelantarse a una de ellas cuando el padre por fin la presentó como a su hija. Rita, una joven voluptuosa, de tez morena y ojos grandes almendrados, se acercó con pasos estudiados. Sus labios carnosos eran una insinuación constante, su sonrisa lo corroboraba. El contoneo que acompañaba sus pasos mostraba una mujer segura de sí misma. Vestía a la última moda, con un vestido de vivos colores. El pelo negro azabache, ensortijado, se encontraba suelto, llegándole a la altura de las orejas. De pronto Luisa se sintió insípida, descolorida, con su falda color caramelo y su tez clara. Envidió mucho a Rita.

No hacía mucho, ella vivía una vida similar. Una vida despreocupada, con una familia que la respaldaba, consentida por todos y admirada por muchos. Pero había una gran diferencia entre ambas: a Rita su padre le había encontrado un buen marido, y en cambio a ella no. Aquello le dolió enormemente. Era la primera vez en su vida que se le negaba algo; le arrebataron ante sus propias narices a Tomás. Cuando llegó su turno, la sonriente Rita le dio dos besos y con amabilidad le dio la bienvenida. Lo que vino a continuación agitó violentamente a Luisa. Rita se había encaminado hacia Tomás y le había tomado del brazo, coqueta. Este le había devuelto la sonrisa dejándose llevar por la joven cubana. Luisa sintió cómo su alma caía a sus pies.

El resto de familiares que esperaban formaron procesión tras ellos mientras entraban en la gran casa. Una sirvienta se le acercó para indicarle su habitación. Los recién llegados serían acomodados antes de comenzar la cena.

La habitación que habían improvisado para ella era mucho más de lo que Luisa se esperaba. Era espaciosa, amueblada con robustos muebles y finos tejidos. Era fresca, pues daba a la parte delantera de la casa, donde la arboleda no dejaba pasar al inclemente sol caribeño. Sobre la cama observó, extrañada, un fino velo que caía del techo. Supuso que la tela serviría para protegerse por las noches de insectos indeseables. Cuando buscó algo para ponerse, sintió de nuevo una amarga sensación. Ella había planeado el viaje para instalarse inmediatamente como trabajadora, no para compartir veladas con personas importantes de la isla. Unas lágrimas se derramaron por sus mejillas. No era justo. El desconsuelo era una sensación totalmente nueva para ella. Como un resorte, se limpió las lágrimas a manotazos, tomó el vestido berenjena que tanto significaba para ella y para Tomás, y comenzó a vestirse. No podía ser tan estúpida, era Luisa López y debía demostrar que ella era tan digna de estar allí como cualquiera de ellos. Irguió la barbilla, se miró en el espejo recuperando cierta confianza en sí misma, y en su rostro se observó la transformación: volvía a ser ella. La Luisa que era en Fuerteventura, la que decidió no someterse a las órdenes de su padre.

Se peinó la larga melena para luego trenzársela como siempre. Sabía que la moda dictaba un corte muy agresivo en las cabelleras femeninas, pero con ella no iba. Ella nunca se comportaba como las demás; ella era libre, estaba invitada a pasar unos días en aquella hermosa finca, y los disfrutaría antes de comenzar una vida más sacrificada.

La cena fue agradable. Luisa estuvo acompañada por el fiel Ramón, con quien conoció al resto de familiares. Muchos de ellos se habían trasladado desde otros puntos de la isla para acudir a la boda. El ambiente era festivo. Luisa decidió no dirigir su mirada hacia el otro lado de la mesa, donde se encontraban los padres de ellos junto a la pareja de prometidos. Guardó sus celos bajo una capa de indiferencia sorprendiéndose, incluso, al pasar un buen rato. Bebió y comió con apetito. La hermana menor de Rita, María del Mar, estaba sentada frente a ella. La identificó como la joven que cuchicheaba con Rita cuando llegaron. Luisa calculó que rondaría los catorce años, sorprendiéndose al comprobar la madurez física que las jóvenes alcanzaban a tan corta edad. María del Mar les entretuvo contando anécdotas mientras se enamoraba poco a poco del atractivo Ramón. Luisa sonrió ante los intentos de la niña de llamar su atención y comenzar un coqueteo.

—A ver, María del Mar, el día dieciocho Luisa cumplirá años y debemos celebrarlo de la mejor manera —dijo Ramón.

—¿El dieciocho? ¡Dentro de tres días! —repitió la joven—. Ese día habrá feria, justo antes de las fiestas del día de San José, donde los barrios de Santa Lucía y Neiva celebran la culminación de la cosecha de tabaco. Es muy divertido. Luisa, te tendremos que buscar un disfraz. El día de las carrozas consiste en el enfrentamiento de bandos con sus reinas, carreras de cintas, comidas, bebidas y música. Para que entiendas, se enfrentan los barrios de oriente y occidente. Este año podré subir a las carrozas, mi padre me deja —continuó emocionada—. Simulan campos de uvas y los bailarines las van recogiendo. Nos vestimos como en la mitología griega. Llevan días construyendo una especie de barco. Me han contado que representan la tradición palmera del Diálogo entre el Castillo y la Nave y todos los coches van engalanados.

—Suena muy divertido —respondió Luisa contagiándose de la emoción de la niña.

A la mañana siguiente Luisa despertó pronto. La sirvienta que se encontró en el pasillo le informó de que aún era temprano, que la mayoría de los invitados no se habían levantado aún. Amablemente se ofreció a llevarle a su habitación algo de desayunar, por lo que Luisa aprovechó para escribir a Benedicta contándole su aventura y el lío en el que andaba metida. También escribió a su tío Osvaldo para que viniera a buscarla, esperaba no causarle muchas molestias, anotó. Una vez hubo desayunado, pidió que le indicaran cómo llegar al pueblo para mandar las cartas. Cogió unas monedas de la caja de latón, se colocó el sombrero, y salió haciendo ondear tras ella la falda blanca del vestido.

Aprovechando que unos sirvientes se acercaban al pueblo a hacer algunas compras, subió con ellos en la carreta. La noche anterior había percibido la añoranza que aquellas personas sentían por Canarias. La mayoría habían nacido allí, pero el sentimiento de pertenencia era el mismo: sentimientos heredados de padres que siempre soñaron con su tierra querida, haciendo soñar con ella a sus hijos. Por ello, cuando llegó al centro de Cabaiguán se sintió como en casa. Muchos de ellos ya sabían de su presencia allí y se acercaban para pedir que les contara cómo se estaba por las islas. Mientras iba andando por las calles del pueblo, se topó con carteles de comercios, como el llamado Las islas Canarias, o incluso con la venta de gofio, un producto típicamente canario hecho a base de millo tostado para cuya elaboración se necesitaba un molino. Luisa se emocionó. Sentirse tan lejos y tan cerca a la vez de su hogar consiguió que surgiera de su interior el orgullo patrio.

Al encontrarse en la avenida el Valle, observó a su derecha el letrero que hacía esquina, «Sainz y Gutiérrez», y decidió entrar para preguntar por el correo. Era una tienda mixta y allí la atendieron con amabilidad, celebrando su llegada a aquellas tierras. Le informaron de que en la calle Segunda del Oeste encontraría la farmacia de Antonio Herrera, porque además de dispensar medicamentos, los canarios acudían allí a pedir ayuda de todo tipo. Los isleños, como eran llamados, se habían asociado para conseguir que les representaran, defendieran sus intereses, garantizaran una relación social y una adecuada asistencia médica. La comunidad canaria, muy extensa en aquella isla, acogía con sumo agrado a los nuevos emigrantes. En la farmacia se ofrecieron a enviarle las cartas. Agradecida, se dispuso a pagar los sellos, cuando se dio cuenta de que no tenía pesos, sino pesetas. Algo avergonzada, volvió a salir al exterior con una nueva indicación: buscar un banco.

Recorriendo las calles la encontró Tomás. Vio cómo cruzaba la calle desde el Café Crispín, donde se encontraba. En el pueblo aquellos lugares estaban muy extendidos: locales cubiertos de madera con un gran mostrador y vidrieras con un sinfín de bebidas alcohólicas. Café Crispín, en concreto, tenía unas puertaventanas que daban al exterior. Tomás se había levantado temprano pues tenía una cita con Pedro Darias Mora, fundador de la logia masónica Luz y Verdad. Aquel hombre, con quien había tenido contacto desde las islas, era propietario de la fábrica de gofio Las Afortunadas y del hotel El Central allí en Cabaiguán. Su amor por las islas le hizo plantar siete palmas reales en el parque del pueblo, como las siete islas canarias.

A Tomás le gustó la idea de que Luisa les acompañara unos días más. Aunque ya no tendrían aquellos instantes a solas, se conformaba con observarla desde lejos. Seguir los andares de la joven, con pasos cortos y rápidos; esperar todo el día a que sus ojos se posaran en él, tan solo por el puro placer de ser mirado por ella, o contagiarse de la risa fresca que con facilidad salía de su boca. Si ella estaba feliz, él también. Pero había notado su distanciamiento en cuanto habían llegado a la casa; comprendió que la situación había cambiado y la presencia de Rita les separaba aún más. La pasada noche había envidiado a su hermano, quien la acompañó durante toda la velada. De vez en cuando sus ojos se dirigían al otro lado de la mesa en busca de la complicidad que, comprendió, se había esfumado.

Era consciente de que tenía que centrarse en su prometida, que igualmente se podía considerar una belleza. Con el tiempo, se dijo, conseguiría relegar la imagen de Luisa y prestar toda su atención a la joven cubana. Aquello tendría que pasar, pero hasta entonces seguía soñando con la majorerita de ojos celestes. Y como si alguien hubiera escuchado sus pensamientos, el objeto de su deseo apareció cruzando la calle. Ya llevaba gran parte de la mañana con don Pedro, por lo que se despidió, dejando concretada una cita a la mañana siguiente. Tomó su sombrero y salió del café.

—¿A dónde va, señora, sin compañía de nadie? —comentó a sus espaldas.

Luisa notó cómo su corazón dio un brinco al escuchar aquella voz, pero enseguida su orgullo herido se adelantó. No iba a seguir con aquel juego que le hacía tanto daño. Debían dejar de ignorar que no podían estar juntos y ella no iba a ver cómo se iba con otra esperando que tuviera un hueco libre para ella. Irguió la barbilla y con una mirada gélida contestó:

—A dónde a usted no le incumbe.

La fría mirada de Luisa heló a Tomás. Aún no podía hacerse a la idea de que debían tratarse de usted, mientras levantaban un muro entre ellos. Aún no, se quejó Tomás. Pero ella había decidido por él.

—Pues no puedo permitir que ande por ahí sola en un lugar que no conoce. —Incapaz de seguir aquella estúpida farsa, se colocó a su altura y susurró poniendo intensidad a sus palabras—: Vamos, Luisa, te acompaño en tus quehaceres y nos volvemos juntos.

—Tomás, llevo toda la mañana haciendo mis cosas y no he tenido ningún tipo de problema. —Comenzó a caminar intentando dejarlo atrás—: ¡Vaya a la finca con su prometida, que le estará esperando! Yo mientras tengo cosas que hacer.

—Ah, ¿qué tienes?, ¿pelusilla? —comprendió Tomás.

—De eso nada —replicó Luisa con la mirada al frente mirando el papel con las indicaciones que tenía en la mano—. Usted tiene sus compromisos y yo los míos. Fue agradable lo que vivimos en el barco, pero tenemos que entender que aquello acabó.

—Olvidaré lo del barco cuando a mí se me antoje. ¡Carajo! —comenzó a enfadarse Tomás ante la frialdad de la joven—. Y hasta que no pasen días y días sin verte, no entenderé que esto ha terminado.

—Por mi parte así ha sido —replicó Luisa levantando una ceja como desafío, sin evitar sentirse feliz por la vehemencia expresada por Tomás.

Él, exasperado por aquella actitud que se negaba a creer que era cierta, le tomó el papel de la mano y leyó las instrucciones.

—¿Al banco? ¿Necesitas dinero?

—No seas majadero, Tomás, y déjame tranquila.

—Muy bien, muy bien. Pero te guste o no, yo voy contigo. Ya he terminado con las cosas que tenía que hacer, así que tengo todo el tiempo del mundo para perseguirte hasta que te hartes —amenazó Tomás, derritiendo a Luisa con la mirada socarrona que le dedicó.

—¡Dios, líbrame de esta! —fingió suplicar al cielo, feliz de poder estar con él.

Finalmente llegaron al banco Crespo, un edificio con un frontón estilo clásico. Cuando hubo cambiado algunas monedas salió, comprobando que Tomás seguía ahí. Llegando de nuevo a la farmacia, Luisa sacó las dos cartas de su cartera.

—Esa es la carta que me separará de ti para siempre, ¿no? —comentó Tomás taciturno.

Ambos eran jóvenes, pero la vida les hacía madurar a golpes. Tomás debía pensar por su familia y las familias que tenía a su cargo. Sus deseos quedaban en segundo plano. Y Luisa era la que se había dado cuenta antes que él. Pero lo que no sabía era que ella se estaba debatiendo en aquel momento entre si debía contarle la verdad o no. Era consciente de que no podía interferir en los asuntos económicos de Tomás, pues aquel matrimonio era una transacción de intereses, pero Luisa no deseaba otra cosa más en el mundo que gritar a los cuatro vientos que era libre, que no estaba casada y que la tomara por esposa. Reflexionó y por una vez en su vida no miró por ella, sino por la persona que amaba.

—Así es —contestó pesarosa—, esto era algo que sabíamos desde el principio.

En aquel momento la máscara de indiferencia cayó, y mirándolo a los ojos expresó sin palabras el dolor que le producía todo aquello. Levantó su mano, le acarició el mentón y se giró para entrar en la farmacia. Una vez estuvo fuera, Tomás volvía a ser el de siempre, aprovechando cada instante, viviendo cada minuto antes de que el matrimonio acabara con su juventud. Con mirada risueña le dijo:

—Vamos, Luisa, volvamos a la finca. Don Enrique me dejó uno de sus coches. ¿No es increíble? Tiene cuatro.

—Sí, volvamos en el coche de tu futuro y acaudalado suegro —comentó con ironía manifiesta.

Tomás rio.

—Luisa, eres un peligro —contestó tras una fingida expresión de enfado—. No sé si debería dejar que te acercaras a mi futura familia. Con una mirada y una frase de las tuyas los dejarías a todos derechos como una vela.

Elaborando una nueva amistad, recorrieron el camino de vuelta. Poco a poco se iba acostumbrando al olor a humedad que desprendía aquella calurosa tierra. Durante el trayecto, Tomás le posó su mano en el muslo, esperando que ella la cubriera con la suya. Luisa tuvo que hacer acopio de valor para mirar por la ventanilla, ignorando el contacto abrasador de su mano. Tomás estaba decidido a aprovechar los últimos momentos juntos; en cambio, ella quería comenzar a desintoxicarse de aquella relación cuanto antes.

Tanto ese día como el siguiente, no volvieron a verse. Luisa ayudó en los preparativos de la boda poniendo su mejor sonrisa. María del Mar le recordó que debía preparar su disfraz, y así fue cómo se alejó del ir y venir de personas para sentarse en el porche a coser. Iría vestida de ninfa griega con una sábana blanca alrededor del cuerpo. Le habían facilitado unas cintas doradas para los adornos de los hombros, y Luisa expresó su interés en hacerlo ella misma. Al finalizar la tarde, le había sobrado una tira dorada que decidió usar como adorno para el cabello.

A la mañana siguiente Luisa desayunó con las mujeres en el porche. La conversación era animada e indudablemente giraba en torno al inminente enlace. Por lo que pudo escuchar, Rita estaba emocionada; a todas les parecía el hombre más apuesto y la suerte de Rita era envidiada por todas. A Ramón también le dedicaron algún que otro cumplido, convirtiéndose en el soltero de oro. Luisa había llevado la costura con ella y, con la cabeza gacha, podía prestar atención a la conversación que más le interesara. Formaban un grupo de unas ocho mujeres. Dos jóvenes más allá, se situaba Rita, junto a la que era su tía por parte de madre.

En ningún momento habían mencionado a la madre de la prometida. De hecho, se extrañó Luisa, parecía no existir. Se dijo que en un evento así, los fallecidos solían ser rememorados. La joven majorera sintió curiosidad por saber qué había sucedido con ella. Su mente valoraba distintas posibilidades hasta que sus oídos captaron una conversación reveladora.

—Rita, debes prepararte para ir a la visita —le comentó por lo bajo su tía.

—¡Ay, malditas las ganas de ir! —rezongó la joven—. ¡No me gusta ir a verla! Es desagradable.

—¡Rita, por Dios! Es tu madre —la amonestó la mujer.

—Ya, pero yo ya no la reconozco —se quejó—. Cuando empieza a decir locuras, me pone nerviosa, y cuando miro sus ojos, es como si ya no estuviera con nosotros.

—Bueno, pues tienes que ir a despedirte de ella. Sabes que tras la boda no tendrás tiempo de nada y saldrás disparada hacia España.

—Vale, está bien. ¡Mira que te pones pesada! —susurró—. A papá no lo obligas a ir como a mí.

—Porque a tu padre no se la puede ni nombrar —contestó en un susurro igualmente—. Desde que la encerró en la Quinta es como si hubiera muerto para él.

Intercambiaron unas palabras más que Luisa no pudo oír a causa de las carcajadas de las otras. Luisa había escuchado alabar la organización de los canarios en Cuba, presumiendo de tener para ellos la Quinta Canaria, un hospital subvencionado por canarios que prestaba ayuda médica a los mismos. Al parecer, pensó Luisa, Tomás no era el único que tenía secretos. Rita tenía a una madre enferma que por sus palabras padecía demencia, lo que debía ser ocultado pues se creía que aquel mal era producto del demonio y podía reproducirse en los demás. La santería convivía con la religión cristiana en aquel país, por lo que la superstición de lo oculto estaba extendida. Desde Cuba, llegaba a Canarias la costumbre de lidiar con demonios a través de la santería. Enseguida, Luisa comprendió que nadie osaría acercarse a alguien hechizado, por lo que la mejor manera de casar a una hija con antecedentes de locura era con un hombre extranjero que no supiera de las miserias de la familia. Luisa se preguntó qué le habrían dicho a Tomás sobre la madre de Rita.

Llegó el día de su cumpleaños, que coincidía con la feria del pueblo. Tras desayunar, todos los invitados se fueron organizando en coches para llevarlos hasta allí. En un descampado habían desplegado infinidad de casetas con atracciones. Todos pasarían el día en Cabaiguán. Ramón, que la mayor parte de las veces hacía de su guardián, no se separó de ella. Juntos recorrieron la explanada despertando suspicacias entre los Galiano. Ramón llegó a comentarle lo paradójico que le resultaba que la gente hablara de un romance entre ellos cuando en realidad andaban encubriendo la atracción, que en opinión de Ramón era evidente, entre ella y su hermano.

Haciéndola reír y hostigándola para que participara en los juegos, pasaron la mañana. Vieron gran cantidad de animales que se mostraban para su venta, caballos a los que se podían montar para probarlos y tirachinas donde el blanco era móvil. Pero lo que más les gustó fueron las carreras de saco. Ramón y ella compitieron juntos. Como era de esperar, la dejó atrás enseguida, hasta que Luisa, con gran esfuerzo, consiguió llegar a su altura. Al ver que no llegaba y como mal perdedora, le dio un empujón cuya fuerza la arrastró también a ella. El organizador del juego, enfadado, les echó sin dejar que terminaran la carrera. La risa hacía que se les saltaran las lágrimas. Con los rostros enrojecidos, hacían comentarios jocosos mientras se desternillaban de la risa. Juntos, bajaron las cabezas cruzando la valla para toparse de frente con la pareja de moda: Tomás y Rita.

Ella, cogida del brazo de él, parecía encantada; pero la mirada hastiada de Tomás les hizo parar de reír. Saludaron a la pareja sintiéndose culpables al divertirse sin Tomás. Este les había observado de lejos, sintiendo cómo la envidia recorría su cuerpo. Observó cómo el rostro de Luisa se transformaba en una expresión traviesa antes de echarse sobre Ramón en plena carrera. La imagen le encandiló: Luisa con el sol del atardecer sobre la cara, haciendo brillar su pelo y aportándole intensidad a sus ojos. Deseó ser él quien se revolcara con ella por el césped para aprovechar y acariciar su estrecha cintura.

Con las mejillas sonrojadas por el esfuerzo, y algunos mechones sueltos sobre la cara, les había saludado envuelta en timidez. Conociéndola, como ya creía que lo hacía, sabía que era su forma de esconder sus verdaderos sentimientos. Ramón, consciente del desconsuelo de su hermano, salió en su auxilio como solo ellos sabían. Con una sola mirada se transmitieron la información necesaria. ¡Sácame de aquí!, le suplicó su hermano mayor.

—Tomás, menos mal que te veo —comentó Ramón jadeante por la carrera y las risas.

—¿Y eso? —contestó serio.

—Nada, que don Pedro me ha preguntado varias veces por ti —dijo como si de pronto lo recordara—. Me dijo algo de que quería hablar algo serio contigo.

—Tendré que ir a ver qué quiere —le comunicó con falsa molestia a Rita.

—Oh, claro, como quieras, mi amor; yo creo haber visto a mi prima al otro lado de la valla —contestó la seductora Rita.

—¿Y dónde lo viste? —volvió a preguntar Tomás a Ramón.

—Estaba cerca del bochinche[22] de la carpa roja y blanca —continuó Ramón—, cerca de la sajorina[23] que lee la mano.

—Bien, en cuanto lleve a Rita con sus primas, me acercaré allí.

Ramón y Luisa continuaron zigzagueando entre la gente hasta llegar al bochinche que le habían indicado a Tomás. Luisa, extrañada, levantó una ceja interrogante.

—¿No viste la cara de amaguado[24] que tenía mi hermano? —se explicó Ramón—. Pues ya que se tiene que amarrar a esa muchacha en unos días..., ¡que por lo menos le deje divertirse hoy!

—¡Serás mentiroso! —exclamó Luisa—. Ya me extrañaba a mí que lo de ver a ese Pedro no me sonaba.

—Mira, Luisa, se hace de noche —exclamó Ramón— y ya empiezan a encender los faroles. Es estupendo para movernos sin que nadie nos moleste.

Ramón rio con ganas ante la expresión de recelo de Luisa. La arrastró tras el bochinche y esperaron hasta que Tomás apareció. Este lo hizo con una gran sonrisa, resoplando de alivio. Cogió la mano de Luisa y exclamó:

---

22 Sitio o tienda de carácter popular donde se sirven comidas típicas y vino del país.

23 Sajorina/zahorina/zahorí: Persona a la que el vulgo atribuye la facultad de ver lo que está oculto.

24 Apenado, desconsolado.

—¡Nos vamos de belingo[25]!

—¡Fuerte cara de *majapapa* que tenías, hermano! ¡Menos mal que te rescaté! —Alzando un dedo y una ceja, continuó Ramón—: ¡Me debes una!

—Yass, coño, lo que tengo que aguantar... —Arrastrando a Luisa tras él comentó—: ¡Vamos a tomar unos piscos!

Pasaron por cada bochinche que encontraron, comieron y bebieron hasta que sus ojos chispearon de pura diversión. Rieron con algunos espectáculos malabaristas que se encontraron por el camino, hasta que llegaron a la sajorina.

—Venga, buenos muchachos, les leo la buenaventura por unas monedas —anunció la mujer mulata de pelo lleno de rastas.

Vestía de blanco y tenía sus ojos pintados de negro, profundizando su mirada. Su tez oscura resaltaba por la blancura de sus prendas. Al alzar una mano, tintineó el metal de las pulseras que llevaba. Le hizo señas con los dedos para invitarla a acercarse. Luisa se consideraba supersticiosa, por lo que no quiso contrariar a aquella mujer para no ser objeto de sus maleficios. Se sentó a la mesa. De su bolsillo sacó un pequeño monedero de tela con cierre de metal, sacó unas monedas y las colocó sobre el tapete de la mesa. Dio su mano izquierda.

—Tenías una vida cómoda, pero tu juventud te hizo huir de algo que te encadenaría... —adivinó con una voz rasgada—, apagando tu luz, muriendo en tierra de arenas.

Aquello interesó a Tomás, quien se acercó a escuchar; quizás aquella adivina le daría más información sobre la joven. Ante semejante anuncio de huida, Luisa asintió como cierta. Ramón se unió a ellos.

—Pero la vida te zarandeará como a un trapo. —La miró sintiendo lástima

---

25 Fiesta, jolgorio, jarana.

por ella—. Cuando creas que tus males han terminado, una persona cercana a ti te arrancará tus entrañas.

Luisa se asustó tanto, que retiró la mano como acto reflejo; no quería seguir escuchando. Sobre su hombro apareció la mano fuerte de Tomás depositando más monedas y extendiendo su mano izquierda. La mano derecha la posó sobre el hombro de Luisa, aliviando su miedo con su protección.

—Ya ha asustado a la muchacha, pruebe ahora conmigo.

La santera, al cogerle la mano, levantó la mirada con sorpresa.

—Sus destinos están unidos, muchachos, y tú sufrirás un gran cambio; te costará, pero comenzarás de nuevo.

—Bueno, parece que no ha sido muy acertada, señora —contestó escéptico—. Con solo prestar atención, sabrá que somos los extranjeros de los que tanto se habla y una boda siempre produce grandes cambios.

—Yo también quiero —se sumó Ramón extendiendo su mano—. A ver qué se le ocurre.

La mujer tomó la mano de Ramón, quedó petrificada, y con un ligero movimiento de hombros, dijo:

—Tome sus monedas, caballero, parece ser que mi ingenio me ha abandonado por hoy. —Y sonrió con cierta tensión.

—¡Ya la mujer se enroñó y ahora no quiere decirme el futuro! —se quejó Ramón—. ¡Para qué tuviste que decirle nada!

—¡Venga, vamos! —dijo Luisa queriendo alejarse de aquella mirada que analizaba a los tres jóvenes, como quien supiera de los secretos más recónditos de cada uno.

Ya había oscurecido, a lo lejos escucharon música caribeña que con sus primitivas notas animaron a los tres jóvenes. Mientras la alegría volvía a ellos, alguien los identificó. María del Mar había alzado la voz para llamar a Tomás. Este agachó la cabeza, se bajó el sombrero y, haciendo caso omiso de los gritos de la joven, cogió la mano de Luisa y comenzó a alejarse entre risas. Ramón cubría la retaguardia. Llegaron a una caseta cuyo letrero decía: «Retratos al instante».

—¡Mira! —exclamó Luisa—. ¡Vamos a hacernos uno! Una vez me retrataron de pequeña.

La fotografía había avanzado en aquella época, reduciendo el tiempo de exposición a la cámara. El color de la fotografía era en sepia y aquel hombre poseía un trípode desde donde captaba la imagen, entregándola en pocos minutos. El fondo bien iluminado dibujaba un jardín. Había colocado una silla delante y había algunos sillones apartados para modificar la composición, en función del número de personas que aparecieran en ella. Luisa se sentó impaciente en la silla, y los dos hermanos se colocaron tras ella. Cada uno le echó un brazo por el hombro al otro.

La fotografía captó la vitalidad que traslucían, sonrisas francas y rostros juveniles. Luisa, con los pies juntos, las manos unidas a las rodillas, y su larga trenza cayéndole sobre un hombro, miraba divertida a la cámara. Tras ella, Ramón y Tomás levantaban el mentón como si formaran para el ejército; con expresión seria, pero ojos risueños.

—Esta para ti, Luisa —dijo Tomás—. Para que no te olvides de nosotros. ¡Feliz cumpleaños!

—¡Oh, muchas gracias! —contestó ella—. Será un bonito recuerdo.

—¡Ah!, pero yo también quiero uno. Me gustaría que posaras en una tú sola. —Con voz cargada de emoción, susurró—: Para comprobar todos los días que no fuiste un sueño.

El fotógrafo se colocó en su posición en cuanto Ramón dio la orden de hacer otra. Tomás cruzó los brazos sobre el pecho dejando que su retina grabara a fuego aquel momento. Ella se acomodó la falda de su vestido de flores azules, se arregló el pelo y, colocándose la trenza sobre el hombro, miró a Tomás. Fue en aquel instante cuando la explosión de la cámara captó, en el joven rostro de Luisa, el amor sincero que sus ojos destellaban al perderse en la mirada de Tomás. Consiguió captar justo el momento cómplice en el que los sentimientos afloraban, para luego volver a esconderse bajo la superficie. Tras esperar unos minutos, guardaron las fotos respectivamente, como si de algo sagrado se tratara.

La noche caía oscura cuando decidieron volver a la finca La Haza. Un joven les alcanzó a cambio de unas monedas. Exhaustos, se fueron a dormir con la sensación de haber pasado unos momentos inolvidables. El siguiente día les tenía preparada la gran fiesta de San José.

LA LUNA COMO TESTIGO

A la mañana siguiente, una sirvienta la despertó informándole de que le iban a preparar un baño antes del comienzo de la fiesta de San José. Encantada con la idea, Luisa esperó en camisón a que estuviera todo listo.

Se asomó a la ventana al escuchar alboroto. Un gran grupo de muchachos trabajaban adornando una carroza y los cuatro coches de don Enrique. Los ramos de flores que habían estado elaborando las chicas los días anteriores colgaban de los laterales. Cintas y tiras de telas de colores pasteles disfrazaban los vehículos. En las partes traseras se colocaban grandes cestos llenos de frutas sobre un colchón de granos de café. El entusiasmo y el ambiente de festividad contagiaron a Luisa, pues cada día que pasaba era uno más del que estar agradecida por vivir aquello. Pronto todo llegaría a su fin.

El baño vino con una dedicatoria de parte del que dio la orden. Supuestamente, el joven Ramón dejó recado de que le entregaran una nota: un baño para la joven celeste. Sabía que el único que usaba aquel adjetivo para referirse a ella no era Ramón, sino Tomás. Su estómago revoloteó de emoción, aunque la sensación de estar haciendo algo prohibido la embargó. Aquello estaba mal, se recordó. Y aún más, cuando lo hacía bajo el mismo techo donde se encontraban la joven prometida, don Enrique y doña Eugenia. Ella podía ser la responsable de la ruina de la familia Westerling, se recordó. Le asustaba ser la culpable de la desgracia de Tomás. Pero sus sentimientos eran contradictorios: aunque sabía que no debía seguir con aquel juego, la urgencia de que el tiempo se les acababa la impulsaba a correr el riesgo, agarrarse a la mano que siempre le tendía, y seguirle. Tomó su cadena del cuello y rezó a la Virgen del Rosario para que su locura cesara.

Pero aquel día la locura no cesó, sino todo lo contrario, esta sembró el pueblo. Todos, ataviados con sus peculiares vestimentas, habían dejado atrás sus vergüenzas. Escudándose en la celebración, se desinhibían ayudados por el vino. Las mujeres partieron de la misma finca donde se encontraban junto a algunos trabajadores que acompañaban a pie a las mujeres subidas en los vehículos. Iban disfrazados de faunos y otros seres mitológicos. Los varones de la familia saldrían de la finca vecina encontrándose, una vez hubieran llegado al pueblo, en distintas cabalgatas. En el momento del encuentro se produciría el enfrentamiento de bandos con sus reinas, dando comienzo a distintas actividades como las carreras de cintas, comidas, bebidas y música; celebrando así, las fiestas entre los barrios de oriente y occidente.

Luisa, una vez se hubo vestido, se miró en el espejo del tocador. La joven sirvienta que habían enviado a ayudarla quedó petrificada en el vano de la puerta. Los ojos de la joven mulata se abrieron de par en par. Luisa supo que la sensación de sentirse bella no era producto de su vanidad. Volvió a observarse en el espejo. La tela blanca se unía sobre cada hombro, la curva de estos era resaltada por los adornos dorados que fingían ser nudos. El escote caía en pico, formando pliegues que llegaban a la altura de la cintura; estrechándola en dos vueltas con cinta dorada. La falda, con varios picos, dejaba entrever sus pantorrillas cuando andaba. Pero lo que más llamaba la atención era su melena rubia como el trigo. Esta caía de forma ondulada con la marca de la trenza. Al habérsela hecho con el pelo mojado producía ese efecto al secarse. Su frente la atravesaba la cinta dorada que había sobrado. La joven sirvienta le comentó que a la señorita Rita le habían sobrado flores de la corona y pensó en dárselas a ella, pero que al verla, comprobó que no le hacían falta. Luisa, con su tez clara y sus grandes ojos azules, representaba con rigurosidad a las ninfas de la mitología.

Se sonrojó al salir de la casa y ocupar su lugar en la parte inferior de la carroza, pues las miradas de los presentes caían sobre ella. La reina, que era Rita Galiano, vestida igualmente de blanco, completaba su espectacular atuendo con una corona de flores sobre su cabello castaño. Se sentó con gracia en el trono que le habían preparado para ser la reina de aquella carroza. A ambos lados había otros asientos para las primas de Rita, que también lucían ricos adornos florales. Y como ninfas secundarias se encontraban Luisa, María del Mar y otra joven, que sentadas sobre los tablones concluían el gran cuadro primaveral.

Los cuatro coches llevaban a las mujeres de más edad; aunque también participaban con sus disfraces, necesitaban un vehículo más cómodo. Salvo doña Eugenia, que continuaba con su riguroso luto. Los vehículos, con las señoras de la familia en su interior, abrían la comitiva. A lo largo del camino los habitantes de la zona les esperaban para sumarse a la procesión tras la carroza. Cuando por fin comenzaron a atisbar entre las casas al resto, el júbilo se hizo extremo. Todos reían y cantaban. A la carroza se les acercaban distintas carretas ofreciendo bebida, llegando al punto de encuentro en un estado de embriaguez tal, que las flores y los atuendos recordaban a una bacanal.

Tomás y Ramón se encontraban en otra carroza vestidos de dioses grecorromanos. Aquellos trajes se los habían prestado, pero nadie sabía que aquellas dos bellezas morenas encarnarían a la perfección el canon griego. Morenos, de ojos negros perturbadores, narices algo aguileñas y tez bronceada por el sol, recreaban a unos adonis, manteniendo a las mujeres que les acompañaban embelesadas. Sus atuendos consistían en faldas hechas de tiras de cuero, una blusa de lino sin mangas con una capa roja, cuyas puntas estaban cosidas a ambos hombros. Ellos se mantuvieron al margen, disfrutando del vino y del papel de bárbaros que creyeron debían interpretar. Cuando concluyó la escenificación del enfrentamiento, llegó la hora de rescatar a sus reinas. Tanto Tomás como Ramón habían llegado a un punto tan álgido de embriaguez, que resultaba tan peligroso como su aspecto.

Bajaron de la carreta para adentrarse entre el gentío. Saludaron y bromearon con cada carroza o coche engalanado que se encontraban. De pronto, Tomás vio como la multitud se separó para dejarle ante sus ojos la mejor de todas las visiones: la ninfa de pelo rubio hasta la cintura que sonreía feliz a todo aquel que se le acercaba. En aquel momento le negaba a un muchacho alguna petición, sonrojándose y sacudiendo la melena que rozaba su rostro como una caricia. La visión lo hipnotizó, haciendo que sus pasos se dirigieran a la carroza como un autómata. En aquel momento, su ninfa se giró para escuchar lo que decían la demás muchachas, que se daban codazos mirando en su dirección; y fue entonces cuando el ángel decidió mirarle y derramar sobre él toda su luz. La luz que surgió de su sonrisa. Enseguida notó cómo Luisa bajó la mirada, incómoda. Lo que Tomás no escuchaba eran las risillas y comentarios que hacían las jóvenes que acompañaban a Rita. Desde la distancia, creyeron que la ardiente mirada iba dirigida a Rita y que su paso apresurado lo provocaba la futura esposa. Esta se pasaba la lengua por los labios, esperando por fin ser besada. Las adulaciones de sus compañeras así se lo hicieron creer a Rita, pues decían que por la expresión de Tomás, era lo que parecía que estaba dispuesto a hacer. Pero se equivocaban.

Tomás paró en seco en la esquina de la carroza donde se arrodillaba Luisa. Esta, consciente de las muchachas, intentó aplacar al joven dirigiéndole miradas de aviso, frenando su avance con pequeñas negaciones de cabeza. Pero todo fue inútil, la bebida hizo que el peligro, la lógica y el deber cayeran en el olvido. Se había convertido en guerrero al ponerse aquel atuendo, iba a en busca de su reina y nada lo detendría. Salvo ella. Al deducir sus intenciones, le frenó en seco poniendo una mano sobre su hombro.

—¿Acaso eres tú la reina que vengo a rescatar? —preguntó en su papel de guerrero.

—No, totorota —le susurró—. Es la que tengo a mis espaldas, así que haz que se te bajen esos humos de borrachuzo y vete a por tu prometida.

A Tomás, verla nerviosa hizo que la deseara más. Con una amplia sonrisa le guiñó el ojo y tomó un irresistible mechón ondulado.

—¿A ti se te fue la cabeza? —preguntó Luisa regañándolo mientras le quitaba el mechón de la mano—. Por favor, Tomas —insistió—, que nos están mirando.

Al estar él de pie y ella de rodillas sobre la carreta, sus rostros quedaban a la misma altura. Él se encogió de hombros y sonrió travieso.

—Hoy no soy Tomás —anunció en voz más alta y ebria, tal y como comprobó Luisa. La majorera cerró los ojos ante su temeridad—. ¡Soy un guerrero espartano! ¡Y vengo a llevarme lo que se me antoje!

—Tomás, ¡por Dios! —Luisa cerró los ojos y agachó la cabeza muerta de vergüenza—. ¿Pero quién te dijo que tenías que hacer esto?

—¿¡Pero qué estás diciendo, Tomás!? —por fin intervino la ofendida—. Yo soy la reina que tienes que rescatar. ¡Anda, no seas bromista y deja a Luisita tranquila, no mortifiques más a la pobre! —Con superioridad femenina continuó—: Ella no sabe entender tus bromas.

Aquello le pareció de lo más gracioso a Tomás y rio con ganas. Luisa no solo sabía aceptar sus bromas, sino que las entendía y compartía. Conseguía que él dejara de comportarse como un adulto para sacar su lado más travieso y bromista. Ella sabía de sus pesares más profundos, de sus temores. Solo ella sabía que temía ser un fracasado, que luchaba para que sus jornaleros no pasaran hambre, que sufría con las malas cosechas y temía volver a su vida de terrateniente sin ella a su lado. Rio y con un solo movimiento se llevó a hombros a Luisa, quien pedía a gritos que la bajara. Rita, estupefacta ante aquella reacción, tan solo pudo verlos partir entre la multitud.

—Tranquila, mi amor —escuchó que le decía su prima—, esos dos son como hermanos, a mí el mío me hace esas cosas. Solo quieren hacernos rabiar. Seguro que se la lleva a Ramón. Además, no debes preocuparte por la muchacha esa. ¿No ves que le ganas en delantera?

Todas rieron intentando distraer a la dolida Rita.

Una vez alejados, Tomás soltó a Luisa bajándola a la tierra. Hacía ya rato que Luisa reía ante aquella locura. Cuando al bajar se apartó los mechones de la cara, se encontró con la mirada risueña de Tomás. Le quería, estaba profundamente enamorada de él. Lo observó, devorándolo con la mirada. Estaba fantástico, se dijo. Todo un guerrero de la antigua Grecia.

—¿Y ahora qué hacemos? Hay que ir a buscar a tu hermano —comentó ella.

—Mira a tu espalda, se están formando los grupos para hacer las carreras de cintas. ¡Vamos a ver qué tal se nos da!

Tomás le explicó en qué consistían aquellas carreras. Se formaban dos grupos que en hilera se colocaban a ambos lados del terreno. En el medio, un hombre alzaba una cinta dejándola suspendida en el aire. El hombre de la cinta diría un número en voz alta, que a su vez se correspondería a una persona de cada bando. El objetivo era correr hasta el centro, llevarse la cinta y volver de nuevo a su lugar. En el caso de que uno de los dos cogiera la cinta, el otro podía seguirlo para impedir que llegara a la línea de salida.

Luisa se colocó en el bando de la derecha, allí uno de los organizadores le dio un número: el siete. Con ganas de juego, se colocó en la línea de partida agarrándose los lados de la falda para poder correr más rápido. Al otro lado, en el bando de la izquierda, Tomás se unió a su grupo y les dijo:

—Digan el número que digan, si sale la muchacha rubia, me la dejan a mí.

Todos aceptaron, riendo por lo bajo ante la trampa.

Los primeros números gritados por el árbitro del centro del campo permitieron a Luisa conocer mejor el juego. Tras varios minutos de carreras, gritaron su número. Ella comenzó a correr hacia la cinta. Sorprendida, vio como Tomás salía disparado mientras el resto reía a carcajadas. Llegaron a la altura de la cinta, ella sopesó sus posibilidades y paró en seco ante el árbitro con el brazo alzado. Él, haciendo lo mismo, alzó las manos tal y como ella hacía a unos centímetros de la cinta colgante. Si era lo suficientemente rápida, podía coger la cinta y salir veloz sin dejar mucho tiempo de reacción a Tomás, pensó la majorera. La tensión se palpaba en el ambiente, en sus miradas se observaban los pensamientos y cálculos danzar. Tomás, socarrón, le sonrió para desestabilizarla, pero ella le respondió con una dulce y encantadora sonrisa que por un momento nubló la razón de Tomás. Aprovechó aquel instante para agarrar de forma veloz la cinta, darse la vuelta, recoger sus faldas y echarse a correr.

El rugido de frustración que escuchó a su espalda fue apagado por las risotadas de los demás, pues el contraste entre los contrincantes saltaba a la vista. Él, alto de anchas espaldas, daba la impresión de que con un soplo de aire tumbaría a la pequeña y frágil muchacha. Cuando comprobaron la astucia y rapidez de la joven, que dejaba atrás al grandullón, no pudieron evitar reír. Pero Tomás llegó hasta ella justo en el momento en el que, animada por su bando, llegaba a la línea. La tomó de la cintura y la alzó por los aires con un grito triunfal. Todos aplaudieron, viendo dar vueltas a la pareja. Luisa, aunque perdedora, reía encantada.

Cuando salían del campo de juego, se toparon con Ramón, que se divertía con algunas muchachas. Danzando, andando, bebiendo y comiendo, pasaron el día. La risa regaba cada minuto del que pasaban juntos. Hasta que llegó la noche.

Cuando la oscuridad fue envolviéndoles, se encontraban alrededor de un círculo de personas que miraban a los jóvenes del pueblo bailar una folía. En las fiestas de aquella zona siempre terminaban recordando las raíces de muchos de ellos, cantando isas y folías. Los que estaban de pie, con aplausos y cantando, les animaban a continuar. Tomás tomó su mano, aprovechando la oscuridad que se cernía tras ellos, y la arrastró.

Luisa creyó que la llevaba a buscar a Ramón para hacer alguna perrería. Pero las melodías y las voces de la gente se escuchaban cada vez más lejos. Emprendieron la marcha silenciosa, lenta y oscura, por un camino que se adentraba en una arboleda. Fue entonces cuando Luisa comprendió que se trataba de otra cosa. Había disfrutado enormemente aquellos días con Tomás. Quiso decir la verdad sobre su situación, que estaba soltera y que podían dejar la absurda boda para volver juntos a Canarias. Pero algo la frenó, por un momento creyó que si le decía la verdad, le obligaría a decidir, y probablemente ella saldría perdiendo. Prefirió callar, dejar que el destino siguiera su curso y disfrutar de aquella mágica noche.

Con un giro de muñeca, Tomás la hizo danzar hasta apoyarla suavemente sobre el tronco de un árbol. Se abrazaron llenando de suspiros la noche. La nariz de Tomás bajó desde la oreja hasta el cuello de la joven haciéndola jadear. Inspiró su olor femenino llenando sus pulmones de bienestar. Buscó su boca y se hundió en ella. El deseo contenido fluyó entre sus labios. Las manos de Luisa acariciaron la ancha espalda de Tomás, agarrándose cuando la embistió colocándose entre sus piernas. Sus entrepiernas se rozaban al son de la danza más primitiva de todas. A unos metros, la luna se filtraba entre las ramas de los árboles dejando un claro iluminado. Allí la tumbó.

Bañada por la luz azulada de la luna, acomodó a la joven tras quitarse la camisa con la capa cosida a ella. Luisa observó su torso desnudo sin poder resistirse a su textura. Le tocó. Una vez en el suelo, las manos grandes y fuertes de Tomás recorrieron las piernas de ella. Apretó los glúteos de la joven para acercarla más a él y hacerla exclamar ante su dureza. Extasiada, Luisa se dejó hacer cuando le fue levantando lentamente la falda hasta llegar a su vulva. Allí la acarició, llevándola a lo más alto, haciendo que se vertiera su líquido interior. Tomás, insaciable, deslizó la tela de su hombro para atrapar un pezón erecto. Succionó haciendo a Luisa gemir de placer.

La vestimenta permitió que solo tuviera que levantarse la falda de guerrero griego para poder penetrarla. Su pene se entretuvo en la entrada de la vagina de Luisa, haciendo que la joven se contorneara a la espera. Ella entrelazó sus manos en el cuello de él, acercándolo a su boca de nuevo. Tomás la penetró, aprovechando el momento de máxima lujuria.

El conducto estrecho y virgen se resistió a su paso, teniendo que forzar la entrada en la segunda embestida. Aquello hizo que Luisa soltara un grito de dolor al sentir la punzada aguda entre sus piernas. Tomás volvió a besarla, pero esta vez con más ternura, notando cómo los músculos de la joven se relajaban alrededor de él, permitiendo de nuevo su entrada. Comenzó a mecerla con sus embestidas. Ambos, jadeantes, movían sus caderas al son de la pasión tanto tiempo contenida. Luisa gimió de placer justo cuando él derramó su simiente sobre su vientre, pensando por los dos y por un posible embarazo.

Cuando sus respiraciones volvieron a la normalidad, Tomás se había tumbado a un lado, abrazando a Luisa, que reposaba su cabeza en el hueco de su cuello.

—Luisa, odio a tu marido —sentenció Tomás.

Sintiéndose culpable, Luisa respondió:

—No pienses en él. Ahora no.

—Te quiero, mi celeste Luisa —dijo acariciando el brazo de la joven, que reposaba sobre su pecho—. Ahora mismo, con esta luz, tu piel también es celeste.

—¿Celeste, dices? Ya no puedo dejar de escuchar esa palabra sin pensar en ti —le contestó buscando su mirada—. Yo también te quiero, Tomás.

Tras varios minutos en silencio, dijo:

—Debo advertirte de algo. —Luisa creyó oportuno comentarle su reciente descubrimiento sobre la madre de Rita—. ¿Qué te han contado sobre la madre de Rita? —preguntó antes.

—Está enferma, no se sabe bien cómo se contagió, pero desde hace unos años está ingresada con lepra.

—Lo que yo escuché fue que la causa de su ingreso es la demencia —comentó—. Rita irá mañana a visitarla. Hablaban en susurros, al parecer no quieren que se sepa, la tienen escondida. No sé si yo sería capaz de lo mismo. Por lo que escuché, don Enrique no quiere ni que se hable de ella.

—Es un hombre que presume de su buena suerte, es posible que la demencia de su mujer lo avergüence. Es algo muy cruel.

—¿Si yo me volviera loquita, me encerrarías?

—¡¿Más loca que ahora?! —bromeó—. Pues me lo pensaría —rio ante los manotazos que Luisa le daba—. No, mi niña linda, no te encerraría por muy loca que estuvieras. Te querría siempre a mi lado.

Fueron confesiones dichas desde lo más profundo, en medio de la espesura de la naturaleza, como si estuvieran solos en el mundo. Se susurraron palabras de amor, de amor eterno, aunque las circunstancias no les dejaran vivirlo completamente. En aquel lugar, escondidos del resto, sentían que podían soñar con estar juntos. Hablaron de cómo serían sus vidas hasta que los sonidos de la fiesta en la lejanía les hicieron volver a la realidad.

Planearon la vuelta a la civilización; dejando a Luisa en el borde del claro, avanzaría sola hasta donde se encontraban el resto de personas. Él daría un rodeo, apareciendo tiempo después por el lado opuesto a Luisa. Cuando la vio partir, sintió que se iba un trozo de su ser con ella. La luz ambarina de los faroles en contra dibujaba la silueta de la mujer de su vida. ¡Dios santo!, pensó. Ya la estoy deseando de nuevo.

ARRASTRO[26]

L uisa durmió hasta bien entrada la mañana. Estaba exhausta tras un día tan intenso. Mientras se aseaba adormilada, recordó cada instante de la noche anterior. Los besos de Tomás sobre su piel, la dulce sensación del orgasmo, las caricias y promesas eternas en la oscuridad de la noche.

Alguien tocó a su puerta.

La joven sirvienta que tenía asignada le anunció que tenía un recado de Tomás. La esperaba en el jardín de la señora Galiano, un pequeño recinto donde, aun en su ausencia, se cultivaban infinidad de plantas y flores tropicales. ¡Este hombre se va a meter en un buen lio como siga arriesgándose tanto al hablar conmigo en público!, se dijo. El cosquilleo en el estómago no dejó que se lo pensara dos veces, se vistió con rapidez y acudió a su cita.

Con su melena trenzada de nuevo, esta vez formando un moño, apareció en el arco de entrada al jardín de la señora. Tomás no se encontraba solo, lo acompañaba un señor alto, muy bronceado por el sol. Al irse acercando, comprobó que tenía los ojos claros y algo en él le resultó familiar. ¡Su tío Osvaldo! Luisa cayó en la cuenta enseguida. Un relámpago de miedo recorrió su cuerpo paralizándola. Habían venido a por ella. Pero nunca pensó en la posibilidad de que su tío se presentara en la finca sin avisarla antes desde el pueblo. Osvaldo no parecía tener muy buen humor. Al aproximarse, captó su mirada ceñuda. Aquello no solo no gustó a Luisa, sino que la puso en alerta.

A tan solo unos pasos de ellos, Luisa se enfrentó a Tomás. Este la miraba

---

26 En el juego de cartas del envite, se denomina así a la jugada en la que se muestran las cartas.

iracundo, en su mirada asomaba el dolor de la traición. Nunca le había visto tan serio. Apenas la miró a la cara cuando habló:

—Luisa, te presento a tu tío Osvaldo —dijo con voz extremadamente educada—. Hemos estado hablando y me ha comentado que no existe ningún esposo esperándote.

—Puedo explicarlo —musitó insegura ante la mirada acusadora de Tomás. Aquello la estaba destrozando, jamás creyó encontrar tanto rencor en su mirada.

—¿Quién te ha pedido explicación? —respondió con frialdad—. Más bien es tu tío quien tiene algo que decirte.

—Sobrina —interrumpió su tío—, la última vez que te vi no habías cumplido el año. Estás hecha una mujer. Pero, ¡demonios!, eso no te da derecho a hacer lo que hiciste.

Luisa apenas prestaba atención a las palabras de su tío Osvaldo. Miraba a Tomás rezando para que no la odiara por haberle mentido.

—¡Chiquilla, estás metida en un buen lío! —continuó diciéndole—. A la vez que me llegó tu carta diciéndome que estabas en Cabaiguán, me llegó otra de tu madre pidiéndome que te mandara de vuelta. ¿Cómo se te ocurre irte así de tu casa? ¡Pero qué diablos se te pasa por la cabeza! Vengo a decirte que no me haré cargo de ti. No pienso ayudarte en esta locura, estoy bien amenazado por tu padre. ¡Te vuelves a Fuerteventura, porque conmigo no te quedas!

Su tío, para recalcar sus palabras, se quitó el sombrero con violencia sacudiéndolo sobre su muslo. La estaba tratando como a una niña caprichosa y no estaba dispuesta a permitírselo.

—Le aseguro, tío —habló comenzando a enrojecer de enfado—, que nadie marcha con poco más de cien pesetas en el bolsillo y una posibilidad de trabajo, completamente solo, si no tiene razones de peso para hacerlo.

—Pues, chiquilla, yo solo veo que una niña ha desobedecido a su padre llevando muy lejos su trastada.

—¿¡De qué chiquilla me está hablando, caballero!? Porque si soy lo suficiente mayor para contraer matrimonio con un golfo, soy lo suficiente mayor para negarme, coger cuatro cosas y embarcarme para Cuba. No pretendo ser una carga para usted. Si tanto teme la ira de mi padre al otro lado del océano, seguiré mi camino sola. Tan solo esperaba un poco de apoyo para poder comenzar una nueva vida aquí.

Tomás escuchaba cada palabra que decía Luisa, buscaba en su cabeza la razón por la cual todo aquello estaba sucediendo. ¡No estaba casada! Cuando Osvaldo se presentó para decirle que venía a dejarle las cosas claras a su sobrina, la mente de Tomás comenzó a dar vueltas. En un principio, al preguntar por Luisa, le confundió con su esposo. Pero los celos que le invadieron se esfumaron dejándole perplejo cuando le relató quién era y a qué venía. La traición de aquella joven le llegó a lo más hondo. Él no había hecho otra cosa que lamentar el supuesto matrimonio de ella. Le había dicho que si no fuera por eso, podrían estar juntos. Pero ahora todo estaba del revés ¿Luisa había huido sola de Fuerteventura oponiéndose a un matrimonio de conveniencia?, ¿era aquel su gran secreto?, ¿preferir quedarse sola en el mundo, antes que obedecer y pasar el resto de su vida atada a una persona indeseable? Tomás comenzó a verla con otros ojos, valoró su valentía al manejar su vida a su antojo costándole lo que le costase. Y ahora, cuando su plan había sido descubierto y la única persona que podía ayudarla le negaba su apoyo, no se derrumbó. Sino todo lo contrario, sacó pecho, alzó la barbilla y dejó bien clara su postura. No la doblegarían.

—¡Pues al diablo! ¿Oyó? —gritó su tío—. Su padre es capaz de venir a matarme si no obedezco su orden de mandarla de nuevo para su tierra.

—¡No pienso volver! —arremetió—. Tal y como se lo estoy diciendo se lo puede decir a él. Mi vida la manejo yo como se me antoje, él no es nadie para mandar sobre mí. Si no me ayuda, no le echaré nada en cara, váyase por donde ha venido. —Alzó la mano señalando la puerta totalmente erguida, como si un ama hablara a su perro—. Buenos días, tío Osvaldo, vaya usted con Dios.

114

El hombre, sorprendido por aquella despedida, se puso el sombrero y salió farfullando:

—Pues ya está, si no han sabido manejar a su hija, que se las apañen ellos. Me he pegado un viaje infernal para esto… Yo ya he cumplido…

Cuando los pasos se habían alejado, Luisa se derrumbó bajando los hombros y llevándose las manos a la cara. Acababa de despedir de malos modos a la única persona que podía ayudarla. En vez de callar y suplicar, se había enfrentado a su tío. Algo debía hacer con aquel genio, se regañó, mira que su padre se lo decía. Su orgullo no la llevaría por buen camino. ¿Qué iba a hacer ahora?, se preguntaba cuando una mano se posó sobre su hombro. Era Tomás. Había olvidado que se encontraba allí. Aquello era del todo humillante.

—Vamos, no llores —la consoló Tomás—. Todo va a salir bien.

—¿Qué va a salir bien? —respondió abatida—. Esto no hay quien lo arregle.

—¿Cuál era tu plan?

—Convencer a mi tío de que me ayudara a buscar un oficio aquí y poder empezar una vida lo más digna posible.

Le relató su historia, desde la decisión de su padre, pasando por el incidente con Germán y su huida planeada con su tía Benedicta. Él la escuchaba atentamente, recordando la primera vez que la vio, sentada en la plaza Cairasco, sola y con una expresión de desamparo que despertó en él el instinto de protegerla.

—Luisa, me mentiste sobre tu marido —le espetó dulcemente.

—Sí, lo sé —respondió—. Al principio era una buena manera de pasar inadvertida en el barco. Luego, todo se complicó, tú ya estabas comprometido. Me dijiste que tu matrimonio salvaría a mucha gente que tienes a tu cargo. Como de todas formas debíamos separarnos al final del viaje, entendí que lo mejor era que yo comenzara una nueva vida y tú siguieras con la tuya, pero el puñetero destino hizo que se alargara hasta que me descubriste.

—¿En ningún momento has pensado que lo único que nos separaba era tu matrimonio ficticio?

—Tomás, lo nuestro no es posible. Hay mucha gente interesada en que el enlace entre Rita y tú se lleve a cabo. Yo solo sería una carga más para ti.

—Deja que sea yo quien lo decida. —La tomó de la barbilla con ambas manos dándole un profundo beso.

—¡Oh, Tomás! —Unas lágrimas de angustia salieron de sus ojos.

—Luisa, cásate conmigo —le pidió con ojos llenos de ternura y amor sincero.

—Tomás, esto es una locura —respondió Luisa presa del pánico, pues nunca se atrevió a pensar que sus sueños se pudieran hacer realidad.

—¡Luisa, contesta, carajo, mira que eres morrúa! —le regañó con una profunda risilla—. Venga, dame el gusto y dime que sí.

—Sí, sí quiero —contestó con una sonrisa brillante—. ¡Claro que quiero!

Alzó sus brazos rodeando el cuello de Tomás y le devolvió un beso lleno de pasión y esperanza. Esperanza para los dos, para su amor y para una vida juntos. El corazón de ambos estalló de alegría. Tomás comenzó a besarla por todos lados de la cara, el cuello, inundándola de pequeños besos amorosos que hicieron reír a la joven.

Por fin volvían a sentir esperanza.

Una hora más tarde, Tomás se encontraba en uno de los salones de la gran casa, sentado en un enorme sillón de mimbre acolchado con grandes cojines. Se tomaba un ron del país con dos piedras de hielo en un vaso de cristal. Se había reunido con don Enrique para anular su compromiso. Sus ojos oscuros mostraban una total seriedad, su rostro moreno no daba señal alguna de inseguridad. Lo miró a los ojos y sin vacilar en el tono de voz, habló:

—He decidido anular el compromiso, señor.

—¿Pero qué disparate me estás diciendo? —contestó don Enrique fulminándolo con la mirada. A él nadie le cambiaba los planes ni le contradecía.

—Mis intereses han cambiado, no tengo intención de casarme con su hija.

—¡Con que esas tenemos! —Entrecerró los ojos—. Tu padre te deja una fortuna que gestionar, y tú no solo no sabes mantenerla, sino que la única oportunidad que tienes para salvarla la desprecias. Por otros intereses, dices…, que tienen nombre y apellido además de unos bonitos ojos azules. ¡Serías un necio si pensaras que me ha pasado inadvertido tu interés por ella!

—No quiero que se meta a nadie en este asunto —amenazó Tomás ante la alusión a Luisa—. He sido yo quien ha tomado esta decisión, ya soy mayorcito para saber qué me hago.

—¡Pues a mí me pareces un chiquillo consentido! —replicó don Enrique, apoyando sus brazos sobre sus rodillas, inclinándose para escupir las palabras—. ¿Es que acaso no conoces las reglas del juego? La vida te hace elegir entre lo que uno quiere y lo que debe, y te aseguro que siempre gana el deber. Usar el matrimonio para unir lazos entre familias importantes ha forjado grandes fortunas. —Sacó un puro habano y se lo encendió sin dejar de mirarle—. Para empezar, tus deudas no te dejarán sobrevivir más que un año o dos. ¿Cuántos jornaleros me dijiste que tenías? Unas cuarenta familias entre una finca y otra, recuerdo. Además, están tu madre y tu hermano, a quien debes buscarle un oficio. ¿Y crees que yo anulando el compromiso te voy a echar una mano por los lazos familiares que tenemos? ¡Lo llevas claro, muchacho! A mí me gusta hacer negocios con hombres, con hombres que saben qué tienen que hacer, que saben que los romances momentáneos son eso exactamente, momentáneos, que a lo largo de la vida tendrás más de diez. Los matrimonios no son idílicos, son transacciones comerciales. Hazme caso, hijo —continuó en un tono más pausado—. Te voy a dar un consejo, toma a mi hija por esposa y mantén a la rubia si quieres como amante. Te acordarás de mí cuando la hayas olvidado a final de año.

Tomás lo fulminaba con la mirada. En su interior todo se revolvía, la diversidad de sentimientos y sensaciones contrapuestas le daban vértigo. En aquel torbellino algo sobresalió, sintió una necesidad imperiosa de partirle la cara a aquel hombre prepotente y largarse de allí. Pero algo de lo que había dicho le removió la conciencia. Su padre. A él le debía todo. Debía, en memoria a él, salvar lo que tanto le costó conseguir. Odiaba la situación en la que se encontraba. Sabía que había que sacrificar cosas, pero nunca algo tan doloroso.

—¿A qué viene ese interés por que me lleve a su hija? —atacó Tomás entrecerrando lo ojos, sabía que debía jugar bien sus cartas—. Sospecho que debe tener alguna tara.

—¡A mi hija no…! —comenzó a gritar el ofendido

—¿Demencia, quizá? —interrumpió el bramido de Galiano. En los ojos del hombre asomó la sorpresa. Había dado en el clavo, lo silenció al instante.

—Vamos a hablar claro —comenzó a recapitular Tomás—. Su interés por este enlace va más allá de simple altruismo, como ya me ha dicho. Parece ser que usted puede con todo menos con los rumores. Esconder a su esposa no ha sido suficiente para callar a su gente, por lo que puedo deducir que es muy difícil casar a Rita con alguien de por aquí. No porque Rita sea demente, porque parece una muchacha muy sana, pero el estigma es difícil de quitar.

—No es el estigma, muchacho, hay algo más —se rascó levemente las entradas de la cabeza y suspiró—: el reconocimiento. Casar a mi hija con un propietario, que según he hecho decir, es de muy buena posición social y solvente, dará a mi familia un grado más en la sociedad cubana, sobre todo isleña. Tener a un Galiano que volvió a Canarias por la puerta grande es lo que me queda por conseguir; eso, y que mis nietos nazcan en mi tierra. La que probablemente no vuelva a ver.

—Yo creo que deberá dejar el reconocimiento, señor, para otro momento. —La frialdad en la mirada de Tomás lo puso en alerta—. Yo no diré lo de su esposa. Rita se vendrá a pasar una temporada a Canarias, puede que consiga allí un buen esposo, y a cambio usted me ayuda con la financiación.

—¡Eres más atrevido de lo que pensaba! — Su rostro comenzó a inyectarse en sangre por el insulto—. Estás en mi casa, en mis tierras, ¿y pretendes chantajearme? Eres astuto o un auténtico estúpido. No creas que tienes la sartén por el mango, ¡te casarás con mi hija u olvídate de ver una peseta!

Luisa se encontraba sentada en un banco de piedra en el mismo jardín donde la había dejado Tomás. Estaba tan feliz, que quiso sentarse a recordar aquel lugar donde le habían alegrado el alma. Inspiró hondo descubriendo, nuevamente, una sonrisa en su rostro. Alzó la mirada hacia la entrada del jardín al escuchar ruido de pisadas. Su corazón dio un vuelco de alegría. Tomás se dirigía hacia ella.

Alto, musculoso, andaba con paso seguro. Iba con una camisa de lino arremangada, un chaleco beige abierto y pantalones del mismo color. A lo largo de ese mes le había crecido el pelo haciendo que las puntas se rizasen levemente. Adoró aquella visión.

—Llevo buscándote un buen rato —le dijo.

—No me he movido de aquí —le contestó risueña, ofreciéndole la mejor de las sonrisas mientras se colocaba una mano de visera para protegerse del sol y lo veía avanzar.

Se sentó a su lado. Lo vio fruncir el ceño, notó cierta tensión en su mandíbula, y cuando tomó su mano supo que algo iba mal.

—Luisa —la miró a los ojos dejando que ahondara en él—, no puedo casarme contigo.

¡Crac! Algo en ella se rompió. Un líquido frío se fue derramando lentamente por su interior. El frío del dolor profundo. Un frío que no daba cabida a otro sentimiento. Su rostro miró al frente; en su perfil, Tomás observó cómo se esculpía una máscara de piedra que no dejaba traslucir emoción alguna.

—¡Ojalá todo fuera menos complicado! —continuó diciendo—. La carga familiar que tengo es mucho más importante que mis sentimientos. Siento que no podamos estar juntos, mucho más de lo que puedas llegar a creer.

—Está bien —dijo con un hilo de voz. Buscándole, no con la mirada llena de luz que solía tener, sino con una mirada cubierta de nubarrones grises, continuó—: Esto era demasiado bonito para que fuera cierto. Debemos crecer y ver que la vida no siempre nos deja elección.

—Luisa, ¡grítame! —dijo desesperado ante la reacción de la joven. Había matado a la joven vivaracha, la había matado—. ¡Pégame! ¡Dime que soy un sinvergüenza, un puñetero golfo! Haz que este amor que siento por ti se convierta en odio, de esa manera podré dejarte ir.

—Eso no pienso permitirlo, Tomás —le sonrió sin que la sonrisa le llegara a los ojos—. ¡Ámame, ámame siempre! Aunque nos quiten una vida juntos, no nos quitarán nuestros sentimientos. Yo así lo haré.

Tras lo cual, una lágrima se deslizó por su mejilla. Levantó un dedo para acariciar el ancho mentón de él, mirándolo con profunda tristeza. Él sacó un pañuelo de tela de su bolsillo y recogió la lágrima. Ella agarró su mano unida por el pañuelo.

—Te querré siempre, mi valiente y celeste Luisa —le susurró a pocos milímetros de su cara—. Y odiaré a la mala fortuna que te ha arrebatado de mi lado.

Se inclinó para tomar sus labios entre los suyos. Inspiró su aliento sabiendo que recordaría aquel momento el resto de su vida. Aquella mirada dolida le atormentaría las noches y días que le quedaban por vivir. Volvió a besar sus labios, con una ternura infinita, queriendo curar las heridas que sabía le estaba causando. Sus labios, con una sensibilidad especial, palparon la suavidad de su boca, la textura de su lengua y la delicadeza de su miel.

Aquello duró unos segundos que se dilataron en el tiempo, pues sus sentidos se encargaban de llenar de información su mente. Al siguiente instante, Luisa lo vio partir. Alto, fuerte y lejano. Ella sabía que ninguno de los dos sería el mismo. Luisa presenció cómo la inquieta juventud se esfumó de la mirada oscura de Tomás. Se había hecho hombre en unos segundos, ante sus ojos. Sabía que no tenía la culpa. Aunque quisiera culpar a alguien, sabía que no era a él. Tomás era una víctima más. ¡Le echaría tanto de menos!, se dijo. Su corazón seguía sangrando y ella no iba a parar aquella hemorragia. La cura de su mal acababa de salir del jardín que le dio la mayor de las alegrías y la peor de las penas.

Se miró las manos. Y allí encontró el pañuelo de tela con las iniciales: TW. Se lo llevó al corazón. Al menos podía tener un trozo de él donde consolarse.

En cuanto llegó a su habitación rompió a llorar angustiosamente. Pasó cerca de una hora hasta que consiguió calmarse. No quería pensar en el devenir, tan solo quería salir de aquella casa para intentar alejar el dolor. Se aseó realizando un ritual de aplacamiento, concentrada en pasar la pastilla de jabón sobre su piel. Se vistió con el traje de viaje color caramelo e hizo la maleta. Calculó el dinero que tenía en la caja de hojalata. Lo suficiente para pagarse un hotel uno o dos días para lamer sus heridas antes de seguir camino. Una vez estuvo hecha la maleta, salió sin mirar atrás.

Por suerte no se topó con nadie, todos debían estar echándose la siesta. El calor era tal, que poco se podía hacer en el exterior; a lo que se le sumaba el cansancio de las fiestas de los días anteriores. Bajaba los escalones del porche cuando escuchó el ruido de un motor.

Ramón esperaba de brazos cruzados apoyado en uno de los coches de don Enrique. La esperaba a ella. Luisa quiso gritarle que se apartara, que ya no soportaba tanto dolor, que no quería tener que despedirse también de él. Pero no pudo, tan solo sintió cómo sus ojos se empañaban. Pestañeó varias veces antes de llegar a su altura.

—Luisita, te alcanzo a donde me digas —le dijo Ramón, conocedor de sus males.

—No hace falta, Ramón —dijo agradecida al no tener que ser ella quien le diera la noticia de su partida.

—Venga, Luisita —insistió—. No quiero que te vayas sola. Déjame acompañarte.

Aquellas palabras hicieron que las lágrimas acudieran de nuevo a sus ojos. Entre una sonrisa se le escapó un gracias. Subieron al coche y partieron.

La llevó al hotel El Central, cuyo dueño era el conocido Pedro Darias.

—Desde que sepan que estás aquí, te harán un buen precio —le comentó Ramón—. Mi hermano me lo ha contado todo. Soy el hermano menor, pero siempre contamos el uno con el otro. Siento mucho que no hayas podido formar parte de nuestra familia. Aunque como ya te he dicho en alguna ocasión, para mí has sido como la hermana que nunca tuve.

—Gracias, Ramón —contestó—. Me han hecho sentir en familia.

—Bueno —dijo con expresión risueña—, también deberías pensarte que podrías casarte conmigo. Sé que no es lo mismo, ¡soy la versión mejorada!

—¡Oh! —exclamó sorprendida al ver cómo Ramón le guiñaba el ojo y le brotaba una carcajada—. ¡Mira que eres zorullo27! Ramón, echaré de menos tu buen humor.

Se abrazaron largamente como hermanos. Luisa agachó la cabeza y escondió su rostro bajo su sombrero para impedir que Ramón viera brotar lágrimas de sus ojos. Nunca supo si lo consiguió, pues subió los peldaños de la entrada sin mirar atrás, la espalda erguida, paso firme y el alma destrozada.

Tomó la habitación más modesta que tenían. Una vez estuvo instalada, se sentó sobre la cama con la mirada perdida; los ruidos amortiguados por las paredes le parecían lejanos, el silencio en su dormitorio, claustrofóbico. Por un momento no sintió ni los latidos de su corazón. Se lo habían robado. Su corazón ya no estaba allí, tan solo quedaba un músculo para bombear

---

27 Tonto; persona tarda en comprender.

sangre. Le habían robado todo cuanto quería. Su vida cómoda en Fuerteventura, la valentía, las ganas de vivir, a Tomás, la entrañable amistad de Ramón, ¡todo!

De nuevo volvieron las lágrimas a sus ojos. A ver si encuentro la llave de este chorro, pensó enfadada. Quiero dejar de llorar. Se desvistió, y aunque no llegaban a ser las cinco de la tarde se metió en la cama. Tan solo quería que lo que sentía cesara. Continuó llorando hasta la extenuación.

Abrió los ojos a la mañana siguiente. Desorientada, no supo de primeras dónde se encontraba. Recordó el día anterior, como también recordó que ese mismo día Tomás se casaría con otra. Creyó que iba a volver a llorar, pero sus ojos se habían secado, por fin.

Aquel síntoma lo tomó como punto de apoyo para intentar dibujar su futuro. No había lágrimas, pero el dolor continuaba allí, suponiendo que no la abandonaría en mucho tiempo. Tumbada mirando al techo, se dijo: «solo tienes que poner un pie delante del otro para que el resto vaya detrás». Solo tenía que comenzar el movimiento, comenzar, para que las oportunidades, relaciones y vivencias llegasen. Por más que su ánimo la obligara a quedarse quieta, esconderse en un lugar seguro y dejar la vida pasar, debía avanzar.

Sintió que su empresa había fracasado. Ya no tenía ilusión alguna por continuar. Recordó lo que le dijo su tío. Debía volver, obedecer a su padre y, tal y como Tomás estaba haciendo, cumplir con sus obligaciones. Si su padre creía que la mejor pareja para ella era Germán, así lo vería ella. Sabía que moriría en vida. ¿Pero acaso no lo estaba ya? ¡Qué más daba Germán o cualquier otro si no era Tomás! Ya no le parecía tan terrible. Tras meditarlo un momento más, hizo acopio de valor y decidió tragarse su orgullo y volver. Volver a Fuerteventura.

Se levantó y buscó su cajita de latón para calcular el dinero que le quedaba. Con frustración observó que no tenía dinero para pagarse el billete de vuelta. Tomó aire, llenó sus pulmones e intentó no venirse abajo. Debía conseguir un trabajo para poder pagarse el billete. Recordó la asociación canaria cuya sede estaba en la farmacia a unas calles de allí.

Al cabo de algo más de media hora, se encontraba en la farmacia. Allí le dijeron que probablemente encontraría trabajo como sirvienta en alguna de las grandes fincas de la zona. La llamarían al día siguiente con las novedades. Con la mente ocupada en un futuro trabajo, deambuló por las calles evitando pensar en lo que en aquellos momentos estaba sucediendo: la boda de Rita y Tomás.

Llegó al parque del pueblo, con sus siete palmeras canarias. Todo en aquel lugar le hacía añorar su tierra. Ante la posibilidad de encontrar trabajo en Cuba y quedarse allí, decidió que se encontraba muy sola para quedarse. Cuba estaba llena de recuerdos con Tomás. Prefería volver.

Sus pasos la llevaron a la tienda mixta de Cebrián y Crespo. Dos señores, uno asturiano y el otro canario, la atendieron amablemente invitándola a un bocadillo. Se tomó varias cervezas con ellos haciendo que el alcohol le aliviara los pesares. Hablaron, indudablemente, de Canarias. El tema lo abrió la misma cerveza que tomó Luisa, al ver el botellín típico de la cerveza Tropical. El canario Crespo rememoró su paso por Gran Canaria. Le contó que aquella cerveza comenzó a comercializarse en el año veinticuatro y que él recordaba haber estado por la calle Canalejas, en una de las más modernas cervecerías que había visto hasta el momento. Allí le servían cervezas en jarras de porcelana y en cristal, o eso recordaba, ya que aquel día salió un poco achispado del comercio. Continuaron riendo ante las costumbres de sus paisanos y contando anécdotas propias. Con mejor humor, Luisa decidió volver al hotel. La tarde estaba avanzada.

Al entrar en el recibidor se topó con doña Eugenia, que vestía con un vestido negro cuya superficie estaba bordada con pedrería negra. Era el vestido de madrina de boda. Su pelo canoso, rizado y corto, estaba adornado con una pequeña pluma con piedras incrustadas, recogiendo a un lado el cabello. ¡La elegancia no entendía de edad!, pensó Luisa al verla apoyada sobre su bastón, mirándola fijamente en actitud altanera.

—¡Señorita! —la llamó intencionadamente haciendo recalcar su condición de soltera—. Pasemos a la cafetería del hotel, quisiera hablar con usted.

—Sí, señora —obedeció Luisa sumisa.

Mientras la acompañaba hacia el salón acomodando sus pasos a los de ella, comenzó a pensar en qué tendría que decirle; sobre todo al dejar la celebración de la boda de su hijo para acercarse al hotel donde se hospedaba. Tomaron asiento cerca de un ventanal que daba a un patio interior con un frondoso jardín. Tras pedir al camarero café para dos, doña Eugenia comenzó a hablar:

—Estaba a punto de irme cuando nos hemos topado en el vestíbulo —dijo—. Espero que haya aprovechado su día.

—Sí, señora —asintió Luisa—, he estado haciendo algunos recados.

—¿Recados, eh? —Enarcó una ceja escéptica—. Supongo que se estará preguntando el motivo de mi visita, aunque debe de adivinar que está relacionado con su repentina partida.

—La verdad, señora, que ha sido una falta de educación por mi parte no haberme despedido correctamente de usted. Aprovecho la ocasión para agradecerle su hospitalidad al invitarme a Cabaiguán y pasar unos días entrañables aquí en la zona.

—En la zona y con mis hijos. —La taladró con la mirada—. No se alarme, puede hacer que vuelva el color a su cara. Si en algún momento yo hubiera creído inoportuna su amistad con alguno de mis hijos, créame que lo hubiera impedido. Pero al verla junto a ellos había algo que me hacía recordar a la niña que nunca tuve. Tras Ramón, di a luz a una niña que nació sin vida. Por eso, cuando les veía pasar juntos las tardes en el barco, me hacía pensar en la hija que nunca conocí.

—Gracias, señora. Para mí ha sido como estar en familia —contestó abrumada por la confesión de aquella imperturbable mujer.

—Claro que nunca pensé que mi hijo Tomás se interesaría tanto por usted. Hasta tal punto, según don Enrique, de querer anular el compromiso. Menos mal que he criado a un hombre que tiene muy presente sus obligaciones y esa locura no llegó a tal fin. Por suerte, el enlace se ha producido sin problemas. A estas alturas estarán todos ebrios y es algo que no soporto. Me excusé diciendo que me retiraba a descansar para poder hablar con usted antes de que siga su camino.

En aquel momento había llegado el café, interrumpiendo brevemente la entrevista. Tras servirse un poco de leche y dos terrones de azúcar, continuó:

—Al enterarme de lo sucedido y de su decisión de partir sin interferir en la vida de mi hijo, me ha hecho valorarla. Quizás al tenerla a mi cargo, y por lo que le comenté anteriormente, usted haya suscitado cierto interés en mí.

—Doña Eugenia, yo no quiero ser una carga para nadie. Siento haberle causado molestias a su familia y en especial a Tomás, no quise desestabilizar sus lazos. —Bajando la mirada hacia su taza, dijo—: Pero debe comprender que no me alegre por ese matrimonio. Yo solo quiero cerrar esta etapa, olvidar lo sucedido y volver a empezar.

—Me gustaría entenderla —respondió la mujer—. Les he insistido a mis hijos para que me hablaran de usted, pero no he obtenido nada. Hágame el favor de explicarme qué ha sucedido con su marido.

Al principio, el orgullo herido de Luisa no quiso decir palabra. No a aquella mujer que parecía estar al margen de las relaciones humanas, viendo el mundo como un tablero de ajedrez donde colocaba las fichas a su antojo; incluyendo a sus propios hijos. Pero sintió que al menos le debía la verdad, pues gracias a la hospitalidad de doña Eugenia, ella había podido vivir aquellos días que estarían grabados a fuego en su memoria. Tras tomar aire, le contó su historia.

—Gracias a mi tía Benedicta pude llegar aquí, creí oportuno decir que estaba casada por poderes y que acudía a encontrarme con mi marido para pasar inadvertida en el barco. Pero no conté con que haría amistad con ustedes y, como ya sabe, todo se complicó.

—Me recuerdas a mí cuando era joven. —La escrutó con la mirada—. Esa rebeldía innata, esa creencia en ser dueña de una misma. Y dígame, ¿qué planes tiene ahora?

—Pues encontrar un trabajo aquí para poder comprarme el billete de vuelta.

—¿Volver? ¿A Fuerteventura? —preguntó enarcando las cejas.

—Sí, nada ha salido como esperaba —comentó apesadumbrada—. Creo que ya he tenido bastante. No le recomiendo a nadie sentir la magua[28], la soledad y la incertidumbre que yo he vivido. Si tengo la suerte de tener una familia acomodada, debo aprovechar mis circunstancias y volver para casarme. ¡Como mis padres desean! —Levantó la mirada desafiante mirándola fijamente a los ojos—. ¡Eso es lo que los hijos deben hacer! Obedecer a sus padres y casarse con quien ellos dictan.

—¡No te atrevas a sermonearme, jovencita! —dijo cortante—. Hubiera apoyado la decisión de mi hijo en el caso de que no nos estuviéramos arruinando. Pero me decepcionas, creí que eras más fuerte, más valiente. Vuelves de nuevo a las faldas de tu madre como una cobarde. En España y en el mundo se están produciendo grandes cambios en el papel de la mujer. ¡Aprovéchalos, joven, a ti que te han dado esa oportunidad! Trabajar, vivir independiente de cualquier hombre, defender tus derechos...

—Es muy fácil hablar, permítame que le diga —la contradijo Luisa—; pero salir al mundo con solo unas perras en el bolsillo y buscarse la vida, creyendo en la dignidad que da el trabajo duro, no es tan renovador. A la mujer aún le queda mucho por andar, pues aún nos siguen cambiando como mercancía a través del matrimonio. Usted misma lo sufrió en sus propias carnes.

—Por eso mismo le digo que no cese en su empeño —le dijo—, no se rinda. No vuelva y acepte las pautas establecidas. —Posando la taza en su plato, cruzando las manos sobre la mesa, se adelantó para decirle—: Le propongo algo, jovencita: nosotros volveremos en dos días a La Habana para embarcar hacia Las Palmas. Le pagaré el billete y le ofreceré un trabajo hasta que encuentre uno mejor en la isla; cuando empiece a reunir dinero, ganado por usted misma, y salga y entre sin obedecer a nadie, le

---

28 Pena, desconsuelo, lástima.

aseguro que no querrá volver a su isla solitaria ni a un desdichado matrimonio. Eso es lo que le ofrezco: la vía a la independencia.

—Yo apenas sé hacer nada —dijo insegura sin haber asimilado del todo la propuesta.

—¡Eso se aprende, mi niña! —le dijo sacudiendo la mano quitándole importancia—. Si quieres, sé la dama de compañía de Rita; necesitará a alguien, aquí está acostumbrada a eso. Luego, en cuanto aprendas lo básico, puedes pasar a cocinas o a cualquier otra cosa. Bueno, se me está haciendo tarde —dijo mientras se levantaba—. ¡Joven, acompáñame a la puerta y despeja esa cara espantada!

Aquella orden hizo despabilar a Luisa. La acompañó a la salida con el acuerdo de que le respondería al día siguiente, un día antes de partir hacia La Habana.

Subió a su habitación con la mente en un punto de ebullición tal, que estaba a punto de explotar. Aquella mujer siempre la sorprendía, acababa de convertirse en su nueva muñeca a la que manipular. ¿Podría ella aprovecharse de esas circunstancias?, ¿dejar que aquella oscura mujer jugara con su vida?, ¿servir para los Westerling hasta encontrar un nuevo trabajo en Las Palmas? O incluso, ¿servirles hasta haberse tragado suficientemente su orgullo para volver a encontrarse con su padre? Sí, pensó. Era su orgullo lo que notaba resentido. Hasta el momento, sabía que las probabilidades de trabajar como sirvienta eran altas, pero nunca pensó que al servicio de ellos. Pasar de la noche a la mañana de amiga y amante a sirvienta sería una dura prueba. No estaba segura de poder hacerlo. Imaginarse a las órdenes de Tomás o de Rita hacía que un sentimiento de rebeldía la agitara de solo pensarlo. Pero ¿qué tenía?, ¿no llevaba todo el día evitando pensar en qué le diría a su padre cuando volviera a verlo? Aquello sí que le producía una sensación revulsiva. Y mucho más que eso, la idea de que Germán o cualquier otro hombre la tocara le repugnaba.

La condenada mujer había conseguido sembrar la semilla de la independencia. ¿Podría trabajar lo suficiente y reunir dinero para poder vivir cómodamente? La tarde anterior había pasado ante la tienda de tejidos Las islas Canarias. Al ver un negocio próspero, deseó conseguir algo parecido. ¿Podría ella emprender sin necesidad de nadie, solo con su trabajo, una tienda de tejidos? No había otra cosa que le hiciera más ilusión.

Al llegar la noche, había llegado a la conclusión de que era una buena oportunidad, un respiro económico para decidir qué hacer, si volver a su casa o continuar por su cuenta. Pero le asaltó otra duda, aquella propuesta venía por parte de doña Eugenia, pero no de Tomás. Era muy probable que se negara a ello. Sintió vergüenza al pensar en presentarse ante él. ¿Qué le iba a decir?: «Hola, no voy a salir de tu vida, creo que no nos han torturado lo suficiente como para que nos separemos». Aquello era el culmen de la humillación. ¡Dios santo!, pensó, ¿qué debo hacer?

A primera hora de la mañana se levantó, se aseó y salió a pasear. No podía estarse quieta, todo se le quedaba pequeño. Su mente no se aclaraba, por eso salió a dar una vuelta. Al mediodía, al pasar por el hotel, le comunicaron que un caballero había preguntado por ella y que probablemente se pasaría esa misma tarde. Su estómago se encogió. ¿Ramón o Tomás?, ¿para quitarle la idea de la cabeza?, ¿para decirle que les dejara en paz?

Fueron las horas más interminables de su vida. Todo tipo de preguntas le asaltaron, acompañadas de una cantidad ingente de inseguridades. Por fin llamaron a la puerta para avisarle de que la esperaban en el vestíbulo. Los nervios de Luisa hicieron que sus manos comenzaran a sudar, su boca a salivar y sus piernas a temblar.

Una vez en el vestíbulo, buscó entre las personas que esperaban en pie. Luego miró hacia los sofás de la recepción y en aquel momento reconoció el perfil de Tomás. Estaba sentado con un tobillo sobre la rodilla contraria, apoyaba su antebrazo en el sillón, agarrándose el lateral de la cara con dos dedos. Miraba al infinito. Luisa se situó frente a él.

Tomás, al verla, se levantó como un resorte para ofrecerle el asiento más cercano. Todo y nada había cambiado. Eran los mismos, con las mismas miradas intensas, pero unos completos desconocidos. La vergüenza se apoderó de ellos. Nada les había preparado para aquella situación tan embarazosa.

—Vine esta mañana —Tomás rompió el silencio.

—Sí, me dejaron recado —Luisa se miró las manos, incapaz de mantenerle la mirada.

—Mmm, ¿es agradable este hotel? —preguntó sin saber qué decir.

—Más que suficiente. —Un poco más segura de sí misma continuó—: Como comprenderás, no voy a preguntarte por tu nueva vida de casado.

—Tampoco esperaba que lo hicieras. —Una sonrisa ladeada brotó en el rostro de Tomás al escuchar aquella aclaración.

—Tu madre me visitó ayer —quiso adelantarle de quién partió la idea—. Supongo que has hablado con ella.

—A eso vengo. —Asintió adelantándose en el asiento, colocando los codos sobre las rodillas y mirando al suelo—. ¿Estás segura de que quieres hacerlo? ¿Venirte con nosotros?

—No tengo muchas alternativas —comenzó a explicarse sin evitar una leve angustia en su voz—. Trabajar aquí o trabajar para ustedes para poder pagarme el billete a Fuerteventura.

—¿Has cambiado de opinión con respecto a tu padre? —La oscura mirada de Tomás la amedrentó un poco. Él sintió cómo unos profundos celos se albergaban en su interior.

Luisa tragó saliva.

—Es posible. —Le mantuvo la mirada recriminándole, sin decir que una de las causas era él; y que no se atreviera a mirarla con desaprobación—. Tu madre piensa que para mí sería mejor conseguir un trabajo y no depender de nadie. Ser tu sirvienta sería temporal, hasta que consiguiera algo en Las Palmas.

—Creo que me costaría mucho verte como mi sirvienta —contestó enarcando una ceja—. Serás la de mi madre, pero no la mía.

—Tomás, no lo he decidido aún —contestó—. Mi vida está girando como un boliche, no sé dónde voy a estar en el momento siguiente, ni qué me van a proponer. No sé si quiero volver para casarme o para vivir por mi cuenta. Tan solo me gustaría saber qué opinas tú de todo esto. Si no quieres volver a verme, si crees que no soportarás la idea de que trabaje para ti, dímelo y buscaré otra cosa.

—¿Mi opinión? —preguntó sorprendido—. ¿Con todo a lo que te tienes que enfrentar y te preocupa que no te quiera cerca? Luisa, yo he venido porque quería escucharte decir que quieres volver a Fuerteventura como me ha comentado mi madre. Es probable que esto a mí no me incumba, pero lo único que no me gustaría que hicieras es que te casaras por obligación. —Esta vez fue Tomás el que apartó la mirada para posarla al otro lado del salón—. No lo hagas como lo he hecho yo. ¡Tú tienes elección!

Luisa se quedó en silencio. A medida que la conversación iba avanzando, comenzó a notar ciertos cambios en la actitud de Tomás. Se había convertido en un hombre serio; en su mandíbula se observaba una tensión constante. Aunque por su aspecto daba la impresión de estar frente a una persona iracunda, fue amable en todo momento.

—Bueno, si ya sabes mi opinión al respecto —comentó Tomás—, ¿puedo llevar a mi madre una contestación?

Luisa sopesó la situación de nuevo. Debía responder, pues a la mañana siguiente partirían hacia La Habana. Sumida en sus pensamientos, se llevó la mano a la oreja para colocarse un ficticio mechón de pelo. Con disimulo, Tomás se recreó en aquella imagen. Lo que le había dicho era cierto, no podía soportar la idea de saber que Luisa volvía para casarse con aquel pendenciero. Debía, por tanto, ser consecuente con su decisión, tendría que soportar la tortura de tenerla siempre cerca. El día anterior se había preguntado si podría vivir no solo con su recuerdo, sino con su presencia. Finamente, llegó a la conclusión de que a pesar de haberse prometido respetar y amar a su actual mujer, también podía ofrecer cierta protección a Luisa, hasta que esta decidiera qué hacer con su vida.

—Está bien —se decidió por fin—. Iré con ustedes. Esta noche me la pasaré cosiendo una cofia —dijo intentando quitarle dramatismo a la situación.

Tomás sonrió sin que la sonrisa llegara a sus ojos. Se despidieron cortésmente. Él como un hombre casado, y ella como su sirvienta.

LA SOMBRA DE UNA TRAVESÍA

Ocuparon sus asientos en el tren. Frente a los recién casados, doña Eugenia y Ramón; y ella en el contiguo. Pasarían largas horas de trayecto, con lo cual se acomodaron. Ramón tuvo la amabilidad de colocar en lo alto a su incondicional compañera: su maleta. Hasta el momento la tensión entre ellos se palpaba gracias a los oportunos comentarios de Rita, que les recordaban continuamente que todo había cambiado, que ya nada volvería a ser igual.

Nada más saludarla al subir al coche, comentó:

—Buenos días, Luisa. Al parecer su situación ha cambiado de tal manera, que se ha convertido en mi dama de compañía. —Con un guiño risueño le dijo—: No te preocupes, te enseñaré cómo ser una buena sirvienta.

Luisa se dijo que en sus palabras no había nada con qué ofenderse, solo que al colocarse frente a las damas notó cómo la mirada escrutadora de la cubana la recorría de arriba abajo. Su presencia no le gustaba y, para ser sinceros, la suya tampoco a ella. Aún debía aprender a que sus comentarios no hirieran su dignidad. Y controlar su orgullo, el cual estuvo a punto de hacer que le escupiera una buena contestación. Se obligó a tomar aire y recordó el refrán que siempre le había escuchado a su padre: «El que tiene punto y no tiene con qué coma, tiene que vender el punto para que del punto coma». Si uno tiene orgullo, pero no dinero, deberá vender el orgullo para conseguir dinero. Por tanto, bajó la mirada y evitó fulminarla con ella.

Al llegar a la estación, de nuevo Rita hizo una observación:

—Pero ¿cómo que Luisa irá en el mismo vagón que nosotros? —Recorrió los rostros de su nueva familia esperando respuesta, pasando por alto el bochorno de la joven—. Me deberán disculpar, porque no conozco las costumbres europeas, pero aquí los sirvientes no viajan con nosotros.

—Es un caso especial —habló Ramón empleando la diplomacia—. La consideramos una buena amiga que se ha visto llevada a una situación difícil. Así pues, este trayecto nos acompañará.

Una vez acomodados, la mirada de Rita se hizo más despectiva. A Luisa no le cabía duda de que no le había resultado difícil pasarla de invitada a sirvienta. Tomás apenas se había pronunciado. Volvió a observar la tensión en su mandíbula y su mirada iracunda dirigida a la lejanía. Rita comenzó el parloteo, que si bien en un principio iba dirigido a Tomás, al no prestarle la más mínima atención terminó dirigido a doña Eugenia.

—Voy a echar muchísimo de menos Cuba, siempre he querido conocer Canarias, pero tengo mi vida aquí. No quiero ser grosera, estoy convencida de que me adaptaré muy bien a las islas...

Doña Eugenia, según pudo comprobar Luisa, la atendía con una actitud que estaba convencida que utilizaba para reuniones sociales superficiales. Parecía estar prestando atención, asentía en los momentos oportunos, pero en su mirada se podía percibir que estaba evaluando otros aspectos. Supo que suegra y nuera no congeniarían. Doña Eugenia tan solo veía a Rita como un mal que aguantar por salvar la fortuna familiar.

Una vez en el puerto, Rita provocó una nueva situación de tensión.

—Bueno, Luisita —comentó—, hasta aquí te acompañaremos. En el barco probablemente permitamos que subas algún día para estar con nosotros; he oído que los camarotes para el servicio están mucho mejor que los de tercera clase. Estarás agradecida, ¿no?

Todos se habían bajado del vehículo y los dos jóvenes bajaban el equipaje cuando escucharon estas palabras. Un golpe seco hizo que las tres mujeres se dieran la vuelta. Tomás había sido quien había dejado caer las maletas al suelo; su rostro enfurecido enrojecía por momentos. A su derecha una pequeña negación de su madre con la cabeza avisó a Tomás de que se controlara. Pero aquello no le frenó.

—Rita, más vale que aprendas esto de nosotros. —Su voz era mortalmente suave—: Valoramos a las personas que nos sirven y no permitimos que se

134

denigre a nadie por su condición social. Muchas familias de trabajadores las consideramos parte de la nuestra; de hecho, personalmente he hecho grandes sacrificios para poder darles una buena vida. Así pues, aunque Luisa ocupe un camarote del servicio, nos acompañará la mayor parte del tiempo.

—¡Oh, mi amor! —contestó con ojos y boca abierta—. ¡Pero eso estaría feísimo!

—¡Pues vete acostumbrando! —le lanzó aquella frase tras volver a coger las maletas y partir hacia el buque.

Ramón, que se encontraba tras él, apenas disimulaba una sonrisa. Cuando las damas avanzaron, este le picó el ojo. Luisa sonrió agradecida por la defensa de Tomás y el apoyo silencioso de Ramón, a quien le estaba descubriendo una capacidad diplomática innata.

Al poco de estar acomodada en su camarote, algo más pequeño que el del viaje de ida y sin ningún ventanuco hacia el exterior, comenzó a notar que su estómago se rebelaba contra el movimiento del barco. Creyó oportuno quitarse la chaqueta, tomar una manta y subir a coger aire fresco. Al encontrarse en la planta destinada al servicio que acompañaba a los señores, comprobó que esta no tenía acceso a la amplia y libre cubierta. Tuvo que conformarse con un corredor que daba al mar con altos barandales. Se sentó en uno de los bancos colocados a lo largo de la eslora, cerró los ojos y se llenó de paciencia, pues sabía de sobra que aquello empeoraría en las próximas horas.

—Señorita —escuchó una voz de mujer—, están buscando a una tal Luisa.

—Soy yo. —Se incorporó en el asiento provocando una nueva sacudida en el estómago.

—Pues su señora la anda buscando —le dijo con desaprobación—. Ordena que suba a su camarote inmediatamente.

—¡Oh, gracias, muy amable! —musitó.

135

—Usted no lleva mucho trabajando en esto, ¿verdad? —comentó haciendo una mueca—. Ande, antes de subir échese un poco de agua en la cara. Parece que lleve días muerta.

Luisa así lo hizo. Se enfadó consigo misma al olvidar sus obligaciones; estaba bajo las órdenes de otras personas. Ya no podía tomarse un tiempo libre sin su consentimiento. Debía recordar aquello. A duras penas recorrió los pasillos; al llegar a su camarote vomitó, se lavó la cara y subió.

Rita se encontraba sola. El camarote era amplio, con una cama de matrimonio y un gran ojo de buey que iluminaba la estancia. Todo lo contrario a la suya, en la que no entraba luz. Rita le señaló las maletas mientras se metía tras un biombo para cambiarse.

—Ordénalas, anda, y la próxima vez no me hagas esperar tanto.

Luisa observó varios grupos de maletas. Tras consultar si debía deshacerlas todas, comenzó a guardar las que no se abrirían en todo el viaje y las que debía acomodar en el ropero. Cada movimiento hacía girar la habitación, obligándola a respirar hondo para no vomitar. Al pasar ante un espejo, observó que su rostro estaba cubierto de un color verdoso. Se concentró en lo que hacía. Rita, una vez lista, mientras se colocaba unos pendientes, comentó:

—Luisa, subiré con los chicos a cubierta para tener la última visión de Cuba. —Tomó un frasco de perfume y se roció con él—. Espero que esté todo terminado cuando haya bajado.

Tras lo cual salió por la puerta cerrándola de un portazo. El olor dulzón del perfume terminó por derrotar a Luisa, que corrió en busca de la bacinilla para vomitar. Tras unos segundos angustiosos se puso de nuevo en pie. Continuó con su labor, a veces de pie, otras de rodillas, pero con la visión cada vez más nublada por la fatiga.

Sus primeras tareas no le estaban resultando fáciles. Cuando apenas le quedaban las últimas prendas, la puerta se abrió. No le había dado tiempo a terminar antes de que bajara su señora. Esperaba no tener que recibir su primera reprimenda. La debilidad de su cuerpo hizo que tuviera que ponerse a cuatro patas, sin poder mantener la cabeza erguida.

—¡Luisa! —era la voz de Tomás—. Sabía que no debías encontrarte muy bien.

Enseguida se encontró en sus brazos, este le ayudó a levantarse. Ella, avergonzada, no quiso mirarle a la cara. Murmurando cosas ininteligibles se dirigió con paso tambaleante hacia la bacinilla. Volvieron las arcadas, pero no expulsó nada sólido.

—Deja, deja —insistió Luisa al notar cómo él la ayudaba de nuevo a levantarse—. Tengo que aprender a manejarme sola. ¡Quita, carajo, tú no puedes estar aquí!

—Luisa, deja lo que estás haciendo inmediatamente —le ordenó Tomás tomándole el rostro para que le mirara a la cara—. Hasta que no te encuentres en condiciones, no quiero que subas a esta planta. ¿Me has entendido?

—Es mi trabajo, Tomás —le dijo sin poder articular bien las palabras— .Tengo que aprender, no puedo ser débil.

Notó en el rostro verdoso de Luisa una frustrante determinación que él no podía ni debía contrariar. Ella tenía razón, aquel era su trabajo y debía ser fuerte. Padecer el mal que sufría al navegar le impedía hacer cualquier movimiento. Odiaba verla así, en aquella situación y sufriendo el maltrato de su condenada mujer. Debía mantenerse al margen, pero por Dios que aquello le costaba.

—Para mí jamás serás una sirvienta, Luisa —dijo—, aunque me duela verte como tal. Pero me veo obligado a darte una orden. No trabajarás hasta que no te encuentres mejor. Y no me porfíes, Luisa, porque soy capaz de amarrarte a la cama hasta que esto se te pase.

Tras lo cual la tomó de los hombros mientras ella, con un aspecto patético, sujetaba la bacinilla contra su pecho. La acompañó a su camarote. Una vez allí le mojó la cara con una toalla de hilo y agua, y comenzó a desvestirla. Luisa estaba a punto de desmayarse. Al notar sus manos sobre su piel, una sensación abrasadora hizo que abriera los ojos y le agarrara las manos.

—No, ni se te ocurra —dijo con voz dura—. No deberías estar aquí. Tenemos que saber cuál es nuestro lugar. Soy una sirvienta y tú el señor.

Nuevamente Tomás respiró hondo, apretó el mentón y asintió con la cabeza.

—Está bien —dijo—, tienes razón. A partir de ahora me mantendré al margen. Es probable que todo esto te resulte duro, pero tengo que aprender a no intervenir constantemente. No creo que Rita te haga la vida fácil, ya lo has visto, pero quiero que sepas una cosa —le tomó la mano besándole los nudillos—: por muy lejos que me creas, puedes contar conmigo en caso de encontrarte en serios apuros.

Tras levantarse, salió del camarote y cerró con delicadeza la puerta. Antes de caer en la inconsciencia, Luisa susurró un «te quiero» mientras una lágrima le caía por la mejilla.

Con las posiciones marcadas, el resto del viaje no llegaba a ser la sombra del anterior. Aunque Ramón venía a buscarla para subir a cubierta con ellos, ya todo había cambiado. Luisa se sentaba a cierta distancia mientras les veía conversar. En más de una ocasión acompañaba a doña Eugenia para ayudarla por su falta de movilidad. A su manera, le daba ánimos y consejos sobre la vida y el saber estar. En una ocasión, le contó cómo se había hecho aquella lesión. Había sido montando a caballo con su marido. Dijo que era toda una amazona, pero que un día se cayó del caballo partiéndose la cadera y la pierna. Desde entonces, sufría dolores agudos cuando cambiaba el tiempo o realizaba grandes esfuerzos.

Rita apenas se dirigía a ella, tan solo para ordenarle hacer tal o cual cosa. A medida que aquellos eternos días avanzaban, el carácter de Tomás se volvía más y más oscuro hasta casi no llegar a reconocerle. Ante las continuas pullas que Rita lanzaba sobre su nueva situación, Luisa callaba y Tomás se alejaba. Ramón intentaba amenizar lo más posible el viaje, aunque en más de una ocasión fracasaba estrepitosamente.

Una de las noches, Luisa preparaba un baño para su señora; en el dormitorio se encontraba también Tomás, que tumbado sobre la cama, seguía de reojo los movimientos de la joven mientras hacía que leía un libro. Sabía que estaba mal, pero si algo se permitía era observarla de lejos. De lo contrario, se dijo, acabaría por perder la cordura. Mientras, su verdadera mujer se desvestía con movimientos insinuantes para llamar su atención, movimientos felinos y suspiros anhelantes. Luisa terminó su labor lo más rápido que pudo, pues no quería presenciar una situación de intimidad entre aquella pareja. Pero el comentario del hombre la detuvo:

—Luisa, ¿está haciendo fresco por las noches en cubierta?

—No lo sé, don Tomás. —Había comenzado a tratarle como a su señor. Mencionar la cubierta era mencionar sus paseos a oscuras del viaje anterior.

Luisa tragó saliva, rezando para que Rita no le notara su rubor. Salió con paso firme del camarote deseándoles las buenas noches. Rita, más pendiente de despertar la pasión en su esposo que de la doncella, se hundió en la bañera.

—La verdad es que en cuanto lleguemos a Las Palmas, cambiaré a Luisa —comentó—. No la quiero conmigo, es una muchacha muy torpe. Además en alguna ocasión la he notado un tanto altiva. Esa no es muy buena cualidad en una sirvienta. —Tras una pausa, tomó la pastilla de jabón y dijo—: ¡Ya lo tengo, se irá al campo! Eso, sí, ¡que aprenda esa tarea!

Al no conseguir respuesta alguna de su marido, quien por su parte estaba a punto de astillarse las muelas de tanto apretar los dientes, continuó ahondando en lo que le preocupaba:

—Tomás, espero que no te escandalice lo que te voy a decir, pero quiero que me hagas el amor —le pidió Rita seductora desde la bañera—. Yo no sé cómo serán las demás esposas, pero yo quiero que mi hombre me haga el amor todas las noches.

Tomás cerró los ojos suplicando paciencia. Había decidido comportarse como un marido fiel, amable y comprensivo, quería sinceramente que su matrimonio funcionara. Pero no sabía si podría cubrir las expectativas de Rita. Ella era una mujer extremamente apasionada y cualquier hombre

139

apreciaría esa cualidad en su mujer, pero él se encontraba pasando un luto interior que no podía confesar. ¿Cómo explicar que cuando la tocaba, su mente comparaba su tez oscura con otra más suave y blanca?, ¿que cuando suspiraba, sus oídos rememoraban los suspiros frescos que Luisa emitía? Cuando la besaba, sus labios le parecían demasiado carnosos en comparación a los suaves labios de la majorera. Solo pedía un poco de tiempo para que la propia naturaleza fisiológica le hiciera desear a cualquier mujer y así cumplir con su papel.

—Rita, creo que ya es hora de que establezcamos ciertas normas —comenzó Tomás—. Nosotros apenas nos conocemos, fueron nuestros padres quienes acordaron nuestro matrimonio. Me alegra saber que quieres que esto funcione, pero no debes hacerte ilusiones. Nuestro matrimonio es un contrato que nos ata para siempre.

—Eres cruel, Tomás —dijo la joven caribeña—. Si es así como ves esto, que así sea, pero yo en este contrato quiero sexo. Así que debes cumplir como hombre que eres.

Tomás dejó su libro a un lado, le señaló la parte vacía de la cama invitándola a tumbarse. Rita lo miró seductora; ahora que tenía toda su atención, hizo que la recorriera con la mirada de arriba abajo mientras se secaba con la toalla. Se acarició sus enormes pechos turgentes y salió de la tina contoneando sus caderas. Tomás cumplió. Se dijo que debía acceder a sus peticiones, pues alguien debía tener lo que quería en aquella historia. Pero nada de lo que la belleza hacía conseguía borrar el recuerdo de una noche en la selva con una joven celeste.

Días más tarde, Luisa paseaba por cubierta junto a doña Eugenia cuando se acercaron a los chicos, que jugaban a las cartas. Los últimos días, la majorera había aprendido a callar, dando libertad a sus ojos para tomar lo que más quería. Con disimulo, solía recorrer con la mirada el perfil de Tomás, el contorno de sus brazos; y prestando atención a sus gestos, intentaba adivinar lo que podía estar pensando. Luego, en la oscuridad de su habitación, lo rememoraba. En aquel momento, Ramón intentaba enseñar a Rita a jugar al envite. Este parecía exasperado, pues la joven más que prestar atención a lo que él decía, dirigía miradas insinuantes a Tomás.

Sus intentos por llamar su atención fueron en vano, pues el mayor de los hermanos barajaba las cartas una y otra vez con un purito sostenido entre los dientes, completamente ausente. Solo levantó la vista del movimiento de manos para mirar directamente a Luisa, a quien pilló observándolo desde la sombra. La joven, con un respingo, apartó la mirada. Al segundo siguiente volvió a mirar para comprobar si realmente la había pillado. Efectivamente, se dijo, Tomás la había sorprendido mirándolo, pues con el puro aún en la boca y con la vista gacha, su mentón se había suavizado para dibujar una sonrisa.

—Esta noche puede que esté fresca para pasear por cubierta —volvió a mencionar.

Luisa, silenciosa, no se dio por aludida, aunque supiera a quién estaban dirigidas aquellas palabras.

—Es posible que esta noche suba a comprobarlo. —De nuevo se dibujó aquella sonrisa socarrona en el duro rostro de Tomás.

Sus pies le hacían bailar de alegría por la perspectiva de poder volver a un espacio, suspendido en el tiempo, donde robar unos minutos junto a Tomás. Para volver a ser ellos. Dejar las formalidades y volver a ser los dos jóvenes que un día fueron. Pero el recuerdo constante del dolor que sufría le pidió que le diera una tregua a su corazón. No iba a poder ser capaz de verle, sentir y desear como antes, para luego volver a la dura realidad que les separaba. El día continuó tranquilo, aunque Luisa estuvo pensando en la invitación de Tomás hasta llegar la noche. Ya en su habitación, y cuando el reloj marcó las doce, no sabía si acudir o no.

Finalmente, no subió. No pudo, no debía y no lo soportaría.

A la mañana siguiente, cuando se volvieron a ver, se encontró con el mudo reproche en los ojos de Tomás. En un segundo se dijeron todo con la mirada. Ella negó sutilmente con la cabeza, él asintió comprendiendo. De nuevo, Tomás se recluyó en su silencio, alejándose de todos, incluso de ella.

Tomás, efectivamente, la había estado esperando la noche anterior, escuchando en la oscuridad el más mínimo ruido para localizar la presencia de Luisa. Pero las horas pasaron y la joven no apareció. Sabía que lo que estaba haciendo iba en contra de su promesa, pero tan solo quería verla. Juró al cielo no tocarla, solo pedía poder hablar con ella, estar a su lado y sentir su presencia. Con la luz del nuevo día, cuando volvió a verla, supo que había hecho lo correcto. En aquellos días de travesía había presenciado el cambio en la actitud de Luisa, cada vez más introvertida, callada y observadora. Cuando antes podía escucharla reír y parlotear con facilidad, ahora la veía observar el mundo con sus enormes ojos, desde la distancia. Con una sonrisa fría pintada en la cara, intentaba pasar inadvertida, siguiendo el fiel ejemplo de cualquier sirvienta. Debía dejarla en paz, pues debía estar siendo duro para la joven adaptarse a su nuevo papel, como para que encima él la tentara a saltarse las normas.

DESCUBRIR GRAN CANARIA

E n unos días llegarían al puerto de La Luz, en Las Palmas de Gran Canaria, con una situación internacional en la que, tras el Crack del 29, el panorama se encontraba en pleno proceso de ajuste. Entre las relaciones comerciales bilaterales se encontraba Canarias, que por su especificidad fiscal, quedaba fuera del mercado.

A lo largo de los años se había luchado para que la política estatal se involucrara en la dinámica exportadora de Canarias. Los empresarios canarios se quejaban de la escasa o nula atención a la singularidad de las islas en las negociaciones de tratados comerciales. En el caso de Alemania, llegaban incluso a tipificar como coloniales los productos canarios. Los empresarios pedían facilidad para introducir sus productos en el mercado peninsular, exigiendo formar parte del país. Claro que, para ello, solicitaban medidas en cuanto a fletes, impuestos, tarifas ferroviarias y líneas marítimas adecuadas.

En Gran Canaria, en los municipios situados en Arucas, Guía, Telde, Moya, Gáldar y Las Palmas, se cultivaba el plátano, cuyo precio había tenido que bajar por las circunstancias económicas y la alta fiscalidad; causando estragos en la economía de los Westerling. En esa época, la producción del tomate iba en aumento, sobre todo en la zona sur. Juan Grande, Vecindario, Mogán, Arguineguín, Telde, Ingenio, Agüimes y Santa Lucía eran lugares donde se estaban implantando los invernaderos. También en menor grado en la zona norte, en Agaete, Gáldar y Guía. El tercer producto más cultivado era la papa, pero tenía una baja producción, pues se utilizaba para el autoconsumo. Este cultivo estaba algo infravalorado en las islas, aunque Tomás seguía apoyando a la papa más allá del castigo de los años de considerables sequías.

Dos de los sectores que se encontraban estancados eran los del tabaco y el azúcar. En Gran Canaria quedaban ocho fábricas en total, las cuales sufrían constantes huelgas obreras por la reducción de pedidos y los elevados beneficios por la intermediación; teniendo que reducir las jornadas y turnos, entre otras cosas, por la escasez de tabaco en rama en las islas.

La familia Westerling tenía su producción dividida entre una finca en Santa Brígida y otra en Arucas. En la primera se cultivaban frutas y verduras para el mercado interno, por el cual había apostado Tomás aun viéndose en serias dificultades por la sequía. En la finca Verde Rama la papa era el producto estrella. La otra mitad de los ingresos la recibía de la herencia de su padre, la Hacienda del Inglés, que se encontraba en Arucas y estaba destinada exclusivamente al cultivo del plátano.

A estas perspectivas agrícolas, se le sumaban los conflictos internos de un entramado de intereses contrapuestos entre grupos económicos que perseguían su único beneficio. Algo que Tomás no aguantaba era estar sometido a las manipulaciones internas, como la clasificación frutera consistente en que el exportador, un mero intermediario, era quien valoraba los frutos. Este valoraba sus racimos, según peso y tamaño, pagando según su criterio. Además, los listines de precios jugaban con la ilusión del cosechero al fijar precios elevados a las piñas grandes, y muy reducidos a las medianas y pequeñas. Los préstamos hipotecarios, el lanchaje, la fiscalidad insular o los gastos portuarios eran, entre otras cosas, trucos que mejoraban principalmente el margen del beneficio de los intermediarios comerciales. Por lo cual, las afectaciones al precio del producto, unido a los costes de empaquetado y transporte al muelle, hacían que el agricultor canario estuviera sometido a las demandas de las manos extranjeras; siendo estas, finalmente, las que hacían negocio en las islas.

Quienes verdaderamente pagaban este complejo y negativo mecanismo agroexportador eran los jornaleros y obreros. Estos luchaban a través de los sindicatos por mejorar su situación, causando reivindicaciones reformistas y no revolucionarias, cuyos objetivos se centraban en la reclamación de salario y trabajo. El paro en estos años había aumentado, haciendo que olas de emigrantes subieran a los barcos de vapor buscando algo mejor.

La representación política en la isla variaba según intereses e ideologías. Las posiciones más de izquierdas estaban encabezadas por hijos de intermediarios agrícolas, caciques y grandes propietarios de la isla. Surgieron hijos, que contagiados por las nuevas corrientes ideológicas venidas desde Rusia, volvían a Canarias tras sus estudios universitarios para defender la causa. Entre ellos se encontraba Tomás, quien desde el comienzo de su gestión de los negocios familiares, se reunía con los sindicatos para poder llegar a un consenso.

El escenario político se dividía entre federales socialistas y radicales, que representaban a la burguesía exportadora; como también los liberales de Acción Popular, que eran cercanos a la Iglesia. Y por último, el Partido Popular Agrario Autónomo, encabezado por Mesa y López, amigo de la familia Westerling. Hasta ese mismo año 1933, el salario había aumentado entre los trabajadores, dividiéndose estos entre el peonaje agrícola de las áreas rurales y los obreros urbanos. Hasta entonces, se habían hecho avances experimentando con la medicina social. Los gobiernos habían creado servicios de atención pública y la incorporación de coberturas tales como el seguro obrero obligatorio, la maternidad y el subsidio de familias numerosas; amortiguando las condiciones de vida de los sectores laborales.

Se habían conseguido avances en cuanto a derechos sociales, ganándole margen a las clases acomodadas, acostumbradas a vivir sin ceder. Aun así, en esos años el pueblo seguía estando ahogado y, por ello, comenzaba a revolverse. En plena época de lucha de clases, Luisa estaba dispuesta a llegar a las islas con la perspectiva de poder afincarse en Canarias y vivir dignamente.

Llegaron a mediados de abril. A Luisa le permitieron estar en cubierta cuando el barco entró en aguas canarias. Sentada en una silla cercana a doña Eugenia, observó los conos volcánicos de la Isleta, la costa arenosa de Las Palmas y los conjuntos de casas que se desperdigaban hacia el interior de la isla. Sus ojos siguieron el relieve de los barrancos hasta el centro, su altura le sorprendió. Nada hacía imaginar que su isla vecina era bajita y arenosa con apenas montañas. Un sentimiento de añoranza punzó

145

su corazón: Fuerteventura, la isla que dejó atrás. Ahora se encontraba frente a Gran Canaria. La isla que la acogería era alta, robusta y con un fuerte relieve que dejaba sin aliento a la joven.

Una vez sobre tierra, se organizaron en varios vehículos. Doña Eugenia había decidido quedarse en su casa de Vegueta, quería ponerse al día con sus amistades y allí esperaría la temporada de verano. Ese mismo día, Rita le hizo saber a Luisa que ya no la necesitaba como sirvienta, pues creía que estaría mejor trabajando como jornalera en las tierras. Luisa estuvo a punto de agradecerle aquel gesto. Por su parte, Ramón debía ir directamente a El Monte a supervisar la recogida de papas que empezaría en unos días. Tomás llegaría para esa fecha, después de haberse reunido con algunos amigos en Las Palmas. Luisa, por tanto, debía dirigirse a la finca ubicada en El Monte Lentiscal acompañada por Ramón.

Y así fue como llegó a Santa Brígida. En el coche, Ramón intentó ponerla al día de la que iba a ser su casa. El trayecto duró poco más de una hora. El ascenso hacia las medianías fue agradable. Cruzaron la ciudad hasta tomar la carretera del centro. El paisaje árido se completaba con tierras de cultivo llenas de plataneras principalmente. La tierra se fue volviendo más verde y frondosa a medida que llegaban a Tafira. Tomaron la única calle que existía, flanqueada por casas. Esta calle cruzaba un valle cultivado por frutales de distintos tipos, entre los que se podían observar preciosas viviendas rodeadas de jardines. Décadas atrás, esa zona apenas había estado habitada, pero la afición de las clases altas a pasar las temporadas de verano en la zona hizo que familias como Word y Caballero, Rodríguez y Quegles, Sotomayor o Van de Walle especularan con varios terrenos y construyeran residencias. Luisa quedó enamorada de todas aquellas casas tan peculiares, cada una con un estilo propio.

Una vez en la zona de El Monte, Luisa pudo dirigir su mirada hacia el centro de la isla. Desde allí, se podía atisbar la cumbre, verde y encrespada. Haciendo un barrido, pudo observar amplias laderas empinadas cubiertas de vegetales; distinguió siemprevivas, euforbias y tuneras. Aquellas tuneras eran los vestigios de la época en la que el cultivo de la cochinilla trajo trabajo a la zona. Subiendo por la carretera por donde iban, miró hacia la izquierda, donde la visión del cono del volcán de Bandama la impresionó. Surgía en medio de valles y crestas montañosas que no llegaban a la altura del volcán. Aquellos valles estaban cubiertos de vid, de donde se sacaba un vino de exquisito sabor. La vista no alcanzaba a ver el final de aquellas hileras de parras; todas cultivadas a ras del suelo, sobre la tierra volcánica denominada lapilli y que los isleños llamaban picón.

El paisaje de las viviendas en la zona de Tafira, unas junto a otras, cambió para ampliar el espacio entre estas, formando fincas en cuyo interior se ubicaba la vivienda. La finca de los Westerling se llamaba Verde Rama. La entrada de tierra, a la derecha del camino, los introducía por un terreno rodeado de castaños y pinos. El camino se elevaba hasta llegar a una planicie donde se situaba la gran casa, que era de planta rectangular y seguía el mismo estilo colonial de la época. Aunque la influencia anglosajona de Stephen Westerling se percibía en el gusto por los jardines y en el porche bordeado de grandes maceteros, en la gran casa se respiraba el colonialismo. Tanto las escaleras de entrada como el porche eran de piedra azulada de la cantera de Arucas. Esta piedra podía observarse alrededor de las ventanas de la planta superior. El color de la casa era vainilla, que al ser tocado por la luz del día, la hacía brillar. El frontón era recto, adornado en la parte superior por un friso de piedra que cubría a intervalos alternos las esquinas. Las ventanas eran altas, pudiendo adivinar que sus techos también lo eran. Luisa quedó maravillada por la personalidad que irradiaba aquella vivienda.

Ramón continuó de largo, pasaron por una casa de menor tamaño de dos plantas y techo a dos aguas, hasta llegar a lo que era un cobertizo grande donde se guardaban el Hispano Suiza de Ramón y los caballos. Enseguida apareció gente de todos lados. Un chico joven llevó el equipaje al interior; la rapidez con la que lo hizo no dejó tiempo a Luisa de fijarse en él. Un hombre alto y fuerte, con un gran bigote, le fue presentado como Fernando Peñate, el capataz. Otro más delgado, de pelo castaño y ojos rasgados del mismo color, fue presentado como el ayudante del capataz e hijo de la cocinera, Manuel. Finalmente, llegó el turno de ser presentada. Ante su nueva situación, ambos hombres no pudieron disimular su asombro, pues Luisa no aparentaba lo que ellos entendían como una sirvienta. Vestida con su traje de viaje color caramelo y su sombrero a juego, parecía más una invitada que una compañera de trabajo.

Ramón se ofreció a presentarle, personalmente, a Antonia, la cocinera. Recorrieron la distancia que había desde las caballerizas hasta la entrada lateral de la cocina. Al pasar por la casa situada en el centro, le contó que era allí donde dormían los trabajadores de la casa, que se reducían a la familia de Antonia. Ramón tocó en la madera del arco de la puerta abierta antes de entrar.

—Hola, mi niño, ya llegaron. —saludó una voz grave pero cariñosa de mujer—. Pasa, pasa, muchacho.

—Hola, Antonia. —El joven se acercó y le dio un abrazo, haciendo reír a la mujer.

—¡Ay, pero qué chiquillo tan descarado! Como te coja tu madre dando estos cariños... —Antes de continuar se paró en seco al ver a Luisa en la entrada de la puerta.

—Ah, Antonia, te presento a Luisa López —dijo Ramón—. Trabajará para nosotros a partir de ahora.

—¡Eh Mería[29]! —dijo con sorpresa llevándose las manos a la boca—. Veremos a ver qué podemos hacer contigo. ¡Jesús! ¡Jesús! ¿No estarás embarazada, verdad?

—No, no —contestó incómoda Luisa—. Yo solo necesito trabajo.

—Ah, bueno —suspiró tranquila—. Con lo finita que pareces, o te ha ocurrido una desgracia, o estás embarazada y tus padres te han largado.

Ramón se despidió dejándolas a solas. Antonia era una mujer robusta, no

---

29 Expresión reducida de «Ave María».

muy alta, y llevaba una falda larga cubierta por un delantal. Las mangas de la camisa arremangadas estaban gastadas y sucias por el trabajo en la cocina. Enseguida conectaron. Era una mujer que a pesar de tener un duro carácter, tenía cierta debilidad por ayudar al prójimo. Le hizo un duro interrogatorio sobre lo que le había pasado, advirtiéndole que no le gustaban las mentiras. Le preparó un café con leche y sentadas a la mesa, Luisa se dio a conocer. Algo que decidió quedarse para ella fue la relación íntima que tuvo con Tomás, aunque se sorprendió dándole voz a sus más profundos miedos:

—¡Ay, Antonia, y aquí estoy! Que no sé hacer mucho —se lamentó—, pero voy a aprender, se lo juro. Doña Rita ya no me quiere con ella, al parecer voy a empezar a ir al campo.

—No creo que dures ni dos días, mi niña. —Alzando una ceja dio un bufido—. Pero si es lo que quieren que hagas, nada podemos hacer. Los días que se apañan papas, mi hija Dolores suele ir a ayudar. A ver si aparece y te la presento. Así te enseña dónde vivimos y tu nueva habitación.

Nada más nombrarla, la joven Dolores apareció. Todos la llamaban Lola, salvo su madre, que como bien dijo, ella le había puesto Dolores porque así quería que se llamara. ¿Para qué estaban los nombres si no? De camino a la casita, la joven le dijo que prefería que la llamaran Lola. No era mucho mayor que ella, aunque los años de duro trabajo la habían hecho envejecer un poco, aparentando más edad. Tenía la tez morena, ojos rasgados oscuros, mofletuda y nariz chata. Tenía cierto parecido con su hermano Manuel, a quien había conocido en el cobertizo, sobre todo en aquellos oscuros ojos rasgados.

La casita se encontraba a unos metros de la puerta de la cocina, pero la entrada daba a la parte norte. Cuando pasaron al otro lado, observó las hermosas vistas que tenían. A su derecha pudo ver el perfil de la parte trasera de la gran casa, con una terraza hecha de piedra con barandales del mismo material. Una escalinata bajaba hacia un pequeño jardín que llegaba al borde mismo de la montaña. Las vistas desde allí debían de ser maravillosas, pensó Luisa. Enseguida siguió los pasos de Lola, que la

149

conducían a su nuevo hogar.

Nada más trasponer la puerta, se encontró en un minúsculo saloncito donde había una mecedora y un sillón de dos plazas. En las paredes colgaban todo tipo de utensilios: una palangana enorme, herramientas, mantas y algún objeto decorativo de aspecto solitario entre aquel batiburrillo. Un saloncito que por lo que pudo comprobar era un lugar de paso. Aunque dos cosas la convencieron de poder pasar allí sus horas de descanso: por un lado, en un rincón observó una pequeña estufa de leña de hierro forjado cuya chimenea salía en forma de tubo atravesando el techo; por otro, sus ojos brillaron de ilusión al encontrar una máquina de coser cubierta por varios objetos. ¡Ojalá la dejaran practicar con ella en un futuro!, pensó.

Por un pasillo que dividía en dos la casita, observó la escalera que posibilitaba subir a la parte superior. Su habitación estaría en la parte baja, entrando a la derecha. Cuando abrió la puerta, Luisa se encontró en una habitación parca, muy sencilla, pero bien iluminada. Los techos eran lo suficientemente altos para tener una ventana larga que llegaba a un metro escaso del suelo, de marcos de madera y vidrio cuadriculado. El mobiliario se componía de una cama, en un costado, cubierta por una manta gruesa; una silla de madera decorando una esquina, y una cómoda de seis cajones. Aunque sencillo, estaba limpio.

Lola la ayudó a acomodar sus pocas pertenencias. Al observar su vestuario la miró escéptica.

—Estos trajecitos están muy lindos, Luisa, pero aquí no te van a servir de nada.

—Es verdad —dijo recorriendo la mirada por ellos—. Es que yo me había preparado para un lugar cálido como Cuba. Aquí he notado que hace fresquito.

—Pues sí, es una zona muy húmeda —continuó la joven morena—. Y en invierno hace un pelete[30] de mil demonios. Lo que en Las Palmas es panza de burro, aquí, a esta altura, muchas veces es neblina. Pero no te preocupes, como dijiste que sabes coser, mi madre seguro que tiene algunas telas guardadas para que te hagas una falda de trabajo. Y para tus pies buscaré unas alpargatas, porque esos zapatitos que traes los echaras a perder en cuanto pises el *bocao*[31] de papas.

Lola salió de la casita dejándola sola para que se pusiera algo más cómoda. Se puso su vestido berenjena y tomó una de las chaquetillas de punto. Aunque el día estaba soleado, en la sombra uno podía sentir frío. Enseguida se ánimo y tomó cierto vigor. Sentía que con Antonia y sus hijos iba a poder convivir muy bien. Incluso creyó ver un gran apoyo en la cocinera, pues no hizo ningún juicio sobre su conducta al huir de su casa. Tan solo asintió, le dio un apretón de manos, y meneó la cabeza quitándole dramatismo al asunto. Por otro lado, su hija Lola era una muchacha muy agradable y risueña con la que probablemente terminaría forjando una buena amistad. En aquel lugar comprobó que nadie se quedaba de brazos cruzados, siempre había trabajo que hacer y aquello animó a Luisa, que necesitaba urgentemente ocupar su mente y sentirse útil.

Finalmente, encontraron ropa para ella. Pasó la tarde cosiendo en el saloncito de la casa donde viviría. Debía recoger el bajo de la falda que le quedaba grande y meterle a una camisa de botones que habían encontrado. Centrada en la tarea, no se dio cuenta de la llegada de Ramón.

—¿Y cómo se encuentra la majorerita en su primer día?

—Hola, Ramón —contestó con una gran sonrisa—. Pues preparando mi uniforme de trabajo para mañana.

—¡Me alegro! —dijo sinceramente— ¿Qué te parece si te acompaño para

---

30 Frío intenso.

31 Bocado: Terreno de labranza de pequeñas dimensiones.

que conozcas los alrededores? Estoy aburrido, Luisa —añadió haciendo un mohín—; y he sido bueno y le he pedido permiso a Antonia.

Luisa rio, guardó sus cosas y le acompañó al exterior.

Juntos recorrieron la finca. Le indicó dónde estaban las bestias al otro lado del cobertizo. Tenían varias gallinas y gallos, más de veinte cabras, dos cerdos y varios caballos. A Luisa le hizo mucha ilusión volver a ver caballos. Era una gran amante de ellos. Recordó su vida en Fuerteventura cuando se pasaba el día entero a lomos de uno, recorriendo las llanuras majoreras. Ramón sonrió al escucharla relatar sus recuerdos, pues sin querer habló en voz alta.

Era una finca fantástica. Lo que más le llamó la atención fue la ubicación de la vivienda. Al borde de una gran hondonada cubierta de vegetación, el valle bajaba hasta el barranco Guiniguada. Desde allí se podía distinguir una pincelada azul del mar. Ramón le explicó que por el sendero por donde caminaban se llegaba a los terrenos propiedad de la familia, en la base del barranco. Desde donde se encontraban, una gran formación rocosa impedía verlos, pero explicó que era allí donde muchos jornaleros vivían ocupando las cuevas como viviendas. Muchos habían conseguido edificar aprovechando la orografía. Luisa escuchaba atenta sin poder desviar la mirada de la gran piconera con lentiscos que se extendía hacia su derecha. Ramón, al seguir la dirección de la mirada azul de Luisa, le explicó que aquello era el valle de un pequeño cono volcánico. Al otro lado se encontraba la caldera. Allí, según contó Ramón, jugaban de pequeños él y Tomás. Tomaban tablas de madera y se lanzaban piconera abajo desde lo alto de la montaña. A Luisa le llamaba la atención el contraste; en pocos metros se pasaba de vegetación espesa a extensiones de tierra negra apenas salpicada de plantas.

Volvieron de nuevo a la casa. Al llegar la noche, Luisa sintió que estaba lista para enfrentarse al primer día de su nueva vida. La finca Verde Rama le resultaba un lugar agradable donde poder comenzar. Aunque la perspectiva de trabajar le creaba incertidumbre, sabía que estaba rodeada de buenas personas que no dudarían en ofrecerle ayuda, tal y como había comprobado hasta el momento.

BUSCANDO SU LUGAR
EN VERDE RAMA

D os golpes en la puerta de su dormitorio la pusieron en alerta. Era la hora de levantarse. Abrió los postigos de la ventana para mirar al exterior comprobando que aún no había amanecido. Fuera todo estaba oscuro. Ni el gallo está despierto aún, pensó. La brisa fresca vespertina entró aclarándole la mente; el escalofrío que la recorrió le transmitió cierta urgencia. Debía ponerse en marcha.

Se puso la falda larga a cuadros azules que le habían conseguido el día anterior. Sobre ella colocó un delantal, que entre otras cosas, ajustaba la falda a la cintura. La blusa descolorida grisácea se abotonaba hasta el cuello. Se arremangó antes de trenzarse el cabello, hacerse un moño y colocarse un pañuelo que le cubriera la cabeza. Tras calzarse unas alpargatas, fue al escusado, que se encontraba más allá de la cerca de las bestias. Tomando un candil para caminar en la oscuridad, se deleitó con el aroma de la madrugada silvestre. Una vez de vuelta, se dirigió a la gran casa.

Cruzó la puerta de la cocina para encontrarse una escena muy pintoresca. La cocina era amplia, a la izquierda de la entrada se encontraba una gran mesa de tosca madera. Nada más entrar, uno se topaba con una encimera grande al fondo sobre la que colgaban todo tipo de utensilios de cocina. En la parte baja, unas puertas de madera dividían el mueble hecho de mampostería. Pegada a la encimera, observó un enorme mueble de hierro forjado donde se cocinaba. En la parte inferior de este, una portezuela permitía introducir leña y carbón para dar calor a los fogones superiores. La mayor parte de las paredes contenían muebles de cocina de madera, incluyendo una gran alacena que ocupaba la pared desde donde se accedía, a través de una puerta, a la gran casa. Recorriendo con la mirada de un lado al otro la estancia, se encontró con otra puerta que conducía a la despensa. La entrada permitía el acceso al horno de leña.

En la cocina la esperaba la familia de Antonia y el joven que había llevado su maleta el día anterior. Se llamaba Pedro; su familia era tan pobre, que se le permitía comer allí. Antonia, desde los fogones, la hizo sentarse junto a los chicos para que tomara su desayuno. Este consistía en un tazón de café con leche de cabra recién ordeñada, queso en trozos para tomarlo con el café, y gofio espolvoreado. Mientras desayunaba, Luisa observó al joven Pedro, que tímidamente tomaba su comida. En alguna ocasión, cuando Antonia le recordaba las tareas para ese día, percibió ciertos ademanes demasiado delicados para un chico como él. Tenía el pelo lacio, oscuro y un poco largo. Era muy delgado, aunque tenía suficiente altura para no padecer paludismo. Sus ojos oscuros eran asustadizos, aunque en más de una ocasión le había pillado mirándola anonadado. En su expresión no había nada insultante, tan solo la admiraba, comprendió Luisa. Con un ligero movimiento de mano, se pasó un mechón por detrás de la oreja. Un movimiento muy delicado que llamó la atención de la majorera.

Pedro fue el primero en terminar y en ponerse en marcha. Al parecer, Manuel, sentado también a la mesa, se había dado cuenta de la curiosidad de Luisa por el muchacho; así que creyó oportuno informarle. Manuel, criado en el campo, tenía una cualidad que a veces llegaba a ser defecto: era brutalmente sincero.

—Pedro es desviado —le dijo mientras mascaba pan—, pero el muchacho no tiene culpa.

—¡Ah! —respondió sin saber qué decir.

—Don Tomás le dio trabajo porque en el pueblo nadie lo quiere —continuó Lola mientras se levantaba para recoger la mesa—. Le tiran piedras y le dicen cosas.

—¡El pobre! Tiene que ser terrible —contestó sincera Luisa.

—Sí, por mucho que quiera, no puede evitar ser así de fino —siguió Antonia desde la encimera mientras cortaba verdura—. Su madre trabaja

154

como jornalera, hoy la conocerás, esa mujer reza todos los días dando gracias por ver que su hijo está bien cuidado aquí con nosotros.

La conversación fue breve, pues todos debían comenzar sus tareas. Luisa había sentido simpatía por el joven Pedro, aún más tras conocer su historia. Pensó en la buena disposición de los Westerling al tomar bajo su protección al chico. Luisa no tenía una opinión creada sobre la homosexualidad, aunque conocía el rechazo que existía en la sociedad. Al pensar en Pedro, sintió que no era justo que juzgaran a las personas por simplemente ser diferentes; incluso creyó que el joven sería incapaz de molestar a alguien. Ella también se encargaría de defenderlo en caso de que fuera necesario, se comprometió.

Antes de que el cielo comenzara a clarear, Lola y ella tomaban el camino hacia el barranco. Cada una llevaba un balde vacío que debía traer lleno de papas. Al pasar por delante de las viviendas de los jornaleros, muchos se unieron a ellas en el camino, pues se dirigían al mismo lugar. Fue presentada y, como ya era costumbre, se mantuvo firme ante aquellos que la miraban escépticos. Por el camino conoció a Pino, la madre de Pedro, una mujer huesuda de pelo lacio y sucio cuya mirada triste rompía el corazón a quien la conociera.

El trayecto hasta las tierras duró aproximadamente una hora. Cuando sus pies se introdujeron entre los montículos que formaban los surcos arados, ya había entrado en calor y la luz del sol de la mañana dejaba ver más allá de las sombras azuladas del amanecer.

Cuando llegaron, comprobó que había en el terreno varios hombres sacando de la tierra las papas con un sacho. Las mujeres se colocaron detrás, listas para cargar baldes que posteriormente acercaban a los bordes, donde varios hombres acompañados de burros llenaban los sacos y los transportaban. Luisa comenzó a sacar los tubérculos de la tierra humedecida por el rocío de la mañana. La mayoría salían con tierra embarrada pegada a ellos. Con los dedos, debía quitarles la tierra y echarlas al balde. Al cabo de unas horas, Lola y ella iban más rezagadas en comparación al resto. Por ese motivo, dejaron que se encargaran de recoger las papas destinadas a arrugar, que eran mucho más pequeñas que las demás. Tras separar los sacos al final del día, se repartirían unos cuantos entre los jornaleros como forma de pago. Al finalizar la cosecha, cobrarían en metálico lo correspondiente a cada jornal.

Con el paso de las horas, Luisa comenzó a notar cómo sus lumbares se resentían al pasar tiempo semiagachada. La incidencia del sol se hacía cada vez más dura, el sudor corría por la frente de la joven, obligándola a secarse con la manga. No quería mostrar debilidad, así pues, continuó con su tarea. Lola aprovechó para ponerla al día sobre la situación de los jornaleros.

—Aquella mujer grandota que te mira mal es Paquita, de la Angostura — dijo—. Es una mujer muy envidiosa, pero su hijo está en el sindicato agrario y es muy generoso. Ángel Pablo, se llama; trabaja para los Fuentes, pero ha hablado en varias ocasiones con don Tomás y hemos conseguido mejoras.

—Se te nota orgullosa —comentó Luisa sin aliento, intentando mantener una conversación—. ¿Eres del sindicato?

—¡Qué va…! —contestó Lola, meneando la cabeza sin parar de echar papas en el balde—. ¡Mi madre me mataría! Aunque sí que te digo que me encantaría estar en el Partido Comunista. El caso es que don Tomás se ha buscado varios enemigos, el peor de todos es Naranjo. Sus tierras siguen a las nuestras allá, más arriba. —Señaló aprovechando para estirar la espalda—. Los pobres diablos que trabajan con Naranjo sí que lo pasan mal. Has tenido suerte, Luisita, de caer aquí; somos los trabajadores mejor tratados. Los que trabajamos para los Westerling tenemos un día libre a la semana además del domingo. Los jornaleros que viven en sus tierras tienen raciones de papas, habichuelas, millo, trigo, o lo que sea que se plante. ¿Pero los Naranjo? Esos ni te dan las gracias. ¡Nadita! ¡A trabajar por un mísero jornal y el resto del año, nada! Le puedes preguntar a Pinito, la madre de Pedro. Fue este año cuando se vino con nosotros por un mal asunto con su marido.

—No sé por qué, pero pensé que era viuda —comentó Luisa cerca de la asfixia—. Se la ve tan triste…

—¡Pues como si lo fuera! —contestó tras un bufido la joven—. No, peor, porque de vez en cuando se le aparece el borracho de su marido. Don Tomás le dejó una casa cueva aquí cerca, allí vive con sus tres hijos. El muy arrastrado aparece de vez en cuando a zurrarle y a quitarle el poco dinero que consiguen reunir.

Lola siguió contándole la vida de sus compañeros, notando en cada una de las historias el buen hacer de Tomás. Por lo que le explicó la joven, todos se sentían culpables, ya que sabían que los apuros económicos por los que estaba pasando el señor se debían a su generosidad, pues ganaba menos para darles a ellos. Coincidiendo las malas cosechas con el problema agrario, las mejoras sociales no tenían mucha aceptación. Aquello hizo pensar a Luisa que no se lo estaba poniendo fácil. ¿Cómo podía dejar de querer a Tomás?

—¡Jesús, muchacha, que estás encendía! —exclamó Lola al ver sus mejillas sonrosadas—. ¿Te encuentras bien?

—Sí, sí —dijo sin resuello.

—Toma, bebe un poco de agua. —Le pasó el botijo de cerámica.

Bebió saboreando el agua fresca como una auténtica delicia. Su rostro estaba completamente enrojecido por el esfuerzo y el calor. El sol alcanzaba el mediodía bañándola con sus rayos, implacablemente. Luisa quiso dejarse caer bajo la sombra y dormir hasta el día siguiente. No se veía con fuerzas para avanzar y el mundo se le venía encima cuando miraba la llanura que aún le quedaba por apañar. Toma resuello y continua, se obligó. Se llevó las manos doloridas a las lumbares estirándose un poco. Recorrió con la mirada el paisaje. Alzar los ojos y ver la pared del barranco cerniéndose sobre ellos sobrecogía, haciéndola sentir minúscula.

—Venga, Luisa —la llamó Lola—, que esto nos lo hacemos antes de irnos.

Continuaron con la monótona tarea de limpiar las papas, meterlas en el balde y llevarlo hasta el borde. En más de una ocasión percibió algunas miradas jocosas junto a murmullos socarrones. Desde lo alto del caballo, Fernando, el capataz, la observaba serio. Sabía que debía tener un aspecto patético. La angustia se dibujaba en su cara, el dolor y la fatiga en su forma de caminar. Tras mucho rezar al cielo, llegó la hora de marchar. Todos recogieron los aparejos para ponerse posteriormente en camino hacia sus casas. Habían sido las ocho horas más largas e insufribles de la vida de Luisa.

Al llegar a la gran casa les esperaba la comida junto a una gran cantidad de tareas que hacer. Barrer los patios y limpiar el interior, desde los suelos hasta las ventanas, además de preparar las habitaciones para la llegada de los señores. Paseando por el interior de la vivienda, su asombro no menguaba al observar el lujo con el que allí se vivía. Como la mayoría de las casas canarias, la vivienda crecía alrededor de un patio. Este le recordó al de su casa, en Fuerteventura, aunque lo tosco del suyo quedaba lejos de parecerse a ese; los azulejos relucientes del patio interior no se parecían a nada que hubiera visto antes. El patio había sido cerrado, dejando en la parte superior ventanales ciegos que hacían de claraboyas, permitiendo pasar luz al interior. La planta superior la habían cerrado también, dejando ventanales. Desde donde se encontraba, en el centro del patio interior, podía ver si alguien paseaba por los pasillos de arriba. La parte que más le fascinaba era el salón de grandes ventanales que daban al norte. Deseó poder sentarse en aquellos mullidos sofás y dejar que su mente divagara, recreándose en las magníficas vistas que daban al barranco.

Una imagen de ella, sentada junto a Tomás en aquella estancia, se coló en su mente. Meneó la cabeza intentando hacer desaparecer aquel sentimiento.

Sin saber si ponía un pie detrás de otro, terminó su jornada. Soportó las miradas escandalizadas de los trabajadores cuando pidió un par de baldes de agua para bañarse y quitarse la mugre. Luisa quedó igual de sorprendida que ellos cuando supo que solo se asearían con un balde de agua y se bañarían el domingo antes de ir a misa. ¡Con el día tan caluroso que habían tenido y la mugre que se le había pegado!, se dijo. Sin importarle lo que pensaran de ella, cargó con varios baldes de agua fría y se restregó en la parte trasera del cuartucho de las letrinas al aire libre. Prefirió el frío de la noche, a la suciedad del día.

Una vez se encontró en su habitación, no supo cuándo quedó dormida, si antes o después de haber reposado la cabeza sobre la almohada.

Al día siguiente le costó Dios y ayuda levantarse, como decía la gente del lugar. Volvió a ponerse las ropas del trabajo, notando agujetas en partes del cuerpo que no sabía que existían. Durante el desayuno, Manuel y Lola se reían de su aspecto derrotado. Sus ojos estaban hinchados por el cansancio, aunque tenían la suficiente fuerza para fulminar a los jóvenes que ante ella comenzaron a apostar cuánto duraría así. Las mofas hirieron tanto su orgullo, que se propuso superar las dos de la tarde, como Lola, poniendo toda la fe en ella, había apostado. Intentó lanzarles una réplica, pero no encontró fuerzas para ello, quedándose a medio camino. Al percibir su agotamiento, los hermanos rieron con más energía.

Volvieron a marchar hacia el barranco, pero esta vez Luisa no atendió a la conversación de Lola como hizo el día anterior. De hecho, apenas podía hablar, pues aquello suponía mover más músculos de los necesarios. Se miró las manos encallecidas, sus bonitas y suaves manos estaban cubiertas de ampollas secas. Una lágrima estuvo a punto de correr por sus mejillas. Con arrojo, se tragó su pesar y continuó la marcha. Una marcha un tanto patosa, pues las alpargatas de duro esparto le habían hecho rozaduras en sus pies. Ante la muda queja que surgió desde lo más profundo de su ser, se recordó que ella al menos debía dar gracias por tener unas, pues eran pocos los que tenían zapatos. El día anterior se dio cuenta de que muchos de ellos andaban por el campo sin calzado. Otros hacían remiendos, que dañaban aún más lo pies, colocando trozos de hierro forjado de tal forma que creaban una suela resistente. Recordó que en Fuerteventura también era normal ver a los campesinos sin zapatos, claro que hasta entonces no se había parado a pensar en la realidad de aquellas personas.

El día prometía ser más caluroso que el anterior y así lo hizo. Cuando a media mañana, la camisa le caía empapada sobre la espalda, sus ojos comenzaron a nublarse, notando su respiración cada vez más costosa. Con la espalda gacha seguía los surcos de tierra sin maldecir. Su cerebro hacía horas que había cesado de enviar pensamientos. Cuando hubo llenado el balde, tuvo que cogerlo con ambas manos para poder transportarlo sin dificultad, pues tenía las manos doloridas. Recorrió con torpeza el espacio que la separaba de los hombres que cargaban sacos. Su mirada vacía estaba puesta al frente. Antes de dejar el balde en el suelo, escuchó unos cascos de caballo.

Se giró de vuelta a su puesto, como un autómata, sin poder prestar atención a lo que ocurría a más de dos pasos de ella. Hasta que una profunda voz la hizo detenerse.

—¡Luisa! —Era Tomás.

Quiso llorar. Colgarse de su cuello y rogarle que la sacara de allí. Antes de girarse para enfrentarlo, no le pasó por alto que todos habían dejado su tarea para observar la escena. Luisa, con los mofletes enrojecidos por el esfuerzo, el sudor mezclado con la tierra rojiza sobre su piel, los ojos llorosos por la fatiga y la boca abierta tomando todo el aire posible, se giró y le mantuvo la mirada.

—¿Señor? —preguntó.

Ante ella se cernía la imagen de Tomás a lomos de un caballo. Vestido con ropas de trabajo, Luisa apreció su atractivo. Su fortaleza física, su mentón cuadrado y sus ojos negros seguían desestabilizando la integridad de Luisa aun cuando no creía tener fuerzas para nada.

—¿Estás...? ¿Te encuentras...? —Tomás no supo encontrar la palabras adecuadas.

La imagen de ella le resultaba dolorosa. La joven estaba sufriendo profundamente aquel trabajo infernal.

—Sí, señor. Como ve, estoy enterregada[32] hasta arriba —contestó sacando un buen humor de donde no lo tenía. No quería despertar lástima en nadie y mucho menos en él—, pero un poco de tierra y sudor me vienen bien. Si no le importa, voy a seguir con el trabajo.

---

32 Estar lleno de tierra o polvo.

—¡No, Luisa, por Dios! —Bajó de un salto del caballo para acercarse a ella. Luisa, del mismo modo, saltó hacia atrás volviendo la cabeza para mirar a las personas que les rodeaban—. ¡Apenas puedes andar! Vuelve a la casa, haré que te encomienden otras tareas. El campo es muy duro.

—¡De eso nada! —replicó levantando la barbilla—. Aquí he venido a trabajar, para apañar papas se necesitan muchas manos. Aunque no sea muy rápida, les ayudo lo suficiente. ¡De aquí no me muevo!

La mirada oscura de Tomás la escrutó mientras las aletas de la nariz se dilataban al encontrarse en una situación complicada.

—Luisa, te ordeno que te vayas ahora mismo a la casa —su voz era mortalmente suave.

Luisa, con la tensión del momento, comenzó a despejar la mente. Su frustración, cansancio y dolor se convirtieron en rebeldía. ¿Quién era él para dejarla en evidencia ante aquellas personas? Todos la estaban poniendo a prueba y tenía que demostrar que valía para estar allí, que no era tan débil como la creían. ¡Y tenía que aparecer él!, la persona que más la desestabilizaba. Le recorrió de arriba abajo con descaro. Llevaba pantalones, botas de montar y una camisa ancha de lino blanco desabotonada hasta el comienzo del vello del pecho. Un sombrero de ala ancha coronaba aquella estampa de señor de sus tierras.

—Don Tomás —dijo haciendo hincapié en el don y colocándose las manos en las caderas—, esto es lo que se me ha encomendado que haga. Terminaremos de recoger la cosecha en dos días. Cuando haya finalizado aquí, podrá mandarme a donde usted quiera, pero no pienso dejar este trabajo hasta que no lo haya terminado.

—¡Mujer más morrúa no he visto en mi vida! —se quejó entre dientes, consciente ya del espectáculo que estaban dando—. ¡No te lo volveré a decir más! Vuelve… a la casa.

—Lo haré. El viernes —añadió bajando la voz en apenas un susurro apretando los dientes—. Si quieres hacer algo por mí, ¡déjame seguir! Me estoy jugando el respeto de esta gente. Si me ven débil, no me querrán y se burlarán de mí. Debo terminar mi trabajo cueste lo que me cueste.

Luisa sonrió atrevida, recogió el balde y se giró hacia donde la esperaba Lola con la boca abierta. Tambalcante, llegó a la altura de su amiga y fijó la vista en el sol cubriéndose los ojos a modo de visera.

—¿Hasta las dos, habías apostado? —le sonrió a su amiga—. Me da a mí que tu hermano y tú me tendrán que pagar unas cuantas perras.

—¡Porque tú no te has visto! —le devolvió la sonrisa Lola—. Estoy aquí cerquita de ti esperando que te desmayes de un momento a otro. Debiste irte, como te dijo don Tomás.

Luisa, exasperada, fulminó con la mirada a la joven antes de volver a agacharse y seguir trabajando. De reojo comprobó que Tomás se había vuelto a montar sobre el caballo y la seguía con una mirada iracunda desde lejos. Volvía a mostrar aquella tensión en su mandíbula, observó Luisa.

Tomás había vuelto lo más pronto que pudo, sin otra cosa en mente que el bienestar de Luisa. Sabía que era su segundo día de recogida de papas y había sido informado por Fernando de que la joven no servía para ello. Decía que se retrasaba con respecto a las demás y que mantenía a todos en vilo pendientes de su estado. Aquello alarmó de tal forma a Tomás, que montó sobre su caballo y se acercó a las tierras a comprobarlo personalmente. Cuando creyó que la joven iba a agradecer su intervención, se encontró con la mirada fiera de la majorera que le pedía que la dejara ganarse el respeto de sus compañeros. La sorpresa se convirtió pronto en enfado. ¡Aquella mujer estaba como una cabra!, se dijo.

Con paso lento, llegó por fin la hora de terminar la jornada. Era las dos de la tarde. Luisa se quitó el pañuelo de la cabeza y se secó el sudor mirando, triunfalmente, a su compañera. Con el balde de papas en la mano, volvieron a recorrer el camino tras los burros. Luisa estaba contenta, lo había conseguido. Había superado su segundo día, que al compararlo con el primero lo consideró peor, pues se notaba resentida del trabajo del anterior. Sus pies ardían por el esparto al posarse sobre la tierra. El calor, sumado al ejercicio, estaba llevando a Luisa al límite.

La joven seguía los pasos del burro que tenía delante para no dejarse caer exhausta. De pronto, este se encabritó al subir la pendiente rocosa. Al escuchar el sonido de las pezuñas sobre la tierra, Luisa alzó la vista en el momento en el que un puñado de tierra cayó sobre su rostro. Aquello la paró en seco; durante unos angustiosos segundos quedó sin respiración. Intentó tomar aire, pero tan solo había polvo en sus fosas nasales. La suma del cansancio, el calor, el ardor en manos y pies, junto a aquella bocanada de tierra, terminaron con las fortalezas de Luisa. Todo se volvió negro. Notó, sin poder evitarlo, cómo su cuerpo caía sobre la dura superficie de la tierra. Había sobrepasado sus límites. Luisa se desplomó.

Cuando abrió los ojos y la imagen volvió a aparecer ante ella, se encontraba en brazos de Tomás. En un principio, la confusión hizo que tardara en saber dónde estaba y lo que había pasado. Cuando los recuerdos volvieron a su mente, la vergüenza la invadió. Quiso deshacerse de sus atenciones, gritar que la dejara en paz, pero no pudo articular palabra. Seguía con la sensación de ahogo. Poco a poco, un sonido sibilante se fue acercando a sus oídos: era su propia respiración. ¡Lo que faltaba!, pensó Luisa, ¡el asma!

—Necesito —susurró con un hilo de voz—… mis medicinas.

Se había acabado el tiempo de hacerse la heroína. Debía aceptar su derrota, pues se estaba asfixiando. Por encima de su cabezonería, estaba el temor a morir de asma.

Tomás, en un solo movimiento, la tomó en brazos, la subió al caballo y se la llevó a galope. Sentía la culpa sobre él, debía haberla obligado a volver a la casa. Durante todo el tiempo que estuvo en los terrenos, intentó no quitarle la vista de encima. Se había quedado rezagado ayudando a los hombres a montar los sacos, cuando a lo lejos comprobó que Luisa finalizaba la tarea y que con paso tambaleante tomaba el camino a la casa. Aunque parecía que sus pies apenas la mantenían y la espalda no encontraba la postura adecuada, su barbilla se mantenía erguida y el movimiento de sus caderas felino. Aquella mujer tenía una voluntad de hierro en un cuerpo que no la acompañaba. Subido al caballo, vio como se desplomaba en el suelo. Creyó que su corazón caía con ella. Al segundo siguiente, estaba sobre la joven escuchando su agonizante respiración.

Cuando llegó a la gran casa llamó a gritos a Antonia, que salió alarmada de la cocina para recibirles. Con Luisa casi inconsciente en sus brazos, siguió a la mujer hasta el dormitorio de esta.

—¡¿Qué le ha pasado, señor?! —preguntó preocupada—. ¡Ay, Dios mío, Luisita!

—¡Se desmayó! Cuando me acerqué respiraba con dificultad —explicó nervioso Tomás sin saber qué hacer.

—Mis medicinas… —con un hilo de voz costoso intentó comunicarse—. En la gaveta, un bote…, semillas…, café.

—¡Es asma! ¡Ay, madre santa! —exclamó Antonia secándose las manos en el delantal para comenzar a desabrocharle la camisa—. ¡Busque en las gavetas de la cómoda!

—Aquí hay un bote con ungüento, será esto —comentó el hombre tras acercarse al mueble.

—Yo voy a hacerle café, como dijo, eso ayudará. —Salió de la habitación disparada.

Tomás se quedó a solas con ella. Luisa, un poco más repuesta al estar en un lugar fresco, abrió los ojos con lucidez. Era incapaz de articular palabra. Tumbada como estaba en la cama, solo se esforzaba en respirar calmadamente y no ponerse nerviosa. Alzó sus manos hacia el bote que Tomás sostenía. Era una mezcla de fuerte olor que llevaba eucalipto y menta que conseguía abrir los bronquios al respirarla. Sin ningún pudor, se abrió la camisa respirando costosamente y se la untó ella misma. Tomás la observaba con intensidad, pensó en distraerla:

—¡Desde luego, Luisa, te dejo dos días y me recibes así! —dijo con una seriedad que no era tal—. Escarranchada y sin aliento.

164

—Déjate de… tonterías —respondió sonriendo ante el humor de Tomás; pensó que si moría allí mismo, sería feliz al tenerlo cerca—. Mejor será… que no te vean… aquí.

—¡No, no te voy a dejar sola! Anda y deja de hablar, que me pones más nervioso todavía. —Cogió el bote, la giró sobre la cama como una muñeca de trapo, y le puso el ungüento sobre la espalda—. Espero que esto te sirva de escarmiento. No quiero que vuelvas al campo. ¡Te lo dije! ¡Pero te envalentonas y no hay quien te aguante!

—No —contestó antes de toser por el esfuerzo.

—¡Sí! Te quedarás hasta que te recuperes y ya hablaré con Antonia para que te busque otro oficio.

—¡No! —se empecinó Luisa; al darse la vuelta le fulminó con la mirada.

—¡Majadera! —le espetó Tomás—. Tú todavía no me has visto enfadado.

Justo cuando Luisa le dirigió una mirada escéptica, entró Antonia con una taza de café. Se la tomó en pocos sorbos.

—Eso es, mi niña —la animó Antonia—. Se está hirviendo el agua para ponerte las semillas y las hierbas que tienes ahí. Don Tomás, puede retirarse, ya me encargo yo de la muchacha.

Ante la indecisión del hombre, Antonia levantó una ceja interrogante. Comenzaba a sospechar que había algo más que mera caridad por parte del señorito con la majorera. La historia de esta le resultaba muy dura. Agradeció al cielo que se hubiera cruzado con su señor para darle una vida digna, aunque en esos momentos sintió que había algo que le faltaba a la historia. Sus sospechas comenzaron por la excesiva atención del joven Ramón, quien hablaba de ella más como un familiar que como una sirvienta. Y luego estaba la mirada de don Tomás. Había visto crecer a aquel joven tan apuesto y estaba segura de haber percibido cierto dolor ante la visión tan lamentable de la joven. Con un carraspeo le hizo salir de la habitación. Por mucho que los hermanos apreciaran a aquella joven, no iba a permitir que un hombre casado se entretuviera más de lo

165

estrictamente necesario en la habitación de una soltera.

—¡Gané! —dijo Luisa aún respirando con dificultad—. Voy a… desperrar… a tus hijos.

—¡Una cabra loca! —la regañó—. Eso es lo que eres. Pero padeciendo este mal, ¿por qué no me avisaste? ¡Ni se me hubiera ocurrido mandarte a las tierras!

—Mañana —volvió a intentar hablar—… voy.

Antonia no quiso hacer caso de la determinación de la joven. Era una linda muchacha, de rostro dulce, que con una mirada conseguía que la apreciaras. Al comprobar que no solo era una muchacha bonita, sino que también se esforzaba por agradar a los demás y trabajar al mismo ritmo que ellos, sintió que le había ganado el corazón.

Tardó unas horas en recuperarse, Lola relevó a Antonia cuando esta llegó. La joven se rio de ella por el espectáculo que había dado, primero con el patrón y después con su desmayo.

—¡No me mortifiques, bandida! —se quejó tras una tos llegada por la risa—. Así no hay manera de que una empiece bien en el trabajo.

—No te preocupes, mujer, si los tienes a todos ganados —la animó la sonriente Lola—. Creyeron que habías muerto de golpe. Vaya susto que nos pegamos —dijo meneando la cabeza—. Entenderán que no puedas continuar.

No quiso insistir en su idea de seguir cogiendo papas. Al pasar la tarde descansando, a la hora de cenar recobró suficientes fuerzas para ayudar en la cocina a Antonia. Allí charlaron agradablemente mientras Lola iba y venía del salón principal vestida con un uniforme de sirvienta. Luisa se burló de ella llamándola mirlo, para recibir como contestación la regañina de Lola sacándole la lengua.

—No te rías mucho, que a partir de mañana te vestirás igual y servirás en las comidas —le informó Antonia.

166

—A partir del viernes lo haré gustosa —respondió Luisa.

—¿No estarás hablando de bajar al barranco?

—Sí. —Dirigió una mirada inocente a Antonia, sonriéndole con dulzura—
. ¡Por favor, por favor, Antonia, déjame ir! —Corrió a darle un abrazo
adulador.

—Sal para allá, chiquilla zalamera —la regañó sin brusquedad.

A la mañana siguiente nadie la avisó para levantarse, pero la mente cuando
está alerta simula llevar un despertador interior. Luisa abrió los ojos, se aseó,
visitó las letrinas, se vistió y se presentó a desayunar. Al aparecer
comenzaron las protestas, pero sacando su lado persuasivo, les convenció
para que la dejaran ir. Y así fue como se presentó de nuevo ante los
jornaleros, esta vez los murmullos eran de admiración, por su tenacidad y
ganas de trabajar. Se había ganado un puesto entre ellos; ya no era una
extraña.

La mañana avanzaba tranquila. Su cuerpo, aunque seguía magullado,
comenzaba a hacerse a aquel ritmo de trabajo. Lola, que tenía la habilidad
de hablar por muy duro que estuviera trabajando, comentó:

—Luisita, tú que la conoces, ¿qué piensas de la señora? —Ante el
encogimiento de hombros de la rubia, que prefirió no contestar,
continuó—: A mí no me gusta. Anoche el señorito Ramón preguntó por tu
estado. Cuando don Tomás le contaba lo sucedido, la señora Rita no hacía
otra cosa que resoplar. Hasta que terminó diciendo que qué se podía
esperar de una joven como tú. Que debería haberse dado cuenta de que
eras una carga para ellos, que solo hacías retrasar el trabajo y que no
servías para nada.

—No le caigo muy bien —Luisa rio ante el relato de Lola queriendo
quitarle importancia a su comentario. Su compañera la miró extrañada—:
A mí tampoco me cae muy bien ella.

—Luisita, hay algo que me extraña —dijo más pensativa—. Los señores
hablan de ti demasiado bien como para hablar de una sirvienta; en la cena

los hermanos te defendieron y dejaron bien calladita a la cubana. Me resulta raro en ellos y creo que eso también lo nota ella. Ten cuidado, no te andes buscando enemigos tan poderosos, que como se enfurruñe un día, te pone de patitas en la calle. Pero, dime, ¿a qué se debe esa manera de tratarte?

—Lola, cuando me conocieron era una igual a ellos. —Se pasó la manga del antebrazo por la frente para quitarse el sudor—. Después del viaje, donde nos divertimos muchísimo, todo cambió: mi situación y la de ellos. Es posible que nos cueste vernos como algo distinto.

—Entiendo —contestó—. No quiero ser chismosa, pero ese matrimonio tan nuevito ya huele a podrido. Esa mujer tiene amargado a don Tomás; desde su vuelta todos lo encontramos muy serio, como desganado.

Lola continuó alabando las virtudes del patrón. Envidió la relación que Luisa tenía con ellos y la hizo hablar de Fuerteventura y su decisión de marchar. Ella, por su parte, le contó que había nacido en Verde Rama, que su padre era el antiguo capataz, pero que había muerto muy joven, dejando a su madre al frente de la gran casa y con los dos hijos pequeños. Fernando había sustituido a su padre; aunque hacía muy bien el trabajo, no quiso participar de la vida del servicio. Dormía en una cabaña situada al lado del portón de entrada, una casa de una planta con un cuarto; y según Lola, solo tenía un camastro y una chimenea para hacer fuego. Dijo que era un hombre solitario y hosco.

—¡Luisa! —el bramido de Tomás al otro lado del cerco la sobresaltó—. ¡Ven aquí!

La joven, tras dar un respingo ante el grito, optó por tomar una actitud sumisa, pues nunca lo había visto así de enfurecido. Caminó lo más rápido que pudo hasta llegar a él.

—Don Tomás —dijo a modo de saludo cuando llegó a su altura. Usó su mejor arma; con anterioridad la había esgrimido con su padre para calmar su furia. Abrió los ojos y compuso una expresión inocente como quien no sabe de qué se le acusa—. Dígame.

—¿Qué te dije ayer? —preguntó un tono menos enfurecido al enfrentarse a la casta mirada de la joven.

—Que no viniera a trabajar, don Tomás —respondió obediente.

—¡Pues ya te estás marchando! —dijo toscamente.

—Pero, señor —comenzó la persuasión de Luisa—, hoy me encuentro mucho mejor que ayer. Cada día le voy cogiendo el tranquillo a esto de coger papas. Estoy muy contenta de ser útil aquí en las tierras.

—¡Para arriba!—volvió a repetir Tomás un poco desconcertado por la actitud de la joven; realmente parecía una de sus trabajadoras, ya no le trataba con la confianza y altanería de ayer.

Hasta que percibió cómo fugazmente una expresión contrariada aparecía en el rostro de la joven. Esta se acercó con las manos a la espalda y la cabeza gacha. Observó como tomaba aire y volvía a ser ella, desafiante como siempre. Fuera la máscara de sumisión, se dijo divertido Tomás.

—Está bien, donsito[33] —susurró pendiente de que su postura fuera sumisa y su mirada fiera—, piensa por un momento que yo no soy yo. Imagina que soy una mujer que llama a tu puerta porque no tiene adonde ir, solo dos manos con las que trabajar, le dejas trabajar en tus tierras, pero la falta de costumbre hace que sea torpe y que se fatigue. ¿La mandas a su casa? ¿Le dices que porque se haya mareado ya no puede comer ese mes? Trátame como tratarías a cualquier otra. No eres mi guardián, eres mi patrón. Me diste la tarde libre, y te lo agradezco. Te aseguro que me cuesta más a mí que a ti mantenerme en pie, pero he bajado un escalafón en la pirámide social y debo demostrar que puedo valerme por mí misma. Estoy intentando integrarme y seguir con mi vida. ¡Déjame en paz, Tomás! ¡Sube a tu caballo, y sé mi patrón! —Volviendo dos pasos más atrás, finalizó—: Y ahora, tengo que volver al trabajo.

Tomás quedó petrificado ante la dureza de las palabras de Luisa. Seguía

---

33 Expresión utilizada para ridiculizar el tratamiento de don.

sin entender las reglas del juego. La joven tenía razón, no la consideraba su sirvienta y tampoco la trataba como tal. Al parecer, su protección le causaba problemas con los demás. No sabía cómo, pero sentía que siempre terminaba haciéndole daño; de una forma u otra, atentaba contra la estabilidad de Luisa. Y ella contra la de él. Había llegado el día de dejarla en paz como pedía. Pero le gustara a ella o no, era su patrón y como tal, la vigilaría; porque no podía evitar preocuparse por ella.

La recogida de tubérculos duró dos días más. Tras subir la formación rocosa que dividía el barranco después de cada jornada, Luisa alzaba la vista para comprobar que la figura de Tomás la observaba desde la gran casa, tal y como había notado. Al girar la última curva del camino aparecía la gran casa en lo alto, permaneciendo oculta desde el barranco. En ese punto del camino, Luisa podía verlo sentado en los escalones de la terraza que daba al jardín trasero, esperando a que llegara. La mayoría de las veces se liaba un cigarrillo y lo fumaba lentamente con los ojos entrecerrados. Mirándola. Supo que Tomás había entendido lo que ella le pedía. Debía mantenerse al margen, aunque desde la distancia su preocupación le seguía llegando igual. Al día siguiente, al saber que la esperaba, alzó la barbilla antes de tomar la curva, caminó lo más recta que pudo y disimuló su cansancio. El calor de su mirada la abrasaba desde tan larga distancia. Cuando apenas le faltaban unos metros para alcanzar la cima, él se levantó y lanzando la colilla, se volvió al interior de la vivienda, en silencio.

Luisa agradeció para sí el final de aquel día. Los días que siguieron los ocupó en tareas cotidianas de la gran casa: servía en el comedor a la hora del almuerzo y la cena. Tanto Lola como ella vestían de riguroso negro con delantal blanco. La señora Rita pasaba la mayor parte del tiempo sola, pues doña Eugenia se había quedado en Las Palmas, Ramón salía con amigos y Tomás apenas pasaba por la casa. En una de aquellas cenas, a Rita, tras mirarlas largo tiempo, se le ocurrió que debían llevar cofias. Las jóvenes se miraron disimulando su desagrado. Rita, desde que la presencia de la joven majorera le fue impuesta por Tomás, inventaba todo tipo de órdenes para mortificar a la joven. Lola llegaba hecha una fiera a la cocina a quejarse a su madre por el maltrato de Rita hacia Luisa, donde evidentemente, Antonia poco podía hacer.

Una mañana, las jóvenes fueron enviadas a hacer la colada y era el turno de Luisa de ir a buscar la ropa sucia a la alcoba de los patrones. Allí, en una estancia grande con ventanales que miraban al barranco, y espacio para colocar dos sillones y una mesa de desayuno, la esperaba Rita. Mientras se llevaba la taza a los carnosos labios, le señaló el montón recogido a un lado. Al acercarse, comprobó que debía lavar los paños con la menstruación de su señora. A Luisa le dieron arcadas ante la visión. Intentó no pensar en su situación y continuó sumisa con las labores que le encomendaban.

Cada día que pasaba, Luisa y Lola se unían como hermanas. La majorera agradeció la buena fortuna de haber caído entre tan buenas personas. Por esa razón, se levantaba todos los días con ganas de trabajar y hacerse un hueco en aquella familia.

Cuando había que hacer la colada, destinaban la mañana solo a eso. Antonia agradeció la presencia de Luisa allí, pues ella podía dedicarse a supervisar otras tareas. Al no tener agua en la casa, se tenían que trasladar a las acequias que quedaban en la parte alta del barranco, a casi dos horas de camino. Las dos jóvenes llevaban consigo cestas de mimbre y palanganas de aluminio llenas de ropa atadas a una mula. Una vez llegaban a las acequias de La Angostura, metían la ropa en el agua. Lola enseñó a Luisa el proceso, tomando una piedra como lavadero, enjabonando y estregando la ropa de toda la familia. Tras frotar bien todo, debían aclarar hasta quitar la suciedad y el jabón que tuviese impregnado. Luego continuaban con la ropa blanca —sábanas, toallas, zagalejos, calzones, camisillas y calzoncillos— siguiendo el mismo ritual.

Una vez habían lavado todo, lo escurrían y lo colocaban en las cestas y palanganas. Ayudadas por la bestia, hacían el camino de vuelta. Luisa volvió a sorprenderse al ver como otras mujeres con las que coincidían en las acequias debían cargar con la ropa mojada sobre sus hombros, sin ayuda de animales. Algunas esperaban a que se secaran colgando las sábanas y ropa sobre matorrales.

Pero el trabajo no finalizaba cuando llegaban a la gran casa. Allí debían rociar con sus manos la ropa que habían tendido previamente para blanquearla. Utilizaban un jabón azul en barras que se cortaba en trozos con un cuchillo. La cháchara las acompañaba en todo momento. Cuando debían esperar a que la ropa se secara al sol, corrían a la casa a recibir alguna nueva orden. Una vez se había secado, debían aclararla y añilarla. Aquella labor la realizaban poniendo agua en una bañera de aluminio, grande y redonda. Luego hacían un hisopo con un trozo de tela blanca en cuyo interior se ponía una ruedita de añil azul y lo ataban con una tira de la misma tela; con él en la mano se metían en el agua de la bañera y estrujaban la tela hasta conseguir que escurriera un agua azulada y clara. Poco a poco metían la ropa blanca en el agua y la torcían bien. Cuando el tiempo era cálido, no importaba terminar empapada, pero en invierno se pasaba mucho frío, le explicó Lola.

Pedro se encargaba, principalmente, de mantener el jardín y los animales. Manuel era la sombra de Fernando, el capataz, con lo cual siempre andaba en el campo de un lado al otro. En más de una ocasión, bajaban a Las Palmas a la empaquetadora y exportadora para llevar los frutos. Lola y Luisa, además de trabajar como doncellas, ayudaban a Pedro en las tareas más laboriosas. En más de una ocasión se sentaban en la puerta de la cocina en pequeños bancos y descamisaban las piñas de millo para después llevarlas al molino del pueblo y hacer gofio con él. Pronto conoció al adorable y sensible Pedro. Cuando tomó confianza, Luisa percibió su lado más femenino, llegando a ser más femenino que ella, pensó más de una vez.

Los domingos debían ir a misa. Los señores acudían a la iglesia de Santa Brígida. Ellos, que debían ir andando, preferían acudir a la iglesia de Tafira, que les quedaba más cerca. Los días fueron pasando lentamente. Aunque sus días eran duros, Luisa fue sintiéndose cada vez mejor, útil y en casa. Le gustaban mucho las cenas, pues antes de rezar el rosario, obligados por la severa Antonia, charlaban contando las anécdotas del día. Casi siempre se centraban en la torpeza de Luisa o el poco aguante para tal o cual cosa. Ella reía encantada ante las burlas, aprovechando alguna ocasión para devolvérselas.

Una mañana en la que Lola se encontraba indispuesta, tuvo que acudir en su lugar a servir el desayuno. Desde el último encuentro en el barranco,

172

Tomás y ella no se habían dirigido la palabra. Sus cuerpos reaccionaban al reconocerse a lo lejos. Cuando se topaban, se saludaban manteniendo las distancias, esperando que sus pulsaciones volvieran a su ritmo habitual. Aquella mañana, Tomás leía el periódico y su mujer desayunaba parloteando sin cesar. En más de una ocasión, Luisa sintió lástima por Rita, pues pasaba la mayor parte del tiempo sola y, cuando su marido estaba en casa, veía cómo intentaba llamar su atención. Cuando no lo conseguía, que resultaba ser la mayor parte de las veces, posaba su mirada en ella y le ordenaba hacer algo de gran dificultad o desagrado.

En aquel momento, volaba alrededor de la mesa llenándola de bandejas de tostadas, membrillo, queso fresco y fruta de temporada. Cuando se acercó a la mesa para servir el café, Tomás, sin levantar la mirada del periódico, dijo:

—Hoy es tu día libre, Luisa. Antonia ha sido informada, con lo cual puedes hacer lo que quieras. Te lo has ganado.

—Gracias, señor —musitó la joven.

—Creo que Ramón me comentó tu afición por los caballos —continuó mientras pasaba una hoja del periódico *La Provincia*—. Puedes ensillarte uno si te apetece.

—¡Pues ya debes estar agradecida, Luisita! —apuntó la cubana—. Tienes un patrón que no mereces. Tomás, creo que te excedes en tus recompensas.

El desayuno transcurrió con la normalidad habitual. Luisa sintió una enorme alegría al poder tener un día para ella. Cuando le informó de la posibilidad de cabalgar, fue como quien desencadena a un preso. Se sintió libre. Se dirigió rápidamente a la cocina para preguntar si la necesitaban para algo más, ante lo cual obtuvo un no por respuesta. Dando saltos, salió de la cocina anunciando con grandes aspavientos que iba a salir cabalgando de aquel lugar para perderse hasta el atardecer. Antonia no pudo disimular una sonrisa al ver la felicidad de la joven.

Comenzaba mayo y el tiempo se volvió un tanto frío. Aquel día amaneció nublado y el viento de los alisios soplaba fuerte. El estado del tiempo no le importó; se puso su traje viejo y los pantalones de muchacho que utilizaba en Fuerteventura cuando salía a montar a caballo. Tomó una chaquetilla de punto y salió soltándose la trenza sobre la espalda. Pasó por la cocina a recoger la talega con algo de comida que le había preparado la maternal Antonia. Sabía que no tenía el mejor aspecto, pero no le importó. Entró en el cobertizo, donde encontró a Manuel y le pidió que la ayudara a ensillar el caballo.

—¡No te había visto nunca tan contenta! —comentó el muchacho.

—Porque hace un mes que trabajo y hoy es mi primer día libre —sonrió feliz—. ¡Mi día libre, Manuel!

—Pues que le aproveche, señorita —le contestó tocándose la punta del cachorro—. Ya nos contarás si tuviste problemas saliendo vestida como una chaflameja[34].

Rio ante el adjetivo, dio las gracias y salió saboreando la sensación de estar de nuevo a lomos de un caballo.

Tomando el camino hacia el portón de entrada, se topó con Fernando, quien la interrogó sobre a dónde iba y si realmente sabía montar a caballo. Respondió a sus preguntas pensando que era un hombre muy reservado, que en ocasiones se creía dueño de todos. Una vez fuera, se topó con la imagen del gran cono volcánico de Bandama. Atraída como si de un imán se tratara, tomó aquella dirección. Paseó por senderos de tierra que cruzaban grandes extensiones cultivadas de vid. Estas se plantaban a ras del suelo en un hueco hecho en la tierra y una pequeña muralla de piedra las protegía del viento. El contraste entre el verde de la parra y el negro de la tierra le resultó hermoso. Continuó hacia el este, volviendo a encontrarse con el mar, lejano, entre los picos de los valles que llegaban hasta la costa. Posando su mirada en el horizonte azul, atisbó un relieve al otro lado del mar. Tras varios segundos sopesando a qué correspondía, entendió que estaba ante Fuerteventura, y recordó con una sonrisa el dicho que le había

---

34 Imprudente, insensata.

escuchado a Manuel: «Cuando se ve Fuerteventura, agua segura». Sonrió con nostalgia; aquella porción de tierra guardaba los mejores años de su vida. Desde aquella perspectiva se podía comprobar la altura a la que se encontraba, sintiéndose lejos del mar. Poco después, comenzó el ascenso a la montaña de Bandama. Cuando llegó a la parte sur, se encontró con un enorme hundimiento de tierra ovalado.

Estaba ante la caldera. Aquel inmenso hueco le llamó muchísimo la atención. Imaginó que una mano gigante había dado un puñetazo en la tierra provocando aquel accidente geográfico. Alzó la vista observando el camino que le quedaba hasta la parte superior de la montaña, para luego girar la cabeza y recorrer con la mirada el camino serpenteante hacia el interior de la tierra. Cielo y tierra.

Se decantó por la tierra. Escuchando el crujir del picón bajo las pezuñas del caballo comenzó el descenso, a medida que avanzaba, las paredes de la caldera parecían cernirse sobre ella. Ya en el interior, en el centro de la llanura que formaba la base, descubrió terrenos cultivados. A mitad del camino tuvo que bajar del caballo, pues se hacía cada vez más empinado. Pasó por delante de una casucha y saludó al señor que allí habitaba. Mantuvieron una conversación amigable. Ella le comentó lo espectacular de aquella caldera y el hombre, como guardián de un tesoro, le dio permiso para explorarlo.

Volvió a montar y recorrió la planicie. Aprovechando una zona en barbecho, un terreno plano lleno de hierba seca, ató al caballo al único árbol que allí había y se tumbó bocarriba. Sobre una manta que llevaba en la montura, se dejó llevar por la sensación de estar en la boca de un gigante. La corriente que trasladaba las nubes producía un efecto de movimiento en las paredes de la caldera. La tranquilidad de aquel lugar, el murmullo del viento chocando contra las paredes de la gran fosa, los insectos zumbando y el calor de unos tímidos rayos de sol la suspendieron en el espacio y el tiempo.

Suspiró. Y como siempre que se encontraba a solas, soñó con Tomás. Recordando las noches en la cubierta del Rodney Star, no prestó atención a su alrededor. El relincho del caballo hizo que alzara la vista lánguidamente hacia el animal. Como por arte de magia, creyendo haber

175

invocado algo sobrenatural, se topó con la imagen de Tomás observándola desde la sombra del árbol junto a los caballos. La miraba intensamente; su rostro serio, como era habitual en aquellos días, expresaba cierto pesar. Pestañeó varias veces, pero la imagen seguía ahí. Era él. Vestido con los pantalones de montar, las botas altas y la camisa desabotonada, apoyaba un hombro sobre el árbol. Tomás sonrió curvando la boca hacia un lado, sin llegar a saberse si era una sonrisa o una mueca.

—Sé que no debí seguirte —dijo Tomás—, pero la tentación era demasiado fuerte.

Tumbada bocabajo, sonrió lánguidamente apoyando la barbilla en sus brazos cruzados.

—Me alegro de que estés aquí.

Tomás se acercó a ella, se sentó a su lado apoyándose en un codo y con un trozo de paja le acarició el perfil. Como si continuara en un sueño, se dejó hacer. Sintió estar acunada por la misma tierra, escondida en un hueco con la única persona que le aportaba paz. Tomás comenzó a relatarle cómo se había formado la caldera de Bandama. Su voz grave la acompañó en su sueño:

—Somos islas volcánicas, surgimos del mar. —Cogió un puñado de tierra y la fue derramando formando un pequeño montículo sobre la superficie del terreno—. A medida que los volcanes escupían lava, las islas crecían en su superficie. Esos conductos por los que salía la lava nunca se sellaron del todo, abriendo la tierra cada cierto tiempo para escupir de nuevo lava y seguir dibujando el relieve de la isla. Aquí la erupción volcánica formó aquella montaña que ves allí, a la derecha, se llama Pico de Bandama. Algunos especialistas piensan que fue un proceso donde se expulsó tal cantidad de lava, que en definitiva viene a ser tierra derretida por el calor del interior, que dejó un vacío tan grande como el hueco en el que nos encontramos. Esta cavidad, al quedar vacía, hizo que con la erosión del tiempo no soportara el peso sobre ella y se desplomara formando lo que ahora es la caldera de Bandama.

Luisa estaba fascinada por la formación de las islas. Se sintió minúscula e insignificante.

—Sabe mucho, don Tomás —comentó socarrona.

—Creo que necesito que me llames por mi nombre, no soporto escucharte decirme don —la corrigió mirándola con seriedad.

—Está bien, pero eres un sabiondo —insistió.

—Soy una persona a la que le gusta saber, no ser un ignorante —se defendió tocándole con el trozo de paja la punta de la nariz—. Soy miembro de la logia masónica de Las Palmas. Entre otras cosas, somos personas que vamos tras el saber, nos enriquecemos de conocimiento, principalmente.

—Me das envidia, yo quise estudiar en la universidad y así llegar a saber tanto como tú. —Tras lo cual preguntó—: ¿Qué es exactamente eso de la logia? En Cuba escuché que el tal Pedro Darias también era masón. ¿Por eso te reunías con él?

—Entre otras cosas, sí. Los francmasones promulgan los principios de la moral y fomentan la práctica del amor fraterno. Entre las enseñanzas, se encuentran la beneficencia y la verdad. No solo entre masones, sino con todo el mundo.

—Pues la beneficencia es algo que lo llevas a cabo muy bien, lo sé porque se lo escucho a las personas con las que trabajo.

—Eso intento —contestó con modestia. Estaba hermoso allí, recostado a su lado. Su masculinidad enturbiaba la mente de Luisa—. Pero no creas que somos personas conspiratorias ni nada por el estilo; de hecho, está prohibido hablar de política o religión.

—Pero no tienen muy buena fama.

—Es cierto que tenemos nuestros rituales, heredados desde varios siglos atrás. Hay cierto secretismo en cuanto a lo que hacemos que quizá haya despertado recelo entre los gobiernos y la Iglesia. Se ven amenazados, simplemente. Aunque en un principio se exigía que todos los miembros creyeran en un ser supremo, desde hace poco eso ha cambiado.

—Lo dices porque tú eres ateo —le recriminó Luisa.

—Pues sí —contestó llanamente—, y cada día que pasa, más. Porque a ver… ¿qué hemos hecho tú y yo para no poder estar juntos y tener que estar robando tiempo a nuestras vidas para poder compartir unos momentos a solas?

—No empieces porque no me vas a convencer —se incorporó Luisa—. Además, esto es pecado, Tomás; tú estás casado y yo no debería estar aquí contigo.

—¿Quieres saber lo que es pecado? —La tomó por el cuello hasta acercarla a su rostro—. ¡Esto es pecado!

La besó profundamente dejándola sin aliento. El fuego tanto tiempo reprimido explotó como lo hizo aquel mismo volcán. Sus besos salvajes llegaron a magullarles, sin importarles. Cada uno le reprochaba el dolor sufrido al otro. Tomás por negarle el poder protegerla, por darle la razón a un Dios que era injusto. Luisa por haberse casado con Rita, por dejarla sola en el mundo. Antes de seguir y terminar yaciendo sobre la llanura, cesaron. La razón de ambos había conseguido surgir del fuego.

—Te quiero —le confesó en un suave rugido el hombre—. Eso no puede ser pecado.

Luisa quedó muda, los sentimientos se le agolpaban sin saber si reír o llorar. Tomó la mano que Tomás le alargaba.

En silencio la ayudó a levantarse del suelo. Juntos volvieron sobre sus pasos. Tomás, poniéndose de nuevo la máscara inescrutable que hacía semanas que le acompañaba, escoltó a la joven a la cima para que admirara las vistas desde lo alto del Pico de Bandama. Allí, ella sacó la comida de la talega y, contemplando las vistas del norte de Gran Canaria, comieron. Observaron el ir y venir de los barcos, que se veían minúsculos atracando en el puerto; posaron sus miradas sobre los viñedos de El Monte;

vislumbraron también la finca Verde Rama y las casas de Tafira.

—Voy a irme a Arucas —le informó Tomás—. Pasaré allí el verano. No es que esté obligado, las plataneras no tienen temporadas concretas, se cosechan durante todo el año. —Tomando una piedra y tirándola al risco, continuó—: Pero no soporto la idea de tenerte tan cerca y no poder estar contigo. Hoy no pude evitar seguirte, sé que la próxima vez nada me detendrá para llevarte conmigo y dejarlo todo. Mira tus manos, esta no es vida para ti, Luisa, y no dejas que te ayude.

—No, porque no eres mío. Tienes una esposa que no tiene culpa de nada. —A Luisa cada una de esas palabras le dolían como ampollas—. Le tengo celos; cada vez que me mira con odio siento que es mutuo. Tengo que aguantar sus vejaciones y la mayoría de las veces agradezco que sea así, porque mi conciencia no soportaría besarte como lo he hecho, ni quererte como te quiero, si ella fuera una buena persona. Debo desearte buena suerte, Tomás; pero soy mala, no quiero que seas feliz si no es a mi lado. No, porque yo no lo seré mientras tú estés con ella.

—No eres mala persona, Luisa. —Le tomó la mano—. Es humano sentir odio, sobre todo cuando vivimos esta situación. En más de una ocasión me odio a mí mismo porque me siento responsable de todo y no soy capaz de hacer nada bien. Debería esforzarme en hacer feliz a Rita, pero ¿dar felicidad cuando uno no la tiene? Por eso he tomado la decisión de marchar. Dejaré que continúes con tu vida, vendré solo cuando se me necesite. Espero que al no enfadar a Rita e irme, ella se comporte mejor contigo.

Tras esas palabras, prefirieron quedarse en silencio. Sus cuerpos no se tocaron pues no se les estaba permitido. Aunque no pudieron evitar que la brisa, que ascendía desde el mar que se extendía ante ellos, consiguiera unir sus pensamientos, entrelazados en sus miradas.

Volvieron juntos a la gran casa. Los hombres estarían trabajando en las tierras y las mujeres lavando la loza del medio día. Por eso creyeron que nadie les vería llegar, pero alguien los vio. Desde una de las ventanas más altas, Luisa observó el rostro de Rita asomando a través del cristal. Cerró los ojos, sintiendo que hubiera tenido que ver aquella imagen; se despidió de Tomás sin poder mirarle y entró en su habitación buscando el valor para escribir a su tía Benedicta.

En su carta le contaba todo lo sucedido, incluso su romance con Tomás. Debía confesárselo a alguien, se dijo; si no lo hacía, la mataría por dentro. Aún no creía conveniente contárselo a Lola; aunque la consideraba una gran amiga, su relación con Tomás podía cambiar su manera de pensar sobre ella. Había llegado a cierto equilibrio en su vida, como para estropearlo haciendo pensar a los demás que era una mala mujer, una buscona. De esa manera, se desahogó en las palabras que irían destinadas a Benedicta.

Tomás marchó al día siguiente esperando con su partida mejorar la vida de los demás. Pero eso no fue posible, pues en la mente de Rita comenzaron a formarse todo tipo de hipótesis, que solo Luisa sabía que eran ciertas. El rencor de la cubana se hizo más evidente, ya no disimulaba su antipatía por la joven ni ante la presencia de doña Eugenia, quien había decidido subir a Santa Brígida.

PENITENCIA POR AMOR

as semanas llevaron a los meses y con el paso de estos, el calor se fue haciendo más notable. Rita obligó a Fernando a enseñarle a montar, decía que quería sorprender a su marido con su nueva habilidad. Un día caluroso de junio, con tanta tierra en suspensión que no se conseguía ver al otro lado del barranco, Rita decidió que era un buen momento para enviar a Luisa a por unos zapatos.

La joven obedeció sumisa, trasponiendo el portón de entrada con la sensación de estar en el infierno. Caminaba arrastrando los pies, pues el calor abrasador no la dejaba andar con más energía. Al pasar cerca de las casas residenciales, agradecía la sombra de los árboles. Respiraba con dificultad, los esfuerzos de Antonia por evitar el asma apenas habían surtido efecto. Antes de salir, la obligó a respirar agua de eucalipto hirviendo, pero nada conseguía quitarle el olor a tierra que tenía metido en sus fosas nasales.

Al volver de Tafira, Rita le dijo que no quería los zapatos, que debía devolverlos ese mismo día. De nuevo, Luisa salió de Verde Rama sufriendo la cercanía de las islas al Sáhara. De camino a la zapatería, cuya distancia podía decirse que pasaba los tres kilómetros, se encontró con Ramón. Este subía en su Hispano Suiza, del que tan orgulloso se sentía. Con él iba un amigo de la zona, Cristóbal del Castillo, un joven con una calvicie incipiente y espejuelos, que educadamente la saludó.

—¡Muchacha! Hace mucho calor para que andes a estas horas por la calle —comentó Ramón—. Venga, te acompañamos y luego te llevo a tu casa, Cristóbal.

—Muchas gracias —contestó agradecida—, pero eso enfadaría a doña Rita. Mejor continúo sola.

—¡De eso nada, venga, sube que te llevamos!

No solo la acompañaron, sino que la invitaron a tomar una cerveza Tropical en una cantina cercana a la iglesia. Las protestas de Luisa no fueron escuchadas. Incómoda, echaba miradas a su uniforme, lamentando la evidencia de su oficio. A ellos no les pareció grave que ella disfrutara de un momento de descanso y comenzaron a relatarle los días de correrías de cuando eran niños. Pactaron dejarla a unos cien metros de Verde Rama para no levantar sospechas.

Pensando que habían sido unos momentos deliciosos, donde se había sentido nuevamente joven, olvidando sus responsabilidades como sirvienta, atravesó el portón. Reconoció la risa de Rita en el momento en el que la joven salía un tanto despeluzada de la cabaña de Fernando. Rita la fulminó con la mirada, irguiendo la barbilla con una muda amenaza. Luisa, indignada, sintió que su rostro se encendía por la rabia. Rita avanzó directamente hacia ella y la tomó con brusquedad del brazo. Arrastrándola como si de amigas se trataran, le dijo en voz baja:

—¿Qué pasa, muerta de hambre? Te retrasaste un poco en tus tareas.

—Un poco, señora —Luisa apretó la mandíbula al sentir el pellizco que la cubana le daba.

—Cuidado con lo que sueltas por esa boca.

—Nadita tengo que contar —respondió manteniéndole la mirada.

—Pues eso espero —contestó Rita, soltándola de golpe al llegar a la escalinata de la entrada—. ¡Anda, dame el dinero de los zapatos!

Tras darle las pesetas sobrantes, Luisa apuró sus pasos indignada. Tomás, desde que se había casado con aquella bruja, tan solo la había besado una vez. Se habían esforzado en luchar contra lo que sentían por respeto a Rita. ¿Y ella? No pasaban ni dos meses desde la marcha de su marido, ¡y ya se veía con otro! Porque, ¿qué otra cosa podría estar haciendo allí? Desde hacía varias semanas Fernando le enseñaba a montar, ¿pero acaso todo tipo de monturas?

—¿A dónde vas tan enfurruñada? —le preguntó Lola, que salía de la cocina.

Luisa, mirando a los lados para asegurarse de que no hubiera nadie, agarró a su amiga de la mano y se la llevó a la casita donde dormían.

—¿Pero qué pasa? Ya me enteré de que la cubanita te mandó con este calor a Tafira. ¡Es puro veneno!

—No solo eso, Lola —habló por fin Luisa—, sino que se la está pegando a don Tomás.

—¿Qué me cuentas? ¡*Eh Mería*! —exclamó—. ¿Estás segura de eso?

—La vi salir de la casa de Fernando, riendo y media despeluzada.

—¡Ay, Dios mío, será golfa! Pobre don Tomás —se lamentó meneando la cabeza con pesar, tapándose la boca—. ¡Y qué mal gusto! Anda que irse con Fernando…

—¿Se lo digo? —preguntó con ojos interrogantes evitando divagar sobre qué había visto la cubana en un hombre tan poco atractivo como Fernando—. ¿Tú qué crees?

—Ay, Luisita, no sé, ya sabes que los políticos están hablando de eso…, de divorciarse.

—¡Jesús, que eso es pecado, Lola!

—Eso dice el cura, sí, pero piensa en este caso —respondió con energía—. Yo vería bien que don Tomás la mandara de vuelta a Cuba ¡Eso no se hace, carajo!

Antonia apareció en el vano de la puerta con el semblante desencajado.

—Luisa, doña Eugenia te llama, están en el salón.

—¿A mí? ¿Para qué?

—Mejor que te informe ella. —Su semblante no le dio más detalles.

Luisa se dio prisa en llegar a donde la habían llamado. Tras pasar velozmente por el corredor, llegó al salón que tanto le gustaba. Allí sentadas, una frente a otra, se encontró con Rita y doña Eugenia.

—Señora, ¿me había llamado? —preguntó sumisa, intentando averiguar qué pasaba en la mirada regocijada de Rita.

—Efectivamente —respondió con voz profunda doña Eugenia—. Luisa, nunca creí que me fuera a encontrar en esta situación contigo. Me has fallado, muchacha, ¡robar es algo muy rastrero!

—¿Cómo? Yo no robé nada —exclamó Luisa ante la acusación.

—Rita te ha mandado a devolver los zapatos, pero en el dinero que entregaste faltan perras.

Ante la acusación, supo que tenía las de perder. Rita había decidido adelantarse a una supuesta acusación de adulterio. Sabía que no podía defenderse, pues era su palabra contra la de ella, pero quiso intentarlo.

—Doña Eugenia, le juro por lo más sagrado que yo no me he quedado con nada. —Mirando a Rita suplicándole con la mirada que tuviera piedad, continuó—: Es posible que se hayan confundido con el cambio. No recuerdo haber contado el dinero, fue un despiste, señora.

—No seas embustera —le espetó con enfado la cubana—. ¡Me has robado! ¿Creíste que te ibas a salir con la tuya?

—¡Es algo inadmisible en esta casa! —Con sincero pesar, doña Eugenia miró a Luisa—. Nunca esperé algo igual de ti. ¡Has traicionado la confianza de esta familia! Anda, coge tus cosas y vete. ¡Sal de aquí inmediatamente!

—Señora, por favor —Luisa comenzó a llorar de impotencia—. ¡Créame, por favor! Doña Rita, no sea injusta conmigo.

La cubana se levantó triunfal contoneando sus esbeltas curvas, se acercó a la puerta y la abrió, invitándola con una ceja a salir de allí. Luisa giró sobre sus talones, arrastrando los pies, llorando amargamente. Una vez en el pasillo, la cubana se acercó a ella y le dijo:

—Mi padre me advirtió sobre ti. ¡Olvídate de Tomás porque es mío! ¡Ahora lárgate, zorra embustera! Sin ti en la casa, podré conquistar a mi marido.

En la cocina la esperaban Lola y Antonia con angustia. Entre lágrimas les explicó lo sucedido, sin olvidar lo que había visto ante la cabaña de Fernando. Antonia se enfadó muchísimo por la injusticia que se estaba cometiendo con ella. Luisa lloraba desesperada pues no quería alejarse de allí. Por fin había encontrado un lugar donde ser ella, trabajar y ganarse la vida por sí misma. Además, se consolaba pudiendo ser partícipe, al menos desde la distancia, de la vida de Tomás. Para prevenir un ataque de asma, Lola le sirvió café. Unos pasos se acercaron a la puerta que daba al exterior.

—Antonia, tengo un jilorio[35] que me muero —Ramón calló al ver la escena tan lastimera—. ¿Qué pasó aquí?

Entre Antonia y Lola le relataron lo sucedido, obviando la parte del encuentro con Rita en la cabaña de la entrada. Ramón se puso furioso, tomó a Luisa de la mano y, sin esperar a que la joven tomara resuello, llegaron al salón.

—¡Madre, no puedo creer que dudes de Luisa! —gritó—. Y tú, ¡deja en paz a Luisa porque te aseguro que te haré la vida imposible!

—¡Es una ladrona! —se defendió la cubana levantándose de golpe del sofá—. ¿O acaso a ti te ha ido con otro cuento?

—Ramón, deja de armar este escándalo. ¡Ya está hablado! ¡Dios sabe por qué Luisa se quedó con parte de la vuelta de los zapatos!

—¡Imposible, mamá! —Ramón por una vez en su vida se mostró serio. En

---

35 Sensación de malestar en el estómago producida por ganas de comer.

185

su actitud apenas se vislumbraba al joven alocado. Estaban ante un adulto—. ¡Luisa no es una ladrona y no va a irse de aquí!

—¡Es una ladrona! —gritó Rita ante la amenaza de fracaso.

—Ramón, ya está decidido. Rita, haz el favor de calmarte —le ordenó doña Eugenia.

—No es ninguna ladrona porque yo la acompañé a la tienda. Cristóbal también venía conmigo, puedes preguntárselo cuando quieras. Rita la había mandado de vuelta a Tafira, con este día de calima que tenemos, sabiendo que padece asma. La recogí a medio camino y la acompañé. Como debía llevar a Cristóbal a su casa, la dejé en la entrada. En el coche vi unas monedas en el suelo —mintió retando a Rita con la mirada—. ¿Cuánto se te debía?

—Unas monedas.

—¿Cuánto? —insistió moviendo el dinero que sonaba en su bolsillo.

—Cinco pesetas —contestó Rita con rabia.

—Justo las que vi en el coche —contestó con cierta ironía—. Aquí tienes.

Luisa comenzó a llorar, esta vez de alivio. Agradeció en voz alta la defensa de Ramón y salió de la estancia. Con Antonia acordó no volver a servir directamente a la señora Galiano, evitando así ofrecerle la oportunidad de inventar algo más en su contra. A partir de ese momento le serviría Lola.

Había aprendido la lección, se dijo Luisa. Debía mantener la boca cerrada si no quería que Rita la mandara de una bofetada fuera de la casa. Al verse a punto de encontrarse sola, sin un lugar a donde acudir, sintió un profundo pavor. No iba a volver a poner en peligro su estabilidad. Se había hecho un hueco entre aquellas personas y no iba a perderlo. El día que Tomás volviera, se mantendría al margen. Tendría que alejarlo de ella, pues tenía miedo de lo que podía llegar a hacer su esposa.

El verano transcurrió tranquilo. Disfrutaron de las fiestas de Santa Brígida, que daba la oportunidad a todos los aldeanos de descansar de su rutina, hacer un parón en sus míseras vidas, y celebrar el día del patrón. Luisa trabajó en el servicio, atendiendo únicamente a doña Eugenia. A lo largo del verano, las familias acomodadas pasaban los días en sus residencias estivales. Los vientos alisios traían consigo nubes del norte que refrescaban el ambiente, haciéndolo menos sofocante. Aquello ocasionaba un gran número de reuniones y cenas en Verde Rama. Sirviendo, pudo enterarse de los chismes que corrían por la sociedad canaria y las inquietudes de las señoras por las continuas huelgas del proletariado.

Una mañana, le llegó una carta de Benedicta. En ella le decía que su madre lo estaba pasando muy mal, que desde su partida se había apagado y que le había dicho que su instinto le decía que Benedicta podía ponerla en contacto con ella: «¿Qué debo hacer Luisita, le digo dónde puede escribirte?». La presión estaba acabando con su tía, que sufría por su madre. Por otro lado, desde su respuesta a través de su tío Osvaldo, su padre había prohibido pronunciar su nombre, dejándola sin la posibilidad de volver a Fuerteventura. Si su padre había llegado a ese extremo, cualquier posibilidad de poder presentarse de nuevo ante su familia se había esfumado. Con más razón, se recordó, debía aferrarse a su actual puesto de trabajo, pasando por encima de sus sentimientos.

El otoño comenzó lluvioso, limpiando la atmósfera y refrescando la tierra. Ramón, con la ausencia de su hermano, iba implicándose cada vez más en la administración de la hacienda. Tras la cosecha de la papa se plantaba el millo, el cual se tostaba para producir gofio. Una vez cosechado el millo, se plantaban chochos en el mismo terreno en el que se volvían a plantar las papas. La razón de esto era porque el cultivo de los otros frutos hacía nitrificar la tierra, obteniendo una cosecha de papas de mejor calidad. También había que supervisar los terrenos destinados al trigo. Una vez recogido, se esparcía sobre un terreno llano donde dos bueyes o vacas tiraban de una trilladora; las tablas pesadas aplastaban la superficie por donde pasaban, facilitando separar el trigo de la paja.

Las lluvias intermitentes, típicas en las islas, permitían a los trabajadores continuar con su trabajo, pues rara vez llovía dos días seguidos. Siempre con la vista puesta en el cielo, esperaban que cayera suficiente agua para tener una buena cosecha. Algo que tenía más valor que el propio oro era el agua. El agua de los barrancos, junto con algunas cuevas desde donde se extraía el agua del subsuelo, era un bien preciado por el que muchos llegaban a enemistarse. Ese era uno de los motivos del conflicto con los Naranjo, cuyas tierras colindaban con las de los Westerling. La enemistad se había acrecentado tras implantar mejoras laborales en Verde Rama. En los últimos años, coincidiendo con los de la joven República, los cambios y medidas tomadas en el aspecto laboral por parte de Tomás no habían gustado a los Naranjo. Ellos, que principalmente mantenían su riqueza a base de exprimir a sus trabajadores, habían amenazado en más de una ocasión con arruinar a Tomás. El matrimonio con Rita impidió que lo consiguieran.

Una mañana, uno de los jornaleros de los Westerling observó que las papas no se habían regado, que la tierra no estaba lo suficientemente mojada, y las plantas comenzaban a secarse. Ramón mandó a revisar el cauce de las aguas hasta comprobar dónde estaba el problema. Para su sorpresa, habían colocado piedras que desviaban el agua hacia las tierras de los Naranjo, dejándoles a ellos sin las horas de agua que habían contratado. Ramón tuvo que llamar a su hermano para que acudiera a solucionar el problema.

Desde las fiestas del verano y de forma intermitente, tanto Luisa como Lola recibían visitas de pretendientes. Antonia y Manuel se encargaban de espantarlos, pues podían llegar a ser muy persistentes. José Díaz era un muchacho que pretendía a Lola; el joven trabajaba en Las Palmas, en la empaquetadora de tomates. Desde que conoció a Lola en las fiestas de San Antonio, subía todas las semanas desde Las Palmas en el pirata de los novios. El transporte tomó ese nombre al coincidir en el mismo vehículo los pretendientes de las jóvenes satauteñas36. A su vuelta los iba recogiendo, uno a uno, tras su visita a las pretendidas. El pirata era un vehículo de transporte público que en más de una ocasión tanto Luisa como Lola tomaban para ir a la ciudad a vender leche de cabra.

---

36 Gentilicio de los nacidos en Santa Brígida.

Rita había prohibido a Luisa volver a tomar un caballo prestado, por lo que desde la última incursión con Tomás, no volvió a salir. Sus días libres los dedicaba a coser para ir confeccionándose, poco a poco, faldas y blusas para el invierno. En alguna ocasión subió al pueblo, situado más al interior, para comprar telas o lana para el abrigo. Lola admiraba no solo la destreza de Luisa, sino sus ideas sobre moda. En una ocasión, le pidió que le tejiera una chaquetilla de punto. Aunque la costura la entretenía, siempre recordaba lo bien que se había sentido cabalgando junto a Tomás. Le echaba mucho de menos. Una punzada de ira la recorría cuando veía a su patrona salir a caballo, ya que esta se había aficionado a cabalgar. Algunas mañanas partía y no volvía hasta bien entrada la tarde. A medida que las semanas pasaban, más oscura se volvía su mirada y más sombría su actitud hacia Luisa. Todos en la casa intentaban que tanto una como otra no se toparan. Desde el conflicto, Rita se había vuelto más irascible e imprevisible.

A finales de octubre llegó Tomás. Luisa, nerviosa ante su llegada, había intentado escabullirse. Sabía que Rita la vigilaría y si notaba cualquier tipo de acercamiento, estaba segura de que iría a por ella. Además, lo había echado tanto de menos, que no estaba segura de poder controlar sus emociones, delatándose ante todos.

Volvía por el camino de entrada con varias talegas de gofio que había comprado en el molino de Santa Brígida sobre el hombro, cuando al girar la esquina de la casa que conducía a la cocina se topó de frente con Tomás. Sintió cómo su sangre llegaba a sus pies para luego volver con más fuerza a su rostro. Estaba hermoso. ¡Es tan atractivo!, se dijo encandilada. Se sorprendió al tener que levantar ligeramente la cabeza, pues no lo recordaba tan alto. Sus hombros se habían ensanchado, probablemente por el ejercicio realizado en la finca de plátanos. No se había cortado el pelo, lo que hacía que se le formaran rizos alrededor de la cara. Su rostro bronceado por el sol daba mayor intensidad a su negra mirada. Ya no quedaba nada de aquel muchacho alocado que conoció meses atrás. Se había convertido en un señor de aspecto fiero. Al verla, su boca no llegó a formar una sonrisa, sino más bien una mueca.

—¡Hola! —saludó—. Mi hermano me ha puesto al corriente de todo lo sucedido. ¿Va todo bien? ¿Hay algo que me quieras contar?

—No, no, todo bien, gracias. —La timidez y el nerviosismo embargaron a Luisa—. ¿Ha venido por el asunto de los Naranjo?

—Sí, ahora mismo salía a buscar a ese cabronazo. ¡Me va a oír! —dijo con un carácter desconocido para ella.

Él la observaba como queriendo saborear cada minuto de aquel instante, por si la vida no le ofrecía otra oportunidad. Aunque se habían dicho pocas palabras, sus cuerpos se decían mucho más de lo que querían. No se habían tocado, pero la conexión que tenían sus miradas hacía que se sintieran dentro del otro. Él se descubrió pensando en cómo una falda canela, con una blusa color crema de hombros abullonados y botones hasta el cuello no conseguían que la viera fea. Al igual que lo hizo Luisa, la notó cambiada. En su mirada ya no había inseguridad. Parecía una joven madura cuya actitud la hacía estar preparada para enfrentarse a cualquier situación. Llegó a percibir en ella un estado de alerta constante. Ya no miraba con inocencia, sino con cierta sabiduría; su mirada observadora parecía ver más allá de la superficie.

El grito de auxilio proveniente del barranco les hizo correr hacia el borde. En unos segundos, Antonia, Lola, Fernando, Manuel y Ramón salieron de todos lados buscando la fuente de aquellos gritos. Subiendo trabajosamente la pendiente encontraron a Pedro. La nariz le sangraba copiosamente. Cuando Tomás, veloz, estuvo a su altura, el joven se derrumbó llorando:

—¡Mi padre! ¡Mi padre va a matar a mi madre!

Tomás no se lo pensó dos veces y salió como un rayo hacia la formación rocosa donde vivía la madre de Pedro. Antonia, ayudada por Lola, levantó a Pedro del suelo llevándoselo con ellas para curarle las heridas. Luisa, sin pensarlo, soltó las talegas con el gofio, se recogió las faldas y bajó la ladera tras los hombres. Ramón y Tomás llegaron los primeros. Guiándose por los gritos, recorrieron los encrespados caminos de tierra cuidando de no caer por la cuesta. Cuando llegaron, los dos hermanos menores de Pedro se escondían bajo una destartalada mesa llorando de miedo, mientras observaban cómo su padre le daba una paliza a su madre.

Tomás lo agarró del cuello y de un movimiento lo lanzó al otro lado. Luisa corrió a arrodillarse junto a Pino, que yacía inconsciente. Mientras, Tomás molía a puñetazos al maloliente hombre.

—Recuerda esto, hijo de puta —le dio otro puñetazo—: ¡la próxima vez que te vea en mis tierras, acabarás como comida para animales!

—Que yo, que yo no… —balbucía el borracho.

—No solo no te quiero aquí, sino que como se te ocurra volver a pegar a alguien de esta familia, ¡te encontrarás con mi puño!

—¡Cobarde hijo de puta! —gritó Ramón acompañando sus palabras de una patada sacando al maltratador de allí.

Tomás dejó que los demás se encargaran del malnacido para ayudar a Luisa con la mujer. Tomó a Pino en brazos y se la llevó a la gran casa. Luisa se quedó consolando a los pequeños: una niña de unos nueve años y otro menor de seis.

Una vez en la gran casa, acomodaron a Pino en la habitación libre, contigua a la de Luisa. Pedro lloraba amargamente a los pies de su madre.

—Antonia, atiende a esta mujer —ordenó Tomás—. Lola, ve a por Luisa, que se quedó en el poblado de casas. Esta noche dormirán aquí. Me aseguraré de que todo el que vea a ese hombre por las tierras dé la voz de alarma.

Tras aquel incidente, Tomás se encaminó hacia las caballerizas. Ramón montó junto a su hermano para enfrentarse a su otro problema: los Naranjo. Con los nudillos enrojecidos, Tomás salió atravesando el portón intentado calmar su furia. En los interminables meses de verano había sentido cómo su frustración aumentaba, se había dedicado en cuerpo y alma al cultivo del plátano, cargando con las enormes piñas a sus espaldas.

Tras largos días de sudor y esfuerzo, llegaba a la noche lo suficientemente cansado para no pensar en Luisa. La mayor parte de las veces, no podía evitar que se colara en sus sueños. Y allí estaba de nuevo, mucho más anhelante, mucho más enfadado y mucho más agresivo.

El encuentro con los Naranjo no fue mucho mejor de lo que esperaba. Ante la acusación del robo de aguas, estos se echaron a reír agravando el estado iracundo de Tomás. Dijeron que quienes les robaban eran sus propios empleados, que les habían perdido el respeto. La paciencia de Tomás llegó a su límite y comenzó a pegar al mayor de todos, Miguel Ángel Naranjo, el cabecilla de sus siete hermanos. Ramón se vio inmerso en la reyerta, sabiendo que una lucha de dos contra siete no iba a tener muy buen final. En cuanto pudo acercarse, agarró del hombro a su hermano, que se encontraba sobre uno de ellos.

Tomándole del cuello, lo sacó de allí, lo subió al caballo y de camino a la casa le sermoneó:

—¿Estás loco? —preguntó—. ¿Pero qué puñetas te ha pasado para que hayas vuelto convertido en un salvaje?

—No me pasa nada, Ramón —dijo taladrándolo con la mirada—. ¡Se lo merecían! Llevaban bastante tiempo jeringándome y hoy encontraron lo que buscaban.

—Pero así no se hacen las cosas, Tomás —continuó su hermano—. ¡Por el amor de Dios! ¿Has visto la que has montado? ¡¿Qué pretendías, suicidarte?! ¡Mírate, ya tienes el ojo cerrado del golpetazo que te metieron!

—Me da igual, me siento mejor ahora —dijo con cabezonería, mirándolo socarrón intentando apaciguar a su hermano, quien, debía reconocer, era el único con cordura—. Hombre, ¿me vas a decir que no disfrutaste?, ¿por lo menos un poco?

—Tomás... —Cuando volvió su rostro hacia él, observó una sonrisa de medio lado y una chispa divertida en los ojos. Debía reconocer que aquellos siete hermanos eran unos demonios y llevaban tiempo provocándoles. No pudo seguir sermoneándole, rio con ganas al fijarse en

192

el aspecto de ambos—. ¡¿Dos contra siete?!

—Si me hubieras dejado un poco más… —rio también Tomás—, ¡me los habría cargado a todos!

—¡Estás loco, hermano! —rio Ramón.

A la mañana siguiente comenzaron los preparativos de las fiestas de Los Finados. Estas fiestas consistían en la celebración de la víspera del día de Todos los Santos. Los vecinos se reunían para comer y beber mientras se asaban, principalmente, castañas. El ron miel era el segundo mejor acompañante, unido a las bandurrias y timples. La música canaria daba color a la noche. Entre los preparativos había que realizar ramos de flores para llevarlos al cementerio al día siguiente. En Verde Rama se recogían las castañas de los árboles de la entrada, se buscaban almendras, se cogían manzanas y se elaboraban bienmesabe y mazapanes. El frío había llegado, haciendo que tuvieran que preparar un lugar para hacer fuego y asar las castañas. Solían utilizar bidones metálicos partidos por la mitad, sobre los cuales colocaban redes metálicas a modo de parrilla. Los trabajadores se reunían alrededor para pasar la noche riendo y cantando.

Cuando iba cayendo la tarde y todos andaban afanados con las tareas, en la gran casa estallaba Tomás. Rita volvía con sus exigencias, sus quejas, y al notar la indiferencia de su marido, esta le recriminó:

—¿Es ella, verdad? ¡La zorra de Fuerteventura! —gritó a la espalda de Tomás, que se vestía en su alcoba—. ¡No soy idiota, maldito cabrón…!

Tomás se giró lentamente conteniendo su furia. Con ojos cargados de ira, la miró por encima del hombro. La exuberante cubana estaba de pie al otro lado de la cama.

—Jamás vuelvas a dirigirte a ella de esa manera —su voz era mortalmente suave.

—Entonces es así, ¡es ella! —Con un puño sobre la boca reprimió un grito de rabia—. ¡Eres un cabrón! Esa puta lleva aquí desde…

193

—¡Te he dicho que no vuelvas a llamarla de esa manera! —gritó enfurecido—. ¡Sí, es ella! Sí. ¡La dejé plantada para casarme contigo! Pero a ver si lo entiendes de una vez, me casé contigo para salvar mis tierras y no me puedes recriminar nada. ¡Nada! Porque sabías a lo que te exponías. ¡Esto es un puto matrimonio de conveniencia! Si no querías algo así, haber hecho como ella, negarte. Porque ella prefiere estar aquí sirviendo a una déspota como tú, que casarse con alguien a quien no quiere. Pero tú solo te dedicas a hacer la vida imposible a los demás. ¡¿Pero qué me recriminas?! ¡¿Qué?! ¿Es que acaso yo te juré amor eterno? ¿Te dije en algún momento que sentía algo por ti? Nooo, Rita, ni una sola palabra para que tú creyeras que iba a colmarte de amor.

—¡Aaagg! —Se sacudió Rita fuera de sí lanzándole los cojines de la cama—. ¿Y mantienes a tu amante delante de mis narices? ¡Pedazo de cerdo!

—¡Ella no es mi amante! —Sacudió la cabeza furioso, esquivando los objetos que ella le lanzaba—. Escucha esto bien, Rita: estoy profundamente enamorado de ella, hasta tal punto que no la he hecho mi amante para ahorrarle esa vergüenza. ¡Estoy harto de simular algo que no existe! Si no quieres este matrimonio, te ofrezco el divorcio, hablaré con tu padre y…

—¡¡Jamás!! ¿Me has oído? Jamás te dejaré marchar para que te vayas con esa… —Iba a llamarla de nuevo puta, pero se contuvo al ver la crispación en el rostro de Tomás: salvaje, fuera de sí, capaz de todo con tal de defender a su amada—. ¡¡Con esa!!

Lentamente, Tomás se fue acercando, descamisado como estaba. Rita observó la tensión en los músculos de su torso moreno. La agarró de la garganta lo suficientemente fuerte como para asustarla.

—¡Déjala en paz! —susurró—. Ni se te ocurra mortificarla de aquí en adelante. Ella no es una sirvienta para ti. A partir de ahora no quiero que te dirijas a ella para nada. Ya no me iré más, porque aunque ella no lo quiera, pienso ser su protector. Asume esto, Rita, esto es lo que será este matrimonio, si no estás dispuesta a aceptarlo, nos divorciaremos y podrás volver a Cuba.

—¡Jamás! —siseó Rita—. Por más que no quieras, me tendrás aquí para recordarte todos los días de tu vida que no podrás casarte con ella.

La soltó bruscamente, causándole molestias en la garganta. Cogió la camisa de botones y el jersey de punto, para luego salir de la alcoba sin mirar atrás.

Lentamente, los jornaleros, arrendatarios y sus familias comenzaron a llegar cargando con taburetes, timples y bandurrias para la fiesta. En la extensa arboleda, frente a la gran casa, comenzaron a hacer el fuego. La suma de las conversaciones formaba una gran algarabía. El relente cayó frío sobre ellos, pero el ron miel que corría por los vasos calentaba el ambiente. Todos comentaban la desgracia de la pobre Pino y se sorprendían con la pelea del patrón con los Naranjo. Todo el pueblo hablaba de ello.

En medio de una de aquellas conversaciones, Luisa dirigió su mirada al protagonista, que se encontraba al otro lado del grupo, atizando el fuego con un palo. En su mano, un vaso de ron miel relajaba su postura. A su lado, Ramón y Cristóbal hablaban animadamente. Como quien tiene un radar, levantó su mirada para posarla sobre ella; rápida como puñales se clavó en sus ojos. Eso fue lo que sintió: puñales sobre ella. Luisa se sobresaltó al ser descubierta mientras observaba la luz anaranjada del fuego sobre él. Un fugaz deseo le vino a la cabeza. Un abrazo, quería estar entre sus brazos. Él le guiñó el ojo sano y ella apartó rápidamente la mirada.

Poco después, mientras tarareaba el *Somos costeros* al ritmo de los demás, se acercó a una mesa a por algo de comida. Abrigada con una chaqueta de punto tres cuartos sobre su traje berenjena, Tomás la sorprendió ocupando un lugar a su lado.

—Buenas noches, mi celeste Luisa —le dijo con voz profunda sobre su hombro. Un escalofrío de placer la recorrió de pies a cabeza.

—Buenas noches —respondió. La alerta se deslizó por su espina dorsal

195

hasta formarse en su cerebro el recuerdo de Rita y su furia. Se mantuvo indiferente. Y él lo percibió.

—Mañana es tu día libre.

—No, será dentro de dos días.

—Te equivocas, es mañana.

Ante la dureza con la que la contradijo, tuvo que enfrentarlo para descubrir qué se proponía.

—Es dentro de dos días —insistió.

—He venido para quedarme. Recuerda que soy el dueño de todo esto, lo que me da el poder de decidir cuándo libras.

—Está bien —respondió con indiferencia.

—Ah, y además, podrás volver a montar a caballo —comentó mientras acercaba su mano y tomaba los frutos justo de donde Luisa cogía los suyos—. No me ha gustado enterarme de que te habían prohibido hacerlo.

—Muchas gracias, yo solo espero que no me siga —respondió altiva frenando el sutil avance de Tomás.

—¿Y puedo saber por qué? —la tensión se apreció en su voz.

—Porque su compañía no me agrada —contestó haciendo una mueca indiferente.

—¿Desde cuándo ocurre eso? —Su rostro se ensombreció; entrecerró los ojos esperando entender qué le pasaba a la joven.

—Desde hace unos meses para acá —musitó amedrentada por su mirada. El ojo amoratado le daba una imagen aún más fiera.

—No te creo, Luisa —susurró acercándose a su rostro sin importarle las miradas de los demás—. No te creo. No sé la razón por la cual me dices esto, pero te aseguro que jamás creeré que has olvidado lo nuestro.

—Pues créelo… —Insegura por haberlo dicho, con un ligero temblor en la voz, mintió—: Hay otro.

La respuesta de Tomás a aquellas palabras fue una hilaridad que hizo que todo el mundo se diera la vuelta para mirarles. Tomás siguió riendo mientras meneaba la cabeza como si Luisa hubiera dicho algo exageradamente gracioso. Se alejó lentamente mientras su risa se amortiguaba con la música. Aquello la hirió en lo más hondo. ¿Él podía estar casado con otra, pero ella no podía rehacer su vida? ¡Era un auténtico engreído!, se enfadó Luisa.

La noche se volvió una auténtica pelea de miradas entre ellos. Él, dolido por su actitud; ella, dolida por su reacción. En cuanto tuvo la oportunidad y la noche estuvo avanzada, se retiró a su habitación. Aprovechó cuando Antonia, cansada, encomendaba a su hijo Manuel vigilar a su hermana, que achispada, reía ante los comentarios de José. Luisa tomó a Antonia del brazo, y juntas, se introdujeron en la casita. Acompañó a Antonia por las escaleras hasta su habitación en la parte superior.

Cuando por fin se encontró en la suya, dejó que sus sentimientos fluyeran. Estaba enfadada. ¿Cómo iba a alejar a aquel hombre presuntuoso si no se creía sus mentiras? Su atrevimiento la iba a poner en un apuro con Rita. Extrañamente, la cubana no había acudido a la fiesta. Eso no la disuadió, pues sabía que desde las ventanas la vigilaba, sabiendo que planearía su venganza si aceptaba cualquier cumplido por parte de su marido.

Se desvistió. Rezongando en voz baja, se puso el camisón, y como la noche estaba fría, se volvió a poner la chaquetilla de punto. Rezó como siempre lo hacía. Lentamente, con el sonido de las risas y los timples de fondo, se quedó dormida.

De repente abrió los ojos, algo la había despertado. Prestó atención a los sonidos de fuera. Ya no había ruido, ni murmullos, ni pasos; nada. La fiesta había terminado. Su cama estaba colocada bajo la ventana. Al quedar a un palmo del suelo, Luisa solía cerrar los postigos de madera cubriendo el vidrio que daba al exterior. De nuevo percibió algo. Eran pequeños golpes en el cristal de su ventana. Tic, tic, tic.

Por un momento tuvo miedo. Abrió lentamente la contraventana sorprendiéndose al ver una sombra en el exterior. Tic, tic, tic. El hombre tocaba con la uña en el cristal. La luz de la luna era lo suficientemente potente para perfilar el rostro de Tomás.

Abrió la ventana.

—¿Qué haces? —le preguntó en un susurro para no despertar a nadie.

—Comprobar una cosa.

Ella se encontraba de rodillas sobre la cama y apoyada en el alféizar. Tomás, de pie al otro lado, la agarró de la cabeza y la besó profundamente. Sin decir nada más.

Sus labios sabían a ron miel. El calor que emanaba de él la embargó de tal forma que se le escapó un pequeño gemido. No pudo resistirse al beso, por lo que abrió su boca para recibirlo. ¡Lo echaba tanto de menos! De un momento a otro sabré si esto es un sueño o no, pensó. Mientras, pensaba disfrutarlo. Se agarró de los hombros de Tomás. De un nuevo Tomás, pues hasta sus besos habían cambiado. Eran mucho más exigentes, más rudos, más desesperados. A través de la lana del jersey comprobó la fortaleza de sus hombros. Eran tal las ansias que tenía de él y la necesidad de sus brazos, que una lágrima corrió por sus mejillas.

—¿Otro? ¿Que hay otro? —preguntó con voz ronca—. Eso nunca. Mañana te veré en el cruce de la Caldera hacia la Atalaya. ¡No me falles!

Y tal como vino se fue, dejándola sola con el sonido de sus pasos alejándose sobre la tierra. Fue hasta su mesilla de noche y encendió la lámpara de aceite. Sacó su maleta, guardada bajo la cama, y abrió un bolsillo de su interior. Allí tenía escondida la foto de la feria en Cuba. Lloró por ellos, lloró por aquellos dos jóvenes que ya no existían. La besó. La besó y pidió perdón a Dios porque no dormiría hasta el día siguiente, deseando de nuevo estar en sus brazos. «Dame fuerza, Señor, para rechazarlo. O nos haremos daño».

Tras una noche en vela, pendiente de si Tomás volvía a su ventana, llegó la mañana. Se ofreció ella misma a servir el desayuno, pues Lola se encontraba algo indispuesta por el ron de la noche anterior. Allí encontró al matrimonio. La situación era la de siempre.

Tomás, leyendo *La Provincia,* se ponía al día de los últimos sucesos, ignorando absolutamente a Rita. Ramón, por extraño que les pareciera a todos, se unió a ellos poco después. Tomás volvió a recordar a Luisa su día libre.

—Si hoy es tu día libre, ¿por qué estás aquí?

—Lola no se encontraba muy bien, señor.

—En cuanto termines vete a descansar.

—Luisita —la llamó Rita con el mismo tono desdeñoso de siempre. Ante un carraspeo de Tomás, esta se detuvo dos segundos y cambiando el tono a uno más suave continuó—: Cuando puedas, recuerda ir a ca Cornelia a por las medicinas que encargué.

Aunque su mirada tenía mucha más repulsa que los días anteriores, Luisa se preguntó qué tramaba aquella odiosa mujer para pedirle, y no ordenar, que fuera a por sus hierbas.

Una vez terminó, ayudó a Antonia con el horno de hacer pan, se puso su ropa de montar a caballo y se encaminó al cobertizo donde se encontraban las bestias. Salió a todo galope, rumbo a Bandama.

A lo lejos, vislumbró la silueta del caballo de Tomás y a este sentado bajo un árbol liándose un cigarro. Ella bajó del caballo deseosa de echarse en sus brazos, pero se refrenó casi sin poder contener la alegría de poder encontrarse a solas con él. Sus ojos la delataban y su sonrisa también. Tomás tan solo le tomó la mano y besó sus nudillos.

—Te voy a enseñar un lugar atrapado en el tiempo.

Juntos, montaron de nuevo y se dirigieron hacia la Atalaya. Allí encontraron un poblado troglodita de personas que vivían en cuevas y que era famoso por su alfarería. Luisa pensó que se trataba de una ciudad-cueva, pues eran un conjunto de puertas formando una colmena de agujeros en una gran montaña. En cuanto llegaron, un grupo de niños harapientos se les acercó. Tomás les dio unas monedas para que les dejaran continuar.

—Tengo una amiga aquí. Es una señora que fabrica cerámica como ninguna y tiene grandes conocimientos en medicina. Cuando era pequeño mi padre acudió a ella cuando una tripa se me revió. Me salvó la vida y desde entonces acostumbro a venir cada vez que puedo.

Caminaron por estrechos caminos de tierra que subían y bajaban siguiendo el relieve de la montaña hasta llegar a una entrada en la piedra. Una señora muy arrugada, de tez tan bronceada que parecía cuero curtido, se abrazó a Tomás. Le dio varios manotazos en la cara mientras le brindaba una sonrisa desdentada. Enseguida le presentó a Luisa. La mujer hablaba un castellano un tanto primitivo, pero entendió que le iba a regalar una jarra y a enseñarle su técnica. Era el orgullo de zona: la alfarería. Desde hacía décadas, el turismo de las islas tenía cita en aquella montaña, donde se ofrecían demostraciones de esa peculiar artesanía.

Les invitaron a entrar en una casa cueva. La única luz penetraba por la puerta abierta. A su izquierda, había un cerdo rodeado por un muro muy bajo de piedras; y al fondo, en una esquina, había un montón de tierra grisácea. La anciana se sentó sobre el suelo con las piernas cruzadas y les señaló un espacio donde poder sentarse. Delante tenía una piedra lisa de alrededor de medio metro cuadrado; a un lado una masa informe de barro gris, y al otro un cuenco de barro lleno de agua. Tomando un trozo de arcilla y humedeciéndolo, lo amasó con las manos formando una bola que después colocó sobre la piedra y la extendió. Presionándola hasta que la vasija fuera lo bastante grande, mantenía la mano izquierda siempre dentro de ella para poder hacerla girar, y cuando sentía que no tenía suficiente grosor en algún sitio, le añadía arcilla. Una sección que estaba doblada hacia fuera en la parte superior, gradualmente tomó forma de pico. Esta parte del proceso, aunque aparentemente la más difícil, era la más rápida. Luisa pudo comprobar que no tardó ni diez minutos en llevar a cabo la tarea y el resultado fue increíblemente regular. Sin molde o patrón de ningún tipo.

La mujer les dijo algo que Luisa no entendió. Tomás, al parecer más acostumbrado a aquella forma de hablar, le tradujo:

—Dice que mañana estará lista. Ahora tiene que hornearla.

—Muchas gracias —le dijo brindándole una gran sonrisa agradecida.

Una vez en el exterior, pasearon por el poblado saludando a los lugareños. Tomás sacó los utensilios para liarse un cigarro cuando llegaron a la cima donde habían dejado los caballos. Colocó una pierna sobre una roca mientras terminaba de liar el tabaco. Su actitud mostraba la despreocupación de quien disfrutaba del día junto a la compañera de su vida. Luisa observaba los alrededores, inspiraba el aire y, al igual que él, disfrutaba de su presencia. Como quien comenta algo al azar, Tomás dijo:

—He hablado con Rita. —Pasando la lengua por el papelillo percibiendo la alarma en el rostro de Luisa, continuó—: Tenía sospechas sobre lo nuestro, terminé por decirle la verdad.

—¿Qué has hecho qué? —preguntó asustada—. ¿Tú quieres arruinarme la vida?

—Todo lo contrario, mi niña —contestó—. Le he propuesto el divorcio. Ya estoy harto de todo esto. Devolveré lo que les debo, pero no pienso tolerar que sigas sirviendo mientras yo no tengo libertad para tocarte.

—No, esto está mal, Tomás —comenzó a elevar el tono de voz mientras se agarraba la cabeza al notar una profunda tensión—. ¿El divorcio? ¿Pero a ti se te fue el baifo[37] o qué? ¿Acaso te has parado a pensar en lo que pienso yo? ¡Es pecado, Tomás! Es una ruindad por parte del gobierno hacer eso a las mujeres. El divorcio no trae nada bueno. Ya sé que tú no

---

37 Cría de la cabra. En este caso es una frase hecha que significa «perder la cabeza».

comulgas con la Iglesia, pero…

—¿Me estás diciendo que no piensas luchar por lo nuestro? —Entrecerró los ojos escrutándola—. ¿Que te rindes, que prefieres vivir una vida llena de penurias porque un hombre con sotana diga que el divorcio es pecado? ¿Entonces crees que Pino debe seguir aguantando las palizas de su marido porque Dios bendijo su unión? Lo que creo es que eres una cobarde que…

—¡Pues claro que me parece mal la situación de Pino! —le interrumpió explotando. Se acercó a él y con un dedo en lo alto le espetó—: No me des lecciones sobre luchar por algo, porque te recuerdo que fuiste tú quien decidió tomar el camino fácil del matrimonio y no luchar ¡junto a mí! por tus tierras. —Con el rostro encendido soportó la mirada de reproche de Tomás—. ¡Así que asume tus responsabilidades! Te aseguro que sé mucho sobre las consecuencias de las decisiones que se toman, no me hables de divorcio como la solución a nuestros problemas porque eso sí es de cobarde. ¡Me niego siquiera a plantearme esa posibilidad, Tomás!

—Te niegas a poder ser feliz.

—Me niego a seguir sufriendo —replicó cansada con lágrimas en los ojos—. Tenemos que vivir con esta idea. Tuvimos la oportunidad de estar juntos; por unas horas, íbamos a estar juntos, pero las presiones pudieron con lo nuestro. ¡Y todo cambió!

—Crees que soy el culpable —dijo con enfado—. Por eso me castigas.

—No te reprocho nada, Tomás —dijo con pesar acariciándole el mentón rígido—, pero no me hables de divorcio porque no me vale; ahora no me vale. Así es que, debemos asumir que lo nuestro no puede ser. Que debemos seguir con las vidas que elegimos.

Luisa se giró, dejándolo allí de pie, mirando cómo sus sueños se deshacían. Tomás sintió un profundo cansancio. La única persona que podía disuadirlo de su lucha por su amor era la joven que se alejaba montada a caballo llorando por él. Su rechazo terminó por minarle la moral, dejando su interior vacío.

Luisa, con lágrimas secas en los ojos, llegó hasta Verde Rama. Su razón le decía que había actuado correctamente, debía cortar con aquella locura que la tenía permanentemente en vilo. Pero cuando volvía su atención a su corazón, el dolor la dejaba sin respiración. Le quería tan profundamente, que prefería vivir en la sombra antes que permitir que Rita o doña Eugenia la alejaran de allí. Arrastrando los pies se metió en su habitación, sin darse cuenta de que Lola salía disparada de la cocina al verla pasar. La joven se limpió las manos en el delantal y la siguió al interior de la casita.

—Luisita, tenemos que hablar —le dijo mientras la joven majorera se derrumbaba sobre la cama—. Jesús, ¿pero qué te ha pasado? ¡Qué cara me tienes!

—No estoy de humor, Lola —contestó Luisa mirando sin ver el techo.

Lola dejó correr unos segundos mientras sopesaba la situación. Había algo que quería aclarar con ella, y todo apuntaba a que su estado depresivo estaba relacionado con el tema. Nunca había visto tan triste a Luisa; le asustaba verla así de infeliz, con esa mirada vacía. Le quitó los zapatos y meneó la cabeza al verla con el vestido desgastado de flores, sobre unos pantalones de muchacho. Se sentó a su lado.

—Estás así por don Tomás. —Por fin obtuvo la reacción que quería; los ojos de Luisa se posaron en ella.

—¿Por qué dices eso? —preguntó tanteando cuánto sabía la joven.

—Anoche me encontraba mal y fui a las letrinas —relató retorciendo el delantal—. Al volver les vi en la ventana. No podía creer lo que estaba viendo. ¿Desde cuándo tú y el señor se ven a escondidas?

Luisa se frotó la frente con cansancio. ¡La habían descubierto! Ya no podía mantener en secreto su historia con Tomás. Pensándolo mejor, necesitaba desahogarse con alguien, sentir cierto consuelo. Tomando aire, Luisa le relató su historia, desde la primera impresión en la plaza Cairasco, hasta esa misma mañana. Todo su dolor, sus sufrimientos, sus miedos y pesares. Todo.

—Así que no le he permitido hablarme de divorcio, Lola, porque no quiero volver a depender de nuevo de la decisión de él. Que volvamos a hacernos ilusiones para que cualquier persona, Rita, doña Eugenia o el mismo don Enrique se interpongan y me dejen destrozada una vez más. Le dije que se acabó porque tengo miedo, miedo de volver a sufrir.

—Hiciste bien, Luisa —la consoló Lola mirándola con profunda lástima. Ahora entendía todo, la defensa de los Westerling hacia ella, la discusión en el barranco, la expresión de congoja en el rostro de don Tomás al verla asfixiarse, su partida tan larga y el cambio en la actitud de su patrón. Ahora entendía muchas cosas—. Ahora perteneces a un mundo distinto al suyo. Es un hombre casado, y el divorcio está muy mal visto, no mereces vivir con esa vergüenza.

—Ay, Lola —lloró angustiada—, pero le quiero tanto…

Se abrazó a su amiga dejando que esta la consolara. Lola le susurraba palabras tranquilizadoras que apenas llegaban a aliviar la sensación de ahogo. Con el paso del tiempo, el apoyo de Lola sería fundamental para ella.

Pocos días después, recibió la carta de su tía Benedicta; en ella le decía que adjuntaba la carta que su madre le había escrito. Benedicta estaba muy preocupada por el hombre casado al que hacía referencia, pues aunque le parecía un caballero, no dejaba de estar casado. Sonrió ante su consejo sobre no tomar decisiones apresuradas y pensar en las consecuencias de cada acto. Su tía tenía la capacidad de escuchar, dando su opinión sin sermonear ni imponer su opinión.

La angustia le cerró la garganta mientras comenzaba a leer la carta de su madre. Se disculpaba por haberla hecho partir, lamentaba profundamente lo sucedido y le decía que si hubiera estado en su mano, habría salido a buscarla. Su padre no tenía remedio, por lo que aquella correspondencia que pretendía tener con ella sería un secreto. «¿Cómo te encuentras, mi niña? ¿Tienes qué comer y qué vestir?». Aquellas eran muchas de las preguntas de su madre. Las lágrimas corrían por sus mejillas cuando llegó al final de la carta. Su madre le transmitía su tormento por su ausencia, pero en ningún momento hacía alusión a un posible retorno. Definitivamente, su padre no la quería allí. No podía volver.

Les escribió inmediatamente agradeciéndoles sus buenos deseos y su preocupación. A su madre le describió una vida llena de trabajo, evitando mencionarle su relación con Tomás. En cambio, a su tía le relató la verdad, le contó lo sucedido expresando el dolor que sentía y cómo su vida estaba vacía sin él.

El fin de año llegó dando la bienvenida a 1934. Con él trajo el fin de su relación, pues desde la última conversación se habían acabado las citas a escondidas en Bandama, los comentarios hechos al descuido cargados de significados, y las miradas cómplices o anhelantes pidiendo una caricia. Por primera vez, se habían mantenido en sus respectivos papeles.

El frío invierno se desplegó en su interior.

A finales de ese año, en la situación política se hizo palpable la estrategia de la derecha. La campaña electoral colocó el tema del divorcio como eje fundamental de su mensaje, buscando el voto femenino, que se había contagiado de ciertos matices religiosos y antipolíticos. El analfabetismo reinaba en la sociedad canaria, por tanto, las ideas expresadas desde el púlpito tomaban relevancia. La Iglesia, por su parte, sufría a través de los gobiernos republicanos el retiro de subvenciones, además de limitar su monopolio educativo a las órdenes religiosas.

Con el nuevo año, comenzó el llamado Bienio Negro, cuyo gobierno sería de centro derecha. Nada más llegar al poder, anularon leyes anteriores. Las más boicoteadas fueron las que en términos municipales obligaban a la contratación de braceros desempleados de cada término y evitaba los abusos patronales al traer mano de obra temporera más barata. La segunda, sería la ley que formaba jurados mixtos, tanto en las zonas rurales como en las industriales, cuyo fin pretendía dilucidar los conflictos laborales entre obreros y patronal.

Luisa veía transcurrir los días sumida en la monotonía del trabajo. Vivía entre aquellas corrientes políticas donde la democracia volvía a callar a las clases

205

populares, la Iglesia hostigaba a los comunistas y radicales, y los desempleados aumentaban. Una mañana, se encontraba en la cocina haciendo el majado del mojo picón que le había ordenado Antonia. «Comino, ajo, sal y pimentón», se repetía Luisa para no olvidar. «Regar una vez machacado, con aceite y vinagre». Distraída, escuchó a Antonia parlotear desde los fogones, donde había un potaje de berros cuyos olores la hacían salivar.

—La verdad, Luisita, es que la señora anda todo el día bebiendo —le decía—. ¡A quién se le ocurre tomarse un vaso de coñac con el desayuno!

—Don Tomás se toma la yema de huevo con coñac —le respondió.

—Sí, mi niña, pero eso le da fuerza para pasar la mañana en el campo, que desde hace unos meses para acá ese hombre se va a matar un día de tanto trabajo —continuó la cocinera—. Pero lo de la señora, eso no es normal, porque bien que baja los litros de ron miel de la licorera. ¡Que a la semana lo tengo que reponer más de tres veces!

—Por mi parte lo veo bien —la contradijo Luisa, quien con una sonrisa socarrona continuó—: Desde que bebe tanto, a mí me ha dejado en paz. Ya no me mortifica.

Antonia rio por lo bajo.

—Eso es verdad, mi niña —le dijo—, pero yo creo que en eso también tiene mucho que ver el patrón. Ese muchacho ha cambiado mucho, ha sacado carácter y no le gustan los abusos.

La puerta que conducía a la gran casa se abrió dando paso a una joven Lola con cara de espanto.

—¡Madre, madre! —la llamó, intentando tragar por la sensación que la boca seca le producía. Entre su delantal escondía algo—: ¡Mire lo que he encontrado en la habitación de doña Rita!

Antonia, alarmada por la expresión de su hija, se acercó. Nunca la había visto tan pálida. Con un rápido movimiento soltó, como quien se deshace de algo peligroso, un objeto sobre la mesa. Una muñeca de trapo cayó cerca de donde Luisa se encontraba. Esta dio un respingo sobre su asiento.

—¡*Eh Mería*! —gritó Antonia—. ¡Esto es brujería!

Tomó de la mano a Luisa para apartarla, pues la majorera se había quedado atónita ante la muñeca. De un tirón la alejó de la mesa, colocándose valientemente, con pasos controlados, ante las jóvenes. Por encima del hombro de Antonia, Luisa y Lola miraban el diabólico objeto.

—Madre, esa muñeca tiene el pelo rubio —comentó Lola, a quien el miedo hizo que graznara.

—¡Persígnense! —Las muchachas obedecieron—. Mi niña Luisa, me temo que esa mujer te ha estado haciendo brujería. ¡Ese muñeco eres tú, y tiene tres alfileres clavados! Jesús, pero fíjense, si tiene hasta mechones tuyos de verdad. ¡Ay, Dios mío!

Luisa tenía los ojos desorbitados, el miedo la recorrió, paralizándola ante la imagen de aquel grotesco muñeco. La tradición de brujería en Canarias estaba ampliamente extendida. En cada pueblo existía una mujer considerada bruja que hacía hechizos y conjuros a cambio de dinero. La fe en la brujería era casi tan fuerte como la fe en la religión. En la época de la Inquisición, la brujería en Canarias no fue muy perseguida por los intereses económicos que existían en la región. Los judíos y protestantes comerciaban en las islas y sus creencias fueron aceptadas en contraposición a sus afincados negocios en las islas. Desde entonces, y con la influencia de la santería caribeña, en Canarias la brujería convivía con los isleños.

Luisa descubrió que en el conocimiento de las artes mágicas había dos tipos de mujeres: las que usaban la magia para hacer mal, denominadas brujas; y las que usaban la magia para el bien, como las curanderas o santiguadoras. Aquel día supo, tras el análisis de la situación, que Antonia era una curandera.

Enseguida les dijo que repitieran con ella:

—¡Cruz, perro maldito, vete a la mar cuajada a *jerver!* —Las jóvenes, obedientes, repitieron las palabras observando como Antonia llevaba el muñeco hacia el horno de leña para quemarlo—. ¡Cruz, cruz, perro maldito! *Juye* de este aposento. ¡Sal, quémate y no vuelvas! *Juye* como el viento. Canta, gallo blanco, cal y canto. Canta, gallo rubio, cal y *entullo*. Canta, gallo negro, curial *pa'l* infierno.

—¿Qué hago? ¿Qué me va a pasar? —preguntó angustiada Luisa.

—Nada, mi niña, ahora te echaré un rezado todas las noches por lo que esa mujer pueda hacer. —La mujer corpulenta se volvió y rebuscó entre los cajones—: Ten, toma esta tijera y ponla bajo tu almohada en forma de cruz, eso te protegerá; lleva algo rojo como protección al mal de ojo. Esta noche echaré agua bendita en toda la casa, sobre todo en la nuestra. ¡¡Yass, carajo, esa mujer es un demonio!!

A partir de ese momento, Antonia le echaba un rezado tras rezar el rosario de todas las noches. A la robusta mujer, mientras la cogía de las manos, le lagrimeaban los ojos y los bostezos se sucedían como si de un contagio se tratara. Era el mal de ojo que Luisa padecía, ella se lo quitaba y lo depuraba a través de esas manifestaciones. Otra de las medidas que había tomado fue mandar a Manuel a seguir a Rita cuando esta salía, y así descubrieron que visitaba a una hechicera de la Atalaya. Tambaleante, se bajaba del caballo, entrando en la sucia cueva donde le llevaba hierbas y toda clase de objetos que la bruja necesitaba para realizar los conjuros.

A Rita, el rechazo de Tomás terminó por desequilibrarla. La frustración por no conseguir que Tomás la deseara fue en aumento. La culpa de todo aquello la tenía Luisa, a quien creyó bruja, pues no entendía cómo su marido la prefería antes que a ella. Eso es obra de la santería, se dijo. Así que buscó a una hechicera por la zona para desencantar a su marido y hacer que la deseara. Ella siempre había sido admirada por las personas más allegadas, su belleza y gracia habían dejado a más de uno soñando con ella. Por ese motivo no entendía cómo, con aquel hombre, sus armas de mujer no funcionaban. Era una mujer pasional que necesitaba que la amaran y la poseyeran. Fernando era un buen hombre que la consentía, pero no era suficiente, pues la obsesión por Tomás iba en aumento.

Su marido cada vez se comportaba con más brusquedad, nadie se libraba de su mal humor. En más de una ocasión temió por ella, pues cuando él se dignaba a mirarla, lo hacía con un profundo rencor que le producía una sensación humillante. Lo quería ver a sus pies, suplicándole por sus atenciones, pero todo lo que hacía le resultaba indiferente. Se había hecho más audaz con Fernando, intentando provocar celos, pero Tomás no parecía darse cuenta. Pasaba mucho tiempo en las tierras. Después de pasar el día trabajando, se levantaba a media noche para guiar a las cuadrillas que había organizado. Tras asegurarse de que el agua llegaba a las tierras, volvía exhausto a la casa.

Desesperada, Rita llegó a las puertas de la bruja. Con los vasos de alcohol bullendo en su interior le exigió, fuera de sí, resultados. Llevaba varios meses pagando para que Luisa cayera enferma y no había logrado nada.

—Mira, apestosa —le espetó—, con tus malas artes hiciste que el muñeco vudú se me desapareciera. ¡Es que acaso no te pago lo suficiente!

—Señora, esa joven está protegida por Antonia, que tiene poderes contrarios a los míos.

—Pues quiero que Tomás venga a mí —gritó—. ¡Haga algo!

La señora de pelo canoso y piel curtida la miró con ojos grises por las cataratas. Era su mejor clienta, pues con su dinero había podido reunir lo suficiente para vivir dos años y debía hacer algo para que siguiera financiando su negocio. Le explicó lo siguiente:

—Comenzaremos unos conjuros que irán dirigidos a su marido —contestó—. Él no estará tan protegido como la muchacha que tanto odio le despierta.

—Bien, parece que nos entendemos. —Trastabillando se sentó sobre una banqueta de madera frente a la vieja, que se encontraba cerca de la chimenea.

La vieja de pelo ensortijado buscó entre los racimos de hierba que

209

colgaban del techo. La casa cueva era pequeña, tan solo tenía un catre donde dormía y todo tipo de recipientes desordenados por la estancia. Dos banquetas y una estantería con frascos eran los únicos muebles que poseía. Tras coger tres ramitas de un lado, buscó un frasco en la estantería. Arrastrando un cuerpo atormentado por la artrosis, volvió a su asiento. Cogió un caldero que puso directamente sobre las brasas; allí vertió las ramas y un líquido gelatinoso.

—Empezaremos a ablandar a su marido a través de un conjuro que busque el apetito sexual. —Ante la expresión de malicia que apareció en la mujer, continuó—: Deberá notar en él algunos cambios. Si su carácter es muy rudo, serán apenas tímidos cambios hasta que tenga la figurilla de cera tal y como hicimos con la muchacha. Es el método que más uso para hechizar. Debes traerme algo que emane del cuerpo de la víctima: uña, pelo, un trozo de ropa, lo que sea. Y para no exponer la figurilla a otras energías, como la de Antonia, lo manejaré yo desde aquí.

—Muy bien, pero quiero más, quiero también su amor. —Rita no solo estaba bajo los efectos del alcohol, sino que respiraba en aquella estancia inciensos que la hacían explorar los lados más ocultos de ella.

—Si ese es su deseo… —asintió con la cabeza—. Para que un hombre ame, se buscan pelos de la cabeza y pubis de la mujer, y una cabra machorra. Todo esto se mezcla con leche de almendras y gotas del menstruo; juntos se depositan en una bolsa que deberá llevar durante ocho días del cuello. Esto deberá hacerse a partir del primer día de luna llena. Déjeme que piense —dijo haciendo una pausa—…: dentro de dos semanas. Finalmente, se echará un poco de esta sustancia en el café, lo cual constituirá un poderoso filtro amoroso para conseguir el amor del hombre deseado y con una atracción sexual nunca vista.

Rita salió satisfecha de la cabaña. Estaba impaciente por comenzar. Con los polvos de ortiga en la mano, sonrió confiando en que la ayudarían a allanar el proceso.

LA FUERZA DEL HECHIZO

L os días de invierno dejaron paso a la primavera. Aunque las noches seguían frescas, Luisa continuó con sus baños nocturnos. El bueno de Manuel le había construido un cuartito donde poder llevar los baldes de agua y bañarse con ellos. Tras el baño, solía acudir al horno de leña de la cocina. Allí encendía un fuego, se sentaba de espaldas a este y esperaba a que su pelo se secara. Una noche, cubierta con un chal sobre el camisón, se dirigió a la cocina. Al pasar frente a su ventana, algo llamó su atención. Sus ojos consiguieron vislumbrar un objeto sobre el alféizar. Se asustó pensando en los conjuros de Rita. Un suspiro de alivio salió de sus labios para sentir cómo el corazón se le aceleraba. ¡Era la jarra que la alfarera de la Atalaya había hecho para ella! Tomás debió de recogerla al día siguiente, pero no llegó a entregársela hasta esa noche. ¿Cuánto había pasado? Meses, se respondió.

En la oscuridad, atisbó a ver una flor dentro de la jarrita: una siempreviva. Luisa supo que era un mensaje de él, le recordaba que ella seguiría siempre viva en su pensamiento y en su corazón. Unas lágrimas acudieron a sus ojos para ser disipadas al momento. ¡Ay, Tomás!, se dijo, no vuelvas de nuevo a intentarlo porque no sé si esta vez tendré la fuerza suficiente para rechazarte.

Con la jarra contra su pecho, se dirigió a la cocina. Siguiendo el mismo ritual, acercó la mesa de madera, buscó la leña en el hueco inferior del horno, encendió el fuego y se sentó de espaldas a él. Tomó la flor y se la llevó a la cara. Allí sentada, pensando en Tomás, dejó que el calor del fuego secara su brillante melena.

Al salir, la azotó un viento helado que hacía murmurar las copas de los árboles. Se arrebujó en el chal de lana y se dirigió a la casita. Tras dar unos pasos, escuchó un cántico de mujer. Prestó más atención buscando el lugar de procedencia de la voz. La curiosidad la condujo a la parte delantera de la casa. Entre los pinos vio a Rita, que sentada frente a un cuenco con fuego en su interior, decía:

—*Añasco,* caballero bien pulido y bien calzado. —Su voz un tanto histérica continuaba diciendo—: ¡Ven aquí, que te llamo yo, que Margarita está afligida! Marta, Marta, Marta, no la digna ni la santa, sino la que con los diablos encanta; aquella que trató y contrató con doña María Padilla que viniese y limpiase aquella casa.

Luisa quedó paralizada. Tuvo que apoyarse contra la pared de la gran casa para no desmayarse del miedo tan profundo que la inundó. ¡Estaba invocando al diablo! Aquella mujer era peor de lo que creía. Cuando se decían aquellas palabras nada bueno se tramaba. Corrió despavorida a la casa. Había sido educada en la más profunda fe cristiana, dentro de la cual el temor al demonio estaba presente. La superstición en Luisa no se había manifestado tanto como en aquel momento. En cuanto estuvo en su habitación, comprobó que la cruz hecha con la tijera seguía bajo la almohada. Se puso el pañuelo rojo que le había dado Antonia contra el mal de ojo y, tomando su cadena de la Virgen del Rosario, rezó.

A la mañana siguiente, relató a Antonia lo que había visto. Esta se santiguó varias veces maldiciendo a aquella mujer que traería la desgracia a todos. Mandó a Luisa al herbolario a por correola, cardo santo y enebro para, según explicó Antonia, ahuyentar brujas y maleficios. Tomaron todas las precauciones necesarias. Tanto Luisa como Lola intentaban pasar el menos tiempo posible en presencia de Rita.

Al margen de todo aquello, se encontraba Tomás, pendiente de ahuyentar sus propios demonios, que eran de otra índole. El recuerdo de Luisa lo atormentaba noche y día, notando en los últimos días un aumento del deseo por ella. Aunque se mantenía alejado de la joven, tal y como le había pedido, seguía pendiente de su bienestar. Al enterarse de que se bañaba detrás del cobertizo en pleno invierno, ordenó a Manuel que le construyera un cuarto de madera. La sola idea de que Luisa cayera enferma hacía que su preocupación aumentara. Había guardado la jarra de arcilla que la vieja de la Atalaya había hecho ante ellos, sin saber qué hacer con ella.

Tras varias noches soñando con Luisa, con una sensación constante de necesitar deslizar su mano por su piel, se topó con la jarrita de arcilla que había dejado al descuido sobre una silla de su nueva y solitaria habitación. Tomó la jarra antes de salir a hacer la guardia con los hombres. Buscó las siemprevivas que crecían en los bordes de la casa y colocó una en el interior. Por su mente se le cruzó la idea de abrir la ventana e introducirse en su interior para poseer a la joven que lo torturaba, pero su mente disipó a duras penas aquel impulso. Dejó la jarra sobre el alféizar y se marchó creyéndose un animal.

Los días pasaban y su deseo aumentaba. Durante el desayuno su respiración se descontrolaba al percibir el aroma de Luisa al pasar. Cuando observaba cómo su mano agarraba la cafetera, para luego verter el líquido del café en su taza, se sentía abrumado por la cantidad de imágenes pasionales que surcaban su mente. ¿Qué le estaba sucediendo?, se preguntaba. Sacudía la cabeza para intentar disipar aquellos eróticos pensamientos.

Luisa, desde la ofrenda en su ventana, había notado cambios en Tomás. Cuando antes apenas le dirigía la mirada, ahora notaba cómo una corriente eléctrica la recorría al toparse con sus negros y profundos ojos. Al caer el sol, y tras un baño refrescante, Luisa se transformaba. Su cuerpo tomaba la iniciativa, dejando a un lado a la razón. Abría la contraventana interior dejando que la luz de la luna bañara su cama. Se volvía atrevida, su cuerpo esperaba a Tomás latiendo fuertemente como llamada. Soñaba con verle aparecer al otro lado.

Hasta que una noche ocurrió.

Tomás apareció sigiloso en su ventana, apoyó un hombro en el borde y la observó en la oscuridad. Luisa creyó que era una alucinación y se quedó quieta, esperando. Su respiración se hacía dificultosa por la emoción. Tomás levantó una mano, Luisa creyó que tocaría en la ventana, pero algo hizo que se arrepintiera. La mano voló a su pelo, arrastrando con ese movimiento cualquier idea de acercamiento. Escuchó un suspiro de indecisión. El hombre giró sobre sus talones. Sus pasos sobre la tierra, alejándose, trajeron la desilusión a Luisa.

A la mañana siguiente, Luisa se encargó de los quehaceres sin la ayuda de Lola. Esta había pedido permiso a su madre para ir a Las Palmas en su día libre a ver a su pretendiente José. Coqueta, le había pedido prestado el vestido blanco de flores. Al tener la misma constitución, podían prestarse la ropa. Luisa le recordó que se llevara el sombrero redondo color caramelo, que sabía que tanto le gustaba. Lola, sonriente, le dio las gracias a la vez que la apretaba con un cariñoso abrazo. Luisa envidió a su amiga al verla partir con la ilusión de ver a su amado. Quería lo mismo para ella: poder disfrutar de una relación con planes de futuro. Se imaginó marchando, como lo hacía Lola, en busca de Tomás, para luego pasar una tarde juntos paseando por Triana. Encogiéndose de hombros, intentó quitar el pesar que la embargaba, comenzó las tareas en la gran casa.

Pasaba por los pasillos, temerosa de encontrarse a solas con Rita. En el desayuno había actuado de una forma muy extraña. Tomás, Ramón y Rita se encontraban sentados a la mesa cuando la cubana se ofreció a servir el café. Luisa se encontraba ante el mueble donde preparaba las bandejas para llevarlas a la gran mesa. Rita se situó a su lado, con una sonrisa diabólica y un inquietante brillo en los ojos. Aquello inquietó a Luisa y sintió un gran alivio cuando la dispensó. Lo que la joven no vio fue cómo vertía el contenido que llevaba en un saquito colgado al cuello en la taza de Tomás. Con gracia, se acercó a la mesa y les sirvió gentilmente.

—Para mis chicos —dijo—, que disfruten de un desayuno servido con amor.

Ramón fue el único al que aquello le resultó extraño. Estaba acostumbrado a comprobar que a su hermano nada le llamaba la atención y menos aún, las excentricidades de su mujer. Le dio las gracias, pendiente de darse prisa para salir de aquella lúgubre casa.

—Por cierto, Ramón —le llamó Tomás antes de que saliera del comedor—. Tendrás que ir a la finca de Arucas a supervisar las cosechas. Yo me quedaré aquí. Seguro que lo harás bien.

—Muy bien, me gustará estar allí —sonrió al comprobar que su hermano le confiaba la administración de la hacienda—. Me llevo mi coche.

Rita sonrió satisfecha pensando que el conjuro había surtido efecto, pues su marido decidía quedarse con ella en vez de abandonarla para irse de nuevo a Arucas. Solo le quedaba esperar en su alcoba, con la puerta abierta.

Al mediodía, Luisa se encontraba limpiando la habitación de Tomás, que como le había informado Lola, desde hacía varios meses no dormía con Rita. Se encontraba sumida en sus pensamientos cuando entró el hombre que la atormentaba. Apareció en el vano de la puerta, con los calzones puestos, pero sin camisa. Llevaba una toalla al cuello y el cabello mojado.

Tras la mañana en el campo, Tomás había vuelto para bañarse antes de salir a una reunión en Las Palmas. Al encontrarse con Luisa, su corazón le dio un vuelco, haciendo que su hombro cayera sobre el vano de la puerta. Desde allí, le sonrió con una amplia y felina sonrisa.

—Lo siento, no sabía que estaba en la casa —se excusó Luisa nerviosa ante su mirada—. Volveré más tarde a terminar de arreglar la habitación.

—No te preocupes, cogeré la ropa y me vestiré en otro lado —contestó escrutándola con la mirada.

Notó cierto nerviosismo en la joven. Intentaba mirarle directamente a la cara, pero sus ojos azules quedaban atrapados en la visión de su amplio pecho. Luisa se humedeció los labios haciendo que Tomás creyera perder la cordura. Se encaminó hacia el armario, donde comenzó a buscar una camisa, chaleco y pantalones.

—Yo… —comenzó a decir Luisa con timidez—. Yo quería darle las gracias por la jarra de arcilla.

—No hay de qué. —Se giró para mirarla sobre su hombro. La recorrió con la mirada mientras la joven se inclinaba sobre la cama para estirar las sábanas—. Esa jarra la hicieron para ti.

Luisa le miró agradecida. Sonriendo con languidez, se descubrió paseando su mirada por la espalda bronceada de Tomás hasta llegar a sus glúteos. Se había convertido en un hombre fuerte, con un atractivo irresistible.

Suspiró. ¿Pero qué haces?, se reprendió por su osadía y volvió a su trabajo.

La tarde la pasó amasando el pan, creando la masa madre para hornear al día siguiente. Lola volvió de su cita con José con una gran sonrisa en la cara, con pasos ligeros y cierta sensación de paz. Volvió a envidiarla, pero escuchó su tarde con José con interés, imaginando ser la protagonista de aquel relato con Tomás.

Cansada como siempre que terminaba su jornada, se retiró tras la cena. Pero no pegó ojo. Daba vueltas en la cama, con brotes de calor para luego volver a sentir frío. Cada cierto tiempo miraba al exterior, esperando ansiosa a que apareciera. Escuchaba atenta el rumor del viento entre los árboles, intentando distinguir sonidos de pisadas.

Tras varias horas esperando, comenzó a adormilarse. De pronto la silueta de Tomás apareció ante su ventana. Antes de que volviera a irse, Luisa se arrodilló sobre el colchón y con cuidado abrió las ventanas, mordiéndose el labio inferior sin saber qué decir.

—Sé que no debo estar aquí —le dijo Tomás susurrando antes de acariciarle el mentón con los dedos.

—¡Ay, Tomás! —suspiró Luisa dejándose acariciar, disfrutando de su contacto.

—Luisa, lo siento, sé que me dijiste que olvidara lo nuestro —continuó con voz ronca—, ¡pero me estoy volviendo loco!

—Yo tampoco puedo —confesó Luisa.

Aquellas palabras le bastaron al hombre, ansioso por besarla, para saltar sobre la ventana e introducirse en la habitación.

Los dos, de rodillas sobre la cama, se abrazaron. Sintiendo, oliendo y sujetándose, sin querer separarse jamás. Se besaron largamente, sus lenguas gozaron de una danza seductora cuya melodía era su propia respiración. Luisa se abrazó a su cabeza impidiendo que este dejara de besarla mientras las grandes manos de Tomás recorrían su estrecha cintura levantándole con movimientos circulares el camisón. Las rodillas de Luisa, de tanta excitación, no la sostuvieron mucho más tiempo. Tomás siguió su descenso para colocarse sobre ella. Sus besos frenéticos les transportaban a una vorágine de pasión nunca experimentada.

En cuestión de segundos, sus cuerpos se tocaban desnudos. Bañados por los rayos de luna, que se filtraban a través de la ventana, Luisa y Tomás tomaron lo que llevaban tiempo deseando. El embrujo de la noche les hizo agudizar los sentidos con una sensibilidad especial en la piel, en los besos y en sus sexos. Tomás, tras recorrerla con la lengua, la penetró profundamente, haciendo que Luisa le mordiera el hombro para reprimir un jadeo. Hicieron el amor largamente, estirando los minutos de pasión hasta caer saciados sobre la estrecha cama. Abrazados, tras un año, conciliaron el sueño que tanto se les había resistido.

En la oscuridad, se volvieron a acariciar, asegurándose de alguna manera de que se encontraban juntos, para luego volver a caer dormidos. En paz.

Poco antes del amanecer, Tomás abrazaba a Luisa por la espalda, apretándola contra su pecho, cuando le susurró:

—Pronto tendré que irme.

Un suspiro le respondió. Él le besó el lóbulo de la oreja mientras ella se dejaba hacer.

—¿Qué me dirás mañana? ¿Que esto ha estado mal? —preguntó Tomás.

—Es el día el que hace que me avergüence —contestó con voz soñadora—. Cuando cae la noche, siento que todo es posible.

—Deja que luche por lo nuestro —le pidió.

—No puedo, no sería una buena persona.

—¿Prefieres que nos veamos a escondidas? ¡Eso no te puede hacer sentir mejor! Luisa, no puedo convertirte en mi amante —le dijo con seriedad—. Te mereces mucho más que eso.

—Tomás, vuelve mañana —le suplicó al notar cómo él se incorporaba.

—¿Para torturarnos de nuevo? —le espetó—. Quiero pedir el divorcio para casarme contigo.

—No sé si sería capaz de aguantar esa vergüenza —le contestó pesarosa—. Tampoco me gustaría vernos como amantes. ¡Ay, Tomás, solo sé que te quiero!

—Luisa, me dedicaré de ahora en adelante a convencerte de que el divorcio es nuestra solución. —Con un dedo en alto prometió—: No volveré a hacerte el amor hasta que no me supliques que me case contigo.

A Luisa se le escapó un bufido. Extrañada por la falta de costumbre de sentir diversión, sonrió con picardía. Este le devolvió la sonrisa.

—¡No te lo crees ni tú! —rio la joven suavemente al ver la expresión dolida del hombre—. Mañana estarás en esa ventana rogándome que te deje pasar.

—Es posible… —le dijo socarrón—, pero me tumbaré aquí a tu ladito sin hacer nada malo.

—¿Aguantarás? —preguntó enarcando una ceja incrédula.

—Llevo meses haciéndolo, mi niña —le sonrió—, pero he dicho que mañana por la noche. De hoy no he comentado nada. Antes de comenzar mi celibato, tendré que hacerte de nuevo el amor.

Y se abalanzó sobre Luisa. Esta se tapó la boca para amortiguar su risa, abriendo sus piernas para él y rodeándole la cintura con ellas.

Tras hacerle el amor, Luisa observó cómo saltaba al otro lado de la ventana. Sonrió feliz. Sabía que le quedaban unas horas antes de que su conciencia cristiana la castigara por comportarse de aquella manera.

LA DEFENSA DE ANTONIA

J unto al mes de mayo llegó la época de apañar las papas y una visita especial. Una prima inglesa llamada Katherine Campbell, sobrina del fallecido señor Westerling, había decidido pasar sus vacaciones allí. Desde que había enviudado —hacía un decenio— visitaba las islas cada pocos años. Doña Eugenia adelantó su traslado a El Monte para acompañar a la invitada. A pesar de la insistencia, esta decidió hospedarse en uno de los hoteles conocidos en El Monte, el Quiney's Bella Vista, a tan solo un kilómetro de la finca Verde Rama.

Cuando la vio llegar, Luisa quedó fascinada por su personalidad. Era una mujer de pelo cano cortado como marcaba la moda y adornado con un lujoso sombrero. Su nariz aguileña le daba un aspecto aristocrático. Sus ojos, de un gris inexpresivo, eran escrutadores. A su lado la mismísima doña Eugenia parecía dulce. Era una mujer enérgica cuyo rostro mostraba sus impresiones sin necesidad de hablar. Antonia le contó que era una mujer enamorada de las islas, que le gustaba montar a caballo y visitar los alrededores. Aquellas excursiones eran comunes en la zona de Santa Brígida, pues una fuente de ingresos importante provenía del turismo. La caldera de Bandama y las alfareras de la Atalaya eran puntos de gran interés para los extranjeros. La impresión que las islas y sus habitantes transmitían era la de un lugar donde se podía observar la vida como si el tiempo se hubiera detenido en el siglo anterior. Y era cierto, pues muchos de los adelantos que había experimentado el mundo aún no habían llegado a Canarias.

Para Katherine, una de las experiencias más llamativas era la de bañarse llenando la tina con cubos de agua. En toda la isla, tan solo existía alcantarillado en Las Palmas, Arucas y Gáldar. Acostumbrada al agua corriente y la electricidad, le atraía muchísimo pasar unas semanas viviendo sin lujos.

Una tarde, cuando Luisa se encontraba sirviendo el té a la prima inglesa y a doña Eugenia, Rita entró en la sala con unas copas de más. Doña Eugenia la invitó a tomar té, explicando que era una de las pocas cosas sin las que no podía vivir una inglesa. Rita, con la mirada vidriosa, consiguió poner un pie delante de otro sin que, aparentemente, su bamboleo se percibiera como embriaguez. Llevaba un bonito vestido azul marino con flores rojas estampadas, cuyos botones estaban mal abrochados, y su pelo rizado se veía enmarañado. Al situarse junto a las damas, estas pudieron oler los vapores de alcohol que emanaban de la joven cubana. La inglesa levantó una ceja interrogante hacia doña Eugenia. Esta, ruborizándose de vergüenza, disculpó a su nuera.

—Luisa, acompaña a la señora a su alcoba —ordenó altiva doña Eugenia—. No se encuentra bien.

—Estoy perfectamente —respondió arrastrando las palabras—. No hace falta que me acompañe ninguna zorra. —Tras dirigirle una mirada cargada de veneno a Luisa, continuó sin prestar atención a las miradas escandalizadas de las señoras—: ¿Y, dígame, cómo fue su viaje?

—Confortable —respondió la inglesa hundiendo su nariz en la taza del té.

—Rita, por favor, retírate —insistió doña Eugenia, cuyas fosas nasales dilatadas mostraban su malestar.

—Está bien —dijo intentando arreglarse el cabello enmarañado al estar días sin peinarse—, pero antes beberemos un poco de ron miel ¿qué le parece, señora Campbell? ¿Ha probado el ron de las islas?

—Me parece que no son horas de beber —respondió con un profundo acento inglés—. Su suegra la está sacando de una situación embarazosa. Mañana, cuando se recupere, sabrá que lo mejor que pudo hacer fue seguir su consejo.

—¿Así que de esa parte de la familia viene la frialdad de mi marido? —preguntó mirando con asco a las damas—. ¡Que tengan buena tarde, señoras!

Salió de la salita sin mirar atrás. Luisa escuchó cómo doña Eugenia decía:

—Siento mucho lo ocurrido, Katherine. Desde mi vuelta he estado ocupada en Las Palmas y apenas sé lo que ocurre en esta casa. Jamás se me habría pasado por la cabeza invitarte sabiendo que mi nuera se encontraba en tan lamentable estado. Hablaré con mi hijo en cuanto llegue.

Y así lo hizo. Doña Eugenia se reunió con su hijo en el despacho que Tomás tenía en la parte baja de la casa. A aquellas horas, su hijo solía pasarse la tarde revisando los libros de contabilidad. Cuando se encontró con él percibió cierta hostilidad. Su hermano Ramón solía informarle de la vida en Verde Rama cuando, una vez a la semana, bajaba a Las Palmas a verla. Entre otras cosas, le había comentado los cambios en su hijo mayor. Esta no le dio importancia, pues creía que en algún momento su hijo debía convertirse en adulto. Sentándose en la butaca frente a él, le relató lo sucedido con Rita. Tomás, por su parte, no se preocupó de defenderla. Encogiéndose de hombros le dijo que había cumplido con su deber, que le habían casado con ella como quien cruza animales y que a nadie le importó en su momento. Se alegraba de que su madre, por fin, se diera cuenta del tipo de persona que había elegido para su hijo, pero que él llevaba un año soportando aquella situación. El problema de tener a una mujer alcohólica en la casa, con cierta tendencia a la histeria, era de todos, le respondió.

—Aprovecho esta reunión, madre —continuó Tomás con el semblante serio—, para anunciarte que no estoy dispuesto a tolerar esta situación por mucho más tiempo. En cuanto tenga el dinero que he pedido a los Galiano, solicitaré el divorcio.

—¡Estarás de broma, muchacho! —exclamó incrédula, abriendo los ojos—. Eso no lo permitiré. ¿Vas a endrogarte con un banco cuando nuestro problema ya está solucionado? Además, el divorcio es cosa de comunistas; a mi familia no traerás esa vergüenza. ¿Qué dirán de nosotros?

—Se me ocurren un par de cosas, madre, pero que sinceramente no me preocupan. —Con insolencia continuó—: ¿O es que te parece menos vergonzoso presentar una borracha a tus amistades?

—¡Tomás! Hijo, ¿pero qué te ha ocurrido en estos meses para que no te reconozca? —exclamó su madre llevándose la mano a la sien.

—Pues que me he dado cuenta de cómo funciona el mundo —dijo con hastío—, y la verdad que cada día me gusta menos.

En aquellos momentos a Tomás solo le preocupaba una sola cosa: convencer a Luisa para que le apoyara con el divorcio. Continuaba sus días trabajando con los hombres la tierra y vigilando desde la distancia que Luisa no se agotara demasiado en los días de recogida de papas. En una ocasión, le ordenó que se acercara a él. Luisa lo desafió con la mirada, advirtiéndole que no iba a volver a discutir sobre si debía o no trabajar en el campo. Tomás la sorprendió con su estrategia.

—A ver, majorera —le dijo simulando estar enfadado—. ¿Cómo pretendes llegar a la noche y no dormirte antes de que llegue?

—Pues no vengas —contestó encogiéndose de hombros—. Si quieres quedarte con la magua[38], hazlo; porque ahora te pones muy bravucón, pero por la noche nadita que haces.

Tomás soltó una carcajada, comprobando cómo el rubor de la vergüenza cubría el rostro de Luisa. Esta miró a su alrededor confirmando sus sospechas: todos los allí presentes habían dejado de trabajar para ver reír al patrón. Aquel extraño suceso no se veía todos los días. Todos hablaban del cambio de humor de Tomás sin encontrarle explicación.

El secreto lo guardaba Luisa sonriendo para sí, pues por la noche él era suyo. Desde la última vez, le esperaba ansiosa apoyada en la ventana. Aunque saltaba, cual furtivo, cumplía su promesa y no le hacía el amor. Tan solo la torturaba con sus besos para tentarla a aceptar sus condiciones. Luisa no quería pensar si estaba bien o mal lo que hacían, tan solo disfrutaba de esas noches de casto amor. En alguna ocasión, creyó que claudicaría entregándose a él sin importarle la religión, la política y la sociedad. Pero todo cambiaba por la mañana, cuando se encontraba con Lola y adivinaba lo que opinaría sobre su conducta.

---

38 Quedarse con las ganas.

Una noche en la que Luisa se encontraba en la cocina calentando agua para llevársela en baldes al cuartito de baño, Tomás apareció. Se apoyó en el vano de la puerta, desde donde devoró cada movimiento de ella. Luisa, sintiendo cómo su mirada la desnudaba, se ajustó el chal sobre los hombros. Sonrió al sentirse el centro de atención y continuó llenando el balde.

—Hoy llegas pronto —le dijo Luisa.

—Cada vez aguanto menos lejos de ti —le respondió avanzando por la cocina y sentándose a la mesa mientras sacaba el tabaco de liar.

En los minutos que se sucedieron, Luisa pudo disfrutar de una escena familiar junto con el hombre al que amaba. Ella, sentada cerca del fuego calentando el agua para el baño. Él, a la mesa liándose un cigarrillo y contándole qué tal había pasado su día. Se arrebujó en el chal sonriendo ante aquella imagen.

De pronto, la puerta del exterior se abrió, atravesándola una somnolienta Antonia. Tras una exclamación de sorpresa, se tomó su tiempo intentando comprender qué estaba sucediendo; enseguida un reproche se dibujó en su rostro. Tomás estaba en el punto de mira de la robusta cocinera.

—Luisa, el agua ya está lista —dijo con firmeza—. Ya puedes ir a bañarte. Yo me quedaré aquí atendiendo al señor.

—No te preocupes, Antonia —contestó el aludido—. No tenía sueño y bajé a la cocina.

—¿Y desde cuando tiene esa costumbre? —El entrecejo incrédulo de Antonia se agravó—. Luisa, para afuera.

Luisa tomó los baldes y salió de la cocina, arrepintiéndose de haberle dado tantas libertades a Tomás. La mirada de Antonia le recordó algo que había olvidado: él era un hombre casado y ella una joven soltera.

—Don Tomás —comenzó la cocinera—, le conozco desde que era chiquitito, pero nunca le había hablado tan claro como lo voy a hacer ahora: ¡deje a Luisita en paz! Si aprecia a esa muchacha, no le haga esto, señor. Ella no se merece la vergüenza de ser la amante de su patrón.

—Me alegro de que la defiendas como a una hija. —Su rostro mostraba una absoluta seriedad. Por primera vez, sintió que debía defender sus actos ante alguien—. Mis intenciones con ella son honestas, Antonia.

—¡Pero si está usted casado! —exclamó ofendida Antonia.

—Por poco tiempo. —Por primera vez expresó sus sentimientos en voz alta—: Estoy enamorado de ella, Antonia. Voy a hacer todo lo que esté en mi mano por casarme con Luisa. ¡Como si tengo que ir al mismísimo Vaticano a anular mi matrimonio!

—¿Sabe cuántas historias de patrones enamorados de sirvientas conozco? —le espetó colocando sus rollizas manos sobre sus caderas—. ¡Cientos! ¿Y sabe cuántas terminan bien? Ninguna. Porque la vida está llena de injusticias y las perras son las que manejan el cotarro, así que haga el favor de no meterle falsas ilusiones a Luisita porque sabe de sobra que el matrimonio con ella es imposible.

—Antonia, está equivocada —respondió levantándose de la silla—. Le aseguro que Luisa y yo, cueste lo que cueste, terminaremos juntos. Pero tiene razón en una cosa, no debí encontrarme a solas con ella. A partir de ahora me mantendré alejado hasta que solucione mi situación.

—¡Fíjate tú! —exclamó sorprendida ante la vehemencia de su patrón—. Joven, tiene usted muchas esperanzas, me da a mí. —Meneó la cabeza—. Pues yo le prometo que le tendré bien vigilado porque Luisita es como si fuera mi hija, ¡y con los míos no se mete nadie!

—Muy bien, Antonia, la comprendo —contestó cogiendo los utensilios del tabaco y marchándose de la cocina.

A la mañana siguiente, Antonia se sentó con Luisa a hablar seriamente con ella. A la joven majorera le había dado tiempo de contarle rápidamente a Lola lo sucedido y esta decidió acompañarla ante la charla de su madre. Luisa relató su historia con Tomás desde el principio. El ceño de Antonia se fue suavizando a medida que comprendía lo tormentosa que había llegado a ser la situación. Como mujer comprensiva que era, supo que el amor entre ellos era más fuerte de lo que pensaba, pero aun así, no permitiría que las cosas se hicieran mal. ¡Protegería a Luisa hasta de sí misma!, se dijo.

La noche siguiente Tomás no acudió, pero le dejó una siempreviva en la ventana. Luisa supo que tras la conversación con Antonia, Tomás había decidido dejar de visitarla hasta que pudieran estar juntos. Su conciencia lo agradeció en parte, pues cada día que pasaba se volvían más atrevidos.

Al día siguiente, Antonia se sentó con Lola, Luisa y Pedro a desgranar el millo de la piña. Sentados frente a la cocina, hablaban amigablemente. El primero en llegar fue José, el novio de Lola, a quien le dio unas piñas y le hizo desgranar también a él. Un poco más tarde dejó pasar a dos jóvenes del pueblo que habían preguntado por Luisa con anterioridad. Uno se llamaba Zacarías, era delgado, alto y algo desgarbado. El otro, Juan Manuel, era más bien bajo, con pelo corto y grandes entradas, ojos claros y nariz chata. Antonia, con buen ojo, les sentó a cada lado de Luisa y, tal y como hizo con José, les dio varias piñas para desgranar.

Así fue como comenzó una agradable charla bajo la supervisión de Antonia, quien había creído oportuno dejar que cortejasen a Luisa para que la joven conociera a otros jóvenes y, con suerte, se olvidara del patrón.

Tras una hora en compañía, Tomás llegó de las tierras montado a caballo. Su ceño se frunció en el momento en el que vio a Luisa reír ante los comentarios de un joven desconocido. Tras dejar el caballo en manos de Manuel, se acercó al grupo.

Antonia lo desafió con la mirada, provocándole la sensación de estar fuera de lugar, pues el patrón jamás se sentaría con el servicio a charlar. Los celos recorrieron a Tomás, quien buscó una silla en el interior de la cocina y salió colocándola sonoramente sobre la tierra. Tomó por sí mismo varias piñas, comenzando a desgranar violentamente mientras fulminaba con la mirada a los dos jóvenes.

—¿Qué tal, muchachos? —preguntó intentando ser cortés, pero con un evidente mal humor—. ¿Qué les trae por aquí?

Lola y José no podían disimular su expresión de asombro. Antonia, molesta, bajó la cabeza resoplando por semejante actitud. Luisa lo miraba extrañada, sin saber a qué se debía aquel mal humor. No podía creer que estuviera celoso, se dijo. Sonrió para sí agachando la mirada. Pero fueron los dos jóvenes los que no supieron qué hacer ante la presencia del patrón, sentado con ellos como si de un igual se creyera. Se formó un silencio incómodo, interrumpido por los sonidos de los granos al caer. Juan Manuel fue el primero en contestar:

—Pues pasamos por aquí —comentó mirando de reojo a Luisa—. Cha39 Antonia necesitaba ayuda, así que nos quedamos un rato.

—¿Ah, sí? —Dirigió una mirada asesina a la señora sentada frente a él— . ¿Y ustedes suelen pasearse un día entre semana con la ropa del domingo?

—Bueno, señor... —dijo Zacarías incómodo.

—Son jóvenes solteros —contestó Antonia haciendo hincapié en su estado civil—, que cuando tienen tiempo libre visitan a sus amigos. Y como gente educada, no se presentan con las ropas del trabajo.

Tomás asintió. Mientras continuaba desgranando, notaba cómo sus manos comenzaban a arder al arrancar los granos con fuerza. Luisa comenzó a cansarse de las formas que estaba teniendo Tomás ante aquellos agradables jóvenes y comenzó a taladrarle con la mirada. ¡Basta!, le decía.

—Luisita... —comenzó a hablar de nuevo Juan Manuel sin saber lo que realmente estaba pasando allí. El joven pensó que delante del patrón o no, debía aprovechar el momento para hablar con Luisa—. ¿Irá a las fiestas como el año pasado? Solo quedan dos días.

—Sí, lo pasé muy bien el año anterior —contestó la joven fulminando a

---

39 Fórmula de tratamiento que, antepuesta al nombre, se empleaba para referirse a las personas mayores pertenecientes al nivel popular.

Tomás tras su resoplido—. Disculpe, don Tomás, ¿pero a qué se debe esta visita suya?

—Pasé por aquí —dijo con seriedad manteniéndole la mirada aportando más información a través de ella que con las palabras— y me apeteció sentarme con ustedes. —Cambiando de tema, continuó—: Entonces, ¿ya están preparados para las fiestas?

—¡Pues claro, don Tomás! Y tienen que aprovechar para conocer a las muchachas solteras —les sonrió Antonia.

—Sí —contestó Zacarías mirando atontado el perfil de Luisa.

—Espero verla entre tanta gente —comentó Juan Manuel, sin saber por qué el señor había bufado de nuevo.

Tomás no dejaba de mirar a los jóvenes, quienes comenzaron a sentirse tan incómodos que se removían en sus asientos. Todos agradecieron la interrupción de Manuel cuando llegó con un paquete para Luisa.

—A ver, Luisita —la llamó el joven sin darse cuenta de la tensión que se respiraba en el ambiente—. A alguien tienes prendado, que mira qué paquete te acaba de llegar.

Los dos pretendientes, junto a Tomás, acomodaron las espaldas esperando tensos al nuevo competidor. Luisa, sorprendida, buscó el remitente y sonrió ampliamente despertando unos celos viscerales en Tomás. Conocedora de lo que podía estar sintiendo el patrón, decidió no decir nada; estaba disfrutando al verle así. Pidió permiso a Antonia para retirarse. Cuando salía disparada para la casa, Lola la siguió. Al haberse ido el motivo de la visita, los dos jóvenes decidieron marchar. En cuestión de segundos, los miembros del grupo se dispersaron, cada uno con sus motivos. Tan solo se quedó Pedro ante los sacos de piña por desgranar.

Ya en su habitación, Luisa, mirando por encima del hombro, confesó:

—Es de mi tía —rio ante la sonrisa sorprendida de Lola—. ¡Estaba frita por irme de allí! ¿Pero tú te crees que ese hombre es normal? Plantarse allí a mirar *atravesao* a los chiquillos.

—Fue divertido ver cómo te rifaban —bromeó Lola mientras miraba cómo desempaquetaba.

Luisa apartó las dos cartas, una de su tía y otra de su madre, para ponerse a rebuscar.

—¿A ver qué hay por aquí? —preguntó entusiasmada—. Estoy convencida de que esto me lo envía mi madre. Un camisón nuevo, ropa interior y una manta; y de mi tía es el ungüento para...

—¡Oh! Mira... —exclamó Lola—. ¡Qué vestido tan lindo! Es del mismo azul que tus ojos.

—Mi madre —dijo meneando la cabeza— no se ha dado cuenta de qué vida llevo. ¿Cuándo me voy a poner eso?

—¡Pues en las fiestas de San Antonio! —exclamó con ojos llenos de emoción—. Si no lo quieres me lo dejas a mí, ¡que ya le sacaré partido!

Lola la dejó a solas para que leyera las cartas. Su tía le avisaba de que su madre se había empeñado en enviarle esas cosas, que esperaba le fueran útiles. No solo se preocupaba por el asunto de Tomás, sino también por su salud. Le recordaba que le había adjuntado medicinas para su asma. En pocas líneas le comentó que la situación económica había empeorado en la isla, pero que prefería pasar penurias, antes de tener que pedirle dinero a su padre. Aquello preocupó a Luisa, que al no tener mucho donde gastar, había ahorrado y decidió que en el próximo envío le mandaría algunas pesetas.

Había escuchado que comenzaban a escasear productos de primera necesidad como aceite, café, harina, azúcar, fósforos, mantequilla, conservas; pero sobre todo maíz y trigo, cuyos precios se habían situado entre 0,55 y 0,80 pesetas el kilo. Los desempleados habían aumentado y la pobreza con ellos. Cada vez con más frecuencia, se escuchaba el malestar entre los obreros, que convocaban huelgas cada poco tiempo. ¡Debía ayudar a su tía en aquella situación y comenzar a devolverle el dinero con el que la ayudó a partir!, se dijo con urgencia.

LO QUE LAS FOLÍAS ESCONDEN

D esde aquel día no volvieron a encontrarse, aunque no pudieron evitar que sus miradas se encontraran a lo lejos mientras realizaban su trabajo. ¡Hasta que llegó el día de San Antonio, que tanto habían esperado! Luisa y Lola, ocupadas a lo largo de la mañana en las labores del hogar, no pudieron acudir a la feria del pueblo. Tras el almuerzo, cuando todo estaba limpio y recogido, Antonia les dio permiso para ir a prepararse. Calcularon que llegarían a tiempo para escuchar la misa y seguir las fiestas tras las ofrendas.

La prima Katherine mostró gran interés en acudir a las fiestas, arrastrando con ella a la estirada doña Eugenia. Ramón había llegado el día anterior de Arucas con novedades sobre la finca, con lo cual, la familia partió en su coche a pasar el día en Santa Brígida. Luisa, Lola, Manuel y Antonia acudieron tiempo después. Antes habían ido a visitar a Pino para animarla a acompañarles. La mujer se negó y, tras la insistencia de las jóvenes, adujo que no tenía zapatos. Luisa le regaló los suyos imponiéndole una condición: debía acudir a las fiestas y divertirse. Luisa se alegró de poder llevar cierta chispa de vida a aquellos ojos tan tristes. Su hijo Pedro también les acompañaría.

Lola se enfundó el vestido berenjena que Luisa le había prestado, contenta de poder lucir prendas más finas que las toscas telas con las que trabajaba. Y Luisa, tal y como le había dicho Lola, se puso el vestido azul. Cuando se lo vio puesto, comprobó que su madre seguía teniendo muy buen gusto. Palpó la rica tela recordando los tiempos en los que vestía con prendas de buena calidad, calzaba zapatos nuevos cada pocos meses y viajaba en el coche de su padre. El traje era de corte recto, cuya falda llegaba por debajo de las rodillas. El cuello en forma de pico finalizaba en una hilera de botones blancos. La cintura se ajustaba con un cinturón blanco a juego con el borde de las mangas y del cuello. Tras lavarse el pelo, decidió dejarlo suelto formando una manta rubia a su espalda.

—¡Ay, Luisita! —exclamó Lola al aparecer en el vano de la puerta—. ¡Estás lindísima! El azul flojo de tu vestido te queda estupendo. Anda, ponte estas trabas a los lados. ¡Qué guapa estás, mi niña! Yo sé de uno al que se le va a poner cara de cochino cuando te vea rodeada de pretendientes.

Luisa se dejó hacer, riendo ante el comentario de Lola. Cuando observó el resultado en un trozo de cristal sin marco que Lola tenía, comprobó que la posición de aquellas horquillas recogía delicadamente dos mechones de su frente despejándole la cara. Se puso los zapatos negros de tacón, cepilló su melena lacia y salieron juntas riendo ante el nerviosismo de una noche de diversión.

El camino hacia el pueblo lo hicieron andando. Luisa y Lola se quedaron rezagadas, agarradas del brazo, mientras cuchicheaban sobre las ganas de Lola de ver a José. Manuel tomaba la delantera en su prisa por llegar al pueblo y encontrarse con sus amigos. Antonia, Pino y Pedro caminaban formando la parte central del grupo. Todos iban vestidos con sus mejores galas, saludando a las personas que se unían en el camino.

La noche del trece de junio era lo suficientemente fresca como para aliviar el calor del día, haciendo de la caminata un paseo agradable. Ya desde una curva del camino que bordeaba el barranco, pudieron observar a lo lejos como un gran número de personas invadía el pueblo. La villa, desde la distancia, ofrecía una visión pintoresca. Algunas de las casas que salpicaban el paisaje tenían las paredes blancas, moteadas de piedra gris. Otras mostraban sus muros de piedra sin encalar, coronadas por tejados a dos aguas en cuya superficie crecían veroles. Los campos de cultivos verdes eran interrumpidos por el gran palmeral que llegaba a los pies del pueblo. Aquel frondoso conjunto de palmeras canarias de diversos tamaños transportaba a cualquiera que las admiraba a los míticos oasis del desierto. A lo largo del camino también podían contemplar todo tipo de árboles frutales. A medida que se acercaban, descubrieron la torre del campanario de la iglesia, que sobresalía entre las casas. A espaldas de la iglesia, la superficie rugosa de la isla subía en altura, pudiéndose ver la cumbre despejada.

Tras las ofrendas, salieron de la iglesia, deseosos de comenzar la parranda. En la calle que subía hacia la plaza, habían colocado algunos bochinches donde muchos hombres, con el cachorro puesto, pantalones grises, camisas a rayas blancas y chalecos tomaban vasitos de ron. Sus rostros, curtidos por el sol, solían estar adornados por bigotes, aunque la mayoría se rasuraba limpiamente. Luisa buscaba sin cesar a Tomás, pero no lo vio hasta entrada la noche, cuando apareció en la plaza acompañado de Ramón y Cristóbal.

Ella estaba rodeada de los amigos de Manuel, entre los que se contaban sus pretendientes más insistentes: Zacarías y Juan Manuel. Antonia, desde su asiento, conversaba con las mujeres del pueblo sin quitarle la vista de encima a ninguna de las dos jóvenes. Luisa, sentada junto a Lola, observaba los cortejos que allí se desarrollaban. Sonrió ante las risas de las jóvenes que tapaban sus bocas de dientes picados con la mano. Los muchachos que las provocaban se acercaban a ellas, envalentonados por los piscos de ron, para lanzarles piropos. Cerca de donde estaba, se situaban los miembros de la parranda que desde hacía unas horas tocaban con sus timples y bandurrias canciones típicas canarias. Muchos satauteños bailaban en el centro.

A lo largo de la plaza habían colocado farolillos, cuyas bombillas brillaban con luz ambarina a través de un motor que daba electricidad. Al otro lado, se sentaban las familias más acomodadas. Entre las mujeres de ostentosos vestidos, distinguió a doña Eugenia junto a Katherine. La inglesa bebía con delicadeza de un vasito, con ojos brillantes por la emoción y dando saltitos al ritmo de la música.

Aunque paseara su mirada por las personas que allí se congregaban, siempre caía sobre la espalda de Tomás, que saludaba a varios hombres bien vestidos. Distinguió al reputado José Mesa y López, a uno de los miembros más fiesteros de la familia Van de Walle y al alcalde don Francisco Alvarado. Todos eran hombres influyentes en la isla.

En el rostro de Ramón y Cristóbal se observaba cómo la tibieza del alcohol

231

suavizaba sus facciones sonrientes. En cambio, el rostro de Tomás se mostraba serio. Aquel gesto adusto se profundizó cuando vio a Rita acercarse y colgarse de su brazo. Con gesto zalamero, la cubana le acarició el hombro susurrándole algo en el oído. El hombre, tenso, la ignoró, pero su actitud no la disuadió. La mirada esquiva de Ramón le indicó que los comentarios de Rita estaban fuera de lugar. Con aspavientos, la joven reía escandalosamente mientras hablaba de algo que solo le hacía gracia a ella. Tras varios minutos de charla se alejó, pidiendo antes un cigarro a Tomás. Este se lo entregó apretando el mentón, mientras le decía algo con expresión seria. Rita cerró la boca y lo miró enfurecida, volviéndose para perderse en la multitud. Luisa, atenta a lo que sucedía al otro lado de la plaza, sintió un deseo irrefrenable de apartar a aquella mujer del lado de Tomás.

Poco después, tras haber bailado una isa, Luisa acompañó a Lola y a José a los bochinches. Allí se toparon con Ramón y Cristóbal, este último la saludó con cortesía al recordarla del día en que la acompañaron a Tafira. Ramón, entonado, la abrazó fuertemente sin importarle las miradas de los demás.

—¡Ay, Luisita! —le dijo—. No te había visto, ¿ya estás tomando algo? Muy bien, a la próxima te invito yo. —Pasándose una mano por la cara, le susurró—: Llevo unos rones de más encima..., tú perdona. —Luisa le sonrió—. Tengo que contarte algo, Luisita.

—¡Ay, vamos a chismear entonces! —Le tomó del brazo como hacía en los viejos tiempos.

—Pues, Luisa... ¡Me he enamorado! —confesó con cierta picardía—. Allá en Arucas hay una muchacha que me tiene loco. Se llama María.

—¡Qué bien, Ramón! —contestó con sinceridad—. ¿Dónde la conociste?

—Es una jornalera de la finca. —Ante la cara de sorpresa de Luisa, continuó—: Sí, ya sé que no es lo más conveniente. Pero es una muchacha muy especial.

—¡Ay, Ramón, yo no soy nadie para hablar! —dijo con pesar—. Pero,

232

dime, ¿ella sabe algo?

—¡Claro que lo sabe! Si soy un majadero con ella —rio—. Es viuda, su marido murió hace unos años, tiene dos hijos pequeños a los que tengo más o menos adiestrados. ¡Son unos velillos!

—¡Pues sí que te dio fuerte, Ramón! —le contestó sorprendida ante los datos sobre la mujer—. De golpe hablas como un padre.

—¡Ay, Luisita, tendrías que conocerla! Es joven, tiene mi edad, y la vida la ha tratado muy mal. ¡Así se ha vuelto una socialista terrible! Es toda una luchadora y en parte me recuerda a ti.

—Bueno, gracias, Ramón —le contestó—. Pero, mi niño, tengo que serte sincera. Tu madre, en cuanto conozca la ficha de la joven, se va a negar en redondo a dar su consentimiento. No te dejará.

—¡Yass, coño, Luisita! —se quejó pasándose la mano por el pelo con un gesto de frustración—. Ya lo sé —aceptó Ramón para luego encogerse de hombros y decir—: Pero algo tendremos que tener los segundones. Mínimo poder elegir con quien casarnos, ¿no?

—Tú siempre sacas el lado bueno a las cosas que no lo tienen —rio Luisa.

—Tendré que intentar convencerla. —Ante la mirada escéptica de Luisa, respondió—: ¡O qué coño, haré lo que me venga en gana! Por ella soy capaz de lo que sea, Luisita. Hasta he ido a las reuniones de los socialistas.

Luisa escuchó cómo se había integrado entre sus jornaleros con la ayuda de María. Tanto era así, que entendía sus luchas y sus pesares. Charlaron largo rato hasta que Tomás les encontró.

—Mira que estás bonita —le dijo acercando el rostro a su melena desde la parte de atrás.

—¡Tomás, por Dios! —le reprendió mientras le daba un codazo para que se comportara. Él le guiñó el ojo mientras le ofrecía una sonrisa de medio lado.

Tomás saludó a la pareja formada por Lola y José como si de amigos suyos se trataran. Gastaron bromas, rieron y conversaron un buen rato y, por un momento, Luisa vislumbró al Tomás que había conocido. Un hombre alegre, con don de gentes, que sabía pasarlo bien.

—¡Escuchen! —exclamó—. ¡Vamos, que están tocando folías!

El grupo se trasladó hacia la plaza donde una multitud bailaba. Lola tomó de la mano a Luisa para zigzaguear entre la gente y llegar a donde se encontraba su madre. A lo lejos, comprobó cómo Tomás la buscaba con la mirada, hasta que la encontró sentada al lado de Antonia.

Tomás sintió que su corazón le daba un vuelco. Era una bella mujer. Su melena rubia flotaba como un velo. Sus dedos le escocían al querer enredarse entre ellos. Aquel vestido le marcaba las curvas que, en aquel año, había desarrollado. Y el color de este calcaba el mismo que el de sus ojos. La noche, el ron y las ganas de ella hicieron que Tomás quedara hechizado.

Las cuerdas de los instrumentos cesaron para comenzar una nueva folía. En los primeros instantes, los jóvenes iban en busca de las muchachas que esperaban sentadas. Las folías canarias se bailaban con serenidad, con parsimonia. Tomás se adelantó dirigiendo sus pasos hacia donde Luisa se encontraba. Mientras los primeros acordes sonaban, a una respetuosa distancia y con el sombrero en la mano, hizo una reverencia mirando a la joven que había elegido. Todos en aquella plaza seguían el mismo ritual. Una vez hubo captado la atención de Luisa, que lo miraba maravillada, dijo: «¡Aires!».

Las mujeres se levantaron. Luisa, igual que las demás, tomó posición en el centro de la plaza. Se colocó a cierta distancia de Tomás, bajando con modestia los ojos pues sabía que había muchas miradas clavadas en ellos. Levantó sus brazos y los arqueó; moviendo suavemente su talle, dio acompasados pasos adelante, atrás y a los lados, guardando siempre la misma distancia. Cuando su compañero avanzaba, ella retrocedía. Cuando era él quien se alejaba, ella se adelantaba en señal de reconciliación.

Y así continuó el baile. Todas las parejas de la pista marcando el compás con un suave castañeteo con los dedos pulgares de cada mano. Hasta que llegaba el momento de la copla, que comenzaba una dama o cualquier otro que se animara. Luisa vio a Lola, que bailaba con José; a Rita con Fernando, y Ramón había sacado a Pino. Lola fue la primera en cantar:

—Al pie del Nublo nací —comenzó con una limpia voz—. Mi nacimiento fue bueno, no todos pueden decir que nacieron junto al cielo.

Continuó José con la siguiente. Luisa apenas prestó atención, pues su mirada quedó atrapada en los oscuros ojos de Tomás, que la miraba enigmático. La pareja se miraba fijamente siguiendo los pasos pausados, ajenos al resto. De pronto supo que Tomás estaba a punto de hacer una locura, pero aún no sabía cuál. Lo conocía. Lo conocía demasiado bien, y su sonrisa maléfica se lo confirmó. Tomás tomó el turno sorprendiendo a Luisa con una voz profunda.

—A decirle que la quiero —cantó— no me atreví en todo el día, a lo oscuro de la noche se lo dirán las folías.

La gente aplaudió por aquel canto. Muchos comenzaron a murmurar por la atracción que entre ellos se apreciaba. Aunque le tocaba a Luisa continuar, fue Rita quien cantó mientras fulminaba con la mirada a la pareja que formaban.

—Amor que de mí te alejas, ¿a dónde irás a parar? ¿A dónde irás a encontrar, otro amor como el que dejas?

Los murmullos recorrieron la plaza. Poco a poco la gente se fue congregando, muchos animaban con sus aplausos el final de cada copla. Ramón, atento a lo que sucedía, siguió con la siguiente estrofa:

—El canario que no canta, ni siquiera una folía, tiene enferma la garganta, ¡o algo peor todavía! —terminó Ramón, con menos capacidad para el canto aunque bastante más para el ingenio. Todos rieron.

Luisa recobró su malicia, Tomás la había retado y Rita la había insultado. Como en sus tiempos de niña consentida, alzó su voz sobre los demás para cantar sonriendo felinamente a Tomás:

235

—Allá en el monte una ermita, y en la ermita una mujer, y en la mujer un secreto y en el secreto un querer.

Tomás inclinó la cabeza recogiendo su desafío. Aquello le dio miedo a Luisa, pues sabía que a atrevimiento, siempre ganaba él.

—Cómo quieren que la olvide —volvió a cantar—, si ella es mi medianera. Si el amor echa raíces como la planta en la tierra.

—Cuando una canaria quiere —interrumpió Luisa a Lola— a quien la sabe querer, ella se muere queriendo, y muerta quiere también.

Al terminar el canto, giraron en semicírculo para seguir bailando en la parte opuesta.

—Tengo un canario que canta —volvió Tomás— folías cuando te nombro, mira si te nombraré, que hasta el canario está ronco.

Todos aplaudieron la lucha de coplas que se estaba desarrollando. Pocos eran los que no habían percibido tensión entre el matrimonio y un gran interés entre la majorera y Westerling. Lola continuó distrayendo la atención.

Una vez se terminó el baile, los caballeros realizaron otra profunda reverencia y, sombrero en mano, siguieron en pos de las jóvenes hasta sus asientos. Tomás no pudo evitar seguir el contoneo de las caderas de la joven majorera. Al llegar, les esperaba Antonia con expresión adusta.

—¡Están bonitos! —resopló abanicándose. Tomás, sin amedrentarse, le guiñó un ojo a la mujer, que giró la cara hacia otro lado.

Tomás, desinhibido por completo, se acercó a Luisa para susurrarle:

—En cinco minutos te seguiré hasta el palmeral. —Al notar el movimiento negativo de Luisa, volvió a decir—: ¡Volvamos a recordar Cuba!

Aquellas palabras la transportaron a una noche, no muy lejana, donde Tomás le hizo el amor en medio de la selva cubana. Luisa comprobó, no sin cierto miedo, cómo algo en su interior se revolvía. Supo que cierta malicia se albergaba en ella y cómo el marcado carácter con el que decidió partir de Fuerteventura volvía a surgir de sus cenizas. Estaba cansada de tanta sumisión, de miedos, de días de autocontrol, de momentos de sufrimiento físico y mental. Desde el mismo centro de su ser, algo la lanzaba a correr esa aventura. Amaba a Tomás, y él a ella. Lo había hecho público y antes que sentir vergüenza sintió un gran alivio. Quería ser feliz junto a él. ¡Y al diablo con lo demás!

En un momento dado, con disimulo, se introdujo en la confusión del gentío. Al otro lado de la plaza vio como Tomás la seguía con la mirada mientras daba un sorbo a su vaso. A medida que se alejaba del centro del pueblo, la gente se encontraba más dispersa. Pasó cerca de caballos que estaban atados, esperando llevar de vuelta a casa a sus embriagados dueños. También pasó cerca de la hilera de coches aparcados, distinguiendo el Hispano Suiza de Ramón. Una vez estuvo en el borde del palmeral, se apoyó en una palmera para mirar atrás. La silueta azulina de Tomás se acercaba en la oscuridad de la noche. Tenía bien grabados los andares del hombre en su memoria.

Se adentró en el palmeral, contó tres troncos de palmeras y esperó apoyada. Tomás silbó para que apareciera. Ella, traviesa, se escondió un poco más, mordiéndose el labio para no reír. Cuando estuvo a su altura se abrazó a su espalda.

—¡Con que aquí estabas! —exclamó Tomás mientras la rodeaba con sus brazos—. Mi hermosa niña celeste...

Ella le rodeó el cuello y le besó largamente. Se había vuelto más audaz y supo que le gustaba a Tomás por el sonido gutural que de él surgió. La luz de las estrellas fue testigo del amor que allí se profesaron. Apoyados en el tronco de una palmera, Tomás poseyó a Luisa. Ella se dejó levantar la falda del vestido mientras rodeaba la cintura de Tomás con sus piernas. Suspendida en el aire, se agarró de sus hombros tomando los labios de él entre los suyos. Los sonidos de la fiesta en la lejanía, los grillos y la brisa atenuaron los sonidos guturales de Tomás y los débiles gemidos de ella. Al terminar, él se sentó sobre la tierra apoyando su espalda en el tronco. La tomó de la mano para acomodarla sobre él, de tal manera que la espalda de ella reposara sobre su pecho, sus piernas sobre las de él y su cabeza en su hombro. Le rodeó la cintura para mantenerla así. Al levantar sus miradas, pudieron divisar la media luna que aparecía entre las hojas de las palmeras.

Y allí se quedaron, disfrutando de la intimidad que habían encontrado.

En aquella ocasión, fue a Luisa a quien le tocó aguantar el sermón de Antonia. La mujer, de vuelta a la casa, le dejó claro que estaba muy enfadada por haber dejado que públicamente la consideraran la amante de Tomás. ¡Pues menos mal que no me viste en el palmeral!, pensó Luisa para sí. En el trayecto, Antonia le relató el percance ocurrido en su ausencia. Al parecer, Rita comenzó a gritar sus penas en la zona de bochinches mientras se ahogaba en alcohol y humo de cigarro. Ramón acudió a llevársela de allí, pero Rita se enfureció aún más. Con paciencia, Ramón convenció a Rita para volver a la casa, consiguiendo que esta se derrumbara. Las personas del pueblo fueron testigos del bochornoso suceso, dejando paso a una llorosa Rita, un avergonzado Ramón, una desconcertada Katherine y una enfurecida doña Eugenia.

LOS DEMONIOS DE VERDE RAMA

Los días que sucedieron a la fiesta se vivieron con una extraña normalidad, a la que todos volvieron sin mencionar lo sucedido. A Rita se la veía poco fuera de su habitación. Se pasaba las horas bebiendo y fumando. Tomás intentó hablar con ella en una ocasión, encontrándose con una bravata sin cohesión por parte de la joven. Ordenó que no se comprara más alcohol y que no se obedeciera a Rita en el caso de que esta mandara a comprar. Tomás comenzó a sentirse responsable del estado de su mujer; no deseaba que cayera en tan lamentable desánimo. Aquellos pensamientos se los confesaba a Luisa cuando salían a pasear en su día libre. Ella, comprensiva, también se sentía culpable. Ambos recordaron la posible herencia que la madre de Rita podía haberle dejado. Coincidieron en que su comportamiento se asemejaba más al de una enferma mental que al de una mujer despechada.

Y una noche confirmaron sus sospechas.

Gritos en la madrugada pusieron a todo el mundo en pie. Luisa se levantó descalza para asomarse al pasillo, cuando se encontró con Manuel, que bajaba las escaleras para salir a averiguar qué pasaba. Ruidos en la parte superior de la casa le indicaron que Lola y Antonia también estaban despiertas. Los alaridos histéricos continuaban sin cesar. Manuel, descamisado, y ella en camisón se dirigieron al exterior. Se guiaron en la oscuridad escuchando cómo Lola y su madre les seguían de cerca. Pasaron por delante de la cocina a oscuras. Los gritos provenían de la parte frontal de la casa.

Gritos. Risas. Gritos y nuevamente una risa que erizaba la piel. Entre los arboles de la entrada atisbaron la silueta de una mujer desnuda que bailaba alrededor de una cacerola con fuego. Cuando la bailarina, rotando, quedó frente a ellos, pudieron reconocerla: Rita. De pronto cesó aquella danza frenética para quedar con la mirada perdida y una sonrisa patética pintada en la cara. No les miraba a ellos, parecía mirar a través de ellos.

Manuel y Luisa se detuvieron. Antonia y Lola llegaron asustadas para plantarse junto a ellos, sorprendidas ante aquella escena. Antonia, reconociendo el aquelarre que se estaba produciendo ante sus ojos, comenzó a rezar y a recitar una serie de rimas. Comenzaron a avanzar lentamente en el mismo momento en el que Tomás aparecía en la entrada de la gran casa soltando varios improperios. Decidido, se acercó a la joven cubana que había vuelto a contorsionarse, moviendo la cabeza de forma circular y dejando sus brazos saltar en el aire. Tomás la tomó de la cara para hacerla volver a la realidad.

—Rita, escucha —decía—. ¡Vamos, Rita, déjalo ya!

Al otro lado de la arboleda observaron como Fernando se acercaba a ayudar.

—Eres el diablo en forma de Tomás —consiguió pronunciar Rita arrastrando las palabras—. ¡Tómame!

Acto seguido, se agarró al cuello de Tomás, que aprovechó para tomarla en brazos y llevársela al interior de la casa. A gritos, pidió una manta y que llamaran al médico. Todo el mundo se dispersó para ayudar. Lola y Luisa fueron enviadas a la cocina a hacer una infusión calmante con tila, melisa y valeriana. Antonia iba y venía, con ojos angustiados.

—Esta mujer ha invocado al demonio, ¡nos traerá desgracias! —comentó—. Doña Eugenia acaba de bajar y a punto estuvo de desmayarse al encontrarse con doña Rita desnuda dando berridos. Haz más tisana, Dolores, porque a doña Eugenia, su nuera la manda para el otro mundo. ¡Esto es culpa del demonio!

—Toma, Luisa, llévasela tú —dijo Lola temblorosa—, que a mí me da miedo esa mujer.

Luisa recorrió los pasillos de la gran casa guiada por los sonidos histéricos que Rita emitía. Les encontró en la salita de invitados. Tumbada sobre un sofá, Rita balbucía cosas sin sentido, reía al mismo tiempo que su cuerpo producía espasmos. Tomás le cogía la mano sentado sobre el suelo, mirándola con una expresión descompuesta. Giró la cabeza cuando Luisa, en camisón, descalza y con el pelo suelto, entraba tímidamente con la tisana en las manos.

—Pasa, parece que se va calmando —dijo con la desolación pintada en el rostro—. Nunca quise verla así, Luisa. Yo… ¡me siento fatal!

—Tomás, tranquilo. —Cuando estuvo más cerca preguntó—: ¿Qué es ese olor?

—Con algo se tuvo que embadurnar esta mujer —le contestó mientras se levantaba para tomar la taza humeante—. Rita, vamos, levanta un poco para que te tomes esto —le dijo con delicadeza.

—La bruja, para que veas, que caiga enferma, dale, que sí, dame, todo, él, él, sí, diablo, ven… —continuaba sin cesar.

La tomó suavemente del cuello para incorporarla y llevarle la taza a los labios; los espasmos no se lo permitieron. Luisa observaba aquel cuerpo moverse de forma antinatural mientras rezaba para sí. Aquella mujer le daba mucho miedo. Los lamentos de Antonia sobre las desgracias que pueden llegar si se invoca al demonio la paralizaban, haciendo que sus ojos se agrandaran de pavor. Los ruidos de pisadas en el pasillo le hicieron volver la cabeza.

Manuel y Fernando acompañaban al médico de la familia. Brian Melland era un inglés que había decidido vivir en Santa Brígida tras retirarse de la medicina en Inglaterra. En ocasiones puntuales, como aquella, tomaba su maletín y acudía cuando lo necesitaban. Era de baja estatura, con pelo canoso en la parte baja de la cabeza, y una perilla larga de barba blanca. Les hizo varias preguntas. Tras hacerles salir al pasillo del patio interior, comenzó su reconocimiento.

Varios minutos después salió de la sala con un diagnóstico claro.

241

—Señor Westerling —dijo educadamente el médico—, al parecer su mujer se ha intoxicado con el conocido ungüento del aquelarre.

—¿De qué está hablando, doctor?

—Es un ungüento que se frota en la parte de atrás de las orejas, en el cuello a lo largo de las carótidas, las plantas de los pies y las axilas. Contiene belladona, mandrágora, estramonio y beleño. Produce alucinaciones, llevando a las personas a un estado psicótico como el que ella está sufriendo. Mañana, una vez se le hayan pasado los efectos, volveré a examinarla. Deben acompañarla toda la noche, pues está fuera de sí.

Tomás le agradeció su ayuda mientras le acompañaba a la salida. Subió a Rita a su habitación y pidió a Luisa que le ayudara a vestirla. En ella apreció una expresión de espanto, además de percibir cómo, valientemente, contenía las ganas de salir despavorida de allí. Entre los dos le pusieron el camisón y la metieron en la cama. Tomás envió a Luisa de vuelta a la suya junto a Antonia, quien había entrado con más tisana. Una vez solo, se sentó al lado de la enferma y con una cuchara le iba introduciendo el líquido entre los labios.

Nunca creyó que llevaría a Rita a esa situación. Sentía una profunda culpa por lo que le estaba pasando. ¿Él había hecho que se volviera loca?, ¿por su culpa y no saber quererla se comportaba así? A la mente le vino la expresión dolida de Enrique Galiano cuando mencionó la demencia de su mujer. ¿Sabría él que su hija tenía síntomas de la enfermedad al igual que la madre? Esas y mil preguntas más acudieron a su mente a lo largo de la larga noche.

A la mañana siguiente, todos amanecieron con ojeras al no poder dormir pendientes del estado de Rita. Hasta Fernando se había reunido con ellos en la cocina para tomar más litros de tisana calmante. Luisa percibió preocupación en el rostro del capataz, que, sentado en silencio y sumido en sus pensamientos, tan solo chasqueaba la lengua cada pocos minutos.

El médico, al volver, observó que el trastorno mental en Rita no se debía únicamente a la droga. Habiendo pasado el tiempo necesario para que el organismo absorbiera las sustancias, la joven seguía delirando. Doña Eugenia, más repuesta de la impresión de la noche anterior, estuvo presente en la reunión con el médico. El doctor Melland aconsejó ingresarla en el hospital psiquiátrico y leprosería de San Lázaro. Además, le recetó unos calmantes para que la joven cubana pudiera descansar.

Al día siguiente, Tomás partía con Rita hacia el hospital. Todos quedaron consternados con el ingreso de la cubana. Tomás volvió con el rostro desencajado y se encerró en su despacho.

Los días pasaron tranquilos. El trabajo no les dejaba tiempo para pensar. Tomás y Luisa seguían viéndose a escondidas con sensaciones encontradas. Por un lado, el amor que sentía el uno por el otro continuaba tan vivo como siempre, y la esperanza de poder anular el matrimonio cobraba cada vez más fuerza. Por otro, el sentimiento de culpabilidad no les dejaba disfrutar como querían de aquella oportunidad.

Habían inventado una manera de estar conectados durante el día, mediante la jarrita que le había regalado la alfarera. Luisa la dejaba sobre el alféizar de su ventana para que Tomás introdujera notas en ella. La majorera, a su vez, le contestaba. En muchas ocasiones, usaban aquel método para citarse en algún lugar de la finca, dedicarse unas caricias y volver al trabajo. Otras, se informaban uno al otro de sus tareas diarias. Hacia el atardecer, las notas indicaban el lugar donde encontrarse para pasar unas horas juntos al final de la jornada.

Tras varios paseos nocturnos, Tomás le mostró un lugar donde solía ir de pequeño. Avanzaron en silencio por la piconera que se extendía desde el lado norte de la gran casa. La ladera, llena de lentiscos e higueras, subía en pendiente hasta llegar a la siguiente cima. Una vez en lo alto y ayudada por la luz de la luna, Luisa pudo reconocer una caldera similar a la de Bandama. Tomás la tomó de la mano para bordearla. El crujido de sus pies sobre el picón y las respiraciones agitadas por el esfuerzo del ascenso eran los únicos sonidos en la noche. Luisa creyó que se acercaban a un precipicio, pero la forma curva del terreno engañaba a la vista. Llegaron a lo que le pareció una gran roca volcánica. Tomás encendió el farol que llevaba consigo para explicarle.

243

—¿A que parece una roca? —preguntó enigmático; ante el asentimiento de Luisa continuó—: Pues es una burbuja volcánica; si te adentras un poco, comprobarás que su interior está hueco. En el proceso de erupción se debió formar una burbuja de aire que con el tiempo se enfrió. Si te acercas, verás que lo que parece uno de los lados rugosos de la roca es una entrada, la erosión del tiempo tuvo que hacer esa fisura. Ven.

La tomó de la mano y se acercaron juntos. Luisa comprobó que, efectivamente, en su interior se había formado un hueco casi circular. Era un espacio pequeño donde se debía entrar agachado. Era lo suficiente misterioso para que dos niños, como Tomás y Ramón, lo tomaran como su refugio secreto.

Todas las noches llevaban algo para acomodarse, hasta que llegaron a crear un lugar confortable. Tenían varias esterillas en el suelo, mantas, lámparas de aceite y velas. Aquella burbuja les alejaba de las obligaciones, las normas, la conciencia y el decir de la gente. Cuando se veían allí, solo eran un hombre y una mujer que se amaban profundamente. En una de aquellas noches de recuerdos y confesiones, Luisa le preguntó si nadie pasaba por allí. Él le aseguró que aquella zona no tenía interés alguno salvo para los pastores que conducían a las cabras a través de la ladera, pero que nunca subían hasta donde se encontraban ellos. Luisa sintió que aquel era su refugio personal y adoraba la sensación de protección que le inspiraba.

Una mañana de su día libre, Tomás la esperó en el cruce de Bandama como tantas otras veces.

—Hoy te voy a llevar a un lugar especial —le dijo con una sonrisa de medio lado acercándose a la montura de ella—. Espero que hayas traído provisiones suficientes, porque no volveremos hasta bien entrada la tarde.

—¿A dónde me llevas? ¡Quiero saberlo! —dijo con alegría y llena de curiosidad.

—Espera y verás.

—¿Pero está lejos?

—Haremos algo que solías hacer en Fuerteventura.

—¿Haremos el cabra loca? —dijo fingiendo estar extrañada, pero con un brillo pícaro en la mirada.

—Algo parecido, sí —le contestó él guiñándole un ojo.

Tomaron el camino que llevaba a Telde, un pueblo situado al este de la isla. Antes de llegar, se desviaron hacia el norte bordeando la costa. Las montañas encrespadas de la zona de Santa Brígida se diferenciaban de las que se situaban cerca de la costa por ser más onduladas. Las plantas que allí crecían formaban parte del grupo de plantas de costa, con menos necesidad de agua. Observó los grandes cardones que parecían candelabros. Entre ellos crecían tabaibas, tarajales y balos. Incluso llegó a ver algún drago, planta endémica que recordó haber visto en Fuerteventura. Las montañas áridas le recordaron a su niñez, cuando comenzó a cabalgar por las llanuras desérticas majoreras.

Cuando el calor apretaba llegaron a la cima, desde donde el acceso al barranco les permitía bajar hasta la costa. Desde lo alto podían visualizar a lo lejos los conos volcánicos de la Isleta y la ciudad de Las Palmas. Tomás le señaló una playa de arena oscura que se había formado al final del barranco donde se encontraban. Luisa, al saber qué pretendía Tomás, le sonrió ampliamente sintiendo cómo el corazón se le henchía de júbilo. ¡Iba a bañarse en la playa!

—¡Vamos al agua, don Tomás! —bromeó Luisa—. ¡A ver quién llega primero!

Espoleando su montura comenzó el descenso. Tomás la seguía de cerca, sonriendo sin poder remediar la felicidad que le embargaba al ver a Luisa reír. La joven, con pantalones de muchacho, el traje desgastado, la trenza a la espalda y aquellos ojos azules que lo miraban sobre el delicado hombro, hacía que Tomás se sintiera afortunado por tenerla cerca.

Luisa saltó de su montura cuando las pezuñas del animal tocaron la arena oscura. Sin dejar de correr se quitó cojeando los pantalones; el vestido fue detrás. Cuando estuvo a punto de llegar a la orilla mojada por las olas,

Tomás la levantó en sus brazos haciéndola reír a carcajadas por la sorpresa. Juntos se introdujeron en el mar. Allí se refrescaron en las aguas atlánticas, sumergiéndose bajo las olas más bravías. Tras varias brazadas se situaron donde el mar les permitía abrazarse y disfrutar de sus besos con sabor a sal.

Luisa solo llevaba la combinación de su ropa interior, pero Tomás estaba completamente desnudo. Mecidos por el movimiento del mar, sus manos acariciaron los cuerpos sumergidos. Luisa rodeaba con sus piernas las caderas de Tomás, que acariciaba sus glúteos y los apretaba contra él. La joven, apoyando la barbilla sobre su hombro, mirando al horizonte, sumergió su mano en las aguas cristalinas para tomar el miembro erecto. Aquel gesto arrancó a Tomás un sonido gutural de satisfacción. Él también comenzó a acariciar su entrepierna. La pasión comenzó a aumentar entre ellos exigiéndoles más y más. Luisa, en un rápido movimiento, se introdujo el miembro de Tomás en su interior. Allí, en aquella playa solitaria, comenzaron a hacer el amor. Tras varios minutos, Tomás tomó a Luisa por las caderas y sin separarse salió del mar, teniendo a la joven cogida entre sus brazos. Tumbados en la orilla continuaron amándose, siendo el mar el único testigo de su unión.

Pasaron aquel día de agosto dándose largos baños en el mar y mirando, desde la sombra de la base del acantilado, los barcos en altamar que se dirigían al puerto de La Luz. Se sentaron sobre las esterillas que traían en la montura para dejar que sus pieles se secaran al sol. Comieron el queso, la pella de gofio, los plátanos y el pan de tomillo que Luisa había traído. Disfrutaron enormemente de un día tranquilo en la playa. La joven majorera atesoró aquel día en su memoria, pues se había sentido como Eva en el paraíso.

DURAS DECISIONES

Tomás visitaba todas las semanas a Rita. A su vuelta del psiquiátrico, los remordimientos lo atormentaban. Rita, en más de una ocasión, mostró cierta lucidez, destrozando a Tomás al pedirle que la sacara de allí. Solían verse en una sala con altos ventanales y paredes blancas, ausentes de cualquier decoración. Vestida con camisón largo, pelo enmarañado y mirada lunática, Rita repetía:

—Ay, mi amor, esta gente me hace daño. —Su voz lastimera se acentuaba por los efectos de los sedantes—. ¡Sácame de aquí!

Tomás cada vez que volvía de aquellas visitas se sentía más afectado. Solía desahogarse con Luisa, transmitiéndole, sin quererlo, cierta inseguridad. La responsabilidad que tenía hacia su esposa desarmaba a Luisa. Esta presentía que algo malo iba a suceder, pues aún no tenían respuesta en cuanto a la petición de nulidad y sentía que la enfermedad de Rita, en ocasiones, les dividía.

No solo su situación no avanzaba, sino que había que sumarle la realidad que les rodeaba: el aumento de la pobreza y los escasos beneficios de las cosechas. Cada vez más personas acudían a la gran casa a pedir comida. El horno no dejaba de trabajar, horneando pan para todo aquel que venía a pedir. Luisa se ofreció a remendar ropa, pues la gente no tenía ni para hilo de coser. El malestar general se percibía en el ambiente. Todos comentaban que la situación era insostenible. En algún momento aquello iba a estallar.

Los días calurosos se sucedieron, dejando a Luisa en un estado de cansancio continuo. Apenas se mantenía despierta cuando se reunía con Tomás tras su larga jornada de trabajo.

Una tarde de septiembre, Luisa se encontraba ayudando a Antonia en la cocina, cuando el sobrino de doña Eugenia y su mujer llegaron de visita a Verde Rama. Mario Artiles era el hijo mayor de uno de los hermanos de doña Eugenia, también apellidada Artiles. El joven era terrateniente de la zona sur de la isla, concretamente de Telde. Su esposa, una mujer menuda y poco agraciada con cara de ratón, no había concebido niño alguno en los cinco años de matrimonio. La soledad les hacía viajar por la isla visitando a sus familiares en la época estival. Aquel final de verano decidieron acercarse a visitar a su tía y a sus primos, con los que siempre habían mantenido buena relación.

Katherine se encontraba tomando té con doña Eugenia cuando anunciaron la llegada de Mario y Encarnación. Lola fue la encargada de atenderlos. La joven iba y venía del interior de la gran casa con su uniforme negro. En su rostro, Luisa percibió una expresión de preocupación, pero no quiso preguntarle hasta que no estuvieran a solas. No hizo falta esperar, pues al cruzar la puerta llevando una bandeja de plata, estalló:

—¡Ay, Luisa, no sabes lo que escuché! —comenzó la joven morena—. Estaba retirando el servicio, cuando oí a la inglesa preguntar por la situación de Bolena, que después me di cuenta de que eras tú, porque doña Eugenia dijo que Tomás jamás anularía el matrimonio, que estaba jugando contigo y que era imposible que una muchacha tan mediocre como tú llegara a ser su nuera, que ella no iba a permitirlo. ¡Y claro! La mujer esa amaguada, la tal Encarnación, se interesó por lo que estaban diciendo, así que empezaron a decir barbaridades sobre ti, como que eres una oportunista que engañaste a todos. ¡Ay, mi niña, esa mujer no te quiere nada!

—Pero... ¿por qué dice esas cosas horribles? —preguntó Luisa desconcertada ante la crueldad de la mujer.

—Por lo mismo que te vengo advirtiendo, joven —comentó Antonia—. Porque lo que el señor y tú pretenden, en estos tiempos que corren es imposible.

—Tomás fue hoy a ver a Rita. En cuanto llegue hablaré con él —dijo encontrándose algo mareada—. Necesito que me deje claras las cosas de

248

una vez.

Se llevó la mano con la que pelaba los ajos a la cara para despejarla de los mechones que le caían en la frente. El fuerte olor le revolvió el estómago. Sin poder evitarlo, salió corriendo al exterior y vomitó. Cuando volvió a la cocina, la mirada de Antonia la sobresaltó. Esta se cruzó de brazos, y con la punta del pie, que asomaba bajo su falda golpeando rítmicamente el suelo, preguntó:

—Luisita, ¿hace cuánto que no cae mala?

—¿Yo? Pues…, el otro día —mintió Luisa. Comenzando a hacer cálculos sintió que su mundo se venía abajo.

—Pues entonces será que algo te habrá sentado mal —comentó por lo bajo Antonia, que se volvió hacia los fogones con cierta desconfianza.

Luisa se excusó y se retiró a su habitación seguida de cerca por Lola, que la miraba con ojos reflexivos.

—¿Te encuentras bien? —preguntó.

—Sí, sí. —La sensación de ahogo de Luisa no la pudo controlar más. Derramando lágrimas desconsoladas, dijo—: ¡Ay, Lola, guárdame el secreto!

—¡Dios bendito, Luisa! —exclamó la joven acercándose para consolarla con su abrazo—. ¿Estás embarazada?

—Yo creo que sí, Lola —lloró—. Pensé que para este momento ya habría normalizado la situación con Tomás.

—Pues se tendrá que hacer cargo —contestó Lola con cierto enfado.

—Pero no se lo digas a nadie —suplicó Luisa—. Yo se lo diré cuando me explique qué está pasando. ¡Ay, Dios! ¡Y encima está doña Eugenia que no me quiere apenitas!

En aquel momento, el ruido de un coche al llegar a la casa las interrumpió.

Era el motor del Hispano Suiza que Ramón había dejado allí antes de partir hacia Arucas. Tomás había llegado.

Luisa se levantó corriendo para ir a contarle lo que había descubierto. Mientras la falda se arremolinaba entre sus piernas al andar con rapidez, pensaba en la reacción de Tomás al enterarse de que iban a ser padres. Ella estaba feliz. Tras la primera impresión de terror al darse cuenta de que estaba embarazada, sobrevino la esperanza de agilizar las cosas para poder darle un apellido a su hijo.

Al doblar la esquina para enfrentarse al coche, sintió su corazón caer a sus pies. Reparó al instante en que Tomás estaba acompañado de una mujer. En aquel mismo momento, Tomás tomaba en brazos a una casi inconsciente Rita. ¡La traía de vuelta a la casa! El jardín comenzó a darle vueltas, el aire a faltarle... ¿Qué hacía allí? ¿Por qué la traía de vuelta? ¿Se había curado? Las crueles palabras de doña Eugenia vinieron a su mente. Su hijo estaba jugando con ella. Antes de volverse y salir corriendo, sintió la mano de Lola en su hombro.

Reconoció una mirada compasiva. Lola sentía lástima por ella.

Su mujer, de nuevo en la casa; ella, embarazada, y la animadversión de doña Eugenia no dejaban muchas opciones para conseguir lo que tanto ansiaba.

Lola, al ver la mirada horrorizada de Luisa, la acompañó a la cocina, donde le dieron la noticia a Antonia. Esta salió a atender a la recién llegada e instalarla en su habitación. Lola preparó café mientras consolaba a su amiga. Luisa, un poco más animada, se negó a creer lo que Lola trataba de decirle. No había sido engañada, Tomás tenía una explicación que darle, de eso estaba segura.

Se levantó de nuevo, entró en la gran casa y lo buscó sin importarle las visitas. Escuchó el murmullo de la conversación entre Katherine y los primos del sur al pasar cerca de la puerta del salón. Finalmente, lo encontró en el piso superior, sentado en un banco cerca de la alcoba de Rita, con los codos apoyados sobre las rodillas y agarrándose la cabeza con las manos.

Parecía preocupado.

—Tomás… —susurró Luisa mirando hacia abajo por las ventanas para asegurarse de que no les veía nadie. Él levantó la cabeza al verla, pero su rostro se mantuvo serio—. ¿Qué está pasando?

—Luisa, ven —le señaló un espacio a su lado—. No he podido evitarlo, perdóname. Cuando llegué, acababan de darle una sesión de electrochoque. Al parecer le dan corriente eléctrica en la cabeza, su cuarto olía a pelo quemado. Cuando me vio, me suplicó que la sacara de allí, que le hacían daño; me prometió ser buena. ¡Carajo! ¡Si parecía una niña abandonada! Y no me lo pensé dos veces, me la llevé de allí.

—¿Y ahora qué va a pasar? —preguntó Luisa con un hilo de voz sin saber si quería conocer la respuesta—. Porque vamos a casarnos, ¿verdad?

—Claro, Luisa —dijo tomándola de la cabeza para darle un beso en la frente. La apoyó en su hombro—. Necesito un poco de tiempo para solucionar esto. Luisa, estar contigo es lo que me mantiene en pie. La esperanza de que todo esto acabe y poder casarme contigo es lo que me hace levantarme cada día y luchar. Pero necesito tiempo…

—No hay tiempo, Tomás —le dijo agarrándole la mano con fuerza mirándolo a la cara. Él, desbordado por la situación, no entendió.

—Luisa, debemos esperar un poco más.

Iba a anunciar su estado de buena esperanza cuando algo la detuvo. ¿Tiempo? ¿Le pedía tiempo? ¿Acaso pretendía dejarla esperando eternamente? Se sintió idiota. ¿Habría estado tan ciega que no se había dado cuenta de que tal y como decía su madre, él estaba jugando con ella? ¿A qué demonios venía traerla de nuevo? ¡Cuándo estaban a punto de recibir los papeles de la anulación! Las dudas y el miedo a volver a sufrir la paralizaron. Si le decía que estaba embarazada y la rechazaba, sabía que no podría soportarlo.

Cerró los ojos.

Antonia salía en aquel momento de la habitación, cerrando la puerta tras ella. En el corredor se encontró con la pareja cabizbaja. Los ruidos del bastón de doña Eugenia solo los escuchó ella.

—Buenas tardes, señora —dijo Antonia sorprendiendo a la pareja. Con la mirada le indicó a Luisa que la siguiera, que aquel no era su lugar.

—Hijo, exijo saber qué está pasando —la voz grave de doña Eugenia se escuchó en todo el corredor—. Tu primo Mario está de visita y mira con lo que le recibes. ¡Con otro escándalo más!

—Madre, Rita se quedará con nosotros hasta que encuentre un lugar mejor para ella —le informó con expresión inescrutable—. Si lo que encuentras en esta casa no es de tu agrado, podrás marcharte en cuanto Katherine parta hacia Inglaterra.

—¡Pero cómo…! —comenzó a exclamar doña Eugenia roja de furia mientras daba un bastonazo contra el suelo viendo marchar a su hijo por el otro lado del corredor. Su mirada iracunda cayó sobre la joven Luisa—. Tú, ven y ayúdame a llegar a mi habitación.

—Sí, señora —contestó Luisa sumisa, viendo como Antonia se retiraba mirándola como si fuera un cordero a punto de sacrificar.

—Supongo que usted conocerá el motivo de la vuelta de Rita a esta casa —afirmó más que preguntó la dama de negro, que se agarraba firmemente al brazo de Luisa.

—Al parecer estaban aplicándole métodos dolorosos a la señora Westerling —explicó simulando indiferencia, pero su interior hervía de emociones encontradas—. Ella le suplicó que la sacara de allí y él así lo hizo.

—Bueno, por lo menos espero que esto le haya hecho ver las cosas tal y como son —comentó mientras el ritmo de sus pasos a lo largo del corredor le hacía recordar a una marcha fúnebre—: Que mi hijo está casado, que tiene una responsabilidad con su mujer, y que para colmo no se puede deshacer de ella tan fácilmente como creía, pues está enferma y debe velar por su salud mental. ¡El divorcio es un disparate!

—No es eso lo que me ha dicho Tomás —contestó con la mirada inexpresiva y voz mortalmente neutra, pues las duras palabras de doña Eugenia daban forma a sus pensamientos.

—Y qué te va a decir él, ¿la verdad? —preguntó con un bufido—. Vamos, joven, que de tonta no tiene un pelo. ¿No habrá pensado que mi hijo estaba realmente interesado en casarse con usted? Yo creí que lo que quería era dinero; eso sí hubiera sido inteligente por su parte. Ahora que lo pienso —dijo mientras se sentaba en un sillón cercano a la ventana de su alcoba. Luisa permaneció de pie, con las manos unidas mirándola fijamente—, tener a una nuera enferma me permitiría llevar los asuntos de mis hijos sin interferencias. Ahora mismo tu influencia es nefasta para Tomás, no me gusta en lo que lo has convertido.

—¿Y qué hay de la descendencia? —preguntó Luisa, cuya cuestión pareció sorprender a la anciana—. ¿No ha pensado en tener nietos?

—De una enferma no, no quiero que en el futuro la familia lleve locos entre sus miembros —contestó apoyando las dos manos sobre su bastón, entrecerrando los ojos y analizando a Luisa—. Los hijos de Ramón serán los herederos, él siempre se comporta como un verdadero Westerling.

—¡Pues ya hay un heredero de Tomás en camino! —Nunca creyó que la primera persona a la que le confesaría su secreto sería doña Eugenia, pero quería desestabilizar su jugada, quitarle los hilos de títere y dejarla frente al libre albedrío.

—¡Eso no es verdad! —sentenció como si así borrara cualquier posibilidad—. Por muy embarazada que puedas estar, ese niño jamás será reconocido por Tomás. —Con una mano arrugada levantó un dedo—. ¡Jovencita, es hora de que te marches de esta casa! Abra los ojos, no complique más su vida, usted es una vergüenza para él. ¡Jamás se casará contigo! Lleva meses contando la misma historia.

—Está esperando la respuesta del obispado —contestó entre dientes con voz temblorosa por la inseguridad y la deshonra que aquella mujer le hacía sentir.

—¿Y por casualidad no te habrá pedido más tiempo? —dijo con sorna la anciana. Llevaba muchos años manipulando a las personas y sabía cómo emplear una buena estrategia para derribar las voluntades más férreas—. Mira, niña, te di una oportunidad para crecer y ser independiente, pero apuntaste demasiado alto. Deberías haberte conformado con algún joven de tu clase.

—¡Que le estoy hablando de su nieto! —señaló su vientre.

—Tonterías, ¡eso no será más que un bastardo! —exclamó—. Y le aseguro que ningún bastardo será considerado como mi nieto. No creas que no siento desafortunada tu situación. Es lamentable, por supuesto, pero antes de que sigas humillándote ante Tomás, puedo ofrecerte trabajo en casa de unos conocidos donde tendrás a tu hijo y podrás comenzar la vida que debiste escoger desde el principio. Si decides hablar con Tomás, no tendrás mi ayuda, verás cómo tus ilusiones de convertirte en su esposa se deshacen a medida que vaya pasando el tiempo y nunca llegue la anulación. Tu barriga crecerá, perderás tu belleza y Tomás pondrá los ojos sobre una chica más joven que tú. Es lo que siempre sucede, mi niña, ¿por qué iba a ser distinto contigo?

—¡Eso, jamás! —dijo sin poder contener las lágrimas de impotencia—. No crea que voy a aceptar…

—Piénsatelo —alzó la voz para interrumpirla—. Y ahora… ¡vete, tengo que volver con mis invitados!

Luisa salió de la alcoba de doña Eugenia con el alma destrozada. Aquella mujer le había hecho ver una realidad en la que jamás se había parado a pensar. Debía estar equivocada, se dijo. Tomás no le mentía, no podía estar jugando con ella. Al llegar a la cocina se encontró con las miradas compasivas de Antonia y Lola. Ambas le preguntaron por lo que le había dicho doña Eugenia. Luisa contó la versión, obviando los detalles sobre su embarazo. Parecía que todos veían una realidad distinta a la de ella, pues Antonia enseguida le aconsejó que tomara la ayuda de doña Eugenia y que pusiera distancia entre ella y Tomás.

—Esto no va a ningún lado, Luisita —le decía—. Yo te lo vengo advirtiendo desde hace tiempo, él tiene obligaciones que no le permiten hacer lo que le venga en gana.

—Deberías pensarlo —la animó con una sonrisa Lola. Ella también creía que debía acabar con todo y partir.

—Anda, ve a aclararte las ideas, toma el aire y piensa en lo que te hemos dicho —le aconsejó Antonia—. Ya nos encargamos nosotras de la cena.

Luisa, arrastrando sus pies apesadumbrada, salió hacia la casita. Se tomó de los codos en un intento de encontrar consuelo. Debía pensar qué hacer. No entró en la vivienda, sin embargo, dirigió sus pasos hacia su ventana. Allí introdujo los dedos en la jarrita de barro y encontró una nota de Tomás. Había recibido un telegrama de Ramón pidiéndole ayuda, pues las revueltas habían llegado a Arucas y no podía controlar la situación él solo. Nuevamente le pedía perdón, pero debía solucionar aquel problema.

¡Justo cuando más te necesito, pensó Luisa, te vas de mi lado!

La partida de Tomás hizo que su realidad tomara otra dimensión. Miró a su alrededor mientras la angustia se apoderaba de ella lentamente. Sus pies la hicieron volar piconera abajo. Corrió y corrió, dejando que sus lágrimas se deslizaran por sus mejillas. Queriendo frenar aquella angustia, subió la empinada ladera que llevaba al refugio que compartía con Tomás. Una vez allí, se derrumbó. Gritos lastimeros salían de la cueva donde los vientos alisios que azotaban a esa altura se los llevaban. Todas las miradas que había ignorado hasta ahora volvían a su mente. Todos aquellos rostros, algunos más conocidos que otros, la miraban con compasión; como quien mira a un estúpido que no ve más allá de sus narices. Antonia, con su sinceridad; Lola, compasiva; Manuel, quien intentaba no juzgarla; Fernando, cuya experiencia se igualaba a la suya. Él era el amante de Rita, probablemente estuviera enamorado de ella, pero él supo desde el principio cuál era su papel. Pero ella no. Ella, siempre orgullosa, siempre creyendo que su vida era mejor que la de los demás, se tragó las mentiras de un hombre casado.

Creyó que ya no conocía realmente a Tomás. Aquel pensamiento le desveló una soledad jamás experimentada. Había sido capaz de soportar todo tipo de penurias al creer en el amor que tanto ella como Tomás sentían por el otro. Se mantenía en pie, pisando fuerte, orgullosa, pues creía que era el mundo quien atentaba contra ellos. En ocasiones, llegaba a creer que conseguían ser un solo ser. Creía ciegamente en ellos. Hasta ahora.

De pronto, todo en lo que creía le parecía algo tan débil como el humo. Se sentía sola, sin fuerzas y engañada. Sintió cómo el año que había pasado se multiplicaba por diez. Debía pensar en el niño que vendría, sería una buena madre. Ahora, verdaderamente, tenía un motivo para luchar, para sobreponerse y seguir adelante. Intentaría darle la mejor vida posible y se olvidaría de Tomás.

Durmió en la cueva.

Por la mañana surgió del interior una nueva Luisa. Antes del amanecer llegó a su habitación y comenzó a hacer el equipaje. Lola al escucharla bajó a verla; ella le informó de su decisión: partiría. Le hizo prometer que jamás le contaría a Tomás nada, tan solo debía decirle que se había cansado de esperar, que ya no creía en sus palabras y que no se merecía ser tratada como una amante. Lola le prometió que así lo haría.

Esa misma mañana habló con doña Eugenia para comunicarle su decisión. Dio las gracias por la urgencia de Arucas, que había hecho partir a Tomás, pues no se creía con fuerzas de marchar estando él allí.

Sentada en el salón del norte, donde la luz de la mañana inundaba la estancia, se encontraba la señora tomando una taza de café. Doña Eugenia sonrió satisfecha al escuchar a Luisa, pues creyó que nuevamente controlaba la situación. Aquella joven majorera había destrozado la confianza que su hijo tenía en ella. Ya no se dejaba aconsejar. Algo que a la anciana enfurecía sobremanera era sentir que ya no contaban con ella. Durante la noche, algo en su interior le dijo que debía hacerse responsable de lo que su hijo había hecho. Si era cierto que iba a ser abuela, no podía deshacerse de aquella muchacha sin más, debía velar por su nieto. Enseguida comenzó a darle forma a su plan.

—Al ser una decisión precipitada, no me ha dado tiempo de avisar a mi amiga, la señora Verdugo. Antes de marcharte escribiré una carta donde le explicaré la situación. No creo que María del Pino se niegue a acogerte. Tiene una niña con problemas y recuerdo que andaba buscando a alguien para que la cuidara. —Levantándose costosamente se dirigió a un pequeño escritorio situado contra la pared—. Para que veas que te tengo estima, en los meses más difíciles del embarazo, cuando apenas puedas moverte, hablaré con las religiosas clarisas para que te acojan. Las monjas tienen una casa en Vegueta donde atienden a mujeres como tú.

Esperó unas palabras de agradecimiento por su consideración, pero de los fríos ojos de Luisa solo obtuvo por respuesta una mirada de profundo odio. Luisa solo quería salir de aquella casa cuanto antes, pero la cruel anciana la hizo esperar unas horas más en la cocina.

Aprovechó aquellas horas para escribir una carta a su tía Benedicta, a quien todos los meses le enviaba dinero. Esta vez le comunicaba que no podría seguir mandándoselo pues sus circunstancias habían cambiado. Tras un pequeño momento de indecisión, se lanzó a contarle toda la verdad. La tranquilizaba diciéndole que tenía trabajo allá a donde iba y que iba recomendada. No dio muchas explicaciones sobre cómo llegó a suceder todo, pues supuso que era de fácil deducción. Prometiéndole escribirle desde que se encontrara con fuerzas, se despidió sin olvidar comentarle que le guardara el secreto y que no se lo dijera a su madre. Sabía que iba a acarrearle más preocupaciones de las que ya tenía su tía, pues en las últimas cartas hablaba de la mala situación económica.

Selló la carta y la guardó mientras volvía a la cocina. Allí se despidió de su segunda familia. Todos lamentaron su marcha, pero entendían sus circunstancias. Luisa se negó a decirles dónde iba a trabajar, pues sabía que Tomás les interrogaría hasta sonsacarles la información y ella no estaba dispuesta a que la encontrara. Llevaba más de un año esperando, el tiempo se había agotado y ya no quería saber nada más de él.

Finalmente, el encargado de llevarla a Las Palmas fue Fernando, el capataz. La ayudó a subirse en la camioneta mientras con ojos llorosos se despedía de los demás. Lola no soportó su marcha y tras un largo abrazo salió corriendo hacia la casa. Antonia le deseó lo mejor y le dijo que rezaría por ella.

Durante el camino, el silencio reinó en el interior del vehículo. Cuando se iban acercando a la ciudad, Fernando chasqueó la lengua haciendo que Luisa volviera del lejano mundo de sus pensamientos.

—Debe cuidarse, Luisita —dijo—. Este mundo no está hecho para madres solteras. Yo soy hijo de una y sé lo que digo.

—¿Cómo sabe que yo...? —preguntó sorprendida.

—La señora me lo dijo —la interrumpió—. Seré el encargado de llevar la correspondencia entre la señora Verdugo y ella, no quiere que sus hijos se enteren de que la está ayudando —explicó encogiéndose de hombros.

—Por favor, Fernando, no se lo diga a nadie. En la casa solo lo sabe Lola y... —frenó su súplica ante el principio de carcajada del hombre.

—Vamos, Luisa, ¿no creerá que voy a permitir que el bobo mierda del señorito abandone a su mujer por irse con usted y su bastardo? Si por mí fuera, me llevaría a Rita de allí, pero ese malnacido solo sabe hacer sufrir a las mujeres. ¡Él fue quien la volvió loca!

—La madre de Rita tiene la misma enfermedad —lo defendió Luisa al sentir punzadas de dolor al ver como insultaban a Tomás—. Él no la volvió loca.

—Yass, carajo. ¿Y lo que te hizo a ti también es una enfermedad? —preguntó escéptico.

Luisa no pudo responderle, pues la vergüenza la hizo callar.

LA VIDA SIN LOS WESTERLING

uisa se adaptó rápidamente a la familia Verdugo-Acedo. Las ganas que había puesto en caer bien y ser aceptada se vieron recompensadas. El servicio que trabajaba para la familia vivía en los riscos de San Nicolás, a las afueras de Las Palmas. Todos los días acudían a la casa a realizar sus tareas. Luisa era la única a la que le habían asignado una habitación en el ático.

Como cocinera y ama de llaves trabajaba Teodorina, una mujer de anchas caderas y rostro redondo que rondaba los cuarenta años. Teodorina le presentó a las dos sirvientas: María del Carmen, a quien se le acortaba el nombre llamándola Maricarmen; y a Faustina. Ambas eran sobrinas de Teodorina, quien les había conseguido trabajo. El recelo con el que la recibieron dio paso a una cordial relación. La joven que se presentaba ante ellos se había cubierto de cautela, dando pocos datos sobre su vida anterior. Luisa respiró tranquila tras saber que las mujeres del servicio habían sido informadas sobre su estado. La señora Verdugo le había ahorrado la vergüenza de dar explicaciones.

Con el tiempo, Faustina, una joven inquieta, parlanchina y curiosa, le fue contando todos los pormenores de la familia. El señor Verdugo pertenecía a una familia de terratenientes cuya finca en Gáldar no solo era extensa, sino productiva. La fortuna que había heredado aumentó tras comenzar a ejercer de intermediario. Alfonso Verdugo se había casado con María del Pino Acebo, como acuerdo económico y social. De su matrimonio habían nacido cuatro hijos, los dos varones mayores se habían casado, trabajaban en el negocio familiar y vivían en Las Palmas. Las dos hermanas menores aún vivían con ellos. María Isabel era una joven religiosa y afable que esperaba encontrar marido pronto, pues ya rondaba la veintena. Su madre, la señora Verdugo, la acompañaba a todos los eventos sociales donde su hija pudiera cazar un buen partido. La menor de las hijas había llegado por sorpresa. María del Pino fue madre a los cuarenta y dos años de una niña con síntomas de problemas mentales.

La pequeña tenía cuatro años y, al igual que su hermana y su madre, había heredado un rostro alargado, con ojos negros rasgados y pelo ensortijado moreno. Cuando le explicaron que su trabajo consistiría en cuidar de la niña, a Luisa le pareció una tarea sencilla. Esperaba congeniar con la pequeña Constancia. La señora Verdugo, tras hacerle una pequeña entrevista, la acompañó a la habitación de la niña mientras le explicaba las circunstancias:

—Verás, descubrimos que algo no andaba bien al año de ella nacer —relató—. Se comportaba de forma mucho más brusca que cualquier niño normal, algo que nos sorprendió, pues fue un bebé muy tranquilo y nada llorón. El médico le diagnosticó un problema mental, le llaman autismo —suspiró meneando la cabeza—. Esta situación nos desborda, la verdad. Hasta ahora la han cuidado las chicas del servicio, pero se ha vuelto cada vez más brusca y por mucho que se grite no obedece.

—¿La niña habla? —preguntó Luisa.

—Dice algunas palabras, que más bien son gruñidos. ¡Ay, es que yo con esta niña no tengo paciencia, la verdad! Ya tiene cuatro años y no hay forma de educarla. Espero que con una persona a su lado, noche y día, mejore su conducta.

Entraron en la habitación de la niña. Esta se encontraba en el suelo, sentada, golpeando una muñeca mientras decía «ah» de forma grave. El suelo de madera retumbaba bajo los golpes. Tardó en darse cuenta de que no se encontraba sola. Alzó la vista y clavó la mirada en Luisa. Sonrió y con un movimiento rápido se levantó y corrió hasta ella señalando su cabeza. Luisa creyó que era un buen comienzo. Comprobó que el objeto de admiración de la niña era el color de su pelo. Se agachó para que tocara su trenza. Con brusquedad, le dio un buen tirón.

Luisa gritó ante aquel gesto. La niña gruñó. Y María del Pino se excusó tras regañar a la niña, que apenas la miró. Luisa, con paciencia, se deshizo la trenza y la dejó tocar su pelo rubio. La niña se calmó mirando maravillada la melena lacia de la joven.

—Mi marido dice que son disparates míos —dijo la señora Verdugo con voz pausada—, pero hay veces que creo que la pequeña es inteligente, que no tiene ningún retraso mental; pero, claro, luego intento hacerla entrar en razón y vuelve a comportarse como una salvaje.

—Creo que me entenderé con ella, señora —contestó Luisa, fascinada con la pequeña, mientras su sonrisa se vio recompensada con otra por parte de Constancia.

Vivían cerca de la calle Cano, en una transversal que llegaba hasta Triana. La casa se dividía en tres plantas. En la primera, se ubicaban la cocina, el comedor y un salón luminoso con tres altos ventanales que daban a la calle. En la segunda, se encontraban las habitaciones de la familia Verdugo; para finalizar con la tercera planta, donde dormía Luisa. Allí, anteriormente, se encontraban las habitaciones de sus hijos mayores, pero en aquellos momentos almacenaban trastos. Sus techos altos y pasillos largos solían estar llenos de ruidos sordos causados por la pequeña. Sus habitantes no podían evitar dar brincos al sobresaltarse con los golpes.

A medida que la niña iba tomando confianza con Luisa, su carácter se fue suavizando. Luisa llegaba a entender lo que quería antes de que entrara en crisis de histeria, muy comunes en la pequeña. Intentó enseñarle a hablar, pero poco consiguió. A las pocas semanas de encontrarse trabajando allí, observó que la mayor parte del problema de la pobre Constancia era el olvido por parte de su familia.

La hermana mayor apenas le dirigía la mirada. María Isabel compartía la misma afición que Luisa por la costura, a través de la cual llegaron a entablar una relación cordial. Pero la amabilidad y paciencia que caracterizaban a la joven finalizaba en cuanto Constancia entraba en la estancia. María Isabel solía escabullirse para no estar presente cuando la pequeña se encontraba en la misma habitación que ella. Decía que su brusquedad la alteraba y que jamás se comportaría como una persona normal. Cuando el señor Verdugo se encontraba en la casa, intentaban que la niña estuviera en su habitación; aunque la mayoría de las veces, andaba por el suelo buscando algo para lanzar o golpear. Ante aquella conducta, el señor Verdugo no decía nada. En cambio, Luisa terminaba agotada al ir tras ella, impidiendo que rompiera las cosas.

Lo que más sorprendía a Luisa era la actitud de la señora, quien mostraba una absoluta indiferencia ante la niña. Ni sus ruidos llegaban a captar su atención. Las tardes que coincidían madre e hija en el salón, Luisa no dejaba de sorprenderse. En una ocasión, intentaba enseñarle los colores. Sentada sobre la alfombra junto a la pequeña, no cesaba de repetirle las palabras. La madre de la niña parecía tener un animal doméstico a sus pies, pues cuando se acercaba, le daba palmaditas en la cabeza mientras continuaba con sus labores.

El problema de la niña, sumado a la falta de atención de la familia, hacía que Luisa estuviera todo el día pendiente de Constancia. Con la mente ocupada, apenas se daba cuenta de cómo iban pasando los días ni de cómo su cuerpo se iba transformando. Al caer la noche, su mente volaba a Santa Brígida, recordando las cosas cotidianas que se habrían hecho durante el día. Hoy, seguro que Antonia necesitó gofio; mañana tendría que mandar a Manuel a llenar los bidones de agua y probablemente Lola se encargaría de comenzar a hacer las tortitas de calabaza de invierno. Los castaños comenzarían a dar sus frutos y pronto se celebrarían las fiestas de los Finaos, se decía. Como una puerta medieval, que baja lentamente, los recuerdos de Tomás tomaban protagonismo. Le echaba muchísimo de menos; aunque su corazón le doliera tanto por la desilusión, seguía amándole. En más de una ocasión, imaginó estar tumbada junto a él. En su imaginación, hablaban de los posibles nombres para el bebé mientras Tomás apoyaba sus manos sobre su vientre, esperando alguna patadita.

Todos aquellos sueños quedaban relegados cuando llegaba la mañana.

El día que Tomás llegó a Verde Rama, no lo olvidaría nadie.

Antes de entrar en la casa, se dirigió a la ventana de Luisa para dejar una nota. Cuando se acercó allí, la jarrita no estaba y la ventana se encontraba cerrada. Lola, que lo había visto llegar, se acercó a él retorciendo, nerviosa, el delantal.

—Don Tomás —le llamó con un hilo de voz—. Debe usted saber algo.

—Dime, Lola —respondió distraído, preguntándose dónde estaría Luisa, sin apenas prestar atención a la joven.

—Es Luisita, señor, que ya no está —le informó captando totalmente su atención.

—¿De qué está hablando? —preguntó con una voz mortalmente suave. Colocando las manos sobre sus caderas, con la chaqueta abierta y algunos botones del cuello desabrochados, la miró a los ojos.

—Pues, señor… —continuó algo intimidada—. Ella se cansó de esperarle, dijo que no iba a soportar que la humillase de esa manera. Así que se fue.

—Pero, un momento… ¡No puedo creer esto! —contestó con la serenidad que precede a la ira; se pasó la mano por la cara para despejar su mente y entender todo lo que pasaba.

Su cabeza comenzó a dar vueltas, dio unos pasos a un lado, luego al otro. ¿Por qué te has ido sin decirme nada, Luisa? No puedo creer lo que me dicen, se decía. Jamás creyó que un día podía desaparecer sin decir adiós. El pánico de perderla dio paso a la ira más profunda.

—¡¿Dónde está Luisa?! —rugió.

—¡No lo sé, señor! —contestó asustada la joven Lola.

—¡Que alguien me diga a dónde se fue!

—Señor, cálmese, ella no quiere que la encuentre —se atrevió a decir la joven, sabiendo que lo alteraría aún más.

—Te voy a decir una cosa, Lola: no me creo nada de esto. ¿Qué ha pasado para que Luisa se haya ido sin más? —La agarró del brazo y la arrastró tras él hasta la cocina. Entrando hecho un basilisco, vociferó—: ¡A ver, Antonia, haga el favor de explicarme qué pasó con Luisa!

—¡Ay, Dios bendito, ya llegó usted! —exclamó reiterando lo evidente. Al ver la cara de horror de su hija ante la furia de su patrón, quiso tomar las riendas del asunto—: Verá, señor, cuando usted llegó con su mujer enferma, se dio cuenta de que estaba atado de por vida a doña Rita, que siempre será responsable de su bienestar y que ella quedaría en segundo plano. Vamos, don Tomás, lo que le vengo diciendo desde hace tiempo. Entiéndalo, hombre, le estaba haciendo daño manteniéndola como su querida.

—¿Tú le dijiste que se fuera? —Entrecerró los ojos fulminando a la mujer regordeta que se erguía ante él para asumir su culpa.

—Así es, señor —respondió serena.

—¿A dónde? —La tensión contenida se percibía en su mandíbula.

—Eso no lo sé. Le digo la verdad —contestó Antonia.

—Ella dijo que no quería decirnos a dónde se iba para que usted no pudiera encontrarla —puntualizó Lola con un hilo de voz.

—¡La encontraré! ¡Le pese a quien le pese, encontraré a Luisa! ¡Seré yo quien le diga qué lugar ocupa ella en mi vida! —Tras una pausa, buscando algo con que desahogarse, terminó diciendo—: ¡Y a ustedes, mal rayo les parta por creer que así la ayudan!

Con la respiración acelerada, salió como una tromba de la cocina por la puerta del interior. Un rugido se oyó desde el pasillo, seguido de golpes contra las puertas y el sonido de los jarrones al caer.

—Vaya, ya estás en casa, hijo —saludó doña Eugenia desde lo alto de una de las escaleras situada a un lado del patio.

Con una postura altanera, agarraba su bastón con las dos manos, a solo dos escalones de la planta baja. Miró a su hijo recriminándole su actitud con una ceja enarcada.

—Madre, ¿la dejó partir? —lanzó la pregunta Tomás.

—Por supuesto, hijo —respondió ofendida por la pregunta—. ¿Cómo iba

264

a permitir que una mujer así continuara aquí?

—¡Pero, coño! —rugió Tomás con la cara enrojecida—. ¿¡¡Por qué todo el mundo decide qué hacer por mí y por ella!!? ¡Métanse en su puta vida y a mí déjenme tranquilo! —Se acercó asustando a su madre, haciendo que se encogiera—. ¿A dónde ha ido, madre?

—No tengo ni idea, hijo, ni me importa —mintió doña Eugenia, haciendo acopio de valor.

—¡¡La encontraré!! ¿Me oíste? —bramó mientras recorría la arcada techada y de un portazo cerraba la puerta de su despacho.

Los días que siguieron fueron los más temidos. Tomás interrogó sin piedad a todos los sirvientes, jornaleros y cosecheros de la zona. Amenazó a todo aquel que le ocultara información. Doña Eugenia decidió partir, pues creyó conveniente separarse de la furia de su hijo por miedo a represalias en el caso de que descubriera la verdad. La prima Katherine se había marchado hacía una semana y ya había terminado la temporada de verano en Santa Brígida. Tomándolo como excusa, un buen día se fue a Las Palmas, dejando a la gran casa sumida en la desolación que transmitían sus habitantes.

Tomás, desesperado, pasaba las noches en vela pensando en la seguridad de Luisa. Angustiado, se preguntaba si ella se encontraría en un buen lugar, si estaba trabajando demasiado duro, incluso pensó en su asma. Sus manos le ardían al no poder tocarla. La culpa pesaba sobre él. La había herido al traer a Rita de nuevo a la casa. Tomás creyó que lo entendería y que padecerían juntos la espera de la anulación.

Una mañana, se sentó ante el escritorio y comenzó a despachar el correo que se le había acumulado. El malhumor lo acompañaba desde el día de su regreso. Los problemas de las huelgas en Arucas se habían solucionado, volviendo todo a la normalidad. Antes de que Luisa se fuera, su preocupación estaba centrada en su hermano y en el interés de este en una jornalera. Resopló al pensar en ello. Enseguida escribió a Ramón. En su carta le decía que tenía su beneplácito para hacer con su vida lo que le diera la gana. Le dijo que él estaría siempre para echarle una mano en caso de que se equivocara. Tras barajar los sobres, repanchingado sobre el sillón, encontró uno con remitente del obispado. Lo abrió con premura, leyó las líneas de la misiva para seguidamente hacer una bola con ella y lanzarla al otro lado de la habitación. Había sido denegada, alegaban que habían recibido por parte del padre de Rita un testimonio a tener en cuenta. Los votos eran sagrados y debían respetarse.

Una idea le atravesó como un rayo para anclarse en el corazón. Luisa acertó en su decisión de alejarse de él, jamás podría darle lo que ella le pedía. Sabía que un matrimonio por lo civil sería considerado por Luisa como un acto de herejía. ¡Maldita religión!, pensó Tomás. Aun así, decidió continuar el proceso de divorcio, pues la osadía de interponerse entre él y Luisa por parte de Galiano y su madre no la iba a perdonar. Haría lo que su conciencia le dictaba.

Un grito demente sonó en la parte superior, recordando su responsabilidad para con Rita. Él la cuidaría, pero no como su mujer, sino como un familiar. En otra de las cartas que leyó, su padre se desentendía completamente de ella. Sintió lástima por la cubana, aun siendo ella una de las causas por las que Luisa se había ido.

La relación con Rita había mejorado; su enfermedad, sumada a los sedantes, había aplacado su carácter dañino. La mayor parte del tiempo se comportaba de manera infantil. Los delirios continuaban, pero Antonia había sabido controlarlos. Rara era la ocasión en la que bajaba a la planta baja. Solía asomarse a través de las vidrieras del corredor para mirar el patio de abajo. Allí podía quedarse horas, mirando sin ver. Muchas de las veces asustaba a Lola, quien se quejaba diciendo que parecía un espectro allí quieta. Antonia llevaba el peso de sus cuidados. Tomás tan solo pasaba por las tardes para comprobar que se encontraba estable, pues se había volcado nuevamente en el trabajo de las tierras. Si no se mantenía ocupado, se volvería loco ante la ausencia de Luisa.

Tanto Luisa como él sufrían en silencio. Buscaban, en sus respectivos trabajos, el alivio a sus pesares. Las fases por las que pasaron llegaban desde el enfado por vivir la situación que vivían, hasta la esperanza de que algún día volverían a encontrarse, pasando por la negación de sus propios sentimientos.

Un día, Luisa comprobó que Constancia, cada vez con más frecuencia, la tomaba de la mano. Hasta aquel momento, no se había atrevido a llevarla a la calle. Tampoco lo hacían sus padres. Según le informaron, la niña apenas había salido un par de veces.

Una mañana de diciembre, la vistió con un vestido verde cuyos volantes de la parte inferior los había cosido ella misma. En sus ratos libres cosía. La mayoría de las veces haciendo ropita para su bebé, pero muchas otras, remendaba o cosía para todo aquel que se lo pidiera. Cosía para las chicas del servicio, remendaba para la familia Verdugo, incluso adornaba los vestiditos de Constancia. Aquella mañana le colocó una chaquetilla de punto y un sombrerito de paja con una cinta que formaba un gran lazo blanco. Le informó de lo que iban a hacer, sin percibir comprensión por parte de la niña.

Una vez en la calle, la pequeña la tomó de la mano e iba señalando todo aquello que le llamaba la atención. Pasearon por Triana, dirección el parque San Telmo. Allí la dejó correr, pensó que el ejercicio físico la agotaría lo suficiente como para que se estuviera más tranquila en la casa.

Luisa vestía uno de los vestidos que la señora Verdugo había sido tan amable de regalarle. Aquel vestido de manga larga y cuello de barco color azul marino estaba cortado por un cinturón blanco justo debajo del pecho, dejando espacio para que su barriga creciera. A juego, había tejido una chaquetilla de punto tres cuartos siguiendo la moda. El ruido del tranvía acercándose hizo que buscara a Constancia con la mirada, temiendo una crisis de histeria al descubrir algo nuevo. Para su sorpresa, la niña, que perseguía a una paloma en aquel momento, siguió con su diablura sin inmutarse. Aquel comportamiento le resultó extraño a la majorera. Justo cuando entrecerraba sus ojos intentado buscar una explicación, la pequeña, risueña, la miró. Con pequeños movimientos de pie, como quien se tambalea sobre una superficie inestable, dijo:

—Brruuuuh bruuuh bruuuuh.

Cierto, pensó Luisa cuando el tranvía pasaba, el suelo vibraba levemente.

267

Se alegró al ver que la niña había superado aquel primer día. Le prometió que volverían a pasear todos los días, sin saber si la información había llegado a la mente de la pequeña.

A partir de aquel día, Luisa se ofrecía a hacer recados para Teodorina, llevándose a la niña con ella. Había pedido que le compraran a la pequeña un aro con un palo para que jugara cuando salían al parque. Solían alternar sus paseos entre la plaza Santa Ana ante la catedral, y el parque San Telmo. Todas las mañanas daban largos paseos por Las Palmas, observando la vida de la ciudad y sus gentes.

Una tarde de diciembre, mientras cruzaba el puente de piedra con Constancia a unos metros delante de ella, una profunda voz la llamó:

—¡Luisa López! —escuchó.

Aligeró sus pasos para coger de la mano a Constancia. La pequeña, ante su gesto, comenzó a llorar. Luisa, con lentitud, ignorando a la niña, se dio la vuelta para enfrentarse a su padre.

—¿Padre? —respondió, componiendo una expresión pétrea.

—Así que llevas todo este tiempo en Las Palmas... —le dijo mientras avanzaba por el puente.

Notó cómo su padre había envejecido. Su bigote estaba plagado de canas, llenando también el poco pelo que le quedaba, o al menos eso apreció bajo el sombrero. Las arrugas en el entrecejo, de tanto fruncirlo, se habían arraigado. En sus ojos percibió la sorpresa y la incertidumbre. Cuando estuvo a su altura la recorrió con la mirada. Luisa sintió que apenas podía respirar; nunca creyó que volvería verlo. Nunca quiso tener que darle explicaciones. Y justamente se lo encontraba con una barriga de cuatro meses, que poco disimulaba su vestido. Reparó en cómo el color de la vergüenza subía a sus mejillas.

—Te noto distinta, hija —le dijo su padre—. Supongo que te casaste con el hombre que quisiste. ¡Coño! Estás..., estás encinta. ¡Voy a ser abuelo!

—Creo que llevas más de un año que no me consideras tu hija —le contestó fríamente.

—Sí, tienes razón —dijo, volviendo a su carácter de siempre—. Pero nunca es tarde para rectificar. Vamos, Luisa, dime qué has hecho todo este tiempo. ¿Dónde trabajas?

—Cuido a esta niña —le contestó mientras acariciaba la cabeza de la niña, que seguía llorando—. ¿Qué te trae a la capital?

—Ah, me he unido a algunos caballeros interesados en redactar el estatuto de autonomía —explicó, para volver al tema que tenía en mente—: ¿Y tu marido? ¿Dónde trabaja? —preguntó su padre con curiosidad, queriendo calmar la preocupación con la que había vivido esos años.

—No, padre, yo… —Luisa miró a los ojos a su padre e incapaz de mentirle contestó—: No estoy casada.

Los ojos de su padre se agrandaron por la impresión que le causaron aquellas palabras. Poniéndose colorado por la indignación, soltó un bramido:

—¡Mal rayo parta al diablo! —exclamó quitándose el sombrero y mirando a todos lados menos a ella—. ¡Pero qué vergüenza! ¿Eso es lo que has conseguido, Luisa? Huyendo de casa, de un matrimonio decente, para verte como una cualquiera. ¡Es que ya no te reconozco! Eres, eres…

—¡¿Qué?! Soy lo que soy —se enfrentó—. Una mujer que vive sola, que hace y deshace como le viene en gana, sin necesidad de depender de nadie. Tendré a este niño, que será lo mejor que me ha pasado en mi vida. No me arrepiento de nada de lo que he vivido hasta ahora y te aseguro que en ningún momento pensé en volver a Fuerteventura para pedirte ayuda.

—Te la hubiera dado antes de que te deshonraras como lo has hecho —escupió su padre.

—¡Pues váyanse a tomar viento usted y su ayuda! —exclamó Luisa.

La pequeña Constancia había estado observando la escena con curiosidad;

percibiendo la tensión, pero sin llegar a entender. Lloró nuevamente cuando Luisa, con brusquedad, la tomó de la mano y partió en dirección Triana.

Además del nerviosismo por el enfrentamiento con su padre, Luisa sintió que se había quitado un peso de encima. Por fin se había enfrentado a su padre y le había dicho lo que sentía sin avergonzarse. ¡Ya era libre de cualquier remordimiento! Al partir de Fuerteventura, sin plantar cara a su padre para aclararle su postura, había vivido con la conciencia revuelta. Hasta ese momento. Había sido él quien había mirado por encima del amor a su hija, pendiente de la deshonra más que del sentimiento paterno. Luisa se prometió que jamás se comportaría así con su hijo, siempre velaría por él y jamás le impondría su opinión.

El final del año 1934 transcurrió tranquilo, al igual que el invierno, el cual era suave por la cercanía al mar. Luisa se ofreció a servir la cena de Navidad, dejando a Teodorina, Maricarmen y Faustina salir antes y cenar con sus propias familias. Todas estaban casadas y tenían al menos cuatro hijos. En más de una ocasión, mientras Constancia se echaba la siesta, bajaba a la cocina y se entretenía hablando con las chicas del servicio. Ellas se preocuparon de cuidarla cuando las náuseas la incomodaban, cuando sus pies comenzaron a hincharse, incluso cuando su abultada barriga le impedía amarrarse los zapatos. Teodorina le reservaba comida especial para que se alimentara. La obligaba a comer, pues decía que estaba muy delgada y debía alimentar a la criatura. Luisa sonreía y daba gracias por haberse topado con aquellas mujeres tan amables. Por ese motivo, siempre que podía, les devolvía el favor.

A principios de enero, Luisa hizo un gran descubrimiento. Una mañana, como tantas otras, salió a pasear con Constancia. Aquel día quiso llevarla al puerto para que viera de cerca uno de los grandes trasatlánticos que se veían en la costa canaria. Tomaron el tranvía dirección norte, pasearon por el parque Santa Catalina junto al edificio Elder, y siguieron la costa hasta el muelle, haciendo el mismo recorrido que había hecho dos años atrás con su maleta llena de proyectos y esperanzas. Allí, donde Tomás y Ramón se lanzaron como locos a llamarla desde el coche, suspiró con nostalgia al

270

presentarse tantos recuerdos.

Tuvieron la suerte de llegar en el momento en el que un gran barco de vapor, de la compañía Yeoward Brother, iba a zarpar. Se encontraban cerca de la proa, ante una de las escalerillas que comenzaban a recoger los marineros. Luisa trataba de explicar para qué servía aquella gran nave, cuando la bocina del barco sonó como señal de aviso. Constancia, ante aquel gran estruendo, abrió la boca y los ojos asombrados. Apretando la mano de Luisa, su rostro se sonrojó brillando por la sorpresa, formando una expresión que parecía transmitir que acaba de descubrir algo maravilloso. Luisa se agachó prestando atención a la niña. El barco volvió a hacer sonar la potente bocina y Constancia posó su mirada en el barco para volver a mirar a Luisa.

La niña señaló su oído, abriendo la boca para emitir un sonido similar al escuchado. En su rostro apareció la duda. Luisa interpretó que la pequeña le preguntaba por ese sonido. Como un sol que sale tras las nubes, a su mente acudió una idea. La niña no era autista, ¡era sorda! En aquel mismo instante había escuchado por primera vez un sonido lo suficientemente alto y grave para que sus enfermos oídos experimentaran esa sensación. Por aquella misma razón, la pequeña Constancia no se asustó cuando pasó por primera vez el tranvía por su lado, tan solo había captado la vibración. Comenzó a hilar experiencias, tales como que la niña se asustaba mucho y comenzaba a llorar cuando la tocabas desde atrás; pues no tenía un modo de reconocer el ruido a sus espaldas. En cambio, la niña no tenía problemas en cogerse de la mano, siempre que la viera antes.

Una vez en la casa, habló con la señora Verdugo explicándole lo sucedido. En un principio se negó a creerla, pero poco a poco, con los ejemplos y situaciones que Luisa le relataba, la esperanza llenó su rostro. Al atardecer, cuando el señor Verdugo llegó, lo esperaba su mujer, ansiosa por contarle el descubrimiento de Luisa. Decidieron acudir a un médico para que le hiciera las pruebas pertinentes.

Tras cuatro años ignorando a la pequeña, se sintieron incómodos sin saber cómo comportarse con la niña en el momento de llevarla ante un médico. Por ello, fue Luisa quien les acompañó. Acudieron al hospital San Martín, situado en Vegueta. Una vez en la consulta, comentaron lo sucedido al doctor. Un hombre moreno, de pelo corto peinado con brillantina, perilla bien recortada y espejuelos les escuchó atentamente. Tras varias pruebas con el diapasón, el otorrinolaringólogo pronunció su diagnóstico: Constancia padecía una grave sordera. Les habló de los avances en audífonos y de la posterior rehabilitación de la pequeña, pues debían enseñarle a hablar.

—Pero, doctor —preguntó consternada María del Pino—: ¿Podré hablar con mi niña? ¿Ella por fin hablará conmigo?

—Conseguirá hablar más de lo que lo hace ahora —concretó el médico—, pero jamás hablará con normalidad. Aunque siempre podrá aprender la lengua de signos y podrán hablar tanto a través del sonido como del gesto.

—¿Qué aparatos hay para conseguirlo? Da igual el precio —preguntó con seriedad el señor Verdugo—. Hasta ahora hemos tenido a mi hija por una enferma mental, ¿y me está diciendo que tan solo tiene problemas de audición? Porque me asegura que problemas mentales no hay, ¿no? Quiero lo mejor para ella.

—¡Quédese tranquilo! Su hija puede desarrollar una inteligencia similar a la de cualquier otro niño. En cuanto a audífonos, desde hace unos años se está comercializando el Acousticon 30 —le informó—. Consiste en un micrófono de carbono que deberá llevar en la mano y captar la señal que quiera escuchar, una batería de tres a seis voltios que puede llevar enganchada a la ropa o como collar, y un receptor que se ajusta a la cabeza como un auricular.

Los señores Verdugo estuvieron muy agradecidos a Luisa. A partir de ese momento, la consideraron parte de la familia. Después de la cena, don Alfonso se sentaba con ella para escuchar los avances de la pequeña. Todas las mañanas se acercaba con la niña al hospital para acudir a clases de rehabilitación. Allí le enseñaban nociones básicas para entablar contacto con Constancia. Todas las tardes se sentaba a explicar los signos a María del Pino, quien recobró el interés por su hija.

En unas semanas, fue la propia madre de la niña la que decidió salir a pasear con su hija, lo que encantó a Luisa. Cada vez que su madre se acercaba a jugar con ella, la ilusión se reflejaba en el rostro de Constancia.

LA PREMONICIÓN DE LA SAJORINA

Se encontraba en su octavo mes de embarazo cuando comenzó a sentirse torpe. Luisa, extrañada, bajó costosamente la escalera, barajando la posibilidad de que fuera su padre. Tras descartar esa idea, su corazón se aceleró pensando en Tomás. Doña Eugenia captó la desilusión en su rostro cuando se presentó ante ella. La anciana, sentada en el sofá, la saludó:

—Buenos días, joven —la voz cada vez más gazmoña desagradó a Luisa.

—¿Qué se le ofrece? —le contestó incómoda ante el examen de doña Eugenia.

—Venía a ver cómo te encontrabas —le dijo apreciando la enorme curva de Luisa—. Siéntate, querida, no esperes ahí de pie, no es bueno para ti.

—¿Desde cuándo le importa mi bien? —preguntó con seriedad mientras se acercaba al asiento situado frente a la anciana.

—Por lo que veo estás a punto de dar a luz —comentó ignorando la pregunta de Luisa deliberadamente—. Como te dije en su día, fui a hablar con las religiosas clarisas y ya están avisadas de tu próximo ingreso.

—Lo he pensado mejor y creo que lo tendré aquí —contestó Luisa, sintiéndose acorralada por las estratagemas de la odiosa mujer. Quería desvincularse de aquella familia para siempre.

—Mi niña —dijo con condescendencia—, aquí no podrás quedarte. ¿Acaso crees que María del Pino dejaría que dieras a luz en su casa?

—Pues creo que sí, ya he… —contestó con inseguridad.

—¡Pues claro que no, mujer! —la interrumpió—. Apenas puedes moverte, no eres muy útil con el cuidado de la niña. Mejor será que te recojas con las monjas, des a luz y vuelvas al trabajo si ellos te lo permiten. Por alguna extraña razón, me siento responsable de ti y no puedo permitir que mi nieto sufra.

—¿Ahora lo considera su nieto? —preguntó ofendida Luisa; sintiendo cómo el miedo se apoderaba de ella al sentir el interés de aquella oscura mujer sobre su hijo—. ¿Sabe algo Tomás?

—¡Por supuesto que no! —La alarma abordó el rostro arrugado de doña Eugenia—. Espero que no estés pensando en hacerle responsable de tu hijo.

—Tranquila... —Luisa inspiró hondo para calmar su enfado por las palabras tan provocadoras de la anciana. Endureciendo su mirada, sentenció con voz helada—: ¡Yo seré la única responsable de mi hijo!

—Me alegra ver que hay algo de cordura en ti. —La premió con una sonrisa malévola—. Avisaré a María del Pino de tu partida. Hasta el momento no tiene quejas de ti, es probable que puedas volver a trabajar para ella cuando hayas dado a luz. —Tras una pausa, alzó un brazo para que Luisa la ayudara a levantarse.

La joven no se movió, levantando una ceja y bajando la mirada para quitar una pelusa ficticia de su falda. La anciana, con un resoplido, se levantó costosamente y sin ayuda. Se despidieron con frialdad, midiéndose la una a la otra, intentando adivinar sus cartas. Sabían que estaban jugando a un juego peligroso. Por un lado, Luisa aceptaba la dudosa ayuda de la anciana; por otro lado, doña Eugenia quería esconder aquel secreto a toda costa.

La visita de doña Eugenia dejó aturdida a Luisa durante todo el día. A la mañana siguiente, la señora Verdugo le informó de la llegada de una carta donde le explicaba el acuerdo al que habían llegado. Pasaría el último mes de embarazo en la casa de acogida de las clarisas hasta que diera a luz; luego volvería a su puesto en la casa de los Verdugo.

Recogió de nuevo sus cosas. Casi estaba acostumbrada a aquel ritual de despedida. A medida que llenaba la maleta, iba comprobando que se

275

llenaba de experiencias, recuerdos y objetos con gran valor sentimental. Cuando finalizó la tarea, la maleta pesaba más de lo que recordaba la última vez. Se dirigió a la habitación de Constancia para despedirse de la pequeña.

Faustina se ofreció a acompañarla para llevarle la maleta hasta su nueva residencia, en el barrio de Vegueta. Siguiendo las indicaciones, contaron los cuatro portales a la derecha de la iglesia de Santo Domingo. Aquella zona formaba parte de las primeras viviendas que se construyeron en la isla, edificadas por los colonos entre un gran palmeral. Por aquella razón, la aristocracia y la Iglesia eran los propietarios de la mayor parte de las viviendas y templos, que con el tiempo fueron multiplicándose hasta formar un gran barrio.

Tocaron en la puerta de madera y escucharon unos pasos acercándose.

—Pasen, hijas, pasen. —Les recibió una monja que rondaba la treintena, con ojos almendrados y sonrisa afable, vestida con el hábito negro y blanco—. Usted debe de ser Luisa López. Yo soy sor Carmen.

—¡Buenos días, sor Carmen! —saludó Luisa al traspasar el umbral—. Esta es mi compañera Faustina, me quiso acompañar hasta aquí.

—Sé bienvenida, Faustina —la recibió sonriente la monja.

—Muchas gracias, hermana, pero tengo que volver a mis labores, que si no, Teodorina se enroña conmigo —se excusó la sirvienta—. Bueno, Luisita, cuídate mucho y ya nos harás saber si fue niño o niña.

—Gracias por todo, Faustina —dijo Luisa emocionada tras darle un abrazo.

—De nada, mujer —le respondió y, con un tímido gesto de adiós con la mano, cruzó la puerta.

—Bueno, Luisa —comenzó la hermana—, te enseñaré la vivienda. Ahora mismo en este lugar vivimos unas doce hermanas junto a cuatro mujeres más en tu misma situación. Por lo que veo eres la que más avanzado tiene el embarazo. No te apures por nada, aquí hemos traído al mundo a más de un centenar de niños, sabemos cuidar de ustedes —sonrió mientras caminaban por un pasillo que giraba a la derecha—. Por esa escalera se llega al piso superior, allí encontrarás un salón comedor donde se hace la vida en esta casa, además de las habitaciones de ustedes. Por aquí se llega a las cocinas y a nuestras habitaciones.

Le presentó a las monjas que allí trabajaban, a las cuatro mujeres que se hospedaban y a la madre superiora, que se encontraba en su despacho de la planta inferior. Los nombres y caras parecían bailar en su memoria. Se dijo que, poco a poco, se acordaría de todos. No fue así con la madre superiora, su imagen se le quedaría grabada a fuego: sor Purificación. Su aspecto le transmitió un profundo miedo, con su rostro apretado por los bordes del hábito, lleno de arrugas, cejas peludas y fríos ojos negros. Para la madre superiora, ella era una pecadora y en su opinión se merecía un buen castigo; aquellas fueron sus palabras. Añadió que debía estar agradecida al Señor y a doña Eugenia, que tanto se preocupaba de ella. Sintió que aquella mujer le haría pagar cara su estancia allí. Al salir del despacho, sor Carmen intentó calmar la ansiedad que el rostro de Luisa traslucía.

Ya sola en su habitación, donde la austeridad reinaba, lágrimas de incertidumbre se derramaron por sus mejillas. Sus limpios ojos azules lloraron en soledad. En aquella casa, la culpa sobre su pecado se agravaba. Hasta ahora, había llegado a un consenso con Dios. Como tantas otras veces hizo, le explicó en la oscuridad de su cama que un amor tan puro como el que ella sentía por Tomás no podía considerarse pecado; y menos aún, que castigaran a la criatura que de él había surgido. Pero allí, tras el recibimiento de la madre superiora y su condescendencia al recibirla entre sus paredes, sintió que se había comportado mal, que no era merecedora del amor de Dios.

El siguiente mes transcurrió con días llenos de dudas, culpa y pesar. Las cuatro mujeres que con ella compartían la espera tenían historias dispares. Felisa y Sole eran prostitutas que al quedarse embarazadas acudieron a las monjas para pedir ayuda. Josefina, una joven de Teror, había sido violada por un desconocido, con tan mala suerte que quedó embarazada. Luisa, por su parte, quiso defender su historia como un amor imposible. El escepticismo en los rostros de sus compañeras le hizo ver la realidad que se negaba a aceptar. Todas creían que había sido engañada por su patrón y aún seguía enamorada de él.

Su rutina diaria consistía en ayudar en las labores que las monjas le ordenaban y rezar el rosario; llegada la tarde, le concedían tiempo para sentarse con las piernas en alto mientras hacía punto de cruz. Tan solo salían para acudir a la iglesia a rezar el rosario y a escuchar misa el domingo.

Una mañana, mientras cortaba habichuelas para el potaje del día, sintió cómo un dolor constante se instalaba en sus lumbares; sensación que gradualmente fue en aumento. Se encontraba con sor Leonor, una monja pequeña y delgada de puro nervio, que con movimientos enérgicos se hacía cargo de la cocina. ¡Tan distinta de Antonia!, pensó con nostalgia Luisa. Cuando se fue a levantar para acercar la bandeja a la encimera, notó cómo un líquido caliente se deslizaba entre sus piernas.

—¡Muchacha, muévete! —le ordenó la monja de nariz aguileña.

—¿Qué es eso, sor Leonor? —preguntó asustada mirando el líquido que se derramaba por el suelo.

—¡Por el Espíritu Santo! —exclamó—. ¡Acabas de romper aguas! Anda, déjame esa bandeja y ve a buscar a sor Carmen, ella te dirá qué hacer.

Obediente, Luisa hizo lo que le decía. Al salir de la cocina, notó la primera contracción. Un dolor penetrante le recorría la espalda y pasaba alrededor de la cintura. Creyó que se partiría en dos. La tranquilidad con la que le ordenó sor Leonor salir de allí y buscar a Carmen, como quien manda a hacer un recado, sorprendió a Luisa. Siendo madre primeriza, el miedo estuvo a punto de paralizarla, pero algo le dijo que debía obedecer.

Costosamente, subió las escaleras, recorriendo los largos pasillos hasta encontrar a sor Carmen. Esta, enseguida la acompañó a una habitación situada en la parte superior de la casa. Antes de salir a la azotea, había una puerta cerrada donde se encontraba el lugar en el que las mujeres daban a luz. Consistía en una habitación amplia, con una cama, un mueble cómoda a la izquierda con un cesto con utensilios, un montón de paños bien doblados, almohadas y mantas. Al otro lado, había una chimenea de leña donde colgaba un caldero para hervir agua. El único objeto que llamaba la atención ante tanta austeridad era una Virgen de pequeño tamaño colocada sobre un altar de madera a medida. La monja la ayudó a ponerse el camisón, le trenzó la melena, la cubrió con una sábana y juntas esperaron.

En un taburete, a su lado, permaneció sor Carmen. Aquella mujer era toda devoción, creía en lo que hacía y se desvivía por ayudar a las mujeres que por allí pasaban. En aquel mes de estancia habían conectado de manera especial. Luisa llegó a confesarle los pesares más profundos, su amor por Tomás y sus ganas de darle una buena vida a su hijo.

Las contracciones se hicieron cada vez más fuertes. Varias monjas iban y venían ayudando a sor Carmen. Las horas pasaron llenas de dolor. Cerca de la medianoche, sor Carmen le levantó el camisón y, tras palpar su vientre, le informó con una sonrisa de alivio que el niño se había colocado bien. Luisa creyó que no sobreviviría a aquella experiencia. ¿¡Cómo iba a estar bien colocado y ella sufriendo como lo hacía!? —se preguntó. Sor Carmen, junto a sor Angélica, una novicia que apenas le pasaba unos años, le daban ánimos. Cuando la cabeza del bebé apareció, la sentaron en el borde de la cama, sostenida por la espalda por sor Angélica y entre sus piernas sor Carmen. Esta le daba instrucciones para empujar en el momento exacto para evitar desgarro.

A las tres de la mañana del 25 de mayo nació su hijo varón. Exhausta, sudando y con la respiración entrecortada, tomó al bebé entre sus brazos. Fue la sensación más extraña y tierna que había experimentado en su vida. ¡Aquella criatura era suya! ¡Suya y de Tomás! Lloró amargamente por haberle ocultado a su hijo. El peso de la responsabilidad cayó a plomo sobre ella. ¿Y ahora qué? Debía hacerse cargo de aquella criatura sin tener ni idea de cómo cuidar a un niño.

Justo en el momento en el que las fuerzas y el valor regresaban, la madre

279

superiora entró en la habitación. Ordenó a sor Carmen que tomara al niño, recordándole que debía bañarlo antes de dárselo. Escuchó el sonido del llanto de su bebé y supo que tenía hambre. Alargó los brazos para que se lo devolvieran, pero la neblina del cansancio hizo que obedeciera. Sor Angélica, junto con otra monja, se encargó de bañarla. Agradeció los cuidados de aquellas mujeres, pero la inquietud se apoderó de ella.

—Tardan mucho en bañarlo —comentó.

Las monjas se intercambiaron una mirada significativa, apretaron los labios y murmuraron:

—El niño estará bien.

Una vez en su habitación, en la segunda planta, el agua tibia del baño, la ropa limpia y el silencio estuvieron a punto de adormecerla. El ruido de la puerta de la calle al cerrarse despejó su mente. Hacía al menos media hora que no habían vuelto con su pequeño. Se incorporó en la cama para escuchar. Silencio. ¿Dónde estaba su bebé, que no lloraba?

—¡Sor Carmen! —gritó alterada— ¡Sor Carmen!

—Tranquila, mi niña, tranquila —Llegó con el rostro desencajado. La volvió a sentar en la cama y la abrazó.

—¿Dónde está? —preguntó Luisa.

—¡Ay, mi niña, me dijeron que lo sabías! —La miró perpleja llevándose una mano a la boca de asombro.

—¿¡El qué!? —gritó histérica Luisa, zarandeando a la monja.

—Muchas mujeres que pasan por aquí dan a su hijo... —comenzó la monja.

—No. ¡Nooo! ¡Yo no voy a dar a mi niño! —gritó enfurecida apartando a la mujer de su paso.

—Luisita, cariño. —La tomó del brazo justo en el momento en el que la madre superiora entraba en la estancia.

—¿Pero qué alboroto es este? —dijo con severidad.

—¡Mi hijo! ¡¡Mi hijooo!! —Las lágrimas de Luisa comenzaron a rodar; con su cuerpo aún débil, se señalaba a sí misma para caer de rodillas y suplicar—. ¡Por favor, señora, devuélvamelo! ¡Es lo único que tengo! Por favor…

—Tú no serías capaz de cuidar de él, chiquilla pecadora —dijo con desprecio—. Los niños necesitan a una madre y un padre bendecidos por el Señor. ¡Te ordeno que dejes de llorar!

—¡Es usted una bruja! —gritó al borde de la histeria. Sonidos de murmullos en el pasillo se escuchaban; eran las otras mujeres—. ¡Nos tienen engañadas! ¡Niñas, huyan, se quedará con sus hijos! ¡Es usted el mismo demonio, no descansaré hasta encontrar a mi pequeño!

—¡Basta! Detén esa bravata de una vez. —La tomó violentamente de la muñeca—. ¡Mañana saldrás de esta casa! Hazte a la idea de que ha muerto, es lo que debimos decirte desde un principio —dijo fulminando con la mirada a sor Carmen.

—¿¡A quién le dio mi hijo!? —continuó gritando—. ¡Bruja desgraciada! ¡Devuélvanmelo!

El rostro de sor Purificación se volvió de piedra, soltó la mano que la sostenía y con una mirada triunfal al verla llorar de amargura, salió de la habitación; no sin antes ordenar:

—Sor Carmen. ¡Ayúdela a partir esta misma noche, no quiero desagradecidas en esta casa!

—¿Pero quién se cree para reclamar un niño como suyo? ¡No puede hacer lo que le venga en gana con las personas!

Luisa gritó, luchó dentro del abrazo de sor Carmen, que la sostenía susurrándole palabras dulces para tranquilizarla. De pronto todo se volvió

281

negro. La tensión al descubrir el robo de su hijo sumado a la debilidad del parto hizo que se desmayara.

Le habían inyectado algún tipo de tranquilizante, se dijo, pues cuando despertó sus músculos le parecían pesados. Su maleta ya estaba hecha cuando se levantó. A un lado, sor Carmen, sentada sobre una silla, esperaba a que se despertara. Tenía los ojos llorosos, compartía su dolor.

—¡Por favor, sor Carmen, ayúdeme, dígame dónde está mi niño! —suplicó con una voz afónica por los gritos de la madrugada.

—¡No lo sé, Luisita! No puedo hacer nada.

La ayudó a ponerse en pie. Varias monjas la acompañaron al exterior y cerraron la puerta tras ella. Allí se derrumbó. Comenzó a llorar, daba puñetazos al portón pidiendo que le dijeran a dónde se habían llevado a su hijo. ¡Nunca creyó que personas al servicio del Señor pudieran llegar a ser tan viles! La jerarquía dentro de la Iglesia silenciaba a las monjas que verdaderamente estaban allí por vocación. El dolor tan inmenso que Luisa experimentaba la dejaba sin aliento. El parto no era nada comparado con el desgarro producido en su interior al no poder tener a su niño entre sus brazos. Sus pechos comenzaron a dolerle por la segregación de leche. Permaneció sentada ante la puerta todo el día, pidiendo con más o menos fuerza que le devolvieran a su hijo.

Sor Purificación no había previsto aquel contratiempo, los llantos de la muchacha se introducían a través de las ventanas alterando la paz de su casa. Había hecho bien, el niño había ido a parar a las manos de unos familiares de doña Eugenia, tras desembolsar una generosa cantidad de dinero. Dinero que se invertiría en su obra para acoger a mujeres como Luisa tras ser deshonradas. Debía avisar a alguien para que se llevara a aquella muchacha de su puerta. Los vecinos comenzarían a tocar para que ayudaran a la joven, y su posición en el barrio se vería perjudicada.

Hacia el anochecer, un coche paró frente a la puerta de la casa de acogida. Luisa, débil al no haber comido por más que los vecinos le habían llevado bocadillos, no distinguió quién la tomaba en brazos y la introducía en el coche. Observó las luces de las farolas de gas volar amarillentas ante sus ojos. Instantes después, volvían a sacarla del vehículo. Se encontraba en un estado de conmoción tal, que no reconoció a la señora Verdugo, que intentaba comunicarse con ella. Ella no estaba presente, veía cómo se desarrollaba la escena, pero sin formar parte de ella. Como una sonámbula, la llevaron a su cuarto y allí durmió.

Nunca supo cuánto. Quizás dos, tres días…

SU LUCHA

Los toquecitos en la puerta la despertaron. Faustina entró en la habitación para llevarle la comida. Aquella mañana, Luisa volvió en sí. Lo supo en el mismo momento en el que su cuerpo se contrajo por el dolor de no poder sostener a un pequeño ser entre sus brazos. El recuerdo de lo sucedido la hizo incorporarse. Faustina observó con cierta alegría cómo aquellos ojos volvían a ser azules, pues los días anteriores parecían nubarrones grises. Su rostro, anteriormente dulce y lleno de vida, ahora estaba amarillento con rojeces alrededor de los ojos por el llanto. Párpados hinchados y manchas ojerosas eran las señales del pesar que padecía la joven. Esa mañana percibió que Luisa volvía a ser ella, cuando se incorporó de golpe y estuvo a punto de echar abajo la bandeja. Se había asustado.

—¡Tengo que buscarlo, Faustina! —sentenció.

—Pero, Luisita, ¿a quién? —preguntó.

—A mi niño.

—El niño murió, Luisita —trató de recordárselo.

—¡No! ¡Se lo llevaron! —le dijo con furia en la mirada—. Me lo dijo la hija del demonio de la madre superiora.

—¡Jesús! —se santiguó Faustina—. Por tu aspecto todos creímos que había muerto. Nadie sabe nada, solo que enviaron a alguien para que fuéramos a buscarte.

—¡Ay, esto es una pesadilla, Faustina! —se lamentó, llevándose las manos a la cabeza con angustia.

Faustina, con gran esfuerzo, consiguió que Luisa comiera algo antes de que saliera de nuevo a Dios sabía qué. Avisó a la señora cuando la dejó vistiéndose. Enseguida, María del Pino subió a la habitación para hablar con Luisa. Allí la encontró, dispuesta a salir a derribar la puerta de las clarisas. Luisa le relató lo sucedido.

—¡Dios santo, Luisa! —exclamó espantada—, pero si el niño ya está en manos de otra familia, poco podrás hacer.

—¡Iré todos los días y me plantaré delante de la puerta hasta que alguien me diga algo! —la voz de Luisa sonó firme, inquebrantable, no había nada que no impidiera a una madre llegar al fin del mundo.

—Está bien, muchacha, lo entiendo, nosotros estamos en deuda contigo —comentó con pesar doña María del Pino—. Pero vamos a hacerlo bien: te daremos tu jornal por cuidar a Constancia por la mañana, la tarde la tendrás para ir en busca de tu niño; pero debes trabajar para poder justificarme ante mi marido. ¡Aunque creo que lo que te propones es una auténtica locura!

María del Pino decidió visitar a doña Eugenia para contarle lo sucedido. Había sido ella quien remitió a la madre superiora a los Verdugo para que fueran a buscar a Luisa. Quería saber qué había de cierto en toda aquella historia. Tras su reunión, llegó a la conclusión de que Luisa tenía razón: algo había sucedido con su hijo, pues el nerviosismo de doña Eugenia ante sus preguntas y la negación rotunda de esta ante la posibilidad de tener relación con el bastardo hizo que sospechara.

Había cogido cariño a Luisa; era una joven muy dulce a quien la vida la había maltratado. No entendía la animadversión de doña Eugenia hacia la muchacha. Los rumores corrían por la alta sociedad, hablaban de la relación de Tomás y Luisa a partir del comienzo de la demencia de la esposa de él. Muchos creyeron que la locura se la produjo la amante majorera. Tras conocer a Luisa, supo que la joven jamás sería capaz de provocar a nadie. Aunque tenía un carácter fuerte, controlado por la buena educación que había recibido, no la creía capaz de involucrarse en una historia tan rocambolesca por pura maldad.

En más de una ocasión, mientras pasaban las tardes en el salón con

Constancia, a veces dibujando, otras destrozando los lápices de colores, percibía en su rostro la viva imagen del desamor. Era una mujer profundamente enamorada, que sufría por amor. Una joven castigada por las vueltas del destino, que la forzaban a traer al mundo un niño cuyo padre estaba atado a otra mujer. Tras reflexionar, de camino a la casa, decidió ayudar a Luisa. Si quería acercarse todas las tardes a casa de las monjas, ella no se opondría por muchas misivas que recibiera de la madre superiora. Con pesar, pensó que la joven poco lograría con aquello, aunque probablemente aliviara su dolor.

Y así lo hizo. Luisa partía cada tarde a la casa de acogida para sentarse en la puerta y acosar a todo aquel que entrara o saliera de allí. Pasaba las mañanas con Constancia, a quien en más de una ocasión ayudaba a cargar con la pila del audífono que con su pequeña estatura le costaba llevar. La pequeña, desde que sus oídos percibían sonidos, se había ido calmando poco a poco. Ya no alborotaba, ni golpeaba cosas, ya no necesitaba las vibraciones para conectar con el mundo. En una ocasión, Constancia había percibido su angustia y con una interrogación en el rostro le tocó el vientre vacío.

—No *tá* —pronunció.

—No, cariño, se llevaron al bebé —explicó Luisa.

—*Liha trite* —concluyó Constancia acercándose para darle un abrazo a Luisa.

Los meses pasaron, engullidos en aquella dinámica. Cuando salía a pasear y escuchaba el sonido del llanto de un bebé, su corazón se sobresaltaba. En una ocasión, entró en la iglesia de Santo Domingo para pedirle al párroco que interviniera por ella; pero fue en vano, este dio la razón a las monjas. Y no solo eso, sino que tuvo aguantar, impotente, una charla sobre la fornicación fuera del matrimonio. Cuando el sacerdote marchó, Luisa miró hacia el altar para preguntarse si Cristo estaría de acuerdo con su discípulo.

En las largas horas, sentada sobre el escalón del portón de la casa de las clarisas, pensaba en su niño. En cómo se comportaría, si estaba bien atendido, si la echaba de menos tanto como ella a él, o si ya identificaba a la otra señora como madre. Aquellos pensamientos se intercalaban con los de Tomás. Pensó que nadie hubiera osado quitarle a su niño si él hubiera estado allí. ¿Dónde estaría? ¿Se acordaría de ella? Una punzada de remordimiento la atravesó al preguntarse si le guardaría rencor por huir sin dar explicación alguna. Se arrepentía de haber actuado tan impulsivamente, manejada por los hilos de doña Eugenia. Después de varios meses, analizó los acontecimientos con la perspectiva que daba el tiempo, concluyendo que se dejó manipular. No le dio una oportunidad a Tomás de explicarse, de preguntarle, mirándole directamente a los ojos si realmente estaba luchando por poder estar juntos. Se arrepintió de haber sido tan inocente. Ahora conocía lo que era la desconfianza, pero era demasiado tarde para volver atrás. No se sentía capaz de plantarse ante él, decirle que le había ocultado su embarazo y que había dejado que se llevaran a su hijo.

Mientras tanto, Tomás dividía sus días entre las dos fincas. Un mes lo pasaba en Verde Rama, y otro en la Hacienda del Inglés, en Arucas. Allí, Ramón aguantaba su mal humor e intentaba consolar la pena de su hermano. Ramón lamentó lo sucedido y compartía con Tomás la preocupación por el bienestar de Luisa. Los días que se tomaba un descanso, los dedicaba a reunirse con sus amigos de la logia masónica en Las Palmas, en la calle Acacia, número 4. Sus horas libres las pasaba entre aquellas personas, en su mayoría influyentes. Entre sus amistades se encontraban el tabaquero Luis Zamorano y el comerciante y dirigente radical Rubens Maridel. La mayor parte de las veces, pedía ayuda a su amigo Andrés Sotomayor y al médico José Gerardo Martín para que buscaran a Luisa o cualquier pista sobre ella.

Un día de agosto, a su vuelta de Arucas cerca del atardecer, atravesó el portón de entrada de Verde Rama. Aquella vez había decidido ir a caballo, dejando el Hispano Suiza con Ramón. A sus oídos llegaron sonidos de jadeos, lo que despertó su curiosidad, localizando la fuente en el interior de la vivienda de Fernando. Sonrió para sí, al menos había alguien que se lo pasaba bien en aquellos días de incertidumbre, se dijo Tomás. Continuó

287

con el caballo hasta que reconoció una risa: la de Rita.

¿Aquel hombre se estaba acostando con Rita? ¿Acaso podía ser tan depravado que era capaz de acostarse con una enferma? Saltó de su caballo hecho una furia, avanzó veloz por la tierra cubierta de pinocha hasta situarse ante la cabaña. Golpeando con el pie la puerta maltrecha de madera, entró en la vivienda.

—¿Qué está pasando aquí? ¡Carajo! —bramó Tomás corroborando lo que había pensado.

Fernando y Rita estaban retozando sobre una mesa de madera. Ella, con el vestido floreado subido hasta la cintura, se abrazaba a la espalda desnuda de Fernando, quien la embestía con brusquedad. Él, de espaldas, se inclinaba sobre la joven agarrando fuertemente sus nalgas. Se sobresaltó ante la interrupción.

—¡Coñós, don Tomás! —exclamó asustado, incorporándose mientras se subía los pantalones.

—¡Me cago en la madre que te parió! —gritó Tomás—. ¡Estás más enfermo que ella! ¡Maldito!

—A ella la enferma usted —se defendió el capataz, harto de callar su opinión.

Rita, metida en su propia realidad, encontró aquella situación tan divertida, que reía a carcajadas mientras volvía a abrazarse al capataz. Tomás, ignorando la actitud demente de su mujer, se abalanzó sobre Fernando. Consiguió darle un puñetazo en el mentón antes de que este frenara el otro puño, dirigido a su abdomen. El capataz, un hombre curtido en el campo, era de gran estatura y poseía una fuerza equiparable a la de Tomás. Igualados físicamente, comenzaron la lucha, animada por una histérica Rita que reía demencialmente ante la escena.

La lucha finalizó cuando Fernando golpeó el pómulo a Tomás, dejándolo aturdido. Pero no lo suficiente, pues el patrón pudo dirigir su puño hacia arriba, quebrando la nariz de Fernando. El grito cesó la pelea. Con las piernas separadas, cubriendo su tabique, se inclinó sobre sí mismo asimilando el golpe.

—¡No quiero que vuelvas a tocarla, enfermo depravado! —le amenazó jadeante Tomás, haciendo muecas para aflojar el dolor punzante del pómulo.

—¿Qué yo soy un depravado? —replicó entre sus manos Fernando—. ¡Lo dice quien dejó marchar a su amante con un hijo en su vientre!

—¿Qué dijiste? —La declaración de aquel hombre hizo que su cuerpo se enfriara de golpe—. ¡Repítelo!

—Por su culpa tiene a dos mujeres hechas unas desgraciadas. —Se irguió Fernando, enfrentando a Tomás; mirándolo sobre su nariz hinchada y sangrante—. Luisa se fue de aquí embarazada y llorando por su rechazo.

—¡Luisa! ¿Dónde está? ¡Tú lo sabes! —exclamó acercándose de nuevo al capataz para cogerlo del cuello y hacerle hablar. Este, por el dolor de su tabique, se arrodilló al no poder sostenerse sobre sus piernas.

—¡Está en Las Palmas! —confesó Fernando, pues la mirada lunática de su señor sumada a la presión que ejercía con sus manos le hicieron creer que le mataría—. Su madre la envió a casa de los Verdugo.

—¡Más vale que no me mientas! —declaró Tomás lanzándolo contra el suelo—. No quiero volverte a ver por aquí. ¡Lárgate!

Aquella revelación, sumada al golpe certero de Fernando, hizo que Tomás se dirigiera a la gran casa en estado de estupefacción. ¿Luisa estaba embarazada?, se volvió a preguntar. Enseguida ató cabos, imaginando la situación que se había desarrollado. La vuelta de Rita fue el argumento perfecto que su madre utilizó para hacerla salir de allí. Se maldijo por haberse ido tan de repente, sin poder percibir la angustia e incertidumbre de la joven en aquellos momentos. Tomas imaginó que Antonia habría apoyado a la joven en su decisión. Alejándola de una relación que, a su parecer, era enfermiza. La imaginó marchando sola, cargando con el niño, sin decirle nada. Calculó el tiempo que había transcurrido. Casi un año después, él se enteraba de que su madre había forzado a marchar a Luisa. ¡Debía ir en su busca inmediatamente! Por fin iba a volver a verla, y a su hijo. ¡Un hijo suyo!, se recordó. La impresión de la noticia hizo que un escalofrío le recorriera el cuerpo. De pronto se sintió feliz. Aquella iba a ser la última vez que la dejaría sola, se prometió.

Al mismo tiempo, en la costa canaria, otra revelación se producía.

AMOR ENTRE PLATANERAS

L uisa había creado cierta expectación entre los vecinos y los trabajadores que servían en las casas de Vegueta. Muchos se congraciaban con ella animándola a ser perseverante; otros se implicaban más y hablaban con las monjas buscando información; o bien, como en el caso de Obdulia, la ayudaban haciéndole las tardes más llevaderas. Como en todo, existían varias posturas. La que prevalecía daba la razón a las religiosas y lanzaban quejas por su presencia en la calle. Quienes defendían esa postura, solían ser las personas que formaban parte de la alta sociedad. Obdulia era el ama de llaves de la familia Manrique de Lara, muy conocida en la isla. Era una mujer bajita, de rostro arrugado, pero de espíritu joven. Sus ojos marrones eran pequeños pero vivaces. Todas las tardes pasaba a saludar a Luisa y le alcanzaba un cojín para que no sintiera el frío y la dureza de la piedra del escalón sobre la que se sentaba. La mayoría de las

tardes, mandaba a alguna sirvienta a que le llevara trozos de queques ⁴⁰ o mazapanes hechos por ella.

En una ocasión, mientras hablaba con Obdulia sobre la vida, un muchacho frenó en seco su marcha hacia Triana.

—¡Luisita!

—¡José! —Enseguida reconoció al pretendiente de Lola.

—Me alegro de verte, cuando le diga a Lola que te he visto, se pondrá loca de contenta —le dijo el joven sonriente.

—¿Cómo están todos? Diles que les echo mucho de menos — confesó.

---

40 Bizcochos.

—Ellos, como siempre. Lola trabaja mucho en la cocina porque cha Antonia se encarga de cuidar a la señora ¿Y eso que estás por aquí? —preguntó con dudas el joven, pues nunca le explicaron con claridad la razón de su partida; solo sabía que estaba relacionada con el patrón—. ¿Trabajas en alguna de estas casas?

—Trabajo en una casa cerca de la calle Cano —explicó Luisa, sin saber si desvelar su verdad—. Todas las tardes me vengo aquí, porque las monjas tienen algo que me pertenece —continuó con cierto misterio—. Si ves a Lola, dile que venga a verme, por favor. Es como una hermana para mí y sé que estará preocupada.

—Se lo diré, descuida —contestó servicial el joven José.

Luisa sintió una gran emoción al volver a encontrarse con el prometido de Lola. Se atrevió a decirle dónde se encontraba porque estaba pasando por duros momentos y la soledad era casi insoportable para ella. Aunque estuviera rodeada de buenas personas, pensaba en la familia que dejó en Santa Brígida. Allí, sentada, imaginaba lo que Antonia le diría con su dura franqueza; también imaginaba la expresión de complicidad que se dibujaría en el rostro de Lola o la mirada risueña de Manuel.

Una de aquellas tardes de agosto, sentada sobre el mismo escalón de piedra de siempre, vio una silueta familiar subiendo la calle. La manera de andar de su querida Lola era inconfundible.

—¡Lola! —gritó mientras se lanzaba calle abajo.

—¡Ay, Luisita! —Corrió la joven morena.

Se abrazaron mientras reían y lloraban a la vez. Se recorrieron con la mirada captando cambios perceptibles en ellas. Lola llevaba un vestido verde con flores rojas de Rita. Cada vez que la señora hacía limpieza y tiraba vestidos, solían ser recogidos por los sirvientes. Aquel le quedaba muy bien a la joven Lola, quien apenas había cambiado, y se la veía muy feliz. Luisa, a su vez, vestía el vestido blanco de flores que partió con ella desde Fuerteventura. Lola sí que percibió un gran cambio en Luisa, oculto en sus ojos. Le preguntó por todo lo sucedido, a lo que Luisa respondió con sinceridad. Se desahogó con su amiga relatándole todo lo que había vivido.

—Pero, Luisa, ¿de verdad crees que vas a conseguir algo? —le preguntó sin miramientos.

—¡No lo sé, Lola! —contestó desanimada—. Ya llevo tres meses aquí sentada y a veces veo en el rostro de sor Carmen la intención de hablar. Ellas son las únicas que me pueden decir quién se lo llevó. Si con que me digan el nombre del pueblo, a mí me vale para empezar a buscar. ¡Algo tiene que tener de bueno vivir en una isla!

—¡Ay, no sé, Luisita, creo que esto es terrible! —La abrazó de nuevo—. Todos te echamos mucho de menos.

Luisa y Lola volvieron a situarse frente a la puerta de las religiosas.

—Yo también a ustedes —le correspondió Luisa, quien sin pensarlo dos veces preguntó—: ¿Cómo está él?

—¡Pues peor que nunca, Luisita! —le dijo mirándola con cara de exasperación—. Nos interrogó a todos, a punto estuve de decirle lo de tu embarazo, pero me frené porque de lo contrario se volvería aún más loco. Sigue buscándote y, aunque siempre está trabajando, en sus ratos libres vuelve a hacer preguntas. Yo creí que se le olvidaría, Luisa, que te estaba engañando, pero tengo que reconocer que ese hombre lo está pasando muy mal. Ya no deja que doña Eugenia pase la temporada de verano arriba. Desde tu partida, no hemos vuelto a verla.

—¡Esa mujer es un demonio! Siempre me busca cuando más débil estoy. Cuando menos segura me siento, ¡zas!, me convence con cuatro palabras, me pone el mundo patas arriba y termino haciendo lo que ella quiere —dijo con más fiereza de la que Lola le conocía—. ¡Ay, Lola, no sabes cuánto le he echado de menos! Hice mal en irme sin hablar con él, no sabes cuánto me arrepiento.

—Bueno, tranquila, no pienses en eso —dijo intentando distraerla—. ¿Entonces, es aquí donde te pasas todos los días?

—Sí, ven, siéntate aquí conmigo —le indicó Luisa—. Cuéntame qué tal con José.

—¡Ay, pues muy bien, Luisa! —dijo con timidez, sin poder evitar sonrojarse ante la pregunta—. Estamos muy enamorados. Y no sabes qué, ¡me pidió matrimonio!

—¡Qué bueno, Lola! Me alegro mucho por ti —le dijo sonriéndole.

Sentadas sobre el escalón, estiraron las piernas, apoyaron la espalda en el portón de madera y, como si de niñas se trataran, continuaron hablando.

—La fecha rondará el mes de enero, más o menos —le informó—. ¡Espero que vengas a la boda! Después, hemos pensado en irnos a Telde, a trabajar a los tomateros. Al parecer, hay un propietario llamado Eladio Betancor Calderín que tiene fincas en Taliarte y Melenara. Dicen que es muy buen patrón y que cuida de sus empleados. José está cansado de la empaquetadora y dice que con este patrón podemos tener mejor futuro. ¿Quién sabe? ¡Con la que está cayendo! —Hizo una pausa meneando la cabeza al comprobar que Luisa había estado tan sumida en su tristeza, que no sabía nada de la situación política y social. Le explicó—: Luisita, los grupos patronales aumentaron la jornada laboral, bajaron los suelos, y ya no dan perras para nada. Y encima, apenitas hay trabajo en el campo. Luisita, si te va mal aquí en Las Palmas, te puedes venir con nosotros para el sur, que ya verás que tenemos suerte.

Un pequeño ruido susurrante llamó la atención de las jóvenes. Al otro lado de la puerta, alguien deslizaba un papel por la rendija inferior. Luisa le hizo una señal de silencio a Lola para no espantar a la persona que estaba al otro lado. En cuanto el pequeño trozo de papel apareció, lo tomó rápidamente.

—Gracias, sor Carmen —dijo Luisa a la madera de la puerta, adivinando quién podía estar al otro lado.

—Ábrelo, corre —dijo Lola impaciente—. ¿Qué pone?

—Familia Artiles en Telde —leyó Luisa—. ¡Nos vamos!

—¡Ay, coño, que me suena ese apellido! —comentó pensativa Lola mientras se dejaba arrastrar por la eufórica Luisa. Rio ante el brillo esperanzado de los ojos de su amiga—. ¿A dónde vamos ahora?

—Pues iré a informar a la señora Verdugo, que tanto me ha ayudado —le respondió mientras se enganchaba a su brazo y con pasos rápidos se dirigían calle abajo—. Luego cogeré el primer coche de hora que me lleve a Telde.

—¿Te vas ya? Espera a que pueda acompañarte mañana —se quejó Lola—, que yo me tengo que subir ya para Santa Brígida. El pirata sale en media hora.

—¡No puedo esperar más! —exclamó Luisa, rotunda—. ¡Llevo tres meses sin mi hijo! Ya no habrá ni doña Eugenia, ni madre superiora que me separe de mi hijo.

—¡Eso es! —exclamó Lola—. ¡Doña Eugenia!

—¿Qué dices, muchacha? —preguntó Luisa, pendiente de cruzar la calle hacia la catedral.

—Pues que no creo que sea casualidad, Luisita —le dijo la joven morena—, pero doña Eugenia tomó el apellido de su marido porque así se le antojó; debe ser que al ser inglés le gustó cómo sonaba —divagaba en voz alta—. El caso es que el apellido de soltera de ella es Artiles, como el de la familia que tiene a tu hijo.

—¡Ay, Dios mío! —Frenó en seco para mirar a Lola—. ¡Se lo llevó ella! ¡Maldita vieja asquerosa! Como la coja... Lola, ¡ay, mi madre, como la coja…!

—Luisa, piensa un momento —le apremió Lola; al verla sumirse en la ira, la tomó del brazo para seguir andando hacia el puente de Palo—. ¿A quién le pudo dar el niño que viva en Telde?

—¡Al sobrino ese que no tiene niños! —acertó Luisa—. Sí, mujer, el que fue a visitarla cuando Tomás llegó con Rita.

—¡Eso es! —sonrió contenta Lola—. Pero no puedo ayudarte más, porque no sé dónde viven exactamente.

—No te preocupes, Lolita —le dijo abrazándola—. Ya me has traído mucha suerte. Gracias por venir a verme, y dale recuerdos a tu madre y a tu hermano. Algún día espero ir a verles. ¡Anda, vete, que te vas a quedar botada en Las Palmas!

—¡Ay, sí!—contestó Lola—. Y Dios nos libre como me coja mi madre…

Se despidieron con otro abrazo tras llegar a la plaza de las Ranas. Lola tomó dirección al teatro Pérez Galdós, y Luisa se dirigió hacia la calle Peregrina. Con el corazón libre de la angustia, Luisa apuró sus pasos para llegar a la calle Cano. Una vez allí, giró hacia la izquierda para tomar la calle Travieso, donde vivía con los Verdugo. Faustina salía en el momento en el que ella llegaba. Gritó la noticia sin prestar atención a lo que Faustina le decía. Entró en el portal, subió la escalera de granito saltando de dos en dos los escalones, hasta llegar a la entrada de la casa.

—¡Doña María del Pino! —gritaba con entusiasmo—. ¡Señora Verdugo!

Recorrió el largo pasillo hasta el salón, donde creyó escuchar la voz de su señora. Con la trenza colgando a sus espaldas y el rostro arrebolado por el esfuerzo, traspasó la puerta del salón para detenerse de golpe ante la sorpresa. De pie, con el hombro apoyado sobre uno de los ventanales del salón, se encontraba Tomás. La señora Verdugo se puso en pie, moviendo las manos sin saber qué decir ni qué hacer.

Luisa parpadeó ante aquella imagen. Estaba frente a ella. Vestido con traje de chaqueta gris claro, abierto por un brazo que se introducía en el bolsillo del pantalón. En su mirada encontró incertidumbre, en sus labios una sonrisa de satisfacción. El corazón de Luisa comenzó a golpearle con fuerza. Abrió la boca para decir algo, pero enseguida la cerró sin poder apartar su mirada de aquella imponente figura. Dio varios pasos atrás para apoyarse en el bastidor de la puerta.

—Luisa, el señor Westerling ha venido a verte —informó, sin necesidad, la señora Verdugo—. Yo les dejo para que puedan hablar de sus cosas.

Se acercó a Luisa dándole un apretón en el hombro, con una sonrisa afable en el rostro. Antes de salir, la señora Verdugo cerró la puerta.

—Te fuiste sin avisar —le dijo Tomás—. Y he tardado en encontrarte.

—Yo, lo siento mucho, Tomás —contestó arrepentida—. Hice mal en no hablar contigo, pero estaba muy confusa. Supongo que sabrás que me quedé embarazada y no supe qué hacer.

—¡Y te escondiste! —Entrecerró los ojos acercándose a ella, quería torturarla un poco.

—Lo sé, todos me decían que debía dejarte en paz. —Sus ojos comenzaron a empañarse por las lágrimas—. Que yo era tu amante y así sería siempre. ¡Estaba embarazada! Y muy asustada. Y tú, y tú casado, ¡por Dios! Así que tomé lo que tu madre me ofrecía.

—Calma, mi niña —le susurró mientras le secaba las lágrimas—. Casi me vuelvo loco en tu ausencia. Tengo a varias personas buscándote por toda la isla. Estabas bien escondida, condenada. —Luisa reposó su mejilla sobre la mano con la que él la acariciaba. Alzó sus ojos hasta encontrarse con los de él. Sonrió. Y aquello bastó para que el corazón de Tomás volviera a latir.

Luisa, por su parte, sintió que de nuevo volvía a respirar; como si hubieran pasado todos aquellos meses conteniendo la respiración. Él volvía a entrar en su vida, dispuesto a todo, pues su mirada oscura transmitía una intensa determinación. ¡Volvían a estar juntos! Tomás levantó con un dedo el mentón de la joven, saboreando aquel momento. Lentamente, bajó sus labios hasta los de ella. En cuanto estos se rozaron, una descarga eléctrica les recorrió el cuerpo. Ahondaron el beso, mezclando sus lenguas en una danza cómplice. Tomaron lo que tanto se les había negado, mordisqueando, absorbiendo y lamiendo los labios del otro. Agarrada a su cuello, Luisa se apretaba ayudada por él, que le sostenía la cintura. Tras varios minutos de besos, volvieron a la realidad del salón de los Verdugo.

—¿Qué haces aquí? Sigues casado —susurró Luisa intentado no estropear la magia del reencuentro.

297

—Ya no —sonrió ampliamente, al ver la sorpresa en el rostro de Luisa—. Hace unos meses me concedieron el divorcio.

—¡Hereje! —le regañó con picardía contenta de ver que al menos continuó la lucha sin ella—. ¿No pudiste anular el matrimonio?

—No, hubo gente que se interpuso —contestó apretando la mandíbula al recordarlo—. Luisa, quiero verlo. ¿Dónde está nuestro hijo?

—¡Ay, Tomás! —se lamentó.

Luisa sintió que la vergüenza, la angustia y la desazón volvían a ella sin evitar echarse a llorar de nuevo. Tomás la rodeó con sus brazos, atrayendo con una mano la cabeza rubia hacia su pecho.

—Dime. —Algo no iba bien y Tomás comenzó a preocuparse; sin querer apremiar a la joven, preguntó—: ¿Qué ocurre, Luisa? Llevo aquí una hora esperándote y la señora Verdugo no me ha querido decir nada.

—¡Me lo quitaron, Tomás! —dijo sin tapujos, y agarrada a la cintura lo miró a los ojos—: Di a luz en la casa de acogida que tu madre me ofreció; la misma noche que di a luz se lo llevaron. —El llanto volvía a ella.

—¿Cómo? ¿Quién? —preguntó Tomás tomándola de la cabeza para que le volviera a mirar—. ¡Me los cargo, Luisa, te juro que me los cargo! ¡No te preocupes, que lo encontraré!

—Llevo tres meses suplicando que me den información —continuó más calmada—. Hasta hoy, que me pasaron esta nota. Creo que tiene que ver con tu madre, Tomás. ¡Ella es tan ruin!

—¡Me cago en Dios! —exclamó Tomás al leerla—. Lo tiene mi primo Mario. ¡Le dio mi hijo a mi primo! Estoy seguro. Esto es algo que no perdonaré a mi madre en la vida. ¡Vamos, coge tus cosas, porque de ti no me separan más!

Antes de que saliera disparada en busca de sus cosas, Tomás la agarró de nuevo de la cintura, envolviéndola entre sus brazos. Ella rio al notar los labios de Tomás en la curva de su cuello. Se dio la vuelta y volvió a besarle, feliz por tenerle de nuevo cerca.

Luisa agradeció al cielo que le hubieran devuelto a Tomás. Ahora sabía que se podía enfrentar al mundo en busca de su hijo, porque ya no estaba sola. Tomás había ido a por ella y a por su hijo. Alguien debió decirle dónde se encontraba y se alegró por ello. ¡Aquel día no lo olvidaría jamás! A medida que iba metiendo las cosas en su maleta, su cuerpo experimentaba una sensación ya olvidada: la felicidad. Ese mismo día volvería a tener entre sus brazos a su hijo y, a su vez, la estaría abrazando Tomás. Ya no le importaba lo que dijera la Iglesia. Había experimentado en sus propias carnes el cristianismo del que ellos se jactaban. No le importaba estar casada por lo civil. Ya no. Ahora sabía lo que era realmente importante: ¡su familia!

Juntos, partieron de la casa de los Verdugo. Doña María del Pino, de la mano de Constancia, la acompañó hasta la furgoneta con la que Tomás había bajado a Las Palmas. Si partían a esa hora, llegarían al atardecer a Telde. Experimentando de nuevo la sensación de sonreír, partieron rumbo al sur.

En la casa de los Artiles, cerca de la iglesia de San Juan, se encontraba doña Eugenia con su nieto en brazos.

—Mira, Encarnación —le indicaba—, esta nariz es la de su tío Ramón y la de su abuelo. ¡Este niño es un Westerling!

—Doña Eugenia —dijo exasperada—, este niño es Artiles, no lo olvide.

—Sí, mujer —replicó con un ademán—. Pero aquí entre nosotras puedo hablar claramente. No seas grosera, que sabes bien que eres madre gracias a mí.

—Sí, doña Eugenia —contestó contrita—. Ya el verano se está acabando y nosotros estamos muy contentos de que lo haya pasado aquí —dijo con falsedad, pues la presencia de aquella mujer ponía en peligro la identidad de su hijo. Además, había que sumarle que el carácter manipulador de la anciana hacía que sintieran constantemente la amenaza de que el niño les fuera arrebatado—. ¿Cuándo tendrá que dejarnos?

—¡Oh, en unos días! —contestó distraída haciendo carantoñas al bebé—. Benito, Benito chico.

Se encontraban en la segunda planta de una casona colonial; como toda casa canaria, el patio interior amplificaba el sonido. Escucharon la voz de Mario alzarse sobre la de otro hombre. Al tener la puerta de la salida abierta, las mujeres escucharon cómo las voces se acercaban por el corredor de la entrada hacia el patio.

—¡Luisa, sube por allí! —Oyeron la orden de una voz profunda y contenida.

—¡Señorita, vuelva aquí ahora mismo! —le gritó Mario.

—Que ella haya sido capaz de tal mezquindad me lo creo —continuó diciendo Tomás—, pero que tú te hayas prestado a esto me sorprende. ¿Robar un niño? ¡Desgraciado!

Los pasos sobre la madera del suelo se acercaron, frenando su avance cada poco, a medida que iban pasando estancias. Finalmente, Luisa apareció en el umbral, encontrando a las dos mujeres paralizadas y con ojos espantados.

—¡Maldita desgraciada! —gritó furiosa—. ¡Devuélvame a mi hijo!

—¿Pero qué dices? Este no es tuyo —se defendió la mujer menuda—. Es mío.

—¡Mentira! —gritó alterando al niño, que comenzó a llorar. La rabia se apoderó de ella al ver cómo era la otra mujer la que se acercaba a consolarlo—. ¡Aléjate de él, ladrona!

—¡Te digo que es mío! —volvió a insistir la mujer con cara de ratón y voz chillona—. A ver, ¿qué tienes para demostrar lo contrario?

—¡Tú, bruja, díselo! —Luisa señaló con el dedo a doña Eugenia—. Di la verdad.

—No tengo nada que decir —contestó con seriedad mientras se alisaba la falda—. Mi sobrina tuvo un hijo en las mismas fechas que tú, pero eso no quiere decir que sea el tuyo. ¡Mira si eres mala madre que te dejas quitar a tu hijo! Y encima tienes la desfachatez de entrar en esta casa hecha una fiera. Yo no puedo hacer más por ti, Luisita.

Desde el pasillo llegaron ruidos de pisadas. En el umbral apareció Tomás agarrando del cuello a Mario. Este, colorado, víctima de la ira de su primo, miró desvalido a su mujer, quien gritó angustiada. Encarnación se llevó una mano a la boca. Mientras sostenía al niño con el otro brazo, sollozó.

—Madre —saludó con un movimiento de la cabeza—. Ya puedes empezar a arreglar esto, porque te aseguro que te arruino la vida. Para empezar, denunciando el robo de un niño, y no de cualquiera, sino del mío. ¡Tú, devuélvele el niño a mi mujer!

—¡Tu puta, dirás! —resopló la anciana volviéndose cada vez más nerviosa—. ¡A mí nadie me estropea los planes! Esta furcia se aprovechó de mi caridad, buscándote para conseguir una vida mejor; y tú, hijo, eres tan necio que te dejaste engañar.

—¡Este niño es mío! —dijo entre dientes Luisa, sin quitar ojo del bulto que sostenían las manos de Encarnación—. Me da igual lo que diga una vieja bruja, solo quiero salir de aquí con mi niño.

—¡Nooo! —gritó llorando Encarnación al verse acorralada—. ¡Mario, no les dejes!

—Encarnación —dijo—, no pueden llevarse lo que no es de ellos.

—Mario, bobo mierda, tenemos el testimonio de la monja, ¿cómo crees que llegamos hasta aquí? —mintió Tomás—. ¿Quieres arriesgarte a una acusación de tráfico de niños?

—¡Ay, Dios mío! —exclamó Encarnación, sin saber qué hacer, presa de la histeria.

Luisa aprovechó la debilidad de la mujer para acercarse y tomar al niño en sus brazos. Encarnación, impotente, se dejó hacer. Un gran alivio llenó el corazón de Luisa cuando notó aquel pequeño peso en sus brazos. Lágrimas de felicidad inundaron sus ojos. Le besó la frente mientras volvía a situarse cerca de Tomás.

—Madre, si quieres volver a ver a tus hijos y no ser despojada de todo lo que posees, confiesa de una vez.

—¡No me amenaces! —gritó dando un golpe con el bastón—. Y tampoco metas a Ramón en esto.

—Te aseguro que cuando Ramón sepa de lo que has sido capaz, hará lo mismo que yo —dijo con una voz mortalmente suave—: ¡olvidarte!

—No lo hará, porque es mentira —continuó insistiendo la desesperada Encarnación.

—¡Calla, estúpida! —dijo con la cabeza gacha doña Eugenia. Tras sopesar la situación y darse cuenta de que su plan se había venido abajo, declaró—: Tomás se llevará a su hijo.

No les hizo falta más. Tomás tomó de la mano a Luisa para salir de aquella casa llena de maldad. Luisa, escuchando los gritos desesperados de Encarnación, recordó los suyos aquella fatídica noche. Sintió lástima por la mujer que no podía tener hijos y cuya desesperación la hizo aceptar el regalo de doña Eugenia. Le estaría agradecida por haber querido esos meses a su hijo, como lo hubiera hecho ella.

Acordaron viajar hasta Arucas. Decidieron que vivir allí sería lo más conveniente. Según dijo Tomás, la casa era lo suficientemente grande como para poder vivir junto con Ramón y su futura mujer. A Luisa le encantó la idea. No deseaba volver a vivir bajo el mismo techo que Rita. Tampoco le importó que la casa fuera grande o pequeña, pues no le importaba dónde vivir siempre y cuando lo hicieran los tres juntos.

Viajaron de noche. En la oscuridad, se relataron todo lo que habían vivido en ese último año. Luisa, sentada al lado de Tomás, no podía apartar la mirada de su hijo. El pequeño, alterado por la tensión percibida, no paró de llorar hasta que sus manos se encontraron con la trenza de su madre. El llanto se silenció en cuanto su pequeña manita se cerró alrededor de la trenza, que colgaba del hombro de Luisa. Esta suspiró y la ternura la invadió.

—¿Cómo ibas a llamarlo? —preguntó Tomás, con la mirada puesta en la carretera oscura.

—Pensé en Ramón, porque quería que llevara el nombre de algún pariente Westerling —comentó con timidez—. No te enroñes por no haber pensado en tu nombre, habría sido muy arriesgado.

—Claro, claro —contestó disimulando una sonrisa y fingiendo enfado—. Me gusta Ramón, gracias a su ayuda no me hundí al no saber nada de ti.

—Pues Ramón Westerling López —sentenció Luisa—. Tu tío se pondrá contento cuando se entere de que llevas su nombre —le susurró al niño.

Llegaron de madrugada, por lo que Luisa apenas pudo ubicarse. Tan solo supo que la camioneta descendió una pendiente que parecía ser un barranco. Tras varias curvas, la luz de la luna le permitió ver un camino que partía en dos una llanura llena de plataneras. El ruido del motor de la camioneta alertó a Ramón, que se encontraba en la casona. Al bajarse del vehículo, lo vieron esperando en el exterior.

La noche de final de agosto tenía un olor especial. Se mezclaban el perfume de las plataneras con una brisa marina que ascendía desde la costa del norte de la isla. El sonido de los grillos la arrulló enseguida; fue una bienvenida entrañable.

—¡Hermano, cuando leí tu telegrama no sabía si creérmelo! —comentó con asombro—. Me alegro de verte, Luisita, bienvenida a casa. ¡Con que este es el pequeño! —Con cuidado, se acercó a Luisa para abrazarla sin despertar al niño.

—Te presento a tu sobrino, se llama Ramón —le informó.

—¿En serio? —preguntó perplejo—. ¡Con ese nombre este niño será grande!

Después de dos años, volvían a estar los tres juntos, como iguales; pero completamente cambiados. Luisa había dejado de ser ingenua, vivaz e ilusa, para mostrar un carácter lleno de cautela. Tomás había endurecido su personalidad, forjando una actitud fiera que tan solo la suavizaba Luisa. Por su parte, la pareja iba a descubrir un nuevo Ramón. Un joven comprometido con las causas sociales, enamorado de una mujer de una posición social inferior a la suya, que le había hecho ver el mundo desde otro punto de vista.

Exhaustos por la experiencia de aquel largo día, condujeron sus pasos a través de pasillos y escaleras, apenas iluminadas por la lámpara de aceite que Ramón portaba. Una vez en la alcoba, Luisa pudo ver la gran cama con columnas cubierta por una colcha blanca. Acomodando al pequeño Ramón en el centro, Luisa se dejó caer rendida tras él. Tomás, con suma ternura, buscó su camisón y la desvistió para ponérselo. Se recreó en la imagen que le llenaba el corazón: Luisa adormilada junto a su pequeño. No quiso despertarla cuando pensó en lo necesario para el niño, así que, saliendo de la habitación sin hacer ruido, comenzó a enumerar mentalmente lo que el pequeño necesitaría.

Los vecinos recordarían aquella noche durante años. Tomás, como quien llama a las tres de la tarde, despertó a todos en busca de enseres y alimentos. Con el motor de la camioneta reverberando, recorrió el casco urbano de Arucas y despertó al farmacéutico. Una vez hubo conseguido lo necesario, volvió a la hacienda, donde él mismo ordeñó una cabra y una vaca. Comprobó que el amanecer se acercaba al cruzarse en el patio con Paquita, la señora del servicio.

—Tenga, Paquita —le dijo nada más verla—. Guarde esto, que en un par de horas le presentaré a mi familia.

—¿Su familia, señor? —recogió las cosas extrañada—. ¿Se encuentra usted bien?

—¡De maravilla, Paquita! —respondió Tomás con una gran sonrisa, mientras a grandes zancadas entraba a la gran casa por una de las puertas.

Paquita no daba crédito a lo que veía. ¡El patrón estaba de buen humor!, se repitió la sirvienta. Hacía años que la sonrisa pícara que mostraba no asomaba en su duro rostro. Por lo que ella sabía, el señor se había divorciado de su esposa, que se había vuelto loca. Paquita, desconcertada, se encogió de hombros, dejando que la mañana le descubriera las novedades que habían llegado a la casa.

Luisa podría haber dormido gran parte de la mañana, pero el pequeño Ramón se lo impidió. El bebé despertó muerto de hambre. Cuando abrió los ojos, se topó con las manos y piernas inquietas de su hijo. Al otro lado, Tomás dormía boca arriba, con un brazo bajo la cabeza. Sonrió ante la escena justo cuando los ojos de Tomás se abrieron, buscándola.

—¡Tiene hambre! —comentó asustada Luisa, sin saber qué hacer—. Yo ya no tengo leche.

—Anoche fui en busca de unas cuantas cosas —contestó mientras se levantaba; solo llevaba los calzoncillos puestos—. Como no sabía, traje leche de cabra y de vaca.

—Con un poco de gofio le irá bien —se animó Luisa, agradecida al comprobar que Tomás se había encargado de todo—. Coge al niño, que yo iré a la cocina…, ¿que está…?

—Bajando las escaleras llegas al zaguán y encontrarás una puerta a la derecha, allí estará Paquita.

Como padres primerizos, en sus movimientos se traslucía cierta inseguridad que al cabo de pocos minutos fue disminuyendo. Tomás tomó al niño en sus manos, sonriendo ante su contacto.

—Ven aquí, Moncho, ya mamá te trae la comida —le explicó al pequeño, que continuaba llorando.

Luisa siguió las instrucciones. Recorrió un pasillo amplio de suelos de madera mientras Tomás se enfrentaba al genio de su hijo. Con ojos curiosos, miraba a su paso el interior de las habitaciones. Bajó las escaleras y reconoció el recibidor por el que había pasado la noche anterior. Observó un salón bien iluminado, con puertas hacia la parte delantera y ventanas hacia la parte trasera. Admiró los amplios sillones y una gran mesa de comedor. Volviendo la cabeza, empujó la puerta que conducía a la cocina.

Al verla en camisón y con la trenza deshecha, a Paquita le pareció que entraba un ángel en la cocina. Cuando la joven de expresión dulce y ojos amables le habló, comprendió que se trataba de la señora.

—Siéntese, señora —le dijo desde el horno de piedra—. Limpié todo lo que el señor me trajo y la leche lleva un rato hirviendo.

—¡Oh, gracias, Paquita! —le sonrió—. Yo me llamo Luisa —se presentó mientras ayudaba a la mujer a preparar el biberón.

Con un paño, se acercó a la pila donde se secaban varias tetinas de goma de distintos tamaños junto con varios vasos de vidrio de distintos anchos. El somnoliento farmacéutico le comentó a Tomás que el biberón en Europa formaba una unidad. Por el contrario, en España, y más concretamente en Canarias, tan solo se compraba la tetina, que luego se adaptaba a cualquier vaso o recipiente. Ante la duda, decidió comprar todo tipo de tetinas. Luisa, que durante el embarazo había sido informada por las chicas del servicio de los Verdugo, sonrió ante la exageración de Tomás. Había comprado incluso leche en polvo de la marca Nestlé. ¿Dónde habría encontrado esto anoche?, se preguntó sorprendida Luisa. Paquita le preguntó si le iba a dar leche de cabra o de vaca, pues el señor había traído de las dos. Se decantó por la de cabra, sumándole unas cucharadas de gofio.

Con el biberón preparado, volvió a la alcoba. Allí su corazón se derritió al encontrarse con Tomás tumbado sobre la cama. El bebé cabeceaba torpemente sobre su pecho, intentando mantener la cabeza erguida. El llanto había cesado, pues la curiosidad por la nana que su padre le cantaba era mayor que el hambre. Desde el umbral, Luisa pudo escuchar la canción del arrorró.

—Arrorró, mi niño chico —cantaba—, que tu madre no está aquí, que fue a misa a San Antonio y ya pronto ha de venir. Arrorró, mi niño chico, arrorró que viene el coco preguntando por las puertas por los niños que duermen poco. Arrorró, mi niño chico, arrorró, que viene la mora preguntando por las puertas cual es el niño que llora. Si mi niño se durmiera, yo le diera de regalo un pañuelito de seda de la Virgen del Rosario.

Luisa se llevó la mano a la medalla de la Virgen del Rosario y la besó, pidiendo que Dios le conservara a su familia cerca. Tomás alzó la vista de la coronilla del pequeño, girando la cabeza para verla entrar. Luisa se sentó cerca de una puertaventana que daba a un pequeño balcón similar al que sus padres tenían en su alcoba. Allí, Tomás le entregó a su pequeño, que enseguida se enganchó a la tetina y succionó la leche. Luisa se recreó en el momento en el que su pequeño se agarraba con una manita al biberón y con otra a su trenza. Comenzó a notar cómo su cuerpo era invadido por la serenidad. La luz de la mañana sobre ellos, y Tomás sentado sobre la cama vistiéndose para salir a trabajar la hicieron sonreír, feliz. Él le correspondió mientras los observaba con una intensidad desmedida. Luisa sintió que vivía un sueño. Algo la recorrió por dentro cuando su cuerpo reaccionó ante la mirada profunda y negra de Tomás.

Él se acercó, la tomó de la cara para besarle la boca tiernamente, le susurró un «te quiero» y salió de la habitación. Luisa observó su alcoba, aquella que iba a compartir con Tomás. ¡Por fin juntos!, pensó. Apenas dejó volar sus ilusiones, se había vuelto precavida: pero observó con ojos chispeantes de curiosidad la estancia. Sus muebles de madera toscamente tallados eran acogedores. Resaltaban ante las paredes blancas, como blanca era la colcha que cubría la gran cama con dosel. A sus espaldas, la puertaventana que daba a un pequeño balcón iluminaba la estancia. En la esquina, un tocador de madera con un espejo ovalado daba un toque femenino al dormitorio. Sobre la butaca, encontró su maleta. Una vez Moncho se hubiera dormido, comenzaría a ordenar sus pertenencias.

Antes de terminar por completo la leche, el pequeño ya se sumía en un profundo sueño. Una pelusa castaña cubría su cabecita, sus mofletes blanquecinos y su boca menuda enternecían a Luisa. La nariz pequeñita le hizo pensar que había heredado rasgos Westerling. Sus largas pestañas como el padre, así lo decían; aunque sus ojos apuntaban a ser claros como los de ella.

Necesitaban una cuna, se dijo Luisa. Hasta entonces, lo dejó sobre la cama. Una fuerza superior a ella no la dejaba apartar la mirada del pequeño. El canto de los pájaros de fondo, el murmullo de trabajadores en la hacienda y un gallo que cacareaba lograron arrancar a Luisa de la cama y darle fuerzas para comenzar con sus tareas.

A medida que deshacía su maleta, los recuerdos volaban hasta ella. Al colgar sus dos trajes en el ropero, junto a las camisas de Tomás, recordó la vez que hizo lo mismo con la ropa de Rita en el barco de vuelta de Cuba. La jarrita de los mensajes la puso sobre la mesa de noche, recordaría la complicidad y secretismo con la que vivieron su amor en Santa Brígida. Las pequeñas prendas de Moncho también fueron guardadas, con el recuerdo sombrío de una partida llena de temor. Cuando todo estaba ordenado, a falta de alzar la maleta sobre el ropero, abrió la apertura del forro de la maleta. Introdujo su mano para sacar el pañuelo con las iniciales de Tomás, el mismo que le había entregado en el jardín de los Galianos, junto a los pedazos de su corazón. Envuelta en él, estaba la foto que se habían hecho. Rio ante los cambios que se percibían. ¡Qué jóvenes e ingenuos!, pensó con una sonrisa y el asomo de una lágrima nostálgica en los ojos.

Así la encontró Tomás, con la cabeza inclinada sobre la foto. Este apoyó un hombro sobre el marco de la puerta, cruzó los brazos y preguntó:

—¿Recordando tiempos mejores?

—¡De eso nada! —Se volvió Luisa recogiendo de su mejilla una lágrima— . Crecimos de forma muy dura, hace más de dos años de esta foto y ya apenas nos reconocemos en ella.

—Ya no habrá nada que nos separe, mi niña celeste —le dijo con voz profunda acercándose a ella y rodeándola con sus brazos.

—¡Te quiero tanto, Tomás! —le susurró enterrándose en su cuello—. ¡Tengo tanto miedo de volver a verme sola, sin ti ni el niño!

—Eso no ocurrirá, Luisa, créeme que no lo voy a permitir —le dijo tomándole la cara entre sus manos.

Sus labios, buscando consuelo, se unieron para saborear la sensación de estar juntos sin necesidad de esconderse. Profundizaron el beso con apremio. Sus lenguas buscaban al otro, sus manos recorrían los cuerpos apartando la ropa que les estorbaba. Tomás deslizó su mano por los glúteos de Luisa, recogiendo el camisón hasta sacarlo por la cabeza. Luisa, a su vez, desabotonaba la camisa descubriendo un gran tórax fuerte, musculoso, con vello en su centro, que sus pequeñas manos recorrieron. Tomás besó el cuello de la joven, causándole oleadas de placer que terminaban entre sus piernas. Ella le rodeó con sus brazos el cuello, sintiendo que flaqueaban. Las sensaciones fluyeron entre ellos, haciendo de las respiraciones una llamada. Luisa, presa de la lujuria, besó el cuello de él. Se deshizo de su abrazo para continuar con su recorrido hasta el pecho, luego el abdomen firme, y terminar de rodillas frente a la hebilla del pantalón, que desabrochó con cuidado. El pequeño gemido gutural que produjo Tomás animó a Luisa en su incursión. Una vez hubo deslizado las prendas, tomó su miembro erecto en su boca. Las caricias de ella y su contacto húmedo desarmaron al hombre. Al cabo de unos minutos de tormentoso placer, sintió la necesidad de introducirse en ella. La alzó en brazos sentándose en la butaca del tocador, con la joven a horcajadas sobre él.

Allí la penetró, dejando que Luisa llevara el ritmo de las embestidas. Ella se vio reflejada en el espejo, su pelo se había soltado de la trenza cayéndole desordenadamente sobre la espalda y la cara. A medida que el placer la recorría, Luisa observó en el reflejo los músculos de la espalda de Tomás contraerse por el esfuerzo. La imagen la tenía atrapada, sus ojos azules miraban místicos a la mujer que hacía el amor al otro lado. Su rostro se sonrojaba por el esfuerzo, sus brazos alrededor de los hombros del hombre se tensaron cuando la boca de Tomás succionó su pecho. Los jadeos se hicieron más seguidos, hasta que juntos, llegaron al clímax. La magia del espejo cesó. Luisa buscó con sus ojos los de Tomás, le besó profundamente y susurró: te quiero.

¡Por fin estaba en casa!

LOS NUEVOS WESTERLING

S u nueva vida le permitía tener tiempo libre para ella, algo que no recordaba desde hacía tiempo. La falta de costumbre hizo que se sintiera incómoda al no tener mucho que hacer. El primer encontronazo con Paquita le dejó claro que el ama de llaves no le permitiría limpiar nada. Solo debía ocuparse del pequeño, le dijo. Tras mucho discutir, quedó claro que la testarudez de Luisa estaba por encima de lo que se debía o no hacer. Tanto la gobernanta como las dos jóvenes sirvientas terminaron por acostumbrarse a la presencia de la señora en la cocina.

Todas las mañanas despertaba con un beso de Tomás, que al alba partía al trabajo. Después de dormitar unas horas más, se levantaba descubriendo una nueva flor en la jarrita de arcilla que había puesto en la mesita de noche. Tomás, tras bajar a desayunar, buscaba una flor; la mayoría de las veces una siempreviva. Quería recordarle a Luisa que aunque no pudiera quedarse con ella en la cama, él se encontraba allí.

Luisa, en una de sus primeras incursiones, paseó por el exterior de la gran casa admirando la construcción. El edificio poseía una planta en forma de L. Con una altura de dos pisos, la gran casa era recorrida por un balcón de madera que llegaba de punta a punta. El contraste de la madera oscura con la pared blanca hacía de la casa un edificio acogedor. Las esquinas estaban adornadas de piedras grises de la cantera de Arucas, que añadían un toque rústico a la casa, dejando maravillado a todo aquel que la contemplaba. Las habitaciones de la planta superior tenían acceso a un corredor que daba directamente al balcón. Salvo la alcoba de Tomás y Luisa. Al estar situada en la parte más corta del edificio, la puertaventana tenía un pequeño balcón individual. En la planta inferior, tres puertas conducían al interior, permaneciendo abiertas la mayor parte del día.

En la parte más corta, una puerta llevaba a la cocina, desde la que salían ricos olores. Bajo la sombra del balcón, Luisa se sentaba muchas tardes a pelar papas, desgranar piñas o hacer ganchillo. Dejaba vagar su mirada por la gran plantación de plataneras que se extendía ante ella, rodeando la gran casa, que ocupaba un pequeño montículo. En más de una ocasión acompañaba a Tomás a caballo a recorrer las fanegadas o a ir al pueblo. La hacienda estaba rodeada de varias elevaciones de terrenos; la zona en la que se situaba se llamaba Trasmontaña. Cuando ascendía por el terreno encrespado para tomar la carretera que llevaba al pueblo, podían admirar el mar desde lo alto. Entendió el amor de Stephen Westerling por aquella finca. Ella, en un par de días, se sintió atrapada en su encanto.

Una noche, al poco de instalarse, Ramón llegó con María. Luisa la invitó a cenar y juntos se sentaron en el comedor. La joven era muy atractiva, morena, de cara redonda y ojos color miel. Su cuerpo delgado se ensanchaba en las caderas, dotándola de una cintura estrecha, como muchas de las mujeres canarias. Su pelo negro y brillante se ondulaba para recogerse en un modesto moño. La joven se encontraba algo intimidada ante la presencia de Luisa y de Tomás. Ramón le había hablado mucho de ella, del coraje que había tenido, de su historia, por lo que tenía una idea preconcebida de Luisa. Creyó que al venir de una buena familia y ahora ser la futura esposa del patrón Tomás, no vería con buenos ojos su relación con Ramón.

Hasta el momento, Tomás se comportaba de manera brusca con todo el mundo, siempre con el ceño fruncido. Su mirada transmitía un mensaje claro: tenía poca paciencia. ¡Hasta que llegó Luisa! Aquella noche pudo verle con una actitud más relajada, mientras la invitaba a una copa de vino. María, asombrada, observaba como llegaba a sonreír y bromear con su hermano. Tuvo que admitir que se había equivocado, pues la mujer que había suavizado el carácter de don Tomás no la miraba por encima del hombro. Enseguida se sintió cómoda, entablaron conversación y comprobó que la humildad de Luisa no era solo apariencia.

Luisa se encargó de servir el estofado que había preparado Paquita. María fue testigo del revuelo que formó Paquita cuando Luisa le arrancó el delantal y la empujó ordenándole que se marchara a descansar. Juntas, sirvieron las bandejas con papas arrugadas, queso, gofio escaldado y estofado. Al volver al comedor, se encontraron con la conversación de los hermanos, que giraba en torno a la agricultura y la sociedad.

—Es que padre continuó con el cultivo del plátano —decía Tomás sentado frente a Ramón—. Canarias no puede centrarse en el monocultivo. Ahora empieza el tomate en la zona sur, que no está mal, pero este tipo de economía no repercute en las familias canarias.

—No, solo siguen enriqueciéndose los de siempre —continuaba Ramón—. Este sistema económico está diseñado por la oligarquía canaria, que siempre busca su propio beneficio; y mientras tanto, el resto de canarios se ven obligados a emigrar porque no tienen qué comer.

—¡Es injusto! Yo he intentado diversificar los frutos, meternos en otros mercados. A todos con los que he discutido sobre este tema les digo lo mismo: no somos competitivos, llevamos siglos equivocándonos con lo mismo. Somos islas, nuestro territorio tiene límites. Además, ¿a quién se le ocurre vivir del cultivo del plátano cuando exige grandes cantidades de agua? Pecamos de estúpidos, y padre también.

—Es por avaricia, Tomás, estamos sumidos bajo la presión de los caciques. Si algo da dinero, les da igual si es bueno o malo, duradero o no.

—¡Y por ignorancia, Ramón! Pasó con la caña de azúcar, luego con el vino, con el cultivo de la cochinilla también; aquí en Arucas aún se sigue viviendo de ella. Pero hemos sido tan totorotas, que solo nos centramos en una cosa para ver cómo los otros nos toman la delantera. Ahora tenemos problemas con el plátano sudamericano. ¡Y mira lo que te digo: el tomate irá detrás!

—Pero eso no cambiará hasta que el pueblo no se rebele —intervino María defendiendo la causa socialista—. Ahora que tenemos un gobierno democrático donde algunas voces se hacen oír, debemos exigir a las cuatro familias que nos gobiernan que deben compartir, que deben centrarse en el bien común, en mejorar todos. En buscar otras fórmulas para enriquecernos todos los canarios.

—Son pocos los que se enriquecen, entre otros, nosotros mismos —replicó Tomás—. Y esos pocos no cederán fácilmente. Es algo que hay que hacer con mucho cuidado, la ignorancia en estas tierras alcanza casi a la totalidad de nuestra población. Tenemos cuatrocientas escuelas donde podrían asistir más de cincuenta mil niños, y solo lo hacen dieciséis mil. Porque los padres no entienden que deben mandarlos a la escuela. ¿A esos padres, a esos niños, piensas hablarles de derechos y justicia? Primero hay que educar al pueblo, para que luego sepa defenderse.

—Mientras esperamos, muchos niños mueren de hambre. El paludismo en las islas es una enfermedad que la mayoría padece. ¡No podemos esperar! —dijo Ramón ensalzado.

—La república es muy joven aún para tales exigencias; el país se está dividiendo en dos, con posturas cada vez más radicales, y te aseguro, que eso no es bueno —insistió Tomás—. Midiendo bien los pasos, se llega más lejos.

—¡Tú, y tu diplomacia, Tomás! —contraatacó—. No estoy de acuerdo contigo, hermano; ya basta de formar parte de un círculo social que se cree capaz de dirigir las vidas de los demás. Hasta en la vida y en la muerte. Tú mismo fuiste víctima del narcisismo de madre, tomando al hijo de Luisa y ofreciéndolo a quien ella consideraba mejor. Y da gracias a que te enteraste a tiempo, porque si Luisa hubiera sido cualquier otra persona, jamás hubieras sabido del niño.

—Y ahí entra el poder de la Iglesia, que nadie frena, manejando los hilos del gobierno —continuó María.

La conversación llenaba las horas de la noche, mientras los platos y vasos se vaciaban de viandas. El llanto de Ramón quebró el ambiente, haciendo que Luisa volara hasta la parte superior de la casa para calmarlo. Tras bajar con Moncho en brazos, no vio a Tomás. Al preguntar por él, Ramón y María se dirigieron una mirada cómplice.

—Ven, cuñada, deja a mi tocayo con nosotros, que Tomás te espera fuera —le contestó Ramón mientras tomaba al niño en brazos.

—¿Pero a dónde fue? —insistió confundida.

—Yo recojo la mesa, Luisa —se ofreció María.

—Ven, Moncho, con tío —decía Ramón a su sobrino—. ¿Qué te pasó, muchacho? ¿Qué, te vienes de parranda con tu tío? Por cierto, Luisa, en unos días terminaré la cuna del niño.

—¡Veremos a ver qué tal carpintero eres! —bromeó Luisa mientras se colocaba un chal por los hombros—. ¡Como el niño se caiga de la cuna abajo, verás!

Cerró la puerta tras ella, dejando las dolidas protestas de Ramón en el aire. Desde hacía un año, Ramón se había empeñado en aprender un oficio, eligiendo, en su nueva condición de socialista, la carpintería. Tomás y ella, habiéndolo conocido en su época de derroche, donde salía y entraba pensando solo en irse de belingo, reían ante su nuevo estilo de vida. María tenía mucho que ver en ello. Al ver que Ramón había conseguido darle sentido a su vida, no pudieron más que aceptar a María con agrado.

Cuando Luisa salió de la casa, la noche estaba oscura. El cielo despejado mostraba el firmamento. Avanzó unos pasos a tientas, llamando a Tomás. Una llama captó su atención. Colocada en el suelo, en la esquina de la casa, reconoció una vela; su luz guio los pasos de Luisa. Al acercarse, observó como diminutas velas formaban un camino. Sonrió. ¡Qué estaría tramando aquel hombre!, se dijo.

Las velas rodeaban la casa, para luego bajar por una leve pendiente, perdiéndose las lucecitas ambarinas entre las plataneras. A cada paso que daba, tomaba una vela y la apagaba. Tras recorrer varios metros, llegó a un claro en el borde de la fanegada. Allí, las velas formaban un círculo alrededor de una montura de caballo cubierta por una manta a rayas. A pocos metros, había un almendro donde intuyó la silueta de dos caballos; miró a su alrededor buscando a Tomás. Se encogió de hombros, e introduciéndose en el círculo, se sentó. Alzó su mirada y allí lo encontró, apareciendo entre las plataneras iluminadas de ámbar.

Llevaba remangada la camisa sin cuello, el chaleco gris a rayas oscuras desabrochado. Los pantalones a juego. Formaba la magnífica estampa del hombre canario. Fuerte, alto y moreno. Ella, desde hacía unos días, llevaba el pelo suelto, símbolo de su estado. Una Luisa liberada. En aquel momento, cubría los hombros de su vestido berenjena con un chal. En sus ojos, la adoración apareció para recibir a Tomás. Este, antes de hablar, se maravilló con su imagen. Luisa le sonrió e inclinó la cabeza, preguntando con la mirada.

—Buenas noches —saludó Tomás, con voz profunda—. ¿Podría decirme qué hace una señorita como usted sola en esta terraza?

Luisa sonrió al reconocer la pregunta que le había hecho varios años atrás, cuando se encontraba cenando en el hotel Madrid. La oscuridad, las velas y Tomás ante ella hicieron que la emoción recorriera su cuerpo, sumergiéndola en una noche atemporal.

—Sí, podría contestarle, caballero —dijo imitando la voz altanera con la que le respondió en su momento—, pero me temo que no lo voy a hacer. Así que puede seguir su camino, que ya le acompaña su curiosidad. —Las comisuras de los labios de él se curvaron en una sonrisa felina, sus ojos chispearon. Tras una pausa, Luisa continuó—: Pero puede que esta noche sea distinta.

—¿Quiere saber lo que tengo en mente? —preguntó con pasos lentos, introduciéndose en el círculo iluminado, hasta situarse ante ella.

Bajó una pierna al suelo, le tomó de la mano y la miró a los ojos. Luisa sintió un hormigueo en el estómago. La mirada ardiente de Tomás siempre terminaba por hipnotizarla. Estaba a merced de él. Con voz débil, pendiente de su contacto, comentó:

—La noche parece perfecta para eso.

—Así lo creo —dijo acariciando levemente el contorno del rostro de la joven—. Luisa, mi niña celeste, ¿quieres casarte conmigo?

Aquellas palabras llenaron el interior de la joven, formando una explosión de sensaciones. Después de tanto tiempo esperando, soñando y añorando que aquello fuera posible, por fin supo que se iba a hacer realidad. ¡Esta vez sí!, se dijo. Lágrimas de felicidad inundaron los ojos de Luisa. La sonrisa que se dibujó en sus labios respondió antes que sus palabras:

—¡Sí, Tomás, sí! —contestó, rodeándole con sus brazos y besándole profundamente—. Ya no me valen Galianos, Eugenias, ni nada. ¡Más te vale que esta vez nos casemos de verdad!

—Esta vez sí —sonrió ante el tono autoritario de la joven—. Te quiero, Luisa —le susurró a sus labios anhelantes.

La magia de la noche, la luz cálida de las velas y la sensación de encontrarse donde debían estar hicieron que la pasión les desbordara. Tomás colocó a Luisa sobre él, disfrutando de los suaves gemidos que le causaba con sus besos. Hicieron el amor bajo las estrellas, teniendo como testigos la noche y la naturaleza. Al igual que en Cabaiguán, adoraron sus cuerpos, disfrutando de lo que tanto tiempo les fue negado. Los jadeos se confundían con los ruidos de la noche. Entre besos, caricias y movimientos sensuales, les llegó el orgasmo, uniéndolos en un solo ser.

Tiempo después, apagaron las llamas prendidas en las velas, quedándose en una azulada oscuridad. Cuando sus ojos se acomodaron, Luisa, de la mano de Tomás, se encaminó hacia los caballos. Al parecer, quería llevarla a un lugar especial. El balanceo de los caballos, el ruido de las pisadas y la cálida noche hicieron del paseo un momento íntimo. En silencio, cabalgaron rumbo al norte, hasta llegar a una playa rocosa. Allí, Tomás ayudó a Luisa a bajar de la montura.

—¿Dónde estamos? —preguntó.

—En Bañaderos —respondió—. Es la playa de los Charcones. Los aborígenes solían bañarse en estas aguas. Ahora mismo la marea está baja, lo que deja un montón de charcos llenos de agua salada.

Efectivamente, ante los ojos de Luisa, se expandía una gran extensión de roca oscura. El sonido de las olas al romper en las rocas se escuchaba lejos. La luz de la luna iluminaba los charcos que había llenado el mar horas antes. Se desvistieron. Desnudos, cogidos de la mano, caminaron tambaleantes hasta introducirse en uno de los charcos. El agua fría, después de un día caluroso, fue bien recibida por sus cuerpos. Tumbados, uno al lado del otro, flotaron sobre la charca de agua salada. Volvieron a disfrutar de las caricias, de los besos y de las dulces palabras. En medio de un gran charco, volvieron a hacer el amor.

Tomás sabía que la debilidad de Luisa era el mar. Los baños en la playa la devolvían a la vida. Sonrió ante la fascinación de la joven por el descubrimiento de la playa, a donde pensaba escaparse siempre que pudiera. Luisa le hizo prometer que volverían con el pequeño Moncho. Aquellos charcos, con distinta profundidad, serían un lugar seguro donde poder enseñarle las delicias del mar.

EL MUNDO LLAMÓ
A SUS PUERTAS

L a boda civil no se celebró inmediatamente, puesto que Luisa pidió tiempo para confeccionarse un vestido adecuado. Ya que la ceremonia iba a ser en la casa consistorial, de corta duración y fría, quiso al menos ir vestida para la ocasión. Para ello, Tomás le regaló una máquina de coser Singer. Era una máquina último modelo, con un cuerpo negro con decoraciones doradas; reposaba sobre una mesa de madera y estaba ajustada a un pedal de hierro forjado.

—Aquí tienes —le dijo—, para que Paquita no se queje más de que estás todo el día incordiándola en la cocina.

—Pero, bueno, ¡encima que le ayudo! —replicó Luisa, riendo ante las quejas de la cocinera, que no entendía que ella quisiera trabajar—. Pero que no se preocupe, que con este tesoro la dejaré tranquila con el gobierno de la casa.

Luisa comenzó a coser inmediatamente. Fue al mercado en busca de telas y eligió una en tonos rosados con pequeñas florecillas blancas. Quiso un color alegre, para contrarrestar los tonos oscuros que se utilizaban para vestir de diario. El resultado final fue un sencillo vestido de mangas cortas, con una terminación de encaje blanco, que Paquita le bordó como regalo. Luisa admiraba la labor que muchas mujeres hacían bordando calados. La línea de botones del vestido le llegaba hasta el final de la falda, pasando la rodilla. La prenda se ajustaba a su cuerpo, delineando sus curvas femeninas. En la parte superior, un cuello de bebé con el calado de Paquita daba el toque final. Para aquella ocasión, decidió recogerse el cabello en un moño alto.

La mañana que se prepararon para la ceremonia civil, Tomás entró en la alcoba con una caja en las manos. El día anterior había acudido a una reunión en Las Palmas y encontró hueco para comprarle un regalo. Le dijo que la había escuchado hablar de los accesorios que le faltaban, por lo que decidió buscárselos. Luisa quedó encantada con la consideración de Tomás. Siempre estaba pendiente de ella y en más de una ocasión debía callar, pues cualquier petición suya era atendida. Tomás, por su parte, sabía que el matrimonio para Luisa no sería real. Aunque estaba decepcionada con la Iglesia, su fe seguía siendo inquebrantable. Por ese motivo, quería hacer de aquel día uno muy especial. Verla sonreír y cómo sus ojos lanzaban destellos azules era el objetivo primordial para él.

Luisa enseguida se probó el sombrerito plano de color blanco, con decoraciones florales y los zapatos del mismo color. Tomás se llevó a Moncho en brazos para esperar junto a los demás. Los invitados eran María, sus dos niños, Ramón y Paquita. Todos llevaban sus mejores ropas, como si de un domingo se tratara. Al cabo de unos minutos, Luisa se reunió con ellos. Estaba radiante con aquel vestido de color rosa que resaltaba el color de su pelo rubio, recogido en la coronilla y adornado con el sombrero plano que Tomás le había comprado. Los zapatos blancos cerraban la imagen de una mujer joven, bella y llena de vida.

Tomás sostenía a Moncho en sus brazos. Este jugaba con un ramillete de siemprevivas atado con un lazo blanco. Luisa quedó atrapada en la mirada de Tomás, que la recorría de arriba abajo. El hombre vestía un traje color beige; la chaqueta abierta dejaba entrever un chaleco marrón abotonado y una corbata a juego. Desde hacía meses, Tomás tenía la costumbre de llevar el pelo algo más largo de lo normal, dejando que los rizos se formaran en las puntas. Aquella mañana se había peinado con brillantina, despejando la frente de rizos.

—Venga, Moncho, dale a mamá las flores, que nos vamos —le animó Ramón mientras cogía de la mano a Tadeo, el hijo menor de María.

Llegaron en coche al pueblo. Las fanegadas de plataneras llegaban hasta el mismo centro urbano. El edificio que destacaba sobre los demás era la iglesia de San Juan Bautista, de Arucas. Los ojos de Luisa se enturbiaron al no poder casarse como una cristiana. Buscó su medalla de la Virgen del

Rosario y pidió perdón. Sus ojos siguieron apreciando la majestuosidad del edificio. La iglesia neogótica se levantaba en dos cuerpos, formando cuatro fachadas enmarcadas en dos torres puntiagudas. Tanto en la vertiente norte como en la sur, se ubicaba un espacio donde formaba una plaza. La finalización de las obras de la iglesia se llevó a cabo gracias a la aportación de los marqueses de Arucas, amigos de la familia.

Rodearon la iglesia para callejear, llenando las calles del rugido del motor, hasta llegar a la plaza de San Sebastián. Allí, junto a la casa consistorial, se encontraba el mercado municipal. El edificio, siguiendo un estilo neoclásico, estaba decorado principalmente por la piedra de la cantera de Arucas. En aquel edificio histórico se internaron. La sala donde se llevó a cabo la ceremonia civil estaba cubierta de madera. Al fondo, un concejal en una mesa les leyó la ley y sus derechos. Firmaron los testigos, tanto Ramón como María, y en unos minutos volvieron a salir. Aprovecharon el día para registrar al pequeño en el libro de familia. Todo muy mecánico, frío y burocrático. Sellos, firmas y papeles que les convertían en una familia. Luisa suspiró, pues aquel momento que tanto habían deseado parecía perder valor ante la frialdad del funcionariado. Intentó animarse al ver la oscura mirada de Tomás sobre ella. Sonrió, pues quería hacer feliz al hombre que tanto amaba.

Antes de volver a la casa, entraron en el bar Navarro a tomar un refrigerio. María y Luisa tomaron cerveza en el botellín de Tropical. Tomás y Ramón comenzaron con el ron Arheucas, fabricado en el mismo pueblo. Manolín y Tadeo, los hijos de María, salieron a la plaza a jugar mientras el pequeño Moncho se adormilaba en los brazos de Luisa. Sentadas en una mesa de madera cercana a la puerta, hablaron tranquilamente. María le relató su historia.

Nacida en Cambalud, un barrio de Arucas, trabajó desde muy joven en el campo. A los quince años decidió casarse, entre otras cosas, para salir de su casa y dejar de ser una carga para sus padres. Eran once hermanos y debían colaborar entre todos. Tras el último embarazo, su marido murió de tuberculosis, dejándola sola con Manolín y Tadeo, dos niños a los que alimentar. Fue entonces cuando entró a trabajar en la Hacienda del Inglés, agradeciendo las buenas condiciones que allí ofrecían. Su labor se centraba en la cochinilla. En los bordes de las fanegadas se plantaban tuneras para delimitar los terrenos; sumando con su venta un dinero extra. A los pocos años, Ramón comenzó a hacerse cargo de la hacienda. Una mañana, Ramón pasó por su lado, le dedicó una de sus bromas, a la cual María no respondió, despertando el interés del joven. Ante la insistencia de Ramón, ella decidió decirle su verdad, que no andaba con tonterías porque era madre de dos niños que debía sacar adelante. En vez de disuadir al terrateniente, logró que no la dejara en paz. Fue conquistándola poco a poco, liberándola en muchos momentos de sus responsabilidades y ofreciéndole unos minutos de distendida alegría.

Enseguida se complementaron. Ella le mostró su mundo, la realidad social en la que vivía, llevándole incluso a reuniones sindicales. Por otro lado, él le enseñó a ver el lado positivo de la vida, a buscar la distracción, a disfrutar de las pequeñas cosas, a aprender a vivir intentando ser feliz. El amor creció entre ellos, enseñando a María a vivir plenamente.

Mientras conversaban, algunas personas les felicitaron por las nupcias. Otras, los miraban con recelo, pues a sus ojos aquel era un acto de herejía. Hasta que un hombre, de mediana edad, cara curtida por el campo, barriga prominente, bigote pequeño y ojos inyectados en sangre, habló desde la barra:

—Vamos, que ahora la señorita ya no tiene tantas ideas rojas —dijo desafiando con la mirada a María—. ¡Ahora bien que se junta con los ricachones que se las dan de socialistas!

Tomás reconoció a aquel hombre como militante de la Falange Española. La rabia recorrió su cuerpo.

—Caballero, mejor cállese y siga bebiendo —le amenazó—, que al final se va a ir con dos cartuchazos míos que lo van a dejar derechito.

—¡Qué me vas a decir tú! —replicó—, que no tienes los cojones para poner firmes a tus trabajadores. ¡Mano dura es lo que hace falta! Con Primo de Rivera esto no pasaría, este gobierno no sabe hacer otra cosa que

322

crear delincuentes, rojos y maricones. Pero miren esto, ¡quién oyera al inglés viendo a sus hijos actuar así!

—¡Hasta aquí hemos llegado! —se enfadó Tomás—. No vuelva a mencionar a nadie de mi familia, no me da la gana aguantar majaderías de un bobo mierda, y menos ante mi mujer y mi hijo.

—Si te crees que por haber firmado un papel en el ayuntamiento, vamos a dejar de pensar que esa de ahí no es una furcia, la llevas clara.

—Yo lo avisé —comentó por lo bajo, plantando el vaso con un golpe seco sobre la mesa cercana.

Aquellas palabras bastaron para que Tomás se lanzara contra aquel desagradable hombre de voz estridente. Ramón enseguida agarró por la espalda a Tomás, quien pedía que le soltara. Luisa también se levantó para frenarlo.

—¡Déjalo, es eso lo que está buscando! —le dijo Luisa fulminando al hombre con la mirada.

Al notar la incomodidad de Luisa y el llanto del niño, Tomás decidió que era hora de partir hacia la hacienda. No quería llevarse como recuerdo unos puños reventados, por mucho que quisiera estamparlos en la cara de aquel malnacido. En la casa tenía su refugio, donde poder vivir con su familia sin verse juzgado por nadie.

Partieron en silencio, lanzando miradas amenazadoras. En el recorrido de vuelta a la casa, Tomás y Ramón intentaron devolver el clima festivo a ese día. Como siempre que estaban juntos, lograron quitarle hierro al asunto, continuando con la celebración.

Luisa animó a María para que aceptara casarse con Ramón. El pobre llevaba meses esperando a que ella contestara, le recordó. María tenía cierta reticencia al creer que estaría fuera de lugar que una luchadora sindicalista como ella terminara formando parte de una de las familias adineradas de la isla. Más aún, cuando en el pueblo las corrientes se hacían más radicales. Ella, a medida que pasaba el tiempo, se encontraba cada vez más dividida. Su amor por un terrateniente la alejaba de sus colegas socialistas, que por mucho que aceptaran a Ramón, seguían teniendo dudas. Por otro lado, los radicales de derechas, pertenecientes a grupos como la Falange o las JONS, con ideologías fascistas, seguían muy de cerca a los simpatizantes socialistas o sindicalistas. En más de una ocasión había habido enfrentamientos. Sintiéndose en tierra de nadie, comenzó a conocer a la familia de Ramón. Nada le hizo sentir diferente, los Westerling eran especiales. Así pues, terminó por claudicar. Entendió que en aquella familia los prejuicios pasaban de largo, por lo que se lanzó a los brazos de Ramón para vivir junto a él como su esposa.

Semanas más tarde, repitieron el mismo ritual. Luisa le confeccionó un traje a María como regalo de bodas. La joven, al no estar acostumbrada a llevar ropa nueva, lloró de ilusión. El vestido de color verde floreado resaltaba el color miel de sus ojos. Un tocado rojo terminaba por adornar la figura de la atractiva María. Estaba radiante. En más de una ocasión, Luisa captó en la mirada de María cierto miedo a perder todo lo que había conseguido. Su mirada acariciaba el rostro de Ramón como quien está ante un espejismo y de pronto todo pudiera desaparecer. Luisa se compadeció de ella, pues conocía de sobra esa sensación. Ramón, por su parte, siempre intentaba sacarle una sonrisa. Estando muy pendiente de ella, se percibía en sus ojos un brillo especial que solo María podía encender.

Así pues, los dos pequeños y María se trasladaron a la gran casona. La hacienda se llenó de ruido de niños jugando, llantos de bebés, cantos de nanas, risas y suspiros de felicidad.

Los meses continuaban y a las puertas de la hacienda llegaban noticias de la actualidad política. El bloque de derechas, tras varios intentos, no llegó a consolidarse. El centro estaba sustancialmente dividido y solo entre la izquierda y centro-izquierda se estaba fraguando una coalición electoral llamada el Frente Popular. La derecha, tras la experiencia de su paso por la administración, sufría un doble proceso de división y radicalización. Miembros de la CEDA, descontentos con la política de participación en instituciones republicanas, antiguos monárquicos y republicanos independientes, se habían reunido en el Bloque Nacional, liderado por Calvo Sotelo, considerado por muchos como autoritario, con veleidades monárquicas y filofascistas a un mismo tiempo. Con planteamientos más radicales aún, se encontraba la formación dirigida por Primo de Rivera, que reunía cada vez más apoyo en torno a sí. Los grupos denominados fascistas se reunían bajo las siglas de FE de las JONS.

A finales de año, Luisa había reunido fuerzas para escribir a su tía Benedicta y a su madre, contándoles su verdadera historia. Se libró definitivamente de la vergüenza con la que había vivido y declaró en las líneas escritas que vivía feliz y profundamente enamorada. Adjuntó en el sobre dinero para su tía, pues sufría al pensar que pudiera estar pasando penurias. A partir de ese momento, solo mantendría correspondencia con Benedicta, ya que su madre optó por el silencio. Probablemente, por su condición de mujer casada por lo civil.

En más de una ocasión, los amigos de la logia de Tomás venían a visitarles a la Hacienda del Inglés, acompañados de sus mujeres. Pasaban el fin de semana preparando asaderos y días de lúdica diversión. Solía sentarse en la terraza, alrededor de grandes mesas cubiertas con manteles. Las mujeres, por un lado, se encargaban de preparar los entrantes: las papas arrugadas, el mojo, el queso, y la pella de gofio. Los hombres, por el otro, se encargaban de sacrificar al cochinillo y preparar las brasas para asar la carne. Y así, todos juntos, preparaban un día agradable con amigos.

Todos se alegraron de poder conocer a la joven que había hecho buscar Tomás. Luis Zamorano, el tabaquero, bromeaba al respecto. El comerciante Rubens Maridel se pasaba largas horas hablando con Ramón sobre política y su postura radical. El reflexivo Andrés Sotomayor y el médico José Gerardo preferían hablar con Tomás sobre temas más diversos. Hasta que el vino y el ron que regaban los vasos los animaban de tal forma, que daban paso a los timples y bandurrias. Y cantando, continuaban hasta altas horas de la madrugada.

Fueron días felices para los Westerling.

Tras la boda de Lola y José, a la cual acudieron, no pudieron mantenerse más al margen de la realidad social. En febrero esperaban las elecciones al parlamento español. La gran novedad era la constitución de la mayor coalición electoral que lograra reunirse en todo el período republicano: el Frente Popular. El Pacto del Frente Popular, que entusiasmaba a Ramón, se alcanzó a mediados de enero y en él estaban integrados partidos como: Izquierda Republicana, Unión Republicana, PSOE, UGT, Juventudes Socialistas, PCE, POUM y Partido Sindicalista. Esta unión permitía hacer frente a las corrientes de autoritarismos ordenancistas que se observaban en Europa. Ramón y María estaban esperanzados, pues veían una victoria en las siguientes elecciones. Tomás, siempre más reservado, pedía precaución a su hermano.

Finalmente, el 19 de febrero, se formó un gobierno presidido por Azaña. Con miembros de su partido y de Unión Republicana, la marginación de los socialistas fue pactada, pues no se quería dar la impresión de un cambio demasiado brusco. La labor de este nuevo gobierno azañista se atuvo al programa conjunto del Frente Popular: reapertura del parlamento catalán, reanudación del proceso autonómico del País Vasco, promulgación de una amnistía general y aceleración de la reforma agraria.

Los Westerling seguían muy de cerca los cambios políticos, como el nombramiento del presidente del gobierno, Casares Quiroga. Este pertenecía al partido de Azaña y formó un gabinete que seguía la misma línea del anterior. Los hermanos analizaban la doble dinámica política. Por un lado, el gobierno y las Cortes mantenían la legalidad constitucional y desarrollaban el programa que les había llevado a sus cargos. Por otro lado, en las calles se actuaba con radicalismo, llevando a crearse graves altercados de orden público.

En la Hacienda del Inglés sufrieron las consecuencias de las corrientes radicales en sus propias carnes. Una tarde, Ramón llegó a la gran casa con la nariz sangrante; había tenido una trifulca con Juan Pulido y sus compinches. El mismo fascista que habló despectivamente el día de la boda de Tomás y Luisa. Ramón se enfrentó a los falangistas, provocado por sus insultos.

Mientras María hacía pasar a Ramón a la gran casa, Luisa partía hacia las caballerizas para ir en busca de Tomás. Cuando le encontró y le relató lo sucedido, este chasqueó la lengua:

—¡Yass, carajo! —se lamentó—. ¿Le siguieron?

—No, creo que no —contestó.

—Mira que todos los días leo noticias en los periódicos sobre los enfrentamientos y atentados que pasan en la Península. ¡Mal rayo parta al diablo! Que eso esté pasando aquí me pone enfermo. Tenemos que andarnos con cuidado, Luisa, no quiero que nadie de la familia salga perjudicado.

—¿Pero cómo se puede llegar a tanta violencia por pensar distinto? —se quejó Luisa—. ¡Esa gente está loca! ¿No irás a buscarlos, no?

—No, tranquila —contestó entrecerrando los ojos, mirando a lo lejos y ocultando sus miedos a su mujer—. Ahora tengo que pensar por ti y por el niño.

Luisa sonrió aliviada, pues sabía la furia que se podía desatar en él cuando se ofendía a alguno de los suyos. En más de una ocasión, cuando acudían al pueblo a por víveres o herramientas, soportaban miradas despectivas. Tomás, la mayor parte de las veces, se enfrentaba abiertamente a los que se mostraban ofensivos. Luisa y María solían soportar insultos tales como putas o perras. Conocedoras del pronto de sus maridos, decidieron no comentarlo con ellos. Luisa olvidaba todas las ofensas cuando al anochecer, tras la cena, paseaba por la hacienda junto a Tomás, agarrados de la mano.

Aquella noche, tras hacerle el amor y dejarla medio adormilada, Tomás se escabulló fuera. Luisa, que ya estaba acostumbrada al calor de Tomás y a no profundizar su sueño sin él a su lado; susurró su nombre. Tras varios minutos esperando, salió de la cama, se colocó un chal por encima y se acercó a la cuna de Moncho. El niño dormía profundamente. Abrió la puertaventana que daba al balconcillo, cuando a sus fosas nasales llegó el penetrante olor a humo. En la oscuridad de la noche, escuchó el ruido de las plataneras moverse al paso de Tomás gritando:

—¡Fuego! ¡Fuego!

—¡Tomás!

—¡Llama a Ramón ahora mismo, están quemando la finca!

Ramón apareció en la balconada antes de que Luisa se introdujera en su alcoba. La organización surgió según se iban desarrollando los acontecimientos. Luisa atinó a buscar sus pantalones de montar y las botas para salir disparada hacia las caballerizas. Se dio prisa para pedir ayuda a los vecinos más cercanos. María quedó al cuidado de los niños. Tomás y Ramón acudieron al foco del fuego cargados con escopetas, baldes y mantas. Al llegar, pudieron captar el movimiento de varios hombres, que huían en la oscuridad.

—¡Pulido! ¡Sé que eres tú, hijo de puta! —gritó Tomás a la vez que disparaba la escopeta dirección al cielo.

—¡Jódete, rojo de mierda! —se escuchó una voz desde la oscuridad al otro lado del fuego—. ¡La próxima vez será tu casa!

—¡Hijos de puta! —exclamó Ramón mientras salía disparado tras ellos.

Los vecinos y jornaleros llegaban cargados de baldes y calderos con los que recoger agua. Poco a poco, formaron un grupo de más de veinte personas, que organizados en filas, transportaban agua desde las acequias más cercanas. Luisa fue la última en llegar, acompañada de unos vecinos. Tomás, al reconocerla, corrió hacia ella. Llevaba la camisa desabrochada, cubierta de sudor por encontrarse cerca del fuego. Luisa, con el camisón sobre los pantalones de montar, las botas altas y la melena al viento, se abrazó a él.

—Luisa, vete a casa, ya has ayudado suficiente.

—¡No! Aquí necesitan manos para parar esto —contestó rotunda—. ¡Esto es horrible, Tomás! La casa está a poco más de cien metros.

—No te preocupes, estamos controlando el fuego —la tranquilizó mientras le acariciaba la mejilla—. ¡Ahora vete para la casa!

328

Tomás se dio la vuelta para volver a las primeras filas junto a Ramón y al resto de hombres, sin darse cuenta de que Luisa corría a las acequias para ayudar a llenar los baldes de agua. Al cabo de dos horas, las llamas cesaron y todos volvieron, cansados, a sus hogares. Sin poder dormir, se reunieron en la cocina junto a María. Mientras molía los granos de café, la joven morena preguntó:

—¿Cuánto se ha quemado?

—Poco más de una fanegada —respondió Ramón, ronco por haber inhalado humo.

—Beban leche —les ordenó María—, es bueno para desintoxicar el cuerpo.

—Tomás, ¿qué hacías fuera? —preguntó Luisa con el cansancio y el miedo dibujado en el rostro.

—No podía dormir. Fue algo extraño, pero los falangistas esos cada vez son más atrevidos —respondió Tomás apretando la mandíbula de impotencia—. Al no seguir a Ramón para continuar con la paliza, me hizo pensar que algo tramarían. No podía dormir pensando en cómo protegernos de esas gentes, así que bajé a fumarme un cigarrillo y dar un paseo. Al llegar al extremo de la finca, olí a quemado. En el tiempo que tardé en llegar para avisarles, prendió todo.

—¡Volverán! Hay que estar preparados —carraspeó Ramón—, no son solo ellos. En toda España se escucha que los anarquistas, radicales socialistas y miembros de la extrema derecha, por su propia cuenta, están realizando acciones violentas que van ocasionando enfrentamientos y atentados.

—Y lo más peligroso es que están llegando a la ocupación ilegal de tierras y atentando contra la Iglesia —reflexionó Tomás mientras aceptaba la taza de café recién hecho que María le ofrecía—. Lo que van a conseguir con esto es forzar a las personas de derechas a tomar decisiones peligrosas.

—Con toda esta violencia, quienes se benefician son los grupos extremistas —completó María sentándose al lado de Luisa.

—Mañana compraré armas y municiones, les enseñaré a manejarlas por si fuera necesario —dijo Tomás tomando fuertemente la mano de Luisa, quien lo miraba aterrorizada.

—Yo no puedo, no quiero —balbució Luisa.

—¡Ya veremos! —sentenció Tomás.

PREPARADOS PARA DEFENDERSE

A partir de esa noche todo cambió. Tomás estaba decidido a enseñar a las mujeres a defenderse y aquella determinación aumentaba cada día que pasaba. Como sabía que Luisa se negaba en redondo a coger un arma, decidió no presionarla, planteándole la opción de aprender a conducir. Luisa, por su parte, se negaba a escuchar los motivos que Tomás le exponía, pues le horrorizaba la idea de ser atacados de nuevo. La ceguera de la joven excusaba cada uno de los sucesos que ocurrían en la isla. Para ella eran tan solo pandas de bandidos aisladas. No estaba dispuesta a admitir que los tiempos convulsos en los que vivían podían amenazar aquel rincón de paz y seguridad que había logrado junto a su familia. Ya habían sufrido lo suficiente, ya Dios les había hecho pagar por sus pecados, como para que todas aquellas amenazas de las que Tomás y Ramón hablaban fueran realmente a influenciarles.

Todos los días después del almuerzo, se sentaba cerca de la ventana del salón a remendar o a coser con Moncho gateando a sus pies. La casa a aquellas horas se mantenía en silencio, pues los niños de María dormían la siesta. Moncho, con la cabezonería heredada de Luisa, decidía dormir la siesta cuando a él se le antojaba y no cuando se le ordenaba. Normalmente, el sueño le llegaba tras recorrer el salón varias veces y escuchar el tarareo distraído de su madre.

La mayor parte de las veces, Luisa recogía a Moncho de algún rincón del salón, donde lo encontraba enrollado en su manta dormido profundamente. Para aquel entonces, la paz de la casa se veía interrumpida por los disparos lanzados a lo lejos. Su estómago se encogía con cada uno de ellos, y su tozudez aumentaba con cada explosión. No entendía cómo María había aceptado participar de aquella locura. Le envenenaba la sangre ver cómo partían hacia el barranco para practicar los tiros con escopetas. Las armas se debían utilizar para la caza, repetía. Pensar en disparar para defenderse de un ser humano le ponía los vellos de punta. ¡Jamás! ¡Jamás alzaría un arma pensando en matar a alguien!

Por mantener su postura y hacerles ver que estaba dispuesta a cooperar en la defensa de la finca, pero sin usar armas, creyó que aprender a conducir le permitiría ayudar a los hombres a hacer las guardias. Desde el incendio, recorrían las tierras en varios turnos para comprobar que los falangistas no merodeaban por la zona.

Nunca hubiera imaginado que aprender a conducir aquellos cacharros le iba a entusiasmar tanto. Claro que, lo que más le divertía era observar la tensión en Tomás cuando, sentado a su lado, le daba instrucciones.

—¡Cuidado, Luisa! —exclamaba—. ¡Coño! Vete por el camino, que te vas a enriscar.

—¡Qué exagerado! Pero si voy bien —respondía ella, dando botes y sin poder apoyar bien la espalda en el asiento para que los pies le llegaran a los pedales.

—¿Quién me habrá mandado a mí a enseñarte a conducir? —decía por lo bajo agarrado al borde de la ventana del copiloto—. ¡Más despacio, más despacio! Ahora pon la segunda. Eso es. ¡Venga, que con un milagro llegamos vivos a casa!

Luisa reía con cada bufido de Tomás. Su aspecto menudo siempre la había hecho parecer frágil a lomos de un caballo. Ante el volante de la camioneta, volvía a despertar suspicacias sobre su valía. Tan solo era cuestión de tiempo que confiaran en su destreza. Sabía que Tomás continuaría criticando su forma de conducir, delatándose al no importarle que cogiera la furgoneta. Quedó convencida de la confianza que su marido tenía en ella, el día que decidió acudir al pueblo con María y los tres niños. Tras hacer varios recados, volvieron a la hacienda, donde Tomás las esperaba sentado bajo la balconada fumándose un cigarro. Cuando Luisa llegó a su altura, se había levantado. Apoyado en uno de los postes de madera, la escudriñaba con la mirada.

—¿Te parece bonito coger la furgoneta tú sola y sin pedir permiso? —su tono pretendía mostrar enfado, aunque su mirada risueña demostraba que le hacía gracia la autosuficiencia de Luisa.

—Pues sí —respondió Luisa encogiéndose de hombros—. Anda, sé bueno y descarga los sacos que hay en la parte de atrás. A mí déjame las máquinas, que tú solo sirves para cargar.

Y con un beso condescendiente en los labios, continuó su camino hacia el interior de la casa. Tomás se colocó el cigarro entre los dientes y murmurando por lo bajo algo sobre las mujeres, obedeció.

Se podría decir que en Canarias existen dos estaciones: primavera y otoño. Son raras las semanas en el año que se pueden considerar verano o invierno. La ubicación geográfica junto a su formación como islas permite tener un clima estable, provocando que a finales de mayo dominen los días soleados. Uno de aquellos días, Luisa decidió ir a la playa de los Charcones a darse un baño. Preparó a Moncho, que había cumplido ya el año y comenzaba a dar sus primeros pasos. El pequeño disfrutaba enormemente de aquellas excursiones y Luisa reía feliz al ver a su hijo chapotear en los charcos.

Ya de vuelta, en caballo y a paso lento, subía por el camino que llevaba a Transmontaña. En aquellas ocasiones, Luisa prefería la compañía de un caballo que el ruido del motor de la camioneta. Sentía que a lomos de una bestia podía disfrutar mejor de la naturaleza y de los contrastes que la isla ofrecía. La montura también le permitía salirse del camino y descubrir nuevos paisajes, adentrándose en los barrancos y laderas.

Había descubierto un camino tranquilo y poco transitado que recorría el surco que el agua, a través de los años, formaba en los fondos del barranco. A mitad de camino Moncho le pidió pan, por lo que decidió acomodarlo sobre una manta bajo la sombra de un grupo de palmeras. Un ruido a sus espaldas la avisó de que no estaban solos. La sensación de peligro recorrió su cuerpo poniéndola en alerta.

Se levantó rápidamente cuando su mirada encontró a dos hombres que caminaban hacia ellos; se dijo que no debía asustarse, que probablemente fueran jornaleros que volvían de sus trabajos. Sus intentos por calmarse cesaron al reconocer a Pulido. Con un gesto rápido se volvió a por Moncho, que se quejó por su brusquedad. Los hombres acababan de reconocerla y se dirigían directamente hacia ella. La sonrisa descarada que se dibujaba en el rostro del culpable del incendio de las plataneras hizo que su primer pensamiento la instara a huir. Creyó que conseguiría llegar al caballo antes de que la alcanzara, pero no fue así. Antes de poder poner un pie en el estribo, una mano sobre el hombro la hizo volverse.

—Aquí tenemos a la ramera del Westerling. —La mirada de aquel hombre traslucía la misma satisfacción que un depredador cuando tiene su presa a mano.

—¡Apártese y no me toque! —exclamó Luisa asqueada, mientras agarraba a Moncho entre sus brazos—. Juro que mi marido…

—¡Qué marido, ni qué ocho cuartos! —se mofó Pulido, y con un rápido gesto la agarró del pelo de la nuca y se acercó tanto al rostro de Luisa, que esta, sin quererlo, aspiró su aliento fétido—. ¡Que hayas firmado un papelucho no te hace menos puta! ¡Juan, agarra al niño, que me voy a divertir con esta ramera!

El dolor del tirón de pelo que le alzaba la barbilla no fue tanto como sentir que su hijo se zafaba de entre sus brazos. El recuerdo de cómo se llevaban a su hijo cuando dio a luz volvió para hacerla reaccionar de tal forma, que mucho le costó a Pulido controlarla.

—¡Malditos hijos de puta! —su grito desgarrador produjo eco en el barranco, provocando en Moncho un llanto asustado por ver a su madre pataleando cogida de los codos por aquel hombre—. ¡Suéltenlo! ¡Suéltenlo o les juro que les mato!

Juan, el acompañante de Pulido, jamás imaginó una reacción igual en una mujer tan menuda. Se hubiera reído al igual que Pulido, si no hubiera visto la seria amenaza en los ojos de la joven.

—¡Coño, Pulido! —dijo incómodo Juan, sin saber qué hacer con aquel

334

niño lloroso y su madre histérica—. Vamos a dejarles tranquilos, que tampoco han hecho nada malo, hombre.

—¿Te parece poco que esta y el masón vivan en pecado, que encima tengan un bastardo, hayan aceptado a la muerta de hambre de María como puta de un rojo y encima anden amenazándonos? No, señor. Esta va a saber qué le pasa a una mujer cuando decide andar por su cuenta y enfrentarse a un hombre de verdad.

—¡Aaargg! —Luisa gritó fuertemente intentando deshacerse de las fieras manos del rufián, haciendo que el caballo se encabritase, alejándose de ellos.

Juan se alejó con el niño unos pasos, no por seguir las instrucciones de su compañero, sino porque la mujer le ponía realmente nervioso. Sabía que Pulido era capaz de cualquier cosa y no quería estar presente cuando la venganza de este cayera sobre la muchacha.

La desesperación por sentirse acorralada y viviendo en primera persona las amenazas de las que tanto le había hablado Tomás hicieron que lágrimas de angustia corrieran por sus mejillas. Continuó lanzando amenazas. Sabía que jamás se repondría si volvía a perder a su hijo. En aquel momento, el instinto le desveló que sería capaz de matar en caso necesario. Y Pulido se lo estaba poniendo muy fácil.

Al terror que le producían las amenazas de Pulido, se le sumó la mirada de anhelo de su hijo. Este, rojo por el llanto y angustiado, consiguió que Luisa sacara una fuerza sobrenatural jamás conocida. Imitando el movimiento del caballo, saltó para lanzar sus piernas hacia atrás. Golpeó con los talones las pantorrillas de Pulido, sintiendo que se le desgarraba la piel de los brazos por la fuerza con la que la agarraba. Pulido, a sus espaldas, soltó los brazos de la joven cuando notó cómo una de sus piernas quebraba por la fuerza de la patada de la joven. Luisa cayó de bruces contra el suelo y no le importó el dolor que le ocasionó. Su cuerpo se levantó en apenas un segundo, corrió hacia el hombre que sostenía a su hijo echando destellos de furia descontrolada a través de sus ojos. Juan se encontraba a solo unos metros del caballo de Luisa cuando escuchó el alarido de Pulido y se volvió para ver qué pasaba. Ante la orden «¡que no se escape!» de Pulido, solo pudo pestañear. En un santiamén, Luisa aferraba a su hijo y montaba sobre el caballo.

Alejándose a todo galope con su hijo pegado a su pecho, Luisa sintió cómo su cuerpo temblaba. El temblor era fruto de su encontronazo con la realidad. Se enfadó consigo misma por estar tan ciega. No había abierto los ojos hasta que la espiral de violencia que vivía el país había amenazado con llevarse una de las cosas que más quería en ese mundo. Ella creía en lo que había leído en los periódicos sobre el endurecimiento que el gobierno había realizado, en la disciplina y en el aumento de las fuerzas del orden público. Se sintió ilusa por creer que era suficiente para aplacar a aquellas dos fuerzas que se enfrentaban entre sí. El mundo, como si de una posesión diabólica se tratara, se retorcía y tambaleaba. Y Luisa ya no podría ignorarlo por más tiempo.

Las corrientes ideológicas se dividían. A un lado, muchos hombres y mujeres defendían con sus vidas los cambios, las nuevas democracias y los derechos civiles. Por otro lado, había corrientes que se radicalizaban cada vez más, llegando a escucharse, como en el caso de Alemania, discursos sobre unificar a todos bajo un solo lema, un solo pensamiento y una sola autoridad que con miedo gobernaría. Y allá en donde Luisa se encontraba, en unas islas flotando sobre el océano Atlántico, los coletazos de esas violencias se iban palpando cada vez más. La sensación de verse inmersa en esas disputas horrorizaba a Luisa, pero por encima de todo, le enfurecía sobremanera volver a encontrar amenazado su bienestar y el de los suyos.

En la Hacienda del Inglés, Ramón y Tomás se inclinaban sobre el motor de la camioneta situada frente a la gran casa. Los niños jugaban alrededor y las gallinas aún seguían sueltas. Tomás solo tuvo que echar un vistazo por encima de su hombro, para saber que algo le había sucedido a su mujer. Se dio la vuelta, alerta, mientras esperaba a que Luisa llegara a su altura.

La joven sostenía a Moncho entre los brazos. El pequeño, por la tensión vivida y una vez a salvo, había caído rendido escuchando el latido del corazón de su madre y siendo acunado por el movimiento del trote del caballo. Tomás, con el ceño fruncido, hizo caso omiso de la última indicación de Ramón, que continuaba de espaldas a las plataneras. Cuando por fin se volvió, supo por qué Tomás se había quedado de piedra.

En el rostro de Luisa no solo se podía observar un pequeño golpe en el pómulo, que se había hecho al caer de bruces, también tenía una manga del vestido de montar descosida, el pelo revuelto y restos de lágrimas secas en las mejillas. Aún seguía en trance cuando llegó a la altura de los hermanos para ordenar con una voz disfónica:

—Ramón, entra al niño, por favor. —Este, sin preguntar, hizo lo que le decía.

—¿Qué pasó, Luisa? —preguntó Tomás saboreando la furia que comenzaba a desarrollarse en su interior.

—¡Voy a matarlo, Tomás! Te juro que lo voy a matar. —La serenidad con la que pronunció aquellas palabras hizo que Tomás se quedara atónito.

Era la primera vez que Luisa le miraba directamente a los ojos desde que había llegado, y lo que vio en ellos hizo que se le helara la sangre. Algo había ocurrido para que Luisa hablara de esa forma y se viera la sed de venganza en sus ojos. Cuando observó el temblor que recorría a la joven, la abrazó para calmar la furia que ella desprendía. Sabía que era a él a quien se le creía capaz de cualquier cosa en un ataque de ira, pero hasta aquel mismo instante, no supo el peligro que suponía llevar al extremo a una persona como Luisa. Ella, en aquel momento, quería asesinar a alguien.

—¡Luisa, cuéntame ahora mismo! —Intentó contener la urgencia que sentía por saber lo que había ocurrido—. Tú no vas a matar a nadie.

—Te juro, Tomás —contestó con una frialdad mortal—, que a ese hombre me lo cargo. ¡Es la única manera de que nos deje en paz!

—Pulido —el nombre se le escapó a Tomás de entre los labios como si del mismo demonio hablara, y por un instante sintió pavor al pensar que le había hecho daño a Luisa y él no estuvo allí para protegerla.

Luisa asintió en el mismo momento en el que la adrenalina dejó paso a un estado de vulnerabilidad tal, que se aferró a los hombros de Tomás para contarle lo sucedido entre llantos y jadeos rabiosos. Este escuchó en silencio, tensando su musculatura para refrenar su impulso de saltar sobre el caballo y moler a golpes al malnacido que osaba agredir a su familia. Pero decidió consolar a Luisa con sumo cuidado. Percibiendo la debilidad física de la joven, la condujo a la cocina.

Entre todos consolaron a Luisa y maldijeron a Pulido. Paquita le preparó una tisana de tila y valeriana mientras se santiguaba al escuchar lo sucedido. Mariola, una de las jóvenes que allí trabajaba, se dispuso a limpiar la herida del pómulo de Luisa y a evaluar los daños en sus brazos. En contraste con la piel blanca de Luisa, los morados que comenzaban a aparecer llegaban a ser grotescos. Le extendió un ungüento e intentó darle ánimos a la señora. Tomás había dejado hacer a las mujeres y se había cruzado de brazos en un rincón de la cocina mientras su mente cavilaba. A Ramón se lo iban a llevar los demonios de la rabia que sentía, e iba y venía por la estancia blasfemando. María se encontraba con los pequeños para que toda aquella tensión les pasara inadvertida. Manolín, el hijo mayor, se había acercado a la puerta de la cocina para escuchar lo que pasaba en el interior. A sus diez años, pocas eran las cosas que le pasaban por alto. Cuando su madre lo descubrió, le llamó la atención por escuchar a escondidas.

—Ya, madre —replicó—, pero a la tía Luisa le pasó algo malo, y yo no quiero que la gente mala esa, la de la Falange, se lleve al primo Moncho. A ver si le va a pasar como a mi amigo Juanjo, que a su padre le rompieron la nariz por repartir unos papeles.

—Manolín, vete con Tadeo y no te metas en cosa de mayores —le contestó María, sorprendida al saber que su hijo era consciente de lo que pasaba a su alrededor.

Cuando se sumó al grupo de adultos, al trasponer la puerta, captó la mirada llena de significado que entre Tomás y Luisa se dirigían. La joven rubia, algo más tranquila pero aún con los ojos vidriosos, buscó con la mirada a su marido, que no le había quitado el ojo de encima desde que había llegado. Tomás entrecerró los ojos y apretó la mandíbula como tantas veces le había visto hacer para contener su mal genio. Luisa

338

aprovechó un momento en el que Ramón y Paquita hablaban, para decir en voz baja:

—¡Hazlo! —En su mirada la seriedad de su mensaje quedaba patente.

Tomás, por respuesta, asintió. La única persona en el mundo que podía controlar a la bestia en la que se había convertido le acababa de dar rienda suelta. María quiso poner algo de cordura a todo aquello:

—¡No, chiquillos! —interrumpió para enfrentarse a la pareja—. No vayan a hacer ninguna locura.

—Tranquila, aquí nadie va a hacer nada —le contestó Tomás poniéndole una mano en el hombro y sonriendo con la sonrisa más diabólica que jamás había visto.

La suerte estaba echada. Al caer la noche, María, Ramón y Tomás se reunieron en el salón mientras la casa se mantenía en silencio. Luisa, junto con los niños, dormía en la planta alta. Planeaban su venganza. Ramón estuvo de acuerdo en que ya eran muchas las provocaciones por parte de Pulido y sus secuaces. Había que hacer algo. Pero esta vez no involucrarían a ninguno de sus allegados, le darían su merecido ellos solos. Una vez las chicas del servicio y Paquita se fueron, se dispusieron a distribuir el cometido de cada uno.

Aprovechando la oscuridad, se acercaron a caballo al pueblo para que nadie reconociera el ruido del motor de la camioneta. Antes de ubicarse cerca de la casa de Pulido, dejaron amarrados los caballos al lado de una de las fincas de los marqueses. La casa del falangista era la tercera de una hilera de cinco, a pie de carretera. Ramón se había dejado ver en el bar Navarro para informarse sobre dónde andaría Pulido esa noche. Allí escuchó que se había dañado una pierna, según los borrachos congregados alrededor de la barra, cuando se enriscó por una ladera. Era de suponer que no reconocería que había sido lesionado por una mujer, y mucho menos por la escuálida Luisa.

Finalmente, se reencontró en la oscuridad de la calle con Tomás. Al parecer, había ido al médico y se encontraba en su casa. Cogieron una cabra «prestada» y la introdujeron por la ventana que daba a la calle. Corrieron para esperarle agachados a cierta distancia. No tardaron en hacerse oír los gritos de Pulido. La noche estaba oscura, las nubes cubrían la luna dejando la calle en absoluta negrura. Lo vieron salir cojeando de la casa. Pulido rezongaba con la cabra a cuestas. Había dejado un farol encendido, que con su luz ambarina mostraba unos metros de calle y nublaban la vista más allá. Usaron aquel escudo invisible para situarse frente al falangista sin que este pudiera verles. Una piedra lanzada por Ramón le dio en la cabeza:

—¡Me cago en Dios! —resopló dando unos pasos al frente, alejándose de la zona iluminada.

Como si de la misma noche se tratara, Tomás lo cogió del cuello y se lo llevó consigo hacia la oscuridad. Pulido supo al instante que la paliza que estaba recibiendo tenía la firma de los Westerling, por más que permanecieran callados. Estos le dejaban bien claro su postura ante la agresión a Luisa.

A la mañana siguiente, durante el desayuno, Paquita llegó con la noticia:

—Chacho, dicen que encontraron a Pulido tirado en el suelo, molido a palos delante de su casa.

Con mirada escéptica escrutó los rostros de sus señores, quienes estaban sentados a la mesa desayunando. Tomás pasó la hoja del periódico que estaba leyendo lanzando un bufido. Ramón levantó los brazos para estirar la espalda como si la cocinera no hubiera hablado para, sin poderlo evitar, comentar: «Pues ya nos hicieron el trabajo». Y por último, María y Luisa se sonrieron sobre sus respectivas tazas de café. Paquita no quiso indagar más, el solo vistazo a los nudillos de los jóvenes le reveló la verdad. Torciendo el gesto y tomando el delantal en sus manos para volver a la cocina, comentó:

—Pues se lo tiene merecido, ¡mierda arretranco[41] ese!

A partir de aquel día, tanto Luisa como María fueron instruidas estrictamente por Tomás. Perera, un amigo de la infancia, les había conseguido armas. Hacía unos años, Perera había entrado a formar parte de la Guardia Civil y le había dado el contacto de un conocido suyo que las vendía. A María, que llevaba más semanas de entrenamiento, se le adjudicó un fusil Tigre. Lo habían utilizado para la caza, pero a partir de aquel momento se utilizaría para la defensa. A Luisa, al no poder apuntar bien con la longitud del fusil, se le adjudicó una Astra 300, una pistola semiautomática que cargaba siete balas. Los hermanos, con absoluta veneración, tomaron cada uno el fusil alemán Mauser 98 de cerrojo manual y con carga para cinco cartuchos.

También cubrieron otros aspectos como los primeros auxilios, reunir todo tipo de hierbas y medicamentos, adiestrar a las mujeres en la caza y lo más importante: aprovisionarse de cartuchos para las armas.

Y así se iban sucediendo los días; no pasaba uno sin practicar tiros. Además, fueron aliándose con los miembros del Partido Socialista Obrero Español, al que pertenecían Ramón y María. Tras las agresiones de la Falange hacia los Westerling, los consideraron finalmente de su bando. En ocasiones se reunían en la hacienda, quedando discretamente al margen tanto Luisa como Tomás. Ellos estaban de acuerdo en muchas de las ideas, pero no querían involucrarse demasiado, pues existían algunas corrientes más radicales con las que no comulgaban. A cambio de ceder un lugar de reunión, suministrar alimentos y trabajo, muchos miembros del partido hacían guardia en la hacienda o se prestaban para acompañar a las mujeres en sus quehaceres.

En la oscuridad de la noche, Tomás abrazaba a Luisa intentando de alguna manera acallar su instinto protector, que cada día que pasaba, se ponía más en alerta. Hasta que una mañana, miembros del partido que a su vez eran jornaleros de la hacienda, llegaron con la noticia. Miembros de la Falange habían asesinado al teniente de la Guardia de Asalto, José Castillo. Como

---

41 Persona despreciable. También trasto viejo e inútil que estorba.

respuesta, los socialistas habían acabado con la vida del dirigente de extrema derecha, José Calvo Sotelo. Fue en aquel momento cuando Tomás se temió lo peor. Se puso en contacto con sus hermanos de la logia, recibiendo una semana después la visita de Andrés. Este había conducido hasta Arucas para contarle en persona lo sucedido en Las Palmas el pasado dieciocho de julio.

—¡Hombre, Andrés! —lo recibió Tomás—. No me esperaba tu visita. ¿Qué pasa, muchacho, que vienes con fatiga?

—Qué va, Tomás —le dijo con el rostro desencajado por la tensión—. Ha habido un golpe de Estado. ¿Recuerdas a Francisco Padrón Melian, redactor jefe de *La Provincia*? Se puso en contacto conmigo para contarme todo lo ocurrido.

—Pero espera… —dijo Tomás aturdido—. ¿Un golpe de Estado?

—¡Que nos espera una buena, Tomás! —Intentó zarandearlo para que fuera consciente de la realidad—. Francisco ya se está preparando para salir hacia Inglaterra, allí se verá con un amigo del padre de Negrín. ¡Hay que salir por patas, Tomás!

—Pasa, pasa y cuéntamelo con calma —le contestó Tomás, apresándolo del hombro y conduciéndole al interior.

Todos los miembros de la familia estaban presentes cuando Andrés comenzó su relato. En silencio, con los ojos como platos, escucharon lo sucedido conteniendo la respiración.

—A primeras horas del día quince de julio hubo un aviso telefónico sobre el levantamiento en Marruecos —comenzó Andrés—. Enseguida se mandó buscar al teniente coronel jefe de la Guardia Civil, Emilio Baraibar. Justo en el mismo momento en el que Nicolás Ballester, delegado del Gobierno, fue en busca de Franco, el muy condenado ya había salido del hotel Madrid hacia la Comandancia Militar. Durante la madrugada, el gobernador civil avisó a la Federación Obrera para reunirse con los sindicatos, milicias y células, y así impedir el golpe.

»Según algunas informaciones, sobre las tres de la mañana estaban reunidos la Guardia Civil, Nicolás y el gobernador civil. Estos recibieron la orden de Francisco Franco para que entregara el mando. Se le dio un no por respuesta, claro está. Pero, poco después, el general Orgaz, con el teniente coronel Galtier y Pley, comandante militar en la plaza y sus respectivos ayudantes, acudieron a entrevistarse en el edificio del Gobierno Civil. Al entrar en el edificio, lo hicieron con las manos en los bolsillos. Los que los vieron ya la llaman la entrevista de los mancos. Su cometido consistía en querer declarar el estado de guerra. Y Antonio Boix, el gobernador civil, le volvió a decir que no. Según los testigos, sentenció: «Ya he dicho que no entrego el mando, así es que, retírese» —continuó relatando Andrés.

»Los militares cortaron las comunicaciones telefónicas sin poder evitar que se corriera la voz. Mucha gente se reunió ante el Gobierno Civil. Lo siguiente que se supo —comentó Andrés— es la orden de detener a Franco. El jefe de la Guardia Civil, presente en el despacho de Boix, se negó bajo el pretexto de falta de fuerzas. La siguiente acción fue dar la orden de concentración de la Guardia Civil, Guardia de Asalto y Policía. Estos a su vez llevaron paisanos por falta de guardias.

»Sobre las seis de la mañana, cursaron un oficio al cañonero Canalejas para que se hiciera a la mar. Y luego llamó Franco diciendo: «He declarado el estado de guerra y yo no hablo con quien está fuera de la ley».

»¡Imagínense, muchachos, el caos! —exclamó el orador—. Se formó un piquete delante del edificio donde el capitán Díaz leyó el bando declarativo de estado de guerra. Más tarde, se informó de que el cañonero no se podía hacer a la mar y, desobedeciendo las órdenes, declararon una huelga.

»Ya hacia las nueve de la mañana, muchos ciudadanos reunidos ante el edificio vitorearon al gobernador. El piquete, ante esto, disolvió a la gente desarmada. ¡Aquello fue una escabechina! —les dijo Andrés—. Realizaron un cerco alrededor del edificio con ametralladoras en las esquinas para evitar la comunicación con el exterior. —Hizo una pausa y continuó:

»Ya a las diez de la mañana, se corroboró el apoyo del ejército al golpe de Estado. Cuando Franco subió al remolcador hacia Gando, se le ordenó al teniente coronel abrir fuego. No solo no lo hizo, sino que mandó a descargar los fusiles de los guardias. Y además, desobedeció la orden de ir a Gando a detener a Franco.

»Aislados como estaban, en el interior del Gobierno Civil, dicen que recibieron una tarjeta de visita en un cigarrillo, pidiendo armas para los ciudadanos y así acabar con todo aquello, pero no se pudo. Un muchacho llegó incluso a ofrecer una emisora de radio de la Isleta para decir que el gobernador civil, paisanos y guardias estaban sitiados. Y así transcurrió aquel infernal día, con varios intentos fallidos de frenar a los militares.

»Al día siguiente se comprobó que un teniente, quince agentes y cincuenta guardias civiles fingieron lealtad hasta el final del día, mientras aprovechaban para reunir a las fuerzas fascistas.

»Al final, no pudieron resistir más. Habían ganado los golpistas. Pero no se puede decir que no hicieron todo lo posible por defender su postura. Cuando se presentó el teniente Orgaz con algunos oficiales para liberar a los detenidos, se escuchó cómo el gobernador civil le dijo a Ferrer, un teniente coronel retirado: «No es la ley, sino la fuerza la que ha hecho que se adueñe de este despacho. Aunque se siente en ese sillón, el legítimo gobernador civil seré yo».

»Pero nada —concluyó Andrés—. Al final, el que se quedó como gobernador fue el señor Jesús Ferrer Jimeno...

Tardaron unos segundos en asimilar la información. Estaban en guerra. Llevaban en guerra varios días, pero la información aún no había llegado a la Hacienda del Inglés.

—Por eso, señores, les recomiendo que salgan por patas de aquí —volvió a insistir Andrés Sotomayor—. En unos días saldré hacia Cuba. Tomás, te estaré esperando allí; buscaremos ayuda en el exterior para frenar a los sublevados. Pienso hablar con Pedro Darias, al que conociste en Cabaiguán.

—No, nosotros nos quedamos —dijo con vehemencia Ramón—. Lucharemos y defenderemos la República con uñas y dientes. ¡No vamos a someternos a esos cabrones fascistas!

—Ya han comenzado las detenciones —informó Andrés intentando convencerles de salvarse—. Hay muchos hermanos masones entre ellos. La prisión Provincial, como sigan así, se va a quedar chica.

Tomás seguía sin moverse. Sentado con el torso inclinado, miraba hacia el suelo con la mirada perdida. Los únicos signos que lo diferenciaban de una estatua eran la vibración del músculo tenso de la mandíbula y los nudillos blancos por apretar con fuerza las manos. Había llegado el día que llevaba temiendo desde hacía meses. El miedo y el no saber qué decisión era la correcta le atenazaban las entrañas. Debía proteger a su familia, eso estaba por encima de todo. Por descontado, se dijo, que dentro de esta se encontraban Ramón y María, ¿pero qué hacer?, ¿cómo abandonar, como le sugería Andrés, lo que a su padre tanto trabajo le había costado crear? Aquella era su tierra, su legado y su responsabilidad. Luisa lo sacó del trance susurrando su nombre.

—¡No pienso moverme de aquí! —sentenció por fin con voz profunda—. Yo nunca me he manifestado ni a favor ni en contra del gobierno, y mi apellido tiene el suficiente peso como para proteger a mi hermano. Gracias, Andrés, por tomarte la molestia de venir hasta aquí para informarnos. Estaremos listos para lo que se nos viene encima.

—Yo más no puedo hacer —contestó Andrés para despedirse mientras se levantaba—. Les deseo mucha suerte. Podrán contar conmigo si deciden viajar a Cuba.

Cuando escucharon el motor del coche de Andrés alejarse, Ramón explotó, frotándose la frente. Sin parar de moverse de un lado a otro, dijo:

—¡Y qué si han tomado Canarias! ¡No podrán con la Península! Todavía hay mucho camino por recorrer como para que unos cuantos fascistas consigan terminar con todo lo que hemos logrado.

Y con esa idea dejaron pasar los días, atentos a los periódicos, con los transistores conectados todo el día y con reuniones del partido cada vez más clandestinas.

Luisa comenzó a almacenar alimentos en la despensa: harina, todo tipo de granos y arroz. Compraron otra vaca, que junto con las cabras, cerdos y gallinas les tendrían bien alimentados. Sabían que era cuestión de tiempo que en los puertos comenzara a escasear la llegada de barcos con provisiones. Luisa, todas las noches, rezaba pidiéndole a la Virgen del Rosario que les protegiera.

Una mañana de final de agosto, Tomás se encontró en el pueblo con Perera, que vestido con su uniforme de la Guardia Civil, iba acompañado por otros dos agentes. Tomás le silbó como solían hacerse cuando se saludaban. La reacción del amigo de la infancia que le había suministrado las armas consistió en fruncir el ceño como si no lo conociera, para luego girarse hacia sus compañeros y decir algo por lo bajo. Tomás, atónito, se cruzó de brazos apoyándose en el capó de la camioneta. No le quitó el ojo de encima hasta que Perera se acercó.

—¡Oh! ¿Qué pasó? —le dijo Tomás con suspicacia.

—Si me he acercado es para avisarte —le dijo Perera con mirada adusta y haciendo gestos que no correspondían a lo que le decía—. ¿Tienes algún recibo de algo que hayas comprado? ¿O cualquier papel para disimular mientras hablamos?

—¿Desde cuándo no puedes saludar a un amigo? —le recriminó Tomás.

Haciendo lo que le decía, sacó un papelucho de la tienda de aceite y vinagre.

—Pues desde que mi amigo se ha pasado al bando de los rojos, es un masón y está poniendo en riesgo la vida de los suyos —contestó Perera disimulando que leía el papel.

—Yo no soy un cobarde que me escondo detrás de un uniforme, no he hecho nada ilegal hasta el momento —dijo con seriedad—, y no me gusta

346

que se amenace a mi familia.

—¡Pues deja de esconder rojos en tu finca, Westerling! Eso está considerado como delito —le dijo abruptamente estampándole el papel en el pecho—. Para el nuevo régimen no eres nadie si no estás de su lado. — Lo cogió de la pechera para susurrarle—: No podré protegerte, amigo, como sigas dándome motivos para arrestarte.

—Aún queda mucho para hablar de qué es legal para algunos y qué no lo es. Todos los que han intentado decirme cómo debo vivir no lo han conseguido —le replicó Tomás levantando los brazos en son de paz para continuar la pantomima que representaban. Algunos viandantes se habían parado a mirar—. A mí no se me convence tan fácilmente, no como a ti.

—No me recrimines nada, Westerling —le contestó Perera—. Sobrevivir; eso es lo que intentamos hacer todos en este puto país, y sabes que no me gusta cómo se están llevando las cosas, pero es lo que nos toca vivir. Ya no podré relacionarme contigo. Cuídate, amigo, porque las órdenes que vienen de Burgos son claras y fulminantes.

De camino a casa, Tomás tuvo que admitir que su amigo de la infancia llevaba parte de razón, eran muchas las personas a las que nunca les había importado la política, como tampoco a la política les habían importado ellas. Aquellas personas tenían como único objetivo sobrevivir, pretendiendo pasar sus días lo mejor que podían, sin molestar ni ser molestadas. En su condición de heredero de la familia Westerling, tenía la posibilidad de posicionarse, tal y como lo habían hecho las clases altas locales. Muchas de estas familias defendían el proceso político administrativo cuando los militares tomaron el mando en la isla tras el dieciocho de julio ¿Pero cómo comportarse como la burguesía canaria y sus instituciones, cuando tenía un hermano socialista y sus ideas no distaban mucho de las suyas? Sin añadir que ya estaba vigilado por su condición de masón. Sabía que aquello podía quedar olvidado si comenzaba a comportarse como muchas de las familias que conocía. La mayoría de las familias influyentes de la isla apoyaban con poco entusiasmo el golpe, aceptando quedarse al margen de la toma de decisiones. Tal y como había dicho su amigo, podía acoplarse a las nuevas corrientes intentando sobrevivir. Sabía que podía elegir esa opción, lo sabía; pero sus valores jamás le permitirían esconderse tras la máscara de la hipocresía.

LA LISTA DE NOMBRES

E ntrado septiembre, amanecieron con la noticia de la sentencia a muerte para el gobernador Antonio Boix, junto a la condena a doce años de cárcel de varios masones conocidos de Tomás. Ante el anuncio, Luisa se llevó las manos a la cara. El miedo se había instalado en la Hacienda del Inglés. Todos los días amanecían con noticias de arrestos y de personas que en mitad de la noche eran sacadas de sus casas sin saber a dónde se las llevaban. En Las Palmas comenzaban a derivar presos a una zona habilitada en Gando, hacia el sur de la isla, y se hablaba de un campo de concentración en la Isleta.

Todo ello, sumado a la supervisión de los militares de la compra y venta de los productos canarios, acababa por derrumbar la barrera psicológica de verse al margen de la guerra. La presencia alemana era cada vez más evidente, llegando incluso a controlar la Junta Reguladora de Importación, Exportación y Divisas mediante la Banca Jacobs Ahlers. Los militares se habían congraciado con Alemania para vender a bajo precio los frutos, afectando gravemente a la economía. Los Westerling tuvieron que soportar el rechazo de su última cosecha por ser quienes eran.

Tomás se consoló pensando que, mientras solo les atacaran en el aspecto económico, él estaría tranquilo. Pero algo que le preocupaba sobremanera era el hecho de la contratación de personas para sumarse a las tropas en la Península. Quienes ganaban la partida eran los sublevados, ofreciendo sesenta pesetas mensuales. El gran número de parados hacía que muchos hombres no se pararan a pensar qué se jugaban, a cambio de un atractivo sueldo.

Una noche, Luisa escuchó una conversación que mantenían los dos hermanos en la balconada de la casa.

—Ya no podemos seguir escondiéndonos —decía Ramón—, tenemos que sumarnos a las filas republicanas. Hay que ganar esta guerra como sea.

—¿Qué filas? —preguntó con un bufido Tomás—. Si son los campesinos, la gente del pueblo, la que está defendiéndose sola. ¿A dónde vamos a llegar formando milicias sueltas? Aquí en Canarias la guerra está ganada.

—¡Coño, Tomás! —se quejó su hermano—. ¿Acaso te vas a quedar de brazos cruzados? Estoy hablando de unirnos al Quinto Regimiento que está luchando en Madrid, ellos están asesorados y bien armados.

—¡Yass, carajo! —exclamó Tomás lanzando el cigarrillo que fumaba a lo lejos—. Tienes razón, tenemos que salir pronto de aquí y luchar en el frente antes de que nos encierren como animales. O algo peor.

—Hermano —le contestó Ramón—, esto será duro, pero podremos con ellos.

Luisa corrió a su habitación antes de que Tomás entrara de nuevo a la casa. Allí comprobó cómo el pánico la engarrotaba. Sentada a los pies de la cama, la encontró su marido. Cuando este se arrodilló a sus pies, supo que había estado escuchando la conversación. Palpó la ansiedad en su respiración y en la mirada vidriosa.

No dijo nada. No había nada que pudiera hacer para menguar la desolación que Luisa padecía. Tan solo apoyó su cabeza sobre su regazo. La joven acarició sus rizos morenos dejando que un torrente de lágrimas surgiera de lo más profundo de su ser. El miedo le atenazaba los músculos, no podía pedirle que se quedara, sabía que no podía. La situación obligaba a cualquier ciudadano a posicionarse en un bando o en otro. Aunque quisieran quedarse al margen, ya eran muchas las voces que les señalaban como parte del bando republicano. Llegaba la hora de defenderse.

Luisa sujetó el rostro de Tomás entre sus manos. Observó sus oscuros ojos de mirada fiera, pómulos altos, mentón firme y nariz recta. Le besó con ternura, queriendo aplacar con besos el miedo que a ambos les recorría por dentro. No querían entrar en guerra. Le besó para alejar el olor a muerte que el mundo traía. El beso, que fue correspondido, fue cada vez más exigente. Tomás colocó una de sus manos sobre un pecho en busca del pezón erecto, que a través de la tela encontró. La mano que tenía libre vagaba sobre el muslo de Luisa, ascendiendo poco a poco hasta llegar a los glúteos. Sin apenas esfuerzo, levantó a la joven para posarla en la cama y colocarse entre sus piernas. Luisa se abrió para recibir el peso de Tomás y sentir su erección. Sus bocas no se separaron.

El hombre, a medida que su mano levantaba la falda de la joven, separó su boca de la de ella comenzando el descenso hasta llegar a la entrepierna. Allí bebió del líquido de Luisa, embargándola de una sensación tan exquisita que hizo que enterrara sus manos en sus rizos. Él, ante la insistencia de Luisa, continuó dándole placer. Al levantar la mirada observó cómo su mujer se arqueaba extasiada. Ella, con la mirada vidriosa, le hizo señas para que llevara su boca a la de ella. La desesperación les llevó a despojarse de las ropas, antes siquiera de que la razón interviniera. Hicieron el amor apasionadamente porque sabían que aquellos días iban a ser los últimos.

Los hermanos habían decidido viajar a la Península y así fue informada María a la mañana siguiente; pero nada les hacía sospechar que aquellos planes iban a ser truncados.

Tomás se encontró, en el camino de vuelta a la hacienda, a un joven que apenas llegaba a los quince años. Sus ropas desgastadas le quedaban algo pequeñas y su rostro sucio apenas dejaba entrever una mirada inteligente. Parecía que esperaba algo o a alguien.

—Su caballo, señor —gritó el joven—. Creo que le falta una herradura.

—¿Qué dices? —respondió extrañado Tomás bajándose del animal.

El joven se acercó a Tomás cuando se disponía a levantar la pata que le había indicado y en un susurró que apenas estuvo seguro de escuchar, le dijo:

—Perera me ha mandado a avisarle de que esta madrugada una brigada irá a por usted y los demás.

Antes de poder preguntarle, el muchacho se alejó con paso rápido, dejando caer un papel arrugado al suelo. Su primer impulso fue salir tras él para buscar más información, pero la precaución tan solo le permitió recoger con disimulo el papel y volver a montar. El corazón le palpitaba en el pecho dolorosamente. Esa misma noche, ¡esa misma noche iban a matarles! ¡No!, se dijo. Perera les había salvado la vida.

Una vez se encontró en el camino de entrada a la casa, se sintió seguro para abrir el papel arrugado que le quemaba en las manos de pura curiosidad. Al leerlo, comprobó que era una lista de doce nombres, entre ellos el suyo y el de su hermano.

Las horas de la tarde fueron cruciales para organizarse. Hicieron llegar el aviso a aquellos que estaban en la lista, para luego planear la fuga hacia las montañas. Allí intentarían mantenerse con vida hasta que Perico, un campesino afín a la República, pero sin antecedentes políticos ni sindicales, les informara de los pasos a seguir para el plan de huida.

Ramón y Tomás habían acordado avisar a las mujeres cuando los niños estuvieran dormidos. Antes de que llegara el momento, los restos de jovialidad que quedaban en Ramón se hicieron notar. A la hora de la cena sacó varias botellas de vino y un timple.

—¿Y qué se celebra hoy aquí? —preguntó intrigada María sentándose a la mesa.

—¡La República! —exclamó Ramón sonriente levantando su copa.

—Mejor brindar por la vida —replicó Tomás un tanto más iracundo.

Con la misma habilidad de siempre, Ramón le dirigió una mirada en la cual le advertía de su decisión de pasar la última noche con sus mujeres con alegría. De sobra sabían que al día siguiente todo cambiaría y se adentrarían en días llenos de incertidumbre. Tomás, asintiendo, dirigió su mirada hacia Luisa, que reía por las excentricidades de Ramón. Se había convertido en una mujer hermosa, pensó Tomás. Sus pómulos altos se habían acentuado, dejando de lado la redondez de la adolescencia. Su sonrisa franca hablaba de experiencia; aunque sus ojos aún no habían aprendido a esconder sus verdaderos sentimientos. Amaba a aquella mujer y se odiaba por no poder darle una vida llena de paz.

En un determinado momento de la noche, María realizó un brindis. La joven se aclaró la voz, emocionada, para dirigir toda su atención a Ramón, que esperaba con el brazo alzado a que María hablara:

—Aprovechando las palabras de mi cuñado —dijo dirigiéndole una sonrisa al aludido—, quiero brindar por la vida. Por la vida de nuestro hijo. ¡Ramón, estoy embarazada!

Ramón, ante la noticia, dejó caer la copa para abrazar a María y llenarla de besos. Luisa, siempre supersticiosa, mojó sus dedos en el vino derramado para lanzar las gotas sobre sus hombros. Después rodeó corriendo la mesa para felicitar a la pareja. Ramón tomó el timple y comenzó a rasgar las cuerdas haciendo brotar la melodía de una isa. Las mujeres danzaban y reían ajenas a todo. Por unos momentos todos olvidaron los peligros que acechaban en el exterior. Al cabo de una hora, apareció el pequeño Moncho en el salón arrastrando la mantita. Tomás lo tomó en brazos, consiguiendo que el pequeño se volviera a dormir sobre su hombro.

Cuando el reloj de la pared dio las doce, el hechizo se rompió. Todos volvieron al año 1936, a comienzos de una guerra civil que nadie sabía cuándo acabaría. Ramón cantó una triste folía para terminar reposando su timple sobre el sillón. La noche quedó tranquila. Algo en la actitud de los hombres puso en alerta a las jóvenes. Tomás, con Moncho dormido sobre él, tomó la mano de Luisa para sentarla a su lado, pero fue Ramón quien rompió el silencio:

—María, eres mi vida —dijo sintiendo un nudo en la garganta—. Recordaré esta noche como una de las más felices. Espero que tu memoria no se quede con lo que vendrá, pues yo recordaré cada segundo que he pasado contigo. Me voy feliz, sabiendo que he dejado un hijo. —Hizo una pausa para tener la aprobación de Tomás.

Luisa sintió cómo su mano era dolorosamente apretada por Tomás, adelantándole que nada de lo que iba a escuchar le agradaría. María acompañó las palabras de Ramón con una tierna sonrisa que se desvanecía a medida que las palabras calaban en su cerebro.

—Hemos sido avisados de que esta noche vendrán a por nosotros. —El mutismo por parte de las mujeres, que intentaban no quedarse sin respiración, le permitió continuar—: Nos refugiaremos en las montañas, cerca de Doramas. Está todo preparado, en una hora nos encontraremos con los otros para partir.

—¡No puede ser! ¿Cómo? ¿Por qué? ¿A las montañas? ¿Pero de qué vivirán? —preguntó angustiada Luisa absorbiendo poco a poco la densa sensación que se alojaba en su estómago—. ¡Les encontrarán! Esta isla es una ratonera.

—Caminaremos en la noche y nos esconderemos por el día —intervino Tomás con seriedad—. Solo hasta que la gente del partido nos saque de allí.

—¡Tú no eres del partido! —se enfureció Luisa al creer injusta la acusación, nunca quisieron formar parte de ellos.

—Pero ellos así lo creen, de todas formas soy masón y podrían buscar cualquier excusa si lo que se les antoja es meterme un tiro en la nuca.

—¿Cómo nos comunicaremos? —preguntó María, intentando ser más práctica.

—No lo haremos —dijo con severidad Ramón—. Perico se encargará de informarnos. Ya tenemos acordado el punto de encuentro. Deben prometer que no se acercarán a Perico para nada, ustedes deben decir que nos hemos ido a la Península a luchar.

—Luisa, ¿escuchaste? —reiteró Tomás apretándole de nuevo la mano—. No quiero verte por la zona; tienes que hacer una vida normal, de lo contrario puedes ponernos en peligro.

—Sí, sí —contestó algo aturdida; pues le había leído el pensamiento. Ella quería asegurarse, personalmente, de que se encontraba bien—. Te lo prometo. ¡Esto es una locura! —se quejó—. ¿No hay nada que podamos hacer?

—¿Encubrirnos y mantenerse a salvo te parece poco? —preguntó Tomás.

María comenzó a llorar histérica. Ramón enseguida la acunó entre sus brazos. Al ver como Tomás se levantaba con Moncho y Luisa de la mano, preguntó:

—¿A dónde vas, hermano? Es hora de partir.

—No sé tú, Ramón, pero yo no me iré sin hacerle el amor a mi mujer —contestó Tomás sin mirar atrás.

Luisa, sin poder desahogarse con el llanto, siguió a Tomás hasta su alcoba. Creía estar dentro de un sueño, quería despertar y encontrarse en la cama junto a Tomás, sin guerras, ni miedos, ni amenazas de ningún tipo. Una vez hubo acostado a Moncho en la habitación contigua, Tomás apareció en el umbral de la puerta. Se miraron unos segundos compartiendo el dolor de la separación. Luisa, llena de rabia ante la injusticia que se cometía con ellos, se lanzó a sus brazos.

Tomás quiso besarla, pero terminó devorándole la boca. La angustia, el miedo y la desesperación se mezclaron en un torbellino de emociones. La ropa fue literalmente desgarrada, quedando esparcida por el suelo. Los jadeos hambrientos acompasaban el ritmo de sus corazones. Alzó a la joven para que le rodeara la cintura y la retuvo torturándola mientras le succionaba sus pezones. Luisa sintió cómo la lujuria la envolvía cuando Tomás la penetró. Se movió frenéticamente bajo él, agarrada a su espalda pidió más. Él ante sus peticiones no pudo contenerse y la embistió como un auténtico salvaje. Hicieron el amor largamente. De alguna manera, ambos querían dejar huella en el otro, sentirse vivos y unidos con el fin de sacudirse el terror que les invadía.

Los golpes en la puerta despertaron a Luisa. Se encontró sola, sin rastro de Tomás. Recordó en cuestión de segundos todo lo ocurrido. Tras hacerle el amor, la había acunado sobre la cama, cubriéndola con las mantas y susurrándole palabras de amor. No quería verla llorar y ella tampoco se permitió ese lujo; debía estar a la altura de su marido y ser fuerte.

Nuevos golpes en la puerta y las pisadas de María sobre el balcón la hicieron ponerse en acción. Tomó su Astra de la mesa de noche, se aseguró de que estaba cargada y salió a la balconada para unirse a la sombra de María, apoyada sobre su fusil.

—¿Quién anda ahí? —gritó Luisa desde lo alto.

Observó como un grupo de cinco hombres esperaban en el patio delantero. Una camioneta en marcha rompía el silencio de la noche.

—¡Abran! —contestó una voz familiar—. ¡Venimos a buscar a Tomás y Ramón Westerling!

—¡Pulido! —le reconoció Luisa. Un escalofrío le recorrió el cuerpo. Intentando mostrar fortaleza continuó—: Ellos no están aquí, ¡márchense de estas tierras!

—¡Abran les he dicho! —insistió—. O entraremos a la fuerza.

Ambas bajaron al zaguán y antes de abrir escondieron las armas en los arcones de la entrada. Tras unos segundos en los que se dieron la mano para insuflarse valor, dejaron pasar a aquellos hombres que antes eran vecinos y ahora el enemigo. Algunos mostraron la suficiente educación como para dar las buenas noches antes de entrar.

Registraron toda la casa sin consideración. Los niños bajaron asustados por haberles arrancado de sus camas y se aferraban a las faldas de sus madres. Moncho lloraba sin consuelo. La rabia en el rostro de Pulido se hizo evidente cuando un candil que arrancó de las manos de su compañero le iluminó. Sacó a Luisa al exterior, tomándola del brazo y vociferando que le dijera dónde se encontraba su marido. Moncho fue, nuevamente, arrancado de sus brazos. Pero no pudieron con ella, la respuesta que obtuvo fue la acordada.

—Se ha ido a la Península a luchar —habló en un siseo, con la barbilla bien alta y permitiéndose el lujo de entrecerrar los ojos y recorrer con la mirada a los que allí se congregaban. Con rabia, escupió las siguientes palabras—: Ellos, al menos, tienen los cojones suficientes para enfrentarse a hombres armados. No son tan cobardes de aparecer en mitad de la noche para arrancar a hombres indefensos de sus casas ante sus hijos y mujeres.

Quiso continuar, pero el bofetón lanzó su rostro hacia el otro lado, dejándola aturdida. Pulido la agarró del pelo y la obligó a ponerse de rodillas. En el momento en el que levantó una pierna para patearla, uno de los hombres le advirtió:

—Hemos dicho que a las mujeres las dejaríamos tranquilas.

Aquellas palabras no le detuvieron, pues la pierna siguió su curso hasta estamparse en el abdomen de Luisa. Esta se dobló en dos sintiendo que apenas podía respirar del dolor y las náuseas. Aquella escena produjo más quejas entre los falangistas, consiguiendo que Pulido frenara su paliza.

—¡Venga, suban a las mujeres, que nos las llevamos al cuartel! —ordenó Pulido—. Terminarán por entregarse si saben que las tenemos.

—¡Nuestros hijos, por Dios, se quedarán solos! —gritó María, que al ver doblarse en dos a Luisa, había corrido en su auxilio—. Ya les hemos dicho a dónde se han ido. ¡Déjenos en paz!

—¡Y una mierda, puta roja! —la insultó Pulido agarrándola del pelo para levantarla—. Tú te vienes con nosotros también.

—No, llévenme a mí —consiguió articular Luisa intentando no hacer caso del llanto desesperado de los niños—. Por favor, soy yo la que está a cargo de todo.

El hombre que había advertido a Pulido de no tocar a las mujeres se giró para retirarse unos metros y llegar a un acuerdo entre todos. Finalmente, decidieron llevarse a María, pues creían que al pertenecer al partido tendría más información que Luisa. Con condescendencia, dejaron a la majorera a cargo de los niños.

Aquella noche llena de tensión fue larga para todos. Luisa intentó tranquilizar a los niños olvidándose de su propio estado; los llevó a la cocina para darles una tila, contestó como pudo a las preguntas de Manolín y consoló al pequeño Tadeo. Se acostaron los cuatro en su cama para intentar dormir.

Hacia el amanecer, Manolín la sorprendió con una voz clara; él tampoco había llegado a conciliar el sueño.

—Titi Luisa —dijo—, ¿mi madre vendrá mañana?

—No lo sé, Manolín —contestó sinceramente, acariciando la cabeza del pequeño sobre la de los otros dos niños—. Intentaré hacer lo posible para traerla de vuelta, te lo prometo.

—Ya sé que crees que soy pequeño —continuó tras asentir—, pero yo te puedo ayudar, puedo trabajar aquí hasta que todos vuelvan.

—Gracias, mi cielo —sonrió Luisa notando cómo sus ojos se llenaban de lágrimas—. Voy a necesitar tu ayuda.

Y con el pequeño aliado, Manolín, Luisa se enfrentó a la búsqueda de María. Al llegar al cuartel de la Guardia Civil, se encontró con mujeres que llevaban días preguntando por sus familiares. Algunas hablaban de fusilamientos en Tenoya; querían respuestas, pero nadie les decía nada. Luisa sacó su medalla de la Virgen del Rosario y rezó una plegaria. ¡Por favor, Señor, que no la hayan matado!

Cuando por fin la atendieron, pasaba el mediodía. Se había puesto su mejor vestimenta, se había recogido el pelo y planeaba parecer lo más dócil e inocente posible. La vida de María estaba en juego, se recordaba cada vez que su mal genio pugnaba por salir. Después de soportar un largo interrogatorio sobre el paradero de su marido y tras ver voltear papeles de aquí para allá, terminaron por informarle de que María había sido trasladada a la prisión provincial de Las Palmas.

Estaba desolada. Debía mantener en orden una casa, ayudar en las cosechas, consolar a los niños y encontrar una manera de sacar a María de la cárcel. Ante tanta turbación, sus pies la encaminaron a la iglesia de Arucas. Allí se santiguó y se arrodilló para rezar. El morado que se formaba en su abdomen se oscurecía por momentos, y su labio se había partido por el bofetón de Pulido; pero ningún dolor podía compararse con el de ver a sus familiares en peligro. Sus ojos no pudieron más y volcaron todos sus sentimientos mediante lágrimas desconsoladas.

Cuando se hubo quedado sin lágrimas, pensó en su hijo y los niños de María. No podía permitirse el llanto, se dijo. Solo Dios sabía cómo se encontraban Tomás y Ramón, si habían conseguido refugio o ya los habían descubierto. Sus lágrimas no solucionarían nada. Y a María tampoco le ayudaría que se quedara allí acongojada. Podía perder a su bebé si a algún malnacido se le ocurría darle una paliza. Su llanto no lo remediaría; debía sacarla de allí. Todos la necesitaban y ella debía reunir las fuerzas, de donde no las tenía, para sacarlos a todos con vida.

Una vez hubo hablado con Paquita de todo lo ocurrido, se ofreció para ayudarla en la casa. Las jóvenes sirvientas habían decidido renunciar a su trabajo para no verse involucradas en las persecuciones. Luisa las entendió y con una sonrisa las despidió. Algunos jornaleros decidieron, al igual que las sirvientas, alejarse de la hacienda. Otros, ayudados por las promesas de Luisa de repartir raciones de comida a sus familias a cambio de mantener la finca, se quedaron. Si ellos la trabajan, todos se repartirían lo que sacaran de la tierra. Ella como una más.

Y así, un poco más confiada, condujo el coche hasta Las Palmas. Tal y como esperaba, hizo cola a las puertas de la prisión provincial junto a muchas otras personas. Hombres y mujeres que buscaban a sus familiares se reunían ante las puertas en busca de respuestas. Y tal y como le habían prevenido las personas que aguardaban en el exterior, no la atendieron y salió sin respuesta alguna.

Todos los días repitió aquel ritual, volviendo a casa sin noticias de María. Durante el tiempo que pasaba en la hacienda, se daba cuenta de la cantidad de personas que llegaban pidiendo comida. Ella, sin pensarlo, preparaba saquitos con huevos, botes con leche de cabra, millo y plátanos. A todo aquel que pedía, se le daba. Aunque eran muchos los necesitados, con el paso de los días y de las desapariciones, comenzaron a ser más escasos. El miedo ganaba la partida, de tal manera, que muchos preferían morir de hambre que morir fusilados. Y los Westerling eran una familia señalada.

Perico, el informador, hacía llegar cada tres días las nuevas sobre los hombres de Doramas. Decía que estaban bien, armados y alimentados, y que pronto tendrían noticias del partido. Estos, con poco margen de actuación, se retrasaban en su plan de evacuar a los refugiados. A medida que pasaban las semanas, el aumento del enfado y la preocupación de Luisa aumentaban. Estaba harta de esperar. Tras despedir al informador, entró hecha una furia al interior y comenzó a escribir.

Descartó a los amigos masones de Tomás. Estarían en su misma situación, pensó. Conocía la relación de la familia con José Mesa y López. Había escuchado que los partidos de derecha apoyaban al gobierno militar, salvo el Partido Agrario, dejando a un lado a Mesa y López. Quizá, si él había conseguido salvarse, podía ayudar, creyó Luisa. También escribió al sacerdote de Cardones, una parroquia en la cual don José Déniz, el sacerdote, se había mantenido firme ante la intromisión de los militares. Y por último, y con todo su pesar, no le quedó más remedio que escribir sobre sus hijos a doña Eugenia.

Nunca supo cuál de aquellas cartas hizo su efecto o si realmente llegaron a servir para algo; lo único que supo es que una semana después soltaron a María. Ella fue la primera en encontrarla en el camino de entrada a la hacienda. Se abrazaron fuertemente, lloraron, rieron y se contaron las novedades. María aún seguía embarazada y aquello le daba fuerzas para continuar.

¡Ya la tenemos en casa! Solo quedan los hombres, pensó aliviada Luisa.

ATIS TIRMA:
POR MI TIERRA LIBRE[42]

L levaban quince días escondidos, recibiendo, cada tres, el mismo mensaje: «Tienen que esperar».

Se refugiaban en la espesura de los bosques de laurisilva que aún se conservaban en la isla y que se encontraban entre los ochocientos y mil metros por encima del mar. En tiempos de los primeros colonos, se instauró la industria de la caña de azúcar, para la cual necesitaban grandes cantidades de madera. La poda consiguió que gran parte de los bosques de laurisilva desaparecieran.

Habían elegido para esconderse ese lugar por la espesura que les proporcionaba y por lo lejano que quedaba de la civilización. Aunque los árboles autóctonos como laureles, palo blanco, tilos o sauces canarios no eran de gran altura, era una zona muy frondosa con una acuciada orografía. Todas las noches dormían en unas cuevas cerca del municipio de Firgas. Durante el día se adentraban en las cabeceras de los barrancos, desde donde la perspectiva les permitía observar cualquier movimiento que ascendiera hasta ellos. Allí permanecían todo el día. Hacia el atardecer, intentando no entumecerse por la humedad de aquella zona, realizaban largos recorridos. El punto de información se encontraba en el monte Doramas, pero su recorrido llegaba más allá de Los Tilos de Moya. Buscaban agua en los riachuelos del barranco de Azuaje y colocaban

---

42 Los guanches Bentejuí y Tazarte protagonizaron uno de los asedios más recordados de la historia de la conquista de Canarias. Antes que ser atrapados por el ejército castellano en 1483, prefirieron saltar al vacío desde la fortaleza de Ansite al grito de ¡Atis Tirma! Atis Tirma es traducido como «por mi tierra libre» o «bendita mi tierra».

trampas para animales en el Barranco Oscuro.

Las horas del día en las que debían tener más cuidado terminaban siendo infernales. La sensación de vulnerabilidad les hacía estar a la defensiva, sobresaltándose cuando escuchaban el más mínimo ruido. En aquel momento, Tomás, fusil en mano, se apoyaba en el tronco de un árbol buscando los rayos de sol que se filtraban entre las ramas. La lana de su abrigo recogía el calor, secando la humedad y entibiándole el cuerpo. Con una sonrisa, recordó la imagen de Luisa tejiéndolo; lo había hecho ella.

—Tomás, mira lo que te estoy haciendo —le había dicho— para que estés calentito cuando pasees por la finca.

Él se había acercado para susurrarle al oído:

—Ay, celeste, no te molestes en eso, que si lo que quieres es darme calor, me lo puedes dar de otra forma.

—¡Sinvergüenza! —le espetó riendo. Antes de que él se apartara, le había mirado risueña y le había ofrecido sus tiernos labios para brindarle el calor que él reclamaba.

Volvió al presente cuando Trujillo llegó a su lado. El grupo que formaban estaba compuesto por doce hombres. La gran mayoría pertenecía al Partido Socialista Obrero Español, pero en el caso de Trujillo, Suárez y Gonzalo, se encontraban allí por acusaciones de vecinos. Aunque las ideologías llegaban a ser en algunos aspectos dispares, todos coincidían en una cosa: defender la República.

Trujillo era un hombre corpulento, de ojos amables y gran estatura. En la oscuridad de la noche bromeaban diciendo que en el caso de que los militares llegaran hasta ellos, él sería el primero en caer. Reían recordando las veces que Trujillo había resbalado por la tierra fangosa cayendo estrepitosamente. En caso de tener que huir, decían, era mejor que Trujillo se adelantara, porque no solo les cubriría las espaldas, sino el cuerpo entero.

—¡Menos hablar y más gofio, panda de esmirriados! —refunfuñaba

Trujillo con su profunda voz.

Cuando se desplomó torpemente a su lado, le saludó con un movimiento de cabeza, para luego susurrarle:

—Chacho, estoy *aburrío*.

—Yo también —le respondió Tomás.

—Cuando te vi embobado mirando las musarañas, me dije: voy a molestar al Westerling este, que seguro está pensando en días mejores.

—¡Cabrón! —le espetó para luego sonreírle al escuchar su risa asmática.

—¿Tú te puedes creer? —le dijo tras un momento en el que su rostro se volvió serio—: Llevo trabajando toda mi vida, reuniendo *pa* poder comprarme un fisco tierra, sin opinar mucho de política, solo diciendo lo que uno ve. Y mira, ¡aquí me veo metido en un monte esperando que me manden a la guerra! ¡Bendito sea Dios!

—Paco, si conseguimos salir de aquí —contestó Tomás—, tú lárgate *pa'l* carajo; cógete un barco *pa* Cuba o Venezuela, y arranca para allá, que a ti te han metido en esto. Son los otros, como mi hermano, los que están fritos por guerrear.

—¡Yass, carajo! —exclamó Trujillo, meneando la cabeza—. No te creas que no lo he pensado. —Tras unos segundos, dijo—: Mira, por ahí viene Ramón. Me voy más arriba, después nos vemos.

Ramón, con el Mauser a su espalda, caminaba agachando la espalda para no ser visto. Estaban cerca del punto acordado con Perico y, por precaución, tan solo se acercaban dos; el resto esperaba más arriba.

—Acaba de subir Suárez —le informó Ramón—. Al parecer, aparte de algo de comida, dejó una nota advirtiendo de que había sospechas sobre nosotros. Los militares están buscando al traidor, pero mientras lo encuentran, han mandado brigadas falangistas en nuestra busca. Están peinando el terreno. Chacho, dicen que cada vez más gente del pueblo se une a ellos; dentro de poco serán más falangistas que militares.

—¿Dijo algo de las familias? —preguntó Tomas.

—Nada —negó con la cabeza Ramón.

Permanecieron varios minutos sumidos cada uno en sus pensamientos.

—Hermano —dijo con seriedad Ramón—, perdóname por haberte metido en esto.

—Déjate de…

—¡Que no, coño! —le interrumpió—. Tú siempre has defendido la paz, que el progreso no había que conseguirlo de un día para otro y que eso estaba forzando la máquina, pero no hay vuelta atrás. Por las noches me da por pensar. —Sonrió ante el bufido irónico de Tomás—. En serio, tú y Luisa no se merecen esto. María y yo estamos comprometidos con la lucha, sabíamos que esto podía pasar.

—No soy rojo, pero soy masón; nos han puesto en el mismo rango. No hubieras podido evitar que me siguieran a mí también.

—Ya, pero te habrías ido de España —continuó Ramón—. Como lo hizo Andrés.

—Bueno, mejor no pensar en qué pudo haber sido —respondió Tomás, sabiendo que aquellas palabras eran ciertas.

—Hermano, eres valiente —le dijo Ramón agarrándolo del hombro—. Prométeme una cosa.

—No sé…

—¡Coño, Tomás, no seas morrúo! —le sacudió—. Prométeme que si salimos de esta, te irás fuera. La guerra déjamela a mí. Tú cuida de mi familia, estoy dispuesto a morir…

—¡Y una mierda, Ramón! —Esta vez fue el turno de Tomás de interrumpir con enfado a su hermano. Tomándole del pescuezo, rugió—: Escucha una cosa, aquí no va a morir nadie. Y tú menos; te lo digo en serio Ramón, no me estés jeringando, ¿eh?

—¡Ñoss! Vale, vale —sonrió Ramón, levantando las manos en son de paz—. Pues tú llévate a la familia a Cuba; yo me reuniré con ustedes cuando pueda.

Antes de darle tiempo de contestar, salió disparado en busca del grupo, que se encontraba disperso por la ladera. Tomás volvió su rostro al sol. Buscaba en sus rayos la manera de alejar los malos presagios que su hermano le había provocado.

Perico había cumplido una vez más. Era un hombre delgaducho, algo encorvado y con el rostro arrugado por la exposición al sol. Silbando la melodía de una canción que habían acordado para que no le dispararan, bajaba la pendiente para coger el camino hacia el pueblo. Sabía del arresto de María, pero no quiso preocupar a los muchachos. La gente del partido se movía con más lentitud, pues apenas quedaban socialistas reconocidos que no estuvieran encarcelados, huidos o muertos. Él quería echar una mano; y como él, sabía que había otros muchos. Personas que siempre se habían quedado en un segundo plano, pero que ahora participaban activamente al presenciar la carnicería que se estaba produciendo. El miedo aún no había podido con ellos.

Llegando al Zumacal, uno de los primeros asentamientos de casas que se cruzaba en su camino a Arucas, se topó con una brigada falangista. Sin poder evitarlo, su cuerpo se puso en alerta. Enseguida reconoció a Pulido, quien rifle en mano, se acercó a él. Un segundo después, el estallido de dolor que le produjo un culatazo en la espalda lo tumbó en el suelo.

Los siguientes minutos fueron infernales. La brutal paliza lo dejó semiinconsciente. Llorando de dolor, de humillación y de miedo, confesó. El arrepentimiento llegó en el mismo momento en el que sus palabras salían de su boca. Dos de ellos lo arrastraron hasta la camioneta, dejándolo caer sin miramientos. El resto tomó las armas y comenzaron a correr monte arriba.

El grupo de republicanos se había puesto en marcha rumbo a Moya, el municipio colindante. Tomás, junto a Paco y Suárez, habían tomado la delantera para abrir camino. Cargando sus fusiles se desplazaban con cuidado. A tan solo unos metros de su posición inicial, escucharon el grito de uno de los republicanos:

—¡¡Fascistas!!

A través del ruido de los disparos, supieron la dirección por la que les atacaban. Con la mayor velocidad que pudieron, los tres bajaron el tramo de ladera que les separaba del resto del grupo. Saltaban rocas cubiertas de moho, esquivaban troncos e intentaban no resbalar por la superficie resbaladiza. Tomás fue quien tomó la iniciativa ordenando a sus dos compañeros:

—Suárez, vete a la izquierda, busca un parapeto y dispara. Trujillo, a la derecha, haz lo mismo. Tenemos que cubrirles para que puedan subir. Yo iré por el centro.

El primero en llegar fue Tomás, ocultándose tras una formación rocosa que le permitía una amplia vista sobre la ladera. Con una rodilla sobre el suelo, comenzó a disparar sin dejar de llamar a su hermano. La espesura de la vegetación le permitía esconderse, pero a su vez también escondía al bando contrario. Sus disparos eran respondidos por cinco fusiles falangistas hasta que, al cabo de unos minutos, comenzó a escuchar los que provenían de Trujillo y Suárez.

—¡Ramón! —gritaba—. ¡Hacia el oeste!

Frenaron el ascenso de los hombres de Pulido, permitiendo a los republicanos subir la pendiente. Un alarido les alertó de que uno de los suyos había caído. Los tiradores rezaron para que no hubiera sido por fuego amigo. El movimiento del follaje les dijo que sus compañeros estaban cada vez más cerca. Desde el punto donde se encontraba, Tomás vislumbró los hombros de Ramón, abriéndose camino con el Mauser en un costado. Trastabillando por el suelo embarrado, llegó hasta él, seguido de otros dos.

—¡Sigan, sigan, sigan! —les urgía Tomás.

Ramón, al ver que Tomás se quedaba sin balas, le lanzó su Mauser cargada y le arrancó la desarmada de los brazos. Una vez vio a Ramón desaparecer junto a los demás, se volvió hacia el barranco. Unos minutos después, silbó a sus compañeros con intención de indicarles que siguieran al grupo. A la voz de «nos fuimos», los disparos cesaron, reconociendo el sonido de la vegetación tras ser cruzada por sus compañeros. Al percibir la desventaja en armas, los falangistas comenzaron de nuevo el ascenso, comenzando a acorralar a Tomás. Cuando calculó el tiempo que les había dado a los demás para huir, decidió que era el momento de echarse a correr.

Había ordenado que se dirigieran al oeste, hacia Los Tilos de Moya. Esperaba que Trujillo y Suárez se hubieran puesto a cubierto y que a lo largo del día se unieran al resto. La adrenalina que recorría el cuerpo de Tomás hizo que sus pies pudieran ascender a grandes zancadas la encrespada pared del barranco. En algunos puntos, la inclinación menguaba, permitiéndole tomar aire para seguir con la carrera. Era consciente de que los hombres que le seguían irían tras él, por lo que pensó en desviarlos de la trayectoria de sus compañeros.

Si los demás se dirigían al oeste, él les llevaría hacia el este. Cuando la cima se convirtió en una pared de piedra, tuvo que dejar de ascender para continuar a lo largo del barranco. El sudor le caía por la frente, sus manos estaban ensangrentadas al ir apartando las ramas de los brezos que se cruzaban en su camino, pero la necesidad de sobrevivir no permitía que las rozaduras le frenaran.

De pronto, un disparo pasó cerca de su hombro haciéndole mirar hacia atrás. Casi me han alcanzado esos malditos, pensó Tomás. Decidió descender buscando un refugio entre las rocas y las fallas para que pasaran de largo. El suelo enfangado hacía que descendiera con rapidez aunque de forma más inestable. Llegó hasta un grupo de tilos y miró hacia atrás para ver surgir de entre la maleza a un falangista. Cuando quiso huir, se topó con que la montaña, siempre caprichosa, formaba una pared de piedra de treinta metros. Agarrado al tronco de un tilo, calculó las posibilidades de saltar y salir con vida. Sabía que si lo conseguía, aquellos malnacidos no podrían alcanzarle. También era probable que quedara muy malherido o muerto.

Al volver su mirada atrás, observó como el sublevado se dirigía hacia él, riendo al verle acorralado. La rabia pudo con él, miró al estúpido que se jactaba de su situación sin dejar de acercarse. Después, miró hacia abajo para comprobar que la vegetación crecía hacia el final. Las fallas harían de colchón, se dijo, suponiendo que la pared de piedra no siguiera cayendo más allá de ellas. El falangista, teniéndolo como presa fácil, alzó su fusil para disparar en el mismo instante en el que Tomás tomaba la decisión de lanzarse al vacío.

La bala pasó cerca de su cabeza; sabía que si algo lo mataba sería la caída. En el último momento, sintió que prefería morir así, que en manos de esos hijos de puta. Los riscos fueron testigos de su sacrificio, al igual que lo hicieron cientos de aborígenes siglos atrás. Los primeros pobladores lucharon por una tierra libre de intrusos, y él luchaba por la libertad de su gente.

Su último pensamiento fue para Luisa.

Cuando la vegetación le engulló, todo se volvió negro.

El falangista se asomó; chascando la lengua, meneó la cabeza. Pensó que el muchacho, al enriscarse, había muerto, pues la vegetación se había quedado quieta ocultando el cuerpo del joven. Sus compañeros le preguntaron desde la distancia por Tomás. Con un gesto que recorría con su pulgar lo ancho de su cuello, les indicó que no había nada que hacer.

Uno menos. Quedaban once.

A lo largo de aquel eterno día, los republicanos se distanciaron lo suficiente para poder despistar a sus represores. Hacia el atardecer, llegaron a las cuevas donde solían pasar la noche. Ramón organizó las guardias y comenzaron a discutir sobre el siguiente paso. Cada cuatro horas, dos de ellos debían quedarse despiertos para montar guardia, pero ninguno pudo conciliar el sueño. Y Ramón, aún menos. De los fusileros, tan solo había llegado Suárez. El pobre de Gonzalo yacía inerte en la ladera, alcanzado por una bala fulminante. En cuanto pudiera, mandaría un mensaje a su familia para que fueran a buscarlo.

Suárez les relató que tanto él como Trujillo salieron corriendo. Les dijo que Tomás había quedado último y que con el frenesí de la huida, perdió de vista a Trujillo. Deambuló por las montañas hasta comprobar que encaminarse hacia las cuevas no entrañaba peligro. Todos temieron los peor: el destino de Tomás y Trujillo estaba escrito.

La noticia perturbó a los hombres. Después de quince días conviviendo y resistiendo juntos, habían creado lazos de lealtad. Tomás había sido, sin quererlo, un buen líder. La tristeza de ninguno de ellos era comparable a la de Ramón, quien en la oscuridad de la cueva se preguntaba cómo no se había quedado junto a su hermano. ¿Habría caído en el tiroteo, o después? ¿Habría alguna esperanza para pensar que se hubiera salvado?

Hacia el amanecer, cuando las luces azuladas teñían el cielo, escucharon dos disparos que rompían la calma. Hacía tan solo veinte minutos que Ramón había realizado el cambio de guardia y se encontraba en el interior. Antes de poder reaccionar, una voz les gritó a tan solo unos pasos de la entrada a la cueva:

—¡Salgan con las manos en alto! ¡Están rodeados!

—¡Me cago en *tó*! —susurró uno de ellos—. ¿Y ahora qué hacemos?

—No tenemos más cojones que salir —comentó otro con voz llena de miedo.

—Antes de rendirnos, nos cargamos a un par de ellos —comentó Ramón consumido por la rabia.

Había llegado la hora; ya no había tiempo de lamentar la mala decisión de refugiarse en aquellas cuevas. Los militares eran muchos más que ellos y tarde o temprano les hubieran dado caza. Pero no estaban dispuestos a rendirse por las buenas. Se ordenaron en filas de dos, saliendo con las manos sobre la cabeza y desarmados. Tanto Ramón como Suárez se quedaron los últimos. Con el fusil en la mano se prepararon para disparar.

Cayeron dos de los soldados sublevados. Ante el ataque, los militares no supieron cómo reaccionar. Dos soldados se lanzaron sobre los republicanos para desarmarlos y luego apuntarles con el arma dispuestos a disparar. Hasta que el cabo primero, al mando de aquel grupo, alzó la voz:

—¡Les quiero vivos! —gritó—. Ya habrá tiempo de hacérselo pagar.

Aquellas palabras, en vez de esperanzar a Ramón, lograron todo lo contrario; hubiera preferido morir allí que verse torturado por los fascistas. Tras varias horas de camino, volvieron a la carretera que conducía a Arucas, donde les esperaban varias furgonetas. Durante el trayecto todos se miraron y con una muda promesa juraron no decir palabra sobre lo que les preguntaran. El odio impidió que aquellos hombres se quejaran de la brutalidad con la que fueron tratados. Durante el camino tuvieron que cargar con los soldados heridos de bala. Uno murió en el camino; el otro agonizaba cuando llegaron al furgón. No sintieron lástima por ellos; para los republicanos formaba parte de la venganza por la muerte de tantos camaradas.

Una vez en el cuartel militar, les sometieron a todo tipo de torturas. Las palizas pintaban en sus rostros muecas grotescas. Muchos desearon morir por un golpe antes que seguir sufriendo. La mayor parte del interrogatorio se centraba en la búsqueda del traidor que les avisó del arresto. Ninguno dijo nada; no porque no quisieran, sino porque Tomás jamás reveló el nombre de Perera. Ramón era el único que lo sabía, pero en ningún momento confesó. Cada golpe le proporcionaba más odio, más silencio, incluso más determinación.

Después de dos días de cautiverio les dejaron ver la luz del día para subirlos a una furgoneta. Les iban a liberar, había escuchado Ramón. Por lo que se preguntó: ¿quién había confesado? ¿Y el qué? Terminó por creer que el dolor sufrido ante la tortura había llevado a algunos de ellos a mentir, diciendo lo que los otros querían escuchar. Volvieron a verse las caras en aquel vehículo, pero apenas se reconocían los unos a los otros. Las lesiones producidas por las palizas desfiguraban sus rostros. Cansados y hambrientos fueron amontonados en el suelo, maniatados y amordazados. Tras el largo recorrido en la furgoneta, llegaron a su destino. Y fue en aquel momento cuando Ramón supo cómo les iban a liberar.

Escuchó cómo sus compañeros se encomendaban a Dios mientras tomaban las palas que les lanzaban los militares. Debían cavar, literalmente, su tumba. El esfuerzo, sumado al sol del otoño, les permitió mantener un poco la dignidad haciendo que se centraran en cavar y no en lo que vendría después. Algunos lloraban; otros, como Ramón, se encontraban tan consternados, que no mostraban emoción alguna.

De pronto, una débil reflexión se abrió paso en la mente de Ramón. Ante él se encontraban una docena de personas. Posando su mirada en ellos, viendo más allá de sus uniformes, reconoció a varios vecinos. Pulido, a cierta distancia, presenciaba aquella masacre con satisfacción. ¿Lunáticos como Pulido estarían alguna vez al mando? ¿A dónde habían llegado?, se preguntó. Se estaban matando entre ellos, vecinos contra vecinos, familiares contra familiares.

Se irguió en toda su estatura, los miró de frente y se colocó donde le ordenaban. Miró a sus compañeros para ver lágrimas en muchos de ellos y congoja en otros. Intentó insuflarles ánimos con la mirada, porque estaba convencido de que morían por una causa justa, porque no solo luchaban por los suyos, sino por los desgraciados que tenían delante. La República daba voz a todas las opiniones, no excluía a nadie, e intentaba por todos los medios estabilizar la balanza a través de los derechos sociales.

Las palizas y los fusiles que le apuntaban no consiguieron persuadirle de que el nuevo gobierno sería una buena solución para el problema de España. Jamás una dictadura, un gobierno militar, sería la solución para ningún país.

Aquellos títeres de Franco y Primo de Rivera se ensuciaban las manos creyendo que su lucha traería la paz. Ramón se sorprendió al sentir lástima, pues sabía que todos vivirían más que él, pero cargando con el peso del arrepentimiento. Porque aunque el propio régimen les obligara a tragarse su opinión, sabía que llegada la oscuridad de la noche, en sus confortables camas, la imagen de todos ellos aparecería en sus mentes. Sus fantasmas les recordarían lo que una vez fueron capaces de hacer: matar sin compasión, cobardemente, a hombres maniatados, débiles y desarmados.

El pelotón de fusilamiento formó filas siguiendo las órdenes de su superior. Tomaron los fusiles, apuntaron y esperaron la orden. En aquel momento la imagen de su mujer, María, vino a su mente. La amaba profundamente, daba gracias todos los días por haberla conocido. Ella le había dado sentido a su vida, antes vacía. Estaba ciego antes de conocerla, y ahora moría sintiendo que su vida había sido útil, que algún día se acordarían de hombres como ellos y que valorarían su lucha. Su hijo, un último pensamiento para el ser que se estaba formando. Nunca le conocería, pero esperaba que María le hablara de su padre, de cómo intentó darle una vida mejor, más justa.

—Apunten.

Tomó aire para gritar:

—¡Viva la República!

Todos sus compañeros le acompañaron en su último aliento:

—¡Viva!

—Fuegooo.

El estruendo producido por los fusiles amortiguó el sonido de los cuerpos al caer. A patadas, terminaron de meter los cuerpos en la fosa abierta. Cuando comenzaron a echar la tierra sobre ellos, Pulido se acercó, tomó su arma y remató con dos tiros a Ramón. Aunque su rabia no había menguado, se alejó de aquel lugar satisfecho.

Unidas por una lucha común

i alguien le hubiera dicho a Luisa dos días antes que estaría despidiéndose de su hijo para dejarlo al cuidado de doña Eugenia, no lo hubiera creído. Pero así era.

La llegada de María la reconfortó, aunque no tardó en darse cuenta del cambio que se había producido en ella. Al haberse ido el servicio y tan solo contar con la ayuda de Paquita, se necesitaban muchas manos. María aprovechó aquel trabajo para sumergirse en las tareas cotidianas, dando muestras de aparente normalidad.

La primera noche, Luisa se asomó al balcón de la galería; algo la había puesto en alerta. Tomó su Astra y, una vez en el pasillo, entrecerró los ojos para intuir una figura en el exterior: era María. Se encontraba de pie, frente a la espesa explanada de plataneras con el fusil en mano y la luz anaranjada de un cigarro como iluminación. Su nueva afición sorprendió a Luisa. Saliendo al balcón, posó una de sus manos sobre su hombro. María apenas se movió, estaba muy lejos de allí.

La tomó por los hombros para hacerla entrar.

—Hablaban de campos de concentración y de lo que ocurría allí dentro —comenzó a hablar. Se detuvo—. Uno en la Isleta y otro hacia el sur. También decían que daba igual si podías defenderte en el juicio o no, porque muchos ni siquiera llegaban a tener uno. Simplemente, como quisieron hacer con nuestros hombres, se los llevan en la noche como cobardes de mierda. Algunos sabían dónde los llevaban.

—Vamos, María, no hables de eso. Ellos están a salvo —quiso consolarla Luisa.

—Sí, por ahora —la contradijo María—. Hay fosas comunes, Luisita.

Hablaron de la cima de Jinámar. Pero si existe esa, puede haber muchas más. Allí es donde van a parar los desaparecidos.

—María, por favor, vamos a la cama —le dijo—. Ya no vendrán a por ti.

—¡Eso no lo sabemos! Creo que me dejaron marchar para seguirme, para que les llevara a los informadores. Seguro que los muy subnormales pretenden que les lleve hasta ellos.

—No te preocupes, María, mantente al margen. ¡Por encima de todo hay que protegerlos!

—Sí, tienes razón. ¡Ay, Luisita, tuve tanto miedo! —comenzó a llorar—. Llegué incluso a pensar que me había equivocado, que por mi culpa y mis ideales los había puesto a todos en peligro.

—Pero, muchacha, ¿cómo se te ocurre decir eso? —la regañó suavemente Luisa—. Venga, tira ese cigarro, que no debe de ser muy bueno para el bebé, y deja de estar mortificándote con boberías. Somos una familia y nos amenazan porque no somos como ellos. A esa gente no le molesta lo que pensamos, sino lo que queremos hacer. Y no podemos arrepentirnos de ser como somos ni de lo que hacemos.

María lloró largamente, abandonándose en los brazos de Luisa. Esta, tampoco pudo contener las suyas. Tras varias horas confesando sus miedos, volvieron a la cama consiguiendo dormir toda la noche.

A la mañana siguiente, al volver de visitar las casas de los jornaleros llevando algo de comida, Luisa escuchó la risa de Moncho. Sonrió al ver a su hijo salir corriendo de la cocina, con Tadeo protestando detrás de él. Se sentía bien al comprobar que los niños, a pesar de todo, podían vivir relajados.

—Tití Luisa —se quejó Tadeo—. Que Moncho me quitó el pisco de queque que me quedaba.

—Moncho, ¿qué pasa? —le regañó Luisa bajando del caballo e intentando no reír al ver al pequeño masticando el gran trozo de queque que tenía en la boca. Con sus grandes ojos verdes la miró poniendo cara de inocencia—. ¡No pongas esa cara, que me sé el truco! Devuélvele el queque que te queda ahora mismo.

La disputa cesó al escuchar el motor de un vehículo a sus espaldas. Colocándose la mano como visera, a punto estuvo de desmayarse al reconocer el coche que avanzaba por el pasillo de plataneras.

Era el Hispano Suiza de doña Eugenia.

Antes de reponerse de la sorpresa, doña Eugenia bajaba del vehículo. Siempre vestida de riguroso negro, bastón en mano y mirada altiva, contempló aquello que tanto amó su marido: la casa de la Hacienda del Inglés. Días felices llegaron desde un rincón de su memoria para recordarle el dolor por la pérdida de su Stephen. Tras varios segundos, posó su mirada en la joven que tenía delante. Al notar el estupor en el rostro de la belleza rubia, decidió darle unos minutos para reponerse.

—¿Pero quién se esconde tras esas faldas? —preguntó con cierto deje de cariño en su voz.

Moncho, después de haber vivido la experiencia en el barranco y la noche de la huida, se aferraba a la falda de su madre cada vez que un extraño llegaba a la casa.

—¿Pero, bueno, no vas a venir a saludar a tu abuela?

Moncho asomó su rostro para ver a aquella señora tan mayor. Tras interpretar la sonrisa de su madre como aliento, decidió acercarse.

—¡Ah, eso está mejor! —contestó doña Eugenia, suavizándose la expresión hosca de su rostro—. A ver, velillo, ¿cómo te llamas?

—*Monso* —contestó limpiándose la boca de las migas de pan.

—Se llama Ramón, pero todos le decimos Moncho —le explicó Luisa, que por fin había logrado articular palabra.

—Bueno, Moncho, ¿me acompañas adentro? —dijo sonriendo al notar la mano de su nieto entre las suyas.

Doña Eugenia asintió para mirar por encima del hombro de Luisa. María había aparecido en el umbral de la puerta. Luisa hizo las presentaciones, intentando ignorar las aletas de la nariz de doña Eugenia infladas por la desaprobación. Algo que le sorprendió fue su actitud. Apenas podía decirse que era agresiva, tal y como acostumbraba. Cuando se encaminó, ayudada de su bastón, hacia el interior de la casa, lo hizo como ama y señora de aquel lugar. Las jóvenes no se ofendieron por sus aires, sabían que formaban parte de ella.

Una vez en el salón, doña Eugenia mandó a Luisa por una taza de café con el fin de conversar con María. Luisa se apiadó de su cuñada. Doña Eugenia había oído hablar de ella, pues su hijo Ramón mandaba correspondencia cada poco tiempo. Por parte de Tomás nunca obtuvo mensaje alguno; claro que a doña Eugenia no le extrañaba. La joven de belleza morena, sentada ante ella, mostraba una actitud respetuosa, pero sin amedrentarse en ningún momento, lo cual le agradó.

Cuando Luisa volvió con la bandeja, doña Eugenia observó los cambios producidos en ella. Estaba algo más huesuda que antes, su nariz moteada de pecas y el bronceado de su piel le indicaban su actividad al aire libre. Pero tuvo que reconocer que seguía igual de bonita. Incluso su tez morena daba mayor intensidad a sus ojos azules. Recordó incómoda que ella había conseguido arrebatarle a su hijo. Al volver la mirada y encontrarse con la de María, hizo acopio de toda su paciencia para no acusarlas de haber metido a sus hijos en problemas. Si ellos hubieran seguido sus consejos, jamás se hubieran visto envueltos en sucesos tan turbios.

Tomando la taza de café que le ofrecía Luisa, inspiró hondo y pidió que le relataran lo ocurrido. Las jóvenes, tras intercambiar miradas, comenzaron su relato. Comprendieron la desesperación de la mujer al enterarse que sus hijos se refugiaban en las montañas, perseguidos por militares y falangistas. Aunque su rostro no demostraba emoción alguna, sabían que el motivo de su visita era la preocupación de una mujer que prefería tragarse su orgullo y ayudar a sus hijos.

Al finalizar el relato, doña Eugenia se llevó la mano a la frente surcada de arrugas, para cerrar unos segundos los ojos. Tras lo cual, con un golpe de bastón, se puso en pie anunciando:

—¡Voy a ver a la marquesa de Arucas! —dijo—. Espero que recuerde los años de amistad que nos unieron cuando Stephen vivía y que pueda mediar en este asunto. Quiero a mis hijos de vuelta, esto es un disparate. ¿Los Westerling perseguidos? ¡Bendito sea Dios!

Las jóvenes despidieron a la gran señora con amplias sonrisas, vislumbrando cierta esperanza en doña Eugenia. Aquella alegría se desvaneció cuando a última hora de la tarde volvieron a encontrarse. La mujer necesitó ayuda para poder bajar del coche; toda su determinación se vio afectada. La máscara de superioridad que la acompañaba la perdió en el camino, pues su rostro se encontraba algo desencajado. De pronto, ya no parecía una mujer fuerte, segura de sí misma y con gran tesón. Cuando se sentó en el salón, Luisa observó a una mujer anciana a la que le habían quitado la inmortalidad. Era humana y estaba destrozada por la preocupación de no saber dónde estaban sus hijos. Tartamudeando varias veces, les comunicó:

—Dicen haber capturado a los hombres de las montañas, pero que mis hijos no figuran entre ellos. —Meneando la cabeza dejó que las jóvenes asimilaran aquella noticia—. La marquesa no pudo averiguar más. Cuando quise preguntar directamente por los detenidos, me dijeron que ya habían sido trasladados al penal.

—Ellos estaban en la montaña —insistió Luisa—. Los informadores deben de estar al llegar; ellos nos dirán. Es posible que no hayan querido decir sus nombres para que no les reconocieran.

—¡Luisita, espabila! —le espetó bruscamente María—. Jamás aparecerán. ¿No te das cuenta? Jamás dirán que los tienen, porque saben que las influencias de doña Eugenia pueden dejar en evidencia todos los secuestros de medianoche. Si confiesan tenerlos o saber dónde los tienen, tarde o temprano deberán soltarlos. Si dicen que nunca los apresaron, el problema será nuestro; buscaremos y esperaremos eternamente.

Luisa tardó en asimilar aquellas palabras dichas tan rudamente. María les había estampado la realidad en la cara. Doña Eugenia negó con la cabeza; de nuevo volvía a ser ella.

—No. ¡Me niego! —dijo enfatizando sus palabras con un bastonazo—. Me van a devolver a mis hijos, tanto vivos como muertos. ¡Pero me los tienen que devolver!

Doña Eugenia lloró por sus hijos en la intimidad de su habitación. Al día siguiente, partiría junto con María y los niños a Santa Brígida. María seguía estando en peligro, pues era posible que la apresaran de nuevo. Doña Eugenia les ofreció su protección y acordaron que todos se marcharían salvo Luisa. Esta debía quedarse para hacerse cargo de la hacienda y estar pendiente del paradero de Ramón y Tomás.

Lo que peor llevaba Luisa era la marcha de su hijo, pero sabía que con ella no estaba seguro, pues en cualquier momento podía aparecer Pulido con sus secuaces para llevársela a ella o a su pequeño. Por lo tanto, tuvo que decir adiós a lo que le quedaba de familia.

Manolín y Tadeo se acomodaron en el asiento del copiloto junto a Julio, el chófer. La emoción de viajar en un coche se traslucía en sus infantiles rostros. Doña Eugenia y María viajarían en la parte posterior con Moncho sobre sus faldas. Intentó no llorar, al menos hasta que su hijo dejara de mover la manita, de pie sobre el asiento trasero. Cubriéndose la boca con una mano para contenerse y saludando con la otra, observó cómo el vehículo desaparecía en la lejanía, flanqueado por miles de plataneras.

RAMÓN

Se encontraba en la parte trasera de la gran casa intentando meter a las gallinas en el gallinero. ¡Las muy condenadas!, se decía. Cuando conseguía tenerlas a cubierto, volvían a salir. Centrada en la tarea, no escuchó que alguien se acercaba a sus espaldas hasta que reconoció la risa de Ramón. Abriendo los ojos como platos, se volvió en redondo. No se había equivocado, a pocos pasos de ella, la miraba risueño. Sonreía feliz, mirándola con ojos llenos de vivacidad. Su postura era relajada.

—¿Ya te soltaron? —preguntó estupefacta, recorriéndolo con la mirada en busca de signos de violencia.

Sus ropas estaban limpias, su rostro afeitado y sin marcas de heridas.

—Se podría decir que sí —Ramón tenía un brillo especial en la mirada—. No puedo quedarme mucho tiempo, solo he venido para advertirte.

—¿A dónde te vas? —preguntó Luisa extrañada aún sin sacudirse el asombro—. ¡Si acabas de llegar!

—Tengo que irme, Luisita. —Encogiéndose de hombros continuó—: Por aquí ya no me necesitan.

—¡Pero qué tonterías dices!

Luisa corrió a abrazarlo, no quería volver a estar sola. Ahora que tenía a Ramón de vuelta, odiaba escuchar que debía partir de nuevo. Estaba desesperada, quería que todos volvieran, no quería volver a sentirse sola. Allí en la Hacienda del Inglés había conseguido ser feliz, deseaba que todo volviera a ser como antes de la guerra. Los brazos de Ramón la rodearon embargándola de una sensación de paz jamás experimentada. Mirando por encima de su hombro y tras romper el abrazo, le preguntó:

—Y a Tomás, ¿dónde lo dejaste?

—De eso quería hablarte —respondió tornando su rostro más serio—. Debes ir a la parroquia de Fontanales, allí di que eres la esposa de Tomás, ellos te llevarán hasta él.

—Pero él se encuentra bien, ¿no? —preguntó Luisa con lágrimas en los ojos temiendo la respuesta.

—Sí —le respondió—, pero debes darte prisa porque está muy grave.

—¡Sí, sí! —respondió—. ¡Ya mismo salgo! —Su mente acelerada, pensando en prepararlo todo para ir en busca de Tomás, hizo que tardara en reaccionar—. ¡Ay, Ramón, no te he dicho que pasaras! Estarás muerto de hambre. ¡Ven, vamos a la casa para que comas algo y me ayudes con Tomás!

—No, Luisita, yo me tengo que ir, no puedo esperar más. —La tomó del rostro y le besó la frente—. ¡Sé fuerte y recuérdale a mi hermano su promesa! Dile que no me falle, cuiden de mi familia como lo han hecho hasta ahora y consuela a mi madre. Dile a María que la quiero, que yo estoy bien y que no se preocupe por mí. Ah, y no te olvides de decirle que, por favor, le hable a nuestra hija de su padre; algún día ella me encontrará y peleará por todos nosotros. ¡Yo estaré velando por todos!

—¿Te volveremos a ver? —respondió Luisa algo aturdida por toda la información.

—Espero que no, Luisita. No nos veremos hasta dentro de mucho tiempo —y rio con la jovialidad de antaño—. Te aseguro que tendrás una vida llena de felicidad. Esta guerra cambiará mucho las cosas por aquí, pero no te preocupes, que todo llega. Luisita, todo llega. ¡Vamos, apúrate, que Tomás te está esperando!

Ella permaneció de pie viendo cómo la figura de Ramón desaparecía doblando la esquina de la casa. Su caminar era sereno; con la chaqueta colgada de su hombro, lo vio marchar.

El ruido de una cacerola estrellándose contra el suelo la despertó. Se había quedado dormida mientras remendaba algunas prendas. ¿Había sido un sueño? No. Algo en lo más profundo de su ser se removió desvelándole la verdad. De pronto supo que Ramón había muerto; lágrimas desconsoladas se derramaron por su rostro. ¿Por qué? ¿Por qué, Señor, te lo has llevado? El dolor en su pecho la dejaba sin respiración. ¿Qué le había dicho? A su memoria llegaron los detalles de la conversación con Ramón, lo recordaba con tanta claridad como si hubiera sucedido en aquel mismo instante. ¡No, no había sido un sueño!

Ramón había venido a despedirse y para advertirle sobre Tomás.

—¡Tomás!

Paquita, al escucharla llorar, se había acercado a ver qué le pasaba. No le dijo nada, solo le comentó su decisión de partir. Secándose las lágrimas, se puso en marcha sin saber si debía fiarse de un sueño. Dejaría todo listo antes de salir; volvería con Tomás, pero no a Arucas. Cuando dio la orden a Paquita de llamar al capataz para dejar la hacienda a su cargo, voló en busca del botiquín.

Recordó la conversación con María cuando preparaban el maletín de las medicinas:

—Mira, Luisita, esto es morfina; la acaba de traer Ramón —decía explicándole todo lo relacionado con las curas—. Es un calmante muy fuerte, si te pasas de la dosis, puedes matar a la persona.

—Está bien —asintiendo, Luisa ponía toda su atención en la explicación de la joven. María había adquirido ciertos conocimientos trabajando para un médico que atendía a personas sin seguro.

—Esto de aquí es penicilina —continuó mientras levantaba el frasco—. Se inyecta cuando hay infecciones; tomas un poco de este frasco y lo mezclas con el polvo de este, y del último bote sacas el líquido que luego inyectas.

La charla continuó mostrándole cómo colocar una venda, cómo

desinfectar una herida y mantenerla limpia, cómo inmovilizar un cuerpo, qué hacer cuando había fiebre, qué infusiones hacer para el estómago y demás indicaciones.

Luisa tomó de lo alto del ropero de su alcoba su vieja maleta, que la había acompañado desde que partió de Fuerteventura. Suspiró con nostalgia. Haciendo un rápido recorrido por aquellos intensos años, introdujo todos los objetos de valor, así como ropa de abrigo y zapatos. Para Tomás también preparó una maleta con todo lo necesario y una valija con mantas para el camino.

Ella se vistió con un vestido azul marino con cuello y mangas blancas, junto con un cinturón que marcaba su estrecha cintura. Por último, se echó sobre los hombros una chaquetilla de punto grueso para el frío. Se trenzó la melena rubia, la enrolló en la nuca y, tomando las maletas, salió de la habitación sin mirar atrás.

Decidió regalar a los más allegados los animales y dejó instrucciones de dar alimentos a todo aquel que lo necesitara. Era algo que Tomás hubiera querido. Ordenó a algunos trabajadores que llenaran de hojas secas varios sacos, que le colocaran una manilla de plátanos, un saco de gofio y una cantimplora con agua. La mirada extrañada que le dirigieron no importó a Luisa, pues debía preparar la furgoneta para esconder a Tomás hasta que llegaran a un lugar seguro. En último lugar, informó tanto a Paquita como al capataz de que partiría hacia Santa Brígida esa misma tarde.

—Han sido un gran apoyo para mí y mi familia —comenzó a despedirse—. Les agradezco que hayan sido leales a los Westerling a pesar de las circunstancias.

—¡Ay, doña Luisa, no hay de qué! —respondió con lágrimas en los ojos Paquita—. Los señores siempre se portaron muy bien con nosotros.

—Si tenemos noticias de los señores, ¿a dónde nos dirigimos? —preguntó el capataz.

—Nos encontrarás en Santa Brígida —contestó tras pensar para sus adentros que aquello no ocurriría—. Es posible que los militares nos quiten estas tierras, como me advirtió mi suegra, por eso me gustaría pedirles que hicieran llegar a Verde Rama el Hispano Suiza de Ramón. Ahora, pensándolo bien, llenen el vehículo de todo lo que puedan, esta casa está llena de recuerdos. Cuando los militares vengan, déjenlos pasar, no se vayan a pelear por nosotros.

—¡Dios bendito! —Paquita se echó las manos a la cabeza—. ¿No volveremos a verla por aquí?

—No lo sé, Paquita. —Se encogió de hombros mientras dejaba que el capataz colocara las maletas en la parte trasera de la camioneta—. Mejor dame un abrazo ahora, que no sabemos lo que nos espera.

Tras el abrazo, comprobó que el maletín con las medicinas, los sacos rellenos, la manilla de plátanos y sacos de gofio estuvieran ya sobre la camioneta. Subió con elegante dignidad y arrancó el tosco vehículo. A través del retrovisor fue viendo alejarse la gran casa donde había encontrado un rincón donde ser feliz y formar una familia. Observó las hileras de plataneras que bordeaban el camino, alejándola de su hogar y adentrándose en una nube de incertidumbre. Se despidió, con lágrimas en los ojos, de la Hacienda del Inglés.

Fontanales formaba una pequeña agrupación de casas pertenecientes al municipio de Moya; debía rodear el bosque de Doramas y ascender hacia el centro de la isla. Tardó varias horas en llegar. La tensión de su cuerpo se disipó cuando comenzó a adentrarse en caminos menos transitados, comprobando la ausencia de militares.

Luisa llegó a creer que se había perdido cuando la carretera se estrechó, flanqueándola un frondoso pinar. Siguiendo las instrucciones que un buen hombre le indicó una vez había llegado a Firgas, consiguió llegar a aquella aldea metida en las entrañas de la isla. Habría disfrutado del paisaje si no estuviera temblando de preocupación.

Nada más llegar, entró en la parroquia que se erigía en el centro del grupo de viviendas. Con las manos temblorosas se persignó al pasar ante el altar y tocó en una de las puertas laterales. Por un momento dudó si sería buena idea llegar hasta allí guiada por un sueño. Al escuchar unos pasos acercarse, se dijo que pronto descubriría si la alucinación de Ramón sería cierta.

—Vengo a por Tomás —fueron las palabras que brotaron de ella.

El sacerdote, mirando tras ella, la hizo pasar. En silencio, la acompañó hasta la planta superior donde se encontraba Tomás. ¡Ay, Ramón!, se dijo, ¡que Dios te guarde en los cielos! Era cierto, Tomás estaba allí y fue el espíritu de Ramón quien la había llevado hasta él. Los pelos de la nuca se le erizaron y su cuerpo comenzó a temblar de nerviosismo.

El pequeño cuarto tan solo contenía un catre con Tomás sobre él. Luisa estuvo a punto de desplomarse cuando se acercó; su aspecto era terrorífico. Una palidez extrema cubría su rostro sin afeitar, un trapo harapiento rodeaba su cabeza. Sobre su pecho observó, alarmada, una mancha de sangre, que a simple vista no sabía si era reciente o llevaba tiempo manchando la camisa. Sus ojos se agrandaron ante la imagen que más impresión le causó: la pierna derecha yacía inerte, totalmente inflamada, formando curvas imposibles. Mientras intentaba tragar, calculó que estaba fracturada al menos por tres partes. Los ojos cerrados de Tomás apenas parpadearon cuando se inclinó sobre él para besarle y susurrar su nombre. Aquella situación la desbordó; Ramón tenía razón, el estado de Tomás era grave y debía verle un médico con urgencia.

¿Pero quién podría sanarlo sin que se viera tentado de desvelar su paradero? El carraspeo a sus espaldas la hizo volverse. Al sentir de nuevo sus mejillas humedecidas por las lágrimas, las secó con rapidez para hablar con los salvadores de Tomás. Se sorprendió al encontrarse con un hombre corpulento de gran estatura que la miraba con compasión. A su lado, el sacerdote, inquieto, miraba a todos lados. Esconder a fugitivos estaba gravemente condenado. Distraído, se presentó como el padre Pedro.

Trujillo, tras presentarse, le relató lo sucedido. En la persecución ladera arriba, Trujillo se había camuflado a cien metros del lugar donde ocurrió todo. Oculto como pudo entre unas rocas, con ramas de brezo y fayas por encima, observó como Tomás, en vez de rendirse cuando se vio acorralado, decidía saltar al vacío. Escuchó los gritos de los falangistas dirigiéndose hacia el otro lado del barranco, con lo cual esperó lo suficiente para poder acercarse al risco. Cuando finalmente pudo asomarse, dio gracias al cielo porque los fachas se habían alejado, pues los alaridos de Tomás comenzaban a reverberar en el barranco. Tal y como le dijo, no se lo pensó dos veces y decidió rescatar a su compañero.

—¡Me salvó la vida! —dijo con seriedad—. Si don Tomás no me hubiera avisado de lo que iban a hacer los jodidos falangistas, ¡sabe Dios dónde estaría yo ahora! Pero no fue fácil, me recorrí la montaña buscando una manera de acercarme a la base de aquel risco. Al final tuve que bajar el barranco y volver a subir, pero lo que más costó fue cargarlo hasta aquí. Al principio se quejaba, pero llegó un momento en el que se quedó sin conocimiento y desde entonces no ha despertado.

—¡Gracias, Trujillo! Muchas gracias por salvarle —le dijo Luisa con una sonrisa sincera—. ¿Cuánto lleva así?

—Dos días, no hemos podido llamar a nadie. Entre el cura y yo le hemos vendado, esperando que alguien le llevara el mensaje. Ahora que lo pienso —se rascó el mentón pensativo—, sí que fue rápido el condenado, porque fue esta mañana cuando lo envié.

—Bueno, eso ya no importa —intentó desviar la conversación, pues estaba allí gracias a Ramón.

Tras ella, Tomás gruñó, haciendo que el lado práctico de Luisa surgiera de algún lado de su interior. Envió a Trujillo a por el maletín con las medicinas, y al cura a por una palangana con agua caliente y paños. Mientras esperaba evaluó el estado de Tomás. Por sus heridas pudo apreciar que había caído sobre el costado derecho, clavándose ramas al caer; la muñeca la tenía dislocada, la mancha del pecho correspondía a la perforación de algo punzante, y en la cabeza encontró una brecha que iba camino de cicatrizar. Por último, observó la pierna; definitivamente, el impacto de la caída lo había recibido esa parte.

Tomás estaba ardiendo de fiebre y sus gruñidos indicaban un profundo sufrimiento. Luisa, en cuanto don Pedro le trajo la palangana, tomó el paño mojado para lavar aquel dolorido cuerpo. Comenzó a rezar, examinando la herida del pecho. Por unos centímetros no le había atravesado el corazón. Continuó rezando. Aquella perforación preocupó a Luisa; había perdido mucha sangre y hacía dificultosa la respiración. Dio gracias a que Tomás permanecía inconsciente, pues aquellas heridas debían de dolerle muchísimo. Cuando Trujillo le alcanzó el maletín, preparó la jeringuilla con morfina, tal y como le había explicado María. Sus ruegos al Señor y a la Virgen se hacían cada vez más urgentes. Cuando le inyectó la jeringuilla que contenía la morfina, rezó para que no se hubiera excedido con la dosis.

Continuó tomando las vendas limpias, desinfectó la herida del costado con alcohol, haciendo que Tomás se inquietara. Agradeció el efecto de la morfina pues sabía que aquello le escocería haciéndole sufrir aún más. Cuando finalizó inyectándole la jeringuilla con penicilina, se dio cuenta de que tanto Trujillo como el sacerdote estaban arrodillados siguiendo el avemaría que Luisa no cesaba de recitar. Había estado durante todo el ritual rezando en voz alta. Tomás se hubiera reído de aquella situación, pensó Luisa.

Pasó la noche sentada junto a Tomás, acompañándolo en su tormento. Acordaron salir al alba hacia Santa Brígida, pues el camino era largo. Trujillo le aconsejó que tomara el camino que pasaba Firgas y llegaba al barrio de Lanzarote, para evitar acercarse a Arucas. Llegaría a Santa Brígida atravesando Teror y tomando el camino del barrio de Los Arbejales para cruzar la montaña, llegando a La Angostura. Una vez allí, tan solo debía llegar al pueblo para tomar la carretera del centro rumbo a El Monte.

Pendiente de Tomás, apenas había pegado ojo durante la noche. A medida que la mañana se acercaba, el ansia aceleraba el rumbo de los pensamientos de Luisa. Debía decidir dónde esconderlo, quién podía curarle y trazar un plan para salir de aquella isla. Un sinfín de posibilidades surcaron su mente para luego echarlas abajo por miedo a que les delataran. La desconfianza en todas las personas que les rodeaban iba en aumento. ¡Maldita guerra, malditos fascistas!, rabiaba Luisa.

En cuestión de minutos, Trujillo, don Pedro y ella prepararon a Tomás para el viaje. Arrancaron una puerta para utilizarla de camilla, ataron a Tomás en ella y lo cubrieron con mantas. Una vez sobre la furgoneta, lo camuflaron colocándole encima los sacos rellenos. La despedida fue rápida, deseándose mutuamente suerte. El temor de Luisa se desvaneció en el mismo momento en el que puso la camioneta en marcha.

A lo largo de aquel interminable camino, Luisa no dejó de sopesar las alternativas que tenía para que alguien atendiera a Tomás. Finalmente, fue él mismo quien le dio la solución. En una de las paradas que realizó para ver cómo se encontraba, Tomás la recibió con los ojos abiertos. Una vez le había quitado de encima los sacos rellenos, se encontró con su oscura mirada. Era la primera vez, después de tanto tiempo, que sus ojos se encontraban.

—Hola, ¿te encuentras bien? —Sabía de lo absurda de la pregunta, pero no supo qué decir.

Él gruñó.

Llevaba más de una hora consciente. Lo último que recordaba era a Trujillo sacándolo de entre las ramas de un brezal. El dolor que le produjo le resultó inhumano, queriendo incluso querer morir para que cesara. Alguien allá arriba le había escuchado, pensó Tomás, pues la tortura cesó cuando por fin se desmayó sobre los hombros de su compañero. Poco a poco, saliendo de la nebulosa del narcótico, creyó estar sobre una camioneta. Las mantas que tenía sobre él lo dejaban casi inmovilizado; al intentar mover una mano, sintió un fuerte latigazo que lo recorrió desde los dedos hasta los hombros. Se dijo a sí mismo que se estuviera quieto. La idea de estar en manos de los militares cobró fuerza cuando el vehículo se detuvo. ¿A dónde lo llevaban? ¿Y quiénes?

Observar el rostro de Luisa aparecer detrás de los sacos estuvo a punto de hacerle llorar de alegría. Cuando tomó aire para exclamar de emoción, el dolor que sintió truncó su intento de hablar, pues se expandió por su pecho dejándolo sin aliento. Tan solo surgió un gruñido. Tragó saliva y realizó un segundo intento.

—¿Por qué no estoy muerto? —consiguió decir.

—¡Oh! Porque yo no quise —le contestó la joven frunciendo el ceño observando su estado.

—¿Dónde estamos? —volvió a decir al reponerse del dolor producido por su intento de risa. Su mujer era adorable. Porque ella había querido que no muriera, él estaba allí. ¡Era la cosa más absurda que había oído en su vida!

—Creo que estamos cerca de Teror —le informó, dejando escapar sus pensamientos sin apenas orden—. Te voy a llevar a Santa Brígida. En Arucas estás en peligro. ¿Tienes frío? Ahora te pongo otra manta por encima. ¡Ay, tengo que encontrar a alguien que te mire esa pierna! Y la herida del pecho también, que está muy fea. —Su bravata cesó cuando Tomás torció el rostro de dolor—. Ay, ¿qué te duele?

—Tardaría menos en decirte qué no me duele —terminó por contestar—. Llévame a la Atalaya, la vieja Teté ya me salvó una vez, ella sabrá cómo hacerlo.

—Vale, muy bien; sí, haremos eso. —Asintiendo, Luisa intentaba reproducir mentalmente el camino hacia el poblado troglodita.

—Por cierto, ¿fui yo quien te enseñó a no dejar un bache por coger en la carretera?

—¡Serás ruin! ¡Lo que me faltaba por oír…! —exclamó Luisa sin saber si enfadarse o reír. Cuando vio aparecer la sonrisa felina en el rostro amarillento de Tomás, sonrió—. No me tientes, que te dejo botado aquí mismo, ¿eh? ¡Es que no dejas de porfiarme ni medio muerto!

Tras colocarle una segunda manta por encima, darle de beber y volver a inyectarle el calmante, comió algo. Escachó un plátano, le espolvoreó gofio y mientras comía observó como a Tomás le invadía el sueño. Su palidez la tenía preocupada; sus ojos vidriosos y el aspecto de su pierna la urgían a llegar lo antes posible a un lugar seguro. La voz narcotizada de Tomás la sorprendió cuando estaba a punto de saltar de la camioneta.

—Me alegro de volver a verte, mi niña celeste.

Sin poder remediarlo volvió junto a él. Sosteniendo uno de los sacos sobre su pecho, se inclinó para darle un cálido beso.

—¡Ay, Virgen del Rosario! —rezó—. ¡Manténmelo con vida!

Hacia el atardecer, Luisa consiguió llegar a la Atalaya. Bajando por los empinados caminos del poblado, llamaba a gritos a Teté. Varios hombres transportaron a Tomás desde la camilla que había improvisado Trujillo hasta la cueva de la anciana. Luisa acompañó en todo momento a su marido tomándole de la mano e intentando no estorbar.

La morfina poco pudo hacer cuando colocaron la pierna en su sitio. Sus alaridos recorrieron el poblado asustando a los vecinos que, curiosos, comenzaron a acercarse a la puerta. Aquellos rostros ancestrales atemorizaban a Luisa, por lo que intentó prestar atención a lo que la anciana decía. Tomás había vuelto a caer inconsciente y apenas conseguía articular palabra por la fiebre, por lo que se vio sola ante el dialecto de la mujer. A través de la mímica, consiguieron entenderse.

Entre las dos lavaron el cuerpo de Tomás con esmero. La anciana, al llegar a la herida del pecho, chasqueó la lengua y meneó la cabeza; aquello pintaba feo. Tras decirle cosas ininteligibles a una joven, esta volvió con hierbas y aceites. La anciana Teté comenzó un cántico mientras preparaba una cataplasma. Luisa, hipnotizada, se vio transportada varios siglos atrás.

No supo cuánto estuvo allí acompañando a Tomás, pero llegaba el momento de advertirles sobre su situación. Tras varios intentos, la joven que ayudaba a Teté comprendió lo que le decía y se lo explicó a la anciana. Esta le dijo que ella debía irse, que su presencia allí haría que los militares se acercaran a ellos y no estaban dispuestos a verse amenazados por nadie. Querían vivir en paz. Entendiendo la situación, Luisa le agradeció con reverencias que cuidaran de Tomás. Acordaron que ella iría cada tres o cuatro días a ver al enfermo.

Cuando le quiso dejar las jeringuillas con antibióticos, la anciana reaccionó furiosamente. Exclamó haciendo aspavientos, negándose a cogerlo y colocándole nuevamente las medicinas en la mano. A

389

regañadientes, Luisa subió a la camioneta y dejó la vida de Tomás en manos de la anciana Teté. Antes se aseguró de que aceptaran los plátanos y el gofio como pago a sus servicios y su silencio.

DOÑA LUISA

L uisa había dejado atrás la aldea troglodita después de varios días sin poder acercarse. Manuel, el actual capataz de Verde Rama, la esperaba junto a los caballos.

—Por tu *jocico* se puede decir que don Tomás está mejor —dijo sonriente el joven Manuel.

—¡Ay, sí, Manuel! —le contestó Luisa—. Sigue con fiebre, pero ya tiene mejor color. Aunque la hinchazón de la pierna no deja de preocuparme, la herida del pecho parece que va sanando. Venga, vamos tirando para la finca, que esta gente se enfurruña como nos vea mucho tiempo por aquí.

Luisa por fin podía respirar tranquila; Tomás se estaba recuperando, aunque la vieja Teté apenas la dejó pasar tiempo con él. Le había llevado los enseres para afeitarle y asearle, ropa limpia y algunos sacos con grano y papas como agradecimiento. Al recoger la ropa sucia, se cayó de la faltriquera la cartera. Esta se abrió al golpearse en el suelo de piedra. Cuando Luisa la tomó del suelo, le llamó la atención el borde de una foto que asomaba entre los pliegues. Al sacarla, se encontró observándose a sí misma, varios años atrás. Joven, alegre y enamorada.

Tomás había conservado la instantánea que le pidió en la feria de Cuba. Una sonrisa se dibujó en su rostro al revivir antiguas emociones. Aquellos días habían estado llenos de esperanzas, ilusiones y unas profundas ganas de vivir. Antes de que la vida les hiciera crecer a golpes, ellos sentían que todo era posible. Creían que juntos podrían hacer frente al futuro, tan solo por una razón: su amor. Desde aquella feria en Cabaiguán, se habían enfrentado a todo tipo de pruebas. A pesar del miedo que gobernaba sus vidas, Luisa se dijo que debían recuperar la valentía de antaño, porque creían en sí mismos y creían que la paz y la felicidad les esperaban en algún lugar del mundo.

Se agachó para besar a Tomás. Quiso transmitirle, a través de sus besos, las fuerzas necesarias para luchar. Quería insuflarle las ganas de vivir, la esperanza y el amor que siempre habían sentido. Al volver a vestirlo, le dejó su foto en el bolsillo de la camisa, cerca del corazón. Confiaba en el mensaje de Ramón: «todo llega», le había dicho. Y sí, ella estaba convencida de ello.

Tomás abrió los ojos penetrándola con su oscura mirada. Ella sonrió. Aunque la fiebre no dejaba que el hombre la reconociera, Luisa supo que lucharía por ella. Tomás viviría.

Con mejor humor y antes de que fuera empujada fuera de la casa cueva, pudo poner al día a Tomás de las novedades de la hacienda, de las trastadas de Moncho y de la familia en general. Aunque su mirada vidriosa por la fiebre parecía no entender lo que le decía, ella se conformó con alguna sonrisa ladeada que le dirigió. Sabía que estaba hablando sin cesar, pero la alegría de poder verlo vivo se manifestaba a través del parloteo. Los días anteriores había vivido en vilo pensando en cómo podía estar su marido.

La llegada a Verde Rama fue agridulce. Allí la esperaba María con los niños, algo que reconfortó a Luisa, pues echaba mucho de menos a su pequeño Moncho. Por otro lado, volvió a reencontrarse con Antonia, quien la recibió diciendo:

—¡Ay, mi niña! Cuánto he rezado yo por ti. ¡Anda, ven acá y dame un abrazo!

—¡Claro que sí, Antonia! —sonrió Luisa acercándose a ella—. Es que después de todo lo que ha pasado, no sabía si me iba a echar a patadas.

—¡Jesús, Jesús! —exclamó la señora—. Yo me alegré mucho por ti y por don Tomás. ¡Y qué niño tan guapo tuviste! No sabes cómo engoa a la abuela; doña Eugenia es otra desde que la casa está llena de niños. Ella se vio muy sola cuando todo aquello pasó. ¡Menos mal que pudieron arreglarse!, aunque haya tenido que pasar esta tragedia para que la señora se diera cuenta de las cosas. ¡Ay, Luisita! La que me vas a tener que perdonar eres tú, por haberte animado a irte en su día.

—Anda, déjate de boberías, Antonia —le contestó mientras la tomaba del

392

brazo y se dirigían a su antigua casa—. Te perdono si me haces un potajito de arvejas de esos que te salen tan ricos.

—¡Pues claro que sí, mi reina! —rio Antonia—. ¡Pero mira a dónde te llevo! Vaya cabeza la mía. Ahora te tienes que quedar en la alcoba del patrón.

Había vuelto, pero todo había cambiado.

Su llegada había despertado tanto a doña Eugenia como a María. Se encontraron en el patio interior de la gran casa, donde les informó brevemente de lo sucedido con Tomás, prometiéndoles más información al día siguiente. María le dio la bienvenida con un fuerte abrazo. En cambio, doña Eugenia comenzó a llorar, sorprendiéndolas a todas. Antonia salió disparada a la cocina para hacerle una infusión de hierbaluisa con una rodaja de naranja para calmar a su señora. Las jóvenes, con delicadeza, la ayudaron a subir las escaleras.

Habían sido muchos los días que doña Eugenia había mantenido a raya su desconsuelo. Su disciplina y educación férrea no le permitían dejarse llevar por la tristeza. ¡Pero todos tenemos un límite!, pensaron todos. Doña Eugenia se vino abajo cuando la impotencia la inundó al saber que su hijo estaba malherido en manos de una troglodita. Que sus hijos tuvieran que esconderse como delincuentes era algo que la enervaba, pero que podía soportar. Con lo que nunca creyó que lidiaría era con la desesperante sensación de no saber dónde se encontraba uno de ellos, junto a la horrorosa espera de que el otro se recuperara en una casa cueva. Una vez en su dormitorio, agradeció con un sutil gesto la ayuda de las dos muchachas a las que poco a poco, e irremediablemente, iba considerando parte de su familia.

María llevó a Luisa hasta Moncho, que dormía en la misma habitación que sus primos. Cuando lo tuvo en sus brazos, sintió cómo todo el peso del cansancio de aquellos últimos días caía sobre sus hombros. Como un autómata, llegó hasta su nueva alcoba, con Moncho agarrado a su trenza, como era costumbre. Tras apartar las mantas, terminó cayendo en un profundo sueño.

De repente, un grito la despertó. Sentándose en la cama, se descubrió sola. Tardó unos instantes en saber dónde se encontraba, y calculó que se acercaban al mediodía por la luz que entraba por la ventana. De nuevo el grito, pero ahora acompañado de la voz de Antonia. Rita, la mujer de Tomás, comprendió Luisa.

La joven demente vivía aún en aquella casa, recordó Luisa.

Había que ser prácticos, se dijo al final de aquella tarde. Todos los adjetivos y calificaciones que se le pasaron por la mente para definir los cambios en su vida no llegaban a manifestar sus verdaderos sentimientos. Una casa llena de mujeres y niños, de distintas condiciones sociales, unidas por dos hermanos ausentes, podía llegar a resultar extraña. Pero que llegaran a convivir, la mujer por derecho civil y la mujer por los votos eclesiásticos bajo el mismo techo llegaba a coronar la situación como una auténtica locura. Luisa, por su parte, no quiso profundizar en si hacía bien o mal, pues había cosas mucho más importantes de las que encargarse.

El almuerzo, por orden de doña Eugenia, se servía en el comedor y la acompañaban María y Luisa. Las dos jóvenes ayudaban durante el día con las labores de la casa. Lola, al casarse, se había marchado a Telde con su esposo. Al coincidir su marcha con el empeoramiento de la situación económica, no pudo ser reemplazada. María, bajo las órdenes de Antonia, se encargaba de la cocina, mientras esta atendía a Rita. Tras sopesarlo, todas coincidieron en que Luisa no debía ser vista por la enferma, pues podría empeorar ante su presencia. La joven cubana tan solo salía de su habitación para dar paseos matutinos de la mano de Antonia, aunque en alguna ocasión se la veía deambular por el piso superior. Ante esto, adjudicaron a la majorera la responsabilidad de la finca. Luisa respiró aliviada, pues no tendría que verse tratando con aquella mujer que tanto la asustaba.

La joven se encargaba de acompañar a Manuel en las tareas del campo. Pronto, los jornaleros supieron de su vuelta y comenzaron a murmurar sobre su condición de nueva señora. La versión oficial consistía en que doña Eugenia se había apiadado de ella y la había acogido junto a su hijo. Después de las experiencias que habían vivido, «el qué dirán» a Luisa le traía sin cuidado. La pérdida de Ramón, la preocupación por Tomás y el

394

miedo a la persecución militar no le permitían inquietarse por su reputación. Para sorpresa de las mujeres de Verde Rama, las personas más cercanas comenzaron a llamarla doña Luisa. Muchos sabían de su verdadera relación con el patrón, y el parecido de Moncho era una evidencia más. El cariño que había conseguido despertar en ellos cuando trabajaba como sirvienta se consolidó cuando en la posición de señora continuó ayudando a las familias.

Habían decidido reducir el cultivo de la papa a parcelas más pequeñas, pues era difícil colocar toda la producción en el mercado. Los militares y sus aliados se encargaban de que así fuera. En Verde Rama optaron por el sistema que permitía que los jornaleros fueran los que vendieran la cosecha a cambio de un porcentaje de la venta. Con aquel acuerdo, todos ganaban. Con la liquidez que los jornaleros conseguían compraban a muy buen precio la otra parte de las cosechas que se plantaban en la finca.

Millo, calabaza, ñame, judías, garbanzos y frutos, que eran escasos en aquellos años, se plantaban en Verde Rama. A las familias que no podían comprar nada se les suministraban alimentos gratuitamente. Y eran muchas, pues numerosos hombres habían decidido alistarse en el ejército y partir al frente, dejando solas a sus mujeres a cargo del mantenimiento de la familia. Este hecho hacía que no resultara tan extraño ver a Luisa sentada a lomos de un caballo recorriendo las tierras. Era una mujer más, que se ponía al frente de la familia para sacarla adelante. Esta ventaja le permitía acercarse a ver a Tomás sin levantar sospechas.

No hubo versión oficial para la ausencia de Tomás y Ramón, puesto que los militares llevaban tiempo observando la actividad de la finca y corriendo la voz de la busca y captura de los Westerling. La alcaldía, según le habían informado, por orden del coronel gobernador civil había sido concedida al delegado gubernativo en funciones, Fermín Monzón. Según le había explicado Manuel, Monzón era un títere de los militares amigo de los Naranjo. Las tierras de los hermanos Naranjo colindaban con las de ellos y más de una vez se enfrentaron a los Westerling. Ellas mismas se habían encargado de difundir la noticia de la muerte de los hermanos, con el fin de que los Naranjo no se ensañaran con ellas.

Luisa suplicó al cielo que les dejaran en paz durante un tiempo, pues aún tenía pendiente contarle a María la revelación de Ramón. A la mañana siguiente a su llegada, tan solo contó lo sucedido con Tomás, queriendo buscar un momento adecuado para dar la mala noticia. El rescate de Tomás había dotado de esperanzas tanto a María como a doña Eugenia. Luisa, preocupada, insistía en recordarles que al resto de los compañeros sí los habían apresado, introduciendo así la posibilidad de que Ramón no hubiera tenido la misma suerte que su hermano.

Una mañana, Luisa, acompañada de Manuel, se topó con una joven cuando salían a hacer algunos recados al pueblo. La muchacha apareció ante el portón de entrada preguntando por María; la mirada esquiva y los nervios a flor de piel indicaron a Luisa que la joven escapaba de algo. Finalmente, fue ella quien acompañó a la muchacha al interior, dejando a Manuel con el encargo.

Fernanda era su nombre, y venía en busca de ayuda para su hermano, un miembro del Partido Socialista. Al parecer, se encontraba escondido huyendo de los militares; si no le ayudaban pronto, estaba convencida de que terminarían por apresarlo. Luisa enseguida entendió la angustia que podía sentir la familia. Desde su marcha de Arucas, habían perdido el contacto con los miembros del partido, siendo esa la primera vez que enviaban a alguien. Luisa creyó que debían de estar realmente apurados para poner en riesgo la identidad de María. Pero fue la reacción de la aruquensa lo que realmente le sorprendió. Nada más nombrar al partido, sus ojos se agrandaron para negarse en rotundo a ayudar a la joven.

—No. Diles que no me busquen más —le contestó—. No quiero saber nada de ellos.

—Por favor, señora —rogó la joven—. Ayude a mi hermano.

—Si hoy estoy aquí no fue porque ellos me sacaran de la cárcel —respondió furiosa—. Ellos prometieron ayudar a Ramón y ahora nadie sabe dónde encontrarle. Tengo una familia que cuidar, no me pueden relacionar con el partido; tengo que pensar en mis hijos y en el que viene.

—Pero, doña María, tan solo le pido que nos ayude en lo que usted pueda. No por el partido, sino por mi hermano.

—Me volverán a apresar —dijo para sí, a punto de llorar, mientras se mordía el labio inferior.

María había sufrido mucho desde la partida de los hermanos. La culpa de la situación que todos estaban viviendo la asumía ella; culpaba a su ideología, llegando incluso a renegar de ella por haberla separado de Ramón. Si ella no lo hubiera animado, él seguiría allí. Todas las noches, María revivía las torturas que sufrió en la cárcel, aunque las pesadillas las asumía como parte del castigo. Por su parte, Luisa no podía callar lo que Ramón le había encargado decirle. La vergüenza y culpabilidad que observaba en su cuñada urgían a Luisa a contarle lo que sabía.

Luisa se hizo cargo de la situación y tranquilizó a la joven diciéndole que la ayudarían en lo que pudieran. Le entregó una talega con pan, un saquito de gofio y un trozo de queso de cabra. Llamó a Pedro para pedirle que se acercara a la casa de Cristóbal del Castillo, amigo de Ramón, con quien compartió una cerveza cuando Rita la había mandado cambiar unos zapatos, varios años atrás. Escribió una nota donde le pedía ayuda. María le había contado que en cuanto se enteró de que la mujer de Ramón estaba en Verde Rama, se había acercado a ofrecer su ayuda para lo que fuera necesario. Luisa tenía pensado poner a prueba la supuesta predisposición de Cristóbal. La joven Fernanda, agradecida, partió con la promesa de tener noticias al día siguiente.

Cuando quedaron a solas, María se encontraba sentada. Inclinada sobre sí misma, intentaba contener las lágrimas de terror. Luisa se acercó, la tomó por los hombros y le dijo:

—Vamos, María, no dejes que te venzan, no puedes dejar que consigan que te avergüences de lo que piensas. Tú no has hecho nada malo por defender tus derechos. Estoy segura de que Ramón no querría que dejaras la lucha.

—¡Ay, Luisita, es todo culpa mía! —La joven morena miró directamente a los ojos azules que tenía delante—. Ramón puede estar sufriendo en cualquier barranco por hacerme caso. Yo no me perdonaría si a alguno de ustedes le ocurriera algo.

—María, Ramón no va a volver. —Tomó las manos temblorosas de la joven, que la miraba sorprendida—. Los militares mataron a Ramón.

—Tomás y Trujillo escaparon. Y la marquesa de Arucas dijo que no habían capturado a ningún Westerling. Todavía no podemos saber con seguridad que ellos no lo tengan.

—Ellos no lo tienen, María. —Luisa tomó aire mientras lágrimas de angustia comenzaron a formarse en sus ojos. Odiaba ser ella quien le dijera la verdad—. Ramón está muerto.

—¿¡Pero tú cómo lo sabes!? —comenzó a llorar María sabiendo que Luisa la acercaba a una verdad que no quería reconocer.

—Él me dijo dónde encontrar a Tomás.

—A ver Luisita, ¿cómo pudo él…?

—No sé si me vas a creer —la interrumpió Luisa, desesperada por hacerse entender—, pero te juro que todo lo que te voy a decir es cierto. Ramón se me apareció en sueños, él me dijo que debía darme prisa, que debía ir en busca de Tomás; me indicó que estaba en Fontanales y por quién preguntar. Yo no estuve del todo segura de la aparición hasta que llegué hasta Tomás. —La mirada estupefacta de María le dio pie para seguir hablando sin hacer caso a las lágrimas que corrían por sus mejillas—. ¡Estaba tan guapo, María! Se le veía en paz; me dijo que no nos preocupáramos por él y que consoláramos a doña Eugenia. Declaró que te quería, María, y me pidió que te dijera que le hablaras a su hija de él. —Se interrumpió para tragar saliva y sonreír a medias—. Sí, habló de una hija, y de que ella en un futuro lucharía y llegaría a encontrarle. Por eso, María, no puedes dejarte vencer; debemos pensar que todo aquel que se encuentre refugiado, huyendo como lo hicieron nuestros maridos, se merece que alguien les ayude.

—Eso que dices es tan raro, Luisita —terminó por decir María aún confusa.

—Lo sé, por eso he tardado tantos días en decírtelo.

Luisa, apesadumbrada, se levantó para salir al exterior, dejando a María asimilar aquella revelación. Sabía que su visión era difícil de creer. Al menos, se dijo, había transmitido su mensaje. Antes de llegar al umbral, sintió cómo María la agarraba de un brazo para hacerla volver. Enjugándose las lágrimas la miró seria y asintió varias veces. Las emociones no le permitían agradecer con palabras lo que Luisa le había dicho, tan solo pudo abrazarla.

Tras varios minutos así, María deshizo el abrazo para hacerla entrar de nuevo y preparar una infusión. Sentadas ante la humeante taza y algo más calmadas, María le pidió que le describiera con todo lujo de detalles su visión, palabra por palabra, detalle a detalle, queriendo llegar a imaginárselo como si ella hubiera estado presente en aquel sueño.

LA MUJER DE TOMÁS

E l mes de noviembre llegó y con él las dificultades. Todas las mañanas doña Eugenia salía en busca de ayuda para sus hijos. En su mente solo cabían dos cosas: en primer lugar, buscar una salida a Tomás para que en cuanto se recuperara pudiera salir de Gran Canaria. El destino hacia dónde partiría aún estaba por ver. El segundo de los cometidos que se había fijado consistía en encontrar a Ramón. Poco a poco, y con la ayuda de sus nueras, la posibilidad de que Ramón estuviera muerto se adentraba en su mente. Antes de darse por vencida, pensaba patalear y tocar a todas las puertas hasta encontrarlo.

La búsqueda de su hijo menor exigía respuestas. Cuando se trataba del asunto de Tomás, sus palabras eran más comedidas y sus oídos estaban muy atentos para captar la más mínima posibilidad de buscar ayuda. Y la situación comenzaba a exigirle más premura en sus pesquisas. La alerta llegó cuando los militares que ocupaban Santa Brígida, instigados por los Naranjo, decidieron interrogar a la mujer de Tomás. La finalidad estaba clara, no habría paz para las mujeres de los Westerling.

Una tarde, Luisa y Manuel fueron detenidos en el camino a Santa Brígida por un grupo de militares. En el cruce de caminos que conducía a la Atalaya, una pareja de soldados paraba a los viandantes para interrogarlos mientras su sargento esperaba apoyado en una camioneta fumando un cigarrillo. Cuando apenas les separaban unos cien metros, observaron como el hombre que cargaba con un hatillo de cañas a sus espaldas señalaba hacia ellos. La pareja de soldados informó a su superior y todos esperaron en guardia a que se acercaran.

La simple visión de uno de los uniformes conseguía que Luisa temblara de miedo. En aquel momento, cuando supo que la esperaban, su pulso se aceleró hasta tal punto que creyó que su corazón terminaría por partirle el esternón. Cuando se encontró a la altura del grupo, expectante, reconoció entre ellos a

Zacarías, uno de sus antiguos pretendientes. Cuando posó su mirada en él, la saludó tocando su sombrero mientras decía:

—Sargento, le vuelvo a decir y le insisto en que doña Luisa no es la mujer de Westerling.

Zacarías seguía prendado de Luisa. Había escuchado algunos rumores sobre que el patrón la había dejado embarazada. Las malas lenguas llegaban a decir que se habían casado por lo civil, acusando a Luisa de volver loca a doña Rita y engatusarlo para que se divorciara. A Zacarías le salían mil demonios del cuerpo cuando escuchaba hablar así de Luisa. Para él, ella era pura como un ángel y defendería la honra la joven con su vida. Desde hacía casi un año, se había alistado al ejército, librándose de ir a la Península a luchar.

Aquella mañana, cuando el sargento les llamó para ir en busca de la mujer de Westerling, se puso en guardia. Llevaban más de tres horas buscando a Luisa por el municipio, cuando la encontraron de camino a Verde Rama. Al sargento lo habían enviado de Burgos hacía un par de semanas, por lo que se vio en la obligación de aclarar aquella confusión. Sabía, perfectamente, lo que le hacían a las mujeres de los rojos. Don Tomás, según Zacarías, debía ser torturado no solo por masonería, sino por deshonrar a Luisa. Al soldado, que creía a Tomás muerto, no le parecía necesario estar molestando a la familia. Y allí se encontraba, intentando defender a su doncella para evitarle los horrores de los interrogatorios de aquel peninsular.

—Vamos a ver, Zacarías, hay orden de apresar a Luisa López, mujer de Westerling —contestó airado el sargento con fuerte acento castellano—. Y si esa moza es Luisa, me la voy a llevar conmigo y punto.

Hizo un gesto a los soldados para que continuaran con la orden.

—¡Alto! —dio la orden un soldado—. A ver, ¿es usted Luisa López?

—Sí, señor —dijo Luisa con voz temblorosa, agarrándose a las riendas del caballo con fuerza.

—Bien, déjamela a mí, soldado —interrumpió el sargento—. Buenas tardes, señora. Debo llevarla con nosotros para hacerle unas preguntas, pero aquí Zacarías me dice que usted no es la esposa de Tomás Westerling.

—¡Pues claro que no! ¿Pero qué disparate es ese? —contestó por ella Manuel.

El joven moreno, curtido por el sol, habiendo desarrollado amplias espaldas por el trabajo en el campo, apoyaba un puño en su cintura cuando rio ante la pregunta del militar. Viendo su actitud relajada y la negación de su cabeza, cualquiera hubiera pensado que se encontraba entre amigos y no a punto de ser arrestado. Se adelantó con su negación para darle tiempo a Luisa a reponerse y que le siguiera la corriente.

—Si me permite, mi sargento —volvió a decir Zacarías a espaldas de su superior—, ya le había avisado de ello.

—¡Basta! Que conteste la joven —atajó el sargento—. A ver, responda.

—No, sargento, no estoy casada —para sus adentros completó: por la Iglesia.

—¡Joder, no puede ser tan complicado, hostias! —se dijo para sí, exasperado con aquella situación—. A ver, tú —le dijo al señor de las cañas que se acercaba—. ¿Quién es la mujer de Westerling?

—A mi entender, la señora de Westerling se llama Rita Galiano —contestó a media voz el campesino.

—¡Pero cuando le hemos preguntado, la señaló a ella! —se irritó el sargento.

—A mí me preguntaron por doña Luisa —respondió nervioso—, que es ella.

Una mujer se había acercado movida por la curiosidad. Vivía en una casa cercana al cruce y llevaba tiempo observando a los soldados apoyada en la puerta. Se decidió a acercarse cuando vio a doña Luisa pálida como un fantasma entre aquellos militares. ¡Pobre muchacha!, se dijo, ¿por qué estarían mortificándola aquellos brutos? Si ella podía hacer algo por doña Luisa, lo haría, pues más de una vez se había tenido que acercar a por pan y gofio a El Monte. Su nuera, no hacía mucho, había ido a Verde Rama con varios de sus nietos, saliendo de allí no solo con comida, sino con ropita para los niños. Aquella mujer era una santa, y no se merecía lo que las malas lenguas decían de ella, y mucho menos que los militares se la quisieran llevar. Cuando se acercó, sus oídos captaron la exclamación de Manuel. ¡Virgen santa!, se persignó. ¡Confundían a doña Luisa con la esposa del patrón! Antes de hablar, se cerró la rebeca con grandes aspavientos para darse fuerza y, meneando la cabeza de un lado a otro, dijo:

—Si anda buscando a la mujer de Westerling, tiene que ir a buscar a doña Rita. Sí, señor. Hasta donde yo sé, esta niña es soltera, no es de la familia y trabaja para ellos.

El sargento, manteniendo el cigarrillo entre los dientes, evaluó a la mujer que les había interrumpido. Tenía que decidir si apresar a Luisa López o a la mujer de Westerling, ya que al parecer no eran la misma persona. Tras sopesarlo varios segundos, y algo exasperado, les dejó partir con la intención de seguir investigando.

Luisa respiró tranquila cuando dejaron de estar a la vista de los militares y le agradeció a Manuel su ayuda. Preocupados, apuraron sus monturas para llegar a la casa cuanto antes y avisar a María de lo que ocurría. La joven de Arucas había volcado su tristeza en honrar la lucha por la que murió Ramón y ayudar a todo aquel que la necesitara. Desde hacía unas semanas, se había puesto en contacto con el partido y, en absoluta clandestinidad, ayudaba a sus camaradas a resistir; la mayoría de las veces, a través de envíos de mensajes o comprando armas. Cuando podía, buscaba información sobre los detenidos a través de doña Eugenia. En contadas ocasiones, daba refugio provisional a algunos que esperaban partir hacia el norte de Argelia.

Al poco de poner sobre aviso a María, el ruido del motor de los militares ante la puerta de la gran casa le sobresaltó. A través de las cortinillas de la ventana, Luisa volvió a toparse con la imagen del sargento, esta vez parecía más enfadado. María salió mostrando la sumisión propia de una mujer viuda de la época, y con voz dulce le hizo pasar al interior. Luisa se había quedado escondida en una de las salas laterales al patio central de la gran casa. Se apoyó en la puerta para escuchar.

—Vengo en busca de la señora de Westerling —anunció sacando pecho el sargento.

—¿Quién quiere verla? —se escuchó la voz de doña Eugenia resonar por el patio.

María y el sargento volvieron sus rostros hacia la escalera por la que bajaba con dificultad y ayudada de su bastón doña Eugenia. Sin duda, era la señora de la casa, se dijo el sargento.

—Tengo orden de arrestar a la esposa de Westerling.

—Yo soy la viuda de Westerling —quiso despistar doña Eugenia.

—Usted será la madre del Westerling que estoy buscando. ¿Dónde está su nuera? —El sargento comenzaba a impacientarse.

—¿Sabe usted quién es la esposa de mi hijo? —preguntó con majestuosidad doña Eugenia; irguiéndose en toda su estatura para inhalar el aire con gesto despectivo.

—¡Vamos que si lo sé! —explotó el sargento—. Después de andar más de medio día detrás de una tal Luisa, me vengo a enterar que la mujer de Tomás Westerling es Rita Galiano y vive en esta casa. Así que exijo que vaya a buscarla o la arrastraré yo mismo hasta aquí.

—Pues si tanto sabe sobre nuestra familia, debe saber que Rita lleva enferma varios años —contestó con condescendencia doña Eugenia.

—Tengo orden de llevármela al cuartel, y eso voy a hacer —la irritabilidad llegó a niveles extremos cuando percibió la lástima en los ojos de aquella poderosa mujer.

Él, como hombre de baja cuna, seguía sintiéndose inferior ante personas de tan exquisito linaje. Su complejo le hizo enrojecer de furia, pues la soberbia le hostigaba a sentirse superior y no dejar que nadie se mofara de él. Cuando la razón se hizo paso a través de la furia, ya se encontraba en el piso superior e iba abriendo y cerrando puertas gritando el nombre de Rita. Al escuchar un alarido, supo dónde encontrarla. Nunca esperó encontrarse con una mujer en camisón, desquiciada completamente y tirándose al suelo. Esta mujer está completamente loca, se dijo.

Desde que había dejado marchar a Luisa, el sargento quiso corroborar su versión. Se dedicó a preguntar a todo al que veía por el nombre de la mujer de Tomás Westerling. La conclusión a la que llegó fue que la señora de Westerling era Rita Galiano, y Luisa una pobre muchacha amiga de la familia. Sin querer indagar en la desgracia de la joven rubia, tampoco quiso saber más sobre la esposa del masón. Se reprendió a sí mismo por no preguntar más sobre aquella extraña mujer. Enferma o no, él iba a llevársela. Rugió una orden a los soldados que esperaban fuera, para que subieran a ayudarlo. Segundos más tarde, bajaban cuatro soldados sosteniendo a duras penas a una histérica Rita.

Las protestas de doña Eugenia no sirvieron de nada. La camioneta arrancó, despareciendo a través de la cancela de entrada con los gritos de Rita escuchándose a lo lejos. Todos quedaron consternados. Luisa se sintió profundamente culpable al saber que debía ser ella quien debía ocupar el puesto de Rita.

La situación desbordó a Luisa al recibir mensaje desde la Atalaya. Las desgracias nunca vienen solas, se dijo con pesar. Debía ir en busca de Tomás. El poblado ya no lo quería más tiempo allí, puesto que esa misma mañana algunos militares andaban buscando a Luisa.

La tarde comenzaba a dar paso a la noche cuando despidió al mensajero, asegurándole que esa misma noche irían a buscar a Tomás. La angustia, que desde hacía meses convivía con ella, se expandió por su pecho dejándola sin apenas aire. Su mente se había quedado en blanco, sus pasos trastabillantes la conducían hacia el jardín trasero. Apoyada sobre la barandilla de piedra, que por la falta de medios comenzaba a enmohecerse, lloró. Dejó correr las lágrimas a su antojo. Aquellas gotas saladas ya formaban parte de su vida.

Miró a lo lejos para observar la pared del barranco Guiniguada, que surcaba su camino hacia el mar. Recuerdos del pasado llegaron a su mente. En el mismo punto donde se encontraba, la esperaba Tomás todos los días fumándose un cigarrillo. Desde la distancia, se aseguraba de que llegaba bien, tras el duro día apañando papas. Recordó aquellos días, cuando la tozudez le hizo sacar fuerzas de donde no creía tenerlas y disimulaba su cansancio para subir la ladera, consciente de la atenta mirada de Tomás. ¡Cuántas veces en la oscuridad de la noche rieron ante aquellos recuerdos! Luisa confesaba que al saber que él la vigilaba desde lo alto, intentaba caminar erguida y con la cabeza alta, aunque sus pies sufrieran por las rozaduras de las alpargatas.

—¡Ay, condenada! —respondía—. Me tenías tan preocupado, que me entraban ganas de estrangularte. Sabía que te tenía que estar doliendo hasta el alma, pero tú en ningún momento dejaste que nada ni nadie pudiera contigo. Yo no sé dónde escondes tanta voluntad en el pisco de cuerpo que tienes.

Sus ojos, movidos por el eco de las palabras de Tomás, miraron hacia su derecha. Allí, ocultando el mar, se alzaba la pared de la caldera volcánica, con el valle de lentiscos y picón como manto. Luisa recorrió con su mirada el valle que se extendía hasta la gran casa, y de pronto supo qué hacer: la cueva de la caldera. Allí, Tomás y ella habían sido amantes, escondidos de todos, aislándose del mundo en el interior de la burbuja volcánica.

Una hora más tarde, partía en la camioneta hacia la Atalaya. Solo compartió su plan con los que consideraba que eran su familia: doña Eugenia, María, Antonia y Manuel. Antes de salir, se había vestido con ropas de muchacho y abrigado con un jersey de Tomás. Calzándose unas botas, la encontraron María y doña Eugenia. Ambas la acompañaron al exterior, donde Manuel preparaba cuerdas y tablas de distintos tamaños para transportar a Tomás.

—Luisita, ten mucho cuidado por el camino —le decía María.

—Es lo que menos me preocupa —respondió Luisa decidida—. El problema es que no sabemos cuánto tiempo podremos esconder a Tomás en la caldera. Ya vieron lo que hicieron con Rita. ¡Los puñeteros Naranjo nos la tienen jurada!

—Muchos nos vigilan —comentó doña Eugenia con el rostro surcado de arrugas, cada día más profundas—. Y la prima Katherine no ha respondido a mis cartas. Con los militares el correo funciona peor, aunque de todas formas no sé si ella puede ayudarnos en algo.

—Tienen que tener cuidado con los hombres del puente de la Calzada —le advirtió María—. Algunos ocupan las cuevas del otro lado de la caldera.

—Sí, lo sé. Por eso tenemos que apurarnos —contestó Luisa dirigiéndose a su suegra—. Cristóbal comentó que la documentación falsa nos la puede conseguir él, pero que ha escuchado que Mesa y López se ha preocupado por la situación de sus hijos. ¿Consiguió hablar con él?

—Sigo esperando su respuesta. Desde que los militares, *muy amablemente*, le ordenaron que se quedara al margen de la política, solo se dedica a su labor de abogado. Estuve preguntando sobre alguna naviera que viajara a las Américas y me enteré de que la Trasmediterránea de Elder está intervenida por los militares. Tengo que seguir informándome de la situación de las otras compañías. No puedo ponerles en peligro.

—Doña Eugenia —dijo Luisa antes de abrir la puerta de la camioneta—. ¡Como si tenemos que salir en los veleros clandestinos!

—¡De eso ni hablar! —replicó la señora—. Ni mi hijo ni mi nieto van a subirse a esas cáscaras flotantes para cruzar el Atlántico.

—Pues usted verá, porque no tenemos mucho tiempo antes de que nos descubran —contestó Luisa tozuda—. En menos de un mes, tenemos que estar saliendo de aquí como sea.

—Bueno, ya habrá tiempo de hablar de eso —María interrumpió el amago de discusión que se estaba formando entre Luisa y doña Eugenia—. Ve a por Tomás, y tengan mucho cuidado. Esperaremos despiertas antes de llevarlo a la caldera. Entre todos conseguiremos ponerle a salvo.

Luisa asintió antes de sentarse en el asiento del copiloto. La noche nublada les escondería en su incursión hasta la cima de la caldera. Doña Eugenia y María se adentraron en la gran casa para esperar la llegada del fugitivo. Volviendo la cabeza, Luisa observó como doña Eugenia se dejaba llevar al interior mientras meneaba la cabeza. Supuso que estaría protestando por la insinuación de marchar en embarcaciones clandestinas que en la noche partían atiborradas de pasajeros. Le daba igual la opinión de aquella mujer; ella conseguiría poner a salvo a su familia por todos los medios. Ya habría tiempo de sopesar si la travesía en un barco hacinado y con pocos alimentos era mejor que quedarse en las islas y ser apresados. Ella tenía pensado comprobarlo una vez estuviera lejos de las costas españolas.

Manuel y Luisa se mantuvieron en silencio durante el trayecto, atentos al camino. Los aldeanos, una vez llegaron, estuvieron gustosos de ayudar a Manuel a transportar al enfermo hasta la camioneta. Luisa apenas tuvo tiempo de valorar el estado de Tomás, pues enseguida los rodearon para ayudarles a sacarlo de allí. En la oscuridad, se apaciguó al escucharle hablar con voz clara. Parecía que estaba lúcido. Cuando subió a la parte trasera de la camioneta, este tomó su mano con fuerza. El gesto consiguió sacarle una sonrisa de alivio.

—Me echan como agua sucia —se quejó Tomás.

—Algo habrás hecho para que no te quieran aquí —intentó bromear Manuel.

—¡Yass, carajo! —resopló Tomás—. Manuel, espero que me escondas bien, por lo menos hasta que pueda echarme a correr con esta pierna.

—Es su señora la que tiene algo pensado. —Manuel rio ante el lamento que lanzó Tomás al escuchar sus palabras.

—¡Ya el conejo me enriscó la perra[43]! —se quejó Tomás sonriendo en la

---

43 Expresión para referirse algo que ocurrió de forma inesperada cuando ya estaba todo acordado.

oscuridad.

—Mira, mi niño, si lo único que vas a hacer es quejarte… —comenzó a protestar Luisa.

—¡Ah, ahí está mi Luisa! —La risa ronca de Tomás le llegó como un soplo de aire fresco al comprobar que volvía a ser el mismo majadero de siempre—. Me tenías asustado, tan calladita que estabas; prefiero verte enfadada que con esa mirada de pena. ¡Cuéntame qué vas a hacer con este arritranco que tienes aquí!

—Hasta hace un minuto, pensaba tirarte por un barranco —le contestó Luisa sentándose a su lado mientras Manuel ponía en marcha la camioneta—. Pero al final, creo que te voy a llevar a la burbuja volcánica de Los Lentiscos.

Tomás asintió, aguantando el dolor cuando la camioneta comenzó a moverse. Luisa, con la espalda apoyada en la cabina delantera, agarraba la mano de Tomás. La sombra del camino se atisbaba mejor cuando los rayos de luna conseguían burlar a las nubes. Luisa se sorprendió al sentir cómo su cuerpo reaccionaba ante el calor de su marido ¡Lo había echado tanto de menos! Sintió la calidez que siempre la embargaba cuando él estaba cerca. Estando allí acostado, con la pierna entablillada, Luisa se sintió a salvo. Juntos podrían con todo.

Tras varios minutos, Tomás rompió el silencio:

—¿Qué pasó para que tuvieras que venir a por mí?

—¿No te lo dijeron?

—No, solo me decían que yo no podía estar allí porque algunos militares habían ido a preguntar por ti.

—Todo se está complicando, Tomás —le confesó Luisa en la oscuridad—. Creemos que los Naranjo están detrás de esta maldad. Consiguieron que nadie nos comprara las cosechas. Claro que, tampoco les gustó que nuestras papas las vendieran los jornaleros por su cuenta. No sé, la tienen cogida con nosotros. —Con un suspiro resignado, continuó—: Esta mañana un grupo de militares salió con la orden de apresar a tu esposa; me buscaron por todos lados hasta que me encontraron.

—¿Qué te hicieron, Luisa? —Tomás cerró su mano sobre la de ella con fuerza.

—A mí nada; por aquí la mayoría no sabe que estamos casados —se explicó Luisa—. Cuando preguntaron por tu mujer, muchas personas dijeron que era Rita y no yo. Así que yo seguí la corriente y me dejaron ir gracias a Manuel. Fue él quien negó que tú fueras mi esposo.

—Hizo bien —asintió con seriedad Tomás.

—Sí, pero hay algo más —continuó Luisa—. El sargento se enfadó tanto al creer que le estábamos engañando, que terminó por apresar a Rita. A la pobre se la llevaron de malas maneras, estaba desquiciada.

—¡Mal rayo los parta! —se enfadó Tomás—. ¿Cuándo sucedió todo?

—Esta tarde, cuando yo me fui aún no sabíamos nada de Rita. Tu madre hablará para que la suelten. Esperemos que no le hagan nada malo.

—¡Me los voy a cargar a todos!

Aquel juramento llegó a los oídos de Luisa camuflado por el ruido del motor. No quería ni pensar en la posibilidad de que Tomás se enfrentara a los militares. Tomás, por su parte, llevaba varios días lúcido, durante los cuales había imaginado multitud de formas de vengarse de aquellos que tanto daño hacían a su familia. Presentía que algo malo había pasado con Ramón, pues Luisa no lo mencionaba en ninguna de las visitas que le hacía. Por boca de ella, tan solo sabía de la situación de la finca, de la casi segura expropiación de la Hacienda del Inglés y de los planes de ayudarle a salir de allí. El odio se fue fraguando en su interior al verse postrado en un catre, con la pierna rota, incapaz de ayudar a su familia. La herencia de su padre, por la que tanto había sacrificado, se la iban a arrebatar. Odiaba a los fascistas con toda su alma. En cuanto mejorara, se vengaría de todo el daño que le habían hecho. Ver a su mujer aparecer le llenaba de energías, debía luchar por ella y por su hijo, aunque muchas noches, la fiebre y el dolor le hicieran desear morir.

—Tomás —la joven interrumpió el hilo de sus pensamientos—. ¿Cómo vas con tus heridas?

—La herida del pecho mejora —contestó—, pero la pierna es la que me preocupa. Teté me dijo que no volvería a ser la de antes.

—María te la enyesará cuando lleguemos, ya tiene preparado el material —le comentó Luisa—. Durante el día no podremos acercarnos allí. Te visitaremos de madrugada para llevarte comida y ver lo que necesitas. Tu madre se está dando prisa para sacarnos de la isla.

—¿Para sacarnos? No, Luisa. Yo en cuanto me recupere, voy al frente a matar a esos cabrones.

—¡No, Tomás, de eso nada! —le contestó Luisa realmente enfada—. ¡Basta ya de más muertes! Tal y como estás, en cuanto llegues a las trincheras te matarán. Esos militares son el mismo diablo. Todo el mundo corre asustado de un lado a otro, ya no hay paz en este país. La guerra solo trae muerte; ya tenemos suficiente con una en la familia para que…

—¿Qué dijiste? ¿Con qué? —Tomás se sentó de golpe haciendo caso omiso del dolor que aquel movimiento le produjo.

Luisa se había tapado la boca al ver como su enfado le había hecho hablar más de la cuenta. Ya no había vuelta atrás. Tragó saliva.

—¿Qué pasó con Ramón? ¿Dónde está?

—¡Ay, Tomás! —La voz de Luisa quedó estrangulada por ser quien debía contarle lo sucedido. Tan solo pudo suspirar las palabras—: Lo mataron.

Tomás apenas escuchó lo que Luisa continuó explicándole. Sus oídos comenzaron a pitarle, tanto por el esfuerzo que estaba haciendo al mantenerse erguido como por la noticia. Su hermano había muerto. ¡Habían matado a Ramón! La ira surgió de lo más profundo de su ser, haciendo que con un rugido estampara sus puños contra los laterales de la camioneta. Luisa, asustada, se tapó los oídos y encogió sus rodillas para alejarse de la reacción de Tomás. Sus puñetazos llegaron a abollar el metal. Sus manos no pudieron bloquear el sonido de los huesos de la mano de Tomás al romperse. Con un impulso, Luisa se colgó de la espalda de la bestia que tenía delante e intentó tranquilizarlo. Manuel, ante la agitación, había detenido el vehículo.

La joven, tras ser zarandeada unos segundos, consiguió que Tomás se desplomara. Aquella fue la primera y única vez que vería a su marido llorar. Tomás había estallado. El dolor que su reacción le produjo, tanto en el tórax como en la pierna, no llegaba a paliar el que sentía en lo más profundo de su ser. ¡Su hermano! Ramón estaba muerto. Habían acabado con un alma noble, comprometida con el prójimo y que solo llevaba alegría a los demás. ¡El siempre diplomático Ramón! La risa franca de este llegó a sus oídos traída por recuerdos del pasado. Las travesuras de pequeños, las horas de castigo que habían compartido, las peleas, los juegos de batallas en las piconeras, los primeros coqueteos con las chicas, los cigarros a medias, los días de parranda, las noches de confesiones, el apoyo incondicional, el padrino de su unión con Luisa.

¡Lo habían matado! Lagrimas ardientes llenaron sus ojos. Ardientes de rabia, forjadas del dolor por la pérdida de su confidente y amigo. ¿Con quién iba a intercambiar miradas llenas de significado? ¿A quién iba a sermonear por sus locuras? ¿Con quién iba a reír en las parrandas? Las lágrimas surgían como el calor que emana de la sangre de una herida profunda. Una herida que sangraba furiosa. Estaba enfadado con su hermano por dejarse coger; con él mismo por no haberle protegido; pero sobre todo con los militares, por haber sido capaz de atravesar a su hermano con una bala.

¡Iba a vengar a Ramón! Estaba convencido de eso. En cuanto se recuperara, pelearía por Ramón y por todos los suyos. Poco a poco, fue volviendo en sí. En aquel momento recibió con agrado el dolor lacerante de su mano, los calambres de su pierna y el ardor de su pecho. Se dejó consolar por Luisa. Su voz era una melodía que le traía de vuelta a la calma, a un lugar lleno de amor. Era la única persona que se mantenía a su lado y que estaba empecinada en que él viviera.

Manuel, al asomarse por encima de la camioneta, observó a su patrón desplomarse, llorando sobre las faldas de su mujer. Ella intentaba darle consuelo acariciándole la cara, calmando con susurros su sufrimiento. El año finalizaba con dureza, castigando a un país con guerra, hambre y terror. Manuel meneó la cabeza. En silencio, volvió a la parte delantera, creyendo que el cielo se estaba ensañando con aquella familia que nunca hizo mal a nadie.

Tanto María como doña Eugenia esperaban en el salón con la única compañía de una lámpara de aceite encendida y la respiración de Moncho dormido en el sofá. El ruido de la camioneta al entrar en la finca irrumpió en el silencio que habitaba la gran casa. En apenas unos segundos, ambas salieron al exterior. Siguieron a la camioneta hasta la entrada de las caballerizas. Cuando el vehículo se detuvo, María levantó la lámpara de aceite para iluminar la parte trasera de la camioneta. Allí encontraron a Luisa, ayudando a Tomás a sentarse.

—Bienvenido, Tomás —le saludó María, con lágrimas de emoción.

Él le devolvió una mueca por sonrisa. Tomás tenía los ojos enrojecidos. La barba incipiente le confería un aspecto fiero que, ayudado por su fuerte mentón, podía amedrentar a cualquiera. Con el cabello alborotado, parpadeó mirando a su alrededor, escapándosele una mueca de dolor. María se alegraba de verle; aunque algo más delgado, seguía siendo el Tomás fuerte y decidido que conoció. Su corazón sintió alivio al saber que al menos él seguía vivo. La mirada oscura del hombre terminó por posarse en doña Eugenia. Esta temblaba, no tanto de frío, sino de emoción. El joven sonrió de medio lado, suavizando su mirada para decir:

—¡Hola, madre! Me alegro de verla.

—¡Ay, hijo mío! —Levantó sus temblorosas y ancianas manos hacia Tomás—: ¡Gracias a Dios que estás vivo! Yo, no sé, es que… —titubeó al decir—. No sabes cuánto lamento haberme comportado tan mal con

Luisita y contigo. ¡Espero que puedan perdonarme!

El viento silbaba entre los castaños de la entrada, testigos de las lágrimas de arrepentimiento de doña Eugenia. Aquella brava mujer se había convertido en una anciana torturada por los remordimientos. Tomás apenas reconocía a su madre en aquellas palabras. La guerra estaba cambiándoles a todos. Nunca imaginó a su madre pedir perdón por algo que ella hubiera hecho mal. Doña Eugenia, según recordaba, no hacía nada mal. Ella siempre sabía qué decir, por qué actuar de un modo u otro, e incluso conseguir que todos se doblegaran ante ella. Cuando la luz amarillenta de la lámpara iluminó el rostro surcado de arrugas, delgado y tembloroso, supo que su madre había pasado un gran tormento.

Y así era, doña Eugenia temía el rechazo de Tomás. Cuando supo que sus hijos podrían ser capturados y ejecutados, rezó para que Dios le permitiera rencontrarse con él. En ningún momento quiso separarse de sus hijos, y mucho menos que Tomás la rechazara. Ella siempre creyó estar haciendo el bien por él, aunque el tiempo le quitó la razón. Aquel último año había aprendido a emplear la humildad. Llevaba meses ideando la manera de reconciliarse con sus hijos; aunque Ramón mantenía correspondencia con ella, no había vuelto a ser el de antes. ¡Y por culpa de su soberbia moriría sin poder dar un abrazo a su hijo menor! Cuando le llegó la fatídica noticia de que sus hijos estaban en busca y captura, no se lo pensó dos veces y viajó hasta Arucas a enmendar de alguna forma su gran error: prohibir amar a sus hijos.

Tomás alargó su mano sana para tomar la de su madre. Luisa, a su lado, le ayudaba a mantenerse erguido.

—Madre, quien debe perdonarme es usted —dijo finalmente—, por dejar que apresaran a Ramón.

—¡Ay, hijo! —Doña Eugenia se llevó una mano a la garganta, donde sus palabras quedaban aglomeradas—. No pienses eso, por Dios.

—Sí, porque era mi deber cuidar de todos y mira lo que he conseguido.

—Ni se te ocurra hablar así, Tomás —habló María—. Como bien me dijo

Luisita una vez, no podemos permitir que ellos consigan que nos arrepintamos de ser como somos y pensar lo que pensamos. No eres culpable de nada.

Tomás, tras la mención de su mujer, escrutó las sombras para verla. Atrajo hacia sí la cabeza dorada de la joven menuda que mantenía con su coraje a la familia. Ella se dejó hacer, recibiendo el beso en la cabeza como una bendición. Su Luisa, su adorable y celeste Luisa, continuaba a su lado.

El caballo que traía Manuel consigo resopló en la oscuridad. El joven se había mantenido en silencio para no interrumpir el momento. Los pasos de Antonia llegaron desde la parte posterior de la casa. Todos se giraron hacia Manuel, volviendo a ser conscientes de la situación en la que se encontraban. Tomás debía esconderse cuanto antes, pues los militares podían aparecer en cualquier momento.

—¡Ay, Tomás! —exclamó María—. Mira tú, nosotros aquí alegando44 como si tuviéramos todo el tiempo del mundo. Venga, que ayudo a Manuel a bajarte de ahí.

—Sí, tenemos que ponernos en marcha —reconoció a regañadientes Tomás—. Arrastrarme hasta la cima les llevará varias horas. Esperen, esperen, antes quiero ver a mi hijo. ¿Dónde está Moncho?

Luisa fue a por el pequeño, que tal y como le habían indicado, descansaba en el salón del fondo. El niño despertó asustado. En la oscuridad, Luisa lo envolvió en la manta con la que se cubría, intentando calmar al pequeño. Una vez en el exterior, comprobó que Tomás ya estaba amarrado a la puerta que servía de camilla. La puerta, a su vez, estaba enganchada al caballo. Este se encargaría de arrastrar a ambos por todo el valle de picón. María, Luisa y Manuel se encargarían de guiarlo y de ayudar a subir la parte más empinada de la caldera. Habían contemplado la posibilidad de resbalar al ascender por una pendiente de superficie tan inestable. Acordaron ir los tres. Uno controlaría al caballo y los otros dos ocuparían sus puestos en la parte trasera para plantar los

---

44 Conversar, hablar sin objeto determinado y por mero pasatiempo.

pies en el picón y empujar la puerta de madera hacia arriba.

Cuando se acercó, doña Eugenia se estaba incorporando ayudada por Antonia. Luisa supo, por los movimientos espasmódicos de la anciana, que había abrazado a su hijo y lloraba por él. María seguía agachada; negaba con la cabeza mientras Tomás la abrazaba susurrándole algo al oído. Tan solo pudo oír las últimas palabras:

—Tranquila, María —le decía Tomás—. Ellos pagarán por lo que han hecho, ya me encargaré yo de eso.

Moncho, consternado, se agarraba al cuello de su madre gimoteando. La oscuridad le revelaba que su familia estaba allí, pero seguía sin gustarle la penumbra. Sus quejidos cesaron cuando Luisa le murmuró:

—Mira, Moncho, papá está aquí.

—¿Papá? —repitió el niño con sorpresa, girándose para ver si era verdad lo que le decía.

—Moncho, ven conmigo —le ordenó Tomás, cuya espalda se veía temblorosa por el esfuerzo de mantenerse erguido.

—¿*Tah* malito? —preguntó.

Todos sonrieron.

Moncho reconoció a su padre y su aspecto le asustó. Nunca le había visto con barba y tirado en el suelo. Aunque su mente no llegaba a entender bien lo que sucedía, sabía que aquella situación era anormal. Por ese motivo, cuando su madre lo dejó sobre las faldas de su padre, volvió a llorar.

—¡Eh, Moncho! —le dijo suavemente Tomás—. Soy papá, ven, deja que vea cuánto has crecido.

Arrebujándolo en su mantita, Tomás comenzó a cantar suavemente. El pequeño, desconcertado, observó como aparecía una sonrisa de entre la oscuridad de la barba de su padre. Pronto sintió que nada malo pasaba. Su padre había vuelto. Y le estaba cantando el arrorró que siempre le cantaba cuando tenía miedo.

La voz de Tomás, con su canto profundo, se deslizaba al igual que lo hacía el viento entre las ramas. El hombre que cantaba se fue tumbando por no poder mantenerse mucho tiempo erguido, dejando la fuerza justa para sostener al pequeño entre sus brazos. Todos escucharon el arrorró en silencio, de pie, dejando que su mente se alejara de la realidad en aquella oscura noche. El pequeño Moncho enseguida encontró un hueco para volver a dormir sobre el pecho de su padre. Cuando el canto cesó, todos suspiraron profundamente. Había llegado la hora de ponerse en marcha.

La cueva había guardado los tesoros que en su día subieron Tomás y ella: esterillas, mantas, fósforos, velas y lámparas de aceite. El caballo les fue de gran utilidad para cruzar el valle de lentiscos; aunque debían frenar la marcha cuando la distancia entre matorrales apenas dejaba pasar a una persona. Cuando alcanzaron la base de la montaña, creyeron que no lograrían su hazaña. El ascenso en vertical que tenían pensado fue imposible, pues la bestia apenas conseguía mantenerse erguida sobre la pendiente de picón. Tuvieron que bordear la caldera hasta llegar a una subida menos pronunciada.

Gotas de lluvia comenzaron a caer en pleno ascenso. Aunque la noche estaba fría, sus cuerpos emanaban calor por el esfuerzo. En la oscuridad, la voz de Tomás comentó:

—Miren que es agradecida esta tierra, que siempre que llueve, lo hace de noche.

—Eso estaría bien si estuviéramos metidos en casa —jadeó Luisa—. Pero justo esta noche me gustaría que el tiempo ayudara.

—La lluvia puede esconder las huellas —respondió Tomás.

—¡Anda, coño! —exclamó María—. ¡Es verdad! La puerta y las pisadas dejarán claro el camino que recorrimos hasta la cima.

—Bueno, podemos soltar a las cabras y que pasten al alba, para confundir las pisadas —propuso Luisa.

—Ya sabía yo que me casé contigo por algo —la felicitó Tomás mortificando a Luisa con su humor.

Quedaba poco más de una hora para el alba cuando, exhaustos por el esfuerzo, sucios y sedientos, consiguieron meterse en la burbuja volcánica.

María se encargó de analizar las heridas y enyesar la pierna. Mientras, Manuel y Luisa descargaron algunos sacos con utensilios y comida. El joven capataz fue el primero en despedirse, encargándose de sacar las cabras a pastar. Las mujeres esperaron al alba, hasta dejar con todo lo necesario a Tomás. El herido mantenía la pierna en alto, como le había indicado María. Esperaban que en una semana más, la hinchazón desapareciera por completo. Tomás se negó a que María le entablillara la mano, pues decía que no le permitiría agarrar bien el fusil Tiger que le habían colocado a un costado. Tras varios minutos de discusión, María acudió a Luisa. Esta, con solo una mirada, hizo que Tomás entrara en razón y se dejara hacer.

Cuando llegó el momento de partir, María les dejó unos minutos a solas, esperando en el exterior.

—Tomás, que no se te ocurra salir para nada —comenzó a advertirle—. Puede que mañana sea demasiado pronto para venir a verte. Yo espero que aguantes aquí unos dos días. Mira, allí tienes una cocinilla de gas; está bien para que te calientes el café que hay en esa botella. También hay un poco de potaje de berros en esa caja de latón de ahí. Espero poder traerte algo de leche la próxima vez, y carne, que te estás quedando como guirre de flaco. Mantén la pierna en alto el mayor tiempo posible, a ver si en una semana, como dijo María, puedes empezar a andar…

Varios mechones se le habían descolgado por el esfuerzo; su frente estaba manchada de tierra al haberse tocado con las manos sucias. Para Tomás nada de aquello le quitaba belleza a su mujer. El hombre la seguía con la mirada, intentando vislumbrar las curvas de la joven bajo su jersey azul. ¡Estaba tan atractiva!, pensó. Tomás levantó una mano para acariciar el rostro de la joven. Por un momento dudó, pues sus manos estaban llenas de tierra al haber ayudado a quitar matojos y apoyar las manos en el suelo.

Aquel gesto llamó la atención de Luisa, que no dejaba de parlotear sobre lo que debía y lo que no debía hacer. Sus ojos se encontraron, por fin. Frente a frente, tras más de un mes de separación. En aquel mismo instante, volvieron a ser hombre y mujer. Escondidos en un lugar familiar, donde les rodeaban íntimos recuerdos. Los días de refugio quedaban tan lejos, que llegaron a pensar que formaban parte de las vivencias de otras personas.

Sonrieron. A sus labios les costó recordar el movimiento necesario para formar una sonrisa, pero poco a poco, lo lograron. Sí, seguían vivos, unidos y sintiendo el mismo amor de siempre. Luisa se inclinó sobre él, acercando su boca para inhalar el aliento que tanto quería que conservara. No te rindas, le dijo con la mirada. Te necesito, le respondió la de él. Y el beso llegó lentamente, como lentamente se mantuvo. La mano enyesada solo le permitió rozar con los dedos los sedosos mechones de la joven. Ella, al contrario, pudo tomar su fuerte mentón entre las suyas y deslizar sus dedos entre los mechones rizados de su oscuro cabello.

El roce de las pisadas de María sobre el picón les hizo frenar. Suspiraron insatisfechos. Tras varios besos más, Luisa se alejó. Y él la vio desaparecer a través de la grieta de la cueva.

LA BENDICIÓN DE RITA

T an solo pudieron dormir unas horas antes de comenzar su rutina, para no levantar sospechas de las actividades de la noche anterior. El primer punto importante en la mañana era la visita de doña Eugenia al cuartel. La presencia de la aristócrata, sus amenazas y la situación mental de Rita lograron que soltaran a la enferma. En un estado aún peor del que se encontraba, Rita llegó a la gran casa. Su aspecto señalaba el horror que había padecido la noche anterior. Marcas y morados cubrían sus brazos y piernas. Aquellos malnacidos habían torturado a la joven cubana. Antonia, visiblemente más avejentada por la preocupación de las últimas semanas, trató de calmar a la demente.

Sin quererlo, Luisa apareció en el patio interior, donde Antonia y Rita forcejeaban. Rita captó el sonido de la exclamación de la joven majorera. A través de los ojos vidriosos de la demente, Luisa pudo percibir su asombro. Con el camisón sucio, con restos de sangre, el pelo revuelto y arañazos en la cara, Rita entró en un estado de trance. Ladeando a un lado la cabeza, la cubana escrutó la imagen que Luisa presentaba. Se fue acercando poco a poco. Alargó la mano cuando se encontró a pocos pasos de ella. Luisa no quiso moverse para no sobresaltarla, aunque el miedo de estar ante la mujer la instaba a salir corriendo.

—Ángel —susurró Rita—. Lindo ángel.

—Rita —dijo con voz suave Antonia, queriendo aprovechar la tranquilidad de Rita para llevarla a su alcoba—, vamos, mi cielo.

—¡No! —respondió Rita levantando una mano para acallar a Antonia—. Voy con el ángel.

Luisa miró a Antonia, quien le indicaba con gestos que la condujera escaleras arriba. Rita, hipnotizada por la joven majorera, quiso tocar la trenza rubia que colgaba de su hombro. Luisa vestía un conjunto beige que le confería luminosidad a su rostro, abrigándose con una chaquetilla de lana del mismo color. Sus ojos azules, agrandados por el miedo, le conferían un aspecto frágil que la mente torturada de Rita identificó con algo celestial. Cuando la admiración de la joven cubana se centró en el tacto de su pelo, Luisa sintió una profunda lástima por la mujer. Le tomó la mano y le sonrió.

—¿Rita, me acompañas arriba? —le preguntó con dulzura.

Tras asentir, Rita la tomó del brazo para dejarse llevar. Antonia las seguía de cerca. Tras unos segundos, en mitad de la escalera, Rita se lamentó:

—¡Hombres malos, ángel! ¿Tú me salvas de ellos? No quiero más hombres malos. —La agitación comenzó a invadir el cuerpo de Rita a medida que los recuerdos surgían—: ¡Ay, ay, qué miedo! ¡Ángel, llévame contigo al cielo! Seré buena, lo prometo, no quiero hombres malos. —El llanto lastimero desgarró a Luisa—. Ellos me hicieron daño. ¡Ay, qué miedo, me tocaron, son malos, tan malos…!

—Chsss, chsss —la consoló Luisa—. Tranquila, Rita, ya no volverán. Ahora vamos a descansar, todo va a ir bien. ¿Te apetece comer algo?

—¡Todo va a ir bien! —repetía Rita sin cesar hasta que llegaron a la habitación—. No te vayas, ángel, quédate conmigo.

—Cariño, deja que Luisa se vaya —dijo Antonia—. Venga, que vamos a tomar una medicina más rica…

—¡No! ¡Nooo! —gritó Rita—. Luisa, Luisa… No, no, ángel; aquí, conmigo.

—Calma, calma —intervino Luisa—. Yo no me voy de aquí, me quedo contigo.

Luisa se encargó de llevarla a la cama, fingiendo ser el ángel que decía que era. Antonia fue a por comida, sugiriéndole a la majorera que la convenciera de que comiera algo y tomara las medicinas. Aquel cometido le llevó una hora, pero finalmente Rita concilió el sueño ayudada por los calmantes. Luisa se encontraba arrodillada, tomándole la mano, justo en el instante en el que los ojos se le cerraron. Aprovechó aquel momento de cercanía con la joven, para susurrar:

—Perdóname, Rita, por todo lo que has sufrido por mi culpa.

Luisa estuvo segura de que el mensaje le había llegado, pues antes de caer en la profundidad del sueño, los ojos de Rita se encontraron con los suyos. Por un segundo, vio la lucidez, tanto tiempo desaparecida. Rita sonrió. Sonrió con otra disculpa dibujada en su mirada, aliviando de esa manera la pesadez del remordimiento en Luisa.

Tras correr las cortinas y cerrar la puerta, Luisa se permitió soltar el aire que contenía dentro. ¡Pobre mujer!, se dijo. En su bravata, mientras le alcanzaba la cuchara a la boca, pasaba de la docilidad al enfado, incluyendo fases de llanto. Sus palabras hablaban de los hombres que se la habían llevado, del miedo y del dolor. ¿Qué le habrían hecho a la pobre Rita?, se preguntó. Se dirigió a la cocina lamentando profundamente que la joven cubana hubiera pasado por ese calvario.

Allí encontró a María. Hablaba con Pedro, el joven que los Westerling habían tomado bajo su protección al ser amenazado por su condición sexual. Los ojos oscuros del joven brillaron de una forma especial cuando se le encomendó la tarea de llevar un recado a Cristóbal del Castillo.

—Pedro, debes contarle la situación de Tomás y la urgencia de las identificaciones falsas —dijo Luisa—. Espero que Cristóbal no termine por delatarnos. Ya no sé en quién confiar, la verdad.

—Don Cristóbal lleva mucho tiempo ayudándonos, doña Luisa —replicó Pedro—. Es un hombre muy bueno que quiere ayudar a la familia.

—Eso espero, Pedro —contestó Luisa, algo distraída, mientras cogía unas almendras que había sobre la mesa.

Su mente llevaba horas valorando infinidad de posibilidades para el exilio, repasando las tareas diarias, preguntándose cómo se encontraría Tomás, lamentando el estado de Rita, llevando las cuentas de la hacienda, preocupada por no dar un paso en falso y midiendo sus palabras para que nadie sospechara de ellos. Todas aquellas idas y venidas de pensamientos le impidieron reparar en la reacción del joven y la mirada suspicaz de María. Pedro salió disparado hacia la casa de los Del Castillo para llevar su recado. Del entusiasmo del joven tan solo se dio cuenta María, quien limpiándose las manos en el delantal quedó pensativa unos segundos.

—Yo creo que Pedrillo siente algo por Cristóbal —sentenció María sonriendo pícara.

—¡¿Qué dices, muchacha?! —contestó Luisa incrédula, de vuelta a la realidad.

—Todos los días pregunta si hay recados que llevar —explicó—. Cuando vuelve de cada visita, viene alabando las virtudes de Cristóbal; y cuando no lo mandamos con recados se le queda una cara de *magua*, que hasta lástima me da.

— Si tú lo dices… —respondió Luisa extrañada, sin darle mayor importancia.

Los siguientes días transcurrieron con lentitud. Aunque todos intentaban realizar sus vidas de manera normal, el nerviosismo les afectaba; en su mayor parte, debido a la preocupación por Tomás. Otro de los aspectos que los mantenía alterados eran los lamentos de Rita, que durante la noche se volvían estremecedores. Desde su regreso del cuartel, las medicinas no conseguían calmarla. Sus quejidos y gritos alteraban gravemente a los niños. Antonia, tras ver como el pequeño Tadeo se hacía pipí encima al ver a Rita, se ofreció a llevarse a la enferma a la casita donde dormían. Todos agradecieron aquel gesto.

Algunos obreros vivían al otro lado de la caldera mientras terminaban el puente que uniría una pared del barranco con la otra. Manuel se había pasado por allí para conocer sus costumbres. Allí descubrió que aquellos pobres hombres tan solo trabajaban y dormían, sin tiempo para pasear por la zona. Algo que preocupó a Manuel fue un comentario dicho al azar por uno de ellos. Al parecer, le había parecido escuchar ruidos de pisadas en la noche, cerca de la cima de la caldera. Al no reconocerlos como gente del municipio, decidió advertirles. Inventó una leyenda que decía que en la cima del volcán donde se encontraban, habitaba el mismo diablo. Todo aquel que subiera sería atacado por el mismo Satanás. Cuando observó que todos comenzaron a santiguarse, mirando hacia el lugar indicado, supo que ninguno de ellos se atrevería a subir.

Al relatarles su historia, las mujeres de Verde Rama rieron ante su imitación de los pobres trabajadores. Después de varias bromas, Luisa le felicitó por su idea, pues aquellos hombres podían llegar a ser una verdadera amenaza para la seguridad de Tomás.

Tal y como habían acordado, Luisa subió a la cueva dos días después. A medianoche, abrigada y con una talega con comida, ascendió la piconera. Cuando agachó la cabeza para entrar en la cueva, la encontró desierta. El interior estaba iluminado por la luz amarillenta de una lámpara de aceite. Un movimiento a su derecha, casi en la sombra, le hizo dar un brinco. Unos segundos después, descubrió a Tomás apoyado en la pared con el rifle en mano.

—¡Ay, coño, qué susto! —exclamó Luisa.

—Lo siento —respondió Tomás saltando sobre una pierna— Al escuchar ruidos, preferí esperar armado.

—Ya veo —respondió Luisa molesta por el susto.

Tomás no le dio tiempo de que dejara la talega en el suelo, la rodeó con los brazos y la atrajo hacia él. Se abrazaron y besaron celebrando que aún seguían vivos. La poca estabilidad de Tomás no les permitió continuar mucho tiempo así, por lo que Luisa tuvo que ayudarle a tomar asiento sobre la esterilla. Mientras Tomás comía, ella le ponía al día de las últimas noticias.

—La zona del norte de la Península se resiste. Menos Galicia. Lo último que nos ha llegado es que los fascistas están cerca de Madrid —relataba Luisa—. Dicen que tienen ayuda italiana y alemana. La esperanza está en que Rusia y las brigadas internacionales envíen los refuerzos necesarios —suspiró, tras terminar por relatarle las novedades sobre la guerra—. Y después de estar aquí alegando yo sola, ¿qué me cuentas tú?

—Pues que estoy harto de estar aquí encerrado —se quejó Tomás—. La pierna parece que va mejor. Ya no me duele tanto; yo creo que en unos días podré apoyarme bien en ella.

—No estés forzando la pierna, Tomás —le regañó suavemente Luisa—. Cristóbal nos conseguirá pronto los papeles.

—Luisa, ya te dije que pienso irme al frente y tú y el niño se quedan aquí.

—¡Volvemos a lo mismo! —La ira surgió de Luisa como una mecha encendida—. ¡No, Tomás! No pienso estar matándome de preocupación para mantenerte a salvo y que ahora quieras largarte a la guerra y que te maten allí. ¡Estás loco si piensas que me voy a quedar de brazos cruzados esperando que me envíen una carta anunciando tu muerte! Nos vamos de aquí, Tomás. ¡Tú, el niño y yo!

—Mujer, ¡no puedes ser tan morrúa! —explotó Tomás—. ¿No te das cuenta de la situación en la que estamos? No es momento de pensar si debo vivir o morir. Tengo una obligación con mi familia, tengo que luchar por todos ustedes, para que nadie vuelva a amenazarnos.

—¡A ninguno de nosotros nos solucionas nada marchándote, pedazo de bruto! ¡Estoy harta de ti, de la guerra y de todos los puñeteros militares!

Los días de dura contención de emociones, poniendo su mejor cara ante la familia, llegaron a su fin. Había pasado un mes de preocupación, miedo, angustia y sufrimiento. La fuga de los hermanos, el arresto de María, poner a salvo a Tomás, mantener la hacienda, hacer frente a las amenazas de los militares, convivir con Rita, y permanecer alerta ante cualquier oportunidad para exiliarse, consiguieron que Luisa explotara ante los planes de Tomás de partir a la guerra. De pronto, se olvidó de que se encontraba en la cueva, donde debían ser cautelosos, para ponerse en pie y recriminarle a Tomás todo lo que había aguantado y más.

Tomás por su parte se sentía profundamente herido en su orgullo. Él era el hombre de quien dependía una familia, que ahora sostenía su mujer. Le estaban arrebatando todo lo que le pertenecía por derecho. Antes de poder luchar por su familia y sus ideales, debía esconderse como un cobarde en una cueva con una pierna que no prometía ser la de antes. Llevaba mucho tiempo acumulando una ira que tenía enfocada hacia los fascistas. Contaba las horas para que llegara el momento de tomar su arma y fulminar a tiros a todo aquel que vistiera un uniforme. La sed de venganza aumentaba con cada noticia, con cada recuerdo y con cada línea de preocupación que observaba en el rostro de su mujer. Se sentía en la obligación de protegerla. Una vez se prometió que la haría feliz y que trataría de colmar a Luisa de cariño y ternura. Quería alejarla de la guerra, del trabajo duro y de la preocupación, pero sabía que no sería capaz de mirar aquellos profundos ojos azules si no participaba en la guerra. Debía demostrarle a ella y a sí mismo, que podía defender a los suyos. La vergüenza de sentirse un cobarde y huir del país no lograría que consiguiera la paz interior que tanto se exigía. Tan solo se consideraría digno de Luisa si la guerra lo devolvía vivo.

Se lo debía a su familia y se lo debía a su hermano.

La discusión se alargó varios minutos, donde se gritaron sin pararse a escuchar al otro. Hasta que Luisa, con los ojos anegados de rabia, le dijo:

—¡Otra vez me estás dejando de lado por tus jodidos sacrificios! ¿Qué soy yo, Tomás? ¿Qué? Ya te vi marchar cuando te casaste con Rita para mantener tu fortuna; ya te esperé hasta que conseguiste el divorcio; renegué de mi fe para convertirme en tu amante; te dejé marchar cuando venían a por ti, no por defenderme a mí o a tu familia, sino por defender la República. Tuve que sentir cómo media vida se me iba contigo cuando creía que te morías. ¡Te estoy suplicando que vivas por mí! ¡Que salgamos de esta isla juntos, Tomás! Y no me digas que vas a defenderme a mí, a las tierras o a tu hermano, porque ninguno de nosotros te hemos pedido que mueras.

La furia de Tomás se diluyó a medida que el rostro de Luisa se transformaba en una máscara de angustia, cuyos ojos le lanzaban un ultimátum y sus palabras le recordaban las penurias a las que la había sometido. Tomás susurró, sin saber bien qué decía:

—Lo prometí, Luisa.

—¡No a mí! Y dudo mucho que a Ramón —le contestó cansada y con la cabeza gacha. Mirándose las manos, continuó—: Él me dejó encargado que te recordara la promesa que le hiciste, no sé a qué promesa se refería. Pero de algo estoy convencida: Ramón no te quería ver muerto. Él te salvó, me habló en sueños y me dijo dónde encontrarte. ¡Ramón quería que vivieras!

—¿Pero qué dices, muchacha?

Desde que supo que Ramón había sido asesinado, le costaba incluso nombrarlo. Lo que Luisa le decía comenzó a tener sentido para él a medida que esta fue hablando. Ella, sin saber si hacía bien o mal, si la creería o no, le relató el mensaje de Ramón. La tozudez de Tomás y sus sacrificios heroicos, siempre al servicio de los demás, hartaron a Luisa. No se acercó para despedirse. De pie, donde el calor de la discusión la había plantado, miró a Tomás. El hombre se había quedado en silencio, asimilando la información. El atractivo rostro se mantuvo inexpresivo. Sus ojos se fueron oscureciendo a medida que los pensamientos bailaban en su mente. Luisa sintió la necesidad imperiosa de salir de allí, de querer ofrecerle los instantes de soledad que ella tanto ansiaba en esos momentos.

—Volveré en dos noches —musitó—. Tienes ese tiempo para decidir qué hacer.

PEDRO Y SU CONDENA

—Ven aquí, Luisita, y siéntate al solito conmigo —le dijo Antonia, señalándole un banquito a su vera—. Mandé a Manuel a las tierras para que te dejara descansar un poco, que ya estás haciendo bastante.

Luisa obedeció, suspirando, mientras alzaba su rostro hacia el sol. Tras el almuerzo, la gran casa siempre se quedaba en calma y los habitantes echaban la siesta. Aquella mañana de noviembre, el tiempo, aunque fresco, había despejado los cielos dejando que el sol llevara calor a las tierras.

—¡Ay, qué rico! —suspiró Luisa tras notar cómo los rayos picantes calentaban su piel.

—Mmm —asintió Antonia—. Dime, chiquilla, ¿qué fue lo que pasó con el patrón para que tengas esa cara?

—Nada, Antonia —resopló Luisa recordando la discusión del día anterior—. Que el muy majadero se quiere ir a la guerra. ¡Y yo ya no estoy para estar padeciendo más penas!

—Fuerte hombre ese, ¿eh? —se quejó Antonia con frustración—. Pero, bueno, desde que era un machango[45] chico no se le podía decir nada. ¡Jesús! Si me acuerdo yo del genio que sacaba cuando se metían con alguno de nosotros. Del cabreo que se cogía, llegaba a tirar piedras y todo. —Imágenes del pasado nublaron los ojos de Antonia—. ¡Y lo de mi niño Ramón! Eso le tiene que estar comiendo por dentro. Siempre estuvieron muy unidos, y claro, estoy convencida de que la rabia que tiene es por no haber podido defender a su hermano. Y digo más: conociéndolo, estará roto de rabia de no poder ser él quien esté al frente para cargarse con el trabajo de todos.

---

45 Persona de poco seso y ridícula.

—Sí, Antonia, yo también lo entiendo; pero si tanto nos quiere, tiene que dejarse de hacerse el gallito para salir de aquí. ¡Que ya hemos pagado bastante en esta guerra!

Pasos sobre la tierra les indicaron que alguien se acercaba desde la entrada. Ambas saltaron de alegría cuando vieron aparecer a Lola, con un vientre abultado y una maleta en la mano.

—¡Lola!

—¡Ay, mi Dolores!

—¿Pero por qué no avisaste de que venías? Te hubiéramos ido a buscar —le reprendió Luisa volviéndola a abrazar.

—No quería molestar, mujer, el pirata tampoco me dejó muy lejos —contestó Lola.

—¡Pero mira qué bien estás! —la observó Antonia.

—Sí, madre. El patrón me dio permiso para dar a luz aquí. Ya te avisé de que haría lo que fuera para venir, porque miedo me da estar sola en el parto.

—Ay, ¡cómo me alegro, Lola! —exclamó Luisa, mientras tomaba su maleta—. ¡Yo no sabía que estabas tan avanzada! Tú, tranquila, que aquí te vamos a cuidar como a una reina.

—¡Ay, Luisita, vamos para adentro, que tengo ganas de que me cuentes todo lo que ha pasado por aquí!

—¿Estás segura? Que tu niño hace la comunión y no he terminado todavía —bromeó Luisita.

—¡Calla, chiquilla! —la amonestó Antonia escandalizada—. Yo no sé cómo esta niña se toma las cosas tan a la ligera con todo lo que estamos pasando.

—Pues claro que sí, madre. Lo que mantiene a Luisita en pie es ese humor

que tiene; no me gustaría verla llorando por los rincones —replicó Lola—
. Además, conociéndola, «el que de trapo llega a mantel no hay quien
pueda con él» —recitó.

Acomodaron a Lola en la casa grande para que tampoco se viera afectada
por las crisis de Rita. María fue presentada y doña Eugenia le dio una
cariñosa bienvenida. Lola, con asombro, agradeció a la señora su
hospitalidad y comentó minutos después el cambio que se había obrado en
ella. Lola se había quedado aturdida al ver aparecer la vejez en el rostro,
siempre altivo, de doña Eugenia. Luisa observó la expresión perpleja de
su amiga ante la amabilidad de doña Eugenia. La tarde la pasaron en la
cocina, ayudando a Antonia a hacer queques y tomando bollos de anís con
café con leche. Se relataron las vivencias de los últimos años y hablaron
de la tragedia de la guerra. Luisa, más allá de su posición en la familia, se
sentía mejor ocupando su banco en la cocina que en los salones de la gran
casa. Más de una vez, doña Eugenia la regañaba por pasar mucho tiempo
allí, pero a Luisa poco le importaban las apariencias. Volver a verse
sentada en aquella tosca mesa, junto a Lola, le hizo olvidar por un instante
que estaban en guerra y que corrían peligro.

Al anochecer, Luisa preguntó por Pedro. Nadie lo había visto desde que
marchó con un recado para Cristóbal. Nadie supo de él hasta la mañana
siguiente, cuando Manuel entró en la cocina anunciando su arresto.

—¡Dios bendito! —exclamó Antonia desde los fogones—. ¡Lo que le
faltaba a la pobre Pino!

—¡Ya lo cogieron por nuestra culpa! —se angustió María, mientras se
sacudía las manos llenas de harina, dejando la masa del pan sobre la mesa.

—¿Cómo te has enterado? —preguntó Lola desde el lado de la mesa donde
pelaba unas papas para el almuerzo.

—Lo cogieron por maricón. Acaba de venir Expedito de La Angostura
para contármelo —respondió Manuel abatido—. Pero lo que me tiene
hablando solo es que lo cogieron con don Cristóbal. Al parecer, alguien
largó que ellos dos se estaban viendo y los trincaron juntos.

430

—¡Bendito sea Dios! Ay, chiquillos, ¡lo que nos faltaba! —se quejó Antonia meneando la cabeza.

Cuando Luisa entró por la puerta de la gran casa, con Moncho llorando en brazos, se encontró con los rostros desencajados de los allí presentes. Tras consolar al pequeño por haberse caído de nuevo del castaño de la entrada, le dio un bollo. Esperó a que Moncho saliera disparado hacia el exterior para preguntar. Luisa se lamentó. Sabía que jamás volverían a ver a Pedro, pues las condenas a muerte por sodomía eran habituales. Si no moría en la cárcel, moriría con la pena judicial. Sus hombros se hundieron levemente. Antes de venirse abajo, se prometió que haría todo lo que estuviera en su mano para salvar a Pedro.

Otro de los aspectos que inquietó a Luisa era que si Cristóbal también había sido apresado como decían, era muy probable que tampoco supieran nada de él. Y con Cristóbal, se esfumaba la posibilidad de encontrar la documentación falsa y la ayuda para salir de la isla junto a Tomás.

Tras comentar con todos la situación en la que se encontraban, Luisa decidió visitar la casa de los Del Castillo. Allí, los sirvientes le confirmaron que desde hacía un tiempo don Cristóbal y Pedro eran más que amigos y que alguien les había delatado. En los tiempos que vivían, pocos se sorprendían de ser denunciados por un vecino o conocido. Según los sirvientes, los señores Del Castillo ya estaban haciendo gestiones para sacar a su hijo de la prisión provincial de Las Palmas, donde sabían que se encontraba. Luisa se alegró de que la influencia del apellido de la familia consiguiera salvar la vida de Cristóbal, a quien estaría eternamente agradecida por la ayuda ofrecida. Antes de partir, preguntó, como al descuido, si había dejado algo para ella, una nota o un paquete. Los sirvientes, afectados, negaron que el señor dejara nada para los Westerling.

Al volver a Verde Rama, doña Eugenia la esperaba para acompañarla a Las Palmas en busca de Pedro. Al parecer, la anciana Westerling se identificó con el sufrimiento de Pino. Sintiendo la responsabilidad de continuar el legado de sus hijos, se comprometió con sus trabajadores. Aunque en otro tiempo aquello no se le hubiera pasado por la cabeza, supo que a partir de ese momento mantendría viva la memoria de su hijo Ramón

431

intercediendo por los más débiles.

El fiel Julio estuvo listo antes de que Luisa se cambiara de vestido por un conjunto más elegante. Julio, el chófer de doña Eugenia, ocupaba la antigua cabaña de Fernando, el antiguo capataz. Aquel afable hombre vivía al servicio de doña Eugenia. Cuando Luisa estuvo lista, consoló a Pino, la madre de Pedro, prometiéndole que harían todo lo posible por rescatar a su hijo.

Pero nada pudieron hacer.

Acudieron a todas las dependencias oficiales, visitaron a varios amigos de los Westerling y escribieron al resto. Todos decían lo mismo: no hay nada que hacer. Cuando se dieron por vencidas ya era demasiado tarde y no tuvieron más remedio que pasar la noche en Las Palmas. Luisa pensó en Tomás; aquella noche no sería ella quien acudiera a llevarle la comida, y aún tenían una conversación pendiente.

No llegaron a Verde Rama hasta el atardecer siguiente.

En los rostros de quienes les esperaban se derramó la decepción, apagándose la última llama de esperanza. Pinito agradeció entre lágrimas el interés por el bien de su hijo y partió hacia su casa con las indicaciones de dónde poder ir a verle. María, que había sido la encargada de llevar comida a Tomás, tranquilizó a Luisa diciendo que se encontraba cada vez mejor. Ya podían decir que la salud de Tomás no corría peligro.

Los gritos desde la casita les indicaron que Rita no había mejorado. Antonia le comentó que durante el paseo matutino de la enferma, varios militares se habían acercado para informar del arresto de Pedro a su familia. La visión de los uniformes desquició de tal forma a Rita, que aún le duraba el terror en el cuerpo.

Aunque Luisa moría por refugiarse en los brazos de Tomás, supo que acudir a la cueva sería peligroso. Aquella noche todos se acostaron temprano; el ambiente en la casa se había enrarecido. Todos desearon conseguir descansar, aunque muchos de ellos ya no recordaban esa sensación.

432

Las pesadillas que desde hacía días acompañaban a Luisa terminaron por despertarla. Algo la había alterado gravemente; el mal vivía en aquella casa y no estaba segura de qué sería lo próximo en pasar. Con el corazón acelerado, parpadeó varias veces sintiendo que la habitación la asfixiaba. El pitido indicador de una crisis asmática se alzó en el silencio. Palpó en la oscuridad la cama hasta comprobar que su hijo dormía tranquilo, besó su manita y decidió bajar a la cocina en busca de sus ungüentos.

El suelo de madera crujió bajo sus pies descalzos. El camisón apenas le abrigaba, pero no le importó, porque el frío hacía que su mente se alejara de las oscuras pesadillas aclarando la realidad. Cuando llegó a la cocina, un ruido la alertó. Todos sus sentidos supieron que alguien se encontraba en el cuarto del horno de leña. Acercándose con sigilo, se enfadó consigo misma por no haber bajado armada. De un lado de la pared colgaba el cinto de Manuel, con el naife canario en su estuche. Lo cogió sin hacer ruido. El mango redondo del cuchillo le dio la suficiente seguridad para avanzar. Antes de dar un paso más, un hombre corpulento con paso tambaleante cruzó el umbral que unía el horno de leña con la cocina.

El grito quedó estrangulado en su garganta; apenas consiguió lanzar una pequeña exclamación. El asma se intensificó por el miedo.

—Luisa, soy yo —le dijo una voz conocida.

—¿Tomás?

—Sí —susurró—. No quería despertar a nadie.

—Pero, Tomás... —preguntó con un silbido asmático—. ¿Cómo se te ocurre venir?

—Ya estás otra vez con el asma —la ignoró Tomás acercándose con una evidente cojera—. Ven aquí para que cojas resuello.

La tomó con más fuerza de la que Luisa creyó que tenía. Entre las sombras de la cocina, consiguió ver que Tomás se mantenía erguido. Salvo por el balanceo al caminar, debido a la pierna enyesada, no parecía un hombre enfermo. Luisa sonrió al verlo sano. El hombre logró prender una vela y colocarla, vertiendo la cera, sobre la mesa. Ante la pequeña luz ambarina, Luisa observó que se había afeitado y llevaba el cabello mojado. Se había acercado en mitad de la noche para darse un baño, supuso la joven.

Tras encontrar el ungüento, Tomás se acercó a ella tomando el cuello abotonado del camisón para abrirlo. La joven no opuso resistencia; por primera vez desde el comienzo de todo, alguien le brindaba cuidados. Desde la partida de Tomás, no había permitido que nadie la consolara. Por ese motivo, se conmovió al notar cómo su marido, con delicadeza, comenzaba a untarle el bálsamo por el pecho. Luisa recorrió el rostro de Tomás con la mirada, como si de una visión se tratara. Era un hombre tan atractivo, que su asma podía verse acrecentada dejándola sin aliento. Las fuertes manos llegaron a trazarle una caricia delicada sobre la piel, causándole una tibia sensación. En la penumbra de la cocina, sus poros se erizaron ante el roce.

Luisa cerró los ojos intentando inhalar los vapores del eucalipto y menta mientras sentía que la presión en sus pulmones menguaba. Por un momento, se abandonó a las caricias, alejándose de todo, pensando en una sola cosa: respirar. Tras unos segundos en la intimidad que una parpadeante llama les daba, Tomás habló:

—Hubo algo que Ramón quiso que le prometiera. —Tomando asiento, tras sentir un calambre en la pierna, continuó mirando más allá de la luz de la vela—: Justo antes de que nos separaran, me dijo que me fuera a Cuba; me hizo prometerle que pondría a salvo a la familia. —Tras el atisbo de una carcajada amarga, meneó la cabeza para continuar—: Me dijo que la guerra se la dejara a él. Tú no podías saberlo, Luisa, pero me lo recordaste la otra noche.

El recuerdo de Ramón y su última voluntad hicieron que el ardor de las lágrimas volviera a los ojos de Luisa. No quiso, ni pudo hablar. La cocina oscura, la casa en silencio y la ambarina luz que lanzaba la vela provocaron una intimidad mística. Sentada frente a un abatido Tomás, acarició su mentón para girar el rostro hacia ella. Él la miró, muy serio. La joven delineó los firmes labios del hombre, que padecía un gran tormento. El pitido de sus pulmones era el único sonido que rompía el silencio.

—¡Te quiero, Luisa! Me asusté cuando vi aparecer a María y no a ti, llegué a pensar que no querías verme. Ella me contó lo que pasó con Pedro, todo se está viniendo abajo. Estuvimos hablando sobre el mensaje de Ramón. Es algo increíble, te envidiamos por haberte podido despedir de él, aunque fuera solo en sueños. María dice que se queda acompañando a mi madre y ayudando al partido. —Dejó caer los hombros abatido—. Pero nosotros nos iremos de aquí. En cuanto podamos, nos iremos.

Luisa le besó. Sus labios ablandaron los de Tomás con calor, dulzura y deseo. Le besó agradecida y feliz. El beso fue profundizándose, haciendo arder sus cuerpos. Las manos del hombre recorrieron un camino ascendente desde las pequeñas rodillas, introduciéndose en el interior del camisón. Estas buscaron el punto donde Luisa se derretía con su presión. Las manos de la joven se agarraban a él apremiando a la cordura para que lo abandonara. La tomó con ímpetu de las caderas y la sentó sobre él. En el momento en que el peso de Luisa cayó sobre sus muslos, el dolor de la pierna le hizo rugir.

—¡Ay, Tomás, mira que soy bruta!

—Tranquila —consiguió decir con voz estrangulada—, no me hiciste daño.

—Pero si estás blanco como una sábana —rio Luisa ante los intentos de su marido de disimular su dolor. El sonido de su risa asfixiada por el asma hizo levantar la cabeza a Tomás. Con una sonrisa ladeada, comentó:

— ¡Vaya dos estamos hechos! Tú con ese pitido y yo cojo perdido.

Luisa volvió a reír.

—Anda, vamos a la cama —pidió Tomás con voz profunda.

—Es peligroso —dudó Luisa.

—Llevamos mucho tiempo separados; antes de que amanezca me iré, como hacíamos antes.

—Sí, pero antes te perseguía Antonia y no los militares —repuso Luisa sonriendo, pues sabía que cedería a la tentación.

—Saliendo una hora antes, me da tiempo de subir la piconera.

—Tienes que cuidarte y no acercarte más a la casa. Sobre todo ahora, que tenemos que volver a buscar a alguien que nos ayude a huir.

—Lo sé, pero no sabes lo frustrante que es estar allá arriba viendo desde lejos Verde Rama —comentó apesadumbrado—. Necesitaba venir, lavarme, quitarme de alguna manera la rabia que me impide estar entre los míos.

Luisa asintió.

Tomás la tomó por los hombros, ella por la cintura, y juntos salieron de la cocina. Se acostaron en una de las habitaciones de invitados situadas en la parte inferior de la casa. Abrazados, sintiendo el calor del otro, se besaron. En cuestión de segundos sus cuerpos tomaron la iniciativa, dejando a un lado la razón. Llevaban semanas amenazados de muerte, a su alrededor todo era tragedia. Con todo ese miedo acumulado, se dejaron llevar por las ganas de celebrar la vida y se rindieron al placer. Luisa sobre él, con su melena suelta a sus espaldas, cabalgó provocando a ambos oleadas de éxtasis.

Transcurrieron deliciosos minutos de caricias, hasta que Luisa cayó exhausta sobre un costado.

—Tienes el pelo largo —comentó Luisa acariciándole los rizos húmedos—. Pareces un salvaje.

—¿Te asusto, mi niña celeste? —preguntó Tomás, consciente de que aquella apariencia no era solo física. Sabía que había cambiado y que la transformación se había producido en ese último mes.

—No —confesó Luisa con un suspiro de agotamiento—. Te conozco bien.

Las palabras vertidas por los labios de su mujer lograron humanizarle. Acercó el pequeño cuerpo de la joven hacia su pecho, cubriéndola con sus brazos y apoyando su cabeza sobre la de ella. Veló sus sueños. Luisa consiguió dormir, a él no le importó estar despierto, pues necesitaba sentir que estaba en casa y el sueño le impediría ser consciente de ese regalo. Tal como había dicho, antes del amanecer se escabulló de la gran casa por el salón que daba al jardín del norte. Luisa, con una manta enrollada, le despidió, observando la oscura silueta alejarse entre las vinagreras.

LA TREGUA DEL DIABLO

E n algún momento de la noche, cuando la oscuridad caía sobre la gran casa, los lamentos de Rita cesaron. Luisa, sumida en sus pensamientos, no percibió el silencio que reinaba a esas horas de la mañana. Sus pasos volvieron a la cocina, donde comenzó a preparar el café para el desayuno, cuando el ruido de las pisadas de Antonia sobre la tierra alcanzó la puerta. Un gallo alzó su cacareo vespertino.

La mujer, al verla, la saludó extrañada. Una Luisa ojerosa, envuelta en una colcha, se encontraba sentada ante una humeante taza de café con leche. Antonia decidió salir en busca de huevos frescos. El contoneo de las faldas de Antonia serpenteó hacia la parte de atrás de las caballerizas, donde se encontraba el gallinero. El sonido de los cerdos y el cloqueo de las gallinas la saludaron. En el tiempo que le llevó recoger la puesta, el cielo clareó dando luz. A su vuelta, un reflejo blanco en el interior de la caballeriza llamó su atención.

El grito desgarrador que su garganta formó alcanzó la totalidad de la hacienda. El estallido de una taza estrellarse contra el suelo fue el sonido de partida que necesitaron los habitantes de la casa para acudir al lugar donde Antonia estaba paralizada. Luisa fue la primera en llegar, la mujer tenía la mirada perdida. Un charco de orina rodeaba sus pies. Cuando los ojos de la majorera buscaron lo que había horrorizado al ama de llaves, las pisadas de Manuel doblaban la esquina de la caballeriza. El escalofrío que recorrió la espina dorsal de Luisa le indicó que la imagen que aparecía ante ellas no era una alucinación.

Rita colgaba de una viga.

El cuerpo inerte no respondió ante los intentos de Manuel de bajarla. Segundos después, Luisa ayudaba al capataz a extenderla sobre la superficie del suelo. María apareció ordenando que dejara el cuerpo hasta que la Guardia Civil y el juez llegaran.

La conmoción en los habitantes de Verde Rama permaneció durante todo el día. Al anochecer, después de pasar el día siendo interrogados, alejando a los curiosos, organizando el velatorio y persuadiendo al sacerdote para que la enterraran en el camposanto, los miembros de la familia seguían sin asimilar lo que había sucedido.

Antonia tuvo que ser medicada para aliviarle la conmoción sufrida. Antes de que los sedantes hubieran cobrado efecto, murmuró:

—Quien convoca al diablo, se lo lleva el diablo.

Lola fue enviada junto a los pequeños a Las Palmas; pasarían la noche en la vivienda de los Westerling, evitando que presenciaran el velatorio. La noticia del suicidio de Rita se extendió por el municipio como las langostas en días de calima. Muchos curiosos se acercaron a velar a la cubana. Otros, fieles defensores de la inocencia de los Westerling, aprovecharon la desgracia para dar su apoyo. Aunque en la temporada de invierno la mayor parte de las familias adineradas residían en Las Palmas, fueron muchos los que se acercaron a dar el pésame a doña Eugenia.

En mitad de la noche, tanto Luisa como doña Eugenia, vestidas con ropas de luto, se encontraban sentadas en una esquina del salón del norte. Doña Eugenia, serena, observaba a los allí presentes con ojos escrutadores. En la mirada calculadora, Luisa reconoció a la antigua doña Eugenia.

No tardó en darle voz a sus pensamientos:

—Los Del Castillo, los Bravo de Laguna, los Verdugo, los Manrique de Lara, algún Mesa y López y hasta la viuda de Naranjo anda por aquí — sonrió con malicia—. Hace unos días pensé que todos estos se habían olvidado que era una Artiles, pero me alegro de verlos en Verde Rama. De alguna manera, significa que tenemos aliados en la sombra. Puede que estén viendo que los militares, muchos de ellos moros, intentan quedarse con las tierras. En nosotros pueden ver un ejemplo de cómo, por una infamia, nos arrebataron la finca de Arucas. Cuando veas las barbas del vecino cortar, pon las tuyas a remojar…

439

—¿Cree que conseguirá ayuda para nosotros? —preguntó Luisa con cautela y en apenas un susurro.

—Alejandro Quegles mantiene relaciones con la Guardia Portuaria —respondió—. Hace unos minutos me ofreció su ayuda en el supuesto caso de que necesitara enviar fuera de España cierta mercancía sin ser supervisada por los militares. Algo en su tono me dijo que no se refería solo a los muebles que quería salvar de Arucas.

—Eso... ¡Eso es estupendo! —contestó Luisa emocionada.

—¡Niña, contrólate, que estamos en un velatorio! —la amonestó—. Haz el favor de comportarte, que tú eres la que menos signos de alegría debes mostrar; solo nos faltaba que te acusaran de asesinato.

—Jesús, por Dios —se persignó Luisa tornándose pálido su rostro.

El entierro tuvo lugar a la mañana siguiente. Todos de luto, con el rostro demacrado y signos evidentes de cansancio, llegaron al cementerio de Santa Brígida. Finalmente, tras mucho presionar, el sacerdote les concedió el favor de enterrar a Rita Galiano en el camposanto, alegando que fue su enfermedad mental y no su propia voluntad la que hizo que se ahorcara. La entrada del féretro al cementerio debía hacerse a hombros, ya que los vehículos no podían ascender la pendiente que existía.

Luisa, de brazos de María y doña Eugenia, sintió cómo un hombre se colocaba a su altura mirándola de manera extraña. En un principio, no supo si lo conocía. Sus ropas apuntaban a que era de buena posición, y con una leve inclinación de cabeza se alejó de ella. Una vez fuera, cuando tan solo quedaban una quincena de personas desperdigadas, Luisa se acercó a Antonia para indicarles que podían volver a la gran casa. Junto al ama de llaves volvió a encontrar al misterioso caballero.

El hombre se acercó. Rondaba la cuarentena, tenía ojos verdes y pelo castaño claro; acompañaba sus gestos con un toque sofisticado. Con voz suave dijo:

—Doña Luisa, siento presentarme en estos duros momentos. Mi más sentido pésame por esta perdida.

—Gracias —contestó Luisa, sin saber el motivo por el cual ese hombre se encontraba allí—. ¿Nos conocemos?

—No —sonrió el caballero—. Prefiero no decirle quién soy. Vengo de parte de don Cristóbal. Por su expresión, veo que ya entiende de qué le estoy hablando. Si no le importa, me gustaría hablarle de un asunto en privado.

Desde el momento en que escuchó nombrar al fiel amigo de Ramón, entendió que el hombre no había acudido al entierro de Rita. Por la cautela que mostraba, debía venir con información y ayuda para Tomás. Intentando disimular su esperanza, agachó la cabeza en busca de su Virgen del Rosario para rezar un agradecimiento. Más recompuesta, pues su primer impulso fue abrazar al buen hombre, lo citó después del anochecer.

EL ANSIADO SALVOCONDUCTO

L as mujeres de Verde Rama esperaban, ansiosas, la visita del caballero. Alumbradas por la luz del candelabro, colocado en el centro de la mesa del comedor, seguían el tictac del reloj de cuerda que colgaba en una de las paredes. Pasadas las doce de la noche, el caballero llamó a la puerta. Tras hacerle pasar al comedor, donde doña Eugenia encabezaba la gran mesa, María sonrió ante la estampa que mostraban.

Doña Eugenia, vestida de riguroso negro, con un rictus agrio en los labios, formaba un frente fuerte. En su postura no se podía adivinar que temblaba por escuchar que de una vez para siempre su hijo estaría a salvo. Pocos se hubieran atrevido a decir que se encontraban allí clandestinamente. En su lugar, podía haberse dicho que de un momento a otro doña Eugenia daría un veredicto como si de un juicio se tratara. A su derecha se encontraba Luisa, vestida también de negro, con la trenza rubia colgada a sus espaldas y mostrando la imagen de la esperanza. En su mirada centelleaba la luz de la ilusión, su sonrisa tímida alentaba al visitante a adentrarse, y las sombras en sus ojos hablaban de semanas de angustia.

Una vez hubo tomado asiento, María flanqueó al caballero sentándose a su lado.

—Buenas noches, estimadas señoras —comenzó el visitante—. Disculpen las horas, pero no podía acercarme sin estar seguro de que nadie me seguiría. No quisiera que alguien encontrara una relación entre ustedes y yo. Les envío un caluroso saludo de parte de mi buen amigo Cristóbal.

—¿Cómo se encuentra? —preguntó María.

—¿Consiguió verle? —la secundó Luisa.

—Sí —sonrió el caballero—. Es probable que en unas semanas lo liberen.

Los padres de Cristóbal tienen muy buenos amigos en el ejército, pero lamento decirles que el joven que fue arrestado junto a él no correrá la misma suerte.

—¡Eso es horrible! —susurró Luisa con dolor.

—Señoras, no tengo mucho tiempo —continuó el hombre—. Me comprometí con Cristóbal a ayudarles con la documentación.

—¿No le habló de pasajes para el extranjero? —preguntó esperanzada María.

—En la prisión apenas tuve unos segundos para entender que debía venir a Verde Rama, preguntar por doña Luisa y ofrecerle mi ayuda. Yo solo puedo conseguirles la documentación.

Crac.

—¿Qué fue eso? —se alertó María.

Todos tensaron las espaldas, aguzaron sus sentidos, pero no hubo más sonidos alarmantes.

—Nada —comentó doña Eugenia—. Será la madera estallando, el calor de la mañana la habrá dilatado.

Respirando más tranquilos, continuaron.

—La única naviera que en pocas semanas parte hacia La Habana es la Yeoward, desde Santa Cruz de Tenerife —dijo doña Eugenia—. El resto de navieras tienen esas travesías más limitadas por los militares. Consíganos la documentación, que ya nos encargaremos nosotras de sacarles de aquí.

—Bien, llegados a este punto, quisiera saber cuántas cartillas debo falsificar.

—Necesitamos tres, para mi hijo de dieciocho meses, para mi marido y para mí —dijo Luisa sintiendo un nudo en el estómago al ofrecer aquella

443

información a un desconocido.

—De acuerdo —aceptó el caballero sacando una pequeña libreta para apuntar los detalles—. Llamaremos al pequeño, Jacinto Padrón; su padre podría llamarse Armando Padrón, y usted María del Carmen Benítez.

—Se llamará Celeste —dijo una profunda voz desde la puerta del comedor.

Protegido por la oscuridad, Tomás había escuchado la mayor parte de la conversación. Había decidido ir a la gran casa al ver que nadie acudía a la cueva como habían acordado. A punto estuvo de enfadarse al ver que sus pasos tambaleantes no alertaron a las mujeres mientras se acercaba. La distracción de ellas estaba más que justificada, comprendió instantes después. Al captar la noticia de que Cristóbal, aun estando en prisión seguía acordándose de ellos, y después de valorar si marcharse de allí o no, intervino proponiendo el nombre de la nueva Luisa.

Al acercarse al umbral de la puerta, todos exclamaron.

—¡Tomás! —exclamó doña Eugenia.

—¿Cómo se te ocurre? —preguntó Luisa.

—¡Qué susto, por Dios! —se quejó María llevándose la mano al pecho.

—Ven, siéntate. Como sigas con esas caminatas no te vas a recuperar de la pierna. —Luisa, algo más repuesta por la sorpresa, se levantó para ayudarle—. Te presento al amigo de Cristóbal. Señor, le presento a mi esposo, que debería estar escondido y no caminando por ahí.

—No sabe cuánto me alegro de que esté usted aquí —repuso Tomás con su sonrisa más franca alargando el brazo para darle un buen apretón de manos—. Conseguí escuchar lo más importante; continúen, por favor.

—Bueno, como ha especificado —continuó algo aturdido el caballero cuyos ojos no se apartaban de Tomás—, su esposa se llamará Celeste Benítez.

Luisa sonrió ante el guiño que le hizo María. Inclinando la cabeza hacia el invitado, aquel gesto casi imperceptible le indicaba que algo le parecía gracioso en la postura del caballero. A Luisa tampoco se le había escapado la forma en que miraba a Tomás. Siendo tan buen amigo de Cristóbal, las jóvenes comprendieron que compartían los mismos gustos. Desviando la mirada para no soltar una carcajada, Luisa se encontró con el perfil de Tomás.

¡No era para menos!, pensó Luisa. Su marido estaba formidable con aquella aura salvaje que le rodeaba. Era la pura imagen de la virilidad. Entrecerró los ojos para imaginarse a Tomás en la proa de cualquier barco pirata. Con el pelo rizado algo más largo de lo normal, ondeando al viento, barba incipiente y piel oscura. En sus penetrantes ojos negros se reflejaba la fuerza que el hombre contenía: en su mandíbula, los años de esfuerzo y tesón; en sus anchos brazos, el trabajo; y en su sonrisa, el peligro que corría aquel que le amenazara. Luisa suspiró enamorada, dejando que Tomás se encargara de la conversación. Tuvo, incluso, que refrenar el impulso de reposar la cabeza sobre el hombro de su marido, cubierto por un esponjoso jersey hecho por ella misma.

Fue Tomás quien se levantó, tras media hora, a acompañar al anónimo caballero al exterior. Una vez hubo vuelto al comedor, doña Eugenia exclamó:

—¡Acércate, hijo, y dale un abrazo a tu madre! Debería mandarte derechito a la cueva, pero estoy tan contenta de verte, que quiero que te sientes un ratito aquí conmigo. ¡Qué bien te encuentro! Me alegra ver que ya no tienes ese aspecto moribundo de hace semanas.

—Madre, el primero en alegrarse soy yo —sonrió Tomás—. Ni se imagina las ganas que tengo de salir de esa cueva. Bueno, vamos a ver, tenemos que aprovechar para planificar la huida. En cinco días tendrá los papeles.

—Para empezar, tenemos que pensar en cómo salir de la isla —repuso Luisa.

—Sí, porque cualquiera podría reconocerte en Las Palmas —comentó doña Eugenia.

—¿El próximo buque hacia el extranjero cuándo parte? —preguntó María.

445

—Desde Las Palmas todavía no lo sé. La guerra lo tiene todo paralizado y me sigue pareciendo arriesgado aun teniendo los papeles —negó con la cabeza doña Eugenia.

—Esperaremos. Lo difícil es salir de esta isla sin que me reconozcan, aunque todos piensen que estoy muerto —volvió a intervenir Tomás—. Pero ya tendremos tiempo de pensar en algo mejor. Yo ahora mismo tengo un jilorio que me muero, y con el estómago vacío no puedo pensar.

—¡Ay, mi niño, que se nos fue el baifo a todas! —exclamó María al darse cuenta de que nadie había acudido a la cueva—. Espera un momento, que enseguida te traigo algo.

María salió de la estancia en busca de comida para su cuñado. Tomás, sonriente, recorrió con la mirada los dos rostros que le miraban. En ellos encontró la satisfacción que produce tener un poco de esperanza. Luisa sonreía, adorándole con la mirada. Haría lo que hiciera falta para mantener aquella sonrisa en el rostro de su mujer. De pronto, se dio cuenta de sus vestimentas oscuras. Arrugando el entrecejo, preguntó:

—¿Qué pasó hoy? ¿A qué entierro fueron, que van de luto?

Luisa dio un respingo en su asiento, desviando la mirada hacia doña Eugenia. Esta, tomando aire, le dio la mala noticia a Tomás. El hombre quedó consternado. Pasándose las manos por el pelo, intentó con aquel gesto despojarse de la sensación negativa que comenzaba a embargarle.

—Nunca quise que Rita acabara así —murmuró con la mirada perdida—. Tendremos que darle la noticia a Galiano.

—Mañana sin falta le escribiré —contestó doña Eugenia—. No te mortifiques ahora con eso, hijo. Esta pérdida la lamentamos todos, pero no podemos bajar la guardia. En unas semanas partirán los tres de aquí para comenzar de nuevo. Aquellas tierras están llenas de gente como ustedes, con ganas de vivir y salir adelante. Aquí solo nos queda guerra y muerte.

—Véngase con nosotros, madre —le pidió Tomás.

—No puedo, hijo. —La barbilla de doña Eugenia tembló levemente—. Aquí nací, aquí murieron mi hijo menor y mi marido. Yo tengo que mantener su memoria viva. Destinaré lo que me queda de vida a buscar a Ramón y a enterrarlo como un Westerling se merece. Además, tengo que estar aquí cuidando de su muchacha, que con esas ideas que tiene en la cabeza, eso del socialismo, se meterá en líos tarde o temprano. —Haciendo una mueca como quien habla de un caso perdido, sonrió ante otra idea—: Adoro a mi Moncho, me tiene loca con sus trastadas y se parece mucho a su tío, pero me gustaría ver crecer al niño que María lleva en su vientre, aunque ella esté empeñada en que será niña —suspiró tomando las manos de su hijo—. ¿Quién me hubiera dicho a mí que terminaría conviviendo con una socialista recogedora de cochinilla?

—¡Eh! —se quejó María con la bandeja en las manos. Todos rieron al verse sorprendidos—. ¿Será posible, doña Eugenia, con lo bien que nos lo pasamos usted y yo? Y en cuanto me doy la vuelta, ¡me pone verde!

—¡Cállate, muchacha! —contestó doña Eugenia haciendo volar su mano, poco acostumbrada a la familiaridad con la que María se dirigía a ella. Aunque quiso mantener un gesto adusto, una sonrisa se dibujó en sus labios.

—Madre, sabe que no me olvidaré de ustedes —dijo Tomás, tras agradecer a María la comida—. Me encargaré de enviarles dinero para que puedan mantener las propiedades. ¡Me aseguraré de que no les falte de nada!

—Gracias, hijo. Yo solo quiero que seas feliz, que Luisita y tú tengan la vida que se merecen. Ya nos apañaremos nosotras aquí.

Luisa supo, por la mirada de Tomás, que se despellejaría las manos trabajando antes de tener que vender Verde Rama y el resto de propiedades. La Hacienda del Inglés era lo único que Tomás se permitiría perder.

Esa noche volvió a dormir junto a Luisa. Tomó aquella costumbre las noches siguientes. Por mucho que Luisa insistiera en que debía mantenerse en la cueva, él volvía a aparecer. En una ocasión, le dijo que había pasado el tiempo suficiente para que nadie echara de menos a un muerto. Decía que a medianoche, mucho después del toque de queda, a nadie se le ocurriría pasear en medio de un valle de picón en plena oscuridad. Al tercer día, Luisa no se sorprendió al notar cómo alguien se introducía en su cama para abrazarla hasta el amanecer.

Una noche, Lola se puso de parto. Antonia, María y ella la acompañaron en aquellas interminables horas. Una niña regordeta nació pasado el mediodía. Lola anunció que se llamaría Luisa. Las amigas, que habían creado lazos fraternales, lloraron de felicidad ante el nacimiento. Luisa había comenzado, días atrás, a preparar todo para su partida, por lo que le pidió a Lola que llamara a su marido para que ayudaran a Manuel con la gestión de las tierras. Tras meditarlo, la majorera supo que eran las únicas personas en las que podía confiar plenamente. Doña Eugenia aceptó encantada a Lola y a su familia, diciéndole que siempre la consideró parte de Verde Rama.

Al día siguiente, José, el marido de Lola, se incorporó a su nuevo trabajo; dejando con más libertad a Luisa en cuanto a su labor en el campo. Todos estuvieron de acuerdo en que la recién nacida había traído con ella la buena fortuna. Al atardecer, un vehículo de alquiler cruzó el portón de entrada, albergando a la salvación de los Westerling: la prima Katherine.

En cuanto leyó la carta que un mes atrás le había enviado su apreciada prima doña Eugenia, decidió partir en barco de inmediato. Partió de Londres sin escribir una carta de aviso, pues sabía que llegarían a la vez.

Su aguda voz y su fuerte acento inglés resonaron en todo el patio interior. Doña Eugenia la hizo pasar, recibiéndola calurosamente. La mujer vestía a la última moda, con un espectacular sombrero adornado con plumas y un abrigo tres cuartos de piel. María, que había escuchado hablar de ella, no podía dejar de mirarla asombrada; y en cuanto pudo, susurró a Luisa al oído:

—¡Jesús! Pero si parece una actriz de cine. Nunca he visto una mujer tan elegante como esta.

Ya en el interior y después de las presentaciones, las mujeres de la gran casa tomaron la merienda en el salón del norte.

—¡No podía creérmelo, prima Eugenia! —exclamaba Katherine—. Esto es un horror para todos. La familia Westerling lamenta profundamente la pérdida del joven Ramón.

—Gracias —aceptó doña Eugenia—. Katherine, esto ha sido un infierno.

—Me imagino, querida. Tuve que sobornar a un capitán para que me dejara subir al barco pesquero. Muchos buques españoles no quieren salir del refugio de la costa inglesa hasta saber cómo termina la guerra.

—Gracias por tu esfuerzo. Teniéndote aquí, podemos conseguir salvar a Tomás.

—¡Por supuesto! —contestó levantando la barbilla pareciendo ofendida si se creyera lo contrario—. No he hecho un viaje tan penoso si no es para sacar a Tomás de aquí, y por supuesto a su familia. Es intolerable el trato que les han dado.

—Nosotras hemos conseguido documentación falsa para lograr entrar en otro país y evitar la repatriación. El país que acordamos es Cuba, en Inglaterra nos parecía demasiado difícil entrar.

—Entiendo, sí, me parece correcto. Cuba está bien —asentía Katherine mientras pensaba en un plan—. Antes de tomar el coche hasta aquí, pregunté por el siguiente buque que partiría del país y no había ninguno programado para esta semana.

—En cuatro días partirá uno desde Tenerife —recordó María.

—Sí, es cierto —corroboró doña Eugenia—, pero pasar dos veces por la aduana me parece tentar a la suerte.

—Es verdad —musitó Luisa pensativa hasta que su mente se iluminó por una idea—. ¡El coche de Ramón, el Hispano Suiza! —Todas la miraron extrañadas—. ¡Podemos usarlo como escondite! Yo podré embarcar con Moncho y Katherine con nuestra propia identidad. Podría decir que marcho para Cuba llevándome el coche para venderlo allá, y que la prima

449

Katherine me acompaña.

—¡Claro! Camuflaremos a Tomás con maletas y cajas —continuó María esperanzada—, como si fuera una mudanza.

—Me parece buena idea —adujo Katherine comprendiendo la mirada horrorizada de doña Eugenia ante la visión de su hijo escondido como un polizón—. Una vez en Tenerife, podrá pasear cómodamente y embarcar en el buque hacia Cuba con la identidad falsa.

—El peligro lo corremos aquí, en el puerto de La Luz —comentó Luisa—. La prima Katherine podrá embarcar de nuevo hacia Londres desde Tenerife.

—Está bien —claudicó doña Eugenia sin poder alegar nada en contra—. Hablaremos esta noche con Tomás.

Convencieron a la prima Katherine para que durmiera en Verde Rama y no en el Quiney's Bella Vista, donde solía hospedarse. Mientras esperaban la llegada de Tomás, aprovecharon para contarle los agónicos meses que habían pasado. Katherine se compadeció de ellas. Tal y como dijo, se alegraba de poder ayudar a sus primos, a los que tanto cariño les guardaba.

Se emocionó sinceramente al ver entrar a Tomás, con una ligera cojera, en el salón. Días atrás se había quitado el yeso y el rostro de Luisa palideció al comprender que nunca mejoraría la lesión. La rotura del fémur parecía haberse corregido, pero se podía apreciar una línea torcida en la tibia. La pierna seguía hinchada. Con el tiempo, según explicó María, podría apoyarla para andar sin ayuda. Hasta entonces, debía recurrir a un bastón. La mandíbula de Tomás se apretó ante la imagen de su pierna; buscó la mirada de Luisa, y al ver el miedo en ella, sonrió.

—¡Estoy vivo, Luisa! No creas que he pasado por todo esto para venirme abajo por una pierna cambada —le dijo—. He perdido cosas mucho más importantes como para preocuparme de una pequeña cojera.

—En unos años será imperceptible —intentó animarle María—. Eso si no haces ninguna locura, como echarte a correr barranco abajo.

—Bueno, eso intentaré —rio Tomás—. Entonces qué, mi niña, ¿vas a querer a este cojito?

—¡Ay, pues claro, fuerte bobo eres! —rio Luisa mientras le abrazaba—. ¡Tú vas a estar guapo de todas formas!

Doña Eugenia le había dejado el bastón en el que se apoyaba en aquel momento para entrar a la estancia. Luisa comprobó que su hombría no había menguado en nada; seguía siendo un hombre atractivo con una mirada chispeante. La sonrisa pícara, con tintes felinos, volvió al rostro de su esposo al compartir con su prima bromas y halagos. Luisa, por primera vez, escuchó hablar a su marido en perfecto inglés. Sonrió, pues había olvidado que no solo su apellido era inglés. En cuanto Tomás se sentó a cenar en el comedor, las mujeres le pusieron al corriente de sus planes.

—¡Mira la majorerita esta! —se burló—. En cuanto puede, me mete en un portabultos y me embarca para Cuba.

—¡No me tientes! —respondió airosa Luisa tomando un pedazo de mazapán de la bandeja de Tomás—. No sea que sin querer te mande para China.

Todos rieron, el eco de sus risas resonó en la casa aliviando la pesadez que se respiraba desde hacía meses. La vida les ofrecía una segunda oportunidad.

HASTA QUE LA MUERTE
NOS SEPARE

T an solo tenían cuatro días para organizar el viaje. Manuel trabajó día y noche para modificar los asientos traseros del Hispano Suiza del fallecido Ramón, agradeciendo la ayuda de José para adelantar el trabajo. Idearon un mecanismo mediante el cual Tomás se ocultaría bajo los asientos, quedando estos como la tapa superior. En el caso de revisar el coche, nadie podría adivinar que los asientos podían levantarse. Por si tal caso se diera, llenarían el vehículo de arcones, cajas y objetos valiosos que pudieran hacer desistir la búsqueda a cualquier agente.

La prima Katherine y doña Eugenia se encargaron de los visados, la compra de los billetes y de avisar al señor Quegles para que despistara a la vigilancia portuaria. María y Lola se encargaban de ayudar a Luisa a organizar las tareas del hogar y a empacar las cosas. Mientras tanto, Tomás se había llevado a la cueva facturas y libros de contabilidad para ponerlos al día. Permanecía oculto hasta la medianoche, cuando sigilosamente se deslizaba piconera abajo para reunirse con su familia.

La víspera del viaje, Luisa se encontraba en su alcoba haciendo las maletas mientras escuchaba los gritos de los niños que jugaban en el jardín trasero. Abrió los cierres de su maleta de cuero para recordar a la inocente Luisa que partió tres años atrás desde Gran Tarajal. ¡Y qué tres años! Luisa volvió a introducir en ella la vieja lata de latón donde había guardado el dinero de su tía Benedicta y en la que ahora se encontraban sus cartas. Tomó la jarrita de arcilla que le hizo la vieja Teté, el traje color caramelo, el sombrero a juego y los dos vestidos ya desgastados por el uso. Luisa suspiró al volver a tener entre sus manos la foto que se habían hecho en la feria de Cuba. Tras varios minutos observándola, la volvió a proteger en el pañuelo de hilo con las iniciales TW. Sobre aquellos recuerdos colocó los vestidos que ella misma se había confeccionado como resultado de su esfuerzo por querer ganarse la vida. Detrás de ellos, introdujo el vestido que la señora Verdugo le regaló para el embarazo, su bolsa con las hierbas medicinales, el ungüento y, por último, una cajita de lustroso metal donde llevar el cepillo y las horquillas que doña Eugenia le había regalado.

Al cerrar de nuevo a su compañera de viaje, volvió a sentir la extraña sensación que la consumía cada vez que volvía a llenarla. La inseguridad del devenir, el miedo a sufrir y la ilusión de buscar algo mejor. Los vientos alisios azotaron con fuerza la ventana, haciendo silbar las rendijas. El sibilante sonido la transportó a un paisaje de dunas de arenas, viento y mar, que su memoria nunca olvidaría: Fuerteventura. La invadió la sensación de cabalgar sobre llanuras áridas, bañarse en aguas turquesas de interminables playas. Quiso sentir el azote del viento en la cara, el cosquilleo de los rayos de sol sobre la piel y el olor a salitre. Aquella isla, casi desierta, conservaba sus mejores recuerdos. Allí no existían el miedo, la desilusión o la pérdida. Lo consideraba un refugio donde el tiempo pasaba con lentitud, donde las noticias llegaban a perderse y la vida transcurría tranquila. Pocas eran las veces que se permitía pensar en la isla que la vio crecer y en su familia, pues reservaba en lo más profundo de su ser la ilusión de volver. Soñaba con sentarse bajo las parras del patio de su madre, con Tomás y Moncho, y beber limonada en las tardes de calima.

Ruidos de pisadas la hicieron volver a Santa Brígida, al catorce de diciembre de 1936. Lola, su gran amiga, apareció en el umbral de la puerta con algo en las manos. Con una sonrisa tímida y ojos aguados por la emoción, le entregó el vestido azul que un día le envió su madre. Aquel que se puso en la fiestas de San Antonio, cuando decidió rendirse a Tomás. Sonrió.

—Toma, Luisita, lo cogí para lavarlo, que olía a humedad —le dijo Lola— . Mandé a calentar agua para tu baño, que a las siete y media tienes que estar lista.

—¿Y eso a qué viene, Lola? —extrañada, Luisa se colocó las manos en las caderas y entrecerró los ojos para decir—: A ver, ¡tú me quieres engoar para algo!

—¿Yo? Que no, mi niña —intentó defenderse Lola—. Yo soy una mandada. Aquí donde tú me ves, no sé nada.

—¡No, qué va! —rio Luisa ante los intentos de su amiga por parecer inocente—. Algo andan tramando, pero trae acá el vestido —contestó alargando el brazo y haciendo una mueca desconfiada—. Me lo lavaste para que me lo pusiera, ¿no?

—Bueno, si lo tienes limpito, podrías aprovecharlo —contestó intentando que no pareciera predeterminado—. Tú hazme caso, que esta noche nos vamos de belingo.

—¡Estás como una cabra! —rio Luisa ante la sonrisa pícara de Lola.

—Ay, Luisita, ¡cómo te voy a echar de menos! —suspiró la joven morena acercándose para abrazarla.

—¡Ay, Lola, no empieces tan pronto, que me añurgo toda! —contestó Luisa, haciendo un puchero sin poder evitar emocionarse.

—Venga —exclamó Lola, evitando que corrieran las lágrimas que se le habían formado en los ojos—, ya abajo está todo listo, solo quedan esas maletas por bajar.

Las dos horas siguientes, Luisa fue preparada para algo que todos sabían menos ella. La joven sospechaba que tenía que ver con la despedida, pero no quiso insistir y se dejó hacer. Tomó un baño de agua caliente con jabón de rosas, regalo de la prima Katherine. La larga melena rubia se secó frente al fuego y fue peinada por Lola. La joven le indicó que debía ponerse el vestido azul y colocarse las trabitas de plata con piedras engarzadas que doña Eugenia le había dado. Tomando mechones laterales, su frente fue despejada como lo hizo el día de las fiestas. En aquella ocasión, el brillo de las trabas le daba un toque más elegante. El vestido de raso celeste se ajustaba a sus formas redondeadas. El blanco del cuello, las mangas y el cinturoncito resaltaban con pulcritud. Lola lo había lavado a conciencia, pensó Luisa. Por último, le acercaron los zapatos blancos que Tomás le había comprado para el día de su boda.

Apenas quedaban unas pequeñas pinceladas de luz tras las montañas, cuando Lola apareció en el umbral. Se había puesto un vestido descartado por Rita y le pasaba por los hombros un abrigo beige, prestado por Katherine. Cuando Luisa bajó los escalones de la entrada, frunció el ceño. Le extrañó tanto silencio. Frente a ella, esperaba Manuel, vestido con su traje para ir a misa, sentado ante el volante del coche de doña Eugenia.

—Chiquillos, ¿dónde están los demás? —preguntó.

—Esperándote —le contestó hermético Manuel.

—Vamos, Luisita, sube al coche —la apremió Lola.

—¡Miedo me dan! —Luisa comenzó a ponerse nerviosa.

El vehículo cruzó el portal de entrada, dirección Las Palmas. Sentada en el asiento trasero, distinguió en la oscuridad el cono volcánico de Bandama y los cientos de hectáreas de viñedos y picón bañados por la luz de la luna. Hacía frío, pero sus manos sudaban por los nervios cuando el coche dejó atrás el hotel Quiney's Bella Vista y la curva denominada del Inglés. La carretera tomó cierta inclinación cuando comenzó el camino a Tafira. Luisa vio cómo luces de velas surgían de las ventanas de algunas mansiones. Vio pasar la casa de Cristóbal ante ella. Recordando las veces que había andado por aquella avenida para hacer recados a Rita, le pasó inadvertido el hecho de que el coche reducía la velocidad.

Se habían detenido frente a la plaza de la iglesia de Tafira. La noche había oscurecido la visión de los peldaños de piedra que ascendían hasta la plaza. Luisa, muda, tomó la mano que Lola le ofrecía. Una mano helada. Luisa recordaría el sonido de grillos sonando al compás de los latidos de su corazón, cuando una de las puertas de la iglesia se abrió. Lola le quitó el abrigo y se escabulló dentro, dejándola de pie junto a Manuel.

—¿Luisita, me haces el honor de convertirme en el padrino de tu boda? —le preguntó con seriedad Manuel.

—¡Manuel! —susurró Luisa con los ojos abiertos de par en par—. Sí, claro que sí. El honor es mío, padrino. ¡No me puedo creer lo que está pasando!

—Tras sacudirse el aturdimiento, sonrió—: Has sido como un hermano para mí, gracias, Manuel.

Tomás, desde la solitaria cueva, había orquestado la boda eclesiástica que por fin le podía dar a Luisa. Tras la muerte de Rita, Tomás constaba como viudo. Doña Eugenia encontró en el párroco de la iglesia un confidente a quien solicitar que casara a su hijo, supuestamente fallecido, con su nuera. Corrían el peligro de que el sacerdote revelara lo que iba a suceder esa noche, pero contaban con el tiempo justo para que una vez se produjera la ceremonia, zarparan hacia Tenerife. Era una apuesta arriesgada, pero Tomás había insistido en ello: partirían hacia Cuba como marido y mujer. También insistió en que Lola vistiera a Luisa con el vestido que le encandiló aquella mágica noche de folías. Todos fueron cómplices y disfrutaron de los preparativos.

Cuando Luisa atravesó el portón de la iglesia, fue recibida por la cálida luz de las velas colocadas en grandes candelabros. Los destellos de estas hacían brillar el retablo bañado en oro que ocupaba el fondo del altar. Sus ojos descendieron por la cruz donde se encontraba el Cristo crucificado para encontrarse con la mirada de Tomás; este la esperaba de pie, al final del pasillo. Sus fuertes manos se unían a su espalda, haciéndole más ancho el pecho y más fuerte su postura. Vestía con un traje chaqueta gris, se había afeitado y cortado el pelo. Desde la distancia donde se encontraba Luisa, pudo reconocer al joven arrogante, divertido y audaz que se dirigió a ella en la plaza Cairasco. Su blanca sonrisa la provocó el comentario hecho por el sacerdote, que esperaba a su lado. Tomás respondió asintiendo con la cabeza a la pregunta del cura, quien cuestionó que Luisa quisiera avanzar aquella noche. Conocedor de la sorpresa, supo que debía esperar a que ella estuviera lista.

Tomás entrecerró los ojos, haciendo que Luisa sintiera cómo resbalaban por ella. Estos recorrieron su pelo, llegaron a su pecho y descendieron hasta sus pies. Cuando la mirada oscura volvió a encontrarse con la de ella, Luisa comenzó a andar. A su izquierda, un movimiento llamó su atención: Manolín empujaba a su hermano Tadeo hacia Luisa y trataba de que Moncho cogiera la cajita que le daba. El más pequeño miraba asombrado a su madre. Luisa le susurró:

—Cariño, coge la cajita y ve con papá.

El pequeño hizo lo que le había dicho, pero ella olvidó decirle que no corriera. La risa y exclamaciones de todos los presentes resonaron en las paredes de la iglesia.

—¡Papá! ¡Papá! —gritó levantando una mano—. Mamá *tah llí*. Te olvidó *ehto*, toma.

—Gracias, hijo. No se me había olvidado, tenías que traérmelo tú, velillo. —Tomás recogió la cajita, dejando que doña Eugenia tomara la mano de su nieto para acercarlo a sus faldas.

Lola, José, María, Antonia y la prima Katherine esperaban sentados en los bancos cercanos al altar. Manolín y Tadeo presidieron la marcha hasta llegar a Tomás. Allí, Manuel cedió su puesto a Tomás, quien con mirada cómplice, dijo:

—Gracias, Manuel, por cuidar de ella. De aquí en adelante me encargaré yo.

—¡Tú no sabes lo que estás haciendo, patrón! —contestó haciendo una mueca de hastío—. ¡Que esta mujer es muy majadera y vuelve loco a cualquiera!

—¡Pero bueno! —Le pellizcó Luisa escuchando la ronca carcajada de Tomás.

—Lo sé, Manuel —respondió—, pero la condenada se hace querer y ahora no hay quien me la quite.

Luisa sonreía cuando Tomás la tomó con fuerza de la mano y se sentaron juntos sobre los bancos situados ante el altar. Sus dedos se mantuvieron unidos toda la ceremonia, escuchando los votos matrimoniales que se habían prometido desde el mismo instante en que sus corazones reconocieron al otro. La verdadera unión se había producido tres años atrás. Una noche, en altamar, frente a las costas de La Habana. Y el destino, siempre caprichoso, les permitía en aquel instante que Dios bendijera su unión. De esa forma, ofreciendo la paz que las creencias de Luisa pedían, le decían al mundo que ya nada les separaría, prometiéndose el amor eterno que el tiempo había puesto a prueba. Luisa jamás olvidaría la noche que tanto les había costado que se produjera.

Su mente voló al jardín de los Galiano, al momento en el que Tomás le ofreció su pañuelo, cuando su corazón, por primera vez, aprendió el significado de la desilusión. Retrocedió al momento en el que dos jóvenes amantes debían negarse lo que sentían en nombre del deber. La imagen de aquel pañuelo en sus manos, con las iniciales en la tela, se transformó en las manos de ambos colocándose mutuamente una fina alianza de oro. En aquel mismo momento, un chasquido sonó en su interior. Las grietas que permanecían en su corazón quedaban selladas. Las marcas que el dolor había dejado años atrás habían desaparecido.

EL ADIÓS A GRAN CANARIA

L uisa recordaría la noche de bodas con nostalgia. Los muros de la casa de Verde Rama guardaron con discreción la celebración de aquel día. La despensa se abrió para brindar con el mejor vino y cenar carne fresca. Comieron y bebieron, festejando que la mala racha había acabado para la familia Westerling. El personal del servicio y los propietarios se sentaron a la misma mesa. Rieron al unísono y llegaron a cantar las folías que José arrancó al timple y a las que Tomás le dio voz. Casi hasta el amanecer, repartieron besos y abrazos, buenos deseos y promesas de volver a encontrarse.

A la mañana siguiente, una espesa somnolencia les acompañó a todos mientras ultimaban los preparativos. Todos vistieron ropas nuevas y elegantes, traídas desde Inglaterra. Katherine deslumbró a Luisa regalándole una falda de tubo gris, una delicada blusa blanca con un fular de *tweed* y chaquetilla a juego. Un sombrero ladeado adornaba el cabello rubio de Luisa recogido en un moño. Tomás fue el primero en partir, escondido en el interior del vehículo. Katherine, Luisa y Moncho le siguieron minutos después.

Llegaron al puerto de La Luz una hora más tarde. El vehículo alquilado por Katherine se detuvo frente al buque de la compañía Trasmediterránea, que conectaba las islas entre ellas. Luisa, al levantar la vista, sintió que su corazón se paraba al ver cómo el Hispano Suiza, con Tomás en su interior, era levantado por una polea hasta colocarlo sobre una rampa que conducía al interior del barco.

Luisa, conocedora de su mala relación con el movimiento del mar, quedó a solas en cubierta. Katherine se había llevado a Moncho a recorrer el interior del barco, hasta que no hubo rincón por descubrir. El vapor tardó más de seis horas en llegar a Santa Cruz.

Antes de subir a cubierta, abrió su maleta y se colocó sobre sus hombros un chal de lana que había tejido. Intentando no moverse sobre la silla que encontró, tomó aire para inhalar los últimos momentos en Gran Canaria. Aquella isla la había visto llegar llena de sueños, huyendo de las imposiciones de su padre y prometiéndose vivir su propia vida. Había presenciado su vuelta, convertida en sirvienta y terriblemente enamorada de su patrón. El trabajo entre sus barrancos la había hecho madurar. En sus calderas la isla la consoló y sus playas fueron testigo de su pasión. Santa Brígida, Las Palmas y Arucas, tres lugares para tres etapas esenciales en su historia. Sabía que añoraría aquel trozo de tierra, al igual que ya lo hacía con Fuerteventura. Los recuerdos vividos allí los llevaría grabados a fuego en su memoria para siempre. Allí encontró una familia y formó la suya propia. Por más nuevas experiencias que la esperaran al otro lado del mundo, supo que aquellos años de República habían forjado a la Luisa en la que se había convertido.

Una pregunta le vino a la mente: ¿volvería a Canarias alguna vez? Una lágrima nostálgica rodó por su mejilla, sintiendo una profunda pena.

Las náuseas, que no la abandonaron en ningún momento, le resultaron inofensivas comparadas con el dolor de estómago que le produjo atravesar la pasarela junto a Tomás. Una vez habían llegado a Santa Cruz de Tenerife, Luisa se sentó al volante para recorrer las calles de la ciudad en el Hispano Suiza, buscando un lugar seguro para sacar a Tomás del interior. A su vuelta, se despidieron de su hada madrina inglesa y pasaron por el temido control, enseñando la documentación preparada. Luisa salivó de tal manera, que estuvo a punto de vomitar de nervios. Afortunadamente, Tomás, con Moncho en brazos, se disculpó ante los militares. Bromeó diciendo que su mujer le tenía pánico al mar. La palidez de Luisa corroboró aquella versión y se dejó llevar, apoyándose en el hombro de Tomás. Juntos, formando una familia, subieron a bordo.

Una vez en el interior, Luisa decidió pasear por cubierta dejando que la brisa del mar la ayudara con las náuseas. En cuestión de horas, Tomás tuvo que llevarla a cuestas. La joven apenas se dio cuenta de los lujos que ofrecía su camarote, muy distinto al que ocupó en las últimas travesías. Tomás la desvistió, dejándola tan solo con la combinación. La tumbó con ternura sobre la cama, para luego mojarle la frente y aliviar las náuseas.

460

Luisa recordó aquel ritual, pero a diferencia de los oscuros momentos que pasó cuando partió hacia Cuba, esta vez lo hacía acompañada de su familia. Tomás, con su fuerte presencia, se encargaba de todo con absoluta tranquilidad; como si hubiera nacido para estar a su lado. Él así lo sentía. Moncho se encontraba a su lado, a cargo de alcanzarle la bacinilla. El pequeño miraba con ojos espantados el lamentable estado de su madre. El niño se apoyaba sobre las piernas de Tomás, intentando ver la cara macilenta de su madre.

—Mamá no *tah* bien —comentó el pequeño, afirmando más que preguntando.

—No, hijo, pero en un par de días estará mejor —le tranquilizó Tomás.

Ante una arcada, Tomás recogió la bacinilla y se la alcanzó.

—*Tah* arrojando —informó de lo evidente Moncho—. ¡Una agüita y a la cama! —recitó el niño, siguiendo las instrucciones que le decían su madre o Antonia cuando en alguna ocasión había tenido dolor de estómago.

Su padre rio. Luisa volvió en sí para ver la ternura en la mirada de Tomás.

—Tranquila, mi niña celeste —le susurró con voz ronca—. Ya estamos a salvo; volvemos a Cuba para empezar de nuevo. Casi donde lo dejamos, pero esta vez sin separarnos. Cierra los ojos y descansa, que yo me encargaré de todo.

—Tomás… —pronunció Luisa formando una pesarosa sonrisa en los labios—. ¿Hará bueno esta noche en cubierta? Quedé con un muchacho para pasear.

—¡Ah, *bandía*! —sonrió Tomás dotándole de intensidad a sus palabras—. Lo averiguaremos juntos esta noche. Esta y todas las que vendrán.

LA HERENCIA DE LUISA

Fuerteventura, mayo de 1998

La casa de Gran Tarajal acogió a un sinfín de personas que se habían acercado a despedirse. Catalina salió en busca del joven de la entrada, pero nunca lo encontró. Tras preguntar a sus familiares si habían visto a un chico con la descripción que les decía, terminó por convencerse de que aquel muchacho era su difunto abuelo.

Su madre y su tío Antonio consiguieron llegar a tiempo para enterrar los restos de Luisa junto a los de su padre Tomás. Celeste, tras ver el estado en el que se encontraba su hija, la obligó a dormir, sintiendo el vacío que sus padres habían dejado en ella.

A la mañana siguiente, Catalina se asomó al balcón interior para ver desde lo alto a los familiares allí reunidos. Tomando un buen desayuno, observó a su madre Celeste, a su tío Antonio, a su tía María Luisa, normalmente llamada Marilú, a su tío Cristóbal y a la prima de todos: Eugenia. Tomás había querido llamar a sus hijos honrando la memoria de aquellas personas que tan importantes fueron en su vida. El grupo lo cerraban los hijos de estos. La mayoría pudieron viajar para apoyarles en tan duros momentos. En aquel instante hablaban de Moncho, el hermano mayor. Este se encontraba ausente, pues hacía varias décadas que vivía en Venezuela.

Todos comenzaron a recordar anécdotas, cargando el aire con sus risas nostálgicas. Catalina suspiró, tenía el semblante sereno, pero sentía vacío su interior. En un momento dado, su tía Marilú le recordó el arcón que había heredado de su abuela; le hizo señas para que la siguiera y la llevó a la alcoba donde se encontraba el gran arcón de madera. Era robusto, ajado por el tiempo y los viajes. Más de una vez, había encontrado en su interior las mantas que siempre estaban en la superficie para cubrir las piernas de su abuela. Llevaba décadas queriendo rebuscar en su interior, y ahora que por fin podía, algo la frenaba. No escuchó a Marilú cerrar la puerta tras ella; sus ojos estaban clavados en el arcón.

Situado bajo una ventana, la luz del sol incidía sobre él. Catalina tomó aire y con recelo se acercó. Admiró, por vez primera, los detalles de los sencillos grabados y acarició la superficie arrodillándose ante él. Sus ojos se detuvieron sobre el jarrón lleno de siemprevivas que reposaba sobre el arcón. Una lágrima rodó por su mejilla mientras observaba el símbolo de sus abuelos.

Con auténtica veneración, tomó el jarrón y lo colocó a un lado. Inspiró hondo, entendiendo que si lo estaba abriendo, era porque su abuela ya no estaba con ella. Catalina fue sacando objetos del interior, en silencio, deteniéndose para inspirar el aroma de los años. A medida que iba descubriendo recuerdos, se iba engrosando una madeja de imágenes, sonidos y olores que enriquecían la mente de Catalina. La historia de su familia comenzó a completarse ante sus ojos.

Moncho era el hermano mayor, que decidió partir en la década de los cincuenta a Venezuela junto a los hijos de María, Manolín y Tadeo. El resto de hermanos habían nacido en tierras cubanas. Le seguían Cristóbal y María Luisa, ambos residían en Las Palmas; y por último, los dos hermanos menores. Tanto Antonio como Celeste, la madre de Catalina, habían hecho su vida en Londres.

Catalina recordó los relatos sobre sus vidas en Cabaiguán. Allí, Luisa y Tomás se reencontraron con antiguos conocidos que les ayudaron a establecerse. Luisa consiguió abrir su propia tienda de textiles, realizando trabajos de costura. Tomás consiguió generar de la nada una gran fortuna con el cultivo del tabaco. La mayor parte del dinero se enviaba a Gran Canaria para conservar el patrimonio de la familia, llegando incluso a aumentarlo. Con el tiempo, la sensación de fracaso que se había albergado en el interior de Tomás se fue diluyendo. Nunca recuperaron la Hacienda del Inglés, tampoco lo intentaron. Gracias al empeño de aumentar su fortuna en Canarias y vivir holgadamente en Cuba, no les resultó difícil abandonar las tierras caribeñas al estallar la revolución. Tanto Luisa como Tomás, por la experiencia vivida, estuvieron de acuerdo en no mediar en ningún bando y buscar otra residencia lejos de la guerra.

463

La dictadura franquista se impuso durante cuarenta años en España, tiempo durante el cual Tomás no pudo pisar esas tierras. Los lazos que habían mantenido con su familia paterna en Inglaterra les permitieron instalarse en Londres. Una anciana Katherine los acogió bajo su ala protectora.

Cuando sus hijos se independizaron, educados siempre bajo los valores del trabajo y la libertad para decidir qué hacer con sus vidas, Tomás y Luisa decidieron volver a Canarias. Viendo por fin realizado el sueño de regresar a una casi desconocida Fuerteventura, se instalaron en Gran Tarajal. Luisa nunca volvió a ver a sus padres, tan solo siguió manteniendo correspondencia con su tía Benedicta, quien le informaba de los acontecimientos majoreros. Décadas después, llegó a la residencia familiar inglesa una carta oficial; en ella se le informaba del fallecimiento de sus padres y la herencia que como hija única le pertenecía. Cuando abrieron la casa de Gran Tarajal por primera vez, Luisa comprobó que su habitación había quedado tal cual ella la había dejado. Con profunda pena, supo que su madre siempre esperó que volviera. Benedicta así se lo dijo, pues aunque ya anciana, fue la única que la vio de nuevo en aquellas áridas tierras, habiéndole guardado con devoción todas y cada una de las cartas que ella había enviado.

Metidas en una caja de latón, las encontró Catalina. Supo que las palabras que albergaban las cartas la ayudarían a conocer a la joven Luisa. Tras sacar una infinidad de cajas, con recuerdos de la niñez de sus tíos, se topó con algo duro. El arcón tenía grandes dimensiones: un metro de alto, otro de ancho y algo más de largo. Cuando se asomó, descubrió una maleta de cuero desgastada por el tiempo. Sintiendo un penetrante olor a humedad, sacó la vieja maleta y abrió los broches metálicos que tenía como cierre.

El primer objeto que encontró le resultó familiar, era la cartera de Tomás. Sin prisas, abrió el cuero y detectó restos de la esencia de la colonia que su abuelo usaba. No encontró nada, salvo una foto amarillenta escondida en uno de sus pliegues. En la imagen se podía observar a una joven Luisa sentada con las manos unidas sobre las piernas. Enseguida reconoció aquel momento como el mismo en el que se tomó la fotografía de los tres jóvenes que seguía en la mesilla de noche de su abuela. Sonrió extasiada ante semejante tesoro. Catalina, al observarla, sintió que aquella mirada que había captado el cámara era exacta a la que siempre le había visto a su abuela cuando miraba a su marido. Supo que su abuela le miraba a él. Probablemente, se encontraba en algún lugar detrás de la cámara, adivinó. Se dijo que la guardaría como un gran tesoro.

Catalina continuó rebuscando entre los recuerdos, desdoblando con delicadeza varios vestidos. Uno color berenjena y otro pajizo, que prometía haber sido blanco, salpicado de flores. Volvió a recoger la fotografía y complacida comprobó que estaba ante el mismo vestido.

Sonrió, poco a poco la curiosidad fue alejando la tristeza. Continuó desempolvando más vestidos, como aquel de color caramelo con el que Luisa partió de Fuerteventura, el de premamá que le había regalado la señora Verdugo, el traje gris con el que volvió a Cuba, y el favorito de Catalina, el vestido de raso azul. Recordaba con claridad la descripción que le dio su abuela del vestido de novia que había llevado. Y sabía que lo tenía entre sus manos. Rio encantada al comprobar que todos aquellos símbolos de una vida intensa habían sobrevivido al tiempo.

A sus oídos le llegó la voz de su abuela relatándole el uso que le habían dado ella y el abuelo a la jarrita de cerámica. Se alegró al ver que había conservado el regalo de la estirada doña Eugenia, una caja de metal labrada en cuyo interior guardó dos trabitas de plata con piedras incrustadas. Encontró los zapatos blancos de la boda y un sombrero color caramelo aplastado por el peso. Exclamó al reconocer el pañuelo de tela con el que su abuela se había limpiado las lágrimas de la decepción, con las iniciales grabadas. Al abrir sus puntas dobladas, encontró una flor disecada. Aunque apenas quedaba rastro del antiguo color violeta, la reconoció como la siempreviva que su abuelo solía regalarle. Catalina se sintió afortunada de ser la poseedora de aquellos objetos tan valiosos, y se sintió especial al formar parte de aquella maravillosa historia.

Fue la última en partir de Gran Tarajal. Antes había sonsacado hasta el último recuerdo a sus familiares. Quería sumarlos a la vida que le describían los objetos. Se despidió de la prima Eugenia, entendiendo el valor de su lucha.

—Cuando nací yo, mi madre terminó por convencerse de que la visión que había tenido tu abuela era cierta. Me puso el nombre de Eugenia por mi abuela, con la que siempre vivimos.

Eugenia fue criada con el fuerte recuerdo de su fallecido y desconocido padre. Su madre la dejó a cargo de la búsqueda de los restos de Ramón. Tenía muy presente que su padre había dejado claro que sería ella quien consiguiera desenterrarle y hacer digna su muerte. Eugenia, junto a otros familiares de desaparecidos en la guerra civil, habían llegado a averiguar que al menos veinticuatro personas se encontraban en el Llano de las Brujas, en Arucas. La anciana María tan solo alargaba sus días para llegar a ver cómo desenterraban a su esposo y conseguir descansar en paz. Eugenia esperaba que en unos años las administraciones públicas, cómplices de la masacre, decidieran excavar las fosas comunes que se conocían.

Al marchar, Catalina decidió seguir los pasos que dio su abuela tantos años atrás. Una mañana, tomó un barco en Morro Jable, desde donde hacía varias décadas partían los buques. Nada más entrar, subió a la cubierta, abrigándose con uno de los chales de su abuela, para ver zarpar la nave.

Desde allí, sentada en unos bancos metálicos, observó cómo la isla se alejaba. Ella, al contrario que su abuela, no sintió náuseas, por lo que pudo disfrutar de las vistas e imaginar lo que su abuela tuvo que sentir en aquel mismo trayecto. Observó el azul intenso del mar centelleando bajo el sol. Las montañas onduladas y arenosas conseguían esconder los adelantos del momento, para dejar un paisaje atemporal donde nada delataba en qué año se vivía. Fuerteventura apenas había evolucionado; seguía, por momentos, suspendida en el tiempo.

Una ráfaga de viento le azotó el rostro, obligándola a mirar de frente a los alisios. Recogiéndose un mechón de pelo tras la oreja, levantó su mirada azul hacia la inmensa superficie que formaba la isla. Había transcurrido más de media hora y seguían bordeándola. De pronto, en lo alto de una colina, una visión la paralizó.

Un hombre y una mujer, a lomos de un caballo, parecían seguir el barco con la mirada. Catalina les encontró algo familiar. Se levantó rápidamente para acercarse a la barandilla, justo en el momento en el que su corazón dio un vuelco: sus abuelos. Luisa y Tomás se encontraban ante ella. Entrecerró los ojos para verles mejor. Allí estaban, una joven de pelo rubio parecido al suyo, con una larga trenza sobre el hombro y un vestido de flores sobre unos pantalones. A su lado, Tomás, de anchas y firmes espaldas, con el cachorro sobre la cabeza, pantalón canelo, chaleco y camisa abierta. Sonreían. Sí, sonreían, se dijo Catalina. Sintió cómo el dolor, la tristeza y el desaliento volaban a golpe de ráfaga. Debía estar feliz, pues sus abuelos así se encontraban.

La joven Luisa, montada a caballo, alzó su brazo como despedida, ondeándolo de un lado a otro. Catalina le correspondió sonriendo mientras levantaba tímidamente su mano. Impresionada ante la visión, no quiso cerrar los ojos para poder disfrutar de ella.

Se mantuvo firme, observándoles en la distancia, interiorizando para sí la estampa de paz y felicidad que proyectaban. El movimiento del barco hizo que tuviera que agarrarse más fuerte a la barandilla, bajando la mirada para ver la espuma del mar. Cuando volvió a buscarles sobre la colina, no les encontró.

Habían desaparecido, dejándola a cargo del recuerdo de una historia de amor que a través de los años sería contada por sus descendientes.

Nota de la Autora

Esta novela está catalogada como Ficción Histórica. Aunque hago mención a personas que existieron no significa que los hechos que les adjudico formen parte de la realidad. En cualquier caso, cada experiencia, aprendizaje, suceso o situación que los personajes de El Rumor de las folías padecen forma parte de la historia de Canarias. Todo lo que se relata en esta novela ha sido rescatado de documentos históricos y crónicas canarias.

Dicho esto, me siento en la obligación de apuntar lo que no es real o está modificado para beneficio de la historia. Quisiera aclarar que el apellido Westerling no es anlgosajón sino flamenco y lleva en las islas Canarias desde el s. XIX, es una licencia que me permití para generar la hisoria que respalda el carácter de Tomás y su familia, junto con el papel que juega la prima Katherine. Otro punto que quisiera aclarar es que geográficamente las playas de Jandía quedan más alejadas de Gran Tarajal de lo que se plasma en la historia. Otro aspecto que no corresponden con la época es la costumbre de "dar la paz" en las ceremonias eclesiásticas, pues eso se comenzó a aplicar décadas después.

La edad de Matías López y Luisa López fueron modificadas para encajarla en la II República, época que me fascinó desde que comencé a estudiar y que me impulsó a narrar esos años en Canarias. Esta novela es mi aportación para recordar que aún queda muchas personas que desenterrar, darles nombre y cerrar una etapa que sigue sangrando hoy en día. En mi opinión la memoria histórica no abre heridas, no aviva odios; ayuda a perdonar y evitar cometer los mismos errores.

Matías López exisitió y tomé de sus propias palabras plasmadas en versos la experiencia e impresión que le causó su viaje a Cuba. Luisa López también exisitió y su descripción es lo único que corresponde a la realidad. No fue hija única y contrajo matrimonio con German Fumero. Sus hijos y nietos la recuerdan con cariño. La historia del arcón es verídica pero sus recuerdos traídos de Cuba continuan siendo un misterio para la familia. Tras su muerte este desapareció y nadie supo de su paredero. Uno de mis objetivos al escribir esta historia era el de llenar de recuerdos el arcón en memoria de Luisa López.

Agradecimientos

Son muchas las personas que me han ayudado a que El rumor de las folías se haya convertido en más que un rumor. Cuando me decidí a publicar esta novela tuve el apoyo de varios mecenas del ámbito privado, amigos y familiares. Después y gracias al apoyo de las instituciones he podido hacer llegar esta historia a muchas más personas. Por tanto quisiera hacer mención a El Cabildo de Fuerteventura, Ayuntamiento de Tuineje, Antigua y Pájara. Gracias a todos y cada uno de los que quisieron que El rumor de las folías corriera por tierras majoreras y cuentan conmigo para cada evento cultural que organizan. Gracias tambien a el Gobierno de Canarias, más concretamente a don Aurelio González (Viceconsejero de Cultura). No puedo olvidarme de las chicas de cultura entre las que se encuentra Sonia García quien no dudó en leer la novela y convertirse en cómplice de la historia de Luisa y Tomás.

En mis agradecimientos quisiera añadir la importancia que las librerías independientes han tenido, pues fueron ellas las que dieron una oportunidad a una novela autopublicada. En especial gracias a Alejandro de Librería Yaya (Arucas) a Javier de Librería Sinopsis (Triana, Las Palmas) a Antonio de Librería Canaima y a Ruyman (Librería Marcial).

A su vez, me siento obligada a mencionar a los medios de comunicación que se hicieron eco de la historia y ayudaron a extender de manera incondicional esta historia. Gracias a Óscar Fernandez por sus contactos en Las Palmas, a Carmelo Sabina

(Cope Fuerteventura) Pilar López (Onda Fuerteventura) y a Marusa Hernández (Radio Sintonía).

Son muchas las personas que tras leer la novela han sentido la necesidad de ayudar a que este proyecto llegue lejos, por ello quisiera recordar a todo aquel que ha dejado un comentario sobre la novela, me ha hecho llegar sus impresiónes o ha recomendado El Rumor de las folias. A todos ellos, GRACIAS.

Gracias también a Martha Golondrina Una mujer que se sintió tan conmovida por la historia de Luisa que no dudó en implicarse aportando su ayuda para extender El rumor, un placer conocerte y un honor tenerte de cómplice.

Y a ti lector, que te decantantes por esta novela, que de algún modo te sentiste atraído y has llegado al final de estas líneas. Gracias por leerme, deseo de corazón que de algún modo ayudes a que los tesoros que guarda el arcón de Luisa López no caigan en el olvido.

www.ventanaalpasado.com

www.ingramcontent.com/pod-product-compliance
Lightning Source LLC
Chambersburg PA
CBHW031051260626
47172CB00001B/24